HEYNE BÜCHER

Der Autor
Alan Dean Foster wurde am 18. November 1946 in New York geboren. Er studierte politische Wissenschaften und wandte sich dann dem Schreiben zu; seine Fortschritte erkannte er nach eigener Aussage daran, daß er im Laufe der Zeit keine Standardabsagen mehr von den Verlagen bekam.
Heute gilt Alan Dean Foster als einer der renommiertesten amerikanischen SF- und Fantasyautoren und machte sich auch als Verfasser von Filmromanen einen Namen.

Im Wilhelm Heyne Verlag sind folgende Bücher von Alan Dean Foster lieferbar: die Science Fiction-Romane »Cachalot« (06/4002), »Die Reise zur Stadt der Toten« (06/4308), »Die denkenden Wälder« (06/4729), »Flinx' Abenteuer« (06/4948), »Der Cyberweg« (01/5022), »Der Highway des Nichts« (01/5319) und »Eissegler« (01/06/5420), die Fantasy-Romane »Bannsänger« (06/4276), »Die Stunden des Tors« (06/4277), »Der Tag der Dissonanz« (06/4278), »Der Augenblick des Magiers« (06/4279), »Die Pfade des Wanderers« (06/4508), »Die Zeit der Heimkehr« (06/4509), »Der Sohn des Bannsängers« (06/5365) und »Die Entführung der Musik (06/5366), sowie die Filmromane in einem Band (01/8764).
Außerdem erschien im Wilhelm Heyne Verlag das durchgehend illustrierte »Dinotopia – Die Welt jenseits der Zeit« (40/330).

ALAN DEAN FOSTER

DIE EROBERER

Ein Roman aus der Welt von Dinotopia

Aus dem Englischen
von Bärbel Deninger

Deutsche Erstausgabe

WILHELM HEYNE VERLAG
MÜNCHEN

HEYNE ALLGEMEINE REIHE
Nr. 01/10294

Titel der Originalausgabe
DINOTOPIA LOST

Umwelthinweis:
Dieses Buch wurde auf
chlor- und säurefreiem Papier gedruckt.

Redaktion: Oliver Neumann, Redaktionsbüro
Dr. Andreas Gößling

Printed in Daenmark 1997
Umschlagillustration: © Turner Publishing, Inc.
Umschlaggestaltung: Atelier Ingrid Schütz, München
Satz: Buch-Werkstatt GmbH, Bad Aibling
Druck und Bindung: Nørhaven, Viborg

ISBN 3-453-12464-2

Natürlich für Jim Gurney,
den Reisegefährten

»Erfüllt ist mein schlichtes Sinnen,
bereite ich nur eine Freudenstunde
dem Jungen, der bereits halb Mann,
dem Mann, der noch halb Junge.«

Sir Arthur Conan Doyle,
Vergessene Welt

1

Pundu Singuang und Kalko blickten auf den Ozean hinaus. Obwohl sie äußerlich sehr verschieden waren, folgten ihre Gedanken doch ähnlichen Bahnen. Der *Centrosaurus* maß vom Schnabel bis zum Schwanz gut vier Meter, und sein stämmiger, muskulöser Körper wog zwischen vier und fünf Tonnen, je nachdem, wann er zuletzt gefressen hatte. Der enorme Schädel lief in einer gepanzerten knochigen Krause aus, die mit kurzen Dornen besetzt war. Hinter dem harten Schnabel prangte ein massives Horn. Den Namen ›Kalko‹ trug er wegen seiner ungewöhnlichen Blässe.

Sein menschlicher Gefährte war kleiner, zierlicher, von dunklerer Hautfarbe und gänzlich ungepanzert; allerdings besaß auch er eine recht ausgeprägte Nase. Gemeinsam mit einer Familie von *Torosauriern* bewirtschafteten sie die Farm, von deren reichen Erträgen an Reis und tropischen Früchten jeder einen gerechten Anteil bekam.

Im Augenblick standen sie auf einem kleinen Hügel, einem baumbestandenen Blickfang in dieser ansonsten flachen Ecke der Nördlichen Tiefebene. Die Arme über der nackten, schweißüberströmten Brust verschränkt, lehnte sich Pundu gegen die stützende Wölbung von Kalkos Krause. Die Farm lag hinter ihnen. Ganz in der Nähe sah man eine Gruppe sauberer, strohgedeckter Gebäude, die Menschen, Dinosaurier, Werkzeuge und die zweimal im Jahr eingebrachte Ernte beherbergten.

Vor ihnen erstreckte sich ein brackiger Flickenteppich aus wildwachsendem Schilf, Palmen und Mangrovensumpf. Im Hintergrund schimmerten ein schmaler, strahlend weißer Sandstrand, eine weite Lagune und schließlich das ausgedehnte Riff, das ganz Dinotopia umzog. Elfenbeinfarbene Brecher schossen aus der von unbefahrbaren Strömungen aufgewühlten See empor und zerschellten an der erbarmungslosen, korallenroten Barriere.

Das fahlere Blau des Himmels wurde in seiner Einförmigkeit nur von einigen dunklen Wolkenfetzen eines weit entfernten Gewitters im Norden getrübt. Sah man von den Brechern ab, mit denen das Meer die aufgehäuften Skelette abgestorbener Korallen überspülte, war alles still und ruhig.

»Es sieht ziemlich friedlich aus«, sagte Pundu und wandte sich ihrer Besucherin zu. Beim Klang seiner Stimme drehte sich auch Kalko nach der Läuferin um. »Sind sich die Meteorologen sicher?«

Das schnellfüßige *Gallimimus*weibchen war erst an diesem Morgen aus dem Süden gekommen. Auf ihren rosafarbenen Rücken hatte sie zwei mit offiziellen Siegeln und flatternden hellblauen und gelben Bändern verzierte Satteltaschen geschnallt. Eine dekorative, mit einem Bausch kürzerer gelber Bänder geschmückte Kappe bedeckte den größten Teil ihres Kopfes und schützte ihr Gesicht vor Wind und Staub. Darüber hinaus war sie für alle, die der Läuferin begegneten, ein Hinweis auf deren Rang.

Obwohl kein Dolmetscher anwesend war, spürte sie die Unsicherheit in der Stimme des Farmers. Als Antwort streckte sie ihm ein weiteres Mal die offiziellen Dokumente entgegen, die sie fest zwischen zwei Krallen gehalten hatte. Die Warnung war in Menschen- und Dinosauriersprache verfaßt. Da er sie schon gelesen hatte, starrte Kalko weiter aufs Meer hinaus. Nur Menschen verspürten das Bedürfnis, dieselben Worte wieder und wieder zu lesen, um sich ihrer Gültigkeit zu versichern. Dinosaurier akzeptierten die Realität weitaus schneller.

Die Warnung war klar und unmißverständlich. Sie besagte, daß sich Dinotopias sechsjähriger Wetterzyklus seinem Ende nähere und alle Anzeichen darauf hinwiesen, daß der Abschluß dieses Zyklus besonders stürmisch werde.

Wie jeder, dessen Familie seit vielen Jahren das feuchte, heiße Land der Nördlichen Tiefebene bewirtschaftete, wußte Pundu Singuang – und ebenso Kalko –, was das bedeutete. Pundu hob die Hand, berührte mit der ausgestreckten Handfläche die der Läuferin und nickte. Das *Gallimimus*weibchen erwiderte die Geste, drehte sich dann um und trottete den leichten Abhang hinunter. Mit jedem Schritt legte sie eine doppelt so große Strecke zurück wie der schnellste menschliche Läufer.

Sie machte nur kurz Halt, um sich von Pundus Frau zu verabschieden, die vor dem bambusumwachsenen Farmhaus Wäsche aufhängte. Deren beide Kinder folgten der Läuferin bis zur lehmigen Straße. Eines ritt dabei auf Buckelchens Rücken, Kalkos Tochter. Sie war noch so jung, daß ihr Nasenhorn gerade mal ein kleiner Buckel über ihrem Schnabel war.

Als die Kinder die hoffnungslose Verfolgung der Läuferin aufgaben, schallte ihr Lachen zum Hügel herüber. Pundu sah der kleiner werdenden, zweifüßigen Gestalt des *Gallimimus*weibchens nach, das links auf die Straße abbog und beschleunigte. Der Staub wirbelte unter ihren flinken, dreizehigen Füßen auf, und auf ihrem Rücken flatterten die seidenen Bänder.

Natürlich wußte Pundu, daß die Kinder – Menschen- wie *Centrosaurier*kinder – eigentlich bei der Haus- und Feldarbeit helfen sollten, aber im Moment waren weder er noch Kalko in der Stimmung, sie zu ermahnen. Sollten sie ihren Spaß haben, solange das noch möglich war. Bald schon würde es harte Arbeit für alle geben. Härtere, als sie es bisher erlebt hatten.

Noch einmal blickte er aufs Meer hinaus. Die letzten Sechsjahreszyklen waren recht milde gewesen. Es lag schon eine Weile zurück, daß er den Ozean als Bedrohung erlebt hatte.

Mehrere Tage vergingen, bis sie in gemeinsamer Arbeit Haus und Scheune geleert hatten. Alles, was nicht niet- und nagelfest war – von den Küchengeräten bis hin zu dem großen eisernen Pflug –, wurde verpackt und auf den dreiachsigen Farmwagen gestapelt. Lahats geliebte Schattenpuppen, in ihrer Familie von Generation zu Generation weitergegeben, wurden in Reispapier gewickelt und mit anderen zerbrechlichen Gegenständen vorsichtig unter dem Sitz verstaut.

Mit gutmütigem Grunzen trieb Kalko seine Jungen an, während sich die beiden mächtigen *Torosaurier – Ceratopier* wie Kalko, nur größer und mit Brauenhörnern wie die *Triceratops* – das Geschirr des Wagens anlegten. Kalko und sein Weibchen sollten mit einem zweiten, kleineren Wagen folgen, auf dem sich die Farmgeräte türmten.

Pundu beobachtete seine ceratopischen Landsleute bei der Arbeit. Sie waren enge Freunde und gute Farmer. Er war froh über ihren Entschluß, ihr Leben mit dem seinen zu verbinden. Beide, Menschen- wie Dinosaurierfamilien, profitierten von diesem Bündnis. Sie arbeiteten gemeinsam, lebten gemeinsam, und oft spielten und aßen sie auch gemeinsam.

Und jetzt, dachte er grimmig, flohen sie gemeinsam.

In seinem Drang loszufahren, legte Kalko eine beinahe menschliche Ungeduld an den Tag. Pundus Stimmung hob sich, als er seinen alten Freund musterte. Ein typischer *Centrosaurus*: immer das Futter hinter dem nächsten Hügel in der Nase. Kalko und seine Artgenossen mochten die Nördliche Tiefebene, die reichlich Nahrung und gutes Farmland in Hülle und Fülle bot.

Darum arbeiteten auch so viele Farmer der Ebene mit *Ceratopiern* oder *Stegosauriern* zusammen. Mit Hilfe der Muskelkraft eines *Torosauriers* oder eines *Triceratops* konnte auch eine einzelne Familie ein Feld pflügen oder einen Damm aufschichten. Auf der anderen Seite waren *Ceratopier* wie *Stegosaurier* ganz wild auf den Reis und den Bambus, die von den Menschen mit viel Geschick überall angebaut wurden.

Pundu fragte sich, wie wohl seine Nachbarn, die Manuhiris und die Tandraputras, mit ihren Vorbereitungen zur Evakuierung vorankamen. Die Szene wiederholte sich zur Zeit viele hundert Male überall in der Nördlichen Tiefebene: Familien, die ihre Flucht vorbereiteten, und alles, was sie besaßen – von Gebrauchsgegenständen bis zu

Familienerbstücken –, auf Wagen, Karren und breite Dinosaurierrücken luden.

Die meisten, wußte Pundu, würden sich nach Heidesaum aufmachen, die nächstgelegene Stadt, die groß genug war, um einen derartigen Exodus aufzunehmen und zu versorgen. Andere würden auf der Suche nach weniger überfüllten Quartieren weiter in die Baumstadt oder sogar bis nach Füllhornstadt fahren. Auch die kleineren Städte in den Ausläufern des Rückengebirges nahmen ihren Teil auf. In der ganzen Region engagierten sich Menschen und Dinosaurier, um den vorübergehend Vertriebenen zu helfen. So war es Brauch in Dinotopia.

Die Glücklichsten unter den Heimatlosen hatten Verwandte oder Freunde in den Städten, aber notwendig war das nicht. Jeder half jedem. Schließlich konnte man selbst morgen die Hilfe anderer benötigen.

Die Stimme seines Sohnes unterbrach Pundus Gedanken.

»Vater, hilf uns mal!« Sclat und seine Schwester Brukup mühten sich mit dem Kopfteil des Bettes aus dem vorderen Schlafzimmer ab. Das Bett war einer von Lahats Schätzen, denn Pundu hatte es gemeinsam mit zwei Freunden in den Monaten vor ihrer Hochzeit selbst gebaut und verziert. Es tat weh, es nun auseinandergenommen wie einfaches Bauholz reisen zu sehen. Im Augenblick sind wir alle Vertriebene, dachte Pundu. Menschen genauso wie Möbel.

Gemeinsam wuchteten sie das schwere Stück Holz auf den Wagen. Beim letzten Schwung half Kalko vorsichtig mit der Seite seines Mauls mit, damit sein Nasenhorn die Schnitzereien nicht beschädigte. Pundu wischte sich den Schweiß von der Stirn und blickte über die Reisfelder. Die Reis- und Taroernte war schon zum größten Teil eingefahren und verkauft. Zum Glück, denn wenn die Meteorologen recht behielten, würden sie wohl mindestens eine, vielleicht sogar zwei Jahre lang nicht säen können. Die Mangos und Rambutans müßten noch gepflückt werden, aber die Läuferin aus Sauropolis hatte auf der sofortigen Abreise bestanden. Die heranreifenden Früchte sollten an den Bäumen bleiben, was auch immer der Sechsjahreszyklus der Farm bescheren mochte.

Pundu zuckte mit den Achseln. Es hätte schlimmer kommen können. Ohne die Arbeit der Meteorologen gäbe es keine Warnungen, und dann würden sie mehr als nur ein bißchen Obst verlieren.

Er wußte, daß sie alles verlieren konnten. Oder sie kehrten heim und fanden die Ernte, sogar die reifen Früchte an den Bäumen, heil und unbeschädigt vor. Solange er lebte, hatte es noch kein wirklich schlimmes Sechsjahresunwetter gegeben. Aber er kannte die Berichte und die Vergangenheit. Alle sechs Jahre mußten Sicherheitsvorkehrungen getroffen werden. Das war gesetzlich vorgeschrieben – und natürlich auch vernünftig.

Wenigstens war die Evakuierung für ihn nichts Neues mehr; das hatte er schon ein halbes Dutzend Male mitgemacht. Er hatte gehört, daß die Menschen in der Außenwelt versuchten, den Naturgewalten zu widerstehen, statt sich ihnen zu beugen. Das war nur schwer vorzustellen. Wie konnte man anders handeln, als sich dem Schicksal, das am Ende eines Sechsjahreszyklus auf einen wartete, zu beugen? Der Gedanke, sich zu widersetzen, widersprach jeglicher Vernunft.

Pundu wandte den Blick von den Feldern ab und betrachtete seine Kinder und die geschmeidige Figur Lahats liebevoll. Sie spürte seinen Blick und lächelte ihm zu, während sie sich mit dem Arm über die Stirn wischte. Obwohl sie die feuchte Hitze der Nördlichen Tiefebene gewohnt waren, schwitzten sie bei der harten Arbeit. Während er ihr mit den Töpfen und Pfannen aus der Küche half, sah er noch einmal zum Meer hinüber. Die Bäume und die Entfernung verbargen es vor seinem Blick. Gerade darum war die Warnung der Meteorologen so wichtig. Bei einer Wetterverschlechterung würden sie das Unheil nicht rechtzeitig kommen sehen. Und dann brächte das Ende des Zyklus keine Erneuerung, sondern den Tod.

Dort draußen begannen Wind und Wasser unruhig zu werden. Pundu war fest entschlossen, Familie und Freunde weit ins Inland zu bringen, bevor die Stimmung der Elemente umschlug. Schlafe nie in der Nähe des Meergottes, hörte er in der Erinnerung seine Mutter sagen, vielleicht schlafwandelt er.

Breitfuß, das *Torosaurus*männchen, drehte sich im Geschirr und schnaubte zu Pundu herüber.

»Ja, ich weiß, wir müssen los«, erwiderte der Farmer. Der angeschirrte *Ceratopier* war ungeduldig. Je eher sie in Heidesaum ankamen, desto schneller würde er vom Zaumzeug befreit werden.

Pundu warf einen letzten Blick auf sein Haus. Wenn der Gott des Meeres nur schlafwandelte, dann würden sie bei ihrer Rückkehr aus Heidesaum wohl alles unverändert vorfinden. Hatte er aber einen Alptraum … Nun ja, das Strohdach war ohnehin schon recht dünn, und einige der alten Bambusstämme begannen zu splittern. Ein neues Haus wäre eigentlich nicht das Schlechteste.

Pundu legte die Handflächen vor der Brust zusammen, wandte sich zum Meer und verneigte sich. Religion und Kultur seiner Familie waren sanft und demütig, ideal für einen Farmer. Für einen Moment bewegten sich seine Lippen.

Dann blieb nichts mehr zu tun. Er streckte sich, kletterte auf den Wagen und reichte Lahat die Hand, um ihr hinaufzuhelfen. Hinter ihnen ritten die Kinder vergnügt auf dem breiten Rücken von Kalko und dessen Weibchen. Pundu selbst zog in seinem Alter eine weichere Sitzgelegenheit vor.

Die Zügel in der Hand, stellte er sich auf die Fußstütze und rief: »Hü, Breitfuß, Braunauge, es geht los!«

Die *Torosaurier* verstanden zwar die Worte nicht, aber Pundus Tonfall und das leichte Rucken der Zügel waren deutlich genug. Die stämmigen Beine setzten sich in Bewegung, und der schwerbeladene Wagen rollte, unter seiner Last quietschend und knarrend, auf seinen sechs Holzrädern vom Farmhof. Pundu hörte, wie die Kinder seine Worte wiederholten, aufgekratzt und ohne Angst. Den Umzug empfanden sie als Abenteuer.

Auf der Straße angekommen, bogen die *Torosaurier* nach rechts ab, der verschwommenen Silhouette des Rückengebirges entgegen. Niemand blickte zurück. Pundu und Lahat konnten weder über noch um den hoch beladenen Wagen sehen, und den *Ceratopiern* war es nicht möglich, nach hinten zu schauen, ohne den ganzen Körper zu drehen.

Jetzt, wo sie unterwegs waren, entspannte sich Pundu. Die *Torosaurier* brauchten keine Führung. Da sie sowohl Geruchssignale als auch visuelle Zeichen aufnahmen, kannten sie den Weg nach Heidesaum besser als jeder Mensch. Beide Seiten der Straße säumten geflutete Reis- und Tarofelder.

Gegen Mittag waren sie Teil einer wachsenden Schlange von Fahrzeugen, Menschen und Dinosauriern, die ächzend und stöhnend in Richtung der grünen Gebirgsausläufer zogen. Sie fuhren auf einer erhöhten Straße aus gestampftem Lehm, die vor vielen Jahrhunderten angelegt und mit behauenen Steinen gepflastert worden war, um die fruchtbaren Böden der Nördlichen Tiefebene erreichbar zu machen. Von Menschen- und Dinosauriertrupps instandgehalten, ermöglichte sie auch in dieser flachen Gegend, die immer wieder von sintflutartigen Regenfällen überflutet wurde, den ganzjährigen Verkehr. Ebenerdige Straßen dagegen verwandelten sich in Regenzeiten in unpassierbare Ströme von tiefem, klebrigem Schlamm.

Der anschwellende Fluß von Menschen, Dinosauriern, Wagen und Karren bewegte sich gleichmäßig in Richtung Südwesten. Obwohl alle Bewohner der Nördlichen Tiefebene hier zusammenkamen, war noch Platz auf der Straße. Die Unwägbarkeit des Lebens in der Ebene schreckte viele ab. Trotz des fruchtbaren Bodens war der Alltag auf den Farmen nicht leicht, und nur wenige Familien waren bereit, alle sechs Jahre ihren gesamten Besitz zusammenzupacken und durch die Gegend zu kutschieren. Außerdem lagen die Farmen völlig von den Abwechslungen der kulturellen Zentren Sauropolis und Wasserfallstadt abgeschnitten.

Aber es gab auch Vorteile, dachte Pundu, während er mit seiner Familie in der gleichmäßig weiterziehenden Schlange vorwärts rumpelte. Die schöne Landschaft, die Ruhe. Die Freude, die Dinge wachsen zu sehen. Er würde das für kein anderes Leben in der Welt eintauschen.

Als er sich umsah, erkannte er einen anderen Farmer und winkte ihm freundlich zu. Otera lebte mit seiner Familie weiter unten an der Küste, in der Nähe des Muschelriffs. Sie fischten dort in der wunderschönen Lagune und bewirtschafteten das Land. Wie alle Bewohner der Nördlichen Tiefebene kannten sich die Familien von gelegentlichen Begegnungen auf Festen und Märkten.

»Hallo, Otera, alter Freund! Wie geht's?«

»Ganz gut«, antwortete der stämmige Farmer. Oteras Vorfahren waren neuseeländische Maoris. Sein Sohn war schon jetzt schwerer als Pundu, der weit weniger kräftige Ahnen besaß. Unbeeindruckt von der Aktivität um sie herum, schlummerte ein vierjähriges Zwillingspärchen in einer an den großen Brauenhörnern von Schnellfuß festgemachten Hängematte. Schnellfuß war Oteras ausgewachsenes *Triceratops*weibchen. Ein männlicher *Stegosaurus,* dessen Rückenplatten mit Seilen verbunden waren, führte die Gruppe. Zwischen den dreieckigen Platten stapelten sich Haushaltsgeräte.

»Was hältst du von den Vorhersagen der Meteorologen?« fragte Otera. Während sich die Menschen unterhielten, plauderten *Triceratops, Stegosaurier* und *Torosaurier* leise grummelnd miteinander; es klang wie ein leichtes Erdbeben.

Pundu blickte nach Norden zum Ozean hinüber. Der Konvoi hatte inzwischen so viel Höhe gewonnen, daß er das Meer als einen weit entfernten dunkelblauen Streifen zwischen Himmel und Erde erkennen konnte.

»Ist wohl noch zu früh, um das zu sagen.«

»Vielleicht irren sie sich. Vielleicht wird es wieder nur

ein leichter Sechsjahressturm.« Otera rieb sich die mit verschlungenen schwarzblauen Kreisen und Punkten geschmückte Stirn. Sein Onkel hatte ihn im Laufe mehrerer Jahre tätowiert.

»Vielleicht. Hoffen wir's. So war es schon öfter.«

Teita, Oteras Frau, die ebenfalls deutlich größer war als Pundu, zog skeptisch die Nase kraus. »Ihr Männer macht euch was vor. Die Meteorologen haben fast immer recht. Auch die Hoffnung, daß etwas nicht geschieht, wird daran nichts ändern.«

»Hoffen bedeutet nicht, sich etwas vorzumachen, meine Liebe«, erwiderte ihr Mann. »Würdest du lieber in Sauropolis leben?«

»Was«, rief sie, »in dem Lärm und Gewimmel? Nein, danke! Ich lebe lieber am Meer. Es ist wie ein Kind – die meiste Zeit kichert und giggelt es und macht dir nur Freude. Ab und zu muß man sich auf etwas Ärger einstellen. Mehr wollte ich nicht sagen.«

»Genauso empfinde ich es auch.« Pundu lehnte sich entspannt auf seinem Sitz zurück. »Die Stadt ist mir zu hektisch. Wohin fahrt ihr?«

»Nach Füllhornstadt«, antwortete Otera. »Das ist ziemlich weit, aber dort wohnen Cousins von uns.«

Pundu nickte. Breitfuß und sein Weibchen drückten sich an den Straßenrand. Da Oteras Gruppe einen weiteren Weg vor sich hatte, ließen die anderen sie auf der engen Straße bereitwillig vorbeiziehen.

Nicht nur *Ceratopier* und *Stegosaurier* waren unterwegs, sondern auch *Ankylosaurier* und zahlreiche Schnabeltiere. *Ankylosaurier* waren ausgezeichnete Bagger, während sich Schnabeltiere besonders für die Arbeit auf den Reisfeldern und in den Obstgärten eigneten. *Sauropoden* gab es jedoch keine. Die Giganten von Dinotopia waren für die Farmarbeit ein bißchen zu groß geraten. Zwar machte es Spaß, mit einem *Diplodocus* am Strand herumzutollen, aber kein Farmer sah ihn gern in seinen Tarofeldern herumstapfen.

Pundu wußte, daß die Bewohner der Städte ihre Häuser zwar nicht alle sechs Jahre verlassen mußten, dafür aber andere Probleme hatten. Das war das Schöne an Dinotopia: Hier fanden sich für jeden das richtige Plätzchen und der geeignete Lebensstil, für Menschen wie für Dinosaurier.

Eine große dunkle Wolke war am Himmel erschienen. Vorbote für Schlimmeres? fragte sich Pundu und nickte. Es war immer besser, dem Rat von Spezialisten zu folgen, wenn es um Dinge ging, von denen man selbst nichts verstand. Er war froh, daß ihre Abreise von der Farm so glatt verlaufen war.

Während sich die lange Reihe der Menschen und Dinosaurier mit ihren Habseligkeiten langsam aber stetig aus der Nördlichen Tiefebene in die Ausläufer des Rückengebirges hinaufwand, dachte Pundu Singuang an Teitas scherzhaften Vergleich des Meeres mit einem Kind. Kichern und Giggeln, Lachen und Weinen. Ja, das war eine treffende Beschreibung der Stimmungen des Ozeans. Er fand es nur natürlich, daß diejenigen, die in seiner Nähe lebten, als Ausgleich für sein reichliches Angebot auch ab und zu mit einem Wutausbruch rechnen mußten.

Bei dem bevorstehenden fragte sich nur, wie laut der Ozean brüllen und wie stark er zuschlagen würde.

2

Will Denison pfiff durchdringend. Das gigantische säulenförmige Bein verharrte in der Bewegung und setzte dann mit einem dumpfen Geräusch auf. Der Hals des *Brachiosaurus* pendelte hin und her beim Versuch zu orten, woher der Pfiff kam.

Will wurde von einem Busch teilweise verdeckt, so daß der große *Sauropode* ihn fast übersehen hätte. Wie seine Artgenossen verfügte er über ein ausgezeichnetes Gehör. Der gelehrte Bibliothekar Nallab war der Ansicht, diese uralte Fähigkeit habe ursprünglich dazu gedient, sich nähernde Raubdinosaurier rechtzeitig wahrzunehmen.

Der *Brachiosaurus* schnaubte entschuldigend durch seine oben am Kopf sitzenden Nüstern. Will tätschelte die grünliche Schnauze und lächelte, um zu zeigen, daß ihm nichts passiert war. Als der große Kopf zu zittern und beben begann, drehte er sich rasch weg. Der Nieser fegte die Hälfte der Blätter von dem Busch, neben dem Will gestanden hatte. Der *Brachiosaurus* entschuldigte sich noch einmal.

Sauropoden gehörten zu den höflichsten unter den Dinosauriern, eine Folge ihrer ungeheuren Größe. Unfähig, ihre angeborene Tapsigkeit zu überwinden, bewegten sie sich, wenn sie mit kleineren Wesen zusammen waren – also beinahe immer –, mit ausgesprochener Vorsicht und Präzision. Will konnte sich noch gut an sein Staunen erinnern, als er in der Wasserfallstadt zum erstenmal einen *Sauropoden* mit zierlichen Schritten die Straße entlanglaufen gesehen hatte. Es war schon etwas Besonders, einen *Apatosaurus* auf Zehenspitzen zu sehen.

»Nichts passiert«, sagte Will zu dem Riesen. Mit lauter Stimme rief er nach seiner Co-Trainerin. »Fertig, Geina?«

Angefeuert von sechs Jugendlichen, winkte sie begeistert herüber. Will trat hinter dem Busch hervor und musterte seine eigene Truppe.

»Alle Mann bereit? Diesmal schlagen wir sie!« Die um ihn versammelten jungen Männer und Frauen jubelten.

Ein guter Springer konnte das ruhige Waldflüßchen, das die beiden Gruppen trennte, leicht überwinden. Die Wassergrenze besaß eher einen symbolischen Charakter. Will ging zum Ufer hinunter, nahm das fünf Zentimeter dicke Seil in beide Hände und zog es an seine Brust.

»Alles klar?« Die sechs Jugendlichen bejahten. Mit lauter Stimme rief er über den Fluß: »Bei drei, Geina? Eins, zwei – drei!«

Sofort stemmte Wills Team die Absätze in den Boden und zog, doch ebenso rasch wurden sie von der anderen Gruppe in Richtung Fluß gezogen. Die Seilenden hielten zwei Dinosaurier in den Mäulern. Kurzfuß, ein junges *Brachiosaurus*männchen, verstärkte Wills Gruppe, Zahnlücke, ein junger *Camarasaurus*, zog für Geina. Zahnlücke war älter und größer als Kurzfuß, aber der Kampf war dennoch ausgeglichen, denn *Brachiosaurier* sind besonders gute Tauzieher, da ihre Vorderbeine länger sind als die hinteren.

Während er langsam zum Wasser hinuntergezogen wurde, überlegte Will, ob er den Abhang richtig eingeschätzt hatte. War er deutlich steiler als der auf Geinas Seite, hatte sein Team keine Chance. Doch sein Rutschen stoppte, als Kurzfuß zur Gegenwehr ansetzte und seine riesigen Füße in den Boden stemmte. Die Jugendlichen hinter Will feuerten ihn an, während die beiden Dinosaurier schnauften und pufften wie zwei träge Lokomotiven.

Von der andere Seite ertönte ein Triumphgeheul herüber, als Wills Füße ins Wasser rutschten. Entschlossen straffte sich Kurzfuß und zog ihn heraus. Die nassen Füße störten Will nicht. Der Morgen war heiß und feucht – ein ungewöhnliches Klima für die Baumstadt –, und er genoß die Erfrischung.

Will war nicht nur in die Baumstadt gekommen, um seine Ausbildung fortzusetzen, worauf sein Vater bestanden hatte. Er wollte der Bürgerschaft von Dinotopia mit seiner Arbeit hier auch ein wenig von der Hilfe und Unterstützung zurückgeben, die sie ihnen beiden erwiesen hatte. Und er hatte schnell festgestellt, daß er gerne mit anderen zusammenarbeitete. Als diplomierter Skybax-Reiter wollte er Fluglehrer unter dem Meister Oolu werden. Dafür brauchte er jedoch praktische Erfahrung.

Der weise Nallab hatte zu ihm gesagt: »Als Lehrer mußt du ein ewig Lernender bleiben. Ich lebe jetzt schon über einhundert Jahre und habe viele tausend Bücher gelesen, aber alles Neue, was ich lerne, zeigt mir nur immer wieder, wie wenig ich weiß, denn es lockt mich unweigerlich mit Dutzenden von Dingen, von denen ich noch nie gehört habe.« So hatte Will, als sich ihm die Gelegenheit geboten hatte, in einem der Jugendlager der Baumstadt zu arbeiten, begeistert zugesagt.

Helfen zu können bereitete ihm große Zufriedenheit. Abgesehen davon, daß er sich um eine eigene Gruppe kümmern konnte, waren die Jugendlichen, genau wie ihre Ausbilder und Leiter, von seinen Geschichten über die Außenwelt fasziniert, manchmal auch ein bißchen erschreckt. Vor allem das System des Geldverkehrs fanden sie furchtbar komisch.

Seit sechs Jahren lebten sein Vater und er nun schon in ihrer neuen Heimat. Sie hatten viel gelernt, und es ging ihnen gut. Und jetzt fand sich Will beim Tauziehen wieder – mit einem Dutzend Jugendlicher, kaum jünger als er selbst, und zwei längst ausgestorben geglaubten Wesen, deren Größe und Kraft selbst Herkules Probleme bereitet hätten.

Der Beitrag der zwölf jungen Menschen zu diesem Spiel war recht unerheblich. Ihre Anstrengungen waren zwar gut gemeint, täuschten aber niemanden, am wenigsten sie selbst. Ihre vereinte Körperkraft betrug nur einen Bruchteil derjenigen des *Brachiosaurus* oder des *Camarasaurus*, und ihre Bemühungen hatten keinerlei Einfluß auf den Ausgang des Spiels. Aber darum ging es auch nicht. Wichtig war, dabeizusein und gemeinsam voneinander zu lernen, Menschen von Menschen, Menschen von Dinosauriern.

Die beiden jungen *Sauropoden* genossen das Spiel mindestens genauso wie ihre menschlichen Kameraden. Der einzige Unterschied bestand darin, daß ihr Gewicht, im Gegensatz zu ihrer geistigen Reife, nicht in Pfunden, sondern in Tonnen gemessen wurde. Sozial und geistig waren sie den zwölf Zweifüßern ebenbürtig.

Trotz des steileren Abhangs gelang es Kurzfuß, mit seinen längeren Vorderbeinen auf ebenen Boden zu kommen. Jetzt konnte Wills Mannschaft die andere unter Lachen und Kreischen in den Fluß hineinziehen. Nach vollbrachter Tat begannen auch Will und seine Schützlinge, im Wasser herumzutollen. Die beiden *Sauropoden* spritzen mit ihren Vorderbeinen und langen Hälsen das Wasser in alle Richtungen. Zahnlücke erwischte Will mit einer zwischen den stiftförmigen Zähnen hervorgepreßten Ladung Wasser, die ihn hintenüber warf. Unter dem Gelächter der Umstehenden tauchte er zappelnd und mit einem ziemlich dämlichen Gesichtsausdruck wieder auf.

Er hatte keine Angst, sich zu erkälten. Die ganze Baumstadt und ihre Umgebung lagen wie erschlagen unter der ungewöhnlichen Hitze. Wer nicht arbeiten mußte, hing in den Schlafkörben, die wie eingewickelte Früchte zwanzig Meter über dem Boden von den Ästen baumelten. Jeder versuchte, eine frische Brise zu erhaschen. Oben, in den Ästen der Tannen, Redwoods, Gingko- und Mammutbäume, war es wesentlich kühler als auf dem Boden.

Sogar der Wind, der sonst von den Abhängen des Rückengebirges herüberwehte, hatte sich gedreht. Von der heißen Nördlichen Tiefebene stiegen ungewöhnlich warme, schwüle Lüfte herauf, die das Einschlafen erschwerten und die Einwohner bedrückten. Wer die offiziellen Vorhersagen der Meteorologen gehört hatte, war nicht überrascht. Das Klima in Dinotopia näherte sich dem Ende eines der regelmäßigen Sechsjahreszyklen, eine Zeit, in der merkwürdige Dinge geschahen. Über dem Regenbecken lösten sich die Wolken auf, über der Großen Wüste tobten plötzliche Unwetter. Der Wind wechselte von West auf Nord, und das Rad der Zeit drehte sich klimatologisch gesehen ein bißchen zurück.

Die Bergbewohner begegneten diesen kurzfristigen tropischen Wetterattacken so gut sie konnten. Sie vertauschten ihre warme Kleidung mit Sachen, die eher in die Ebene oder die Hadrosümpfe gepaßt hätten. Schließlich wußten alle, daß es vorbeigehen würde. Auf jeden Fall litten sie weniger als die Farmer der Nördlichen Tiefebene, die für kurze Zeit erheblich mehr als nur ihre Kleidung wechseln mußten.

Obwohl die meisten von ihnen nach Heidesaum, Füllhornstadt und in die anderen, niedriger gelegenen Städte gefahren waren, hatte auch die Baumstadt ihren Anteil an Flüchtlingen aufgenommen. Will hatte diese Ankömmlinge mit Interesse, aber ohne persönliche Anteilnahme beobachtet. Seine Heimat war die Wasserfallstadt, und das lag weit unten im Süden, geschützt vor allen drastischen Veränderungen und Gefahren.

Als sie merkten, daß Kurzfuß und Zahnlücke heftig keuchten, führten Geina und Will die Gruppe flußabwärts, wo es tieferes Wasser gab, in dem die jungen *Sauropoden* mehr als nur ihre Füße kühlen konnten. Die Jugendlichen vertauschten ihre leichte Kleidung mit Badesachen, sprangen begeistert in das tiefe Becken und spielten zwischen den Beinen und unter den Bäuchen ihrer beiden gigantischen Freunde Fangen und Verstecken. Auf Bitten wurden Dinosaurierschwänze zu lebenden Sprungbrettern, die ehrgeizige Möchtegernspringer in komplizierten Drehungen und Saltos durch die Luft wirbelten.

Weiter flußabwärts kamen sie zu einem ungefähr sechs Meter hohen Wasserfall. Das herabstürzende Wasser hatte ein tiefes Sprungbecken in den Granit gefressen. Den Rand umgaben rundpolierte graue und beige Steine, perfekte Sitz- oder Liegeplätze für Sonnenhungrige. Rundherum standen Redwoodbäume und Tannen. Niedrigere Gewächse an den Steinwänden und den Rändern des Wasserfalls verliehen dem Ganzen ein gartenartiges Aussehen.

Kurzfuß lief durch den Wald zu dieser Idylle, kletterte hinein und lehnte den Kopf aufseufzend gegen die Steine oben an der Kante des Wasserfalls. Ab und zu tauchte er ihn in die schäumende weiße Kaskade. Die Schwimmer im leise strudelnden Wasser konnten auf seinen fast ganz im Wasser liegenden Rücken steigen und an seinem Hals zum Wasserfall hinaufklettern. Unter dem Beifall der Zuschauer sprangen die Wagemutigsten mit artistischen Einlagen ins Wasser, während andere Anlauf nahmen und sich unter lautem Kreischen und Schreien in die Tiefe stürzten.

Die an der Luftakrobatik weniger Interessierten versammelten sich auf der anderen Seite des Beckens um Zahnlücke. Geduldig hob der *Camarasaurus* einen Schwimmer nach dem anderen aus dem Wasser, stellte ihn auf seinen Kopf und schleuderte ihn dann mit einer Bewegung seines langen Halses in die Luft. Schreiend und quietschend flogen die Jugendlichen quer über den Pool, ehe sie in den verdrehtesten Haltungen laut platschend ins Wasser tauchten.

Von dem Lärm angezogen, kam eine Truppe *Hypacrosaurier* und *Corythosaurier* auf ein Schwätzchen vorbei. Eigentlich bevorzugten sie die Gegend um die Hadrosümpfe, weit im Südwesten gelegen, aber auch überall sonst in Dinotopia fühlten sie sich so wohl wie ihre Verwandten. Sie ließen sich am schattigen Ende des kleinen Sees nieder und unterhielten die herumtollenden Jugendlichen mit ihrem klangvollen, hallenden Gesang.

Als in den Hügeln der Abend heraufstieg, packte die Gruppe ihre mitgebrachten Sachen aus. Nachdem sie sich selbst versorgt hatten, holten sie steifborstige Bürsten mit langen Stielen hervor, die eher Laubharken als Hygieneartikeln ähnelten.

Mit ihnen schrubbten und striegelten sie die beiden *Sauropoden,* die sich unter den Aufmerksamkeiten der Jugendlichen wohlig im seichten Wasser suhlten. Dieses Abschrubben war weniger eine Belohnung für die geleisteten Dienste als ein Zeichen gegenseitiger Zuneigung und gegenseitigen Respektes. Die Jugendlichen empfanden es nicht als Arbeit, sondern als gemeinsames Vergnügen.

Und was die *Sauropoden* anging, so kann ein *Brachiosaurier* zwar vieles, aber es gibt eine Menge Stellen, an denen er sich nicht kratzen kann. Im Rückengebirge gab es nicht viele Kuhlen zum Herumwälzen, und es war verboten, sich an den Bäumen zu schaben, da sonst schnell überall die Rinde abgelöst werden würde und die Bäume nicht mehr wachsen könnten. Diesen Mangel an Bequemlichkeit behoben die zwölf energischen jungen Menschen aufs Angenehmste.

Hälse und Rücken wurden saubergeschrubbt, Schwänze geharkt, Parasiten ausgemacht und entfernt. Mit Hilfe einer speziellen zweigriffigen Säge stutzten zwei Sechzehnjährige tellergroße Zehennägel. Stiftähnliche Zähne wurden gewienert, bis sie blitzten.

Wer noch nie einen *Brachiosaurus* schnurren gehört hat, weiß nicht, wie Zufriedenheit klingt, dachte Will.

Nachdem die Jugendlichen sich abgetrocknet und angezogen hatten, verabschiedeten sie sich von den kurz zuvor eingetroffenen Schnabeltieren und machten sich auf den Weg zurück in die Baumstadt. Einige gingen zu Fuß, um die zahlreichen Pflanzen entlang des Weges zu studieren und zu versuchen, sie zu identifizieren. Die anderen ritten in Gemeinschaftssätteln, die auf dem breiten Rücken der *Sauropoden* befestigt waren. Will und Geina saßen in den Ausgucken direkt hinter den beiden Köpfen. Will schwebte neun Meter über dem Boden, und bei jeder Bewegung von Kurzfuß' muskulösem Hals schwang sein Sitz vor und zurück.

Die Baumstadt – eine selbst für Dinotopia einzigartige Ansiedlung – war einer der wenigen Orte, an denen die menschlichen Einwohner beim Blick aus ihren Fenstern auf die Dinosaurier *herab*sehen konnten. Das kam deshalb, weil in der Baumstadt alle menschlichen Behausungen tatsächlich auf den Bäumen lagen. Die Häuser ruhten auf breiten Ästen und waren durch ein kompliziertes Netz von Leitern, Brücken, Seilen und Kabeln miteinander verbunden. Sogar der Marktplatz lag etwa fünfundzwanzig Meter über dem Boden – jeder Stand besetzte einen eigenen Ast oder eine Astgabel.

Die Dinosaurier unter den Einwohnern verbrachten die Nächte in riesigen Hütten auf eigens dafür angelegten Lichtungen. Die Wände wurden von kräftigen Mammutbäumen gestützt. Die Baumstadt lag zwar sehr hoch, aber trotzdem in der Nähe des Regenbeckens, und nicht selten kamen wagemutige oder verirrte Raubdinosaurier auf der Suche nach frischer Beute hier herauf.

Außerdem lebten die *Sauropoden* gerne in Häusern.

Diese von den Menschen eingeführte Neuheit erlaubte es den großen Wesen, in kühleren Klimazonen zu bleiben, als sie es sonst ertragen hätten.

Will verabschiedete sich von seinen jungen Schützlingen und von Geina (die, wie er fand, wirklich nett war, aber lange nicht so nett wie seine Sylvia), und ging zu dem Baum, auf dem sein Gästehaus lag. Über eine um den Stamm geführte Wendeltreppe erklomm er eine hohe Douglastanne, lief über eine Hängebrücke aus Seilen zu einem Redwoodbaum und stieg dann mehrere Leitern hinauf. Auf einer Aussichtsplattform ruhte er sich aus.

Die meisten Gebäude in der Baumstadt hatten keine Seitenwände. Bei schlechtem Wetter oder wenn man unter sich sein wollte konnten die Seiten mit Leinwänden verhängt werden. Jetzt waren die Häuser offen. Die aufgerollten Tücher gaben den Blick auf die Aktivitäten im Inneren frei und ließen eine frische Brise hindurchwehen.

Ein wie beschwipst trällerndes *Oropendula*pärchen flog unter der Plattform vorbei.

Sah man von solchen geflügelten Besuchern ab, hatten die Menschen in der Baumstadt die Wipfel meist für sich. Nur einige der kleineren Dinosaurier wie die *Ornithosaurier* oder die *Dromaeosaurier* fühlten sich so hoch über dem Boden wohl. Das lag daran, daß die Saurier keinen abstehenden Daumen hatten, mit dem sie sich an Ästen oder der Rinde festklammern konnten. Außerdem hatten sie eine angeborene Abneigung gegen das Klettern.

Den *Sauropoden* gefiel es in der Baumstadt. Das Wetter war meist angenehm, zwischen den Bäumen konnten sie bequem gehen, und sie knabberten gerne an den niedrigeren Ästen, die in ihrer Reichweite lagen. Die Menschen saßen in Körben oder auf den tieferen Ästen Auge in Auge mit den größten Dinosauriern und waren den *Sauropoden* damit aus dem Weg. Ein herumwandernder *Saltasaurus* mußte nicht ständig darauf achten, wohin er trat.

Geina war nach Hause zu ihren Eltern gegangen, und die Jugendlichen befanden sich in ihren Unterkünften. Die Abendbrotzeit näherte sich, aber obwohl Will sich viel bewegt hatte, war er noch nicht hungrig. Er blieb lieber noch eine Weile auf der Plattform sitzen und wartete auf den Sonnenuntergang.

War er heute gut gewesen? Er hatte immer das Gefühl, er könnte ein besseres Vorbild sein. Immerhin hatte er beim Tauziehen die Führung übernommen. Er hatte schon gelernt, daß für einen guten Lehrer Geduld wichtiger war als Wissen. Und daß er nicht immer der Beste sein konnte. Sein Vater hatte ihm das immer wieder gepredigt.

Trotzdem, als noch recht neuer Einwanderer in Dinotopia fühlte er sich gezwungen, sich auszuzeichnen, und sei es nur, um zu beweisen, daß auch er hierhergehörte. Sein Ehrgeiz war es, der jüngste Skybax-Reiter zu werden, den es je gegeben hatte.

Als er die Plattform verließ und das Gästehaus betrat, wurde der Ast von einer plötzlichen kalten Bö heftig geschüttelt, und er mußte sich an einer Hängematte festklammern, um nicht hinzufallen. Wie ein Schwert schnitt der Windstoß durch die Schwüle, unerwartet und beunruhigend.

Bei seiner eigenen Hängematte angekommen, sah Will zu Lyra Aurelius hinüber. Die Waschfrau hängte am anderen Ende des offenen Raumes eine frische Hängematte für neue Gäste auf. Ihre vierjährige blonde Tochter Tlinka spielte in ihrer Nähe, am Rande des zwanzig Meter tiefen Abgrundes. Die Kinder der Baumstadt lernten schnell, sich in den offenen Räumen zu bewegen. Trotzdem hatte das kleine Mädchen eine gepolsterte Babyleine um den Bauch. Wenn sie stolperte, würde sie nicht mehr als drei oder vier Meter tief fallen, ehe sie wie eine Kaulquappe an der Leine auf- und abwippen würde. Ein paar solcher Stürze, und die Kinder bewegten sich vorsichtiger.

Seit seiner Ankunft hatte Will das Geschick der einheimischen Jugendlichen bewundert, mit dem sie sich von Ast zu Ast und von Baum zu Baum schwangen. Die Mutigsten sprangen ohne Seil oder liefen furchtlos über gerade mal armbreite Äste, sechzig Meter und mehr über dem

Boden. Sie waren sehr erstaunt, als Will sich ihnen angeschlossen hatte. Als Skybax-Reiter kannte er keine Höhenangst.

Er verschwendete keinen Gedanken an den dreißig Meter tiefen Sturz, der ihm drohte, falls die Bretter unter ihm nachgäben. Wie jedes Gebäude in Dinotopia waren die Häuser der Baumstadt für die Ewigkeit gebaut. (»Der römische Einfluß«, hatte Nallab gesagt. »Die Römer waren sehr anspruchsvoll.«)

Will schlüpfte in seine Hängematte, drehte sich um und blickte zur Wetterstation hinüber. Sie lag auf dem höchsten Wipfel der Baumstadt, in der Krone eines uralten Redwoodbaumes. Von dort aus konnte man den umgebenden Wald bis zu den Berggipfeln am Horizont überblicken.

In den höchsten Zweigen waren Instrumente angebracht, mit denen die Regenmenge, der Wind und sogar Veränderungen des atmosphärischen Drucks gemessen wurden. Um die Station zu erreichen, mußte ein Wissenschaftler mehrere Leitern und Seile hinaufklettern, gegen die die Hauptmasttakelage des größten Klippers wie ein Kinderspielplatz wirkte. Normalerweise wurde nur alle paar Tage abgelesen, aber jetzt, wo ein Sechsjahresunwetter drohte, nahm man jeden Morgen und jeden Abend genaue Messungen vor.

»Ähnlich wie ein Monsun«, hatte Arthur Denison Will erläutert, »nur stärker und spezifisch für Dinotopia. Ich glaube, es hat was mit Temperaturumschwüngen über dem Meer zu tun.«

Will wußte, daß Dinotopia vermutlich irgendwo im südlichen Indischen Ozean lag. Gewässer, in denen kein Land existieren sollte, eine Region voller Geheimnisse. Und wenn die Vermutungen seines Vaters stimmten, gab es dort vielleicht sogar einen Gegenmonsun. Arthur Denison hatte seinem Sohn erzählt, daß die indischen Monsune immer wieder die Südküsten zahlreicher Länder verwüsteten. Eine solche Katastrophe war im friedlichen Dinotopia nur schwer vorstellbar.

Das Leben in Dinotopia spielte sich hauptsächlich fern der See im Landesinneren ab, denn auch in der Nördlichen Tiefebene gab es keine großen Küstenstädte. Und das hatte sicherlich seinen Grund …

Wie alle anderen hatte Will zugesehen, als die Flüchtlinge aus diesem fruchtbaren Küstenstreifen in die Stadt geströmt waren und Gästehäuser und freie Schlafräume bei Freunden und Verwandten in Beschlag genommen hatten. Sie waren aufgefordert worden, ihre Häuser und Farmen zu verlassen. Natürlich nur vorübergehend, aber eine derartige, immer wiederkehrende Massenflucht ließ ein Zerstörungspotential erahnen, von dessen Umfang sich Will bislang noch keinen Begriff machen konnte. Was würde passieren? Würde überhaupt etwas passieren? Er hatte nicht weiter darüber nachgedacht, und die Betroffenen selbst schienen zu beschäftigt zu sein, um darüber zu reden.

Nun, er würde es noch früh genug erfahren. Im Moment faszinierten ihn die meteorologische Station und ihre Messungen. Ein wirklich schweres Unwetter könnte sein Training unterbrechen, obwohl Nallab ihm einst gesagt hatte: »Das Feindliche ist manchmal lehrreicher als das Gutgesinnte. Versuche, aufmerksam zu bleiben, auch wenn alles schreit.«

Entschlossen schwang er sich aus der Hängematte und verließ das Gästehaus. Weite Entfernungen zwischen einzelnen Bäumen wurden mit Hilfe von Flughunden überwunden. Einen solchen bestieg er jetzt, um zum Wetterbaum zu gelangen. Von einem aus feinen Strängen kräftigen Taus gefertigten Kabel hing ein geflochtener Weidensitz. Will setzte sich hinein und zog sich mit den Händen an dem Kabel entlang. Seine Beine baumelten im Freien. Der Boden lag zwanzig Meter unter ihm.

Er kletterte aus dem Hängesitz und lief über einen mit einem Seil gesicherten Ast zu einer Reihe von Leitern und Seilröhren hinüber, die in die Höhe führten und in einem Gewirr von brauner Rinde und grünen Nadeln verschwanden. Die Wetterplattform lag gut gesichert in der

Baumkrone, mehr als einhundertzwanzig Meter über dem Boden.

In der Nähe flickten zwei alte Männer das Tauwerk. Ein dritter saß in einer offenen Hütte und notierte etwas in einem dicken Buch. Will spürte ihre Blicke auf sich und ging zur Hütte hinüber. Der Schreiber sah auf, bemerkte das auf die Hemdschulter seines Besuchers genähte Emblem und lächelte freundlich.

»Kann ich was für dich tun, Junge?«

Will erwiderte das Lächeln und wies nach oben. »Nimmt Meteorologe Linyati gerade die Abendmessungen vor?«

Der Chronist nickte. »Ja, der sitzt oben wie ein Vogel im Nest. Wenn du mit ihm reden willst – er kommt bald runter.«

»Nein, danke.« In dem Bemühen, die obersten Winkel des alten Redwoodbaumes mit den Augen zu durchdringen, legte Will den Kopf soweit wie möglich in den Nakken. »Ich will nach oben.«

»So, willst du das?« Der verhutzelte Schreiber betrachtete seinen jungen Besucher genauer. »Bist du schon mal oben gewesen?«

»Das ist das erste Mal«.«

»Aha. Was will denn ein Skybax-Reiter im Wipfel eines einfachen Baumes, wenn die Frage erlaubt ist?«

Will lachte. »Ich *war* eben noch nie dort.«

»Offensichtlich hast du keine Höhenangst«, murmelte der Alte. »Aber Klettern ist was anderes, als auf einem bequemen Sattel zu liegen. Wenn du fällst, taucht der Baum nicht ab, um dich aufzufangen.«

»Ich weiß. Auch darum will ich rauf.«

Der Schreiber grinste. »Wie du meinst, Junge. Dann viel Glück.«

Will griff nach der ersten Sprosse der untersten Leiter. »Linyati hat doch nichts dagegen, oder?«

»Dagegen?« Der Chronist tauchte seine Feder in den Topf mit der Ammonittinte. »Er bekommt nie Gesellschaft da oben.«

»Es gibt Leute, die keine Gesellschaft mögen.«

Leicht verärgert wedelte der alte Mann mit der freien Hand. »Willst du nun reden oder klettern? Rauf mit dir, Junge! Hältst du Tswana für einen Gauner aus dem Regenbecken? Er wird sich über deinen Besuch freuen.« Der Schreiber wandte sich wieder seiner Arbeit zu.

Will nickte, atmete tief durch und begann mit dem Aufstieg, immer darauf bedacht, mindestens eine Hand oder einen Fuß auf den Seilen zu haben. Mehrmals turnte er durch Kabeltunnel, die unter seinem Gewicht schwankten. Während er an Höhe gewann, wurde der Wind stärker, bis die drückende Feuchtigkeit der letzten Tage nur noch eine unangenehme Erinnerung war. Zum Glück, denn er schwitzte aus allen Poren. Als er nach unten sah, bemerkte er, daß er den Boden und auch die Hütte des Schreibers in dem Gewirr von Blättern und Ästen nicht mehr erkennen konnte. Jemand mit Höhenangst würde es nie schaffen. Aber Will, an komplizierte Manöver auf dem Rücken eines *Quetzalcoatlus* gewöhnt, war in seinem Element. Beinahe auf den Tag genau vor sechs Jahren hatte er die Mannschaft eines Überseeschiffes damit erschreckt, daß er mitten in dem wütenden Sturm, der ihn und seinen Vater an diese Dinosaurierküste verschlagen hatte, mit knabenhafter Leichtigkeit auf die Spitze des Hauptmastes geklettert war. Der Wetterbaum war höher als der Mast, aber wesentlich standfester.

Endlich konnte er die aus stabilen Redwoodplanken gezimmerte Beobachtungsplattform erkennen und überwand die letzten geflochtenen Sprossen zur Spitze. Nur noch wenige Nadeln strichen über seine Wangen, die Äste wurden rarer. Nachdem er die Oberfläche erreicht hatte, streckte er sich und rief dem Meteorologen einen Gruß zu.

Linyati drehte sich um und begrüßte seinen Besucher. Auf seinem Gesicht lag ein breites Grinsen. »Will Denison, habe ich recht?« Er streckte ihm die Hand entgegen, und Will ergriff sie. »Ich bin Linyati, sechs Mütter Tswana. Ich habe von dir gehört.«

»Und ich von Ihnen.« Der Meteorologe war nicht viel

älter als er selbst, schätzte Will. Vielleicht Mitte bis Ende Zwanzig.

Linyati lachte. »Hab' schon gehört, daß du ein ganz Schlauer bist. Du merkst dir Namen wohl genauso gut wie Daten, was?«

Zugleich verlegen und geschmeichelt, hob Will die Schultern. »Mit einem Wissenschaftler als Vater lernt man, sich alles zu merken.« Dankbar hielt er sein Gesicht in den kühlen Wind. Hier oben in den Wipfeln war es viel angenehmer als unten am Boden. In der Ferne erkannte Will die Gipfel des Rückengebirges. Jenseits davon sah er dank der klaren, sauberen Luft Dinotopias die schneebedeckten Felsen der hohen Verbotenen Berge, die wie undeutliche Visionen am Horizont leuchteten.

Ein Staubkorn wehte ihm ins Auge. Blinzelnd wandte er sich ab. »Was ergeben die Messungen?«

Linyati schaute auf die Tafel mit seinen Zetteln. Schiffbrüchige Chinesen hatten das Geheimnis der Papierherstellung nach Dinotopia gebracht, und zwar viele hundert Jahre, bevor es Europa erreicht hatte. Ihre Nachkommen hatten sie zu einer Kunstform entwickelt. Partys, auf denen Papier hergestellt wurde, zählten bei den wichtigen Familien zu den herausragenden gesellschaftlichen Ereignissen. Jeder, der Lust hatte, konnte mitmachen, und auch die Dinosaurier beteiligten sich begeistert an der Zubereitung des Papierbreis.

»Es ist ein Unwetter im Anmarsch, das steht außer Frage.« Linyati blätterte in seinen Notizen. »Ein heftiges Unwetter. Wir müssen nur noch herausfinden, *wie* heftig es wird.«

Will blickte nach Norden. Selbst von der hoch gelegenen Wetterplattform aus erlaubte die von Bergen umgebene Baumstadt keinen Blick auf den Ozean. In Heidesaum war das anders. »Offensichtlich halten die Meistermeteorologen es für heftig genug, um eine Massenevakuierung der Nördlichen Tiefebene anzuordnen. Ist die Gefahr wirklich so groß?«

»Das ist eine traditionelle Vorsichtsmaßnahme«, erläuterte Linyati. »Warum, glaubst du, gibt es in der Nördlichen Tiefebene keine großen Städte oder festen Ansiedlungen? Vielleicht passiert gar nichts. Es wird heftig regnen. Das bedeutet, wir müssen mit lokalen Überschwemmungen und wohl auch einigen Sturmschäden rechnen. Alles was darüber hinausgeht, läßt sich nur schwer vorhersagen. Deswegen besteht unsere Zunft ja auch darauf, daß die lokalen Daten regelmäßig aktualisiert werden.« Er klopfte mit dem Griffel auf die Tafel. »Das ist mein Job und der der anderen Beobachter.«

»Was passiert, wenn es ein wirklich heftiger Sturm wird?«

Linyatis Lächeln verschwand. »Wenn wir ein Generationsunwetter bekommen, wirst du was erleben.«

»Was?«

»Schwer zu sagen.«

Will verzog das Gesicht. »Für einen Vertreter einer angeblich wissenschaftlichen Disziplin sind Sie nicht sehr exakt.«

»Beim Wetter ist es schwer, exakte Voraussagen zu treffen, und ich will mich lieber nicht festlegen. Zumindest nicht vor der nächsten Woche. Dann kannst du wiederkommen und noch mal fragen.«

»Beim letzten Sechsjahressturm wurden mein Vater und ich an der nordwestlichen Küste in der Nähe des großen Brutplatzes angespült. Einen schlimmeren Sturm kann ich mir kaum vorstellen.«

Linyatis Lächeln kehrte wieder. »Du glaubst, du hättest einen großen Sturm erlebt? Klar, ein Sechsjahresunwetter ist schon was, aber ein Generationsunwetter ist noch mal etwas *ganz* anderes.«

»Haben Sie schon eines erlebt?«

»Nein, aber ich habe viel darüber gelesen. Beten wir, daß es nicht dazu kommt.« Linyati schaute auf seine Tafel. »Aber es sieht nicht gut aus.«

Will hätte den Beobachter gerne noch weiter ausgefragt, aber Linyati hatte ihn gebeten, sich eine Woche zu gedulden. Weitere Fragen wären unhöflich.

»Du bist ein Skybax-Reiter, nicht wahr?« Linyati legte die Tafel aus der Hand.

Ohne den einhundertzwanzig Meter tiefen Abgrund zu beachten, lehnte sich Will an das Geländer. »Stimmt.«

»Dachte ich mir.« Linyati ging zu einem merkwürdigen Instrument in der Mitte der Plattform und begann, die Flüssigkeitsstände in verschiedenen Glasröhrchen zu überprüfen. Mit diesem Apparat konnten die Meteorologen Veränderungen des atmosphärischen Drucks feststellen. Sie mußten dabei allerdings immer die hohe Lage der Baumstadt in ihre Berechnungen mit einbeziehen.

»Das erklärt, wie du es heraufgeschafft hast.« Linyati notierte sich einige Zahlen. »Die meisten Leute haben mit der Höhe Schwierigkeiten.«

»Ich hatte damit nie Probleme«, erwiderte Will. »Zum Glück. Damals in Boston bin ich oft auf die höchsten Kirchtürme geklettert.« Bei der Erinnerung an diesen Teil seines schon fast vergessenen früheren Lebens mußte Will lachen. »Die Diakone riefen dann immer die Polizei, und ich bin über die Häuserdächer verschwunden, bevor sie mich kriegen konnten.«

»Jeder hat seine Ängste«, meinte Linyati. »In meiner Familie kursieren alte Geschichten von Riesenkrokodilen, die Einbäume umwerfen und Fischer fressen. Kannst du dir vorstellen, was meine Vorfahren gedacht haben, als sie hier landeten und die ersten Dinosaurier zu Gesicht bekamen?« Er lachte leise bei diesem Gedanken.

»Bei unserer ersten Begegnung hatten mein Vater und ich auch Angst. Das war, bevor wir die Dinosaurier kennenlernten. Komisch, wie der Verstand unser Bild von jemandem verändern kann, selbst wenn dieser Jemand Stacheln und Krallen besitzt und soviel wiegt wie ein Fischerboot.« Will mußte an seinen freundlichen, geduldigen Skybax denken, den breitgeflügelten Cirrus. »Oder im ersten Moment aussieht wie ein von der Spitze einer Kathedrale gerissener Wasserspeier.«

»In Dinotopia lernt man, hinter die Fassade zu sehen.« Linyati ging um das Barometer herum. »Auf die inneren

Werte eines Wesens kommt es an, auch wenn dieses Wesen fünfzig Tonnen schwer ist. Zum Glück sind meine Vorfahren gleich zu Beginn auf zivilisierte Dinosaurier getroffen. Kannst du dir ihre Reaktion vorstellen, wenn ihnen als erstes die *Carnosaurier* aus dem Regenbecken über den Weg gelaufen wären? Für einen *Allosaurus* ist ein Krokodil nicht mehr als ein Frühstückshappen.«

Will nickte, während er seinen Blick über die Baumwipfel schweifen ließ. »Abgesehen davon, wie heftig der Sturm nun wird, wann meinen Sie, wird er ausbrechen?«

»Das kann ich nicht sagen. Die Wettervorhersage ist – auch wenn du dir das vielleicht anders vorgestellt hast – noch keine exakte Wissenschaft. Natürlich hoffen wir, daß sie es eines Tages sein wird.« Linyati blickte in den klaren blauen Himmel hinauf. »Wenn wir nur von weiter oben als von den Berggipfeln hinunterschauen könnten ... Vielleicht könnte man ein Teleskop an einem Ballon befestigen und seine Beobachtungen irgendwie zum Boden übertragen.« Er senkte den Blick. »Unmöglich, natürlich.«

»Wer weiß?« Will legte das Kinn auf die auf dem Geländer gekreuzten Arme. »Mein Vater glaubt, daß die Wissenschaft eine Menge möglich macht. Vielleicht sogar ein fliegendes Teleskop.« Seine Stimme klang erregt. »Ich könnte eines mit auf den Skybax nehmen.«

Linyati überlegte. »Das könnte sogar klappen, junger Denison. Die Winde über Dinotopia sind tückisch, aber wer weiß? In meiner Familie sagt man: besser die Klugheit eines Mungos als das Herz eines Löwen. Ich werde meine Vorgesetzten von deiner Idee informieren.«

Will wußte nicht, ob er sich geschmeichelt fühlen sollte. Besaß er nicht auch das Herz eines Löwen? Er schob den Gedanken beiseite und überlegte gemeinsam mit Linyati, wie eine Gruppe speziell ausgebildeter Skybax-Reiter, die mit den richtigen Instrumenten ausgestattet waren, das Wissen der Meteorologie Dinotopias erweitern könnte.

»Himmelsgaleeren sind nicht so wendig wie ein Skybax«, meinte Will, »aber sie können länger oben bleiben. Man könnte eine Galeere richtig weit nach oben schikken.«

»Aber was ist mit den Winden?« fragte Linyati. »Wie kann man so ein Schiff navigieren? Und was, wenn die Luft zu dünn zum Atmen ist?«

»Mein Vater hat einen Apparat entwickelt, mit dem man unter Wasser atmen kann. Der müßte doch in der Höhe auch funktionieren.«

Sie waren so in ihre Unterhaltung vertieft, daß sie den Windstoß nicht bemerkten, der durch den Wipfel des Redwoodbaumes pfiff, daß die Nadeln rauschten und das Quecksilber im Hauptthermometer durchgerüttelt wurde. Ein Herold, ein Kundschafter, ein Vorbote dessen, was noch kommen sollte.

Weit draußen auf dem Meer, nordöstlich von Dinotopia, sammelte der Sturm seine Kräfte für den wilden Marsch nach Süden. Dunkel und undurchlässig schob er die aufgepeitschte See vor sich her, als wäre er die Hand eines wütenden Gottes. Schon jetzt war er stärker als ein Sechsjahressturm, ja stärker sogar als ein Zwanzigjahressturm.

Dies war ein Generationssturm, wie ihn Dinotopia seit über einhundert Jahren nicht erlebt hatte.

»Ich mache mir Sorgen um den Jungen, Nallab.«

Die Hände auf die glatte Fensterbank gestützt, blickte Arthur Denison aus dem hohen Fenster der Bibliothek. Das allgegenwärtige Brausen des fallenden Wassers hallte in seinen Ohren. Ein Paar Ohrstöpsel, Teil der Ausstattung jedes Einwohners der Wasserfallstadt, steckte unberührt in seiner Hosentasche. Es gab sie in allen Farben, Formen und Größen, und man trug sie als Schmuck ebenso wie aus praktischen Gründen. Arthur Denison benutzte sie ungern. Wenn er seine Ruhe wollte, konnte er genausogut das Fenster schließen.

»Wie bitte?« Der alte dritte Bibliotheksassistent kam herüber und zog dabei seine Stöpsel aus den Ohren.

Automatisch hatte er die Stimme gehoben. Da die Stadt von rauschenden Wasserfällen umgeben war, konnten die älteren Einwohner ihre Stimmen den unterschiedlichen Bedingungen so geschickt anpassen wie ein Opernsänger. In den dicken Wänden der Bibliothek mußte man allerdings nur selten schreien.

»Ich sagte, daß ich mich um Will sorge.«

»Ach, mach dir seinetwegen keine Gedanken.« Der Bibliothekar besaß die Fähigkeit, sich gleichzeitig auf zwei gänzlich verschiedene Dinge zu konzentrieren. Arthur bemerkte, daß er sogar jetzt, während sie sich unterhielten, im Geiste ordnete und sortierte. »Dein Will ist ein außergewöhnlicher Junge.«

Arthur drehte sich wieder zum Fenster. »Er ist oben in der Baumstadt, und das ist verdammt nah an der Stelle, wo das Unwetter auf Dinotopia trifft.«

»*Falls* es auf Dinotopia trifft.« Nallab drohte seinem Freund mahnend mit dem Finger. »Es könnte auch vorbeiziehen, und wir kriegen nur ein bißchen Wind und eine Menge Regen, den wir gut gebrauchen können.« Er runzelte die Stirn und begann, auf einem mit antiken Schriftrollen bedeckten Tisch zu wühlen. »Wo habe ich nur das ›Finale‹ von Homer hingelegt? Man sollte doch meinen, daß wir nach all diesen Jahrhunderten den Überschuß aus der Bibliothek von Alexandria endlich sortiert haben müßten.«

Seufzend wartete Arthur darauf, daß Nallab fand, wonach er suchte. Die Regale an der Wand des großen Raumes unter der Kuppel waren bis zur Decke gefüllt. Viele der Werke, die hier standen, waren für die Außenwelt verloren, andere völlig unbekannt, da sie nicht von Menschen, sondern von Dinosauriern stammten. Es gab Geschichtswerke, Romane, Lyrik, Musik: ein Reichtum an Inspiration und Wissen, den man selbst in mehreren Leben nur oberflächlich würde aufnehmen können.

Und hier waren diese Werke sicher. Anders als Dummköpfe und Barbaren in anderen Teilen der Welt, verbrannten oder zensierten die Bürger von Dinotopia ihre Bücher selbst dann nicht, wenn sie mit dem Inhalt nicht einverstanden waren.

»Ich weiß, daß er schon eine Weile auf eigenen Füßen steht.« Abwesend spielte Arthur mit den Enden seines Schnurrbarts, der in den letzten sechs Jahren graue Stellen bekommen hatte. »Aber in einer solchen Situation waren wir noch nie getrennt.«

Der Himmel über der Wasserfallstadt war klar, abgesehen von den überall aufsteigenden Nebeln, die ab und zu das Sonnenlicht dämpften.

Nallab unterbrach die Suche nach der Schriftrolle und antwortete auf seine unverwechselbar deutliche Weise. In der Außenwelt hätte man ihn vielleicht für rüde gehalten, aber hier verstand man die Ehrlichkeit, die dahinter steckte. »Nun, Arthur, dann wird es höchste Zeit, daß er mal allein mit ein oder zwei schwierigen Situationen zurechtkommt – ohne dich und deinen Rat. Wie alt ist er jetzt? Siebzehn?«

»Achtzehn.«

»Was du nicht sagst. Fantastisch. Zwei kräftige Hände mehr, um bei der Evakuierung zu helfen. Du weißt, dort oben gibt es viel zu tun. Nur für den Fall.«

Arthur kehrte dem Fenster den Rücken zu. »Ich habe gehört, sie haben schon damit begonnen.«

»O ja. Eine notwendige Vorsichtsmaßnahme. Das ist Tradition, weißt du.«

»Warum warten sie nicht, bis die Meteorologen sicher sind?«

Nallabs elfenhaftes Lächeln wurde weich. »Weil es dann zu spät sein könnte. Das geschieht alles ziemlich schnell, Arthur. Sehr schnell sogar.«

»Was meinst du?«

»Zum Beispiel ein …« Nallab brach ab und gestikulierte. »Komm mit, ich zeige dir ein paar Bilder. Wir haben hier sehr gute Zeichnungen und einige ausgezeichnete Aquarelle.« Er legte Arthur die Hand auf die Schulter.

»Vielleicht sollte ich in die Baumstadt hinauffahren und nach ihm sehen.«

Nallab drängte seinen Freund zur Tür. »Arthur, laß den Jungen in Ruhe. Er kann auf sich selbst aufpassen. Wenn du ihm ständig über die Schulter schaust, bringst du ihn nur in Verlegenheit. Junge Männer müssen auch durch Fehler lernen, nicht nur durch Erfolge. Ohne die Fehler kann man die Erfolge nicht verstehen.«

Arthur Denison sah auf den alten Mann herab, der, wie er wußte, viel gebildeter war als er. »Nallab, der Junge ist alles, was ich habe. Durch ihn fühle ich mich noch mit seiner Mutter verbunden.«

»Das verstehe ich«, sagte Nallab sanft. »Ich will dir deine zärtlichen Erinnerungen nicht nehmen, aber gibt es zwischen dir und dieser Flötistin nicht allmählich mehr als nur eine Freundschaft?«

»Oriana?« Arthur lächelte. »Sie ist eine wundervolle Frau. Wir sehen uns oft.«

Nallabs Zeigefinger drohte erneut. »Ich glaube, sie wäre eine gute Partie für dich. Ziemlich temperamentvoll, soweit ich mich erinnere.«

»*Sehr* temperamentvoll.« Arthurs Lächeln vertiefte sich.

In diesem Moment kam Enit hereingesprungen. Der Chefbibliothekar schlug seine Finger gegeneinander. Da sie in langen Krallen endeten, erzeugte das ein regelmäßiges, fast melodisches Klickgeräusch. Diese Gewohnheit stammte noch aus den Tagen, als die Vorfahren des *Deinonychus* nach Beute statt nach Ideen gejagt hatten. Die lange, sichelförmige Kralle seines zweiten Zehs klopfte ungeduldig auf den Boden.

»Was gibt's?« Während er mit seinem Vorgesetzten sprach, zwinkerte Nallab Arthur zu. Enits Pingeligkeit war Stoff vieler gutmütiger Witzeleien unter den Angestellten der Bibliothek.

Der *Deinonychus* knurrte leise etwas in seiner Sprache. Mit seinem menschlichen Kehlkopf konnte Nallab zwar nicht in derselben Sprache antworten, aber immerhin verstand er bei einer einfachen Unterhaltung fast alles, was Enit sagte.

»Nein, nein. Ich bin sicher, daß wir die Delegation aus Chandara um vier Uhr eingeplant hatten, nicht um zwei.« Er griff nach Block und Griffel und übersetzte seine Antwort in die dinosaurischen Schriftzeichen.

Enit schaute auf die Antwort und brummte einen Kommentar. Die humanisierten *Dromaeosaurier* waren die einzigen fleischfressenden Dinosaurier, die ihren angeborenen Appetit soweit in den Griff bekommen hatten, daß sie Teil der Zivilisation von Dinotopia werden konnten. Sie ernährten sich hauptsächlich von Fisch und wirbellosen Tieren und unterdrückten so erfolgreich ihre niederen Instinkte. Ihre beträchtliche Intelligenz war eine großer Gewinn für die dinotopische Wissenschaft und Forschung und bot den *Dromaeosauriern* eine größere geistige Befriedigung als der Verzehr ihrer Nachbarn.

Während die beiden Bibliothekare, Mensch und Dinosaurier, mit Hilfe von Gesten und Zetteln eine lebhafte Unterhaltung führten, stand Arthur – der für einen Moment vergessen worden war – daneben. Resigniert seufzend wandte er sich schließlich ab.

Natürlich hatte Nallab recht. So war es meistens, selbst wenn sich der alte Bibliothekar über ihn lustig zu machen schien. Immer wenn Arthur Zeit fand, über Nallabs Worte nachzudenken, erkannte er die Weisheit, die in jeder komischen Anekdote und jedem Witz lag, deutlicher.

Will mußte erwachsen werden. So sehr Arthur es sich als liebender Vater auch wünschte, er konnte ihn nicht verhätscheln und jede Minute des Tages über ihn wachen. Irgendwann würde eine Zeit kommen, in der er nicht mehr da wäre, um Fragen zu beantworten, Ratschläge zu geben oder einfach Trost zu spenden.

Und Will hatte ja auch schon eine Verlobte, die hübsche Sylvia, und stand am Anfang einer Karriere als Skybax-Reiter. Auch sein Interesse an der Wissenschaft hatte er sich bewahrt. Ob er nun ein großer Skybax-Reiter werden oder eine akademische Laufbahn einschlagen würde, mußte die Zukunft zeigen. Auf jeden Fall mußte er diese Entscheidungen selbst treffen.

So wie er auch seine Rolle während der bevorstehenden Krise allein bestimmen mußte – ohne die Unterstützung seines Vaters.

Arthur Denison blinzelte. Plötzlich wurde ihm klar, daß er nicht deshalb betrübt war, weil er Will keine Unterstützung geben konnte. Er hatte erkannt, daß sein erwachsen werdender Sohn sie nicht länger brauchte.

3

Möwen und Seeschwalben ritten auf der Sturmfront. Ihre wilden Schreie trompeteten gegen den Wind. Mühelos segelten sie auf den Böen auf und ab, im Spiel mit den Wellen, die vergeblich nach den flinken, weißgeflügelten Gestalten griffen. Sie wirkten wie Schaumpartikel, die sich von den Kämmen der brechenden Wellenkämme losgerissenen hatten.

Baumstämme, die von Flüssen ins Meer gespült oder von sturmgepeitschten Küsten gerissen worden waren, schwankten und zerbrachen in den Wellen. Teak aus Siam und Mahagoni aus Java, Mangroven aus Sumatra und Bambus aus Borneo tanzten auf den Wogen wie Mikadostäbchen und markierten die Sturmfront. Äste umklammerten vergeblich die verbliebenen Blätter. Von der Wucht wirbelnder Trümmer erschlagene Fische trieben an der Oberfläche. Ein aus seiner Verankerung gerissenes handgeknüpftes Fischernetz und ganze Kokosflöße tanzten auf den Wellen wie verlorene Satzzeichen auf der Suche nach einem Absatz.

Hoch über diesem aufgewühlten Treibgut krängte mit gebrochenem Fockmast, die ungerefften Segel zerfetzt, der leckgeschlagene Dreimaster *Condor*. Nicht wie ein Teeklipper für schnelle Fahrten, sondern zur Beförderung von Fracht gebaut, bewies die *Condor* jetzt ihre Seetauglichkeit. Nur ihr schwerer Kiel und der verstärkte Rumpf hatten die verängstigte Mannschaft davor bewahrt, schon viele Tage und Seemeilen zuvor der Gnade der Wellen ausgeliefert zu werden. Ein elegantes, aber kleineres Schiff wäre schon beim bloßen Anblick eines Sturms, wie er jetzt die Takelage schüttelte, zerbrochen. Angesichts der Gewalten, die um sie herum tobten und wüteten, hielten die Männer an Bord das trotzdem für ihr unausweichliches Schicksal.

Einige blickten sehnsüchtig auf die endlose See um sie herum, deren Brecher das durchnäßte Deck immer wieder überfluteten. Insgeheim fragten sie sich, ob nicht ein schneller Tod durch Ertrinken dem endlosen Kampf, dem sie ausgesetzt waren, vorzuziehen sei. Selbst wenn es ihnen gelänge, dem Sturm zu entkommen, würden sie wegen der geringen Lebensmittelvorräte unweigerlich verhungern. Ein Schritt zur nächsten Reling, ein schneller Sprung, und die See würde sie in ihrer unendlichen Gleichmut willkommen heißen.

Der seit Wochen wütende Sturm hatte die *Condor* und ihre Besatzung Hunderte von Seemeilen vom Kurs abgebracht und trieb sie nun immer weiter südwestlich in die öden Weiten des Indischen Ozeans hinaus. Auch auf den besten und modernsten Karten waren nicht eine einzige freundliche Insel oder ein rettendes Ufer in dieser Wasserwüste verzeichnet, auf die sie ihre Hoffnung setzen konnten.

Nur die Kraft und die Wutausbrüche ihres unerbittlichen Kapitäns hielten sie aufrecht. Fluchend und um sich schlagend jagte er sie von einer Tätigkeit zur nächsten und hielt sie so davon ab, dem erbarmungslosen Sturm das Schiff oder gar ihr Leben auszuliefern. Wer sich dafür entschied, über Bord zu springen, der wußte, daß er gut daran tat, schnell unterzugehen, bevor der Kapitän der *Condor* ihn herausziehen und zurück an Bord hieven lassen könnte. Dort wäre er einem Unwetter ausgesetzt, das die Schrecken des Sturmes vergessen lassen würde. Denn Sintram Schwarzgurts Wut war so unersättlich wie sein Magen, und nur wenige wagten es, sie herauszufordern. Trotz seines immensen Bauches, der sich hob und senkte wie die grünen Wogen unter dem Bug, war es äußerst leichtsinnig, das Gesicht darüber zu reizen. Sintram Schwarzgurt war stark wie ein Ochse und ebenso dickköpfig. Sein Alter konnte man nur schwer schätzen.

Schwarzgurts Lebensgeschichte war so undurchsichtig wie der Nebel von London, wo er einst Geschäfte gemacht haben soll. Nachdem er nach Amerika gefahren (oder geflohen) war, hatte er dort seine Finger in den verschiedensten Unternehmungen gehabt. Den Behörden war er immer einen oder – wenn ihm das Glück hold war – sogar zwei Schritte voraus gewesen. Eines Tages jedoch hatte das Glück ihn verlassen. Von einem Partner, den er bei einem Geschäft übers Ohr gehauen hatte, verraten, war er festgenommen, vor Gericht gestellt und zu einer Gefängnisstrafe in Hobart im australischen Tasmanien verurteilt worden, von wo kein normaler Sterblicher je entkommen war.

Aber Sintram Schwarzkopf war kein normaler Sterblicher.

Im hellen Sonnenlicht blinkte die beeindruckende Rundung seines Schädels pinkfarben, als wäre sie mit Rosenquarz gespickt. Von den Seiten und in den Nacken fiel in kräuselnden Wellen langes schwarzes Haar mit grauen Tupfen, das die längst vergessenen Follikeln, die einst auf der nun öden Kuppel gewachsen waren, zu verspotten schien. Buschige Brauen leiteten zu dem mächtigen, herabhängenden Schnurrbart über, der unter einer Knollnase prangte wie ein aus seinem Korallenversteck hervorlugender pechschwarzer Oktopus. Die tiefliegenden Augen waren schwarz wie die Nacht, aber nicht ohne Humor. Die Kiefer bargen noch vereinzelte, abgebrochene Zähne, ungleichmäßig wie neolithische Monumente. Einer war ganz aus dem Gold hergestellt, das Schwarzgurt sich bei einem Streit mit einem längst vergessenen, aber klüger gewordenen Plantagenbesitzer in Jamaika angeeignet hatte.

Wehe dem Seemann, den er beim Faulenzen erwischte. Nicht daß Schwarzgurt ein grausamer Kapitän gewesen wäre. Er war ein zu kluger Führer, um seine Mannschaft mit Gewalt zu lenken, und zog subtilere Methoden vor, die auch seine undurchsichtigen Geschäfte rund um den Globus gekennzeichnet hatten.

Andererseits hatte er keine Bedenken, Köpfe rollen zu lassen, wenn die Gelegenheit es erforderte.

Preister Smiggens dagegen war von anderer Bauart. Das Seemannshandwerk hatte er sich selbst beigebracht, und er besaß mehr Hirn als die zusammengeschlagenen Köpfe dreier Teerjacken. Er war der einzige Mann an Bord der *Condor*, der eine höhere Erziehung durchlitten hatte. Der hochgewachsene Erste Offizier war so hager und wettergegerbt wie eine Planke Treibholz. Als er Schwarzgurt während ihres gemeinsamen Aufenthaltes in Hobart kennengelernt hatte, hatte Smiggens in dem Kapitän Überlebenskräfte erkannt, an denen es ihm selbst mangelte. Schwarzgurt seinerseits fand ebenfalls viele ergänzende Züge in Smiggens. Während ihres wenig erholsamen Gefängniszeitvertreibs – sie hatten große Steine mit kleinen Hammern zerhackt –, war zwischen den beiden Männern eine lockere Partnerschaft entstanden, die über lange Jahre bis zu diesem Tage gehalten hatte.

Eine Partnerschaft, die der erbarmungslose Sturm nun jeden Tag beenden konnte.

Im Augenblick standen beide Männer achtern hinter dem Steuer und dem verschrobenen Nantucketer, der es hielt. Auf dem Gesicht des Steuermanns lag dieselbe Entschlossenheit wie auf dem eines Harpuniers im Bug eines Walfängers, aber aus seinen Augen war jegliche Hoffnung gewichen. Der Rest der Mannschaft hing in der Takelage oder klammerte sich auf dem wellenumtosten Deck fest und gab das Beste, um die *Condor* vor dem Kentern zu bewahren.

Wie schon seit Wochen blies der Wind auch heute von achtern. Die hartnäckige Strömung, die sie gefangenhielt, trug sie weit fort von jedem Land, immer tiefer in unbekannte Gewässer hinein.

Eine dünne, zerrissene Flagge flatterte am Besanmast.

Zur Zeit war es eine holländische, in Erinnerung an den jüngsten Besuch in Batavia. Davor, während der Geschäfte Schwarzgurts in Hongkong, hatte die Mannschaft den *Union Jack* gehißt. In einem kleinen Schiffsschrank unter Deck lagen, sauber gefaltet, die Flaggen von dreißig Nationen und warteten darauf, bei passender Gelegenheit hervorgeholt und aufgezogen zu werden.

Tatsächlich kannten die Matrosen der *Condor* viele dieser Länder gut, doch fühlten sie sich keinem verpflichtet. Ihre Treue galt eher ihren Kameraden als irgendeiner größeren und restriktiveren Gesellschaft. Die einzige Flagge, vor der sie salutierten, wurde nur bei ernsthaften Geschäften gehißt. Sie zeigte einen Totenschädel und Knochen auf schwarzem Grund.

Heftig rüttelte der Wind an dem Dreimaster, der sich weit nach Steuerbord neigte. Mit einem Meter neunzig Körpermaß und über dreihundert Pfund Gewicht stand Schwarzgurt sicher und wie in den Boden gerammt. Er fühlte sich auf dem Meer wie ein Fisch im Wasser und liebte es leidenschaftlich.

»Paß gut auf, Ruskin.«

»Aye, Käpt'n.« Der Steuermann rieb sich das Salzwasser aus den Augen, ohne auf das Brennen zu achten. Zwar war er alt und schmächtig, doch fände er selbst geknebelt und mit verbundenen Augen den Kurs durch jede schmale Meerenge, indem er den Geruch der Korallen mit dem des Landes vergliche. Nur aus diesen verdammten Strömungen und dem Sturm konnte er sie nicht befreien.

Preister Smiggens bekräftigte Schwarzgurts Worte. »Gib dein Bestes, Ruskin. Bei diesem Wetter geht es nur darum, nicht zu kentern.«

»Aye«, brummte Schwarzgurt. »Diese verfluchte Strömung. Gegen die ist der Golfstrom ein mickriges Bächlein!« Seine riesigen Hände verschränkten sich zu einer haarigen, knotigen Masse.

Smiggens klammerte sich an eine Leine. »Wenn der Wind sich dreht, hätten wir vielleicht eine Chance freizukommen.«

»Der Wind, der Wind«, schimpfte Ruskin. »So was habe ich noch nicht erlebt – Strömung und Wind in solcher Eintracht. Bei Kap Horn ist es manchmal ähnlich, aber nie so beständig oder so lange. Nie!« Ein Brecher krachte über den Bug, und die Gischt spritzte bis zum Heck herüber. »Wenn die See uns will, dann kriegt sie uns auch.«

»Laß diese Reden, Ruskin!« donnerte Schwarzgurt. »Ich dulde keinen solchen Blödsinn auf meinem Schiff.«

Der alte Steuermann zog die Schultern hoch. »Tut mit leid, Käpt'n.«

»Was ist mit dem Teer vorne, Mr. Smiggens?«

»Hält noch, Käpt'n.« Die Stimme des Ersten Offiziers klang heiser vom ständigen Schreien gegen den Wind. »Ich habe einen Leim gemischt, der stärker ist als einfacher Teer, und ...«

»Ersparen Sie mir Ihre Vorlesungen, Mr. Smiggens! Hält der Teer, oder hält er nicht?«

»Fürs erste, Sir.« Auch wenn es für Außenstehende nicht immer erkennbar war: Die beiden Männer waren zwar von unterschiedlichster Herkunft und Erziehung, hatten aber größten Respekt voreinander.

Der Erste Offizier blinzelte durch Regen und Gischt. Die verschwommenen Silhouetten der Seeleute kämpften, erschöpft von der endlosen Fahrt vor dem Sturm und ihrem ebenso unerbittlichen Kapitän, mit der Takelage. »Es würde uns helfen, wenn wir auf einem klitzekleinen Fleckchen Sand festmachen und die beschädigten Planken reparieren könnten.«

»Meinen Sie, das wüßte ich nicht?« knurrte Schwarzgurt. »Hier gibt's kein Land, Mr. Smiggens, nur Schildkrötenpanzer. Stimmt's, Ruskin?«

»Auf diesem Kurs nicht vor der afrikanischen Küste, Käpt'n. Das sagen jedenfalls die Karten.«

»Afrika!« Schwarzgurt öffnete seine Fäuste und schlug die Hände hinter dem Rücken zusammen. »Das Schicksal jagt uns über einen ganzen Ozean, nur damit wir Proviant aufnehmen und Reparaturen machen können.«

»Ich weiß nicht, Käpt'n.« Ruskin bemühte sich, der Unterhaltung, die erneut fatalistisch zu werden drohte, eine optimistische Note zu geben. »Die Strecke, die wir schon zurückgelegt haben, und unsere Geschwindigkeit würden die *Flying Cloud* vor Neid erblassen lassen. Das Meer will uns holen, aber wie es scheint, will es auch, daß wir es vorher noch einmal so richtig kennenlernen.«

»Wie eine Frau«, schimpfte der Kapitän. »Ich hätte nicht gedacht, daß der alte Kasten so lange hält.«

Wie um seine Worte zu bestätigen, ertönte von mittschiffs ein lautes Dröhnen. Schwarzgurt stürzte zur Reling und brüllte in den Regen: »He da, ihr Ratten! Macht die Kanone fest! Wollt ihr dem Klabautermann mit gebrochenen Knochen begegnen?«

Die Seeleute rannten herbei, um die Taue, die eine der Zwölfpfünder der *Condor* hielten, festzuziehen. Eine Kanone, die während eines Sturmes unbefestigt auf dem Deck herumrutschte, konnte dem Schiff und der Besatzung genauso viele Schäden zufügen wie ein wütender Wal.

Schwarzgurt beobachtete die Mannschaft, bis er davon überzeugt war, daß sie alles im Griff hatte, und kehrte dann zu Smiggens zurück. »Afrika also, was? Bei Tritons schuppigem Schwanz, dann fahren wir eben nach Afrika!«

Bewundernd sah der Erste Offizier zum Kapitän hinüber. Schwarzgurt mochte ein Lügner und ein Betrüger sein, ein Dieb und ein Halsabschneider und der hinterlistigste Kapitän, der je eine Goldmünze liebkost oder einen Vertrag gebrochen hatte, aber er fürchtete nichts und niemanden – nicht einmal das Meer. Irgend etwas in ihm schien darauf zu bestehen, den Tod – konnte man ihm schon nicht ins Gesicht lachen – wenigstens mit Hilfe der Zeit ein wenig auszutricksen.

»Man könnte sagen, das Wasser steht uns bis zum Hals, Sir.«

Schwarzgurt warf Smiggens einen bösen Blick zu. »Behalten Sie Ihre klugen Sprüche gefälligst für sich.« So sehr er Smiggens' Bildung zu schätzen wußte, stand er ihr doch stets mißtrauisch gegenüber. Niemand an Bord zweifelte daran, daß die *Condor* sich einen neuen Ersten Offizier suchen müßte, wenn Schwarzgurt Smiggens einmal dabei erwischen würde, daß der sich über ihn lustig machte.

Smiggens seinerseits hatte den Verdacht, daß der Kapitän einfach zu hinterhältig war, um zu sterben. Wenn der Sturm endlich nachlassen würde (was ja irgendwann einmal geschehen mußte), wenn die tropische Sonne hinter den Wolken hervorkommen und Schiff und Besatzung braten würde, wenn die letzten Lebensmittel- und Wasservorräte aufgebraucht sein würden – dann stünde Sintram Schwarzgurt noch immer aufrecht, mit erhobener Faust und dem Rücken zum Hauptmast, die Elemente verfluchend.

Die Mannschaft war am Ende. Seit Wochen hatten die Männer keine Ruhe und keine Gelegenheit mehr gehabt, sich abzulösen. Ständig wurde jede Hand gebraucht, um das Schiff über Wasser zu halten.

Hätten sie nur nicht versucht, sich mit dieser Kiste voller Goldbarren aus Batavia davonzumachen, dachte Smiggens. Der gut durchdachte Plan war von einem Schiffsjungen zunichte gemacht worden, der am falschen Ort eingeschlafen war. Er war in einen Nebenraum entkommen und hatte Alarm geschlagen.

Als die wahre Natur des Dreimasters in ihrer Mitte entdeckt war, lichteten die beiden holländischen Kriegsschiffe im Hafen Anker und nahmen die Verfolgung auf. Außerhalb der Sundastraße hatte sich ihnen die königlich-britische Fregatte *Apollonia* angeschlossen, die ihnen seit der berühmten Flucht der *Condor* aus Hongkong auf den Fersen war. Auch portugiesische Kriegsschiffe hielten Ausschau nach Schwarzgurts Dreimaster, nachdem er in der Nähe von Macao die Dschunke eines angesehenen Mandarins geentert und versenkt hatte.

Bislang war es der Besatzung des Piratenschiffs noch jedesmal gelungen, den südostasiatischen Kolonialbehörden um eine Nasenlänge zu entkommen. Jetzt aber schien jedes Kriegsschiff im südchinesischen Meer hinter ihnen her zu sein. Smiggens empfand dies als ungerecht, waren sie doch bestenfalls *kleine* Gauner. Die Piraterie in dieser Gegend war schon lange kein einträgliches Geschäft mehr.

Es wäre alles kein Problem gewesen, hätte die *Condor* von Batavia aus nach Osten entwischen können, wo sie zwischen den vielen tausend Inseln Ostindiens untergetaucht wäre. Aber die *Apollonia* hatte sie gezwungen, durch die Meerenge nach Südwesten abzudrehen, direkt in die Klauen dieses brodelnden und zischenden Unwetters, aus dem es nun kein Entrinnen zu geben schien.

Wenigstens hatten sie ihre Verfolger abgehängt, die sie wahrscheinlich für tot hielten. Smiggens hätte gern gewußt, ob es ihren britischen und holländischen Gegnern gelungen war, dem Sturm zu entkommen, oder ob sie gesunken waren. Irgendwie wollte kein Gefühl der Dankbarkeit in ihm aufkommen. Fußeisen, Schiffszwieback und ein gemütlicher trockener Laderaum wären ihrer gegenwärtigen Situation allemal vorzuziehen und in jedem Fall besser als der Hunger, der ihnen bevorstand – falls es ihnen gelänge, dem Sturm zu entkommen.

Er dachte an die Beute, die unten im Laderaum durcheinanderpurzelte: die Säcke feinen Tees, das zerschmetterte Porzellan, die Seidenballen und die Kisten voller Gewürze. Keine Goldbarren, aber wertvoll allemal. Allerdings nur, wenn es ihnen gelang, einen Hafen anzulaufen.

Eines mußte man dem alten Ruskin lassen, dachte Smiggens voller Bewunderung. Unzählige Male hatte der Steuermann während des Sturmes hartnäckig und mit allen Tricks versucht, nach Norden in Richtung Ceylon und Indien abzudrehen, doch immer war es vergeblich gewesen. Strömung und Wind waren einfach zu stark. Der *Condor* blieb nichts anderes übrig, als vor dem Sturm zu segeln.

Im Augenblick befanden sie sich irgendwo am Wendekreis des Steinbocks, wo sie die südöstlich wehenden Passatwinde gegen sich hatten und Gefahr liefen, trotz ihrer Ausbruchsversuche in die Roßbreiten zu gelangen. Eine hoffnungslose Situation. Bei ihrem jetzigen Kurs würden die Temperaturen bald sinken, und noch ehe sie Gelegenheit bekämen zu verhungern, würden sie erfrieren.

Afrika, überlegte er. Wenn sie nicht flogen wie ein Albatros, hatten sie keine Chance, es bis dorthin zu schaffen. So unablässig sich die Besatzung der *Condor* auch quälte und sich dem Sturm entgegenstemmte, hatte doch ihr letztes Stündlein geschlagen.

Auf dem sturmumtosten Deck überdachte Smiggens sein früheres Leben. Einst war er ein allseits geschätzter Hauslehrer gewesen, bei den adligen Familien Londons gefragt. Seine Vorliebe für den Alkohol (und anderes) war ihm zum Verhängnis geworden. Die Ausbildung einer Schülerin, der hübschen Tochter eines Herzogs, hatte er vielleicht ein wenig zu rasch vorangetrieben. Der Meinung war zumindest ihr Vater gewesen. Nur mit viel Glück und Gottes Hilfe hatte Smiggens in letzter Minute auf einem Schiff zu den Westindischen Inseln anheuern können, bevor sich der wütende Adlige mit Pistole, Schwert und Polizei auf ihn hatte stürzen können.

Er dachte, er wäre entkommen … Bis das Schiff in der Themsemündung von der Polizei abgefangen wurde. Als man ihm den Prozeß machte, hatte er keine Chance – der Herzog und seine Anwälte (unzählbar wie der Sand am Meer, erinnerte sich Smiggens) dominierten im Gerichtssaal, und der Richter war von Freunden des Tobenden bestochen worden.

So kam es, daß er sich auf einem Schiff zum entferntesten und ödesten Gefängnis der Welt – nämlich jenem in Hobart, Tasmanien – wiederfand, wo er den Rest seines Lebens in Elend und Zwangsarbeit verbringen sollte. Dort hatte er den Abschaum der Menschheit kennengelernt. Sintram Schwarzgurt war der Berüchtigtste darunter. Und der Gerissenste, erinnerte sich der Erste Offizier. Daß sich zwischen ihnen eine Freundschaft entwickelt hatte, war mehr als ungewöhnlich.

Mit Hilfe von Smiggens' Intelligenz und Schwarzgurts Kühnheit hatten sie sich ein kleines Fischerboot beschafft. Nach ihrer Flucht aus Hobart waren sie an der tasmanischen Küste entlang nach Norden gesegelt. Arme Aborigines, die in den Flüchtlingen Menschen erkannten, die wie sie selbst von den Behörden verfolgt wurden, hatten ihnen geholfen.

Irgendwie war es ihnen gelungen, die rauhe Bass-Straße zu überwinden und in die pulsierende Hafenstadt Sydney einzulaufen, wo sie sich verborgen hielten, bis ihre Identität aufgedeckt wurde. Mit einer Gruppe ebenso verzweifelter Männer brachten sie ein größeres Schiff an sich und segelten nach Norden. Einer der Männer, die sich unter Schwarzgurts Schutz begeben hatten, war der Steuermann und Navigator Ruskin. Ohne ihn wären sie mit Sicherheit an dem schrecklichen Barrier-Riff, das Australiens Ostküste schützte, gesunken. Schon dem unvergessenen Cook hatte dieses Riff Probleme bereitet.

Obwohl die Chancen schlecht standen, schafften sie es. Sie drehten bei Cape York nach Nordwesten ab und segelten den Reichtümern der indischen Inseln entgegen. Unterwegs heuerten sie Matrosen jeder Nationalität an, verzweifelte Männer ohne Hoffnung. Aus diesem menschlichen Treibgut schmiedeten sie eine zu allem bereite Mannschaft.

Da gab es Filipinos und abtrünnige Chinesen, gescheiterte Farmer aus Java und amerikanische Walfänger, die ihre Schiffe verlassen hatten, freie Afrikaner und geflohene Melanesier, kleine Diebe aus Europa und dem Orient. Die Aussicht auf Beute und Freiheit ließ sie bereitwillig in die Dienste Schwarzgurts treten. Sie hängten alle Verfolger ab und gewannen jede Schlacht.

Bis zum heutigen Tag.

Die See kann man nicht besiegen, dachte Smiggens. Es war, wie der alte Ruskin gesagt hatte: Wenn die See dich will, dann kriegt sie dich. Dagegen konnte man nichts ausrichten.

In diesem Augenblick brüllte der Matrose, der oben im

Ausguck festgebunden war, damit der Sturm ihn nicht herunterfegte: »Land ahoi!«

Land? Was für ein Unsinn ist das schon wieder? fragte sich Smiggens. Der Matrose wäre nicht der erste in der Mannschaft, der durchdrehte.

Seine Augen so gut wie möglich vor dem peitschenden Regen schützend, stolperte Smiggens vor und rief zum Großmast empor: »Ahoi da oben! Du warst zu lange nicht an Deck, Suarez. Komm runter, wir lösen dich ab!« Der Wind zerriß seine Worte in einzelne Silben.

Ohne auf den Abgrund zu achten, beugte sich der Matrose vor und antwortete so deutlich wie möglich: »Nein, Sir. Da ist Land, wirklich! Im Süden!« Sein ausgestreckter Arm unterstrich seine Worte.

»Was ist hier los, Mr. Smiggens?« Schwarzgurt war hinter den Ersten Offizier getreten.

»Suarez, Sir. Er sagt, er sieht im Süden Land. Aber das ist unmöglich.«

»Woher wollen Sie wissen, was in diesen Breiten unmöglich ist, Smiggens? Auf den Karten ist nur ein großer weißer Fleck.« Er blickte sich suchend um. »Wo ist mein Fernglas? Nein, lassen Sie.« Seine Hände formten einen Trichter, und er rief zum Ausguck hinauf: »Was für Land, Suarez?«

Irgendwie gelang es dem an den Hauptmast geklammerten Kubaner, das Glas an die Augen zu heben. »Flach, Sir, mit Bergen weiter drinnen.«

»Eine Insel?« Smiggens kaute auf der salzig schmeckenden Unterlippe. »Hier gibt es keine Inseln. Wir sind noch mindestens eintausend Meilen östlich von Madagaskar.«

»Wer ist außer uns schon hier gewesen, Preister Smiggens? Selbst Cook ist hier nie gesegelt.« Schwarzgurt ging zur Reling und brüllte aufs Deck hinunter: »Bewegt euch, ihr faulen Säcke! Habt ihr nicht gehört? Setzt die Segel!« Tobend lief er über das untere Deck und verteilte Faustschläge und Tritte. Die meisten gingen ins Leere, da die Mannschaft bereits mit frischer Kraft ans Werk gegangen war – der Kraft der Verzweiflung. So unwahrscheinlich es auch schien – doch falls es da draußen wirklich Land gab, dann durften sie es nicht verpassen.

Plötzlich rissen die Wolken auf, und alle sahen das Land. Ein dunkelgrüner Streifen mit hohen Bergen im Hintergrund, wie Suarez gesagt hatte. Berge bedeuteten Schnee, und Schnee bedeutete sauberes, frisches Wasser. Die Männer brachen in rauhe Jubelschreie aus.

Doch in dem Moment, da es schien, als hätte die Vorsehung sie vor dem sicheren Tod gerettet, ertönte ein neuer Ruf vom Großmast.

»Riffe, Sir! Riffe direkt vor uns!«

»Verdammt!« Schwarzgurt kämpfte sich zurück ans Steuer und schob eine Hand des Steuermannes beiseite. »Hart backbord, Ruskin, bevor es zu spät ist!«

Trotz ihrer vereinten Bemühungen reagierte das Ruder nicht.

»Sie kommt nicht herum, Käpt'n! Die Strömung ist zu stark.« In der Stimme des Steuermannes lag Panik.

Mit vor Anstrengung rotem Gesicht brüllte Schwarzgurt seinem Ersten Offizier zu: »Mr. Smiggens, packen Sie mit an!«

Smiggens gehorchte, aber auch das half nichts. Von unbezwingbaren Winden und der erbarmungslosen Strömung getrieben, hielt die *Condor* ihren verhängnisvollen Kurs.

Kurz darauf sahen und hörten sie die enormen Brecher, die gegen das Riff schlugen, und spürten die bedrohlichen Wogen unter dem Kiel. Während sie dem Riff immer näher kamen, bot sich ihnen ein Anblick, der jedem Seemann das Blut in den Adern gefrieren ließ.

Skelette.

Nicht von Menschen oder Tieren, sondern von Schiffen. Auf dem Riff lagen die zertrümmerten Überreste chinesischer Dschunken und arabischer Daus, ceylonesischer Fischerboote und alter spanischer Galeonen. Zerschellte Handels- und Kriegsschiffe und sogar ein neuenglischer Fischschoner.

»Macht euch bereit, vor euren Schöpfer zu treten!« brüllte Schwarzgurt und umklammerte das Steuer wie einen Talisman. Die *Condor* wurde von einer riesigen Welle hochgehoben. In diesen Sekunden waren auf dem Schiff mehr Gebete zu hören als im ganzen vergangenen Jahr.

Höher und höher stiegen sie und schienen dann einen endlosen Moment lang in der Luft zu schweben. Die Planken des Schiffes stöhnten unter dem Druck, die übriggebliebenen Masten drohten zu knicken.

Dann brach die Welle.

Schreie ertönten, als Wassermassen das Deck überfluteten und durch die Speigatten abflossen. Die *Condor* neigte sich gefährlich nach Steuerbord, fiel dann aber zurück auf ihren breiten Kiel und stabilisierte sich.

All das zerbrochene Porzellan im Lagerraum, dachte Smiggens wie betäubt. All die unbezahlbaren Stücke … Unter so vielen Mühen erworben und nun ein einziger Scherbenhaufen!

»Achtung!« tönte es, als der Toppmast herunterkrachte. Die Matrosen sprangen rechtzeitig zur Seite, und die einzige Blessur war ein gebrochener Oberschenkel.

Die Welle ließ von der *Condor* ab und schlug auf einen Mangrovenhain. Wie durch ein Wunder hatte die See das Interesse an dem Schiff verloren. Durchgeschüttelt, aber noch intakt, trieb es im ruhigen Wasser der Lagune hinter dem Riff, das ihnen nun nicht länger wie ein Gegner, sondern wie ein Freund erschien.

»Johanssen!« rief Schwarzgurt. »Nimm einen Mann mit nach unten und überprüf die Schäden!«

»Aye, Sir!« Wie ein Wiesel verschwand der kräftige ehemalige Walfänger durch eine Luke.

Die Mitglieder der Mannschaft sammelten ihre letzten Kräfte und begannen, die Schäden so gut wie möglich zu reparieren. Sie holten Werkzeug hervor und verteilten es, warfen unbrauchbare Trümmer über Bord. Der Mann, dessen Bein durch das herabstürzende Holz verletzt worden war, wurde vom Schiffsfriseur behandelt.

Johanssen tauchte gutgelaunt wieder auf. »Ein paar

neue Lecks, Sir, aber nur kleine. Der Rumpf hat gehalten. Nichts, was wir nicht reparieren könnten.«

»Reparieren, ja.« Smiggens schaute zum Riff hinüber. Dahinter ließ der Sturm allmählich nach. Die Landung war beinahe unmöglich gewesen, doch dank der Wucht einer launischen Welle hatten sie es geschafft. »Wir sind sicher reingekommen – aber kommen wir auch wieder raus?«

Eine kräftige Hand schlug ihm auf den Rücken. »Wir sind am Leben und an Land, Mr. Smiggens – zwei Dinge, die wir uns sehnlichst gewünscht haben. Wir sollten das Schicksal nicht mit zu vielen Wünschen auf einmal reizen. Wir wollen doch nicht, daß es uns für habgierig hält.«

»Mich bestimmt nicht«, brummte Smiggens.

»Interessanter Anblick, finden Sie nicht?« Schwarzgurt zog den Ersten Offizier zur Reling. Mangroven säumten die Küste, dahinter erstreckte sich dichtes Schilf.

»Womöglich gibt es hier Kannibalen«, unkte der pessimistische Smiggens, »oder Schlimmeres.«

»Ich nehme es mit jedem Kannibalen auf, Happen für Happen, denn anders als andere Leute habe ich nichts gegen ein ordentliches Stück Fleisch.« Die Rettung vor dem Sturm hatte Schwarzgurt seine Energie wiedergegeben. »Es sieht nicht so aus, als lebten hier Menschen: keine Kanus, keine Fischernetze. Nur Grünzeug und die Aussicht auf Trinkwasser. Wir haben dieses Land entdeckt, Mr. Smiggens, und bei allen Göttern des Meeres: Es gehört uns. Ich, Sintram Schwarzgurt, nehme es hiermit in Besitz. Wer es wagt, möge es mir streitig machen.« Er blickte nach achtern. »Ich wünschte, die holländischen und britischen Schiffe wären noch hinter uns her. Ein Wunder wie das, das uns in diese Lagune gespült hat, gibt es nicht zweimal. Es würde mir großes Vergnügen bereiten, sie an diesem Riff zerschellen zu sehen und ihr Geschrei und ihr Wehklagen zu hören, wenn sie ins Meer geschleudert würden und uns um Hilfe anflehten.«

»Wahrscheinlich sind sie längst umgekehrt, um dem Sturm zu entkommen«, erinnerte ihn Smiggens.

»Ich weiß, ich weiß.« In Schwarzgurts Augen erblickte Smiggens das wohlbekannte mordgierige Blitzen. »Aber ich sehe es im Geiste vor mir und ergötze mich daran.« Er richtete sich auf. »Wir führen hier die nötigen Reparaturen durch und frischen unseren Proviant auf. Vielleicht gibt es Eingeborene, die uns bei den schweren Arbeiten helfen können.«

»Meinen Sie, die sind uns wohlgesonnen, Käpt'n?« fragte der Steuermann.

»Egal, Ruskin. Wir haben acht Kanonen an Bord, und wenn das Pulver trocken geblieben ist, werden die Einheimischen schnell kapieren, daß sie gut daran tun, unseren Befehlen zu gehorchen. Ein paar ordentliche Ladungen Blei bringen auch das widerspenstigste Dorf zur Vernunft. Falls wir auf einige brauchbarc Exemplare stoßen, nehmen wir sie als Ballast mit und verkaufen die Überlebenden auf dem Markt in Durban.«

»Sie wollen bis nach Afrika segeln?« fragte der Steuermann.

»O ja, Ruskin. Von diesen stinkenden Indischen Inseln habe ich fürs erste genug.«

In diesem Moment blieb Smiggens Blick an etwas Ungewöhnlichem hängen. An einem inneren Korallenriff lagen drei Schiffswracks. Sie waren nur schwer zu identifizieren, da außer Kielen, Seitenbalken und den noch nicht verfaulten hölzernen Skeletten nicht viel übrig geblieben war. »Sehen Sie mal dort drüben!«

Besorgt blickte Schwarzgurt auf seinen Ersten Offizier. »Was gibt's da zu sehen, Smiggens? Warum verschwenden Sie Ihre Zeit damit, Schiffsleichen zu betrachten, in denen nur noch tote Männer hausen? Die helfen uns nicht weiter. Es sei denn«, fügte er hinzu, und sein Gesicht hellte sich auf, »Sie hätten an Bord was Nützliches entdeckt. Ein paar Kanonen oder ein, zwei Pulverfässer wären nicht schlecht.«

»So etwas gab es auf diesen Schiffen nicht, Käpt'n.«

Einige Männer bemerkten den starren Blick des Ersten Offiziers und sahen ebenfalls zu den drei Wracks hinüber. »Was sind das für Schiffe, Mr. Smiggens?« fragte einer.

»Ich kann es selbst kaum glauben.« Smiggens hob eine Hand gegen die blendende Sonne und betrachtete die Wracks genauer. »Sehen Sie die Löcher an den Seiten? Das sind Ruderluken. Diese beiden Schiffe wurden ebensooft gerudert wie gesegelt. Römische Trieren, würde ich sagen. Kein kleineres Schiff würde sich so lange in diesem Meer halten.«

»*Römisch*?« Schwarzgurts Interesse war geweckt. »Was meinen Sie mit ›römisch‹, Mr. Smiggens? Fahren die in Südeuropa heutzutage mit solchen Dingern?«

»Heutzutage nicht, Sir. Das sind die Schiffe der Cäsaren, die sich einst das Mittelmeer Untertan gemacht haben. Aber wie kommen die hierher?«

»Der *Cäsaren*, sagen Sie?« Schwarzgurt sah nachdenklich aus – ein seltener Ausdruck bei ihm, der seinen Gesichtsmuskeln denn auch einige Schwierigkeiten bereitete. »Julius, ja, den kenne ich. Der hat mir schon immer gefallen. Und was ist mit dem dritten Schiff?«

»Ich bin mir nicht sicher. Sieht noch älter aus. Ägyptisch vielleicht oder phönizisch. Sehen Sie die Umrisse des gemalten Auges am Bug? Ich kann mir nicht erklären, wie die hierhergekommen sind.«

»Warum fragen Sie nicht die Steuermänner?« Ruskin lachte meckernd.

»Nie würde ich es wagen, einen Seemann zu belästigen, der seit mehr als eintausend Jahren tot ist. Sein Geist könnte antworten.« Smiggens Stimme klang feierlich, und Ruskins Lächeln verschwand.

»Bah!« Schwarzgurt ließ sich nicht beeindrucken. »Wegen dieser höllischen Strömungen ist das hier ein richtiger Schiffsfriedhof. Aber wir haben überlebt. Ein gutes Omen.«

»Ich weiß nicht, Käpt'n.« Smiggens wandte sich von den Wracks ab und blickte auf das Land hinüber. »Ich habe ein ungutes Gefühl.«

»Zur Hölle mit Ihren Gefühlen, Mr. Smiggens! Wenn

dieses Land trocken ist und frisches Trinkwasser hat, dann ist es gut genug für mich.«

Der Erste Offizier schwieg, denn er zog es vor, seine Bedenken für sich zu behalten. Schwarzgurt hätte sowieso nicht darauf reagiert.

4

Während die Mannschaft das Schiff festmachte, hallten vom Land seltsame Schreie und Rufe herüber. Sie verstärkten Smiggens Unruhe, aber auf die weniger fantasievolle Besatzung hatten sie eine entgegengesetzte Wirkung.

»Wilde Rinder.« Johanssen rieb sich erwartungsvoll die Hände. »Frischfleisch!«

»Büffel, wenn wir Glück haben.« Der zähe kleine Anbaya hatte auf den Molukken angeheuert und war ebenso feurig wie die Gewürzkräuter, die dort wuchsen. »Wie wär's mit einem Jagdausflug, Käpt'n?«

»Geduld, Geduld, ihr ausgehungerten Heiden«, erwiderte Schwarzgurt gutgelaunt. Er blickte suchend über das Deck. »Wo steckt dieser verwünschte Afrikaner? Sagt ihm, er soll an Deck kommen, wir sinken nicht.« Zwei Männer verschwanden durch eine Luke, um den Zulukrieger zu suchen.

Immer noch zerrte der Wind am Schiff und an Smiggens Pferdeschwanz, aber er hatte deutlich nachgelassen. Im Nordosten war der Himmel jedoch weiterhin pechschwarz und unheilverkündend. Die Berge der Insel verschwanden hinter aufsteigenden Nebelschwaden.

»Was sagen Sie nun, Preister?« Schwarzgurt zeigte in Richtung des Strandes. »Sieht doch ganz harmlos aus.«

»Die Fidschis sehen auch harmlos aus«, erwiderte Smiggens, »und dort leben die berüchtigtsten Kannibalen des ganzen Pazifik. Abgesehen vielleicht von den Wilden aus Neuguinea, von denen man sagt …«

»Seien Sie still. Sie werden nie lernen, wann Sie lieber das Maul halten sollten. Wir gehen jetzt an Land und suchen uns Proviant, Wasser – und weiß die Hölle was noch.« Mit lauter Stimme rief Schwarzgurt: »O'Connor, Treggang, laßt ein Boot ins Wasser!«

Smiggens widersprach nicht. Er war ebenso begierig wie alle anderen, endlich wieder auf einem Untergrund zu stehen, der nicht schwankte.

Zwei Dutzend Männer setzten zu dem schmalen Strand über, eine ebenso große Anzahl hielt Wache an Bord und kümmerte sich um die Reparaturen.

Jedesmal, wenn Männer über die stille Lagune übersetzten, bewunderten sie die Vielfalt und die merkwürdigen Arten der Fische unter sich. In dem seichten, warmen Wasser lebten seltsame Wesen, die keiner von ihnen identifizieren konnte. Smiggens wäre gern noch ein bißchen in der Lagune geblieben, um sie zu studieren, aber Schwarzgurt duldete keine Verzögerungen. Ihn interessierte nichts, was man nicht essen oder zu Gold machen konnte.

Nachdem sie eine schmale Öffnung im Mangrovendickicht gefunden hatten, ließen sie die Hälfte der Männer zur Erkundung des Strandes zurück. Der Rest kämpfte sich mit dem Schiff durch die üppige Vegetation, und bald fuhren sie einen schmalen, vielarmigen Fluß hinauf. Zu ihrer Freude und Erleichterung wurde das brackige Wasser schnell klar und süß.

Bald lösten Riedgras, Schilf und andere Wasserpflanzen die Mangroven ab. Smiggens war sicher, auch Papyrus am Ufer entdeckt zu haben, neben Rohrkolben und wildem Reis – weitere Proviantquellen neben den eben gesichteten Fischen. Diese Insel würde sowohl ihren Hunger als auch ihren Durst stillen.

Als die Strömung stärker wurde, mußten die Männer kräftiger rudern. Immerhin gab es jetzt Wasser im Überfluß, mit dem sie ihren Durst löschen konnten. Mit frischer Kraft legten sie sich in die Riemen. Schnell wurde der Fluß für den Walfänger zu seicht, und so ankerten sie in einer schmalen Bucht mit weißem Sand. Süßlich duftendes, kniehohes Gras erleichterte das Vorankommen an Land. Gewehre und Säbel griffbereit, schritten sie fröhlich aus.

Trotz des scheinbaren Friedens war Smiggens nervös. »Seid wachsam, Männer. Man weiß nie, was für Tiere in einem fremden Land herumstreunen.«

»Ja«, stimmte Anbaya zu. »Achtet auf eure Füße.«

»Auf unsere Füße?« Der Mann, der diese Frage gestellt hatte, trug eine Klappe über einer leeren Augenhöhle, und seit einer unfreiwilligen Bekanntschaft mit einer Kanonenkugel fehlten ihm zwei Finger an seiner linken Hand.

Der kleine Molukke lachte. »Schlangen lieben hohes Gras.«

Einige Männer fuhren zusammen und achteten fortan genauer darauf, wohin sie ihre Füße setzten. Anbaya kicherte, aber im Augenblick teilte niemand seinen Sinn für Humor. Ein mit Kanonen gespicktes französisches Handelsschiff schreckte die Männer nicht, aber Tiere, die nicht einmal so viel Würde besaßen, auf Füßen zu laufen, waren ihnen unheimlich.

Doch sie sahen keine Schlangen, weder giftige noch andere, und bald hatten sie das Grasland unbeschadet hinter sich gelassen. Die Gegend wurde hügeliger. Überall trafen sie auf alte Bekannte: Bäume aus vieler Herren Länder, von Zwergeichen bis Palmen. Viele hingen voller Früchte. Smiggens hielt Ausschau nach Affen, die im allgemeinen Früchte fraßen und den Menschen so zeigten, welche eßbar waren und welche nicht. Aber er sah weder Affen noch irgendwelche Spuren von ihnen. Er wies Schwarzgurt darauf hin.

»So, keine Affen – na und?« Schwarzgurt hackte mit dem Säbel nach einem unschuldigen Philodendron.

»In Gegenden wie dieser gibt es fast immer Affen.«

»Schon mal auf Tahiti gewesen, Mr. Smiggens?«

»Nein, Sir.«

»Große Inseln, 'ne Menge Früchte. Ähnlich wie hier.

Keine Affen.« Damit war die Angelegenheit für Schwarzgurt erledigt.

Da flog vor ihnen ein fröhlich zwitschernder Vogelschwarm auf. Furchtlos flatterten die Vögel auf die Menschen zu. Einer der Männer hob sein Gewehr und zielte auf etwas, das aussah wie eine fette Taube mit einem violetten Dutt. Doch ein Gefährte schlug ihm den Lauf zur Seite. Der verhinderte Schütze starrte ihn wütend an.

»Was soll das, Mkuse? Essen deine Leute kein Geflügel?«

»Wir verzehren beinahe alles, was wir jagen können.« Das Englisch des Zulukriegers klang merkwürdig gespreizt. »Aber wenn ich mitten in der Landschaft das Feuer eröffne und damit alles warne, was dort kreucht und fleucht, dann soll es sich auch lohnen.« Die Vögel ließen sich auf einem nahen Ast nieder und beäugten die Eindringlinge neugierig.

Der Schütze überlegte einen Moment und fügte sich dann widerwillig. Mit Ausnahme von Smiggens waren die Matrosen nicht sehr gebildet, aber sie waren auch nicht dumm. Dumme Piraten lebten nicht lange.

Der Trupp zog weiter.

Schlangen fand Anbaya nicht, dafür einen Papayahain. Die Männer machten eine Pause und aßen sich satt, bis der Malaie Treggang mit vor Staunen geweiteten Augen in den Hain gestürzt kam.

»Schnell, Käpt'n, Mr. Smiggens, kommen Sie schnell!«

»Beruhige dich, Mann.« Schwarzgurt wischte sich Saft und Kerne vom Mund, die in seinem Schnurrbart hängengeblieben waren. »Was ist los?«

Heftig winkend sprang der Malaie den Weg zurück, den er gekommen war. »Sehen Sie selbst, Käpt'n, Sir, schnell!«

»Was zum Teufel hat er?« Verärgert zog Schwarzgurt sein Entermesser. »Los, sag schon, Mann, oder ich schneide dir die Zunge ab!«

»Wir sind nicht die einzigen, die Früchte sammeln!«

»Eingeborene?« Alarmiert sprangen die Männer von den Plätzen auf, wo sie gesessen oder gelegen hatten.

»Keine Eingeborenen. Sehen Sie selbst!« Mit diesen Worten wirbelte der Malaie herum und verschwand zwischen den Bäumen im Unterholz.

»Wenn Treggang sich zurücktraut, kann's ja nicht so schlimm sein.« Johanssen wischte sich Papayamark von der Hose. »Können ja mal schauen, ob er wirklich was gesehen hat oder einfach nur spinnt.«

Der aufgeregte Seemann lag hinter einem Busch versteckt und zeigte nach vorn. Als die Piraten die anderen Früchtesammler entdeckten, wurden ihre Augen ebenso rund wie die des Malaien.

Die Wesen, die dort systematisch heruntergefallene Papayas aufsammelten, waren keine Eingeborenen, ja es waren nicht einmal Menschen. Auch nicht die Affen, die Smiggens so gerne gesehen hätte.

»Was zum Teufel ist *das*?« Schwarzgurt schob sich vor, um besser sehen zu können.

Chin-lee, ein geflohener Dieb aus Kanton, glaubte es zu wissen. »Drachen, Käpt'n!«

Schwarzgurt warf dem schmächtigen Mann einen zweifelnden Blick zu. »Drachen?«

Chin-lee nickte energisch. »Bestimmt, Sir! Drachen.«

Obwohl Smiggens von dem Anblick genauso überrascht war wie alle anderen, wußte er eines doch ganz genau: Drachen gab es nicht. Sie waren Erfindungen mittelalterlichen Aberglaubens, nicht mehr. Die Wesen vor ihnen waren nicht besonders beeindruckend, Drachen dagegen waren schreckenerregende Kreaturen mit Reißzähnen und Klauen, die Feuer spuckten und Unglück und Zerstörung zurückließen.

Trotz ihrer offensichtlichen Besonderheiten hatten diese Tiere vor ihnen keine Reißzähne. Außerdem fraßen sie Früchte, und alles, was sie zurückließen, waren Papayakerne.

Aber wenn es keine Drachen waren, was dann?

Sie waren zu fünft: zwei ausgewachsene Tiere (zumindest zwei größere Exemplare) und drei kleinere. Ihre Bäuche schimmerten beige und gelb, Hälse, Rücken und Schwänze waren mit rosafarbenen Sprenkeln geschmückt. Ihre langen, dünnen Hälse bildeten eine biegsame S-Kurve. Sie hatten schmale, vogelähnliche Schnäbel, schlanke Schwänze, die wie Steuerruder hinter ihnen aufragten, und große, lebendige Augen. Die ausgewachsenen Tiere maßen ungefähr zwei Meter, das kleinere Trio etwa einen Meter fünfzig. Ihre Körper waren geschmeidig, und selbst die Großen schienen nicht mehr als einige hundert Pfund zu wiegen.

»Sehen Sie da, sehen Sie!« Mkuse zeigte auf die grasenden Wundertiere.

»Nicht so laut, Mann«, knurrte Schwarzgurt, als er erkannte, worauf der Zulu deutete – über der Schulter des größten Tieres hing eine Art Ledersack. Der Kapitän wandte sich an seinen Ersten Offizier. »Sehen Sie den Beutel? Woher mag das Vieh ihn haben?«

Smiggens überlegte. »Wahrscheinlich hing er von einem Baum, unter dem es durchgelaufen ist. Oder er wurde von einem Wrack angespült. Der Große hat sich mit seinem Hals darin verfangen, und seitdem hängt er an ihm. Offenbar haben sie sich daran gewöhnt, er scheint sie nicht zu stören. Sehen Sie, wie sie mit den Vorderfüßen die Äste herabziehen?«

»Der Chinese denkt, es sind Drachen. Was meinen Sie, Preister? Haben Sie so was schon mal gesehen?«

»Nein, Käpt'n.« Smiggens zog die Augenbrauen zusammen. »Sie sehen aus wie Eidechsen auf zwei Beinen. Ich sollte sie kennen, aber ich kann mich nicht erinnern, so etwas schon einmal gesehen zu haben.«

»Ich schon!« Der Zulu war hinter Schwarzgurt getreten. »Bei mir zu Hause, aber gefiedert.« Beide Männer wandten sich dem Krieger zu. »Die Holländer haben ein anderes Wort dafür, aber die Engländer nennen es ›Strauß‹.«

»Strauße?« murmelte Smiggens. Die merkwürdigen Wesen hatten in der Tat Ähnlichkeit mit den berühmten flugunfähigen Vögeln, zumindest solchen, denen der Wind die Federn ausgerupft hatte. Vielleicht handelte es sich um eine verwandte Rasse, die zu bestimmten Zeiten im Jahr ihre Federn abwarf. Aber bei näherem Hinsehen schien das nicht sehr wahrscheinlich. Kein Strauß oder irgendein anderer Vogel besaß zum Beispiel ähnlich lange und geschickte Arme mit Krallen. Doch davon abgesehen war die Ähnlichkeit tatsächlich verblüffend.

»Es sind Drachen«, wiederholte Chin-lee. »Aber kleine.«

»Sie sind nicht viel größer als wir«, meinte Samuel, der schwarze Amerikaner. »und nicht sehr schwer.«

Während die Seeräuber die seltsamen Wesen aus ihrem Versteck heraus beobachteten, setzten diese ihre Futtersuche fort. Sie wählten nur die reifsten Papayas aus und ergänzten ihren Speiseplan mit fetten weißen Larven, die sie aus dem Stamm eines umgestürzten Baumes zogen. Gelegentliche Dornen glitten an ihrer dicken Haut ab. Die bunte Maserung ihrer empfindsamen Gesichter wirkte wie aufgemalt. Hin und wieder zwitscherten und pfiffen sie einander etwas zu. Besonders die Kleinen unterhielten sich eifrig.

Natürlich konnten die Piraten nicht wissen – und hätten es wohl auch nicht geglaubt –, daß sich hinter diesen Pfeifgesängen eine komplexe Kommunikation, ja eine hochentwickelte Sprache verbarg. Nie wären sie auf den Gedanken gekommen, in der *Struthiomimus*familie, die sie mit so lebhaftem Interesse beobachteten, etwas anderes zu sehen als eine Gruppe unintelligenter Tiere. Daß das große Männchen einen Ledersack trug, schrieben sie dem Zufall zu.

Nun ruhte sich die Struthiefamilie von ihrer ausgedehnten Nahrungssuche aus, überzeugt davon, allein zu sein. An eine Bedrohung dachten sie nicht. Da die Raubdinosaurier des Regentales gewöhnlich nicht bis in die Nördliche Tiefebene hinunterkamen, gab es für sie, abgesehen von der einen oder anderen Giftschlange, keine Gefahr. Sogar die Jungen waren schon schlau genug, nach diesen Ausschau zu halten. Deshalb richteten sie ihre ganze Aufmerksamkeit auf die Bäume und den Boden.

Wenn sie nicht gerade Früchte pflückten oder fraßen, jagten die drei Geschwister einander gern um die Bäume herum und durchs Gebüsch. Sie spielten ein kompliziertes Fangspiel, bei dem die Schwänze nicht berührt werden durften. Die in der Nähe grasenden Eltern ließen die Kinder herumtollen. Bald genug würden sie wieder in die Schule gehen müssen. Alle drei bewegten sich leichtfüßig und grazil und änderten immer wieder flink die Richtung. Der Obsternteausflug war eine Art Belohnung für Keelk, die Älteste, denn sie hatte bei der letzten Jugendolympiade in Pooktook besonders gut abgeschnitten.

Anders als die Menschen benötigten *Struthiomimus* für einen Campingausflug nur wenig Ausrüstung, da sie ausschließlich von der Natur lebten. In der fruchtbaren Nördlichen Tiefebene gab es Futter in Hülle und Fülle. Normalerweise hätten sie unterwegs bei verschiedenen Farmerfamilien Station gemacht, doch die Menschen und Dinosaurier, die diese Gegend bewohnten, hatten kürzlich in höhere, trockenere Gegenden fliehen müssen.

So schliefen sie im Freien, unter dem Sternengewölbe, was bei geeignetem Wetter auch die Menschen zu tun pflegten. Doch dies war ein Familienausflug, und deshalb waren sie allein unterwegs.

Shremaza sah zu ihrem Männchen hinüber. In einer ihrer geschmeidigen Hände hielt sie eine halbe Papaya. »Wir sollten allmählich nach Heidesaum zurückkehren«, pfiff sie melodisch, ohne die Männer unter ihr im dichten Gestrüpp zu bemerken.

Dank seines langen Halses konnte Hisaulk problemlos den Kopf zu ihr wenden, ohne den Körper zu bewegen. »Ich weiß. Wir hätten wahrscheinlich gar nicht hierherkommen dürfen. Diese verlassenen Farmen sind ein deprimierender Anblick. Aber die Kinder wären *so* enttäuscht gewesen. Sie haben sich so lange darauf gefreut. Nur mit der Familie aufs Land wandern und weit weg von der Zivilisation wie die Alten von der Natur leben.«

Shremaza bewegte den Kopf. Die *Ornithomimosaurier* hatten eine komplizierte Hals- und Körpersprache entwickelt, mit der sie ihre Pfeifgespräche untermalten. Die *Sauropoden*, die zwar ebenso lange Hälse besaßen, aber weniger beweglich waren, hatten diese Sprache in Ansätzen übernommen. Insgeheim hielten die *Ornithomimosaurier* ihre größeren Verwandten für äußerst unbeholfen, was deren Körpersprache betraf, aber das sagten sie natürlich nicht laut. Es wäre zu unhöflich gewesen.

Außerdem empfahl es sich nicht, über jemanden zu spotten, dessen Gewicht das eigene um mehr als hundertmal übertraf.

Während Vater und Mutter ihre Kinder beobachteten, schlangen sie die Hälse umeinander. Sie sahen aus wie ein Paar überdimensionaler nackter Schwäne.

»Ein interessantes Verhalten«, sagte Smiggens mit gesenkter Stimme. »Ich habe noch nie gehört, daß Strauße so was machen.«

»Was wissen Sie schon über das Verhalten von Straußen, Smiggens?« Schwarzgurt drehte sich zu dem aufmerksam zuhörenden Zulu um. »Was sagst du dazu, Mkuse?«

»Dort wo ich herkomme, gibt es nicht viele Strauße, Käpt'n.«

»Spielt ohnehin keine Rolle«, knurrte Smiggens. »Das hier sind keine Strauße. Ich glaube nicht einmal, daß sie mit ihnen verwandt sind. Sie sehen ihnen nur ähnlich.«

»Was zum Teufel sind sie dann?« rief ein anderer Seemann von hinten.

»Ich weiß es nicht.« Vergeblich kramte der Erste Offizier in seinem Gedächtnis nach einem Namen. »Ich glaube, ich habe vor vielen Jahren mal etwas Ähnliches gesehen.«

»Das muß verdammt viele Jahre her sein.« Schwarzgurt musterte seinen Partner. »Ich wußte nicht, daß Sie schon mal in Afrika waren, Mr. Smiggens.«

»War ich auch nicht, Käpt'n. Die Viecher, die ich gesehen habe, waren in – London.«

»In London!« Fast wäre Schwarzgurt laut herausgeplatzt, aber im letzten Moment dämpfte er seine Stimme. Schließlich wollte er die fremden Wesen nicht verjagen. »Ich dachte, die Engländer reiten auf Pferden und nicht auf nackten Vögeln.« Das leise Lachen einiger Männer verwehte im Wind.

Doch der Erste Offizier zeigte sich unbeeindruckt. »Was ich gesehen habe, lebte nicht mehr.«

»Was Sie gesehen haben, war wohl eher der Boden eines Humpens Grog.« Schwarzgurts Augen blitzen, während sie die leichtfüßig tänzelnden Wesen verfolgten. »Haben Sie schon mal darüber nachgedacht, Mr. Smiggens, wieviel ein Zoo oder ein Zirkus für diese fantastischen Biester zahlen würden?«

»Zahlen?« Smiggens blinzelte. »Nein, Käpt'n, daran habe ich noch nicht gedacht.«

»Dann tun Sie's jetzt.« Schwarzgurt packte den Ersten Offizier an der Schulter. »Also, was meinen Sie? Wieviel kriege ich für der Welt einzigen Vogeldrachen?«

»Kann ich nicht sagen. So etwas hat bis jetzt sicherlich noch niemand gesehen. Sie sind absolut einzigartig. Wenn ich mich nur erinnern könnte …« Frustriert brach Smiggens ab.

Schwarzgurt blickte zu Chin-lee hinüber. »He, wieviel würden deine Landsleute für einen lebendigen Drachen zahlen?«

»Alles, Käpt'n. Gold, Sklaven, Seide – was immer Sie wollen, Sie werden es bekommen.«

»Dachte ich mir. Eintausend Goldsovereign?«

»Alles. Sie verlangen, die Chinesen zahlen.«

Der schwarzbärtige Hüne sah wieder zu den Struthies hinüber. »Wir lassen die verdammten Schlitzaugen gegeneinander bieten, und die Engländer gegen die Amerikaner. Pro Land verkaufen wir ein Tier, und je weniger wir haben, desto höher wird der Preis. Und wir müssen noch nicht mal jemanden dafür umbringen. Hören Sie, Preister?« Er schüttelte Smiggens. »Das bringt mehr ein als jedes vollgestopfte Handelsschiff!«

»Ja«, murmelte Smiggens abwesend, »das bringt sicher eine Menge.«

»Also, dann los.«

Leise brachte Schwarzgurt seinen Trupp aus dem Unterholz. Anbaya und Mkuse blieben zurück, um die Beute zu bewachen.

»Ihr beide«, rief Schwarzgurt O'Connor und Chumash zu, sobald sie außer Hörweite waren. »Geht zum Schiff und holt alle Seile und Netze, die ihr findet, und ein Dutzend Männer.«

»Aber die Reparaturen, Käpt'n ...« warf jemand ein.

»Zur Hölle mit den Reparaturen! Die können warten. Wir wissen nicht, wie viele von diesen Biestern es hier gibt, und wenn wir zögern, verpassen wir unsere Chance vielleicht.«

»Die Enternetze«, schlug Smiggens vor.

»Natürlich, die Enternetze!« stimmte Schwarzfuß begeistert zu. »Gut mitgedacht, Mr. Smiggens.« Die Mannschaft besaß mehrere der großen, in Manila erworbenen Fischernetze, die fester als normale Netze und an den Rändern beschwert waren. Sie wurden beim Entern eines Schiffes von dessen Takelage heruntergelassen, um die Verteidiger zu verwirren. Richtig gehandhabt, waren sie ideale und fluchtsichere Fallen.

Wenn es ihnen gelänge, die seltsamen Tiere zu überraschen, könnten sie es tatsächlich schaffen, sie einzufangen, dachte Smiggens. Die Biester hatten zwar kräftige Hinterbeine, aber ihre Arme sahen schwächer aus. Und sie hatten keine Zähne – nur scharfe, aber keineswegs beeindruckende Schnäbel. Schwarzbarts Vorhaben schien durchführbar. »Ob es uns paßt oder nicht, wir haben nur eine Chance.« Plötzlich hatte das Jagdfieber auch ihn gepackt. »Ihr habt die Hinterbeine gesehen. Ich wette, die hängen mühelos jeden Läufer ab.«

»Mal sehen, ob sie auch ein Netz abhängen.« Schwarzgurt winkte seine ausgewählten Boten fort. »Ab mit euch, ein Goldstück für den, der als erster am Schiff ist.«

Die beiden Matrosen wirbelten herum und verschwanden im Wald. Bald waren ihre Schritte nicht mehr zu hören.

Einfach war es beileibe nicht, den *Struthiomimus* unbemerkt zu folgen, doch die Besatzung der *Condor* bestand aus Männern, die den größten Teil ihres Lebens auf der Flucht verbracht hatten. Außerdem kannten Leute wie Anbaya und Mkuse sich mit Tieren aus und waren erfahrene Fährtenleser. So gelang es den Piraten, ihre langsam nach Süden wandernde Beute im Auge zu behalten. Es kam ihnen gelegen, daß die Tiere häufig anhielten, um zu fressen oder sich um Steine oder Baumstämme zu versammeln und geheimnisvoll miteinander zu zwitschern und zu pfeifen. Die Tiere schöpften nicht einmal Verdacht, daß sie auf ihrer Studienreise durchs Land selbst studiert wurden.

5

Hisaulk erwachte beim ersten Sonnenstrahl. Er gähnte unverhohlen mit weit geöffnetem Maul, das er dann mit einem Klacken wieder schloß. Noch in Schlafposition – die Beine ordentlich unter sich gefaltet – streckte er eine Hand aus und liebkoste den Rücken seines Weibchens. Shremaza schlief noch tief. Ihr Kopf lag auf dem Hals, den sie auf dem Rücken zusammengerollt hatte.

Bei Hisaulks Berührung streckte sie den Hals. Leise pfiff sie zu ihm herüber, und ihre Schnäbel berührten sich. Dann öffneten und schlossen sie ihre Kiefer in einem zärtlichen und komplizierten, klackenden Duett. Schließlich streckte Shremaza die Beine durch und erhob sich. Ihr langer, schmaler Schwanz ragte steif nach hinten. Die Kinder schliefen ein paar Meter von ihnen entfernt, drei rosige Punkte in einem Meer von Moos und hellgrünen Blättern.

Hisaulk betrachtete den Sonnenaufgang. Die Sturmwolken, die über der Küste hingen, taten seiner Schönheit keinen Abbruch.

»Ein wundervoller Morgen ... Aber wenn die Wolken vom Meer über das Land ziehen, werden wir naß.« Als er sich reckte, lief ihm ein Schauer über den Rücken. »Ich wecke die Kinder.«

Er lief zu den provisorischen Matratzen aus Blättern und Moos hinüber und strich mit zwei Fingern nacheinander sanft über die zarten Hälse. Langsam erwachten die Jungen und reckten sich unter seinen Liebkosungen.

»Müssen wir schon los, Vater?« Tryll, die Jüngste, stand auf und streckte sich. Um die letzten Spuren des Schlafes zu vertreiben, schüttelte sie zuerst ein Bein und dann das andere.

»Es wird Zeit. Wir müssen rechtzeitig wieder in Heidesaum sein. Man weiß nie, wann so ein Sturm loslegt.« Hisaulk wies aufs Meer hinaus. »Es sieht nicht gut aus. Wenn es so schlimm wird, wie man sagt, sollten wir uns nicht hier in der Ebene von dem Unwetter überraschen lassen. Vor allem nicht jetzt, wo alle anderen schon fort sind. Spätestens heute abend sollten wir in den Bergen sein.«

Tryll nickte. Ihre Geschwister hatten inzwischen mit der Morgengymnastik begonnen. Wie ihre nahen Verwandten, die *Dromaeosaurier, Oviraptosaurier* und andere, waren auch die *Struthiomimus* begeisterte Anhänger einer von den Menschen eingeführten Gymnastik namens Tai Chi, die zum morgendlichen Ritual geworden war.

Die in einiger Entfernung schlafenden Piraten bemerkten ihre konzentriert ausgeführten Übungen nicht, und die beiden Wachen achteten nur auf Geräusche im Gebüsch und plötzliche, heftige Bewegungen. So versäumten sie eine Vorführung, die ihre Meinung bezüglich der Intelligenz ihrer Beute sicherlich ins Wanken gebracht hätte.

Nach einem Frühstück aus Früchten und Käfern und einem letzten Blick auf die gemütliche, improvisierte Laube, in der sie die Nacht verbracht hatten, machten sich die Dinosaurier auf den Weg, der sie in die Ausläufer der Berge führen sollte. In einem Tagesmarsch konnten sie einen Pfad erreichen, der auf die Hauptstraße führte, welche die Bergstädte mit den Farmen der Nördlichen Tiefebene verband.

Die Jungen tobten durchs Gebüsch und trainierten ihre noch längst nicht ausgewachsenen Beine. Ihr lautstarkes, erregtes Pfeifen und Schnalzen wetteiferte mit dem Gesang der Vögel, der von den Bäumen herunterdrang. Die beiden erwachsenen Tiere liefen mit kleinen Schritten gleichmäßig und entspannt. Schließlich war dies der letzte Ferientag der Kinder, und den sollten sie so lange wie möglich genießen.

Besonders wachsam mußten sie nicht sein. Sah man von dem Unwetter ab, drohten ihnen in der Nördlichen Tiefebene keine Gefahren. Eigentlich kein schlechter Platz zum Leben, dachte Hisaulk – wenn man es nicht als störend empfand, alle sechs Jahre seine Habe packen und vor dem Unwetter fliehen zu müssen. Entspannt paßte er sich dem Tempo der Kinder an.

Die Vielfalt der Flora, die sie nun durchwanderten, war selbst für Dinotopia einzigartig. Baumgroße Farne und Ameisenbäume wuchsen Seite an Seite mit Kiefern, niedrigen Tannen und Palmen. Mangos, Papayas, Sternenfrüchte und Rambutans gediehen neben den Vorfahren der heutigen Beeren.

Da es in diesem Teil des Vorgebirges weder Farmen noch andere Ansiedlungen gab, war der Pfad, dem sie folgten, beinahe zugewachsen. Als das Dickicht undurchdringlicher wurde, fielen die Jungen ein wenig hinter die Eltern zurück, denn die konnten sich mit ihren mächtigen Körpern leichter einen Weg bahnen. Shremaza freute sich schon darauf, den Farmweg zu erreichen, denn dann war es nicht mehr weit bis zur Galingastraße.

Schmunzelnd dachte sie daran, wie Arimat versucht hatte, ihre Reise um einen oder zwei Tage zu verlängern.

»Ich habe keine Angst vor Unwettern!« hatte er erklärt. Geduldig hatten Hisaulk und Shremaza ihm erläutert, daß ein Sechsjahressturm kein gewöhnlicher Nordoststurm sei. Außerdem sei die Nördliche Tiefebene der denkbar ungeeignetste Platz für einen Dinosaurier, falls er von einem solchen Sturm überrascht werde. Arimat war immer ein wenig aufmüpfig und brauchte eine feste Hand.

Shremaza sah zu, wie ihre Kinder abwechselnd versuchten, einen mächtigen umgestürzten Baum zu überspringen. Obwohl er nicht dicker als anderthalb Meter war, gelang es ihnen erst nach mehreren Anläufen. Arimat schaffte es als erster, danach kam Tryll. Keelk dagegen senkte schließlich würdevoll den Kopf und lief unter dem Hindernis hindurch.

Nicht dumm, meine Keelk, dachte Shremaza. Sie wird es noch weit bringen. Wunderbare Kinder, alle drei, und sie entwickelten sich prächtig. Vielleicht waren sie ein bißchen dickköpfig, aber das war in ihrem Alter normal.

Der Wald erschien so friedlich und schön, daß sie auf den ersten Schrei gar nicht reagierte.

»Das war Tryll!« zirpte Hisaulk dann. Sie stürzten ihren Kindern nach, die spielend vorausgelaufen waren.

Nur einen Moment später waren sie bei ihnen. Der Anblick, der sich ihnen bot, war so unerwartet und unbegreiflich, daß sie zunächst einfach stehenblieben und staunten. Sie konnten nicht glauben, was sie sahen.

Im ersten Moment hatte Hisaulk gedacht, die Kinder wären einem Raubdinosaurier begegnet. Zwar kamen die nur selten über das Rückengebirge, aber immerhin war es schon vorgekommen. Vor allem junge *Carnosaurier* gingen gern auf Wanderschaft, bevor die Reife und die Bequemlichkeit solche kindlichen Gelüste überlagerten. Aber die Herren des Regentales waren alles andere als berechenbar – vielleicht hatte das ungewöhnliche Klima ihre Wanderlust geweckt?

Doch ihre Jungen wurden nicht von streunenden *Allosauriern* bedroht. Auf den ersten Blick hielt Hisaulk das, was er sah, für eine Laune der Natur. Vorsichtig lugte er über den steilen Rand der Grube, auf deren Grund Tryll und Arimat standen und verblüfft heraufblickten. Sie schienen benommen, aber unverletzt zu sein.

Er wandte sich an Keelk. »Was ist passiert?«

»Ich weiß es nicht, Vater. Wir sind herumgerannt und haben gespielt, und auf einmal gab der Boden unter Arimat und Tryll nach. Ich wäre auch beinahe hinuntergefallen.«

»Der *Boden* gab nach?« Verblüfft senkte Shremaza ihren Schnabel und begann, zwischen den vor der Grube liegenden Palmwedeln und dem Riedgras zu schnüffeln. Unter die starken Pflanzendüfte mischte sich ein weiterer Geruch, ein Geruch nach Meer – und etwas anderem ...

Hisaulk dachte nach. Das Loch war zu tief, als daß die Jungen hätten herausspringen können. Ohne Anlauf hätte selbst er Probleme damit gehabt. Aber ein *Struthiomimus* hatte einigermaßen kräftige Arme, und obwohl er keinen abgesetzten Daumen besaß wie die Menschen, konnte er doch große Gegenstände – zum Beispiel Äste – festhalten. Hisaulk war schon dabei, einen Plan zu schmieden. Sie brauchten einige kräftige Ranken, überlegte er ...

Ein lauter, erstaunter Pfiff von Shremaza unterbrach seine Gedanken. »Dieses Erdloch ist von jemandem gegraben worden! Seht ihr, wie glatt die Seiten sind?« Sie wies auf den Rand der Grube. »Das war kein wühlender *Ankylosaurus*.«

»Warum sollten die auch so tief graben? Vielleicht war es einer von den Gehörnten?«

»Ein *Ceratopier*? Zu welchem Zweck? Und dann mitten auf dem alten Pfad?« Shremaza schob einen kleinen Haufen Palmwedel zur Seite. »Die sind nicht heruntergefallen, sondern geschnitten worden. Vorhin hatte ich den Eindruck, sie riechen nach Menschen. Der Geruch ist sehr ausgeprägt, aber irgendwie merkwürdig.«

Hisaulk musterte die Grube. »Die Wände sind nicht bearbeitet worden, es ist also keine Lagergrube. Es macht ja auch keinen Sinn, hier draußen eine Latrine anzulegen. Ich verstehe das nicht.« Die Menschen waren zu vielen seltsamen Dingen fähig und immer für eine Überraschung gut, doch Zeit und Kraft waren für sie ebenso wertvoll wie für die Dinosaurier. Sie verschwendeten sie nicht, indem sie sinnlose Löcher wie dieses hier gruben.

»Ich weiß es!« rief Keelk. »Es ist ein Grab. Ihr wißt doch, daß die Menschen ihre Toten verschwenden und sie *begraben.*«

»Eine guter Gedanke, Tochter.« Shremaza roch noch einmal an den verstreuten Wedeln und dem Ried. »Aber ich habe noch nie von einem so großen menschlichen Grab gehört. Man könnte ein Dutzend Menschen darin begraben.«

»Oder eine *Struthiomimus*familie.« Hisaulk lief ein Schauer über Rücken. Erst viel später erkannte er, daß er keine Schuld an dem trug, was nun geschah. Weder Shremaza noch er hatten je von einer solchen Falle gehört oder eine gesehen. Sie standen zusammen mit Keelk am Rande der Grube, als über ihnen plötzlich ein schriller Menschenschrei ertönte. Dann schien der Wald über ihnen zusammenzubrechen.

Schwere Ranken legten sich um ihre Arme und Beine und drückten ihre Hälse und Schwänze nach unten. Aber Hisaulk begriff rasch, daß es gar keine Ranken waren, sondern zu starken Netzen verwobene Taue aus dicken Pflanzenfasern, die nach Pökellage und Salz stanken. Und dann stürzten sich Menschen von allen Seiten aus dem Dickicht hinter ihnen und von jenseits der Grube auf sie, einige fielen sogar von den Bäumen wie Kokosnüsse.

Ihr Gewicht drückte ihn zu Boden.

Die drei Struthies schlugen um sich und wehrten sich heftig, aber sie waren schon zu tief in die Netze verstrickt, obwohl ihre Hinterbeine stark genug waren, um jemandem mit einem Tritt den Bauch aufzuschlitzen. Außerdem stand die Familie zu sehr unter Schock, um sich ernsthaft zur Wehr setzen zu können. Wenn den Menschen plötzlich Flügel gewachsen wären und sie ihre Gefangenen mit sich in die Lüfte getragen hätten, wären die Überrumpelten nicht überraschter gewesen.

Hisaulk versuchte zu treten, aber er lag auf der Seite und fand keinen Halt. Sein Schnabel konnte den dicken

Tauen nichts anhaben, und zum erstenmal in seinem Leben bedauerte er es, keine Zähne zu haben. Unten in der Grube heulten Tryll und Arimat vor Angst.

Hisaulk wußte, daß ihnen das nicht viel helfen würde. Sie waren wegen des Friedens und der Einsamkeit, die die Nördliche Tiefebene in dieser Gegend bot, hierhergekommen – niemand würde ihre Schreie hören. Er hätte nicht gedacht, daß er diese Wahl einmal so bereuen würde. Unfähig, den Kopf zu wenden, rief er nach Shremaza.

»Ich bin in Ordnung«, antwortete sie hinter ihm. »Aber was soll das alles? Was machen die mit uns?«

»Ich weiß es nicht.« Hisaulk versuchte aufzustehen, aber er war völlig in die Netze verwickelt. Die Hände von Menschen machten sich an seinen Beinen zu schaffen, und er spürte, wie dicke Taue um seine Knöchel gebunden wurden.

Ein sonnenverbranntes menschliches Gesicht starrte ihn mit weit geöffneten Augen an, den Mund zu einem breiten Grinsen verzogen.

»Was soll das?« zirpte Hisaulk verzweifelt. »Was machen Sie mit meiner Familie?« Er erwartete nicht, daß der Mensch ihn verstand. Nur ein professioneller Übersetzer konnte Struthinisch in die menschliche Sprache übertragen. Aber irgend etwas *mußte* er doch versuchen! »Was geht hier vor? Was macht ihr da? Wenn das ein Spiel sein soll, dann finde ich es gar nicht komisch. Ich werde beim ersten Schiedsmann, dem wir begegnen, protestieren!«

Schwarzgurt trat zwischen zwei jungen Ginkgobäumen hervor, um seine Beute in Augenschein zu nehmen. »Hört euch dieses Geschnatter an. Was für ein Theater! Die klingen wie Riesenpapageien oder Aras.«

»Sie werden sich schon beruhigen.« Heftig atmend half Smiggens den anderen, die Netzränder aufzurollen, um die Gefangenen noch fester einzuwickeln. »Ich kenne Matrosen, die gerne mit einem Papagei auf der Schulter herumlaufen. Wie wäre es mit einem von diesen hier, Käpt'n?«

»Aye, das würde in jeder Kneipe von Singapur bis Liverpool Aufsehen erregen!« Schwarzgurt lachte dröhnend, und zahlreiche seiner Männer stimmten ein. Der Erfolg ihrer Aktion hatte sie in Hochstimmung versetzt.

Ihre Reaktion verwirrte die Struthies noch mehr. »Warum lachen die?« wunderte sich Shremaza. »Sie können unsere Situation doch unmöglich komisch finden!«

»Ich weiß nicht. Sieh dir ihre Kleidung an, Shremaza, und höre, wie sie sprechen … Ich glaube, das ist jener Dialekt der Menschensprache, den sie Englisch nennen. Sie können nicht von hier sein.«

»Schiffbrüchige?« Keelk lugte unter einem anderen Teil des Netzes herüber.

»So sehen sie nicht aus«, erwiderte Hisaulk. »Sie haben keine zerrissenen Kleider und wirken auch nicht erschöpft und hungrig wie normale Schiffbrüchige. Hier geht etwas Merkwürdiges vor.«

»Warum antworten sie nicht?« Aus Shremazas Stimme klang tiefe Besorgnis, und Hisaulk hätte sie gerne beruhigt. Er wußte, daß sie sich nicht um sich selbst sorgte, sondern um ihre Jungen. »Ich erwarte ja gar nicht, daß ein Mensch Struthinisch versteht, aber selbst ein Schiffbrüchiger müßte doch wenigstens die Gesten intelligenter Lebewesen begreifen!« Hisaulk spürte, daß sie schauderte. »Wie sie uns anstarren! Ich habe einmal Menschen gesehen, die Vögel so angeschaut haben.«

In diesem Moment traf Hisaulk die unbarmherzige Wucht einer zweiten Erkenntnis. »Sie haben noch nie Dinosaurier gesehen! So wie sie sich benehmen, halten sie uns wahrscheinlich für gewöhnliche Tiere mit der Intelligenz eines Fisches.«

»Was werden sie mit uns anstellen?« Jetzt schwang Angst in Shremazas Stimme. »Sie werden uns doch nichts tun?«

»Ich weiß es nicht, aber das kann ich mir nicht vorstellen.« Noch einmal versuchte Hisaulk, um sich zu treten, mußte aber feststellen, daß seine Fußknöchel an einen kurzen, abgeschlagenen Ast gebunden waren, der seine Bewegungsfreiheit stark einschränkte. Mit dieser Fessel konnte er zwar stehen, aber nur in kleinen, stockenden Schritten laufen. Unmöglich, Tritte auszuteilen – dafür waren die Fesseln zu eng.

»Diese Menschen sind dumm und ungebildet. Sie kommen von außerhalb. Wer weiß, wozu sie fähig sind? Wir müssen auf alles gefaßt sein.«

»Hört auf damit!« rief Shremaza den Menschen zu, die sich um die Grube versammelt hatten. Ohne sie zu beachten, warfen sie kleinere Netze hinunter, um Tryll und Arimat einzufangen und heraufzuziehen. Vergeblich schrien und protestierten die Jungen.

»Beruhigt euch!« sagte Hisaulk laut, um ihre Aufmerksamkeit zu erhalten. »Panik hilft jetzt auch nicht. Diese komischen Menschen verstehen euch doch nicht. Keelk, kannst du sehen, was passiert?«

Irgendwo in seinem Rücken antwortete seine Tochter: »Sie haben Arimat und Tryll herausgeholt. Jetzt fesseln sie ihre Arme und Beine wie bei uns. Ich glaube ... Es sieht so aus, als würden sie sich bemühen, sie nicht zu verletzen.«

Shremaza stieß einen langen, erleichterten Pfiff aus. »Vielleicht besitzen sie ja doch ein wenig Verstand und sind einfach nur ungehobelt.«

Sie wäre weniger zuversichtlich gewesen, wenn sie gewußt hätte, daß Schwarzgurts Leute nur deshalb so vorsichtig mit ihren Gefangenen umgingen, um ihren Wert nicht zu mindern. Beschädigte Ware brachte weniger Gold.

»Gute Arbeit, Leute.« Smiggens stand neben Schwarzgurt und sah zu, wie die Piraten die Netze vorsichtig entfernten.

Mühsam rappelten sich die fünf Gefangenen auf. Ihre Arme waren an Ellbogen und Handgelenken zusammengebunden, und zwischen den Fußgelenken und Oberschenkeln hingen dicke Stämme, so daß sie gerade noch laufen konnten. Mkuse hatte vorgeschlagen, ihre Schnäbel zu verbinden. Auch wenn sie keine Zähne hatten, konnten sie mit ihren Schnäbeln doch sicherlich schmerzhafte Wunden zufügen. Aber Smiggens war dagegen gewesen, weil sie nicht wußten, wie ihre Gefangenen atmeten. Lieber einen Biß riskieren, als daß die so mühsam Eingefangenen am Ende erstickten. Schwarzgurt hatte ihm beigepflichtet.

»Paß auf diese Füße auf, Watford«, ermahnte Smiggens einen Seemann, der die Fußfesseln eines der kleineren Gefangenen überprüfte. »Sie sind zwar gefesselt, aber sie können noch treten.«

»Ja, vorsichtig.« Mkuse beendete seine Arbeit an einem der größeren Tiere. »Die sind mindestens so groß und stark wie ein Strauß.« Der gewarnte Pirat nickte und zog sich vorsichtig zurück.

Doch sowohl die ausgewachsenen als auch die jungen *Struthiomimus* hätten nicht einmal dann energisch Widerstand geleistet, wenn sie sich frei hätten bewegen können. Sie hatten sich noch nicht von ihrem Schock erholt. Der Gedanke, Menschen – gleich welcher Herkunft – zu bekämpfen, war ihnen völlig fremd.

»Warum fesseln sie uns?« Shremaza versuchte, ihre Beine zu bewegen. Sie fiel nicht, konnte aber auch nicht schnell laufen.

»Ja«, sagte Arimat benommen. »Was wollen die von uns?«

»Ich weiß es nicht.« Unsicher musterte Hisaulk die Menschen. »Das sind keine Schiffbrüchigen, sondern Menschen, die irgendwie anders nach Dinotopia gekommen sind. Die alten Geschichten der Menschen aus der Außenwelt berichten von solchen Dingen, wie sie uns jetzt passieren. Es sieht so aus, als wären wir ihre Gefangenen.«

»Ihre Gefangenen?« zirpte Tryll mißmutig. »Du meinst, sie spielen Räuber und Gendarm mit uns?«

»So was ähnliches, aber nicht als Spiel – ich glaube nicht, daß diese Menschen spielen. Für sie gehört das, was sie getan haben, zum wirklichen Leben, so unreif uns das auch erscheinen mag. Und sie sind noch nicht fertig mit uns. So bald werden sie uns wohl nicht wieder freilassen.«

»Aber das müssen sie!« protestierte Arimat. »Ich verpasse die Schule und das Training!«

»So wie die aussehen«, meinte Shremaza sanft, »wird sie das wohl nicht weiter stören – selbst wenn sie uns verstehen könnten.« Sie wandte sich ihrer Ältesten zu. »Keelk, du bist so still. Ist alles in Ordnung mit dir?«

Ihre Tochter antwortete mit einem heftigen Kopfnicken. »Es geht mir gut. Ich versuche gerade, ihre Sprache zu entschlüsseln. Es wäre leichter, wenn die Menschen nur eine Sprache sprächen.«

»Das ist nicht die Sprache der Menschen, die bei uns leben.« Hisaulk beobachtete die beiden Männer, die er für die Verantwortlichen der Gruppe hielt. Sie reagierten auf seine flehenden Blicke mit aufreizender Gleichgültigkeit.

»Ich weiß.« Keelk bemühte sich, das Durcheinander der Stimmen zu entwirren. »Ich glaube, einige Wörter verstehe ich.«

»Versuch es weiter«, drängte ihr Vater. »Es wäre sehr nützlich zu wissen, was sie vorhaben.«

»Ich versuche es«, antwortete Keelk, aber sie klang nicht sehr optimistisch.

Erstaunlicherweise schienen die Menschen mit ihrer Aktion außerordentlich zufrieden zu sein. Ihre gute Laune war offensichtlich, und sie bewegten sich fröhlich und selbstbewußt. Wenn man sie so ansah, konnte man beinahe meinen, sie hätten gerade den Marathonlauf von Sauropolis gewonnen.

Einen Augenblick lang überlegte Hisaulk erschrocken, ob sie vielleicht verrückt waren, aber dafür waren sie viel zu gut organisiert.

»Was sollen wir nur tun, Vater?« fragte Tryll weinerlich.

Hisaulk bemerkte, daß alle Mitglieder seiner Familie ihn erwartungsvoll ansahen. »Fürs erste gar nichts. Paßt gut auf und beobachtet sie, aber reizt sie nicht. Von Menschen, die zu so haarsträubenden Dingen fähig sind, kann man kein rationales Verhalten erwarten. Wir müssen alles tun, um sie nicht zu verärgern, sonst werden sie noch unberechenbarer. Sammelt in der Zwischenzeit eure Kräfte – und wartet ab.«

Erneut pfiff und zirpte er den Größten der Menschengruppe an, jenen mit der auffälligen Gesichtsbehaarung, denn offensichtlich war das der Verantwortliche. Doch der Mann ignorierte seine Fragen, und schließlich gab das *Struthiomimus*männchen auf. Die Dinosaurier mußten einen anderen Weg finden, um Kontakt aufzunehmen.

»Sehen Sie?« fragt Smiggens. »Ich habe doch gesagt, die beruhigen sich.«

Schwarzgurt rülpste. »Vielleicht lassen sie sich zähmen. Ich habe noch kein Tier erlebt, das nicht durch Nahrungsentzug gefügig wurde. Ich glaube nicht, daß wir mit denen hier Schwierigkeiten haben werden.«

Sie legten den verstummten Tieren Seile um die Hälse. Ihre Gefangenen schienen diese erneute Zumutung mit resignierter Gleichgültigkeit hinzunehmen. Die Piraten hofften, die Tiere mit jeweils einem starken Mann an diesen provisorischen Zügeln führen zu können, statt sie treiben zu müssen. Das würde ihr Vorankommen sehr vereinfachen.

Smiggens überkam plötzlich eine seltsame Unruhe. Er drehte sich um und bemerkte, daß das kleinste der Tiere ihn anstarrte, ohne zu blinzeln. Seine Augen waren groß und klar wie Kinderaugen. Ärgerlich über sich selbst, wandte er den Blick ab. Es sind doch nur Tiere, ermahnte er sich. Einfache Tiere.

»Für wie intelligent halten Sie diese nackten Vogelviecher, Mr. Smiggens?«

»Keine Ahnung, Käpt'n. Mit Sicherheit intelligenter als die Strauße des Afrikaners. Sehen Sie, wie sie uns mit ihren Blicken verfolgen? Vielleicht kann es der eine oder andere von ihnen mit einem Hund aufnehmen.«

»Intelligent wie ein Hund, meinen Sie? Nun, wir werden genug Zeit haben, um ihnen einige Kunststückchen beizubringen. Vielleicht verkaufen wir sie nicht alle, sondern behalten den Kleinsten als Schoßtier.« Er stieß seinen Ersten Offizier in die Rippen, preßte dann ein Nasenloch mit einem Finger zu und blies lautstark den Naseninhalt aus dem anderen. Taktvoll wandte sich Smiggens ab.

Ihr zweitgrößter Gefangener stieß eine lange Reihe von komplizierten Pfiffen, Zirpsern und Schnalzern aus. Smiggens applaudierte dem Musikanten. Doch ohne zu wissen weshalb, fühlte er sich immer noch nicht wohl. »Sie scheinen recht friedfertig zu sein. Man könnte meinen, jemand hätte sie gezähmt.«

»Hauptsache, sie machen uns keinen Ärger«, schnaubte Schwarzgurt. »Sobald sie Probleme machen, erschießen wir einen als Abschreckung für die anderen. Das wird sie auf jeden Fall ruhigstellen.« Er rief einige Männer herbei, die die Netze sorgfältig zusammenlegen sollten. So wären sie gewappnet, falls ihnen noch mehr dieser fantastischen Tiere über den Weg laufen sollten.

Smiggens blieb mit seinem Erstaunen darüber allein, daß ihm die vogelähnlichen Blicke so zusetzten. Verärgert machte er sich auf die Suche nach einer Beschäftigung.

Shremaza beobachtete das unerklärliche Verhalten der Menschen schweigend.

»Das ist kein Spiel, Mutter, oder?« Mit ängstlichen Augen sah Arimat zu ihr herauf.

»Nein, mein Schatz. Ich fürchte, das ist bitterer Ernst.«

»Die Seile tun weh«, beschwerte sich Tryll.

»Achte nicht darauf, Liebling. Sie werden sie lockern, bevor wir losgehen. Ich bin sicher, daß diese Menschen uns irgendwo hinbringen wollen, sonst hätten sie uns ganz bewegungsunfähig gemacht.«

»Was wird mit uns geschehen?«

»Vielleicht lassen sie uns nach einer Weile laufen.« Shremaza glaubte zwar nicht daran, aber sie mußte die Kinder irgendwie beruhigen.

Tryll dachte nach. »Meinst du, die Menschen wollen uns fressen?«

»Was redest du denn!« Arimat starrte seine Schwester an. »Menschen sind doch keine Raubdinosaurier!«

»Bei denen wäre ich mir nicht so sicher.«

Sie sahen zu Keelk hinüber, die noch immer jede Bewegung der Menschen genau verfolgte.

»Menschen fressen fast alles«, erklärte Keelk.

Arimat schnitt eine Grimasse. »Das tun Struthies auch, aber das heißt doch noch lange nicht, daß ich einen Menschen fressen würde.«

»Warum nicht?« fragte Keelk provozierend. »Fleisch ist Fleisch.«

»Aber das hier sind *Menschen*. Und Menschen sind unsere Freunde.«

»Diese Menschen nicht«, murmelte Hisaulk.

Da ihre Arme gefesselt waren, gestikulierte Tryll mit Kopf und Hals. »Der da«, meinte sie und zeigte auf Schwarzgurt, »sieht wirklich aus wie ein Raubdinosaurier.«

»Keine vorlauten Bemerkungen, bitte.« Hisaulk musterte seine Fesseln. »Bisher sieht es so aus, als wollten sie uns einfach entführen. Wir müssen jede Gelegenheit zur Flucht nutzen. Der Rat der Baumstadt muß benachrichtigt werden.«

»Was passiert, wenn wir einer Farmerfamilie begegnen, die auf der Flucht vor dem Unwetter ist?« fragte Shremaza. »Glaubt ihr, diese verrückten Menschen würden sie auch gefangennehmen?«

Arimat schnaufte verächtlich. »Ich möchte sehen, wie die einen *Styracosaurus* fesseln wollen.«

»Das will ich auch sehen.« Tryll juckte es hinter dem rechten Bein. »Oder einen *Anchiceratops*.«

»Diesen Menschen traue ich alles zu«, meinte ihre Mutter. »Wie euer Vater gesagt hat: Wir müssen auf eine gute Gelegenheit zu Flucht warten.«

»Ich würde lieber Früchte einsammeln«, brummte Arimat.

»Sei still«, sagte Shremaza. »Das würden wir alle gern.«

»Paßt gut auf«, ermahnte Hisaulk seine Familie, »vielleicht erkennen wir ja doch irgendwie, was sie vorhaben. Seid aufmerksam, beobachtet sie – und wartet ab.«

6

Auf der Suche nach neuen Herrlichkeiten kamen die Piraten auf ihrem Weg zu den Ausläufern des Gebirges rasch voran. Die gefangenen Tiere leisteten keinen Widerstand und ließen sich willig führen. Doch bald wurden die Hänge steiler, und sie kamen nicht mehr weiter. Frustriert, aber nicht entmutigt marschierten sie in der Hoffnung, einen Durchschlupf zu finden, entlang der Felsen nach Osten weiter.

Am Fuße der Berge hatten sich große Mengen gelben Gerölls angesammelt. Smiggens blieb stehen und nahm eine Handvoll davon auf. Das Gestein zerbröselte unter seinen Fingern.

»Sehen Sie nur. Wenn echter Granit so leicht zerfällt, dann muß er sehr alt sein.« Er klatschte sich den Staub von den Händen und musterte die senkrecht aufragende Felswand, die sich ähnlich unbezwingbar und abweisend wie eine Burgmauer neben ihm erhob. »Dieses Land gibt es schon sehr lange.«

Schwarzgurt baute sich vor ihm auf. »Wenn Sie schon Ihre Zeit damit verschwenden, Steine zu betrachten, Mr. Smiggens, dann halten Sie wenigstens Ausschau nach Gold oder Silber.«

»Aye«, warf ein wettergegerbter Matrose aus Baltimore namens Geary bestätigend ein, »oder nach Diamanten und Rubinen.«

»Warum nicht gleich nach Saphiren und Smaragden?« schimpfte Smiggens.

»Darum kümmern wir uns, Mr. Smiggens«, entgegnete Johanssen. Er grinste Samuel an. »Sie sagen uns nur, wo wir anfangen sollen zu graben.«

Banausen, dachte der Erste Offizier wütend. Eure Hirne sind so hart wie dieses Gestein. Warum sucht ihr nicht da nach Nuggets?

Trinkwasser gab es im Überfluß, weil am Fuß der Felsen unzählige Quellen ans Tageslicht traten. Vor nicht allzu langer Zeit hatten die Piraten nicht mehr daran geglaubt, ihren Durst jemals wieder stillen zu können. Doch jetzt öffneten sie nicht einmal mehr ihre Trinkflaschen, so reichlich war das Angebot. Das Wasser war sauber und süß und gab ihnen genau wie die Früchte, die überall von den Bäumen hingen, neue Kraft. Bald brachen sie erfrischt auf und marschierten entlang der Felsen weiter.

Selbst wenn sie weder Gold noch Diamanten, noch eine Stadt zum Plündern fänden, blieben ihnen immerhin die Gefangenen, die, wie ihnen der Kapitän und der Erste Offizier versichert hatten, sehr wertvoll waren.

Die unbezwingbare Wand zu ihrer Rechten, suchten sie nach einem Pfad oder einem gehbaren Aufstieg, bis sie zufällig auf etwas viel Besseres stießen. Dichte, von den Felsen herabhängende Farnbüschel verdeckten den Eingang zu einem schmalen Tal oder einem Canon. Die meisten Wanderer hätten ihn wahrscheinlich übersehen, aber das Leben auf See schärfte die Sinne, und Piraten hatten einen Blick für alles Ungewöhnliche.

»Fortuna ist uns immer noch hold, Männer.« Hocherfreut stand Schwarzgurt zwischen den Farnen wie ein aufgequollener toter Baum. »All das Pech, mit dem sie uns überschüttet hat, haben wir ihr vor die Füße geworfen, und nun werden wir für unsere Ausdauer und unseren Mut belohnt.«

»Oh, und ich dachte die ganze Zeit, wir hätten einfach um unser Leben gekämpft«, flüsterte O'Connor Watford zu.

»Solange Fortuna uns nur bald belohnt, Käpt'n.« Mkuse blickte mit finsterem Gesicht zum Meer hinüber. Von ihrem Standort zwischen den Farnen sahen sie auf einen schmalen blauen Streifen Ozean hinunter, auf dem die *Condor* friedlich dümpelte. Aber weiter draußen ballte sich eine bedrohliche schwarze Wolkenwand zusammen, gegen die der Sturm, dem sie entkommen waren, wie eine Sommerbrise wirkte. Blitze zuckten in weiter Entfernung, ohne daß sie den Donner hören konnten.

»Wenn das hierherkommt«, meinte Samuel, »werden die Jungs an Bord alle Hände voll zu tun haben, um das Schiff über Wasser zu halten.«

»Du denkst zuviel, Samuel«, ermahnte ihn Schwarzgurt. »Das Schiff ist in der Lagune gut aufgehoben. Du hast gesehen, wie weit das Riff entfernt ist. Levèque wird sich schon darum kümmern. Er wird die Seeanker setzen, das Schiff mit dem Bug in den Wind legen und jeder hohen See trotzen.«

Beruhigt wandten sich die Männer ab.

»Mir gefällt das alles nicht.« Chin-lee schob die Farne beiseite und trat in das schmale Tal. »Es geht alles zu glatt.«

»Ganz ruhig, du Heide.« Johanssen wies nach vorne. »Wir müssen noch nicht mal klettern. Was willst du mehr?« Der große ungestüme Amerikaner beschleunigte seine Schritte und ließ den pessimistischen Chinesen hinter sich.

Nervös musterte Chin-lee die steil aufragenden, glatten Granit- und Sandsteinwände, die sich hinter ihnen rasch wieder schlossen. Sein Blick wanderte unruhig zwischen ihren scheinbar gleichgültigen Gefangenen und dem sich vor ihnen schlängelnden Pfad hin und her. Der Canon wand und verzweigte sich wie ein Lebewesen. Man sah nie weiter als zehn Meter.

»Drachen«, flüsterte er leise. Er hatte es satt, daß sich die anderen über ihn lustig machten.

Als Shremaza erkannte, was die Menschen vorhatten, stemmte sie ihre Füße in den Boden, doch zwangen sie beharrliche Rucke an dem Seil um ihren Hals weiterzugehen, wenn sie nicht ersticken wollte. »Nein!« pfiff sie. »Das können sie doch nicht machen!«

Hisaulk zwang sich, ruhig zu bleiben. »Versteh doch, Mutter meiner Küken. Sie kennen unser Land nicht und haben keine Ahnung, was sie tun.« Er musterte die vom Wasser geglätteten, von Streifen durchzogenen Wände des Canons. »Ich hoffe, er führt nicht durch das ganze Gebirge.«

»Wenn doch, dann hätte man eine Warnung aufstellen müssen«, erwiderte sein Weibchen.

»Du hast doch gesehen, wie versteckt der Eingang lag.

Nicht ganz Dinotopia ist erforscht, und hier im Norden gibt es viele Orte, die nicht einmal auf Karten erfaßt sind.«

Tryll bemühte sich, das Zerren der Seile so weit wie möglich zu ignorieren, und schob sich nahe an Hisaulk heran. »Vater, ich habe Angst.«

Gern hätte Hisaulk ihr beruhigend eine Hand auf die Schulter gelegt, aber seine Arme waren fest aneinandergefesselt. »Es wird alles gut, mein Kind. Diese Menschen sind ungebildet, aber sie sind nicht dumm.«

»Wenn sie in diese Richtung weitergehen und diese Schlucht durch das ganze Rückengebirge läuft«, meinte Shremaza, »wird das weder ihnen noch uns helfen.«

Der Canon war wahrlich ein besonderer Ort. Über die Jahrtausende hinweg vom Wasser gegraben, die farbigen Wände von zahllosen Überschwemmungen geglättet, zerschnitt er den harten Stein wie ein heißer Draht ein Stück Butter. An seiner weitesten Stelle war er gerade einmal drei Meter breit. Manchmal wurde er so schmal, daß die Männer hintereinander gehen mußten und Shremaza und Hisaulk nur weiterkamen, wenn sie kräftig gezogen und geschoben wurden.

Viele Meter über ihnen schimmerte der Himmel, ein schmales blaues Band. Die in ewigem Schatten liegende Schlucht war kühler als die Ebene, aus der sie kamen; hier wuchs kaum etwas. An ihrem Grund wechselte feiner Sand mit Inseln von glatten Flußsteinen. An niedrig gelegenen Stellen sammelte sich das Wasser in flachen und klaren Pfützen wie vom Himmel gefallene Spiegel. Aus schmalen Sprüngen in den Felswänden sickerte frisches Wasser, das sich zu herabstrebenden Bächen vereinte, doch ihr Ehrgeiz war größer als ihr Volumen – rasch versickerten sie im durstigen Sand.

An manchen Stellen versperrten vom Rand der Schlucht herabgestürzte Felsblöcke den Weg, aber sie stellten für Männer, die durchnäßte Rundhölzer und Taue gewohnt waren, kein ernsthaftes Hindernis dar. Obwohl die kleine Dinosaurierfamilie nicht oft kletterte, bewältigte auch sie die im Weg liegenden Gesteinsbrocken. Etwas anderes blieb ihr auch nichts übrig, denn die Menschen hätten sie sonst mit Gewalt über die rauhen Felsen gezerrt.

»Das ist doch Wahnsinn!« Da ihre Hände und Füße gefesselt waren, mußte Shremaza die Steinchen zwischen ihren Zehen mit dem Schnabel entfernen. »Wir *dürfen* nicht weitergehen. Nicht in diese Richtung. Wir müssen versuchen, mit ihnen zu reden.«

»Was würde das nützen? Sie verstehen unsere Sprache nicht, und keiner von uns kann in der Menschensprache schreiben.«

»Aber, Vater meiner Kinder, falls diese Schlucht wirklich durch das ganze Rückengebirge läuft ...«

»Vielleicht kommen sie nicht so weit. Vielleicht hört es vorher auf, so daß wir umkehren müssen. Es ist noch zu früh, um in Panik zu geraten.«

Aber der Canon zog sich wirklich quer durch das ganze Gebirge. Sie waren mehrere Tage unterwegs, doch dann bestand kein Zweifel mehr daran, daß sie ihn hinter sich gebracht hatten.

Plötzlich weiteten sich die hoch aufragenden Felsen und machten bröckelnden Seitenwänden und von Bächen durchzogenen Geröllhalden Platz. Nach einigen hundert Metern hatten sie die Felsen hinter sich gelassen und liefen durch ein verwunschenes Pflanzenmeer, das in voller Farbenpracht stand.

Die Überraschung der seltsamen Menschen war angemessen. Anstelle von Mangroven und Ried, Grasland und den von Flüssen durchzogenen fruchtbaren Ebenen, die sie bei ihrer Ankunft begrüßt hatten, erstreckte sich jetzt unberührter Regenwald vor ihnen, ein Dschungel, wie man ihn nur aus dem tiefsten Afrika oder aus Peru kannte.

Die Kronen riesiger tropischer Hartholzbäume verschwammen im aufsteigenden Nebel. Smiggens erkannte Seraya und Kempas, Teak und Amboyna, Sepetir und Balau, dunkelrotes, hellrotes und sogar gelbes Merantiholz.

Und das waren nur die ihm bekannten südostasiatischen Hölzer. Überall wuchsen Arten, die ihm gänzlich unbekannt waren und von denen einige völlig anders aussahen als alles, was er bisher gesehen hatte.

Zwischen den Urwaldriesen wuchsen eine Fülle kleinerer Bäume und Büsche, exotische Blumen und herabhängende Lianen. Pilze sprossen in Hülle und Fülle aus dem Boden, der von einem Moosteppich bedeckt war. Das grüne Dickicht piepste und maunzte, sang und zwitscherte. Unsichtbare Insekten behaupteten lautstark ihre Macht, und in dem von verborgenem Leben pulsierenden Grün flatterten Vogelschatten.

Schwarzgurts Fazit fiel wie üblich knapp aus: »Nirgendwo Gold.« Angewidert spuckte er aus, als ein kleiner Schwarm blaugoldener Aras aus einer Nebelwolke aufstieg, nur um in eine andere einzutauchen. Von irgendwoher trällerte ein Paradiesvogel seine unverkennbare Melodie. Das Wasser des Tales verschwand im grünen Dickicht, das es aufsog wie ein ausgetrockneter Schwamm.

»Wir müssen es ihnen irgendwie klarmachen.« Gemeinsam mit ihren Kindern drückte sich Shremaza eng an Hisaulk.

Mit weit aufgerissenen Augen sah Tryll ihre Eltern an. *»Mutter, das ist das Regental!«*

»Ich weiß, mein Schatz, ich weiß.« Shremaza bemühte sich, sie zu beruhigen.

O'Connor zeigte auf die Dinosaurierfamilie. »Seht ihr, wie sie sich aneinanderkuscheln? Ist das nicht niedlich?«

»Niedlich!« schnappte Schwarzgurt. »Vielleicht sind die hier zu Hause.« Unter den buschigen Brauen blickten dunkle Augen in die wuchernde Wildnis. »Dann erwischen wir vielleicht noch ein paar. Haltet die Netze bereit.«

Als sie den Wald betraten, warf Smiggens einen neugierigen Blick auf die Gefangenen. »Ich weiß nicht, Käpt'n. Die sehen nicht unbedingt so aus, als fühlten sie sich hier heimisch. Im Gegenteil, sie scheinen unruhig zu werden.«

»Die interessieren sich einfach für diese Gegend. Kein Wunder, bei all den Pflanzen, Geräuschen und Gerüchen. Machen ja sogar einen wie mich neugierig.« Schwarzgurt trat nach etwas Glänzendem, aber es war nur eine harmlose Baumschnecke. »Aber ich sehe immer noch kein Gold.« Mit lauter Stimme rief er: »Sieht einer von euch hier irgendwelche Anzeichen von Gold?«

»Ich sehe nur Grün, Käpt'n.« Der aus Jamaika stammende Matrose Thomas fühlte sich in dieser Umgebung zu Hause.

»Früchte gibt's jedenfalls genug«, meinte ein anderer mit einem Blick auf das pflückreif von den Bäumen hängende Angebot.

»Von Früchten habe ich allmählich die Nase voll.«

Andreas und Copperhead beäugten ihre Gefangenen mit einem alles andere als wissenschaftlichen Interesse. Andreas, der größere der beiden, spielte mit dem Griff seines Säbels. »Ich schlage vor, wir hacken einem dieser merkwürdigen Hühner den Kopf ab und sehen mal, wie uns seine Keule, über einem hübschen Feuerchen gebraten, bekommt.«

»Zurück!« Schwarzgurt fuhr herum und pflanzte sich drohend vor dem Urheber dieser unerwünschten kulinarischen Empfehlung auf. »Habt ihr vergessen, wieviel diese Biester wert sind?«

Andreas war ein kräftiger Mann, aber unter dem wütenden Blick des Kapitäns duckte er sich. »Nur eines von den Kleinen, Käpt'n. Ein ehrlicher Seemann kann nicht nur von Früchten leben wie die Affen.«

»Und warum nicht?« schimpfte Schwarzgurt. »Schließlich siehst du ihnen schon verdammt ähnlich.« Die Männer begannen über ihren Kameraden zu lachen, als Schwarzgurt sich abwandte.

»Lacht nur.« Andreas richtete sich auf. »Wenn nur einer von euch nicht danach lechzt, seine Zähne in etwas Anständiges zu graben, dann soll er es mir ins Gesicht sagen.«

Smiggens bemerkte, daß niemand auf diese Herausforderung einging.

»Wir sollten unsere Gefangenen nachts bewachen, Käpt'n.«

»Idioten!« Mit ausgestrecktem Arm schlug Schwarzgurt einen Ast beiseite. »Wer kocht denn ein eintausend Pfund teures Huhn? Als wären sie am Verhungern.« Über seine Schulter brüllte er: »Den ersten, der Hand an eine unserer Schönen legt, serviere ich persönlich zum Abendbrot.« Das Gelächter erstarb.

»Schaut sie euch doch an. Selbst wenn man sie einen ganzen Tag lang kochen würde, wären sie wahrscheinlich immer noch zäh und fasrig«, meinte Samuel.

Zum Glück verstanden Hisaulk, Shremaza und ihre verängstigten Jungen nicht, was die Menschen gesagt hatten. Die Unterhaltung hätte ihnen nicht gefallen. Aber die Piraten sprachen ohnehin nicht länger davon (zumindest nicht laut), einen ihrer wertvollen Gefangenen in den Kochtopf zu stecken.

In einer Niederung des Tales stand eine Gruppe kleiner knorriger Bäume.

Anbaya zwinkerte Andreas zu. »Du willst was zwischen die Zähne? Hier.« Mit seinem Messer kratzte er unter der zerfurchten Rinde eines niedrigen, krummen Stammes einige große fette Larven hervor. Eine davon steckte er sich in den Mund, die restlichen reichte er Andreas.

Mit angewidertem Gesicht wich sein Kamerad zurück. »Um Gottes willen! Wie kann man nur Raupen essen!«

»Das sind keine Raupen«, korrigierte ihn der Molukke. »Wirklich gut. Wie Butter mit Nußgeschmack. Viel Fett, sehr gut für dich!« Mit einem Achselzucken schob er sich die nächste in den Mund.

»Gut für ihn vielleicht«, murmelte Guimaraes. Auch der Portugiese lechzte nach einem ordentlichen Stück Fleisch.

»Wenigstens einer von denen weiß, wie man sich anständig ernährt.« Shremaza blickte von dem kauenden Seemann zu ihrem Männchen. »Wenn das so weitergeht, wird uns das Glück bald verlassen. Wieviel Lärm sie beim Laufen machen! Wir müssen etwas unternehmen.« Ihre Entführer waren in den Regenwald eingedrungen, behielten die Berge aber immer im Auge, um sich nicht zu verirren.

»Ich weiß.« Mit unruhigen Kopfbewegungen verfolgte Hisaulk jeden Laut und jede Bewegung zwischen den Bäumen. Seine Augen bemerkten jeden Vogel und jeden Käfer, während sie Ausschau hielten nach etwas Größerem ... Hisaulk und seine Familie ahnten, wieviel Glück sie gehabt hatten, da sie bislang noch keinem Wesen begegnet waren, das größer war als sie selbst.

Denn solche Wesen gab es hier unten. Sie befanden sich im Regental, und dessen Herren schliefen nicht den *ganzen* Tag.

Schließlich ließen sich die Piraten zur Mittagsrast nieder, denn Hitze und Feuchtigkeit forderten Tribut. Ihr Mahl bestand aus allem, was die umliegenden Bäume hergaben, ergänzt durch den wenigen Proviant, den sie mitgebracht hatten. Darunter waren Salz und Pfeffer besonders begehrt.

Sie lehnten sich an breite, ameisenfreie Bäume oder plauderten leise miteinander. Für die Gefangenen war nur eine Wache abgestellt worden, die sich vornehmlich auf ihr Essen konzentrierte.

In diesem Moment flüsterte Keelk eindringlich: »Vater, Mutter – ich glaube, ich kann mich losmachen!«

Langsam drehte sich Hisaulk zu ihr um. Er sprach leise, um die Menschen nicht auf sich aufmerksam zu machen. »Bist du sicher? Wie kommt das?«

Keelk nickte zu ihren Geschwistern hinüber. »Meine Fesseln waren nicht so eng wie eure, und wenn die Menschen nicht schauten, haben Arimat und Tryll daran gezogen.« Ihre Geschwister nickten bestätigend mit den Köpfen.

»Das stimmt Vater«, flüsterte Arimat. »Ich glaube, sie ist fast frei.« Er unterstrich seine Feststellung mit einem scharfen, abfallenden Pfiff, der ihren Bewacher aufschauen ließ. Die Familie erstarrte, bevor ihr wieder bewußt wurde, daß der Mensch ihre Sprache ja nicht verstand. Tatsächlich aß er mit denselben gräßlichen Manieren gleichmütig weiter, die seine Kameraden an den Tag legten.

»Du mußt vorsichtig sein, Tochter.« Soweit es ihre Fesseln erlaubten, schmiegte sich Shremaza an Keelk. »Offensichtlich haben diese ignoranten Menschen keine Ahnung, wie sehr sie das Schicksal herausfordern.«

»Nachts wäre es besser.« Hisaulk entdeckte auf einem nahen Ast einen fetten Käfer und pickte mit seinem Schnabel danach. Schluckend fuhr er fort: »Im Dunkeln sehen wir besser als Menschen.«

»Das stimmt«, meinte sein Weibchen, »aber letzte Nacht haben sie vor dem Abendessen unsere Fesseln überprüft. Wenn sie das heute wieder tun und feststellen, daß Keelk frei ist, werden sie uns noch enger fesseln und doppelt wachsam sein.«

Bedrückt dachte Hisaulk nach. »Du hast recht. Tochter, du mußt rasch und vorsichtig handeln. Versuche, dich nahe an den Felsen zu halten, bis du einen Weg aus dem Becken heraus gefunden hast. So bist du wenigstens von einer Seite geschützt. Lauf nicht den Weg zurück, den wir gekommen sind. Dort werden die Menschen zuerst nach dir suchen.«

»Das macht doch nichts, Vater. Ich bin schneller als jeder Mensch.«

»Ja, aber sie haben ein paar seltsame, gefährlich aussehende Geräte bei sich, und vielleicht verfügen sie noch über andere Fähigkeiten, von denen wir nichts wissen. Und wenn du stolperst oder dich verletzt, holen sie dich vielleicht doch ein. Es ist besser, du suchst dir einen anderen Weg über das Rückengebirge, den sie noch nicht kennen. Die nächste größere Stadt ist Heidesaum. Versuche, dich dorthin durchzuschlagen. Vielleicht kannst du Wege benutzen, auf denen du den Herren des Regentales nicht begegnest. Sie sind keine Kletterer und nicht so beweglich wie wir.«

»Ich werde daran denken, Vater.« Keelk schlug die Augen nieder. Struthies haben sehr lange Wimpern.

»Trink viel, verhalte dich friedlich und beeil dich, Schwester.« Arimat streckte sich so weit, daß er seinen Hals um den seiner Schwester legen konnte. Tryll konnte nur ein leises Lebewohl trällern. Es fiel nicht so geschliffen aus, wie sie es sich gewünscht hätte, aber selbst das jüngste Mitglied der Familie verstand, daß sie ihre Entführer nicht auf sich aufmerksam machen durften.

»Wende dich an einen verantwortlichen Dinosaurier oder Menschen«, ermahnte Shremaza ihre Tochter eindringlich. »Berichte ihnen von unserer verzweifelten Lage und von dem, was hier geschieht.«

»Das werde ich.« Keelk zögerte. »Ich weiß, diese Menschen sind dumm und barbarisch, aber sie werden euch doch nicht für meine Flucht bestrafen, oder?«

Hisaulk bemühte sich, seine Stimme sicher klingen zu lassen. »Warum sollten sie glauben, daß wir etwas mit deiner Flucht zu tun haben? Unsere Fesseln sitzen fest. Sie werden annehmen, daß du dich selbst befreit hast. Da sie unsere Sprache nicht verstehen, können sie uns nicht befragen. Sie wissen, glaube ich, nicht einmal, daß wir miteinander reden.«

Er sah zu dem Wachposten hinüber. Der Mensch wühlte zwischen seinen Beinen nach etwas im Boden. Glänzende Steine, erkannte Hisaulk. Auf dem langen Marsch durch das Tal hatten die Menschen immer wieder angehalten, um glitzerndes Gestein zu bearbeiten. Er fragte sich, weshalb. Vielleicht suchten sie nach Muskovit? »Bist du sicher, daß du dich losmachen kannst?« murmelte er.

Keelk nickte. »Ich muß nur meine Füße ein wenig drehen, dann fällt dieser schreckliche Baumstamm zwischen meinen Knöcheln ab. Die anderen Seile kann ich abwerfen, bevor ich loslaufe.«

»Dann los, Tochter. Lauf wie der Wind. Lauf, als ginge es um den Großen Preis im Sauropolisstadion. Lauf, wie du noch nie gelaufen bist. Und egal was passiert, egal was du hörst: Sieh nicht zurück!«

Keelk wollte bejahend mit dem Schnabel klacken, entschied sich dann jedoch für ein stummes Nicken, um nicht mehr Lärm zu machen als unbedingt notwendig. Ein schneller Blick zeigte ihr, daß sich die Position ihrer Entführer nicht verändert hatte. Nachdem die meisten ihre Mahlzeit beendet hatten, lagen sie nun mit geschlossenen Augen oder die Kopftücher über das Gesicht gezogen an Bäume und Felsblöcke gelehnt. Auch der Große, der Anführer der Bande, war bald mit dem Essen fertig. Keelk vermutete, daß sie dann wieder aufbrechen würden.

Niemand blickte in ihre Richtung, auch nicht der Wachposten. Eine bessere Gelegenheit gab es nicht.

Sie hob den linken Fuß, drehte ihn leicht und schüttelte das Bein. Die gelockerten Seile rutschten über ihren Knöchel. Dann wiederholte sie die Bewegungen mit dem anderen Bein. Leise fiel der Baumstamm auf den mit Blättern bedeckten Boden. Sie senkte die Arme und schüttelte sie, bis sich auch die Handfesseln abstreifen ließen. Jetzt konnte sie die Seile um ihre Schenkel mit den Händen lösen. Als letztes lockerte und entfernte sie die beiden Führungsseile, die um ihren Hals lagen.

Dann war sie frei.

Doch die vorsichtigen Bewegungen, mit denen sie die Führungsseile abgestriffen hatte, mußten den Wachposten alarmiert haben. Jedenfalls drehte er sich um.

»He! *He!*« schrie er. Er sprang auf, wirbelte herum und rief seinen Kameraden zu: »Eins der Biester hat sich losgemacht!«

Noch bevor die Warnung verhallt war und die erschrockenen Stimmen seiner Kumpane die Luft erfüllten, war Keelk über einen am Boden liegenden Baumstamm gesprungen und mit weit ausholenden Schritten in den Wald gestürmt.

Hinter ihr ertönten wütende und bestürzte menschliche Schreie. Sie dachte an die Ermahnungen ihres Vaters und sah sich nicht um, sondern konzentrierte sich auf den unbekannten Weg vor ihr. Selbst als sie wie Donnerschläge dröhnende Geräusche vernahm, blickte sie weiter nach vorn. Natürlich erkannte sie, was diesen Lärm verursachte, aber sie begriff nicht, weshalb die Menschen plötzlich Feuerwerkskörper abbrannten. Immerhin ahnte sie, daß diese Geschosse – anders als die Raketen und Feuerräder, die sie von den jährlichen Festen her kannte – keinem feierlichen Zweck dienten.

Feuerwerkskörper konnten gefährlich sein. Sie hatte von Menschen gehört, die sich daran verbrannt hatten, und auch Schlimmeres. Wer sich damit befaßte, ging diese Risiken bereitwillig ein, um Dinotopia zu unterhalten. Sie wußte nicht, was diese seltsamen Menschen im Sinn hatten – aber sicher nicht Unterhaltung.

Weder erschienen glitzernde Lichter, noch erblühten Feuerblumen am Himmel. Ein komisches Ding pfiff wie eine wütende Wespe an ihrem Kopf vorbei, ohne daß sie es erkennen oder riechen konnte. Seltsames Feuerwerk, dachte sie.

Mit einem Sprung von gut einem Meter setzte sie über einen weiteren Stamm hinweg. Ihr Fluchtweg war entdeckt worden, denn als sie sich nun doch umdrehte, sah sie ein halbes Dutzend Männer, die ihr dicht auf den Fersen waren. Einer von ihnen blieb stehen und richtete eine lange Metallröhre auf sie.

Sie schossen die Feuerwerkskörper also *tatsächlich* auf sie ab. Wahrscheinlich versuchten sie, sie zu verbrennen oder sie mit dem Licht zu verwirren. Aber es kamen keine Lichter. Das sind die verrücktesten Feuerwerkskörper, die ich je gesehen habe, dachte Keelk und versteckte den Kopf unter dem schützenden Körper.

Wieder knallte es zweimal, und ein weiteres unsichtbares Wespenwesen ließ aus einem Baum direkt vor ihr Splitter regnen. Sie schwenkte nach rechts und versuchte, noch schneller zu laufen. Sie war zwar nicht so schnell wie ein ausgewachsenes Tier, dafür gut in Form und sehr beweglich.

Das Feuerwerk dieser Menschen besitzt keine Schönheit, dachte sie, genau wie sie selbst.

Sie hörte, wie die Schreie schwächer wurden, erkannte

aber immer noch die Wut in den Stimmen. Das Knallen ohne Schönheit klang mittlerweile entfernter, und keines der Wespenwesen flog mehr an ihr vorbei. Vielleicht gingen ihre Vorräte zur Neige. Auf ihrem Zickzacklauf durch den Wald war Keelk, wie sie nur zu gut wußte, ein schwer zu treffendes Ziel.

Obwohl sie bald keine Geräusche mehr hinter sich hörte, rannte sie noch lange Zeit im gleichen Tempo weiter. Bäume, Blumen, verlockende Früchte und den Weg versperrende Äste flogen an ihr vorbei. Einmal bohrten sich lange Dornen schmerzhaft in ihre linke Seite. Sie zuckte zusammen, faßte nach hinten und sah Blut auf ihren Krallenspitzen. Trotzdem wurde sie nicht langsamer. Die Arme wie eine Gottesanbeterin vor der Brust verschränkt, lief sie immer weiter.

Egal, was passiert, egal, was du hörst, sieh nicht zurück, hatte ihr Vater gesagt. Obwohl die Neugier sie plagte, hielt sie sich jetzt so gut es ging daran. Sie wußte, daß sie nicht nur um ihr eigenes Leben lief, sondern auch um das ihrer Familie.

Vor ihr lagen die unbekannten Weiten des Regentales. Inständig hoffte sie, daß das, was es in sich barg, ihr unbekannt bleiben würde.

Mkuse und Anbaya hatten die Verfolgergruppe angeführt und waren dem Ausreißer am nächsten gekommen. Als sie die Vergeblichkeit ihres Unternehmens erkannt hatten, waren sie stehengeblieben und hatten auf die anderen gewartet. Der in der Hitze schwer atmende, barbrüstige Zulu zog ein Tuch aus der Hosentasche und wischte sich den Schweiß von der Stirn.

»Hast du das Vieh rennen sehen? Wie ein Strauß.«

»Verdammt schnell.« Der Molukke ließ sich auf den feuchten, weichen Boden fallen und stützte die Arme auf die Knie. »Sogar das Kleine. Als Junge war ich der Schnellste in meinem Dorf, aber selbst in meiner besten Zeit hätte ich es nicht eingeholt.«

»Nicht in diesem Wald.« Mkuse, der sich nur allzu bewußt war, wie allein sie in diesem Augenblick waren, spähte nervös durch die Bäume. Eigentlich gab es keinen Grund für seine Unruhe. Seit ihrer Landung war ihnen – abgesehen von ihren Gefangenen – kein Lebewesen begegnet, das größerer war als ein Vogel. Trotzdem lief ihm nun eine Gänsehaut über den Rücken. Er sah nichts, aber er spürte etwas. Zu Hause hätte er den Dorf*sangoma* gefragt, aber da es hier im Umkreis von eintausend Meilen keinen Wunderheiler gab, behielt er seine Sorgen für sich.

Außerdem konnte nichts, was er hier gab, schlimmer sein als Schwarzgurts Wut, die sie bald alle treffen würde.

»Wir müssen die Fesseln der anderen noch mal genau überprüfen«, meinte Anbaya. »Der Käpt'n wird toben.«

»Laß ihn.« Mkuse wies auf die undurchdringliche grüne Wand, die ihre Beute verschluckt hatte. »Da drin werden wir es nicht finden.« Hoch oben in den Baumwipfeln protestierten die von den Schüssen der Piraten aufgeschreckten Vögel.

»Was ist passiert? Habt ihr es? Wo ist es hin?« Rasch stießen die anderen Verfolger zu ihnen.

»Weg«, sagte Anbaya. »Viel zu schnell.«

Die erschöpften Männer sprachen alle gleichzeitig.

»Eins weniger zu bewachen«, murmelte Samuel.

»Genau«, stimmte Watford zu. »Vier von den Biestern haben wir ja noch, und wir werden schon aufpassen, daß uns nicht noch eines entwischt.«

Copperhead nickte. »Damit muß sich der Käpt'n zufriedengeben. Vielleicht können wir ihm ein anderes fangen.«

Treggang war weniger optimistisch. »Was sagen wir ihm nur?«

Der große Zulu zuckte die Achseln. »Die Wahrheit. Es war zu schnell für uns und ist uns entwischt. Es rannte, als wäre der Teufel hinter ihm her.« Er lachte. »Wahrscheinlich hält es uns ja auch für Teufel.« Einige unsichere Lacher belohnten seinen schwachen Versuch, die Stimmung zu heben.

Als er hörte, daß eines seiner wertvollen Tierchen entkommen war, explodierte Schwarzgurt wie eine der Zwölfpfünder der *Condor*. Smiggens gelang es wie gewöhnlich schließlich, ihn zu beruhigen. Wie Mkuse wies er darauf hin, daß sie immerhin noch vier Gefangene hätten und mit ein bißchen Glück weitere machen würden.

Die zurückgebliebenen Gefangenen reagierten auf die Flucht eines ihrer Leidensgenossen mit stumpfen Blicken, wie es von geistlosen Tieren nicht anders zu erwarten war.

Smiggens und seine Kameraden wären erstaunt gewesen, wenn sie von den Gefühlen gewußt hätten, die in ihren Gefangenen tobten.

Leise knurrend wie ein beim Fressen gestörter Bär, begnügte sich Schwarzgurt schließlich damit, dem unglücklichen Wachposten einen solchen Schlag ins Gesicht zu versetzen, daß das Ohr des armen Mannes anschwoll wie ein Blumenkohl. Der Matrose beklagte sich jedoch nicht, denn er war glücklich, daß der Kapitän kein Schwert oder Messer zur Hand gehabt hatte.

Smiggens tat sein Bestes, um seinen Freund und Herrn aufzuheitern. »Nehmen Sie's nicht so schwer, Sintram. Wer weiß, welche Wunder uns hinter dem nächsten Felsen oder dem nächsten Baum erwarten? Vielleicht haben wir Glück und finden noch viel fantastischere Tiere.«

»Aye, Sie haben recht, Mr. Smiggens. Wie so oft.« Plötzlich machte Schwarzgurt eine wegwerfende Handbewegung in die Richtung, in die der Flüchtling entkommen war. »Laßt es laufen. Wir werden daraus lernen.« Seine Augen verengten sich, und er musterte die Mannschaft. »Lernt aus euren Fehlern. Ich habe das immer getan, und nur aus diesem Grund lebe ich noch, verdammt noch mal.« Einige Männer stießen erleichterte Jubelrufe aus. Verglichen mit der erwarteten Reaktion, erwies sich der Käpt'n jetzt als geradezu freundlich.

Keiner von ihnen konnte ahnen, wie zutreffend die Vermutung des Ersten Offiziers gewesen war – allerdings würden sie anderen Tieren begegnen. Hätten sie auch nur den Hauch einer Ahnung über die wahre Natur jener Wesen gehabt, die im Regental zu Hause waren, hätte ihre Begeisterung sicherlich einen gehörigen Dämpfer bekommen.

7

Keelk rannte, bis sie keine Luft mehr bekam. Heftig atmend und mit schmerzenden Beinen blieb sie schließlich unter einem riesigen Ameisenbaum stehen. Bemüht, leise zu atmen, blickte sie sich nach allen Seiten um, lauschte auf jedes noch so leise Geräusch. Trotz ihrer Größe bewegten sich die Herren des Regentales in den Wäldern mit äußerster List und Schläue. Auch konnten sie in völliger Bewegungslosigkeit – scheinbar schlafend oder bewußtlos – verharren, bis die unvorsichtige Beute in ihre Reichweite kam.

Natürlich versorgten die durch ihr Gebiet reisenden, zivilisierten Dinotopier sie im Prinzip ausreichend mit Nahrung. Doch immer noch beherrschten die uralten Triebe, die jenseits von Verstand und Logik loderten, viele von ihnen, und so blieben sie gefährlich. Das wußte in Dinotopia jedes Kind.

Aus diesem Grund achtete Keelk auf jedes Vogelgezwitscher und jedes plötzlich von einem Blatt springende Insekt. Hinter jedem Geräusch und jeder Bewegung konnte mehr stecken, als auf den ersten Blick zu sehen war. In jedem Hain, hinter jedem Baum konnten Gefahren lauern. Dies war das Regental, und Keelk war allein, ganz allein! Weit weg von der vertrauten, zivilisierten Umgebung Füllhornstadts …

Da sie das Risiko eingehen mußte, schlich sie zum Ufer eines Flusses, um zu trinken. Mit eleganten, weichen Bewegungen von Kopf und Hals nahm sie das Wasser auf. Die kühle, frisch von den Hängen des Rückengebirges kommende Flüssigkeit beruhigte ihre Kehle. War sie den schrecklichen Menschen wirklich entkommen? Schon seit einiger Zeit hatte sie nichts mehr von ihnen gehört oder gesehen. Doch auch wenn sie sie tatsächlich abgehängt hatte, war sie noch lange nicht in Sicherheit, sondern lediglich sicher vor *dieser* Bedrohung. Sie hatte eine Gefahr gegen eine andere eingetauscht.

Keelk richtete sich zu ihrer vollen Körpergröße auf und lief zu den Felsen hinüber, die sie durch die Bäume schimmern sah. Doch die Felswand, vor der sie schließlich stand, war viel zu steil und bröcklig, um den Aufstieg zu wagen.

Ihre Eltern hatten sie ermahnt, die Schlucht, durch die sie gekommen waren, zu meiden. Also mußte sie sich nach Osten statt nach Westen halten, und das war ihr auch ganz recht. Die Städte des Rückengebirges lagen ohnehin in dieser Richtung.

Da sie vor den nackten Felsen leicht auszumachen wäre, lief sie sogleich in den Wald zurück und machte sich im Schutz der Pflanzen auf den Weg nach Osten. Inzwischen war sie sicher, die Menschen abgehängt zu haben, und verschwendete keine Gedanken mehr an sie und ihre unerklärlich aggressiven Feuerwerkskörper.

Erst als die Dunkelheit die Weiterreise gefährlich machte, hielt sie an. Ein verstauchter Knöchel oder gar ein gebrochenes Bein würden sie länger aufhalten als ein bißchen Schlaf. Außerdem brauchte sie dringend eine Rast.

Sie verkroch sich so tief sie konnte in einer Kuhle unter einer üppig wuchernden Gruppe riesiger zweiblättriger Philodendren. Die großen grünen Blätter verdeckten sie vollständig und schützten sie auch vor dem seit kurzem fallenden Regen. Wie oft in dieser Jahreszeit würde er sicher bald in einen heftigen Guß übergehen, und so war sie froh über den provisorischen Unterstand.

Keelk kauerte sich in der tiefen Dunkelheit zusammen und lauschte den Geräuschen, die sie nicht identifizieren konnte und, wenn sie ehrlich war, auch nicht identifizieren wollte. Sie fühlte sich so allein wie nie zuvor in ihrem Leben. Wie es wohl ihrer Familie gehen mochte?

Es dauerte eine ganze Weile, bis die nächtlichen Geräusche sie in einen leichten, unruhigen Schlaf gewiegt hatten. Mehrfach weckten sie knackende Geräusche irgendwo im Unterholz, aber kein Lebewesen näherte sich ihr, und auch der gefürchtete Körpergeruch blieb aus. Einmal entfuhr ihr unwillkürlich ein Schrei der Trauer. Entsetzt nahm sie sich vor, von nun an ruhig zu sein, um nicht auf sich aufmerksam zu machen.

Gegen Morgen weckten sie die Schritte eines riesigen, durch den Wald direkt auf sie zuschreitenden Wesens. Sofort hellwach, blinzelte Keelk in das dunstige Morgenlicht. Ihre Augen beobachteten das Unterholz, ihre Nasenflügel zitterten.

Als das Knacken lauter wurde, zog sie Kopf und Hals so weit wie möglich zwischen ihre Schultern und wagte es nicht mehr, sich zu bewegen. Sie hatte zwar gelernt, wie sie in einer solchen Situation reagieren mußte, aber nur sehr oberflächlich. Eine gründliche Ausbildung war in diesem Bereich nicht notwendig gewesen, da gewalttätige Zusammenstöße so gut wie nie vorkamen. Niemand bummelte eben einfach so durchs Regental.

Doch wie so oft, wenn die Bildung versagte, erwachte nun auch in Keelk der Instinkt.

Bewegungslos und mit weit aufgerissenen Augen sah sie, wie sich zwischen den Bäumen zu ihrer Rechten ein Lebewesen von der Größe eines kleinen Berges bewegte. Sein Kopf ragte über die Farne hinaus und raschelte im Blattwerk der Bäume. Ein stechendes gelbes Auge, halb so groß wie Keelks ganzer Kopf, blitzte durch den Nebel. Keelk gewahrte nur eine Silhouette, eine Andeutung ungeheurer Kraft und Stärke, die um so schrecklicher schien, da sie nicht klar zu erkennen war. Trotzdem war Keelk geradezu froh, daß sie weder die gebogenen, zackigen Zähne sehen konnte, die den aufgerissenen Rachen schmückten, noch die kräftigen dreiklauigen Pranken, die in der Vorfreude auf zu zerreißende Beute gewöhnlich in der Luft ruderten.

Bei Keelks Besucher handelte es sich um einen großer

Allosaurus, der vom Kopf bis zum Schwanz etwa zehn Meter maß und viele Tonnen wog. Auch wenn sie ihn nicht deutlich sehen konnte, hörte sie doch das rhythmische *Chuff-chuff* seines Atems, als er an ihr vorüberlief. Seine ausgedehnten Lungen arbeiteten wie der Blasebalg eines Eisenwarenhändlers. Wenn ein solcher Riese Appetit verspürte, wäre Keelk angesichts seines unstillbaren Hungers kaum mehr als eine Vorspeise.

Als der *Allosaurus* plötzlich den Kopf senkte und schnüffelte, hielt sie den Atem an. Verfolgte er eine Spur? Ihre womöglich?

Nein, entschied sie mutig. Er kam aus südlicher Richtung und konnte nicht auf ihre Spur getroffen sein. Und was, wenn er jetzt ihre Witterung aufnahm? Nach dem Regen der letzten Nacht war das zwar unwahrscheinlich, aber *Allosaurier* besaßen einen besonders ausgeprägten Geruchssinn. Würde sie mit ihm verhandeln können, wenn er sie in ihrem Versteck entdeckte? Sie beherrschte die primitiven Dialekte der Raubdinosaurier nicht allzu gut, doch manchmal ließen sie mit sich reden. Es hing vor allem von ihrem Hunger ab. Die Raubdinosaurier hatten die beunruhigende Angewohnheit, erst zuzubeißen und sich die Konversation für später aufzusparen.

Einen Vorteil allerdings hatte Keelk: Für einen ausgewachsenen *Allosaurus* stellte sie keine lohnende Mahlzeit dar. Vielleicht wäre sie ihm die Mühe nicht wert – nur einige Bissen Knochen und zähes Fleisch, mehr würde er an ihr nicht finden. Das reichte nicht einmal für einen Morgenimbiß.

Ein schwacher Trost.

Sie bewegte sich nicht, versuchte, sich in Luft aufzulösen. Ich bin ein Stein, dachte sie angestrengt. Ein grauer Fleck im Gebüsch. Nichts Lebendiges, nichts Eßbares, gar nichts.

Der *Allosaurus* hob die riesige Schnauze, atmete mit einem scharfen Zischen aus und schüttelte den Kopf. Ob er etwas Unangenehmes eingeatmet hatte? Der Boden des Regenwaldes war mit Keimen und Schimmel dicht bedeckt. Keelk zweifelte nicht daran, daß der Riese sich sofort auf sie gestürzt hätte, wenn er ihre Witterung vor dem starken Regen am Abend aufgenommen hätte. Jetzt aber lag der Weg, den sie gekommen war, unter dem Geruch von Pilzen und anderen Pflanzen verborgen.

Wie ein Baukran richtete sich der riesige *Carnosaurier* wieder zu voller Größe auf und blickte in alle Richtungen. Zitternd schloß Keelk in ihrem Versteck die Augen.

Als sie sie wieder öffnete, war der *Allosaurus* verschwunden. Sie hörte, wie er krachend zwischen den Bäumen nach Süden weiterlief. Natürlich war ihr klar, daß das ein Trick sein konnte, um eine womöglich versteckte Beute hervorzulocken, und so blieb sie eine weitere Stunde unbeweglich liegen.

Erst dann hielt sie die Lage für sicher genug, um aus ihrem Versteck hervorzukriechen. Außerdem – je länger sie zögerte, desto länger würde es dauern, bis ihre Familie Hilfe bekäme. Ihre Muskeln schmerzten von der langen Bewegungslosigkeit, aber sie versuchte, nicht daran zu denken. Sie lebte noch und konnte für ihre Eltern und Geschwister Hilfe holen.

Das einzige Geräusch stammte von einem geschwätzigen Papagei, die einzige Bewegung vom fallenden Regen. Ein letztes Mal blickte sie sich um, dann nahm sie ihren Weg wieder auf. Sie unterdrückte den Wunsch, so schnell wie möglich zu laufen, und zwang sich zu einer ruhigeren Gangart. Zwar war Keelk schneller und beweglicher als ein *Allosaurus*, aber einer seiner Schritte wog zehn der ihren auf. Mit einem solchen Monster zu spielen wäre tödlicher Wahnsinn.

Der Hunger ließ sie langsamer werden. Sie wollte nicht den ganzen Tag mit leerem Magen wandern, immerhin hatte sie gelernt, auf ihren Körper zu achten. Das Regental bot abenteuerlustigen Reisenden jede Menge Nahrung, auch wenn sie nicht auf eventuelle Schädlinge geprüft werden konnte. Doch ihr blieb keine andere Wahl, wenn sie bei Kräften bleiben wollte.

Als Keelk einen Baum voller reifer Rambutan entdeckte, zog sie mit der Hand einen Zweig zu sich herunter, so daß sie die Früchte auf den Zehenspitzen pflücken konnte. Hatte sie sie erst einmal gezupft, war es ein Leichtes, die stachlige rote Schale vorsichtig von dem süßen Fruchtfleisch zu trennen. Sie arbeitete mit Schnabel und Krallen und verschlang eine Frucht nach der anderen. Sie schmeckten frisch und köstlich. Selbst der harte Kern würde, wie sie wußte, ihrem Verdauungssystem keine Probleme bereiten.

Erfrischt und gestärkt lief sie anschließend weiter. Am Nachmittag versorgte sie ein Nest weißer Ameisen, das sie mit den Händen ausgrub, mit einem proteinreichen Imbiß. Auf dem ganzen Weg wuchsen Früchte in Hülle und Fülle. Keelk vermißte die ausgedehnten und fröhlichen Rituale des gemeinsamen Familienmahls, aber am meisten fehlte ihr die Familie selbst: die Liebe und die weisen Ratschläge ihrer Eltern, Trylls kecke Neugier, sogar Arimats ständige Spötteleien. Der Gedanke daran stärkte sie ebenso wie die Nahrung, die sie verspeiste.

Das Geräusch war so leise, daß sie es beinahe überhört hätte. Abrupt blieb sie stehen, hob den Kopf und blickte in die Richtung, aus der sie gekommen war. Wahrscheinlich nur ein Vogel, beruhigte sie sich. Jedenfalls hatte es nicht nach etwas Größerem geklungen.

Nur daß dieser Vogel sich am Boden bewegte.

Das Regental war wirklich ein schrecklicher Ort! Wenn sie hier glücklich herauskamen, würde sie nie wieder zurückkehren, das schwor sie sich. Während sie diesen Entschluß traf, antwortete ein zweiter Laut auf den ersten. Sie warf den Kopf herum. Da ertönte aus der entgegengesetzten Richtung ein leises Krachen.

Sie versuchten, sie einzukreisen.

Jeder gedämpfte Schritt verriet die Anwesenheit eines weiteren Jägers. Keelk wußte zwar noch nicht, *wer* die Jäger waren, aber sie schienen nichts Gutes im Schilde zu führen. Freunde schlichen sich nicht an, um jemanden zu umzingeln. Außerdem waren die Bewohner des Regentales niemandem freundlich gesinnt.

So sehr sich Keelk auch bemühte, sie konnte nichts erkennen. Kein riesiger Raubdinosaurier tauchte zwischen den Baumwipfeln auf. Nur das gelegentliche Geräusch von leisen Schritten.

Aber irgend etwas *war* hinter ihr her.

Waren die seltsamen Menschen doch hartnäckig gewesen und hatten sie die ganze Nacht hindurch verfolgt? Waren sie womöglich so verrückt? Die Schritte könnten tatsächlich von Menschen stammen. Die jungen Menschen, mit denen sie in glücklicheren Zeiten gespielt hatte, waren beim Versteckspiel immer sehr geschickt gewesen.

Unentschlossen, wohin sie sich wenden sollte, wich Keelk langsam zurück. Sie spürte, daß ihr nur eine Chance blieb, sich für die richtige Richtung zu entscheiden. Da bewegte sich etwas im Unterholz. Und dann sah sie einen der Jäger: eine versteckte, schlanke Gestalt, nur wenig kleiner als sie selbst, mit aufblitzenden Zähnen und unzähligen Klauen und Krallen.

Velociraptors. Ein ganzes Rudel.

Es waren mehr als drei. In der Schule hatte sie gelernt, daß ein Rudel *Velociraptors* mindestens sechs Tiere umfaßte. Die kleinen von ihnen waren zwar nicht besonders groß, aber trotz des reichlichen Angebots des Regentales hatten sie ihre Jagdinstinkte nicht verloren und waren mit Zähnen und Krallen gespickt.

Wenn sie in die falsche Richtung sprang, würde sie ihnen direkt in die Arme laufen und unter ihren Bissen und den Hieben der schrecklichen, sichelförmigen Klauen ihrer Hinterbeine zu Boden gehen. Sie würden kurzen Prozeß machen, denn für einen *Velociraptor* war sie eine lohnende Mahlzeit.

Ich bin keine Mahlzeit – für niemanden, dachte Keelk trotzig. Nicht heute und auch an keinem anderen Tag. Und ganz sicher nicht für eine Horde primitiver, zu klein geratener Raubdinosaurier, und vor allem nicht dann, wenn meine Familie in Gefahr ist.

An den Bewegungen ihrer Verfolger und dem Geräusch von deren Schritten erkannte sie, daß sie immer noch versuchten, sie zu umzingeln. Wahrscheinlich blieb ihr nur noch wenig Zeit, bevor der Kreis geschlossen wäre. Hastig blickte sie um sich. In wenigen Augenblicken wäre es vollkommen egal, in welche Richtung sie sich wandte. *Velociraptors* waren so schnell wie ein Struthie, und diesmal würde der dichte Regenwald Keelk nicht retten. Die kleinen *Carnosaurier* waren so beweglich wie sie und übersprangen oder unterliefen jedes Hindernis.

Einen panischen Moment lang überlegte sie, nach rechts, zu den Felsen hinüber, zu laufen. Aber mit ihren kräftigen Krallen waren die Räuber bessere Kletterer als sie, und außerhalb des Waldes wäre sie völlig ungeschützt.

Würde sie es schaffen, vor ihnen einen Abhang hinaufzuklettern und Steine auf sie herabzurollen? *Velociraptors* waren berüchtigt für ihr Durchhaltevermögen, außerdem könnte Keelk ausrutschen. Selbst ein dummer *Velociraptor* würde die Gefahr erkennen und ausweichen. Es gab kein Entrinnen – sie hatten sie erwischt. Jetzt spielten sie das Schicksalsspiel bis zu seinem unvermeidlichen Ende.

Doch Keelk war entschlossen, nicht kampflos aufzugeben. Rechts von ihr lag ein überwucherter Trampelpfad. Bisher hatte sie aus dieser Richtung noch nichts gehört. Mit einem Satz sprang sie über einen Ameisenhaufen und schoß den schmalen Pfad hinunter. Ihre Beine stampften wie Kolben, und sie wich nicht einmal den Dornen und Schlingpflanzen aus, die nach ihr griffen. Feuchte Luft pfiff an ihrem Kopf vorbei, und sie hatte beinahe den Eindruck, sie würde fliegen.

Innerhalb weniger Sekunden vereinten sich die Schritte hinter ihr. Die Jagd hatte begonnen. Obwohl ihr Ausgang schon festzustehen schien, rannte Keelk weiter. Die Freude, der geplanten Falle entkommen zu sein, trieb sie voran. Jetzt mußten sie für ihr Abendessen etwas tun, mußten sie erst einmal einholen, und das würde Keelk ihnen so schwer wie möglich machen.

Sie hatte keine Illusionen, was passieren würde, wenn

auch nur einer ihrer Verfolger sie erreichte. Trotz der unterschiedlichen Größe konnte es ein *Struthiomimus* nicht mit einem *Velociraptor* aufnehmen. Keelk war kein aufgrund seiner Körpermasse unbesiegbarer *Sauropode,* kein gepanzerter *Ankylosaurus,* kein Speer und Schild tragender *Ceratopier.* Die *Ornithomimosaurier,* zu denen die Struthies gehörten, mußten sich allein auf ihre Intelligenz verlassen.

Und nichts konnte eine Horde Räuber auf der Jagd bremsen. Zweifellos genossen sie die Verfolgung, denn sie verlieh dem anschließenden Mahl die Würze. Diese und ähnliche Gedanken trieben Keelk immer schneller voran. Nie zuvor in ihrem Leben war sie so schnell gelaufen, nicht einmal auf ihrer Flucht vor den Menschen.

Doch es half nichts. Das schreckliche, hohe Pfeifen war auf allen Seiten dicht hinter ihr.

Nur ein See, dachte sie voller Panik, oder ein Fluß mit starker Strömung könnten sie jetzt noch retten. Im Wasser wäre sie ihren Verfolgern ebenbürtig, und die Verzweiflung verlieh ihr ungeahnte Kräfte. Da brach ein seltsamer Geruch in ihre wirren Gedanken. Scharf und durchdringend und irgendwie bekannt …

Sie wußte, daß sie nichts mehr zu verlieren hatte, und lief todesmutig darauf zu. Einen kurzen Moment lang überlegte sie, ob die Jagd ihren Verstand durcheinandergebracht hatte. Was sie da vorhatte, war Wahnsinn! Aber wenn sie schon sterben mußte, sagte sie sich, während ihre Lungen zu platzen drohten, dann war es egal, wodurch. Und wenn ihre Vermutung stimmte, würde es auf diese Weise wenigstens rasch gehen.

Direkt vor ihr öffnete sich eine kleine Lichtung. Mitten auf dem Pfad lag ein runder grauer Hügel, ein glatter Felsblock inmitten des üppigen Grüns. In der Ferne leuchtete unberührter Regenwald.

Während sie sich diesem Hügel näherte, verlangsamte sie ihre Schritte. Der unverkennbare Geruch war jetzt sehr stark. Das Pfeifen der *Velociraptors* wurde schnell lauter. Würden sie den Geruch erkennen und sich zurückziehen oder in der Hoffnung, sie mit letzter Kraft noch zu erreichen, zu einem Sprint ansetzen? So kurz vor dem Ziel würde es ihnen schwerfallen umzudrehen.

Zum erstenmal sah Keelk sich nun um und erblickte mehrere *Velociraptors* mit seitlich aus den Mäulern hängenden Zungen. Sie holten rasch auf. Andere waren unmittelbar hinter ihnen. Ihre Zähne und Klauen reflektierten das späte Sonnenlicht, und die furchterregenden Augen waren starr auf sie gerichtet.

Keelk war zu erregt, um zu zittern, und hatte schon beinahe mit dem Leben abgeschlossen. Mutig setzte sie einen Fuß auf den Felsen und drückte sich ab. Als sie über den Kamm der grauen Gestalt flog, gellte ein Pfiff durch die Luft, tiefer als die der *Velociraptors* und gefolgt von einem mißmutigen, wütenden Knurren.

Der erste Räuber setzte zum Sprung über den Felsen an. Als er seinen Fuß aufsetzte, wirbelte der vordere Teil des Berges herum, und ein riesiges Maul schnappte zu. Ein kurzer, entsetzter Schrei, und der Räuber fiel mit knirschenden Knochen in sich zusammen.

Das Rudel bohrte die Krallen in den Boden und kam rutschend, schlitternd und stolpernd zum Stehen. Einige, die weiter hinten gelaufen waren, reagierten nicht rechtzeitig, prallten gegen ihre Vordermänner und erhöhten so die allgemeine Angst und Verwirrung. Panische Pfiffe und Schreie erfüllten die Lichtung.

Ein lautes Brüllen, das die Käfer in den Bäumen durchrüttelte, übertönte die panischen Rufe der Räuber. Erzürnt, daß sein Schlaf gestört und die Grenze seines Territoriums verletzt worden war, erhob sich der Felsen auf seine beiden säulenartigen Beine und begann, in dem panischen Rudel zu wüten.

Keelk sah nichts von alledem. Nur auf den Weg vor ihr achtend, stürmte sie weiter. Obwohl ihre Beine schmerzten, verlangsamte sie ihre Schritte erst, als auch das letzte Echo der schrecklichen Begegnung hinter ihr verstummt war.

Ihre Flucht hatte sie von den Felsen weg tief ins Regental hineingeführt, aber wenigstens war sie erst einmal in Sicherheit. Der Felsen, über den sie gesprungen war, hatte natürlich nicht aus Granit, sondern aus Fleisch und Blut bestanden – es war der *Allosaurus* gewesen, der ihr an diesem Morgen so nahe gekommen war. Sie hatte seinen Geruch sofort wiedererkannt. Der große *Carnosaurus* hatte ein Nickerchen gehalten. Als Keelk ihn gewittert hatte, hatte sie alles, was ihr je über die riesigen Raubdinosaurier beigebracht worden war, beiseite geschoben und war direkt auf ihn zugerannt, statt sein Lager zu umgehen.

Sie konnte immer noch nicht glauben, daß sie einfach über ihn hinweggelaufen war, und spürte noch sein Fleisch und seine Rippen unter ihren Krallen. Die Berührung hatte ihn zwar aufgeweckt, aber da hatte sie ihn auch schon übersprungen. So hatte der *Allosaurus* als erstes den unglücklichen Anführer der Jäger gesehen und war seinem Instinkt wütend und hungrig gefolgt. Die Räuber hatten nicht einmal mehr die Gelegenheit gehabt, sich zu entschuldigen.

Keelk schauderte bei dem Gedanken an die Folgen. Ein Rudel *Velociraptors* scheute auch vor einem *Allosaurus* nicht zurück. Egal wie der Kampf ausging, die Überlebenden würden nicht mehr in der Lage sein, die Verfolgung aufzunehmen.

Eines war sicher: Bei der nächsten Jugendolympiade von Sauropolis würde sie vor den Hürden keine Angst mehr haben.

Wegen des langsameren Tempos ließen die Krämpfe in ihren Beinen nach. Schließlich waren *Struthiomimus* Lauftiere. Aber sie waren nicht dafür gebaut, mit leerem Magen zu laufen – Keelk merkte, daß sie wieder hungrig wurde.

Arimat war der bessere Läufer von ihnen beiden, doch seine Fesseln hatten sich nicht gelockert. Die Umstände hatten Keelk ausgewählt, und jetzt mußte sie das Beste daraus machen. Das Schicksal ihrer ganzen Familie hing an ihr. Wer wußte schon, was die verrückten Menschen vorhatten? Diese Gedanken trieben sie voran.

Wenn ich nur schon älter wäre, dachte sie. Und mehr Wissen und Erfahrung hätte. Aber sie hatte gelernt, daß Erfahrung Wissen brachte. Sie grinste. Wenn das stimmte, dann hatte sie an diesem Tag eine Menge neues Wissen erworben.

Sie lebte noch.

Bei ihrer panischen Flucht hatte Keelk die Felsen aus den Augen verloren. Der dichte Wald bot keine Orientierungshilfen, und sie wußte nicht, in welche Richtung sie sich wenden sollte. So blieb sie erst einmal stehen, um zu trinken und zu überlegen, wo sie sich in etwa befinden könnte. Das Rückengebirge lag im Norden des Regentales. Soweit war es ziemlich einfach. Aber wo war Norden? Die Wolken und der Nebel verbargen die Sonne, und es war nur schwer festzustellen, wo sie stand.

Wenn Keelk sich irrte, würde sie immer tiefer ins Regental geraten und über kurz oder lang erneut einem seiner Bewohner begegnen. Über den wahrscheinlichen Ausgang dieses Zusammentreffens mußte sie sich keine Gedanken machen. Schaudernd dachte sie an die Haken und Kurven, die sie bei ihrer verzweifelten Flucht vor der ausgehungerten Meute geschlagen hatte.

Einfach geradeaus? Oder besser nach links? Sie legte den Kopf in den Nacken, studierte den grauen Himmel und versuchte, sich daran zu erinnern, was sie über Wanderungen in der freien Natur gelernt hatte.

Nach links, entschied sie dann. Sie atmete einige Male tief durch und lief in der Hoffnung, bald die Felsen durch die Bäume und Büsche schimmern zu sehen, los. Selbst wenn sie keinen Aufstieg fände, wüßte sie dann wenigstens, daß sie auf dem richtigen Weg wäre.

Die Vögel begleiteten sie mit ihrem ausgelassenen, beruhigenden Gesang. Keelk war froh über ihre Gegenwart, denn sie zeigten ihr, daß wenigstens im Augenblick keine Räuber in der Nähe waren. Trotzdem blieb sie wachsam. Nachdem sie an einem einzigen Tag Raubdinosauriern, einem *Allosaurus* und gefährlichem Feuerwerk entkommen war, wollte sie jetzt nicht scheitern, weil sie nicht aufpaßte.

Obwohl der Regenwald sie mit seinen grünen Armen eng umschloß, fühlte sie sich alles andere als geborgen.

8

Preister Smiggens war in seinem Leben schon von vielen Geräuschen geweckt worden: von Kanonendonner, dem Ruf eines Matrosen im Ausguck, dem Krähen eines Hahns und etlichen anderen. Einmal, in einem Versteck in der Nähe von Sydney, sogar vom leisen Grunzen eines Wombats.

Doch niemals zuvor hatte ihn ein *solcher* Ton aus dem Schlaf gerissen.

Der Schreck war allen in die Glieder gefahren, das sah er den Gesichtern seiner Kameraden deutlich an, die von ihren provisorischen Kojen hochgefahren waren. Einige stolperten schlaftrunken auf die Beine, andere waren wie er blitzschnell wach. An den Reaktionen war leicht abzulesen, welche von den Männern schon länger als Gesetzlose zur See fuhren – jene, die schon kerzengerade und hellwach mit der Pistole oder dem Säbel in der Hand dastanden.

Zum zweitenmal tönte das unwirkliche, monotone Klagen durch den Wald. Seine unheimliche Klangfülle umging das Ohr und fuhr den Männern direkt in die Knochen. Smiggens faßte sich an die Schläfen und schüttelte den Kopf. Was für ein Wesen mochte derartige Töne hervorbringen?

Er sah, daß sich Schwarzgurt sein Tuch um den Kopf band, und konnte nicht umhin, den Käpt'n zu bewundern. Er war zu abgebrüht, um sich von irgend etwas erschüttern zu lassen. Wäre Luzifer persönlich in ihrer Mitte erschienen, hätte sich Schwarzgurt ihm in den Weg gestellt und jede Herausforderung angenommen, ganz egal, ob man sich nun mit Säbeln, Flüchen oder im Würfelspiel gemessen hätte.

Als erstes hätte er allerdings die Seelen der Mannschaft verwettet, das war dem Ersten Offizier durchaus bewußt. Die Kühnheit des Käpt'n grenzte zwar manchmal an Leichtsinn, aber dumm war er nicht.

Erneut hallte das dröhnende Klagen durch den Wald. Die Mannschaft musterte die Baumwipfel und nahen Felsen angestrengt, ohne etwas zu erkennen.

Treggang umklammerte seinen malaiischen Dolch. »Buddha der Erhabene hat vielen Wesen eine Stimme gegeben, aber wie dieses aussieht, kann ich mir einfach nicht vorstellen!«

»Aye«, stimmte Copperhead zu, der Rücken an Rükken mit dem Malaien stand. Gemeinsam beobachteten sie den Wald. »So etwas habe ich noch nie gehört.«

»Aber ich.«

Alle blickten zu einem Seemann hinüber, der normalerweise wenig sprach. Auf der Flucht vor wütenden Stammesgenossen und den weißen Gesetzeshütern Oregons war Chumash in Hongkong gelandet, wo ihn sein Charakter und sein Instinkt zur *Condor* geführt hatte. Gelassen hielt er nun sein Gewehr in beiden Händen und musterte mit stoischer Ruhe die Baumwipfel.

»Du?« Schwarzgurts Augen verengten sich. »Wo?«

»In den Bergen meiner Heimat. Es klingt wie ein Wapiti, nur viel tiefer.«

Sofort fragte der Kapitän seinen Ersten Offizier: »Was ist ein Wapiti, Mr. Smiggens?«

»Ich weiß es nicht, Käpt'n.«

»Aber ich.« Die allgemeine Aufmerksamkeit wandte sich nun Johanssen zu. »Er meint den amerikanischen Hirsch.«

»Genau.« Chumash nickte. »Wapiti.« Wieder ertönte das Brüllen. Die Seeleute wurden immer nervöser. Der Indianer musterte das sie umgebende Grün. »Der weiße Mann nennt dieses Geräusch ›röhren‹.«

»Röhren, eh?« Schwarzgurt senkte die Waffe. »Ich

fürchte mich vor keinem Hirsch, egal wie groß er ist. Wir sollten ihn uns mal näher anschauen, was, Smiggens?«

»Wenn Sie meinen, Sir«, antwortete der Erste Offizier zweifelnd.

»Nein, Käpt'n.« Andreas' Augen waren weit aufgerissen. »Egal *was* diese Töne von sich gibt – es ist kein gewöhnliches Tier.«

Schwarzgurt schnaufte verächtlich. »Gewöhnliche Tiere bringen uns auch nichts, Mann. Aber falls es ein Verwandter von diesem Hirsch ist, wird er, schätze ich, vorzüglich schmecken.«

»Sehr gut«, bestätigte Chumash.

So unwirklich die Aussicht auf eine ordentliche Mahlzeit auch erschien, beruhigte sie die Gemüter der Männer doch ein wenig.

»Seht euch die Vogelviecher an«, sagte Schwarzgurt. Ihre Gefangenen schenkten dem Geheul keinerlei Beachtung. »Sie kennen die Gefahren dieses Landes. Wenn sie nicht in Panik geraten, dann ist dieses Geschrei auch für uns keine Bedrohung.«

Nach kurzer Überlegung entspannten sich die Männer wieder. Nicht zum erstenmal bewunderten sie die Fähigkeit ihres Kapitäns, auch in verwirrenden Situationen die Übersicht zu behalten.

Smiggens lachte. »Sintram Schwarzgurt! Wenn man Sie so hört, könnte man meinen, Sie wären unter die Wissenschaftler gegangen.«

»Passen Sie auf, was Sie sagen, Mr. Smiggens. Ich dulde keine Frechheiten.«

»Aye, Sir, aber das war ein Kompli…«

»Halten Sie den Mund, sagte ich!«

Smiggens verstummte. Schwarzgurt war wie eine Bombe, die jeden Moment hochgehen konnte. Man wußte nie, welches unschuldige Wort oder welche Handlung die Lunte entzündete. Manchmal zischte die Bombe nur, manchmal lächelte sie sogar, aber stets bestand die Gefahr, daß sie einem unter den Händen explodierte.

Ein neuer Ton dröhnte in ihren Ohren, anders als der

vorherige, aber eindeutig von demselben Wesen. Schwer legte er sich auf ihre Gemüter.

Schwarzgurt schwenkte sein Entermesser. »Also vorwärts, sehen wir nach, was da los ist.« Er drehte sich um und marschierte in die Richtung, aus der das Heulen kam. Die Mannschaft folgte, ohne die Gefangenen aus den Augen zu lassen, um nicht einen weiteren zu verlieren. Doch die Vogelwesen ließen sich widerstandslos führen. Sie zeigten noch immer keinerlei Reaktion auf die lauter werdenden Schreie, und das beruhigte die Männer. Ihre Neugier auf die Quelle dieses absonderlichen Klagegeschreis stieg.

Nach kurzer Zeit erreichten sie einen Platz, an dem keine Bäume wuchsen. Es war weder eine Lichtung noch ein Strom, sondern ein ausgetretener Pfad, so breit wie eine gebührenpflichtige Straße in Boston. Unzählige Füße hatten den Boden des kurvigen Weges so festgetreten, daß er aus harten Pflastersteinen zu bestehen schien. Auf der gegenüberliegenden Seite begann die üppige Fülle des Regenwaldes wieder. Wer diese eindrucksvolle Straße ausgetreten hatte, das war nicht zu erkennen, aber über die Herkunft der dröhnenden Klagelaute bestand nun kein Zweifel mehr. Die ersten beiden Männer, die neben Schwarzgurt aus dem Dickicht getreten waren, gingen rasch wieder in Deckung. Einer bekreuzigte sich mehrfach. Unfähig, ihre Neugier zu bezähmen, drängten sich die Nachfolgenden im Schutz der Bäume an den Rand der Straße.

Mit dem Rücken zu ihnen lief eine etwa sechs Meter lange Gestalt die Straße hinab. Die braunen Sprenkel auf ihrer Haut waren zu einem ungesunden Grau verblaßt, und auch die in ihrer Jugend so eindrucksvolle, rötlichbraune Färbung des hohen, knochigen Kamms war bis auf einige unregelmäßige Flecken verschwunden.

Das Wesen schleppte sich auf zwei Füßen dahin. Von Zeit zu Zeit sank es auf alle viere nieder, um sich auszuruhen. Sein Schwanz erhob sich vom Boden und reckte sich weit nach hinten. Abgesehen von der auffallenden, gut einen Meter langen Röhre des Kamms, glich sein Schädel dem eines Pferdes. Stehend mutete die Kreatur wie ein Riesenkänguruh an. Ihre Beinbewegungen ähnelten denen der gefangenen Vogelwesen, waren aber weniger energisch und geschmeidig.

Außerdem gab dieses Wesen einen Hinweis auf die Existenz menschlicher Eingeborener – es hatte sich irgendwie in lange schwarze, von Silberfäden durchzogene Stoffbänder verwickelt. Sie baumelten am Bogen seines Kamms, am Hals und vor der Brust. Im ersten Moment glaubte Smiggens in dem silbernen Muster bekannte Schriftzeichen zu erkennen, aber bei genauerem Hinsehen entpuppten sie sich als sehr abstrakt. Sie glichen den Spuren eines Huhns im Schmutz.

Schwarzgurt winkte seinen Männern und trat mutig auf den breiten Pfad hinaus. Das erstaunliche Wesen ignorierte sie. Entweder war ihm ihre Anwesenheit gleichgültig, oder es hatte sie noch nicht bemerkt. Wieder fiel es auf alle viere. Es schien Probleme mit dem Atmen zu haben, denn seine graubraunen Flanken zitterten bei jedem Atemzug.

Smiggens fragte sich, wozu der außergewöhnliche Schädelauswuchs wohl dienen mochte. War er nur Schmuck oder ein Zeichen von Männlichkeit, um das andere Geschlecht anzulocken? Während er die Kreatur noch betrachtete, gab sie ihm selbst die Antwort.

Mühsam atmete das Wesen ein, warf die Schnauze hoch und stieß die Luft langsam durch die Nüstern aus. Die in dem knochigen Auswuchs zirkulierende Luft vibrierte und erzeugte den tiefen, hallenden Ton, den sie vorhin gehört hatten. In Sydney hatte Smiggens einst einen Ureinwohner auf einem langen, hölzernen Instrument spielen gehört, das man *Didgeridoo* nannte und das einen ähnlichen Ton erzeugte. Der Kamm des Tieres wies eine entfernte Ähnlichkeit mit einem solchen Instrument auf.

Der Ruf war ergreifend, voller Trauer und kräftig. Während er dem dumpfen Brüllen lauschte, überlegte der Erste Offizier, welche Höhenflüge musikalischer Kreativität eine natürliche Resonanzkammer von diesen Ausmaßen produzieren würde, wäre der Inhaber dieses einzigartigen Naturinstruments nicht ein gewöhnliches Tier ohne Intelligenz.

Die Reaktion ihrer vier Gefangenen war auch jetzt aufschlußreich: Der klagende Ton schien sie nicht im geringsten zu beunruhigen. Sie senkten ihre Köpfe und Arme. Offensichtlich bestand keine Gefahr.

»Die sind wie Kanarienvögel in einem walisischen Kohlenschacht«, meinte O'Connor zufrieden. »Wenn wir wissen wollen, ob Gefahr im Anzug ist, brauchen wir nur unsere Riesenhühner da zu beobachten.«

»Aye«, stimmte ein Kamerad zu. »Das bringt zwar kein Gold, ist aber genauso wertvoll.«

Doch nur einen kurzen Augenblick später wunderten sich die beiden Männer und ihre Gefährten über das laute Pfeifen und Kreischen, das ihre Gefangenen plötzlich von sich gaben.

Schwarzgurt runzelte die Stirn. »Was ist denn jetzt in sie gefahren, Smiggens?« Aber der Erste Offizier schüttelte nur ebenso verblüfft den Kopf. Die Männer griffen nach ihren Waffen und sahen sich nervös um. Doch bis auf den schnaufenden und brüllenden Riesen vor ihnen blieb der Wald still.

Chin-lee trat neben Schwarzgurt und zeigte auf die Kreatur. »Wenn das kein Drache ist, Käpt'n, was dann?«

»Siehst du ihn Feuer speien?« Smiggens sprach freundlich wie ein gebildeter Mann, der sich mit einem Dummkopf unterhielt. »Und wo sind seine Flügel? Sieht der aus wie ein Drache auf einem Bild?«

»Eine andere Art eben.« Chin-lee blieb hartnäckig.

Was war von einem heidnischen Orientalen auch anderes zu erwarten? dachte Smiggens. Aber der kleine Mann war ein Meisterschütze und in der Takelage eines geenterten Schiffes der Schrecken jeder Besatzung.

»Es sieht krank aus«, meinte Thomas in seinem singenden jamaikanischen Tonfall. »Seht nur, wie schwer es atmet.«

Schwarzgurt nickte. »Stimmt, man muß kein Arzt sein, um das zu erkennen.« Er blickte auf die vier Gefangenen, deren wildes Kreischen wieder in das gewohnte, sinnlose Geschnatter übergegangen war. »Bei Tritons Juwelen, das klang wirklich so, als hätten die hirnlosen Biester versucht, mit ihm zu reden.«

Johanssen lachte spöttisch. »Hühner im Gespräch mit Riesenkänguruhs!« Nicht ohne Geschick parodierte er die Bewegungen und Schreie eines Futter suchenden Truthahns. Seine Kameraden belohnten ihn mit anerkennendem Gelächter.

»Der *Parasaurolophus* kann uns auch nicht helfen«, meinte Shremaza niedergeschlagen. »Arimat, Tryll, ihr wißt, was dieses alte Schnabeltier im Regental macht?«

Tryll antwortete zuerst. »Es geht zu einem der ausgewählten Plätze, Mutter. Es trägt die Bänder des Todes.«

»Wie wir alle eines Tages.« Hisaulk sah, daß die Menschen ihrer Unterhaltung wie üblich keine Beachtung schenkten. »Nun, ein Versuch hat nicht geschadet.«

Sobald sie das große *Hadrosaurier*weibchen entdeckt hatten, hatten sie versucht, dessen Aufmerksamkeit zu erregen. Obwohl von Natur aus nicht aggressiver veranlagt als ihre entfernten Verwandten, die *Struthiomimus*, wäre es bei seiner Größe und Kraft vielleicht in der Lage gewesen, sie zu befreien. Aber offensichtlich stand die Alte kurz vor ihrer letzten Reise. Ihre Kräfte verließen sie rasch, und da sie nicht auf die Rufe reagiert hatte, war sie wohl auch taub. Ein schmerzliches Ende für ein Mitglied eines Stammes, der für die Musik lebte.

Wir können uns weder unser Ende aussuchen noch die Art, wie wir die letze Reise antreten, dachte Hisaulk.

»Das Vieh stirbt.« Mkuse hatte in seiner Heimat an der südafrikanischen Küste viele Tiere sterben sehen. Dies hier war zwar größer und fremdartiger, aber seine Art, sich auf den Tod vorzubereiten, war nicht anders als die von Elefanten oder Antilopen.

»So ein Mist«, brummte Schwarzgurt und wies auf ihre

Gefangenen. »Wenn die einige tausend Pfund bringen, dann ist so ein Tier sicher zehntausend wert.«

»Aber es würde in kein Boot passen, Käpt'n«, meinte Treggang. »Wie sollten wir es aufs Schiff kriegen?«

»Guck dir sein Maul an, du Blindschleiche. Nur ein Schnabel, und eine Menge abgeschliffener Zähne. Das Biest ist groß, aber harmlos. Vernünftig gefesselt, könnten wir es durchs Wasser zur *Condor* treiben. Es ist groß genug, um den Kopf über Wasser zu halten, und in der Lagune gibt es keine Wellen.« Schwarzgurts Augen blitzten. »Das wäre doch was für die vornehmen Damen und Herren im guten alten London!«

»Verdammt, ich *kenne* diese Biester!« murmelte Smiggens leise. Sein Gesicht verzog sich frustriert.

Eine riesige Hand klatschte auf seine Schulter und ließ sein Rückgrat erzittern. »So ist das mit dem Bücherwissen, Mr. Smiggens. Es hilft nur, wenn man sich daran erinnert. Den Rest der Zeit schimmelt es im Kopf vor sich hin wie alter Brei. Schnelligkeit und Stärke dagegen ...« Ohne auf die Umstehenden zu achten, schwenkte er sein Entermesser. »Ein Scharfschütze oder ein guter Kanonier sind mir allemal lieber.«

Smiggens rieb sich den Rücken und sah noch einmal zu dem fantastischen Wesen hinüber, das auf dem Weg vor ihnen kroch. »Taub und halbtot«, erklärte er. »Auch wenn wir es verschnüren könnten, würde das arme Tier es niemals bis zur Küste schaffen.«

»Wo geht es wohl hin?« überlegte Copperhead.

»Wie seine Haut glänzt.« Watford war von der fremdartigen Schönheit des Tieres fasziniert.

Chin-lee hielt sich beleidigt abseits. »Ein Drachen«, brummte er. Weder der Erste Offizier noch sonst jemand konnte ihn von seiner Überzeugung abbringen.

Schwarzgurt seufzte. »Wenn du unbedingt willst, Chin-lee, dann eben ein Drache. Oder fällt Ihnen ein besserer Name dafür ein, Mr. Smiggens?«

»Nein. Er liegt mir auf der Zunge, aber ich kann mich einfach nicht erinnern.« Dem Ersten Offizier war der Ärger über sein lückenhaftes Gedächtnis deutlich anzusehen.

»Also dann eben Drachen, auch wenn sie kein Feuer speien oder mit großen häßlichen Schwingen über uns herumflattern. Zufrieden, Chin-lee?«

Als Antwort setzte der Kantonese eine hochmütige Miene auf, verschränkte die Arme und blickte vielsagend in die Luft.

»Wohin jetzt, Käpt'n?« fragte Andreas.

»Ich denke, wir sollten ihm eine Weile folgen. Es sieht nicht so aus, als würde es noch lange durchhalten, und ich würde es brennend gerne mal aus der Nähe betrachten.« Schwarzgurt zwinkerte. »Ich bin auch verdammt neugierig, ob dieser Glitzerfaden in dem Band, das es trägt, aus echtem Silber ist.« Er spielte mit seinem Schnurrbart. »Es beachtet uns nicht. Selbst wenn es sich umdreht, besteht keine Gefahr. Es kriegt kaum einen Fuß vor den anderen.« Er gestikulierte mit seinem Entermesser. »Mal sehen, wie oft es noch stehenbleibt. Ich glaube seine Zeit ist gekommen.«

Zur großen Überraschung der Piraten widersetzten sich die Gefangenen dem Weitermarsch.

»He, was soll das?« rief Samuel, »das gibt's doch nicht!« Er stach den größten der Drachenvögel mit der Säbelspitze neben dem Schwanz in den Rücken. Der Struthie sprang auf und hüpfte herum. Mit durchdringendem Blick starrte er den Säbelträger an, der sich verwirrt und wutend abwandte. War er nicht in der Lage, dem Blick eines gewöhnlichen Tieres standzuhalten?

»Vater, du blutest ja!« Tryll schmiegte sich tröstend an ihren Vater.

Hisaulk stellte sich ihr in den Weg, damit sie nicht umkehrte. »Lauf weiter. Es ist nur ein Kratzer.«

Zögernd gehorchte sie.

Sie mußten mit ihren Reaktionen vorsichtiger sein, sagte er sich. Diese verrückten Menschen waren zu allem fähig. Würden sie sich auch an den Kindern vergreifen? Der Gedanke war unerträglich. Aber Hisaulk war entschlossen, kein Risiko einzugehen.

Offensichtlich hatten sie keine andere Wahl, als ihren Entführern auf den Fersen des sterbenden *Parasaurolophus* zu folgen, auch wenn sie sich damit in Gefahr begaben. Aber da sie mit den Menschen nicht kommunizieren konnten, blieb Hisaulk nichts anderes übrig, als seine Familie zu beruhigen und zusammenzuhalten. Vielleicht bot sich ja trotz ihrer Fußfesseln eine Gelegenheit zur Flucht.

»Wir müssen etwas unternehmen.« Shremaza stolperte neben ihn.

Er antwortete mit einer Auf- und Abbewegung des Kopfes und seines langen Halses, die dem menschlichen Achselzucken entsprach. »Was sollen wir tun? Wenn die Zeit dieses ehrwürdigen Schnabeltiers gekommen ist, können wir nur hoffen, daß sich diejenigen, die die letzten Riten vollziehen, darauf konzentrieren und uns übersehen.«

»Es ist noch früh.« Shremaza blickte zum Himmel hoch. »Die meisten, die kommen werden, schlafen noch.«

»Eine Verzögerung wäre nicht schlecht«, stimmte das Männchen zu. Seine Blicke folgten dem sterbenden *Parasaurolophus*. Gerne hätte er ein passendes Lied gesungen. Die Familie könnte improvisieren. Angemessen wäre das sicherlich, aber er wollte ihre Entführer nicht erschrecken. Seine Hüfte schmerzte an der Stelle, wo der Mensch ihn gestochen hatte. In einem Fall wie diesem war die Familie wichtiger als die Etikette. Sicher hätte das alte Schnabeltier Verständnis, wenn es wüßte, was hier vorging.

Der Pfad schlängelte sich, sanft abfallend, durch den Wald. Bald waren dic Rückenberge völlig hinter den Bäumen verschwunden, und die Vegetation schien noch üppiger zu werden. Aber nur Smiggens beachtete die außergewöhnliche Flora. Der Rest der Mannschaft hatte keine Augen für Schönheit, die nicht glänzte.

War hier jede Ecke der tropischen Welt vertreten? fragte sich der Erste Offizier. Gab es in diesem Land keine Vergänglichkeit, kein Aussterben? Selbst die Vögel schienen sich aus allen Kontinenten hier zu versammeln.

Es ist nicht Eden, ermahnte er sich. Eva webte keine schwarzen Leichentücher für Drachen.

Nur: Es waren keine Drachen. Da war er sich sicher. Wieder verfluchte er sein launisches Gedächtnis.

Chumash entdeckte die Gruppe breitgeflügelter Vögel über ihren Köpfen als erster. Jedem, der einige Zeit auf dem offenen Land gelebt hatte, waren sie ein vertrauter Anblick.

»Hier in der Nähe gibt es Aas«, verkündete Johanssen.

»Großes Aas«, meinte der Indianer.

Wieder mißbrauchte Schwarzgurt sein Entermesser als Zeigestock. »Seht ihr, da oben? Ich will verdammt sein, wenn das nicht die größten Geier sind, die mir jemals unter die Augen gekommen sind!«

Viele der Piraten kannten amerikanische Geier, einige auch den berühmten Lämmergeier. Andreas war mit dem südamerikanischen Kondor vertraut, nach dem ihr widerstandsfähiges Schiff benannt war. Aber keiner von ihnen hatte je so etwas gesehen wie die beiden *Argentavis*, die den luftigen Tanz der Aasfresser anführten. Ihre Flügelspanne betrug mehr als sechs Meter.

Immer wieder stiegen neue, unbekannte Vögel auf, flogen andere herab, um deren Platz einzunehmen. Offensichtlich hatte der Schwarm eine Mahlzeit gefunden

»Warum läuft unser Tier in diese Richtung?« überlegte Watford.

»Wer weiß?« Mkuse griff nach seinem Gewehr. »Einige Tiere haben besondere Riten beim Fressen.«

»Und beim Sterben«, meinte Anbaya. »Buddha, der Erhabene ...«

»Vergiß deinen erhabenen Buddha«, rief Schwarzgurt. »Ich wette, wir werden gleich wissen, was da los ist.«

»Vielleicht läuft es zu einem natürlichen Friedhof.« Smiggens Vision von Elfenbein, das zum Einsammeln bereitlag, beflügelte ihre Schritte. Ein toter Drache hatte viele Zähne, vielleicht sogar Stoßzähne. Endlich Aussicht auf Reichtümer, wie sie die Männer schätzten!

Der Pfad verengte sich, und überhängende Bäume, die

um jeden Quadratmeter Sonnenlicht kämpften, versperrten ihnen die Sicht auf den sich dahinschleppenden *Parasaurolophus.* Um ihre Beute nicht aus den Augen zu verlieren, trieben die Piraten die Gefangenen an und beschleunigten ihre Schritte. An einem wundersamen Ort wie diesem konnte sich sicher auch ein Drache in Luft auflösen.

Der Weg beschrieb eine scharfe Linkskurve. Der Anblick, der sich ihnen bot, ließ sie in ihrem Marsch innehalten. Er wäre der Palette eines Van Gogh oder der Feder eines Poe würdig gewesen. Oder, wie es der gelehrte Smiggens formulierte: »Hierher käme eine Kirche zum Gebet.«

Vor ihnen erstreckte sich ein atemberaubendes Panorama, dem auch der Aasgeruch keinen Abbruch tat. Ein Ort des Friedens und der Stille, der Erneuerung und des Zerfalls. Ein Ort des Abschiednehmens und des Neubeginns, ein Ort der Wiedergeburt. Die meisten Männer und Frauen sähen allein seine Trostlosigkeit, aber Smiggens erkannte, wie die Natur in ihrer Komplexität und Kreativität die Welt hier neu erschuf.

Es war unmöglich, dem Gestank zu entfliehen. Übermächtig beherrschte er diesen Ort. Viele der Piraten bedeckten Nase und Mund mit ihren Kopftüchern, um sich eine Linderung zu verschaffen. Nur jene, die auf Walfängern gedient hatten, hatten so etwas schon einmal erlebt.

Zum Glück hatte keiner von ihnen einen schwachen Magen – schließlich waren alle mit dem Geruch des Todes vertraut.

In diesem Garten hätte Hieronymus Bosch als Gärtner arbeiten können. Exotische Blumen und Fettpflanzen wucherten zwischen Knochen und rankten sich verspielt um gigantische Rippen und Oberschenkelknochen wie Rosen an einem Spalier. Aus verstummten, sonnengebleichten Kiefern sprossen Orchideen, Lianen stillten ihren Durst in den wassergefüllten Tümpeln umgestürzter Wirbel. Hunderte, ja Tausende von Knochen lagen vor den erstarrten Besuchern, die nicht ahnen konnten, daß dies nur einer von vielen ähnlichen Orten war, die über das Regental verstreut lagen. Im feuchten Sonnenlicht erinnerte verwesendes Fleisch an die in der jüngeren Vergangenheit Gekommenen.

Obwohl sie angesichts des größten Knochenfriedhofs, den sie je gesehen hatten, überrascht staunten, folgten die Piraten dem immer schwächer werdenden Schnabeltier.

Samuel zeigte auf einen besonders beeindruckenden Rippen- und Wirbelhaufen. »Ich wußte nicht, daß Berge Knochen haben. Seht euch mal diese riesigen Beine an!«

»Ganz ruhig, Leute.« Selbst Schwarzgurt klang bedrückt. »Die sind alle tot. Seht ihr die Fliegen? Die solltet ihr doch kennen.«

Als sie näherkamen, flogen Geier jeder Gestalt und Größe von den verwesenden Körpern auf, nur um ihr Mahl wieder in Besitz zu nehmen, sobald sie vorbei waren. Große, kräftige Schnäbel, die ein Menschenbein zerreißen konnten, zerrten und zogen an den zerfallenden Skeletten.

Zu voller Größe aufgerichtet, marschierte Chin-lee mit stolzgeschwellter Brust einher. Auf seinem Gesicht lag tiefe Selbstzufriedenheit. »Also«, erklärte er, und in seiner Stimme schwang eine jahrtausendealte Kultur, »wenn das nicht die Knochen von Drachen sind!«

»Fast hättest du mich überzeugt, Chinese.« Smiggens strich sich durch das Haar. »Aber nur fast. Ich habe da immer noch was am Angelhaken. Bald habe ich es eingeholt.«

»Gut, daß wir in einer Notlage nicht auf Ihr Erinnerungsvermögen angewiesen sind, Mr. Smiggens.« grinste O'Connor.

»Aye«, stimmte Watford zu. »Mr. Smiggens würde noch mitten im Kampf innehalten, um nachzudenken, während ihm eine Landratte den Hals durchschneidet.« Die Männer brüllten vor Lachen. Es tat gut, so die schwermütige Atmosphäre ihrer Umgebung abzuschütteln.

Auch Smiggens stimmte in das Gelächter ein. Anders als viele konnte er über sich selbst lachen.

»Größer als ein Elefant.« Mkuse schritt das Skelett ab.

»Wir suchen doch was Ordentliches zum Essen, Käpt'n«, erinnerte Davies seinen Anführer. »Vielleicht finden wir einen Frischen.«

»Aye!« antwortete Schwarzgurt begeistert. »Eines von diesen Viechern würde die ganze verdammte Flotte Ihrer Majestät eine Woche lang satt machen.«

Die Verfolgung des taumelnden *Parasaurolophus* führte sie an zwei weiteren Kadavern vorbei. Der Kopf des einen war ein Stein gewordener Alptraum – er bestand nur aus Stacheln, Hörnern und Krause. Der andere Schädel ähnelte dem des Tieres, das sie verfolgten. Copperhead meinte, es sehe aus wie die Urmutter aller Enten. Smiggens zählte mehr als eintausend flache Zähne in seinem Kiefer, bevor er aufgab und weiterlief.

Ein etwas kleineres, erst vor kurzem verendetes Tier löste eine wilde Jagd nach der Keule aus, die die Piraten später über einem Feuer braten wollten. Zwei kräftige Seeleute trugen sie an einer Stange über ihren Schultern.

»Seht euch das an«, pfiff Shremaza. »Es ist nicht zu glauben.«

»Was machen die damit, Vater?« fragte Arimat.

Hisaulk antwortete vorsichtig, um seinen Sohn nicht zu sehr zu beunruhigen. »Man sagt, daß die Menschen, bevor sie nach Dinotopia kamen, das Fleisch anderer Lebewesen gegessen haben.«

»So wie sie Fisch essen?« fragte Tryll ungläubig.

»Ja, so wie sie Fisch essen. Wir können diesen Männern – deine Mutter und ich sind sicher, daß es sich nur um Männer handelt – ihr Verhalten nicht übelnehmen. Sie kennen es nicht anders, sie haben keine vernünftige Erziehung genossen.«

»Kann man die überhaupt erziehen?«

»Jeder kann erzogen werden.« Hisaulk zeigte Verständnis für ihre Entführer. »Wir sollten es ihnen nicht ankreiden. Schließlich sind sie nur Säugetiere.«

Die Struthieeltern versuchten nicht, ihren Kindern den gräßlichen Anblick zu ersparen. Sowohl Dinosaurier- als auch Menscheneltern wußten genau, daß jeder Versuch, etwas vor einem Kind zu verbergen, dessen Neugier nur verstärkte. Es war besser, etwas genau zu erläutern, als es durch Verbergen erst interessant zu machen. Das war ein Grundprinzip dinotopischer Erziehung.

Hisaulks Blick wanderte über ihre miteinander sprechenden Entführer, die Architektur des Knochenfriedhofs, über Blumen, Bromelien und Bäume in die schwüle Weite des Regentales. Dort draußen irgendwo war seine Älteste, verängstigt und allein.

Keelk, dachte er inständig, du mußt Hilfe finden, und zwar rasch. Halte durch! Wenn diese Menschen so barbarisch waren, das Fleisch der Toten zu verzehren, was würden sie dann tun, wenn sie sich eines Tages ohne Nahrung zum Beispiel in der Großen Wüste wiederfänden? Würden sie ihn und seine Familie nicht mit neuen Augen betrachten? Hisaulk schob diesen Gedanken, den die meisten Eltern nicht ertragen hätten, nicht beiseite. Er gehörte zur Realität, und so bitter diese auch war, mußte er sich doch damit konfrontieren.

Seit mehr als einhundert Millionen Jahren setzten sich die Bewohner Dinotopias mit der Realität auseinander. So hatten sie überlebt, während andere Arten ausgestorben waren.

Schwarzgurt hob sein Entermesser. »Hört auf zu quatschen! Seht ihr nicht, daß das Tier langsamer wird?«

Genauso war es. Umgeben von den Knochen Dutzender verschiedener Wesen, blieb das Schnabeltier neben einem umgestürzten Baum stehen, dessen Wurzeln vielleicht von einem heftigen Regenguß freigeschwemmt worden waren. Als Folge davon war in dem wild wuchernden Grün eine klaffende Lücke entstanden.

Das *Parasaurolophus*weibchen sank auf alle viere, so daß ihre mächtigen Hüften Kopf und Schultern überragten, und atmete tief ein. Die Piraten lauschten dem Pfeifen der ungeheuren Luftmenge. Die riesigen Lungen mußten ihr ganzes Volumen entfalten, um sie aufnehmen zu können. Als es die Luft wieder ausstieß, trieben die dabei entstehenden melodischen Klänge einigen der abgehärteten Seeleute Tränen in die Augen. Das Tier sang, kein Zweifel. Ein fein gesponnener Klagegesang, erfüllt von den Erinnerungen eines langen und aufregenden Lebens. Hoch und süß, einige Augenblicke lang von einem einzigen Atemzug getragen.

Als der letzte Atemzug in der Luft erstarb wie ein Schaumfetzen auf einer zurückrollenden Welle, trug er auch die Seele des Sängers davon. Wie ein Jagdhund vor einem warmen Feuer sank das Schnabeltier mit großer Würde nieder und schloß die Augen. Zwei-, dreimal noch erzitterte die Brust wie ein Focksegel im letzten Abendwind, dann war alles still.

Es war vorbei.

»Also.« Verlegen wischte sich Smiggens über die Augen.

»Also was?« Schwarzgurt zeigte sich unbeeindruckt. »Das Biest ist tot. Wurde auch Zeit. Ich dachte schon, wir müßten dem dämlichen Vieh über die halbe Insel nachlaufen, denn das hier ist sicher eine Insel. Na, Smiggens? Wissen Sie vielleicht einen Name für diesen Ort hier? Würde Sie in jede verdammte Enzyklopädie bringen, und das wäre doch was, oder?«

»Eine Fußnote würde mir schon reichen«, murmelte der Erste Offizier leise.

Schwarzgurt runzelte die Stirn. »Was war das, Mr. Smiggens?«

»Nichts, Käpt'n.« Der Erste Offizier atmete tief durch. »Vielleicht könnten wir uns was von dem Fleisch holen. »

»Darum kümmere ich mich«, erklärte Thomas. »Damit können wir leicht den ganzen Laderaum füllen. Das reicht einmal um Afrika herum.«

Schwarzgurt betrachtete den sphinxähnlichen toten Körper. »Was meinen Sie, Mr. Smiggens? Sollen wir ein paar von diesen Knochen mitnehmen?«

»Keine schlechte Idee, aber lassen Sie uns erst sehen, was wir sonst noch finden. Lebende Exemplare bringen uns mehr.« Der stille, unbewegliche und bisher unberührte Leichnam des Wesens, das sie verfolgt hatten, beunruhigte Smiggens. Für ein gewöhnliches Tier war es mit zuviel Würde gestorben. Oder sterben wir mit zuwenig? fragte er sich. »Eine Haut, ja«, meinte er, um sich von den jüngsten Ereignissen abzulenken, »die wäre wirklich was wert. Denken Sie daran, wie viele Stiefel man daraus machen könnte.«

Schwarzgurt beachtete ihn nicht. Er hatte die Unruhe in der Mannschaft bemerkt und trat nun funkelnd zwischen die Männer. »He, was ist mit euch los?« Langsam drehte er sich im Kreis und blickte dabei jedem in die Augen. »Wann habt ihr zum letztenmal wegen eines sterbenden Hundes geheult?«

»Einen sterbenden Hund habe ich nie sein eigenes Todeslied singen hören, Käpt'n.«

Finster starrte Schwarzgurt O'Connor an. »So, hast du nicht?« Der Kapitän trat näher, zog eines seiner Messer aus der Scheide und hielt es dem Seemann an die Kehle. »Du hast doch einen schönen irischen Tenor, O'Connor.«

Nervös beäugte der Seemann die Klinge. »Nun ja, Käpt'n, ich weiß nicht recht. Einige behaupten das ...«

Die Messerspitze drückte gegen die Kehle des zurückweichenden Iren. »Einige behaupten das? *Ich* behaupte es, O'Connor. Los, sing uns ein Lied.«

»Jetzt?« rief der Seemann entsetzt.

»Genau. Willst du uns nicht *dein* Todeslied singen?«

Nicht die Schwüle trieb O'Connor den Schweiß auf die Stirn. »Käpt'n, ich ...«

Schwarzgurt senkte die Klinge. »Kein Interesse? Na gut, dann sing uns was Fröhliches. Etwas, das uns aufheitert.« Wieder musterte er die Gesichter. »Dieser verdammte Friedhof könnte ein lustiges Liedchen gebrauchen.«

»Jawohl, Käpt'n.« Unsicher stimmte O'Connor ein bei der Mannschaft besonders beliebtes Seemannslied an. Da Schwarzgurt ihn ignorierte, wurde seine Stimme lauter und sicherer. Einige andere fielen ein, und bald hallten ihre heiseren Stimmen über die stillen Knochen.

»Hört euch das an.« Shremaza sprach aus dem Schatten eines Baumes heraus, unter dem die Familie, von einigen Posten argwöhnisch bewacht, stand. »Sie machen Lärm.« Nervös schaute sie sich um. »*Zuviel* Lärm.«

»Ich weiß.« Hisaulk verdrehte Kopf und Hals und musterte seine Fesseln. »Wir müssen diese Taue loswerden, ehe ...«

Das Krachen junger Bäume und das Knacksen brechender Äste unterbrach ihn. Erschrocken wandten sich die vier Struthies um. Aber die Geräusche stammten nur von einem harmlosen kleinen Tier, das der heisere Gesang in die Flucht geschlagen hatte. Hisaulk entspannte sich wieder.

»Nicht nur das«, fuhr Shremaza fort. »Da ist auch noch die Dahingeschiedene.« Sie nickte zu dem ruhig daliegenden Schnabeltier hinüber, das seine letzte Reise angetreten hatte. Sein Körper und die darin gefangene Seele ruhten nun in Frieden. »Wir können nichts machen. Wir können sie nicht warnen, weil sie uns nicht verstehen. Sie versuchen es ja nicht einmal.«

»Sie werden es schon selbst herausfinden«, meinte Arimat zuversichtlich.

»Ja, herausfinden werden sie es.« Hisaulk beäugte das wuchernde Dickicht des Waldes. »Nur wäre ich dann lieber weit fort von hier.«

9

»Gute Arbeit.« Schwarzgurt trat zurück und begutachtete die Fortschritte. »Was meinen Sie, Mr. Smiggens?«

Der Erste Offizier nickte zustimmend. »Wirklich eine feste Palisade, Käpt'n. Wenn die fertig ist, haben wir ein hervorragendes Basislager, von dem aus wir die Umgebung erkunden können.«

Der kreisförmige Zaun stand auf einer niedrigen Anhöhe inmitten des Knochenfriedhofs. Er bestand hauptsächlich aus gigantischen Rippen, die die Männer in der Nähe aufgesammelt und mit Lianen zusammengebunden hatten. Das untere Ende der Rippen hatten sie in den Boden gerammt, die scharfen Spitzen zeigten nach oben. So bildete der Schutzwall eine unüberwindliche Barriere. Nur ein Verrückter würde versuchen, eine solche Festung anzugreifen.

Das ›Drachenfort‹, wie sie es einstimmig getauft hatten, sollte die Schätze der Regionen aufnehmen, die sie erforschen wollten. Die Tatsache, daß sie bisher noch keine Hinweise auf die Existenz solcher Schätze gefunden hatten, entmutigte sie nicht.

Das schlichte Knochentor krönten zwei ebenfalls von dem ungeheuren Friedhof stammende Schädel. Die Struthies hatten zwar das Vergnügen bemerkt, mit dem die Piraten sie anbrachten, doch flößte es ihnen keinen Widerwillen ein. Knochen waren kein Fleisch, und auch die zivilisierten Bewohner Dinotopias nutzten sie für praktische Zwecke. Sie fanden, dies war eine angemessene Art, die Verstorbenen zu ehren.

Von ihren Entführern erwartete Hisaulk jedoch keine derartigen Hintergedanken. Sie legten hier zum erstenmal ein einigermaßen zivilisiertes Verhalten an den Tag.

Und Gott sei Dank hatten sie aufgehört zu singen.

Aber die Menschen hatten ihre provisorische Unterkunft viel zu nah an dem Kadaver der kürzlich Verstorbenen aufgebaut. Die Gefahr war nicht gebannt, nur aufgeschoben. Hisaulk und seine Familie blieben wachsam.

Das Regental versank in Dunkelheit und Nebel; seine feuchte Schwärze umschloß alle, die in ihm lebten. Im Lager der Piraten hielt ein kräftiges Feuer die Nebelschwaden fern. Diejenigen, die das lustige Zischen genossen, hielten den knackenden Scheiterhaufen am Brennen, indem sie das gesammelte oder geschlagene Holz trockneten, bevor sie es den Flammen übergaben.

O'Connor versuchte, ein Gespräch mit dem Ersten Offizier anzuknüpfen, und wies auf die leise schnatternden *Struthiomimus.* »Merkwürdige Tiere. Ganz schön gesprächig. Was meinen Sie, worüber die reden, Mr. Smiggens?«

Ohne aufzublicken, antwortete der auf dem Boden ausgestreckte Erste Offizier: »Wer weiß, O'Connor? Vögel sind von Natur aus geschwätzig, und diese Viecher sehen Vögeln verdammt ähnlich. Fehlen nur Federn und Flügel.«

»Ich habe schon ein Dutzend Papageie auf einem einzigen Ast sitzen sehen«, sagte Thomas neben ihnen. »Sie schwätzen wie alte Marktweiber.«

»Hübsche Tiere, finden Sie nicht?« O'Connor musterte ihre Gefangenen.

»Aye.« Der Kapitän war hinter sie getreten. »So hübsch wie ein Korb frisch geprägter Münzen. Die sind unser Vermögen, Leute. Wenn wir noch ein oder zwei davon erwischen, etwas größere vielleicht, dann wäre ich schon zufrieden.«

Ein ungewöhnlich kalter, trockener Wind pfiff plötzlich durch das Lager und zerrte an ihren Haaren und Nerven. Nervös musterte Thomas den Himmel.

»Diese Brise gefällt mir nicht, Käpt'n. Der Sturm lauert noch immer da draußen.«

»Vergiß den verdammten Sturm, Thomas. Hier sind wir sicher, und die auf dem Schiff werden schon damit fertig. Dieser Sturm hat uns erst hierhergebracht. Ich würde sagen, unser Pech hat sich in Glück verwandelt.« Schwarzgurt blickte in die über den Wall aus Knochen hinausragenden Baumwipfel.

»Wir sollten die Position dieses Landes bestimmen. Das wird unser ganz privates Jagdrevier, von dem aus wir die zoologischen Gesellschaften und die wissenschaftlichen Institutionen der Welt versorgen. Nicht zu vergessen die gelangweilten Reichen. Stellt euch vor – die Königin mit einer unserer kleinen Hübschen an der juwelenbesetzten Leine.« Er versetzte seinem Ersten Offizier einen Tritt.

»Was halten Sie davon, Mr. Smiggens? Nachdem wir so viele Jahren geplündert und Waren und Geld geraubt haben, steigen wir jetzt in den Tierhandel ein!« Er lachte schallend über seinen Witz. Die anderen stimmten ein, und selbst der Erste Offizier verzog sein Gesicht zu einem Grinsen.

Doch Grinsen und Gelächter verstummten abrupt, als jenseits der bleichen Palisade ein tiefes grollendes Lachen ertönte.

Nervös blickte Thomas auf den Wall. »Habt ihr das gehört?«

»Da gab es nichts zu hören.« O'Connor packte das Bein seines Gegenübers und kniff zu.

Der Jamaikaner sprang auf, die Augen zu schmalen Schlitzen verengt. »Ich warne dich, Ire, mach das nicht noch mal.«

»Komm, du verdirbst uns den schönen Abend. Da war nichts, Mann.«

Das ›Nichts‹ draußen vor dem Wall knurrte noch einmal, diesmal so laut und deutlich, daß selbst der zynische O'Connor beeindruckt war.

»Heilige Mutter Gottes«, murmelte er, »jetzt habe ich es auch gehört.«

Grimmig schob Schwarzgurt sich an ihnen vorbei, in jeder Hand einen Revolver. »An die Waffen, Gentlemen. Es sieht so aus, als bekämen wir Besuch. Hier nimmt anscheinend niemand Rücksicht auf die späte Stunde.«

In wildem Durcheinander zogen die Männer ihre Säbel und sicherten die Gewehre. Mit Ausnahme der Wachposten, die die Gefangenen beaufsichtigten, versammelten sich alle vor dem Feuer. Dem Ersten Offizier fiel auf, daß die Struthies bewegungslos in die unheimlich gewordene Nacht hinausstarrten.

Hinter dem Zaun raschelte es im Dickicht.

Schwarzgurt flüsterte mit seinem Ersten Offizier. »Erkennen Sie was, Smiggens?«

»Nein, Sir. Ich kann nichts sehen.«

»Aber Sie haben es auch gehört, oder? Ein Löwe?«

»Das war kein Löwe, Käpt'n.« Instinktiv hielt Mkuse sein Gewehr wie einen Speer. »Ich habe viele Löwen gehört. Sie stöhnen oder brüllen, aber solche Geräusche machen sie nicht.«

Zum drittenmal erhob sich das unheimliche Knurren. Ein Matrose wich so weit zurück, bis das Feuer seine Hosen versengte.

»Was zum Teufel ist das?« murmelte Copperhead.

»Aye«, brummte Smiggens leise. »Der Teufel.«

Auf der anderen Seite der Palisade, die die angespannt lauschenden Männern errichtete hatten, musterten seltsam durchdringende, neugierige Augen die Konstruktion. Bei seinem letzten Besuch vor drei Tagen hatte *das* noch nicht hier gestanden. Hatten die Menschen die ungeschriebenen Vereinbarungen verletzt und begonnen, im Regental zu bauen? Bei den Stämmen des Regenwaldes war davon nichts bekannt.

Er konnte sich nur schwer vorstellen, daß die Menschen es ernst meinten. Ein kurzer, für einen ausgewachsenen, neun Meter langen *Megalosaurus* unspektakulärer Tritt würde die zerbrechliche Mauer, die sie gebaut hatten, zum Einsturz bringen.

Er blinzelte auf das Feuer und die durcheinanderlaufenden menschlichen Silhouetten hinunter. Wie jeder dinosaurische Einwohner von Dinotopia war auch der *Megalosaurus* ein intelligentes Wesen. Nur lehnten er und seine Artgenossen die Verlockungen der Zivilisation ab und zogen es vor, wie ihre Vorfahren im Regental zu leben. Das konnte denen, die das Pech hatten, ihren Weg zu kreuzen, zum Verhängnis werden.

Nach dem Gesetz durfte jeder, der ins Regental kam, gejagt werden, sei es nun ein riesiger *Sauropode* oder ein winziger Mensch. Alle Menschen wußten das. Auch *diese* Menschen sollten es wissen – was ihre Anwesenheit und ihre bemitleidenswerte Konstruktion um so unverständlicher machten.

Der *Megalosaurus* überlegte, ob er durch die dünne Wand schreiten sollte. Der Gedanke an panisch durcheinanderstiebende Menschen amüsierte ihn. Speichel floß zwischen den großen Zähnen aus seinem Maul und lief an der Seite des mächtigen Kiefers hinunter. Da er nicht zu den Raubdinosauriern gehörte, die Karawanen angriffen, hatte er noch nie die Gelegenheit gehabt, lebendige Menschen zu jagen. Der Gedanke faszinierte ihn. Er würde viel Spaß haben, und Menschenfleisch hatte er bisher noch nicht gekostet.

Andererseits wäre es kein sehr fairer Kampf. Die Menschen waren nicht gepanzert, und ihre dinosaurische Eskorte schien lediglich aus vier *Struthiomimus* zu bestehen, die bei einem Kampf nicht zählten. Menschen waren langsam und zerbrechlich. Keine wirkliche Herausforderung für einen ausgewachsenen *Megalosaurus*.

Hatten sie einen Hinterhalt gelegt? Der große *Carnosaurus* war vielleicht langsam, aber nicht dumm. Selbst hier im Regental waren die Menschen für ihre Schläue bekannt. Provozierten sie einen Angriff, nur um den arglosen Saurier in eine aussichtslose Situation zu bringen? Auch Reißzähne und Klauen waren nicht unbesiegbar.

Er schnüffelte. Diese Menschen stanken schrecklich, auch das war sehr ungewöhnlich. Sie rochen nach Meer, aber nicht nach den Aalen oder Fischen, mit denen sich die durch das Regental Reisenden gewöhnlich bei den ansässigen *Carnosauriern* freien Durchgang erkauften. Schon dieser nicht geleistete Tribut wäre eigentlich Anlaß genug für einen Angriff.

Der *Megalosaurus* trat näher und lugte über die provisorische Barriere in die Umzäunung. Dabei geriet er in den Lichtkreis des Feuers.

Einer der Menschen stieß Schrei aus, der dazu angetan war, ein Trommelfell zu zerfetzen, und wandte sich zur Flucht. Da trat ihm ein wesentlich größerer Mensch mit Gesichtsbehaarung in den Weg und schlug ihm mit einem kleinen krummen Ding auf den Kopf. Der erste Mensch brach zusammen.

Dieses Verhalten erschien dem *Megalosaurus* selbst für Menschen ungewöhnlich. Spielten sie eine Art Spiel? Oder jagten sie einander? Der große Mensch machte allerdings keine Anstalten, den auf dem Boden Liegenden zu verspeisen.

Der Dinosaurier schwang den Kopf nach rechts und blickte dem größten der *Struthiomimus* in die Augen. Hier begegnete er endlich einer angemessenen Portion Angst. Doch dann bemerkte der Raubdinosaurier, daß die Struthies an Armen und Beinen mit Seilen gefesselt waren, deren Enden in den Händen mehrerer Menschen lagen. Das mußte ein Spiel sein, entschied er. Die Frage war nur, ob er mitspielen wollte.

Wenn ja, dann nur nach seinen Regeln.

Noch immer versuchte er, die Situation zu verstehen. Dies war mit Sicherheit die verrückteste Menschengruppe, die in letzter Zeit ins Regental gekommen war. Hatten vielleicht einige seiner Artgenossen dieses anomale Verhalten schon einmal beobachtet? Obwohl die Kommunikation unter den Raubdinosauriern meist recht förmlich und unregelmäßig war, beschloß er, sich umzuhören.

Als er den Fleischbrocken entdeckte, den Schwarzgurts Mannschaft ergattert hatte, wuchs seine Verwirrung. Waren diese Menschen plötzlich zu Fleischfressern geworden? Er hatte gehört, daß Menschen einst Fleisch gegessen hatten, aber das war nur ein Gerücht, über dessen Wahrheitsgehalt der *Megalosaurus* nichts sagen konnte. Er wußte lediglich, daß sie Fisch aßen.

Einen gewissen Sinn ergab es allerdings schon. Liefen sie nicht auf zwei Beinen wie die großen *Carnosaurier*? Waren ihre Augen nicht nach vorne gerichtet, statt zur Seite? Ihre Zähne waren zwar völlig unzureichend, aber dafür stellten sie Metallzähne her, mit denen sie schneiden konnten. Der *Megalosaurus* wollte einerseits unbedingt wissen, wie die Menschen schmeckten, andererseits aber auch herausfinden, was sie vorhatten. Deshalb überlegte er nun hin und her, ob er sie fressen oder mit ihnen reden sollte, und tat einen weiteren Schritt nach vorn.

Laute Knallgeräusche ertönten, und der *Megalosaurus* zuckte instinktiv zusammen. Der Krach kam aus langen

Röhren, die die Menschen auf ihn gerichtet hatten. Da er noch nie etwas von Feuerwerk – welcher Art auch immer – gehört hatte, verwirrte ihn lediglich der Lärm. Unsichtbare kleine Dinger blieben in seiner Brust und seinem Bauch stecken.

Gehörte das zum Spiel? Luden sie ihn ein mitzuspielen? Wenn ja, was erwarteten sie von ihm? Sollte er die Röhrenhalter fressen oder sie ignorieren und sich statt dessen über ihre ruhigeren Kameraden hermachen? Es war gleichzeitig unterhaltsam und verwirrend.

Zuerst hatte der größte Mensch einen seiner Artgenossen niedergeschlagen. Dann hatten sie ihre Röhren auf ihn gerichtet. Der *Megalosaurus* überlegte, ob er über den Zaun steigen und den großen Menschen überrennen sollte. Wäre das ein angemessenes Verhalten? Der Mensch würde diese Aufmerksamkeit natürlich nicht überleben, aber ein netter Imbiß wäre er allemal.

Wieder krachten und blitzten die Röhren, und wieder blieben winzige, blitzschnelle Dinger in seiner Brust stekken. Er langte mit seiner dreifingrigen Pranke nach unten und kratze sich an den brennenden Stellen. Dann senkte er den Kopf und beschnupperte sich. Ein merkwürdiger Geruch nach verbrannter Erde lag in der Luft.

Unvermittelt entschied er, daß er nicht hungrig war, bedachte die Menschengruppe mit einem letzten verächtlichen Schnauben und stampfte in die vertrauten Tiefen des Waldes zurück. Die Menschen erwarteten zu viele Entscheidungen von ihm, und viele neue Dinge auf einmal verwirrten ihn nur. Raubdinosaurier mögen keine Verwirrung. Die Menschen verlangten zuviel Denkarbeit für zu geringen Lohn. Die Stärken eines *Megalosaurus* sind das Zerreißen und Zerfetzen, nicht die Neugierde. Wie seine Artgenossen konnte auch er sich nur für kurze Zeit auf eine Sache konzentrieren.

Vielleicht, überlegte der große *Carnosaurus*, während er davontrottete, vielleicht würde er in einigen Tagen, wenn er wieder Appetit hatte, zurückkommen und sie alle fressen, Spiel oder nicht. Jetzt, mit vollem Magen, wollte er nur schlafen. Eines der drei Dinge, die ein *Megalosaurus* besonders gut kann.

Hinter ihm erklangen Schreie, und er blieb stehen, um sich umzusehen. Die Menschen waren vom Feuer an ihren Zaun getreten. Sie drückten sich in die Spalten zwischen den Knochen und riefen und gestikulierten ihm nach. Wieder explodierten ihre langen Röhren.

Das wurde ja immer merkwürdiger! Wollten sie gefressen werden, und riefen sie ihn deshalb zurück? Er zögerte.

Nein, dachte er dann. Wenn sie in dieser Gegend blieben, würde er sie erst dann fressen, wenn er wollte, und keinen Moment früher. Sein Verdauungstrakt brauchte Ruhe, keine erneute Aktivität. Entschlossen, in zwei Wochen wiederzukommen, drehte er ihrem Lager den Rükken zu und überlegte, wo er eine weiche Kuhle zum Ausruhen finden könnte. Im Lauf leckte er mit seiner langen Zunge ein wenig Sand aus einem seiner hellen gelben Augen. Denken machte ihn immer müde.

Eine hoch aufragende Gestalt tauchte aus dem Dunkel auf und wollte sich ihm in den Weg stellen. Wie es von ihm erwartet wurde, verhielt er den Schritt und ließ den anderen passieren. Obwohl die Bewohner des Regentales die organisierte Zivilisation mieden, hielten auch sie sich an bestimmte Regeln. Der *Megalosaurus* war nur ein Raubdinosaurier unter vielen und keinesfalls der größte. Überlegenen Tieren ließ er stets bereitwillig den Vortritt.

Hinter ihm in der Palisade beglückwünschten sich die Piraten mit lautem Geschrei. Sie waren überzeugt, dieses Monster, das direkt aus Dantes *Inferno* zu kommen schien, durch ihre Entschlossenheit und Kühnheit vertrieben zu haben.

»Seht nur, wie es rennt!« Andreas, der zwischen zwei riesigen, hochgestellten Rippen hindurchlugte, konnte sich kaum beherrschen. »Das kommt so schnell nicht wieder.«

»Aye!« Schwarzgurt steckte sein Entermesser in die Scheide. »Seht ihr, mit ein bißchen Mut und gut gezielten

Schüssen schlägt ein Mann selbst die größten Schrecken der Natur in die Flucht. Jungs, ich wette, den haben wir mindestens ein dutzendmal getroffen.«

»Ich habe kein Blut gesehen.«

»Wie bitte, Mr. Smiggens?« Der Kapitän fuhr herum.

Der Erste Offizier erhob sich von seinem Platz. Allmählich normalisierte sich sein Atem wieder. Er sah den Kapitän nicht an, sondern blickte hinaus in die drohende Dunkelheit.

»Ich sagte, ich habe kein Blut gesehen. Ich glaube nicht, daß die Kugeln durch seine Haut gedrungen sind. Sie war zu dick.«

Schwarzgurts Stimmung sank. »Und wenn schon. Dann haben wohl der Anblick und der Krach unserer Gewehre gereicht, um es in die Flucht zu schlagen.«

»Meinen Sie wirklich?« Smiggens blickte seinem Kapitän in die Augen. »Warum sollten sie ihm Angst einjagen? In diesem Land gibt es bestimmt viele Gewitter. Glauben Sie, das Krachen einiger Gewehre macht ihm da soviel aus?«

Mit vor Anstrengung verzerrtem Gesicht dachte Schwarzgurt nach. »Und warum, Sie kleiner Besserwisser, ist das Vieh dann weggelaufen?«

»Vielleicht hat es Sie gesehen, Käpt'n Schwarzgurt«, murmelte Copperhead.

»Aye«, flüsterte Samuel. »Er würde selbst ein halbes Dutzend Teufel in die Flucht schlagen.«

Schwarzgurt fuhr herum. »Was gibt es da zu flüstern?«

»Nichts, Käpt'n«, antwortete Copperhead mit unschuldigem Gesichtsausdruck.

»Ich will damit nur sagen«, fuhr Smiggens fort, »daß wir keinen Grund zu der Annahme haben, wir seien der Auslöser für seine Flucht gewesen. Es gibt keinen Beleg dafür, daß unsere Schüsse irgendeine Wirkung hatten.«

»Warum verdammt noch mal ist es dann abgehauen?« wollte Schwarzgurt wissen.

Der Erste Offizier hob die Arme. »Wer weiß? Vielleicht wurde ihm langweilig. Vielleicht hat es etwas gehört oder lohnendere Beute gewittert. Wahrscheinlich waren wir ihm die Mühe nicht wert, oder unser Geruch gefiel ihm nicht.« Wieder blickte Smiggens durch die Palisade in die dahinterliegende Nacht. »Ich danke jedenfalls dem Schicksal dafür, daß das Vieh umgekehrt ist. Habt ihr seine Zähne gesehen?«

»Ach was, die Zähne.« Johanssen putzte sein Gewehr. »Haben Sie gesehen, wie *groß* das Vieh war?«

»Die hier stammt von einen noch größeren Tier.« Chumashs Hände strichen über den glatten Bogen einer Rippe. Chin-lee neben ihm wirkte bedrückt, aber gleichzeitig zufrieden.

»Und Sie behaupten, das wären keine Drachen, Mr. Smiggens, Sir.«

Finster musterte Schwarzgurt seinen Ersten Offizier. »Drachen oder nicht, ich sage, wir haben es in die Flucht geschlagen.« Die Vernunft verbot Smiggens jede weitere Diskussion. »Damit wäre das geklärt.« Die Wut des Kapitäns verrauchte so schnell, wie sie gekommen war. »Eine Million Pfund Sterling, Jungs! Das würde der Londoner Zoo für eine solche Bestie zahlen. Und wir würden berühmt werden!«

»Leichter, es zu verjagen, als eines zu fangen«, meinte einer der plötzlich erschöpften Matrosen. »Keine einfache Sache.«

»Irgendwie muß es gehen.« Schwarzgurts Augen wurden zu Schlitzen, und er spielte mit seinen Schnurrbart.

Smiggens starrte ihn an. »Das meinen Sie nicht im Ernst, Sintram.«

Der Kapitän sah auf. »Wenn es um solche Summen geht, Mr. Smiggens, dann meine ich es immer todernst.«

»Tod ist das passende Wort, Sir«, murmelte der Erste Offizier.

»Selbst wenn wir eins fangen und überwältigen könnten, Käpt'n – wie wollen wir es zum Schiff bringen?« Watford ließ seinen Revolver in den Halfter zurückgleiten. »Und wenn es sich noch so dünn macht – so ein Vieh kriegen wir niemals durch das Tal, durch das wir hergekommen sind. Das wäre ungefähr so, als wollte man ein Fockstag durch ein Nadelöhr zwängen.«

»Stimmt, Mr. Watford.« Auch Schwarzgurt hatte dieses Problem schon bedacht. »Aber vielleicht, nur vielleicht, gibt es ja noch einen anderen Weg.«

Die Männer scharten sich um ihn oder lauschten aufmerksam von ihren Plätzen aus. Überzeugt, soeben ein Untier wie aus den schlimmsten Alpträumen verjagt zu haben, hätten sie ihrem Kapitän in diesem Moment nichts abgeschlagen. Sie fühlten sich so gut wie nie, seit sie die *Condor* verlassen hatten.

Schwarzgurt stellte sich gleichgültig. Seine Augen blitzten verschlagen. »Nur ein Gedanke, Jungs. Nicht wert, ihn auszusprechen. Ich werde ihn polieren, und dann sehen wir, ob er was taugt. In der Zwischenzeit täte uns allen ein Nickerchen ganz gut, denke ich.« Sein Blick kreuzte den Mkuses. »Wir stellen vier Wachen auf, Mkuse. In jeder Himmelsrichtung eine. Wähle deine Kameraden für die erste Schicht.«

»Jawohl, Käpt'n.« Der Zulu sah zu den Gefangenen hinüber. »Und zwei weitere bewachen unsere Beute.«

»Aye, seht sie euch an«, murmelte jemand.

Beim Anblick des Raubdinosauriers hatten sich die beiden Jüngeren naß gemacht. Ihre Fesseln erlaubten es ihnen gerade noch, sich hinter den ausgewachsenen Tieren zusammenzukauern, die offensichtlich bemüht waren, sie zu beruhigen.

Falls diese rührende Familienszene in einigen der Piraten eher Mitleid als Belustigung hervorrief, so behielten sie ihre Gefühle für sich, um sich nicht dem schnellen Spott ihrer Kameraden und des Kapitäns auszusetzten.

Die Männer schritten auseinander und zogen sich zu ihren Schlafplätzen zurück. Im Geiste gingen sie ihren großartigen Sieg über das angreifende Ungeheuer noch einmal durch. Samuel legte mehrere Holzscheite ins Feuer, damit es nicht ausging.

Nur Smiggens machte es sich nicht unter einem duftenden Busch oder an einer Baumwurzel bequem. Lange

Zeit starrte er unbeweglich über den Rand der Palisade in die sie umhüllende Dunkelheit und lauschte auf die vertrauten und die fremden Geräusche der Nacht. Gelegentlich trieb ihm ein fernes Rascheln oder Knacken einen Schauer über den Rücken.

Hatten Sie das Monster *wirklich* vertrieben? Er war keineswegs davon überzeugt. Aber Schwarzgurt hatte nichts anderes hören wollen. Sie hatten es in die Flucht getrieben, und damit basta.

Das Wesen hatte keinerlei Unruhe oder Panik gezeigt. Wenn ihre Kugeln es nicht wirklich verletzt hatten, warum war es dann geflohen? Müde zuckte er die Achseln. Dieses Land barg zu viele Geheimnisse für einen einzelnen Mann. Vielleicht hatte Schwarzgurt recht. Vielleicht dachte er wirklich zuviel für einen guten Seemann. Mit Sicherheit zuviel für einen guten Piraten.

Aber, sagte er sich störrisch, irgend jemand muß in diesem Haufen doch das Denken übernehmen.

In der Ferne heulte ein Tier den Mond an. Trotz der warmen Luft lief ihm erneut ein Schauder über den Rükken. Auch in der Karibik und in Indien hatte er den Schreien großer gefährlicher Tiere gelauscht. Aber das hier war anders – unvorstellbar anders.

Vielleicht hatten sie das Wesen tatsächlich in die Flucht geschlagen. Andererseits war er überzeugt, daß sich jeder Mensch, auf den es ein solches Monster abgesehen hatte, nur noch darauf vorbereiten konnte, vor seinen Schöpfer zu treten, ganz egal mit welchen Waffen er ausgerüstet war.

Kein angenehmer Gedanke vor dem Schlafengehen.

10

Die Piraten wußten nicht, daß in der Nähe ihres Lagers nicht nur einer der großen *Carnosaurier* lauerte, sondern gleich ein halbes Dutzend. Die Mannschaft der *Condor* begegnete ihnen nicht in ihren Alpträumen, sondern am nächsten Tag.

Die Nebelbänke hatten sich aufgelöst, und die Wolken waren noch nicht zu ihrer täglichen Regenparty versammelt, als das Geräusch zerbrechender Knochen die habgierigen Eindringlinge auf ihren Weg vom Vortag zurücklockte. Nach der nächtlichen Begegnung bewegten sie sich nur mit größter Vorsicht und hielten sich, trotz ihres neuen Selbstbewußtseins, immer in Deckung.

Nicht einer, sondern zwei ausgewachsene *Megalosaurier* hatten sich über den Kadaver des *Parasaurolophus* hergemacht. Der eine war mit der Flanke beschäftigt, aus der er mit seinen gebogenen Zähnen mit jedem Bissen große Fleischbrocken herausriß. Sein Gefährte plünderte den aufgerissenen Bauch. Und sie waren nicht allein.

»Seht ihr die gehörnten Drachen?« rief Chin-lee aufgeregt.

Vier *Ceratosaurier* machten sich an den Füßen zu schaffen. Obwohl sie etwas kleiner und weniger kräftig waren als die *Megalosaurier,* waren auch sie auf ihre Weise furchterregende Raubdinosaurier. Auf jeder zahngespickten Schnauze prangte ein kurzes, spitzes Horn, ähnlich dem Horn eines Rhinozerosses, das bei diesen so eindrucksvollen *Carnosauriern* ein wenig fehl am Platze wirkte.

Einer von ihnen versuchte, ein Stück Bein zu erhaschen, doch der größere *Megalosaurus* senkte knurrend den Kopf. Damit war die Konfrontation auch schon beendet. Nachdem sie die Erlaubnis bekommen hatten, sich zu nähern, begann der erste *Ceratosaurus* zu fressen. Die anderen drei kamen rasch nach.

Mkuse erinnerten sie an Löwen, die sich über einen toten Elefanten hermachen, nur daß hier zwei verschiedene Arten von Fleischfresser bei der Arbeit waren. Die gehören bestimmt nicht zu einer Familie, dachte er.

Dennoch wirkte es so, als arbeiteten sie gemeinsam daran, den Kadaver so schnell wie möglich verschwinden zu lassen.

Fasziniert beobachteten die Männer, wie die eßbaren Teile des Schnabeltieres in den verschiedenen Kehlen verschwanden. Schließlich trat ein *Megalosaurus* mit deutlich angeschwollenem Bauch von dem toten Körper zurück. Er hielt Maul und Augen geschlossen und erinnerte O'Connor deshalb an einen Geschäftsmann, dem er einst in Boston begegnet war. Einst hatte er versucht, sich dessen Taschenuhr anzueignen, doch das Einschreiten anderer Passanten hatte ihn daran gehindert. Diese Begegnung hatte zu seiner überstürzten Abreise aus dieser liebenswürdigen Stadt und von der gesamten Ostküste der Vereinigten Staaten geführt.

Sorgfältig lösten die *Ceratosaurier* auch das letzte bißchen Fleisch von den Knochen. Die Fülle des Angebots verhinderte interne Machtkämpfe. Von Zeit zu Zeit hob einer von ihnen den Kopf und sah sich aufmerksam um, als fürchtete er, jemand könnte auftauchen und ihn vertreiben. Das war jedoch kaum möglich, dachte Johanssen. Kein Wesen dieser Erde könnte diese Monster von ihrer Mahlzeit abhalten.

Smiggens hatte eine Erleuchtung, die er sofort mit seinen Kameraden teilte. »Kein Wunder, daß das Biest von gestern nacht unseren Widerstand nicht auf die Probe gestellt hat.«

Schwarzgurt fuhr auf. »Was wollen Sie damit sagen, Mr. Smiggens? Dem haben wir es gezeigt, nicht wahr, Jungs?« Zahlreiche Seeleute bestätigten ihm das.

Aber des Rätsels Lösung vor Augen, blieb Smiggens hartnäckig. »Verstehen Sie denn nicht? Warum sollte ein Wesen mit einem seiner Größe sicherlich angemessenen Appetit sich mit so kleinen Happen, wie wir es sind, herumschlagen, wenn es weiß, daß ganz in der Nähe ein ganzer Futterberg tot und zum Verzehr bereit herumliegt? Wenn wir dieses Tier mit dem komischen Kamm entdeckt und verfolgt haben, dann ist es mit Sicherheit auch den Raubtieren der Umgebung nicht entgangen.« Er wies auf das fast beendete Festmahl. »Das ist ja nicht zu übersehen.« Dann zeigte er auf die weit verstreuten Knochenhaufen, die in der hellen Sonne bleich wurden. »Die Natur ist immer sehr effizient. Hier kommen offensichtlich viele der riesigen Wesen her, um zu sterben. Allein den natürlichen Prozessen überlassen, würden so viele gigantische verwesende Körper Boden und Wasser rasch verseuchen. Und kein noch so großer Schwarm von Geiern und Bussarden, wie wir sie bei unserer Ankunft gesehen haben, würde mit so ungeheuren Fleischmengen fertig.

Aber die Unersättlichkeit dieser monströsen zweibeinigen Fleischfresser hält das Land sauber und fruchtbar. Bei einer solchen Fülle leicht zugänglichen Fleisches ist es durchaus möglich, daß viele von ihnen noch nie in ihrem Leben gejagt haben. Was nicht heißen soll, daß sie es nicht können. Aber selbst ein geistloser Dinosaurier verschwendet nicht mehr Energie auf die Beschaffung seines täglichen Futters als unbedingt notwendig.«

»Moment, Mr. Smiggens.« Schwarzgurt runzelte die Stirn. »Wie haben Sie die Biester genannt?«

»Dinosaurier.« Smiggens wirkte erleichtert. »Mir ist endlich eingefallen, wo ich sie gesehen habe.«

»Sie behaupten immer noch, sie hätten solche Tiere schon mal gesehen?« Chumash musterte ihn mißtrauisch.

»Nicht lebend.« Während er sprach, ließ der Erste Offizier die schweigsame Freßorgie nicht aus den Augen. »Vor vielen Jahren in London, auf einer Ausstellung im Hyde-Park. Da gab es einen Mann, einen Wissenschaftler, Owen hieß er, glaube ich. Er hatte Knochen wie diese hier gefunden, nur waren sie versteinert. Uralte Knochen. Er ließ sie bearbeiten, zu Skeletten zusammenbauen und nannte sie Dinosaurier.«

Schwarzgurt testete das neue Wort mit Zunge und Gaumen. »Dinosaurier, eh? Und was sollen das für Viecher sein?« Er wies mit dem Daumen auf ihre gefesselten Gefangenen. »Die sehen eher aus wie Vögel.«

»Wer weiß schon, welcher Art oder Rasse sie angehören? Ich bestimmt nicht.« Smiggens wußte keine Antwort. »Ich bin kein Wissenschaftler, Sintram. Vielleicht sind diese vogelähnlichen Tiere wirklich mit den Vögeln verwandt. Die sich da vor uns den Magen vollschlagen, sehen aber eher wie Känguruhs aus. Vielleicht besteht da eine nähere Verwandtschaft. In der Ausstellung hieß es, diese Wesen seien vor unzähligen Jahrmillionen von der Erde verschwunden. Offensichtlich stimmt das nicht. Zumindest in diesem Land scheinen einige von ihnen bis heute überlebt zu haben.«

»Nun, das macht sie nicht weniger wertvoll«, brummte Schwarzgurt.

»Allerdings nicht, Käpt'n. Die Leute haben damals eine Menge Geld bezahlt, um Rekonstruktionen aus Holz und Gips zu sehen. Ich denke, wenn sie ihnen in Fleisch und Blut präsentiert werden, zahlen sie jeden Preis.«

»Da Ihr Hirn heute morgen so prächtig funktioniert, Smiggens, möchte ich Sie bitten, sich dem Problem zu widmen, das wir gestern nacht kurz diskutiert haben: Wie kriegen wir einen größeren Vertreter dieser bemerkenswerten Art zurück zum Schiff?«

Der Erste Offizier dachte nach. »Selbst wenn uns das irgendwie gelänge – wie wollen wir so ein Tier bis nach England oder Amerika am Leben erhalten?«

Schwarzgurts Antwort zeigte, daß er das Denken nicht völlig seinem Ersten Offizier überließ. »Die meisten Fleischfresser geben sich auch mit Fisch zufrieden, Mr. Smiggens. Und im Meer gibt es überall Fisch. Kümmern Sie sich um die Beschaffung eines solchen Tieres, und überlassen Sie die Aufbewahrung mir.«

Smiggens nickte. Er konnte sich immer noch nicht von dem furchterregenden und gleichzeitig faszinierenden Anblick losreißen. Vielleicht mit einem aus Holz gebauten Karren, dachte er. Oder mit einem Schlitten. In der Mannschaft fanden sich einige fähige Schreiner, und es gab eine Menge williger Muskeln. Nichts brachte einen Mann schneller dazu, das Vielfache seines Gewichtes zu ziehen, als das Wissen, daß am Ende seiner Mühen ein Haufen Gold auf ihn wartete.

In Gedanken vertieft wandte er sich ab, als der durchdringende Blick ihres größten Gefangenen ihn innehalten ließ. Der Vogel-Dinosaurier starrte ihm direkt in die Augen. Einen kurzen Augenblick lang meinte Smiggens, in seinem Blick mehr als den geistlosen Gleichmut eines Tieres zu erkennen.

Dann wandte es den Blick ab, und der kurze Zauber war gebrochen. Wie albern, sich von diesen großen Tieraugen beeindrucken zu lassen. Jeder größere Vogel – eine Eule oder ein Falke zum Beispiel – war zu ähnlichen, wenn auch kürzeren Blicken fähig.

Sein ganzes Leben lang hatte er um die Anerkennung seiner Kollegen in der akademischen Welt gekämpft. Aber wegen seiner niedrigen Herkunft hatten sie ihn ausgeschlossen und ihn zu dem verzweifelten Leben gezwungen, das er jetzt führte.

Wenn er mit diesen Tieren zurückkehrte, bliebe ihnen keine andere Wahl mehr: Sie müßten ihn aufnehmen. Sollten ihm diese kindischen, kleinkarierten Schwätzer jetzt ruhig die Mitgliedschaft in ihrer gelehrten Gesellschaft verweigern ... Schwarzgurt und die anderen bekämen ihr Gold, er bekäme seinen Triumph.

»Dinosaurier.« Chin-lee rollte das Wort auf der Zunge. »Englisches Wort für Drache. Gut.«

Das riß Smiggens aus seinen Träumereien. »Nein, nein«, erläuterte er geduldig. »Drachen sind Fantasiewesen. Diese Dinosaurier gibt es wirklich.«

»Ja?« fragte der Chinese. »Gibt es diesen Ort? Gibt es uns? Was ist Wirklichkeit, Engländer?«

Smiggens zögerte, aber Schwarzgurt wußte eine Antwort. »Siehst du dieses Messer, Chinese? Willst du wissen, ob seine Klinge wirklich ist?«

Chin-lee richtete sich so würdevoll wie möglich auf. »Sie sollten die konfuzianische Philosophie studieren, Käpt'n Schwarzgurt. Sie würden Erleuchtung finden.«

Mit einem verächtlichen Schnauben steckte Schwarzgurt das Messer weg. »Mich erleuchtet nur Gold, Chinlee. Alles andere ist Schall und Rauch.«

»Vielleicht – vielleicht sind wir hier im Vorhof der Hölle«, murmelte Thomas, »und das sind Dämonen.«

»Dinosaurier, Drachen, Dämonen: Uns interessiert nur, was sie auf dem Markt bringen. Ich verkaufe jeden von ihnen oder alle drei, und wenn der Teufel was dagegen hat, dann werde ich ihn daran erinnern, daß ich schon vor langer Zeit einen Bund mit ihm geschlossen habe.«

Wie wir alle, Sintram ... Von den anderen bedrängt, mehr über die Wesen vor ihnen zu erzählen, blieb Smiggens keine Zeit für weitere düstere Gedanken über ihren Seelenzustand.

»Wenn das hier die Hölle ist«, meinte Schwarzgurt zu den Männern, »mit all dem sauberen Wasser, den Früchten und diesen Herrlichkeiten, dann ziehe ich dieses Land den Hafenkneipen von Limehouse allemal vor.«

»Auch im Garten Eden gab es Früchte«, bemerkte Samuel.

»Aye«, stimmte Schwarzgurt zu, »und Eva hat sie gepflückt. Ich sehe hier keine Eva – es sei denn, einer von euch Lumpen hat ein süßes Geheimnis.«

Nach kurzem Zögern brachen die Männer in lautes Gelächter aus. Nicht zum erstenmal hatte Schwarzgurt mit seinem Humor Spannung und Unsicherheit vertrieben. Was immer man auch persönlich von ihm halten mochte, dachte Smiggens, die natürliche Schläue des Kapitäns war bewundernswert.

Die Männer merkten nicht, daß ihre Fröhlichkeit beobachtet wurde. Der kleinere der beiden *Megalosaurier* hatte den Kopf gehoben und blickte nun zu ihnen herüber. Aber wie Smiggens vermutet hatte, sah er keinen Grund, sich mit einer Gruppe dürrer, knochiger Menschen abzugeben.

Noch eine ganze Weile beobachteten die Männer die Freßorgie und wunderten sich über den Appetit der sechs Fleischfresser. Nach mehreren Stunden tiefen Nachdenkens erklärte Smiggens, ihm sei keine Lösung eingefallen, wie man einen von ihnen fangen und transportieren könne.

»Sie sind so verdammt groß, Käpt'n. Vielleicht könnten wir einen durch das Tal zwängen, aber ein Transportkarren würde höchstens hochkant durchgehen.«

Zu seiner Überraschung stimmte Schwarzgurt ihm zu. »Aye, zu demselben traurigen Schluß bin ich auch gekommen, Mr. Smiggens. Wir müssen uns mit etwas Kleinerem begnügen. Bestimmt finden wir noch ein interessantes Exemplar dieser Dinosaurier, größer als unsere jetzigen Gefangenen, aber kleiner als diese Fleischfresser hier. Irgend etwas in der Mitte. Ich will nicht unbescheiden sein – eins würde mir genügen.«

Der Erste Offizier nickte. »Das klingt gut, Käpt'n. Wenn wir hartnäckig suchen, finden wir bestimmt eines in der passenden Größe.«

Es kostete sie weniger Mühe und Zeit, als sie erwartet hatten. Noch am selben Nachmittag stießen sie auf ein perfektes Exemplar – kleiner als ihre beiden Vogel-Dinosaurier, ja sogar kleiner als Schwarzgurt oder Smiggens, aber wesentlich kräftiger gebaut.

Mkuse und Chumash fanden es schlafend in einem Haufen weicher Pflanzen. Sein Kopf hing herunter, das schuppige Kinn lag auf der muskulösen Brust. Es hatte große Ähnlichkeit mit den viel größeren Fleischfressern, die sie am Morgen beobachtet hatten. Aber sah man einmal von der Größe ab, gab es noch andere deutliche Unterschiede.

Sein Schädel, die Beine und die Füße wirkten überdimensioniert. Anstelle langer, nützlicher Arme mit dreifingrigen Tatzen besaß dieses Tier lächerlich kurze Arme mit nur zwei Fingern, aber kräftige Klauen an den Füßen. Es hatte kein Horn, doch über den geschlossenen Augen wölbten sich winzige knochige Auswüchse. Die Brust hob und senkte sich sanft, sein Bauch war geschwollen, ein Zeichen, daß dieser kleinere Fleischfresser vor kurzem gegessen hatte.

Selbst aufrecht wäre er kleiner – wenn auch muskulöser – als der Größte der gefangenen Vogel-Dinosaurier. Die Piraten gratulierten sich zu diesem perfekten Fund.

Als das Tier schnaubte, sprangen sie in Deckung, aber seine Augen blieben geschlossen, und bald schlief es wieder tief.

»Der Käpt'n will wahrscheinlich was Größeres«, meinte Mkuse.

Nun schnaubte Chumash. »Der Käpt'n ist verrückt. Der hier ist schwer genug für ein Schiff.« Er verschwand im Unterholz. »Wir müssen den anderen Bescheid sagen und zurückkommen, bevor er aufwacht.«

»Genau«, stimmte der Zulu zu, als er die riesigen Zähne und Krallen bemerkte.

»Holt die Netze!« brüllte Schwarzgurt, nachdem er die Nachricht erhalten hatte. »Mkuse, du bleibst backbord von dem Tier, und Sie, Mr. Smiggens, übernehmen Steuerbord. Achtet auf seine Zähne. Wir anderen werden das Biest frontal angreifen und auf euch zutreiben. Paßt auf, falls es zu springen versucht.«

»Ich weiß nicht, ob das so eine gute Idee ist, Käpt'n.« Mkuse maß mit seinen großen Händen ein Tau.

Schwarzgurt musterte den Krieger. »Und was paßt dir daran nicht, wenn ich fragen darf?«

»Sie haben es nicht gesehen, Käpt'n.«

Schwarzgurts Schnurrbartenden zitterten. »Du hast doch gesagt, es sei klein.«

»Das stimmt«, kam Chumash seinem Kameraden zu Hilfe. »Aber Sie haben es nicht gesehen. Es ist klein, aber es hat etwas an sich. Ich glaube nicht, daß es sich treiben läßt. Was machen Sie, wenn es direkt auf Sie zuläuft?«

»Sei kein Idiot, Mann. Überleg doch mal – seine Größe gegen unsere Überzahl. Natürlich wird es weglaufen. Jedes wilde Tier würde das tun.«

»Das ist es ja gerade, Käpt'n.« Mkuse fühlte sich sichtlich unwohl. »Es sieht so aus, als besäße es einen gewissen Verstand.«

In Schwarzgurts Augen blitzte es. »Was ist nur los mit euch beiden? Ihr führt euch auf wie Schwindsüchtige. Haben wir nicht ein Monster in die Flucht geschlagen, das dieses hier zum Nachtisch verspeisen würde?«

»Ja, Käpt'n, aber ...«

»Na also, dann kümmert euch um die Netze, und los geht's!«

Mkuse und Chumash schwiegen. Sie nahmen die schweren Netze und Seile auf die Schultern und liefen in den Wald. Beide waren entschlossen, sich beim Angriff auf ihre Beute im Hintergrund zu halten. Ihre vier Gefangenen trotteten friedlich hinter ihnen her, von den neuen Plänen ihrer Entführer hatten sie nichts mitbekommen.

Von den beiden Männern geführt, gingen die Jäger kein Risiko kein. Obwohl es fast windstill war, achteten sie darauf, sich ihrer Beute gegen den Wind zu nähern und ihre Stimmen zu senken.

»Ganz schöner Brocken«, meinte Thomas, als sie sie endlich sehen konnten.

»Aye«, flüsterte O'Connor zustimmend. »Nur Kopf und Füße. Aber ich wette, gegen einen Haufen gestandener Seeleute hat er keine Chance.«

»Die Wette nehme ich an, Ire.«

O'Connor grinste seinem Kameraden zu. »Warum? Wenn ich verliere, wirst du wohl kaum Gelegenheit haben, deinen Gewinn auszugeben.«

»Haltet die Klappe! Das Glück ist uns hold.« Schwarzgurt zeigte nach vorne. »Der kleine Teufel schläft noch. Schaut euch mal seinen vollgefressenen Bauch an. Der wird in nächster Zeit keine großen Sprünge machen.« Er reckte sich und blickte nach rechts und links. »Ich hoffe, unser fauler Smiggens und dieser schwarze Griesgram Mkuse sind auf ihren Positionen. Wenn das Vieh uns entkommt, ziehe ich ihnen die Haut ab.«

»Mr. Smiggens ist unterwegs, Sir«, meinte Watford

Schwarzgurt nickte. »Ja, ich kann ihr tapsiges Stolpern bis hierher hören. Hauptsache, sie wecken das Vieh nicht zu früh.«

»Keine Sorge, Käpt'n. Das schläft fest.«

Warum auch nicht? dachte Smiggens, während er einige Meter entfernt seine Männer in Position brachte. Diesem kräftigen und stämmigen Fleischfresser konnte wahrscheinlich nur ein Dinosaurier der Sorte Angst einjagen, wie er ihr Lager angegriffen hatte – selbst im Schlaf sah er furchterregend aus.

Schwarzgurt mußte keinen lauten Angriff mit seinen Männern führen. Gemeinsam mit Smiggens' und Mkuses Gruppe näherten sie sich so leise wie möglich und schlossen den Ring um den arglosen Schläfer. Mkuse war nur eine Armeslänge von dem Tier entfernt, als es die Augen öffnete und träge blinzelte. Ein unwilliges Schnüffeln erklang.

Das war das Signal. Jemand schrie: »Auf ihn!«, und Netze und Taue fielen herunter. Bedächtige Vorsicht verwandelte sich in wildes Chaos und panische Aktivität. Die Männer rannten hektisch herum, Mkuse brüllte Befehle in einem Kauderwelsch aus Englisch, Holländisch und Zulu, und Flüche in einem weiteren Dutzend Sprachen würzten das allgemeine Durcheinander.

Noch bevor das Tier völlig erwachte, war es von großen Netzen bedeckt. In einer Geschwindigkeit, als wäre der Teufel persönlich hinter ihnen her, fesselten Johanssen und Anbaya die kurzen muskulösen Beine.

Aus tiefem Schlaf gerissen, wurde das Tier jetzt rasch wach und stieß einen unerwartet hohen Schrei aus, der selbst einem Kahlköpfigen die Haare zu Berge hätte stehen lassen. Ein Lasso schlang sich um sein Maul, dann noch eines und noch eines. Jetzt war es nicht mehr in der Lage, nach den Männern zu schnappen oder etwas Lauteres von sich zu geben als ein wütendes Knurren. Weitere Seile wurden um Beine und Hals geschlungen, und selbst die lächerlich kurzen, aber kräftigen Arme wurden nicht vergessen.

Endlich hellwach, war das Wesen völlig hilflos. Dicke Seile hielten es fest, und mehrere Schichten Netze drückten es zu Boden. Die Piraten hatten den Kampf mit einigen wenigen blauen Flecken und Kratzern und dem Verlust eines Taus überstanden, das so sauber durchgebissen worden war, als hätte eine Näherin einen Faden abgemessen. Da seine Beine so gefesselt waren wie die der Struthies, konnte ihr Gefangener schließlich nicht einmal mehr seinen halbbeweglichen Schwanz gebrauchen. Ihm blieb nur, mit finsterer Miene um sich zu starren und drohende Knurrlaute auszustoßen.

Nach einigen halbherzigen Versuchen, nach seinen Peinigern zu treten, erkannte er, daß das keinen Sinn hatte, und beruhigte sich allmählich. Er atmete heftig, seine gelben Augen wanderten von einem Mann zum anderen. Der mörderische, erbarmungslose Blick hätte so manchem die Knie zittern lassen, aber den Piraten war der Tod kein Unbekannter; sie hatten ihm schon viele Male ins Auge gesehen. Für Mkuse war der Dinosaurier (wie der Erste Offizier diese Art genannt hatte) nichts anderes als ein zweibeiniger Löwe.

Begeistert umarmte Schwarzgurt seinen Ersten Offizier. Schweißtropfen standen ihm auf der Stirn. »Na, was halten Sie von unserem jüngsten Erwerb, Mr. Smiggens? Sehen Sie die Zähne? Ich wette, die sind mindestens fünf Zentimeter lang.«

»Ein schönes Tier, welcher Art auch immer es angehört, Käpt'n.« Smiggens atmete schwer, der kurze Kampf hatte ihn in Hochstimmung versetzt. »He, Andreas! Überprüfe die Seile um das Maul!«

»Aye, Mr. Smiggens!« kam die gelassene Antwort. »Wir halten es fest verschnürt, keine Sorge!« Nach überstandener Gefahr und da die Beute nun in sicherem Gewahrsam war, entspannten sich die Männer. Witze flogen hin und her, und sie musterten ihren neuen Gefangenen mit neugierigen Blicken. Wieviel würde er wohl einbringen?

In ihrer Ausgelassenheit bemerkten sie nicht, daß ihre anderen Gefangenen vor Angst und Entsetzen zitterten. Die vier Struthies drängten sich mit aufgerissenen Augen aneinander.

»Wie füttern wir das Vieh, Käpt'n?« wollte jemand wissen.

»Wir zurren seine Fesseln fest«, antwortete Schwarzgurt, ohne zu zögern, »und geben nur seine Schnauze frei. Entweder es frißt, oder es verhungert. Bis jetzt habe ich noch keinen erlebt, sei es Mensch oder Tier, der sich geweigert hätte zu fressen, wenn er hungrig war. Wir haben den Teufel am Schlafittchen gepackt! Ein dreifaches Hoch auf euch, Jungs!«

Wie üblich blieb es dem Ersten Offizier überlassen, der allgemeinen Freude einen Dämpfer zu versetzen. Schwarzgurt musterte ihn finster. »Warum ziehen Sie so ein Gesicht, Mann? Ständig dieses lange Gesicht, egal wie wohl uns das Schicksal gesonnen ist! Müssen Sie immer unter dieser dunklen Wolke leben?«

»Ich bemühe mich, unter ihr hervorzusegeln, Käpt'n, aber ich kann nicht aufhören zu denken.«

»Das ist wirklich eine Plage. Und was ist es diesmal?«

Smiggens betrachtete ihren ruhig gewordenen, gefesselten Neuerwerb. »Ich frage mich, ob dieses Tier ein ausgewachsenes Exemplar ist, und falls nicht, wie groß es noch werden wird.«

»Wie *groß*?« In Schwarzgurts Gesicht stand Verwirrung. »Wie kommen Sie darauf, daß es noch größer wird?«

Der Erste Offizier überlegte. »Erinnern Sie sich an das Tier, das uns im Lager überrascht hat? Nun, dieses hier ist ein Winzling dagegen. Beachten Sie außerdem, wie groß sein Kopf und seine Füße im Vergleich zu seinem Körper sind. Das sieht ganz nach einem Jungtier aus, das noch um einiges wachsen wird.«

»Auf einmal sind Sie ein Experte für diese Dinosaurierviecher, was?« Schwarzgurt ließ sich nicht entmutigen. »Und bestens vertraut mit dem Verhältnis von Füßen und Körpergröße. Soll es ruhig noch etwas wachsen! Bis dahin haben wir ihm einen vernünftigen Käfig gebaut oder es an die richtigen Leute verkauft. Sollen die sich damit herumschlagen. Überlegen Sie lieber, wie Sie das Gold ausgeben wollen, das Sie an ihm verdienen werden. Und wenn Ihnen das auch noch Sorgen macht, dann findet sich bestimmt ein Matrose, der seinen Anteil gegen den eines Offiziers tauscht.«

Smiggens seufzte. »Mir war nur aufgefallen, daß es vielleicht kein ausgewachsenes Exemplar ist.«

»Lassen Sie das dumme Gequatsche. Um den feinen Damen einen gehörigen Schrecken einzujagen, dazu ist es allemal groß genug. Und das genügt uns doch.« Schwarzgurt winkte Mkuse herbei. »Bring unsere Hübsche zu den anderen.«

Der Zulu schickte einige der kräftigsten Männer an die Führungsseile und sah zu, wie sie ihren neuen Gefangenen zu ihrem kleinen Zoo hinüberzerrten und -schoben. Der Dinosaurier sah schnell ein, daß jeder Widerstand vergeblich war, und ließ sich bereitwillig führen.

Doch als sie in die Nähe der Struthies kamen, versuchten diese zu fliehen. Ihre Fußfesseln und die Männer, die sie bewachten, hinderten sie daran, aber sie hielten sich von dem Neuankömmling so fern wie möglich. Auch wenn sie keine Menschen waren, konnte man ihre Körpersprache verstehen.

»Seht sie euch an.« Schwarzgurt amüsierte sich prächtig über die panische Angst seiner Gefangenen. »Ich wette, die haben allen Grund, sich zu fürchten. Wenn wir sie aufeinander losließen, stünden Schnäbel gegen Zähne, und der Ausgang dieses Kampfes wäre leicht vorherzusagen.« Er zeigte auf die verschnürte Schnauze des neuen Gefangenen. »Solches Besteck habe ich nicht mehr gesehen, seit ich das letzte Mal in der Küche eines Herzogs gewesen bin.« Grölend belachte er seinen eigenen Witz.

Helle, tiefgelbe Augen verfolgten jede seiner Bewegungen.

»Wie geht's weiter, Käpt'n?« Johanssen packte eines der Führungsseile.

»Aye, Käpt'n«, meinte Treggang, »reicht das nicht für eine Reise?«

»Das reicht, das reicht.« Hochzufrieden betrachtete Schwarzgurt ihre Beute. »Vielleicht müssen wir unsere Hübschen noch nicht mal bis nach England oder nach Amerika bringen. Vielleicht überschütten uns ein Sultan in Sansibar oder der Herrscher von Lamu mit Perlen als Bezahlung für ein neues Spielzeug. Wir werden sie teuer verkaufen, darauf könnt ihr Gift nehmen.« Er lachte zufrieden. »Den Totenkopf brauchen wir nicht mehr aufzuziehen, Mr. Smiggens! Welche ist die Flagge des Tierhandels?« Selbst der stets mißmutige Erste Offizier mußte lächeln.

Schwarzgurt wartete, bis das Gelächter sich gelegt hatte. »Und wenn wir die hier verkauft und unsere Reichtümer ausgegeben haben, dann kommen wir zurück und holen uns ein paar Neue. Dies Land wird unser ganz privates Jagdrevier, dessen Lage nur wir kennen. Für die Rückkehr besorgen wir uns ein besseres Schiff, mit gemütlichen Kabinen und vernünftigen Käfigen für die Gefangenen.«

»Aber die Strömungen, Käpt'n, und die Winde …« murmelte der alte Ruskin.

Schwarzgurt ließ sich von dem Pessimismus des Steuermanns nicht beeindrucken. »Wir finden eine andere Route, kommen von einer anderen Ecke. Du machst dir zu viele Gedanken, alter Mann. Jedes Glück zu seiner Zeit.«

Nachdem sie ihren anfänglichen Schock über die wahnwitzige Kühnheit der Menschen und ihren Erfolg endlich überwunden hatte, versetzte Shremaza ihrem Partner mit dem langen Hals einen Stupser.

»Rede mit ihm, Vater unserer Kinder. Du mußt mit ihm reden.«

Hisaulk wägte die Möglichkeiten ab. Keine machte ihn besonders glücklich. »Ich kenne seinen Dialekt nicht. Wenn wir je einen Übersetzer gebraucht haben, dann jetzt.« Als er schwieg, ließ der neue Gefangene ein leises Knurren ertönen. Obwohl gefesselt wie sie selbst, war er ihnen für Hisaulks Geschmack noch immer viel zu nahe.

Er versuchte, ihm zu antworten, indem er die barsche Tonlage so gut wie möglich nachahmte. Gleichzeitig trat er mit seinen gefesselten Beinen weit aus, um durch Gesten und Sprache zu vermitteln, daß auch sie Gefangene dieser seltsamen Menschen waren.

»Sieh doch«, versuchte er mit gegen die rauhen, rasselnden Klänge rebellierender Kehle zu erläutern, »unsere Situation ist genauso schrecklich wie deine. Wir sind Leidensgenossen.«

Sein Gegenüber knurrte eine Antwort. Hisaulk konnte sie zwar nicht verstehen, aber wenigstens schaute der junge Raubdinosaurier sie nicht länger an wie eine reizvolle Mahlzeit.

»Was hat er gesagt?« Shremaza drückte sich eng an ihn, Arimat und Tryll hinter sich.

»Ich bin mir nicht sicher.«

Arimat stieß seinen Vater mit dem Kopf in die Flanke. »*Irgendwas* muß er doch gesagt haben.«

Hisaulks Gesichtsmuskeln waren nicht beweglich genug, um die Stirn zu runzeln, aber er vermittelte seinen Ärger über die Stimme. »Ich kann dir die genaue Übersetzung nicht sagen, aber ich weiß, daß wir irgendwie von hier wegkommen müssen. Und zwar so schnell wie möglich.«

»Was ist mit Keelk?« Shremaza zögerte. »Sie erwartet, uns bei ihrer Rückkehr bei den Menschen zu finden.«

»Wenn ich den neuen Gefangenen richtig verstehe, dann sollten wir besser nicht auf sie warten. Wir müssen uns selbst helfen, oder wir befinden uns bald in einer äußerst unangenehmen Lage.« Ängstlich drehte Hisaulk den Kopf in alle Richtungen und musterte den umliegenden Wald mit großen Augen. »Wir müssen schnell von diesen Leuten wegkommen.«

»Aber warum, Vater?« Tryll blickte ihn verständnislos an.

»Das ist doch klar, Tochter. Sie haben dieses Jungtier allein aufgefunden, schlafend und müde nach langen Freßtagen. Normalerweise sind diese Jungen nicht allein.« Über den neuen Gefangenen und die feiernden, zechenden Menschen hinweg musterte er den geheimnisvollen Wald. »Ich schätze, daß er so alt ist wie eure ältere Schwester Keelk. Wir müssen hier weg, bevor die *Eltern* zurückkommen und sehen, was passiert ist. Sie werden toben und handeln, ohne nachzudenken. Und wenn ein ausgewachsenes *Tyrannosaurus*pärchen in dieser Stimmung ist, möchte ich nicht in der Nähe sein.«

»Du hast recht.« Trylls Augen weiteten sich, und auch sie begann ängstlich ins Dickicht zu starren.

»Diese verrückten Menschen haben keine Ahnung,

was sie sich da eingehandelt haben.« Shremaza ließ ihre beiden Kinder dicht an sich heran, auch wenn sie sie nicht in die Arme nehmen konnte. Die *Struthiomimus*weibchen besaßen einen stark ausgeprägten Mutterinstinkt, darum arbeiteten sie auch oft als Kindermädchen für die Kinder der Menschen in Dinotopia.

»Wir brauchen einen *Übersetzer.*« Hisaulk fügte leise etwas hinzu. Kein Schimpfwort – so etwas gab es in der Sprache der Dinosaurier nicht –, aber einen Ausdruck der Dringlichkeit. »Wenn seine Eltern zurückkehren, werden sie ziemlich erregt und vernünftigen Argumenten nicht unbedingt zugänglich sein.«

Als die beiden ausgewachsenen *Tyrannosaurier* schließlich von ihren Streifzügen zum Schlafplatz zurückkehrten, war die Nacht schon weit fortgeschritten. Seit Stunden fiel ein leichter Regen und hüllte Bäume, Pflanzen und den Erdboden in ein glitschiges, feuchtes Tuch aus Dampf. Die Piraten waren mit ihren Gefangenen längst weitergezogen.

Triefauge und Shethorn untersuchten die Lichtung gründlich. Trotz des Regens hing der Geruch ihres Jungen noch überall am Gras und den umstehenden Pflanzen. Triefauge senkte den Kopf, bis seine Nüstern den Boden berührten, und umkreiste die Lichtung schnüffelnd. Auf seinen säulenförmigen Beinen hinterließ er badewannengroße Abdrücke in der feuchten Erde.

Ohne jeden Zweifel war dies der Ort, wo sie ihr Junges zurückgelassen hatten und sich wieder mit ihm treffen wollten. Was war geschehen? Für einen jungen *Tyrannosaurus* war es undenkbar, nicht auf seine Eltern zu hören. Außerdem hatte er keinen Grund, die Lichtung zu verlassen. In unmittelbarer Nähe war Futter in Hülle und Fülle, und Wasser gab es in einem nahen Fluß. Kein Raubdinosaurier des Regentales würde sich an einem jungen *Tyrannosaurus* vergreifen, aus Angst, den Zorn der Eltern zu erregen.

Sie waren ratlos und verärgert. Was sie noch mehr verwirrte, waren die vielen menschlichen Spuren in der Nähe der Lichtung. Was hatten Menschen in diesem Teil des Regentales zu suchen? Er lag weitab von ihren üblichen Routen. Und warum vermischte sich ihr Geruch mit dem von Struthies?

Der vertraute Geruch gepanzerter *Sauropoden-* und *Ceratopier*begleiter fehlte. Waren diese Menschen so dumm zu glauben, sie könnten ohne den Schutz anderer Dinosaurier im Regental herumlaufen? So unglaublich dieser Gedanke auch war, schien er doch zuzutreffen.

Als seine Partnerin knurrte, trampelte Triefauge zu ihr. Das strenge Geruchsgemisch, das sie entdeckt hatte, war unverkennbar: Menschen und ein junger *Tyrannosaurus*, die in engem Kontakt miteinander von der Lichtung in den Wald hineinmarschierten. Sie wußten beide, daß ihr Junges die menschliche Gesellschaft niemals freiwillig dulden würde. Und obwohl beide keine Philosophen oder Experten für das Verhalten zivilisierter Dinosaurier waren, so waren sie doch auch nicht dumm. Diese eigenartige Geruchsmischung ließ nur einen Schluß zu, und der war so ungeheuerlich, daß er völlig unmöglich erschien.

Der Geruch der *Struthiomimus* verstärkte ihre Verwirrung noch.

Die zahlreichen Gerüche verlagerten sich in Richtung Osten. Auch das ergab keinen Sinn. Dort war nichts: keine menschlichen Handelsstraßen, keine Sterbeplätze, nichts als öder Wald. Und doch hatte die ungewöhnliche Reisegruppe zweifellos diese Richtung eingeschlagen.

Schnauze an Schnauze berieten sich die Eltern mit leisem Grunzen und Knurren. Ihr Nachwuchs hätte die Lichtung niemals freiwillig verlassen. War das Undenkbare geschehen? Hatten die unbekannten Menschen ihn *gezwungen*? Hatten sie das gewagt? Oder war etwas anderes geschehen, etwas, das die Eltern nicht verstanden?

Die Menschen rochen stark nach Meer. Menschen, die durch das Regental zogen, trugen immer Fisch bei sich, um die Raubdinosaurier, denen sie begegneten, zu besänftigen. Hatten diese Reisenden ihren Tribut selbst verzehrt? Zu viele Fragen. Grimmig machten sich die beiden Dinosaurier auf die Suche nach den Antworten.

Schnell hatten sie das erste Lager der Menschen gefunden und bald darauf auch die Knochenpalisade. Diese merkwürdige, nie gesehene Konstruktion irritierte sie vollkommen und entfachte ihre Wut. Bauten der Zivilisation hatten im Regental nichts zu suchen.

Mit Hilfe ihrer Köpfe und Füße brauchten die wütenden *Tyrannosaurier* nur wenige Minuten, um die ganze Anlage zu zerstören.

Nach vollbrachter Tat nahmen sie die Verfolgung der Unbekannten wieder auf, die diese Konstruktion wider alle getroffenen Vereinbarungen und den gesunden Menschenverstand errichtet hatten. Mit weiten, ruhigen Schritten folgten sie den Verschwundenen. Immer wieder senkten sie ihre Schnauzen, um die Spur nicht zu verlieren. Egal wie schnell die Menschen vorwärts kamen, vor ausgewachsenen *Tyrannosauriern* gab es kein Entkommen.

Aber der Regen ließ nicht nach, und so wurde die Witterung immer schwächer. Ihre Wut stieg. Statt einen im Weg liegenden Baumstamm zu übersteigen, packte Shethorn ihn mit ihrer Schnauze, zerbiß ihn in zwei Teile und schleuderte einen davon wie ein Hund einen Hühnerknochen zehn Meter weit in den Wald hinein. Ihre schlechte Stimmung war offensichtlich, und die Tiere, die zufällig in ihre Nähe kamen, machten einen noch größeren Bogen um die tobenden Riesen als gewöhnlich.

Die *Tyrannosaurier* waren entschlossen, die Menschen zu finden, die es gewagt hatten, ihr Gebiet unangekündigt und ohne angemessenen Tribut zu betreten, und ihr Junges irgendwie dazu gebracht hatten, mit ihnen zu gehen. Bei dieser Begegnung würde es kein höfliches Übersetzergeschwätz über Verträge und Vereinbarungen geben. Worte wären dann zweitrangig. Sie würden der Tradition der *Tyrannosaurier* folgen.

In Dinotopia hatten sich viele Anhänger des Konfuzianismus niedergelassen. Von einem davon stammte die folgende Maxime: »Begegnet ein weiser Mann einem schlechtgelaunten *Tyrannosaurus*, so verläßt er sich lieber auf seine flinken Beine als auf seine flinke Zunge.«

11

Keelk wußte nicht, wie viele Tage sie schon unterwegs war, immer auf der Flucht vor den Lauten und dem Geruch größerer Wesen, als sie den Aufstieg endlich fand.

Es war ein alter, von Unkraut, Buschwerk und Blumen überwucherter Trampelpfad. In engen, von unten kaum erkennbaren Serpentinen wand er sich einen ansonsten glatten Felsen hinauf. Von wem, wann und aus welchem Anlaß er in den harten Stein geschlagen worden war, wußte sie nicht. Sie wußte nur, daß er ihre Rettung war – ein Weg aus dem schrecklichen Regental hinaus.

Immer wieder glaubte sie, Anzeichen auf menschliche Tätigkeiten zu erkennen. Wie praktisch mußte es sein, einen abgesetzten Daumen zu haben, dachte sie. Der bröckelnde Pfad war so tückisch und eng, daß auch ein kleiner Raubdinosaurier ihn nicht benutzen konnte. Aber ein *Struthiomimus*, vor allem ein so junger, beweglicher und entschlossener wie Keelk, hatte keine Probleme damit.

Sie löschte ihren Durst in einer Regenwasserpfütze, die sich am Fuße des Felsens gesammelt hatte, holte tief Luft und begann mit dem Aufstieg. Unterwegs sah sie sich sehnsüchtig nach den vielen Obstbäumen hinter sich um. Im Regental gab es Nahrung im Überfluß, aber sie zu sammeln kostete Zeit und Energie. Die Unsicherheit über die gegenwärtige Situation ihrer Eltern und Geschwister trieb sie zur Eile. Die Verzweiflung würde sie nähren müssen.

Auf dem primitiven, schlecht erhaltenen Pfad war jeder unvorsichtige Schritt tödlich. Vorsichtig prüfte Keelk immer wieder die Beschaffenheit des Untergrundes, bevor sie ihn belastete. So kam sie nur langsam voran, aber ein Absturz würde sie noch weit mehr aufhalten. Vorsichtig stieg sie immer höher, bis sie sich umdrehen und das Regental überblicken konnte, ein weites Meer grüner Wellen, die an diesem Morgen von einem dicken Tuch niedrig hängender Wolken und Nebel bedeckt waren. Bedrückt wandte sie sich wieder dem Pfad zu.

Einmal kam sie zu einer Stelle, wo der Pfad völlig ausgewaschen war. Vor ihr klaffte eine mehrere Schritte große Lücke. Ein Fehltritt, und sie würde mehr als einhundert Meter in die Tiefe stürzen ... So sehr sie auch suchte, sie fand keinen Weg um das Loch herum.

Den ganzen Weg ins Regental zurückzulaufen und einen anderen Weg zu suchen, kam nicht in Frage. Keelk war zu müde, denn der Aufstieg hatte sie viel Kraft gekostet. Vorsichtig trat sie zurück, setzte sich auf ihr Hinterteil und schätzte die Entfernung ab. In den Qualifikationskämpfen war sie eine gute Springerin gewesen, aber dies war nicht der Weitsprung der Dinosaurier-Jugendolympiade. Wenn sie hier scheiterte ...

Sie dachte an Hisaulk und Shremaza, die immer da waren, wenn sie sie brauchte, an die ewig nörgelnde Tryll und den nervtötenden, aber treuen Arimat. Welche schwierigen Situationen mußten sie überstehen? Welche Gefahren – außer den verrückten Menschen – drohten ihnen?

Sie schoß aus ihrer Startposition und bemühte sich, auf der lächerlich engen Anlaufstrecke des Pfades mit gesenktem Kopf zu beschleunigen. Mit dem rechten Fuß stieß sie sich von dem letzten festen Stein ab und sprang. Sie wagte nicht, nach unten zu blicken, bis sie plötzlich wieder Boden unter den Füßen hatte.

Die Landung war nicht sehr sanft, aber sie blieb unverletzt, als sie weit hinter der Lücke hart auf der steinigen Oberfläche aufkam. Sie hatte das fehlende Wegstück sogar um mehrere Meter übersprungen. Steinchen spritzten zur Seite, sie stolperte, fing sich aber. Ihr Herz raste wie das eines aufgeregten *Pteranodons*, und ihre Arme zitterten von der Wucht der Landung – aber sie hatte es geschafft!

Ohne sich umzudrehen, kletterte sie weiter.

Das Schlimmste hatte Keelk nun hinter sich. Es gab keine weiteren Lücken mehr, und als die glatte Felswand allmählich in eine sanftere Schräge überging, wurden die Serpentinen breiter. Immer noch ging es steil bergauf, aber der Abgrund fiel nicht mehr direkt neben ihr ab. Sie schätzte, daß sie sich ungefähr dreihundert Meter über dem Regental befand.

Doch dann tat sich ein neues Problem auf. Nachdem der alte Pfad sie sicher aus dem Tal geführt hatte, verlor er sich nun zwischen Gebüsch und Gras in einem ausgetrockneten Bachbett. Weiter oben erkannte sie Laubbäume, hauptsächlich Eichen und einige Bergahorne. Dahinter würde sie, wie sie vermutete, auf Kiefern, Tannen, Redwoodbäume und Ginkgos stoßen.

Der trockene Nebenfluß führte sie zu einem brausenden Bergbach, an dem sie dankbar ihren Durst löschte. Von jetzt an würde es ihr an Wasser nicht mangeln. Mit dem Essen war es etwas anderes. Ihr leerer Magen machte sich schmerzhaft bemerkbar. Aber das kühlere Klima hier oben half ihr.

Obwohl sie von stellarer Navigation nur wenig Ahnung hatte, versuchte sie, sich so gut wie möglich nach den Sternen zu richten. Immer weiter lief sie in jene Richtung, in der, wie sie hoffte, Heidesaum lag. Sie hielt nur an, um sich zu stärken, indem sie alles aß, was eßbar aussah. Zum Glück behielt sie alles bei sich, auch wenn das meiste, was sie fand, trocken und geschmacklos war.

Das Rückengebirge war kein einfaches Wandergebiet. Immer wieder zwangen Felsen, Schluchten und tiefe Seen Keelk weiter nach Westen, als ihr lieb war. Aber ihr blieb keine andere Wahl, nur die Hoffnung, irgendwann einen Weg in die andere Richtung zu finden. Falls sie Heidesaum verpaßte, würde sie wahrscheinlich bis zur völligen Erschöpfung in den Bergen herumirren.

In Erinnerung an die üppigen Früchte unten im Regental knurrte ihr Magen ohne Unterlaß. Die magere Diät aus Knollen, Wurzeln, Insekten und Samenkörnern konnte ihren Hunger nicht befriedigen. Oberhalb von eintausend Metern gab es noch weniger Eßbares, und sie mußte sich beinahe ausschließlich von Insekten ernähren, was ihr gar nicht behagte. Sie zu fangen kostete Zeit und Energie, und von beiden hatte sie zuwenig.

Doch irgendwie hielt Keelk durch. Die Vorstellung, was die schrecklichen Menschen ihrer Familie antun könnten, trieb sie voran. Sie *würde* den Weg nach Heidesaum finden! Sie mußte!

Sie wußte nicht, wie hoch sie schon geklettert war, aber es interessierte sie auch nicht. Allmählich ließen ihre Kräfte nach. Selbst Insekten gab es nun kaum noch, und die wenigen Nüsse, die sie fand, waren schwerer verdaulich und hingen höher als die Früchte, die sie gewöhnlich bei Familien- oder Gruppenausflügen sammelte. Sie war ohnehin nicht besonders geschickt bei der Futtersuche.

Seit ihrer Flucht aus der Gefangenschaft hatte sie Marsch und Futtersuche in einem vernünftigen Gleichgewicht gehalten. Als sie plötzlich zu taumeln begann, begriff sie, daß dieses Gleichgewicht gefährlich gestört war. Sie lief nicht mehr wie in den vergangenen Stunden und Tagen: Ihre langen, gleichmäßigen Schritte wurden kurz und zittrig. Der Kopf, den sie nicht länger aufrecht halten konnte, pendelte hin und her. Mit ihren Kräften verlor sie auch die Grazie ihrer Bewegungen. Keelk war sich dessen nicht bewußt, doch sie befand sich im letzten Stadium körperlicher Schwäche.

Als sie einen Paß zwischen zwei Gipfeln erreichte, beschloß sie, dem Bach, der auf der anderen Seite hinunterfloß, zu folgen.

Da sah sie den Rauch.

Zunächst dachte sie an einen Waldbrand, vielleicht durch einen Blitz verursacht, was hier oben im Rückengebirge oft vorkam. Blinzelnd erkannte sie mehrere verschiedene Rauchwolken, alle regelmäßig geformt und von ähnlicher Dichte und Farbe. Kein Waldbrand also, sondern die Kochstellen einer Siedlung. Heidesaum!

Ohne Rücksicht auf ihre Verfassung schoß sie bergab und flog beinahe durch die riesigen Bäume der nördlichen Abhänge. Die hochgewachsenen Tannen und Mammutbäume verschwammen zu ihren Seiten, während sie kopflos voranstürmte.

In dem Bach, an dem sie entlanglief, gab es sicher Flußkrebse, Muscheln oder köstliche Schnecken. Keelk wußte natürlich, daß sie eigentlich anhalten und fressen sollte, aber da sie die Hilfe nun so nah vor Augen hatte, lief sie weiter. Sie spürte, daß die Futtersuche sie inzwischen genausoviel Kraft kosten würde wie das Laufen, doch da sie keine Reserven mehr hatte, entschied sie sich für das Laufen.

Das Bachbett wurde ebener und weitete sich schließlich zu einem kleinen Bergsee. In einem silbernen Strahl stürzte das Wasser einen Felsen herunter. Keelk verlangsamte ihre Schritte und erblickte zu ihrem Erstaunen unter sich eine große Stadt. Das war nicht Heidesaum ... Sie kannte diese Stadt, wenn auch nicht aus eigener Erfahrung, sondern aus Erzählungen und Reiseberichten. Diese einzigartigen Baumhäuser, die speziell für *Sauropoden* entworfenen Ställe, die Laufstege in luftiger Höhe – sie *kannte* diesen Ort.

Jeder hatte schon von der Baumstadt gehört.

Wie Bienen in einem Stock liefen Menschen in den Baumwipfeln auf und ab. Andere suchten sich am Boden ihren Weg zwischen den zahlreichen Dinosauriern, mit denen sie arbeiteten, Dinosaurier jeglicher Art und Rasse, von freundlichen Schnabeltieren bis hin zu watschelnden *Ankylosauriern* ... Kleine *Coelurosaurier* schossen pfeilschnell durch die Menge, oft, um Zeit zu sparen, unter den Bäuchen ihrer größeren Verwandten hindurch.

Der Anblick war so erfüllt von pulsierendem Leben, Kraft und Aktivität, daß Keelk beinahe von der Erleichterung überwältigt wurde. Sie öffnete den Schnabel, bemerkte dann aber, daß sie nicht mehr genug Kraft besaß, um zu rufen – sie war zu erschöpft. Doch aus dieser Entfernung hätte man sie ohnehin nicht gehört.

Sie war *weit* nach Westen abgekommen.

Als sie den steilen, aber leicht begehbaren Abhang hinunterstieg, erkannte sie auf der Hauptstraße zahllose schwerbeladene Dinosaurier und Wagen. Haushaltsgegenstände schwankten auf *Ankylosaurierrücken.* An den Flanken von *Ceratopiern* mit hohen Krausen schlugen große Lehmtöpfe mit gemahlenem Reis gegen Weinamphoren.

Die Evakuierung der Nördlichen Tiefebene, dachte Keelk, während sie den Abhang hinunterstolperte. Sie mußte in vollem Gange sein. Von dieser Evakuierung hatte ihr Vater gesprochen. Sie hatte die Struthfamilie dazu bewogen, die Ausläufer der Nördlichen Tiefebene schnell zu verlassen.

In Gedanken versunken, achtete Keelk nicht auf den Weg und übersah einen Stein, der unter ihrem linken Fuß wegsprang. Zu erschöpft, um das Gleichgewicht zu halten, ließ sie sich fallen.

Vielleicht, dachte sie, als sie aufprallte, vielleicht hätte ich doch anhalten und nach Flußkrebsen suchen sollen.

Doch das war ein dummer Gedanke. Sie hatte es fast geschafft, war beinahe in der Baumstadt, mußte nur noch hinunterlaufen und ihre Geschichte dem ersten Wesen, dem sie begegnete, Mensch oder Dinosaurier, erzählen. Man würde sie zu den zuständigen Behörden bringen und eine Rettungsmannschaft zur Befreiung ihrer Familie aussenden. Sie mußte nur noch die Aufmerksamkeit von jemandem – *irgend* jemandem – erregen, dann könnte sie sich ausruhen. Und die Straße lag direkt vor ihr.

Mühsam erhob sie sich noch einmal, doch dann brach sie zusammen, zu erschöpft, um zu atmen. Noch nie hatten ihre Beine sie im Stich gelassen! Sie redete auf sie ein, aber sie weigerten sich zuzuhören. War es das, was ihre Lehrer ›Ironie‹ nannten? Da lag sie, unfähig, sich zu bewegen, und hörte in der Ferne die Rufe und das Knurren anderer Dinosaurier und plaudernde Menschenstimmen. Sie machten sie schläfrig, so schläfrig …

Alles machte sie schläfrig.

Ein eigenartiger Vogel ließ sich neben der bewegungslos liegenden Keelk nieder. Neugierig neigte er den Kopf und musterte ihr Gesicht. Mit seinen hellroten Flügeln schlagend, sprang er auf ihren Rücken und begann, dort auf und ab zu laufen. Mit seinen Krallen hielt er sich im Gleichgewicht. Ab und zu öffnete und schloß er den Schnabel, wobei die winzigen Zähne klackend aufeinanderschlugen.

Dann hüpfte er wieder hinunter und zupfte mit seinen Zähnen und den Krallen an seinen Flügeln leicht, aber beharrlich an Keelks Vorderfuß. Als sie immer noch nicht reagierte, breitete der *Archaeopteryx* seine glänzenden Flügel aus. Streifen schillernden Goldes durchzogen den Purpur. Mit einem klagenden Schrei, der nach einer Mischung aus Eulen- und Taubenruf klang, schwang er sich in die Lüfte. Eine Weile strich er am Boden entlang, bis sich unter seinen auffälligen – wenn auch primitiven – Flügeln genügend Luft angesammelt hatte, daß er flattern konnte. Unter weiteren Schreien stieg er zu den Bäumen auf, ließ den bewußtlosen Struthie zurück.

»Doch!« rief einer der Jungen.

»Nein!« beharrte das Mädchen neben ihm. Wie ihre drei Freunde war sie gerade siebzehn geworden. Sie hatten die Baumstadt in südlicher Richtung verlassen, um dem Lärm und dem Dreck, den die vielen evakuierten Neuankömmlinge verursachten, und der damit verbundenen Arbeit zu entfliehen, mit der sie ihrer Meinung nach nichts zu tun hatten.

Im Moment stritten sie darüber, ob ein gemeinsamer Freund zu sehr unter der Fuchtel seiner Eltern stand oder einfach nur das Richtige tat. Die junge Frau, die gerade so heftig widersprochen hatte, behauptete, daß dieser abwesende Freund von seinen Eltern beeinflußt worden sei, denn sonst müßte sie sich eingestehen, daß ihre Flucht vor der Arbeit falsch war.

»Die brauchen uns da unten nicht«, behauptete auch

ihr Freund. »Seht doch.« Er wies in Richtung Stadt. »Wir wären nur im Weg. Wir haben doch keinerlei Erfahrung mit diesen Dingen.«

»Aber nur so bekommt man Erfahrung«, meinte der andere Junge. »Durch Handeln. Meinst du nicht auch, Mei-tin?«

Das Mädchen, das neben ihm ging, strich sich das dunkle Haar aus den Augen. »Ich weiß nicht, Ahmed. Ich glaube, in dem ganzen Durcheinander würden wir nur zertrampelt werden. Andererseits denke ich, daß wir vielleicht doch mithelfen sollten.«

»Hör auf!« Das andere Mädchen zog eine Grimasse. »Habt ihr jemals davon gehört, daß ein Dinosaurier jemanden zertrampelt hätte?«

»Man hört Geschichten ...«

Das Mädchen unterbrach sie. »Geschichten gibt es immer. Du brauchst Fakten, keine Geschichten. Hast du mit deiner Verantwortung auch deine Ausbildung vergessen?«

Das kleinere Mädchen, Mei-tin, blieb stehen und drohte der Freundin mit dem Finger. »Halt mir keine Vorlesungen, Tina! Vergiß nicht, du bist auch hier.«

»Stimmt«, meinte ihr Freund. »Vergiß das nicht – he, da kommt Rotfeder! Wo der sich wohl wieder herumgetrieben hat.«

Er streckte seinen rechten Arm aus, und der *Archaeopteryx* segelte auf den Lederflicken auf der Schulter des Jungen. Doch statt wie gewöhnlich ruhig sitzenzubleiben, schlug er mit den Flügeln und kreischte aufgeregt. Noch ehe sein Besitzer nach ihm greifen konnte, um ihn zu beruhigen, stieg er wieder auf und flog nach Süden. Er ließ sich auf einem Ast nieder und schrie und flatterte weiter.

»Was soll das denn?« Im Gesicht des Jungen spiegelte sich Verwirrung über das ungewöhnliche Benehmen des Vogels wider.

»Balzverhalten?« witzelte der andere Junge.

Der Besitzer des Vogels zog die Nase kraus. »Sehr komisch. Schau doch, wie er auf und ab hüpft. Was ist mit ihm los?«

»Siehst du das denn nicht?« Mei-tin war schon losgelaufen. »Er will, daß wir ihm folgen. Genau wie in den Geschichten.«

»Noch mehr Geschichten.« Der Vogelbesitzer schüttelte den Kopf. »Du liest zuviel, Mei. In Dinotopia passiert nie etwas, und schon gar nicht hier in der Baumstadt. Das ist ein ödes, kleines Kaff. Nicht wie Sauropolis.« Seine Augen glänzten. »*Das* ist eine Stadt!«

Wieder erhob sich der *Archaeopteryx*, flog einige Meter nach Süden und ließ sich dann auf einem anderen Ast nieder, wo er seine lautstarke Vorführung wiederholte.

»Hast du was Besseres vor?« fragte der andere Junge.

Josiah überlegte. »Nein. Außerdem will ich sehen, was Rotfeder im Schilde führt. Zumindest so lange, wie er uns von der Baumstadt *weg*bringt.« Er lief hinter Mei-tin her.

Die sah sich um. »Kommst du nicht mit, Tina?«

Ihre Freundin blickte zur Stadt hinüber. »Ich glaube, wir sollten den Flüchtlingen wirklich beim Auspacken helfen. Von der Nördlichen Tiefebene bis zur Baumstadt ist es eine lange, anstrengende Reise, und sie können jede helfende Hand brauchen.« Sie zögerte. »Aber wenn ihr alle geht ...« Schon beeilte sie sich, ihre Freunde einzuholen.

»Das bringt doch nichts.« Ahmed schob einen Ast beiseite. »Tina hat recht. Wir sollten umkehren und helfen. Ich habe schon jetzt ein schlechtes Gewissen.«

»Mach dir doch keine Gedanken.« Der Besitzer von Rotfeder duckte sich unter demselben Ast hinweg. »Natürlich ist es unsinnig, aber eine Arbeit zu machen, die man dir nicht extra zugewiesen hat, ist noch unsinniger. Ich glaube nicht ...«

»Seht mal dort«, rief Mei-tin laut. »Liegt da nicht ein Dino?«

»Ein Struthieweibchen.« Tina beugte sich über Keelk. »Sie bewegt sich nicht.«

»Das sehe ich«, meinte ihr Freund ungeduldig. In freundlicherem Ton fügte er hinzu: »Sie sieht nicht gut aus.«

Die vier Jugendlichen drängten sich um die am Boden liegende Gestalt.

»Meint ihr, sie ist tot?« murmelte Ahmed. Alles Draufgängertum war verschwunden, geblieben war nur echte Besorgnis.

Ohne seinen kreischenden und hüpfenden Vogel zu beachten, beugte sich dessen Besitzer herab und legte ein Ohr an die Brust des Struthies. Seine Freunde schwiegen. Nach einer Weile setzte er sich auf und lächelte ihnen erleichtert zu. »Nein, sie lebt noch. Aber ihr Atem ist sehr schwach. Sie braucht ärztliche Hilfe.«

»Ich hole einen Arzt.« Niemand versuchte, Mei-tin zurückzuhalten, denn alle wußten, daß sie bei weitem die schnellste Bergläuferin von ihnen war.

»Wir gehen alle.« Ahmed drehte sich um, aber Tina hielt ihn zurück.

»Nein, einer reicht. Laß Mei-tin gehen. Wir sollten hierbleiben und sehen, was wir tun können.« Sie wies auf die erschöpfte Gestalt. »Was, wenn sie aufwacht und einen Felsen hinunterstürzt oder in den See läuft oder einfach nur etwas trinken will?«

Ahmed nickte zögernd. »Du hast recht.«

»Ich habe eine Idee.« Rotfeders Besitzer musterte einen nahen Hain mit jungen Birken. »Erinnert ihr euch an das Überlebenstraining im Wald?«

Mei-tin starrte ihn an. »Überlebenstraining im Wald? Ich hätte nicht gedacht, daß du noch irgend etwas davon weißt, Josiah. Das sind doch alles langweilige Übungen für Leute in öden, kleinen Käffern.«

»Tut mir leid«, entschuldigte sich Josiah. »Gerade wenn du meinst, dein Leben sei unglaublich langweilig, dann passiert so was.« Er wies auf Keelk, die sich seit ihrer Ankunft nicht bewegt hatte und sich nicht anmerken ließ, ob sie die Anwesenheit der Jungen bemerkt hatte. »Dieses Weibchen braucht Hilfe, und zwar sofort. Ahmed, hast du dein Messer dabei?«

Der Junge klopfte auf die große Klinge in der Scheide an seiner Hüfte. »Ich weiß nicht, was du vorhast, Josiah, aber ich sage dir, von Freiluftchirurgie habe ich keine Ahnung.«

»Nein, aber ich wette, du kannst ein paar von diesen Schößlingen da abschneiden. Wir bauen ein Travois.«

»Ein *was*?« fragte Mei-tin.

»Du wirst schon sehen. Los, helfen wir Ahmed. Wir brauchen einige Ranken oder Rindenstreifen, um die Stämme zusammenzubinden.«

Da alle vier mithalfen, kamen sie schneller voran, als sie zu hoffen gewagt hatten, und waren fertig, noch bevor Mei-tin mit Hilfe zurückgekehrt war.

»Meinst du, das hält?« Unsicher betrachtete Tina die dreieckige Konstruktion, die vor ihnen auf dem Boden lag.

»Sonst hätte ich nicht soviel Zeit darauf verwendet.« Josiah hatte sein Messer herausgezogen und überprüfte mit Mei-tin die letzten Knoten. »Ich frage mich allerdings, ob wir sie den ganzen Weg zurückschleppen können.«

»Das schaffen wir schon.« Ahmed erhob sich, trat zurück und wischte sich den Schweiß aus dem Gesicht. »Solange sie nicht aufwacht, in Panik gerät und sich verletzt, wird es gehen.«

Die primitive Trage wirkte zwar stabil, aber ob sie halten würde, wußten die Jugendlichen natürlich erst, wenn sie sie ausprobierten. Vorsichtig zogen sie den Körper des Struthles neben das bahrenartige Gerät.

»Los, alle zusammen«, drängte Josiah seine Freunde. »Bei drei. Eins, zwei, drei – hoch!«

Halb hoben, halb rollten sie Keelks Körper auf die Trage. Das Geflecht von Baumstämmen, Rinden und Ranken senkte sich in der Mitte gefährlich, aber es hielt. Mit je einem Mädchen und einem Jungen an einer der zwei Zugstangen, hoben sie den vorderen Teil der Konstruktion hoch.

»Alles klar, Leute. Los geht's!«

Die vier Jugendlichen schleppten den geschwächten *Struthiomimus* in Richtung Baumstadt. Die Tatsache, daß es meist bergab ging, erleichterte ihnen die Arbeit, aber ein kleiner Anstieg hätte sie beinahe zur Aufgabe gezwungen.

»Wenn wir diesen Hügel hinter uns haben, haben wir es geschafft.« Ahmed war schweißgebadet. »Dann geht es nur noch bergab.«

In diesem Moment erschien auf einem Seitenweg ein zweirädriger Karren. Jedes der Räder war doppelt so groß wie ein kräftiger Mann. Der *Triceratops,* der ihn zog, blieb ohne Kommando stehen und brummte zu den vier Jugendlichen herüber. Auch der junge Farmer hoch oben auf dem Fahrersitz wandte sich ihnen zu. Hinter ihm lugten neugierig zwei kleine Kinder hervor.

»He, was haben wir denn hier?« Der Farmer schob seinen Hut zurück.

Dankbar für die kurze Pause, blieben die Jugendlichen stehen.

»Sie ist krank oder verletzt.« Mei-tin zeigte auf ihre bewegungslose Fracht. »Sie braucht sofort Hilfe, und deshalb versuchen wir, sie in die Stadt zu schleppen.«

»Hab' schon verstanden. Los, Friere.«

Hinter dem Farmer erschien dessen Frau. Beide stiegen von ihrem Sitz vorne auf dem Karren herab und lösten rasch das Geschirr. Der *Triceratops* trat vorsichtig heraus, und die von den Jugendlichen hastig gebaute Trage wurde statt des Karrens an ihn gebunden.

Die junge Frau ließ ihren Mann bei den Kindern und ihren Habseligkeiten zurück und stieg in den Sattel, der hinter der Krause des *Triceratops* befestigt war. Josiah und seine Freunde kletterten hinter sie und hielten sich fest, so gut sie konnten. Mit einem Brummen warnte der *Triceratops* seine Passagiere, dann fiel er in einen schnellen Trab. Innerhalb weniger Sekunden überwand er den Hügel, an dem die vier jungen Leute fast gescheitert wären, die sich nun aneinander festklammerten. Wie jeder *Ceratopier* kann auch ein *Triceratops* auf kurzen Strecken eine ziemlich hohe Geschwindigkeit erreichen.

Menschen und Dinosaurier wandten sich um, als die ungewöhnlichen Ankömmlinge, in eine Staubwolke gehüllt, in die Stadt einzogen. Man wies ihnen den Weg zu dem Mammutbaum, auf dem der gelehrte und geschätzte Dr. Kano Toranaga wohnte.

Im Nebenbaum diskutierte in diesen Minuten Will Denison mit zwei Freunden über Windgeschwindigkeit und Luftbewegungen und wie man unter diesen schwierigen Bedingungen mit einem *Quetzalcoatlus* umzugehen habe. Solle man versuchen, ihm Anweisungen zu geben, oder dem *Quetzalcoatlus* seinen Willen lassen und ihn nur ab und zu ermutigen?

»Was ist denn da unten los?« Der junge Mann am Geländer hatte die Ankunft des *Triceratops* und seiner ungewöhnlichen Fracht bemerkt.

Will sah hinunter. »Keine Ahnung. Sieht so aus, als brächten sie einen verletzten Struthie.« Menschen und Dinosaurier drängten sich um die primitive Konstruktion hinter dem *Triceratops.*

Alle sahen zu, wie der Struthie vorsichtig in einen Hängekorb gelegt wurde. Ein noch in der Ausbildung befindlicher junger *Apatosaurus* erhielt von seinem menschlichen Kollegen (ebenfalls noch ein Schüler) eine Anweisung. Der junge *Sauropode* setzte sich in Bewegung und zog den Korb mit Hilfe von Seilen über eine Winde zu den Ästen hinauf. Auf seiner Fahrt nach oben drehte sich der Korb langsam. Neugierig folgte Will ihm mit den Augen. Der Passagier darin bewegte sich nicht.

Als die vorgesehene Höhe erreicht war, ertönten Rufe, und der Korb blieb stehen. Wartende Hände zogen ihn zur Seite, und der Struthie wurde herausgehoben.

»Sieht verdammt abgemagert aus«, meinte Moon, der dritte Luftbote.

»Hier gibt's genug Futter«, hielt seine Kameradin dagegen. »Tot ist sie nicht, sonst würden sie sie nicht zum Arzt bringen.«

Will sah zu ihr hinüber. »Zum Arzt?«

»In diesem Baum ist die Praxis von Kano Toranaga. Er soll der bekannteste Arzt diesseits von Sauropolis sein. Er ist Veterinär, und das bedeutet, er kann sowohl Menschen als auch Dinosaurier behandeln.«

»Wahrscheinlich ist es nichts Schlimmes.« Moon wandte den Blick ab. »Ich schätze, der Struthie ist gestürzt und hat sich den Kopf gestoßen oder so.«

»Ich weiß nicht.« Will versuchte zu erkennen, was dort draußen vor sich ging. »Für eine Beule am Kopf sind sie alle zu aufgeregt.« Er faßte einen plötzlichen Entschluß. »Ich gehe mal rüber und sehe nach.«

»Du siehst nach?« Ethera blinzelte. »Aber warum? Du kannst doch nichts tun.«

»Stimmt nicht.« Will stand schon am Ausgang. »Ich kann was lernen.«

»Du sollst hier was über die Windströmungen über dem Rückengebirge lernen«, schmollte Ethera. Will wußte, daß sie ihn sehr gern hatte. Sie war zwar sehr hübsch, aber sein Herz gehörte einer anderen.

»Ich weiß. Keine Sorge, ich bin bald zurück.« Er verließ den Schlafsaal, lief nach links einen Astweg hinunter, stieg über eine Leiter zu einem höhergelegenen Ast und betrat eine Hängebrücke. Dreißig Meter über dem Boden überquerte er sie, ohne einen Blick in die Tiefe zu werfen – für einen berittenen Luftboten, der an Loopings in sechshundert Metern Höhe gewöhnt war, kein Problem.

Im Baum hinter ihm nahmen seine Kameraden ihre Unterhaltung wieder auf. Das sehe einem Delphinrücken ähnlich, meinte Moon, hinter den alltäglichsten Dingen ein Geheimnis zu wittern. Obwohl die Denisons jetzt schon seit sechs Jahren in Dinotopia lebten, sei der junge Will noch immer vom Alltagsleben hier fasziniert. Und wo sie schon mal dabei seien – warum interessiere sich Ethera für ihn, Moon, eigentlich weniger als für Will?

Über einen Umweg durch die Äste kam Will schließlich zu Dr. Toranagas Baum. Nachdem er sich vorgestellt hatte, wurde er mit der Ermahnung, sich ruhig zu verhalten, zur Krankenstation durchgelassen. Dr. Toranaga hatte nichts dagegen, wenn interessierte junge Menschen ihm bei der Arbeit zusahen. Er freute sich über ihr Interesse, solange sie ihr oft überaktives Mundwerk im Zaum hielten.

Zur Zeit erholten sich drei Patienten auf der Station, alles Menschen. Kranke Dinosaurier wurden wegen ihrer Größe der Einfachheit halber in der Regel am Boden versorgt. Die Ärzte konnten schneller zu einem kranken *Diplodocus* gelangen als umgekehrt. Ein siebzig Tonnen schwerer *Sauropode* überstieg die Möglichkeiten der Krankenstation bei weitem. Kleinere Dinosaurier dagegen konnte man durchaus zusammen mit kranken Menschen behandeln. Aus diesem Grund war der bewußtlose *Struthiomimus* auf Anweisung von Dr. Toranaga in die Höhe gehievt worden.

Eine aufmerksame Krankenschwester mit wehendem weißem Sari trat Will in den Weg. Auf ihrer Stirn blitzte ein geschliffener Rubin, und goldene Ohrringe baumelten frei in der Luft.

»Kann ich Ihnen helfen?«

Will versuchte, an ihr vorbeizusehen. »Ich bin ein Luftbotenflugschüler aus der Wasserfallstadt. Man hat mir gesagt, ich dürfte zuschauen.«

Die Krankenschwester warf einen Blick über ihre Schulter. »Im Moment hat der Doktor gerade ein junges Struthieweibchen bei sich.«

»Ich weiß. Ich habe gesehen, wie sie hereingebracht wurde. Wie geht es ihr?«

»Sie ist sehr schwach und noch nicht bei Bewußtsein.« Wie um dieser Diagnose zu widersprechen, ertönte aus dem Hintergrund der Station aufgeregtes, hohes Gezwitscher. Will erkannte die angstvollen Schreie eines in Panik geratenen Struthie sofort. Die ungeduldigen Rufe eines Mannes nach Hilfe gingen bei dem Geschrei fast unter.

»Ich muß gehen«, erklärte die Krankenschwester hastig, wirbelte herum und rannte fort.

»Halt, warten Sie! Vielleicht kann ich helfen!« Will zögerte noch. Andererseits – schlimmstenfalls würden sie ihn fortjagen. Außerdem war bei einem Dinosaurier im

Delirium, selbst wenn es sich nur um einen jungen Struthie handelte, sicherlich jede zusätzliche Hand willkommen. Falls der Patient unter starken Halluzinationen litt, könnten seine alten Instinkte die moderne Vernunft ausschalten. Für einen Struthie bedeutete dies: Flucht. In den Ästen eines Mammutbaumes in dreißig Metern Höhe wäre das keine gute Idee.

Will folgte der Krankenschwester und blieb vor einem runden, nestähnlichen Bett stehen. Der Struthie darauf verteilte kräftige Tritte und versuchte aufzustehen. Ein kleiner Mann mit Brille, kurzgeschnittenem Haar und schmalem Gesicht bemühte sich, ihn zu halten. Ein großer Pfleger und die Frau, die Will aufgehalten hatte, taten ihr Bestes, um ihm zu helfen.

Niemand hatte etwas dagegen, als Will ohne weitere Worte mit anfaßte. Er bemühte sich, Toranagas Anweisungen zu folgen. Für ein augenscheinlich erschöpftes Tier verfügte die junge Struthie noch über erstaunlich viel Kraft vor allem in den Beinen. Sie trat und wand sich und schnatterte etwas in der hohen Sprache ihrer Spezies. Während Will sich bemühte, sie ruhigzuhalten, schnappte er zwar das eine oder andere Wort auf, aber nicht genug, um den unkontrollierten Schreien einen Sinn zu geben.

Endlich gelang es dem Arzt und seinen Helfern, das panische Jungtier in ein feuchtes, mit Kräutern getränktes Tuch zu wickeln. Es schien sich zu beruhigen. Das Treten hörte auf, und der Struthie sank in der Mitte des runden Bettes zusammen. Ihr Gemurmel wurde leiser, versiegte jedoch nicht ganz.

»Ich brauche einen Trank Nummer vier, mit einer Extraportion Vivarwurzel.« Kano Toranaga sprach, ohne seine Helfer anzusehen. Seine ganze Aufmerksamkeit war auf seine Patientin gerichtet. »Und ich möchte mit den Jugendlichen sprechen, die sie gefunden und hergebracht haben.«

»In Ordnung, Doktor.« Der Pfleger kritzelte etwas auf einen Block.

Einen Augenblick später blickte Will in schmale, dunkle Augen, die ihn stark an die von Levka Gambo erinnerten. »Und wer ist dieser hilfsbereite, wenn auch etwas ungeschickte junge Mann?«

Unsicher musterte die Krankenschwester den so gelegen gekommenen Besucher. »Ich weiß es nicht, Doktor. Er sagte, er sei ein Luftbotenflugschüler aus der Wasserfallstadt und wollte zuschauen.«

»So. Und was hast du nun gesehen, junger Mann?«

Will überlegte seine Antwort sorgfältig. »Daß selbst ein scheinbar hilfloser Patient gefährlich werden kann und ständige Wachsamkeit erfordert.«

Einen Augenblick war es still. Dann schmunzelte der Arzt. »Nicht schlecht. Wie heißt du?«

Will richtete sich auf. »Will Denison, Sir.«

Toranagas Augen blitzten. »Ach ja, der Sohn des berühmten Arthur. Ich habe schon von ihm gehört – von dir allerdings noch nicht.«

Will wurde sichtlich kleiner.

Der Arzt lachte in sich hinein und trat um das Bett herum, um Will zu begrüßen. »Die Ungeduld der Jugend, große Taten zu vollbringen. Wie gut ich mich daran erinnern kann. Also, Luftbotenschüler, sage mir: Was haben wir hier wohl?« Er wies auf das Bett.

»Eine sehr kranke junge Struthie, Sir.«

Toranaga nickte. »Gut beobachtet, wenn auch nicht analytisch. Aber das kommt mit der Zeit. Krank ist sie in der Tat, aber bei vernünftiger Ernährung und mit einigen Medikamenten wird sie sich rasch erholen. Sie scheint keine schweren Verletzungen zu haben. Keine gebrochenen Knochen, keine inneren Verletzungen. Sie ist einfach völlig erschöpft. Im Augenblick ist sie nicht ganz bei sich. Wir werden sie noch einige Tage unter Beobachtung halten müssen.« Ihm kam ein Gedanke, und er blickte seinem Besucher in die Augen. »Du kannst gern bleiben und lernen, junger Mann.«

»Danke, Sir.« Hocherfreut wandte Will seine Aufmerksamkeit wieder dem leise stöhnenden *Struthiomimus* zu. »Weiß man, was mit ihr geschehen ist?«

»Ich glaube nicht. Sie wurde von einigen Jugendlichen im Wald gefunden.«

Will versuchte nicht, seine Überraschung zu verbergen. »Sie war allein? Wo ist ihre Familie?«

»Das unter anderem müssen wir noch herausfinden. Da ich kein Struthinisch spreche und sie wohl kaum die Menschensprache beherrscht, habe ich schon nach einem Übersetzer geschickt.«

»Ich glaube, ich habe ein wenig von dem verstanden, was sie gesagt hat. Ganz wenig nur, allerdings.«

Der Arzt hob die Augenbrauen. »Du? Die Übersetzung ist ein ungewöhnliches Hobby für einen Luftboten. Ich dachte, du müßtest nur die Kommandos für deine Reittiere kennen. Nur sehr wenige Menschen kommen mit den Dialekten der Dinosaurier zurecht.«

Will lächelte scheu. »Das ist ein Hobby von mir, Sir. Als Luftbote komme ich viel herum und höre mehr als die meisten Leute. Ich habe mir vorgenommen, ein paar Worte jeder Sprache aller Arten zu lernen.«

Toranaga nickte anerkennend. »Und was hast du von unserer verzweifelten Patientin in Erfahrung bringen können?«

»Nicht sehr viel. Aber einige ihrer Äußerungen waren Namen. Struthienamen sind leicht zu erkennen. Sie wiederholt sie immer wieder.«

»Das ergibt einen Sinn. In ihrer Verzweiflung ruft sie natürlich zuerst nach ihrer Familie. Wie viele Namen?«

»Die der Eltern, wie ich an den respektvollen Knacklauten erkennen konnte. Und die von Geschwistern.« Hilflos zuckte Will die Achseln. »Das ist alles, was ich verstehen konnte. Sie spricht nicht sehr deutlich.«

»Das kann man wohl sagen«, bestätigte Toranaga. »Nun, so sehr ich deine linguistischen Bemühungen schätze, Denison, wir brauchen offensichtlich trotzdem die Hilfe eines professionellen Übersetzers.«

»Da stimme ich Ihnen zu, Sir.«

»In der Zwischenzeit versuchen wir mal, ob wir nicht ein bißchen vernünftige Nahrung in sie hineinbringen.

Wir fangen mit lauwarmer Suppe und Fleischbrühe an, damit sie allmählich wieder zu Kräften kommt. Vorher wird selbst ein Übersetzer nicht viel aus ihr herausbringen.«

Die Krankenschwester in dem Sari blickte über das Bett zu ihnen. »Meinen Sie nicht, wir sollten die Behörden benachrichtigen, Doktor?«

Toranaga überlegte. »Jetzt noch nicht. Wir haben noch keine Ahnung, wie sie in diese Verfassung geraten ist. So schlimm es aussieht, es muß eine natürliche Erklärung geben. Außerdem sind die Behörden mit der Evakuierung der Nördlichen Tiefebene schon völlig ausgelastet. Es muß noch viel organisiert werden.« Er warf einen Blick nach draußen auf den wolkengefleckten Himmel. »Wenn es ein schweres Unwetter wird, dann werden sie andere Sorgen haben als einen kranken *Struthiomimus*. Wir sollten erst mal abwarten, ob wir diese Sache nicht allein erledigen können, ehe wir nach Hilfe rufen.«

»Ja, Sir.« Die Frau verneigte sich zerknirscht.

»Und nun zu dir, junger Mann.« Will versteifte sich unsicher. »Da du deine Hilfe angeboten hast, kann ich dich vielleicht bitten, bei uns zu bleiben, bis ein Übersetzer eintrifft. Selbst wenn du nur drei Worte Struthinisch sprichst, dann sind das drei Worte mehr, als meine Assistenten oder ich kennen. Du wärst uns eine große Hilfe.«

»Selbstverständlich bleibe ich, Sir.« Diese Aufgabe war tausendmal interessanter als die Analyse von Windströmungen! Neugierig betrachtete Will die leise stöhnende Struthie. Was war ihr in den Bergen zugestoßen? Wo war ihre Familie? Wie war sie in einen so schrecklichen Zustand geraten?

Und vielleicht das Entscheidende: Was hatte sie so in Panik versetzt?

12

Es dauerte eine ganze Weile, bis sich ein Übersetzer gefunden hatte. Obwohl die Farmer der Nördlichen Tiefebene schon vor langer Zeit gelernt hatten, mit ihren Dinosaurierhelfern über Kommandos und Gesten zu kommunizieren, wurden für die komplizierteren Vorgänge der Massenevakuierung noch immer zahlreiche Übersetzer benötigt. Erst viele Stunden später wurde Dr. Toranagas Bitte um linguistische Unterstützung entsprochen.

Will schlief noch tief, als unter ihm ein Horn geblasen wurde. Er erhob sich aus seiner Hängematte, lief zur Wand und sah nach unten. Am Boden erkannte er den Pfleger Skowen im Gespräch mit einigen anderen Menschen und einem männlichen *Protoceratops.* Diese Spezies stellte großartige Übersetzer, die fast alle dinosaurischen Dialekte ebenso beherrschten wie die menschliche Sprache. Sie hatten ein gutes Sprachgefühl, und viele von ihnen ergriffen begeistert diesen sehr angesehenen Beruf. Will hatte einmal einen Vortrag eines Biologen über die besondere Position des Kehlkopfes in der protoceratopischen Kehle gehört.

Das Männchen hatte etwa die Größe eines Schweins, war also auch für einen Angehörigen dieser kleinwüchsigen Art nicht sehr groß. Aus der Höhe ließ sich das schwer einschätzen, aber Will erschien der *Protoceratops* sogar kleiner als sein alter Freund Bix. Dieser Eindruck bestätigte sich, als er den gelbroten Vierfüßer in den leeren Korbaufzug steigen sah. Der diensthabende *Sauropode* entfernte sich vom Stamm des Mammutbaumes, und der frisch angekommene Übersetzer schwebte langsam zur Krankenstation empor.

Will sah zu, wie der *Protoceratops* von der Krankenschwester im Sari begrüßt wurde und ihr zu Dr. Toranagas Büro folgte. Er hatte seine Größe richtig eingeschätzt. Selbst auf den Hinterbeinen stehend, würde sein Schnabel kaum bis zu Wills Nase reichen.

In Begleitung von Hapini, der Krankenschwester, kam

er zur eigentlichen Krankenstation und schaute sich neugierig um. Zu Wills großer Überraschung blieb sein Blick an ihm hängen. Scharf knurrte der Dinosaurier ihn an. Er beherrschte die Menschensprache fließend und war leicht zu verstehen.

»Ich kenne dich.«

Will musterte das einfache, von einer Krause umrandete Gesicht, die hellen, intelligenten Augen und den papageienartigen Schnabel. Auf der oberen rechten Seite seiner Krause prangte eine Kerbe, vielleicht die Folge jugendlichen Leichtsinns.

»Tut mir leid, aber ich kann mich nicht erinnern, dich schon mal getroffen zu haben«, antwortete Will ehrlich.

»*Getroffen* habe ich nicht gesagt.« Der *Protoceratops* hatte eine etwas brüske Art. »*Kennen* sagte ich.«

Angesichts der unerwarteten Schroffheit seines Gegenübers versteifte sich Will. »Dann bist du mir gegenüber im Vorteil.« Er war nicht eingeschüchtert. Seiner Größe und seinem Tonfall nach war der Übersetzer nicht älter als er selbst. Ein Sprachgenie wie Bix war der Neuankömmling aber sicher nicht.

Ihre erste Begegnung stand unter keinem guten Stern.

»Du bist Will Denison, stimmt's?« zirpte der *Protoceratops*, während er zu der schlafenden Struthie hinüberlief und sie betrachtete.

»Stimmt.« Will folgte dem Übersetzer und der Krankenschwester.

»Ich habe von dir gehört. Du bist bei den *Protoceratops* wohlbekannt.«

»Wirklich?« Will strahlte.

»Ja.« Der junge Übersetzer setzte einen Vorderfuß auf das Nestbett und betrachtete die leise atmende Patientin. »Du bist der, dessen Vater dem berühmten Übersetzer Bix mit einem Stein fast das Bein gebrochen hätte.«

Will wurde wütend. »Das war ein Unfall! Wir waren eben an Land gespült worden, hatten keine Ahnung, wo wir uns befanden oder was uns bevorstand, und wußten nichts von den Bewohnern von Dinotopia und ihren Besonderheiten. Mein Vater hielt Bix für ein gefährliches Tier. Er konnte schließlich nur auf seine eigenen Erfahrungen zurückgreifen.«

»Das ist keine Entschuldigung«, fauchte der *Protoceratops.* »Übrigens, ich heiße Chaz.«

»Sehr erfreut, deine Bekanntschaft zu machen«, antwortete Will kurz angebunden und förmlicher, als er vorgehabt hatte. »Du solltest andere nicht nach ihren Reaktionen in einer schwierigen Situation beurteilen, solange du dich selbst noch nicht in einer ähnlichen Lage befunden hast.«

»Das wünsche ich mir nicht.« Immer noch weigerte sich der *Protoceratops* offensichtlich, Will anzusehen.

Vielleicht überlegt er aber auch nur, wie er die Unterhaltung mit dem *Struthiomimus* beginnen soll, dachte Will. »Außerdem habe ich keine Steine geworfen.«

»Aber du *hättest.* Ich wette, wenn dein Vater dir nicht zuvorgekommen wäre, hättest du es getan.«

»Jetzt hör mir mal zu ...« fuhr Will auf. Das Eintreffen Dr. Toranagas verhinderte seine Erwiderung.

»Ich möchte euch junge Leute bitten, eure persönlichen Auseinandersetzungen auf später zu verschieben. Im Augenblick sollten wir uns mit dem Zustand und dem Wohlergehen der Patientin beschäftigen.«

»Wie geht es ihr, Sir?« fragte Will, dankbar für die Anwesenheit des Arztes.

»Erfreulicherweise viel besser. Sie kommt rasch wieder zu Kräften. Gutes Essen und viel Ruhe sind oft die beste Medizin.« Nachdenklich blickte er auf das Bett. »Sie schläft jetzt schon eine ganze Weile. Ich denke, wir können sie wecken.«

Er beugte sich über das Bett und begann, das Gesicht des Struthies zu streicheln. Seine Handfläche glitt von der Stirn zwischen den Augen hindurch und fuhr sanft um die zarte Schnauze. Beim drittenmal blinzelte die Patientin, stieß einen erschrockenen Schrei aus und reckte, wild um sich blickend, den Hals.

Der Arzt zog sich zurück, und der Übersetzer trat ans Kopfende.

»Laß sie sich erst mal zurechtfinden«, meinte Will.

Endlich schaute der kleine Dinosaurier ihn an. »Willst du mir vorschreiben, wie ich meine Arbeit zu machen habe?«

»Nein, natürlich nicht. Ich mache mir nur Sorgen um sie.« Die herablassende Art des *Protoceratops* ging Will allmählich ziemlich auf die Nerven. Er war fast so arrogant wie … wie …

Wie ein gewisser angeberischer Luftbote? Blödsinn, sagte sich Will. Er war nicht arrogant. Nur selbstbewußt. Wer hatte ihm noch gesagt, daß die Grenze dazwischen sehr dünn war?

Egal. Die Reaktion des Struthies lenkte ihn ab. Als ihre anfängliche Panik nachließ, wurde ihr Blick offen und verständig. Das Delirium der vergangenen, wilden Kämpfe war aus ihnen verschwunden.

»Ich bin Kano Toranaga«, sagte der Arzt freundlich. »Ich habe mich in den letzten Tagen um dich gekümmert.«

Während Chaz dies übersetzte, entspannte sich die junge Patientin und antwortete. Der *Protoceratops* hörte zu.

»Sie will wissen, wo sie ist.«

»Dann sagen Sie es ihr«, drängte Toranaga.

Chaz nickte kurz und erklärte der Patientin, daß sie sich in ärztlicher Behandlung auf der Krankenstation der Baumstadt befand. Das rief eine hektische und langatmige Antwort hervor. Sie schnatterte weiter, bis es Toranaga und Chaz gelang, sie zu beruhigen.

Will konnte seine Neugierde kaum zügeln. »Und? Was hat sie gesagt?«

Chaz warf ihm einen vielsagenden Blick zu, ehe er sich dem Arzt zuwandte. »Sie sagt, sie war auf dem Weg nach Heidesaum, hat sich aber verirrt und ist hier gelandet. Sie ist froh, in der Baumstadt zu sein, überhaupt irgendwo zu sein. Sie kann sich an ihre Ankunft nicht erinnern und auch nicht daran, wie sie auf diese Station gekommen ist.«

»Das können wir ihr später erklären.« Toranaga warf seiner verängstigten jungen Patientin beruhigende Blicke zu. »Ich muß wissen, was passiert ist. Was macht ein junger *Struthiomimus* allein und geschwächt in den Bergen? Wurde sie von ihrer Familie und ihren Freunden getrennt oder ist ihnen ein Unglück zugestoßen?«

Chaz übersetzte die Fragen. Diesmal antwortete der Struthie langsamer.

»Los, übersetz schon«, drängte Will ungeduldig.

»Sei still, ich muß mich konzentrieren. Struthinisch ist keine einfache Sprache.« Diese Worte waren zur Abwechslung frei von Bosheit. Will zwang sich, so geduldig zu warten wie die Krankenschwester und der Arzt.

Erst als die Patientin zu Ende gesprochen hatte, nahm Chaz die Vorderbeine von ihrem Bett und wandte sich seinen erwartungsvollen Zuhörern zu.

»Das ist eine sehr merkwürdige Geschichte.«

»Bist du sicher, daß du alle Einzelheiten richtig verstanden hast?« drängte Will.

Nur wenige Dinosaurier haben so bewegliche Gesichtszüge, daß sie eine ausdrucksvolle Mimik hervorbringen können, aber der Übersetzer hatte keine Mühe mit einem vernichtenden Blick. »Ja, ich bin sicher.« In weniger eisigem Ton fuhr er fort. »Ihr Name ist Keelk. Sie sagt, ihre Familie wurde von einer Gruppe seltsamer Menschen überfallen und gefangengenommen.«

Toranaga runzelte die Stirn. »Überfallen? Gefangengenommen? Bestimmt ein Spiel.«

»Nein.« Der Kopf mit der Krause schwang hin und her. »Kein Spiel. Sie wurden gefesselt, damit sie nicht fliehen konnten, und an Seilen mitgeführt.« Der Übersetzer blickte zu dem Struthie hinüber. »Sie glaubt – oder wenigstens glauben ihre Eltern –, daß diese merkwürdigen Menschen erst seit kurzem in Dinotopia sind. Aber sie sind keine Delphinrücken, und sie wurden auch nicht an Land gespült wie die Denisons.« Er würdigte Will keines Blickes.

»Sie sagt«, fuhr er dann fort, »daß Kleidung, Ausrüstung und Verfassung dieser Menschen intakt und unbeschädigt waren, was darauf schließen läßt, daß es ihnen irgendwie gelungen ist, sicher an unserer Küste zu landen.«

Die Krankenschwester konnte sich nicht zurückhalten. »Das ist unmöglich!«

»Das habe ich auch gelernt. Ich wiederhole nur, was sie gesagt hat. Sie sagt außerdem, daß sie explodierende Röhren bei sich tragen, aus denen unsichtbare Feuerwerkskörper kommen.«

»Gewehre!« platzte Will heraus.

Toranaga musterte ihn ernst. »Ich habe von solchen Dingern gelesen.« Er wandte sich wieder dem Übersetzer zu. »Noch was?«

»Ja. Sie sagt, daß diese Menschen merkwürdige Kleidung tragen, stark nach Meer riechen, und daß es nur Männer sind.«

»Für eine Schiffsbesatzung ganz normal«, murmelte Will.

»Sie meint, viele der menschlichen Unterstämme wären vertreten, und sie sprächen und handelten, als gehörte ihnen alles, was sie anfassen. Sie haben natürlich keine Ahnung von Dinotopia und seinen Besonderheiten. Sie haben sie und ihre Familie wie Tiere ohne Intelligenz behandelt und keinen Versuch gemacht, ihre Sprache zu verstehen.«

»Das wäre auch vergeblich gewesen«, meinte Toranaga. »Aber was ist mit Gesten? Alle Menschen verstehen einfache Gesten.«

Chaz gab die Frage an den Struthie weiter, der ohne zu zögern antwortete. »Sie sagt, sie und ihre Familie wurden sofort nach ihrer Gefangennahme gefesselt. Mit verbundenen Gliedmaßen kann man nicht gestikulieren. Ihr Vater, Hisaulk, versteht einige Worte der menschlichen Sprache. Ein Wort, das diese Eindringlinge ständig wiederholten, ist ›Gold‹.« Der *Protoceratops* schnaubte verächtlich. »Warum sollten sie von Gold besessen sein? Bereiten sie sich vielleicht auf eine Art Fest vor?«

Will hatte das Gehörte im Geiste zusammengesetzt. Das Bild, das sich ergab, gefiel ihm nicht. Nur Männer, Gewehre, ein Verhalten, als gehörte ihnen das Land, die häufige Erwähnung von Gold, Gefangene ... »Entschuldigen Sie, aber ich glaube, ich kenne die Absichten dieser Fremden und den Grund ihres unfreundlichen Verhaltens.«

»Bitte«, murmelte Toranaga erwartungsvoll, »kläre uns auf.«

»Ich kann natürlich nur raten.« Will beeilte sich, seine Vermutung zu relativieren, bevor er sie aussprach. »Aber es klingt ganz so, als sei Keelks Familie von einer Gruppe herumziehender Abenteurer, Räuber oder Piraten überfallen worden.«

»Piraten? Was sind Piraten?« Toranaga wandte sich an seine Krankenschwester. »Hapini, haben Sie schon mal davon gehört?«

»Nein, Doktor.«

Sie waren beide in Dinotopia geboren und aufgewachsen. Anders als Will wußten sie nur wenig von der äußeren Welt, und sie waren auch keine Historiker.

Will versuchte, es ihnen zu erklären. »Diese Leute sind Banditen, Diebe.« Selbst Diebstahl war ein Begriff, den er erst noch erläutern mußte. Er verwies auf die jüngsten, gegen die Gesellschaft gerichteten Unternehmungen Lee Crabbs, aber auch von den Aktivitäten dieses Gauners wußten sie nichts. Dinotopia war groß.

Dennoch verstanden sie schließlich, was Will sagen wollte.

»Sehr ungewöhnlich.« Die Erläuterungen seines jungen Gastes hatten Toranaga beeindruckt. »Fast so ungewöhnlich wie der Gedanke, daß hier ein Schiff sicher gelandet sein soll.«

»Solange wir nicht mit diesen Leuten gesprochen haben, haben wir keine Gewißheit«, fuhr Will fort. »Wenn es ihnen gelungen ist, hier erfolgreich vor Anker zu gehen, dann glauben sie vielleicht, daß sie mit allem, was sie hier finden, auch wieder verschwinden können. Wenn das zutrifft, kann man sich vorstellen, was sie noch alles anstellen werden.«

Ungläubig schüttelte Toranaga den Kopf. »Ich verstehe immer noch nicht, warum sie eine Familie harmloser Struthies gefangennehmen.«

»Das verstehe ich auch nicht, Sir.« Will verkniff sich die Bemerkung, daß Schiffsbesatzungen, die eine lange Reise vor sich haben, oft lebende Tiere als Frischfleischreserve mit sich führen. »Aber das ist auch nebensächlich. Wichtig ist, daß sie gegen ihren Willen festgehalten werden.«

»Ja. Das ist hier noch nie vorgekommen.« Der Arzt dachte nach. »Wir müssen sofort Sauropolis verständigen.«

»Sauropolis!« rief Will. «Das ist weit weg, Sir.«

»Nicht für einen autorisierten berittenen Luftboten wie dich«, meinte Chaz kühl.

»Wegen der Evakuierung sind genug Luftboten in der Baumstadt«, erwiderte Will. »Es ist nicht nötig, daß ausgerechnet ich gehe.« Er wandte sich an Toranaga. »Ich stimme Ihnen zu, daß der Rat von der Situation erfahren muß, Sir, aber das braucht Zeit. Die Formulierung und die Übermittlung einer Antwort wird ebenfalls einige Zeit in Anspruch nehmen. Wenn meine Vermutung stimmt, ist die Familie des Struthies in großer Gefahr. Wir müssen *sofort* etwas tun.«

»Wir?« Obwohl er keine Augenbrauen hatte, die er hochziehen konnte, gelang es dem *Protoceratops*, diesen Anschein zu vermitteln.

»Wir rufen eine Versammlung der hiesigen Ältesten und der städtischen Beamten zusammen, die nicht mit der Evakuierung beschäftigt sind«, entschied Toranaga. »Dies ist eine wichtige Angelegenheit, aber die Sicherheit unzähliger Familien kann nicht wegen einer Hilfsaktion für *eine* Familie aufs Spiel gesetzt werden.«

»Dafür hat sie bestimmt Verständnis.« Chaz nickte zu dem Struthie hinüber, der sie mit verständnislosen Blikken musterte. Angesichts dessen unruhiger und hoffnungsvoller Miene war Will sich da allerdings nicht so sicher.

13

Die Versammlung wurde in einem der großen Ställe abgehalten, die den *Sauropoden* und *Ceratopiern* der Baumstadt als Schutz für den seltenen Fall dienten, daß ein Raubdinosaurier auf Beutezug den Weg aus dem Regental fand. Anwesend waren Dr. Toranaga und einige andere Beamte und Akademiker der Stadt, davon nur ein kleiner Prozentsatz Menschen.

Es war schon etwas Besonderes, sie diskutieren und verhandeln zu sehen, wenn zum Beispiel das Gesicht eines *Maiasaurus* nur wenige Zentimeter vor dem eines Menschen hing. Es ging harmonisch zu, aber alle zeigten Engagement und Interesse. Die Meinungen gingen allerdings weit auseinander, und die Übersetzung der einzelnen Vorschläge in die verschiedenen Sprachen kostete Zeit.

Diese Aufgabe hatten erfahrenere Übersetzer übernommen als Chaz, der untätig daneben stand, zuschaute, lernte und allmählich ungeduldig wurde. Auch Will und Keelk waren anwesend. Zahlreiche Gesten und nachdenkliche Blicke galten dem Struthie, dem Mittelpunkt der Diskussionen. Beinahe völlig wiederhergestellt, verfolgte Keelk die Debatte und unterhielt sich ausgiebig mit Chaz.

»Was hat sie gesagt?« fragte Will den *Protoceratops*.

»Daß hier zuviel geredet und zuwenig gehandelt wird.« Der junge Übersetzer legte seinen Kopf mit der Krause zur Seite, um den viel größeren *Struthiomimus* besser betrachten zu können. »Ich muß sagen, ich habe noch nie eine so energische Vertreterin ihrer Art getroffen. Sie ist dankbar für die angebotene Hilfe, aber sie befürchtet, daß sie zu spät kommt. Bis zu ihrem Eintreffen will sie selbst ins Regental zurückkehren, um ihrer Familie zu helfen, so gut sie kann. Ins Regental! Ganz allein! Nicht auszudenken!«

Will versuchte, sich vorzustellen, daß sein Vater von plündernden Piraten gefangengehalten und mißhandelt würde. Oder, schlimmer noch, Silvia. Ja, er konnte den Struthie verstehen.

Er blickte zu Keelk hinüber und pfiff eine leise, sorgfältig modulierte Tonfolge, die mit einer Folge von Klicklauten endete. Sie warf ihm einen aufmerksamen Blick zu und antwortete mit einer Reihe von Tönen, die er allerdings kaum verstand. Ihre Augen lächelten, während sie sprach, und er hatte den Eindruck, als wäre sie ihm für seine Anteilnahme dankbar.

»Ihre Familie ist in großer Gefahr, und hier hockt der übliche alte Haufen von *Apatosauriern*, *Styracosauriern*, Schnabeltieren und Menschen und streitet darüber, was zu tun ist. Zeit ist lebenswichtig.«

»Sind das deine eigenen Gedanken«, fragte Chaz sarkastisch, »oder plapperst du die Sprüche deines Vaters nach?«

»Wahrscheinlich spreche ich im Sinne meines Vaters.« Will war stolz darauf, Arthur Denisons Sohn zu sein, und die spöttische Frage ärgerte ihn nicht im geringsten.

Eines der älteren Schnabeltiere, ein faltiger *Corythosaurus*, hatte das Wort ergriffen. »Wenn diese Eindringlinge wirklich Waffen haben, noch dazu moderne Waffen aus der Außenwelt, wissen wir nicht, was für Verwüstungen sie anrichten können.«

»Das stimmt«, meinte ein würdiger *Pachycephalosaurus*. »Die Not der jungen *Struthiomimus*familie läßt mich nicht kalt, aber wir müssen Vorsicht walten lassen, damit nicht noch viel mehr verletzt werden.«

»Ich habe mit den ansässigen Historikern gesprochen. Uns bleibt keine andere Wahl, als behutsam vorzugehen.« Zwischen einem *Maiasaurus* und einem *Apatosaurus* sitzend, wirkte die allseits geschätzte Norah geradezu winzig. »Diese Eindringlinge könnten sogar über Geräte verfügen, die man ›Kanonen‹ nennt.«

»›Kanonen‹?« fragte einer der anderen Menschen. »Ich gebe zu, Geschichte war noch nie meine Stärke. Was sind das für Dinger?«

So lief die Unterhaltung weiter und verlor sich in interessanten, aber zeitraubenden Nebensächlichkeiten, die sicherlich zur Sache beitrugen, die Diskussion jedoch weder voranbrachten, noch Keelks Probleme lösten.

»Sie werden eine Entscheidung fällen und handeln«, meinte Will im Hintergrund, »irgendwann einmal.« Der junge Struthie zirpte ihm etwas zu. Will verstand nur wenig, aber Chaz übersetzte ungefragt.

»Sie meint, es muß sofort etwas geschehen. Sie kann nicht länger warten und wird deshalb zurückkehren und sehen, was sie selbst tun kann.«

»Allein kann sie gar nichts tun.« Will sah dem Struthie in die großen klaren Augen. Er wünschte sich, nur einen Bruchteil von Chaz' übersetzerischen Fähigkeiten zu besitzen.

»Das kümmert sie nicht.« Der *Protoceratops* scharrte mit den Vorderfüßen. »Sie sagt, egal was passieren wird, zumindest wäre sie dann bei ihrer Familie. Sie meint, mit ihrer Anwesenheit hier und ihrem Bericht hat sie ihre Pflicht gegenüber ihren Eltern getan und kann jetzt tun und lassen, was sie will. Selbst wenn es uns verrückt erscheint.«

»Sie ist sehr mutig«, sagte Will.

»Du meinst wohl: sehr dumm.«

Will nickte ohne bestimmten Grund. »Sie wird nicht allein sein.«

»Das wollte ich ihr gerade ...« Der Übersetzer hielt inne, nicht sicher, ob er richtig verstanden hatte. »Was meinst du damit?«

Will pfiff und klickte leise zu dem Struthie herüber. Offensichtlich verstand sie, denn sie streckte einen Arm aus und strich mit ihren Krallen dreimal über seine Schulter. Die Geste war leicht zu verstehen. Will antwortete mit einem Lächeln. »Ich gehe mit ihr.«

»Du?« Nervös blickte der *Protoceratops* zwischen dem

menschlichen und dem dinosaurischen Gesicht seiner jungen Bekannten und dem heftig debattierenden Ältestenkreis hin und her. »Wartet ihr nicht besser die offizielle Rettungsexpedition ab?«

»Wie sie gesagt hat: Sie kann nicht länger warten«, antwortete Will.

»Aber was könnt ihr zwei gegen eine ganze Bande bewaffneter erwachsener Männer ausrichten?«

»Sie zumindest im Auge behalten. Sie verfolgen. Die anderen zu ihnen führen.« Will lachte. »Und wer weiß, vielleicht auch mehr. Mein Vater sagt immer: ›Ein Mann, der sich nicht seine eigenen Möglichkeiten schafft, findet meist gar keine.‹«

»Ihr Menschen mit eurer dämlichen Vorliebe für Aphorismen«, brummte der Übersetzer. »Ich sehe nicht, was ihr gegen diese Gewehrwaffen ausrichten wollt.«

»Wir verschwenden unsere Zeit.« Will legte den Arm um Keelks Schultern und führte sie zum Ausgang.

Chaz blickte ihnen nach. Er warf noch einen letzten Blick auf die lärmende Versammlung und hoppelte dann eilig hinter ihnen her. »Wartet, wartet doch! Wartet auf mich, ihr rücksichtslosen Langbeiner!«

Will und Keelk blieben stehen, bis der Übersetzer sie eingeholt hatte. Gut, daß die *Protoceratops* eine Sprachbegabung vorweisen konnten, dachte Will, denn sie waren weder groß noch stark, noch besonders clever.

»Hört euch das Gerede an. Das wird noch die ganze Nacht so weitergehen«, meinte Will, während sie den Stall verließen.

»Nur aus der Einigkeit kommt Weisheit«, erwiderte Chaz.

Will lächelte zu ihm hinunter. »Wer redet hier in Aphorismen?«

»Ich habe nur eine Beobachtung gemacht.« Um das Thema zu wechseln, betrachtete der *Protoceratops* den nächtlichen Himmel. »Was machen wir, wenn wir im Regental von dem großen Unwetter überrascht werden?«

»Keine Ahnung.« Auch Will blickte zu den noch deutlich zu sehenden Sternen hinauf. »Schwimmen, schätze ich.«

Chaz sah zu ihm hoch. »Das ist nicht witzig. Ich kann nicht schwimmen, und auf Bäume klettern kann unsereins auch nicht.«

»Du kümmerst dich um die Übersetzung, und ich manage das Schwimmen«, versicherte Will ihm gutgelaunt. Dies war ein richtiges Abenteuer! Sie würden viel Spaß haben.

Zumindest solange niemand erschossen wurde, ermahnte er sich düster. »Du kannst auch hierbleiben, Chaz. Ich würde nicht geringer von dir denken. Es ist bestimmt das Vernünftigste. Du kannst den Ältesten sagen, wohin wir gegangen sind und was wir vorhaben.«

»Was soll das heißen – ›hierbleiben‹?« Der *Protoceratops* plusterte sich auf. »Und wen kümmert es, was du denkst?«

»Du kommst also mit?«

»Glaub ja nicht, daß ich will. Ich habe nur einfach von diesem dauernden Gerede über die Leistungen und Einsichten des famosen Will Denison genug und will dabei sein, wenn er auf die Schnauze fällt.«

»Nanu, Chaz, ich dachte immer, Eifersucht wäre eine rein menschliche Schwäche, und Dinosaurier wären dagegen immun.«

»Eifersucht? Ich bin nicht eifersüchtig. Im übrigen braucht ihr mich. Wenn auch nicht, um mit diesen komischen Menschen zu reden, falls wir die Gelegenheit haben werden. Ich bin sicher, mit Vertretern deiner eigenen Gattung kannst du dich allein verständigen, egal wie verrückt sie sich gebärden.«

Will überlegte. »Wenn wirklich so viele Nationen – oder Stämme, wie Keelk es nennt – vertreten sind, dann müßte ich zumindest mit einigen von ihnen reden können.«

»Richtig. Aber du brauchst mich, um mit *ihr* zu reden.« Chaz nickte zu Keelk hinüber. »Und mit ihrer Familie. Wenn jeder jeden versteht, können wir den Wahnsinn dieses Unternehmens hoffentlich in Grenzen halten. Struthies sind bekannt für ihre Impulsivität.«

»Wir sind froh, daß du bei uns bist« sagte Will herzlich. »Da wir nur zu dritt sind, kommen wir sicher rasch voran.«

»Stimmt«, meinte Chaz, während sie in das nächtliche Gewimmel der Baumstadt eintauchten. Er hob erst den einen kurzen Vorderfuß und dann den anderen. »Aber nicht *zu* rasch.«

Ausrüstung und Proviant war schnell herbeigeschafft. Im allgemeinen Durcheinander der Evakuierung hatte niemand Zeit für Fragen. Lebensmittel gab es im Überfluß: getrocknete Früchte und Nüsse für Keelk; Yamswurzel, Kartoffeln und andere Gemüsesorten für Chaz; getrockneter Fisch und Früchte für Will. Im Notfall konnten sie sich, wie sie wußten, auch von der Natur ernähren. Schließlich hatte Keelk es bis zur Baumstadt geschafft, und ihre Wanderung ins Regental war leichter, da es die meiste Zeit bergab ging. Aber allen war es lieber, mit gefüllten Rucksäcken aufzubrechen.

Keelk war zuversichtlich, den alten Serpentinenpfad wiederzufinden, der sie aus dem Regental in die Berge geführt hatte. Will hoffte, daß sie ihn tatsächlich finden würde, da weder er noch Chaz mit den Wegen ins Regental vertraut waren, schon gar nicht mit einem Pfad, der so weit abseits der Handelsstraßen hineinführte. Bis zu diesem Tag waren viele Gebiete des Regentales noch nie betreten worden, sah man einmal von den unzivilisierten Raubdinosauriern ab, die dort lebten.

Der Horst der Flugdinosaurier in der Krone eines ordentlich geschnittenen Mammutbaumes lag verlassen, als Will dort ankam. Es war noch vor Sonnenaufgang, zu früh für die meisten Reiter, um schon auf den Beinen zu sein. Während Keelk und Chaz unten ungeduldig warteten, stieg Will hinauf, um sich von Cirrus zu verabschieden. Sie sprachen nicht dieselbe Sprache, waren aber so vertraut miteinander, daß sie sich über Geräusche und Gesten verständigen konnten.

»Ich bin bald zurück«, versicherte Will dem riesigen *Quetzalcoatlus.* »Es wird dir gut gehen, auch ohne mich. Ruh deine Flügel aus, und wenn ich wiederkomme, werden wir wieder zusammen fliegen.« Er wußte, daß sich die menschlichen Angestellten des Horstes darum kümmerten, daß alle Flugdinosaurier ausreichend Futter und Aufmerksamkeit erhielten. Trotzdem fühlte er sich, als verließe er ein Familienmitglied, als er schließlich wieder hinunterstieg. Obwohl Cirrus Will nicht verstanden hatte, pfiff er traurig hinter ihm her, wickelte sich dann wieder in seine fünf Meter breiten Flügel und schlief weiter.

Niemand hielt das Trio auf, als es aus der Stadt lief, in der Menge aus geschäftigen Flüchtlingshelfern und gerade angekommenen Evakuierten verborgen. Nur Kano Toranaga hätte sich vielleicht gefragt, was sie vorhatten, aber der war in der Krankenstation mit der Pflege seiner Patienten beschäftigt.

Auf ihrem Weg aus der Baumstadt passierten sie eine Karawane von *Apatosauriern* und *Ceratopiern*, die, mit Vorräten schwerbeladen, den Evakuierten aus der Nördlichen Tiefebene zu Hilfe eilten. Niemand beachtete die drei. Einige Farmerfamilien grüßten fröhlich, andere riefen zu ihnen herüber, und ihre Dinosaurier pfiffen. Die Wanderer winkten zurück. Sie wandten sich nach Süden, stiegen den Hügel hinauf, der von jenem Wasserfall in zwei Hälften geteilt wurde, bei dem Keelk gefunden worden war, und gelangten zur ersten Anhöhe. In der Ferne schimmerten bergige Höhen. Dahinter lag das Regental.

»Es ist Wahnsinn«, brummelte Chaz leise, während er mit zwei Satteltaschen über seinem Rücken vorwärts trottete. »Wir hätten die offizielle Rettungsexpedition abwarten sollen.«

»Hättest du ja tun können.« Wills Rucksack lag leicht auf seinen Schultern, und er schritt kräftig aus. Oberhalb der Baumstadt vermischte sich die kühle Atmosphäre der Berge mit den sauerstoffreichen Nebeln aus dem Tal, und die Luft war frisch und belebend.

Wie Keelk warnend erklärt hatte, gab es kaum auffällige Orientierungspunkte. Gut, daß Struthies einen so ausgezeichneten Orientierungssinn besaßen, dachte Will. Obwohl sie auf dem Hinweg so schwach gewesen war, zögerte Keelk nur selten. Ihrer Orientierung half es, daß sie sich bei dem verzweifelten Lauf durch die Berge an Täler und Flüsse gehalten hatte.

»Ich bin eine gute Fährtenleserin«, übersetzte Chaz für Will. »Meine Eltern haben dieses Hobby immer gefördert.«

Als Antwort nickte Will anerkennend. Er hatte schon bemerkt, daß Keelk mit jedem Tag kräftiger wurde. Ihre Entschlossenheit war von Anfang an stark gewesen.

Will und Chaz mußten sich anstrengen, um mit ihr Schritt zu halten. Jedesmal wenn Keelk zögerte, unsicher, welchen Weg sie einschlagen sollten, fand sich in den Tälern, die sie gerade durchquerten, irgendwo ein Unterschlupf oder eine Trinkstelle, und sie erinnerte sich wieder.

Schließlich erreichten sie einen glatten Felshang, an dem eine dünne Wasserkaskade hinunterlief, die in weißen Wirbeln verschwand. Vor ihnen erstreckte sich ein Nebelmeer, so faßbar wie ein Traum, so dicht wie eine Erinnerung. Zuckerwatte mit Vanillegeschmack, dachte Will, in den Händen der Berge. Unter der undurchdringlichen Wolkenschicht erwartete sie das schwirrende, fruchtbare, geräuschreiche und farbenfrohe Regental. Das *bedrohliche* Regental, ermahnte er sich.

Argwöhnisch schielte Chaz über den Felsrand. »Ich sehe keinen Abstieg.«

Keelk stieß mit ausgestrecktem Hals leise Schreie aus und drehte den Kopf nach rechts und nach links. Dann produzierte sie eine Serie lauter Gluckser und zeigte aufgeregt nach links. Will und Chaz folgten ihr, und bald standen sie am Ausgangspunkt eines Pfades, der von Trompetenblumen und nachtblühenden Ochela halb verdeckt war. Wer nicht von seiner Existenz wußte, würde wenige Meter entfernt an ihm vorbeigehen, ohne ihn zu bemerken.

Schweigend begannen sie mit dem Abstieg.

Will kam auf dem engen, bröckelnden Pfad gut voran und folgte Keelk mit kräftigen Schritten. Wieder einmal erwies sich sein Luftbotentraining als wertvoll. Der schwindelerregende Abgrund schreckte ihn nicht.

Anders der arme Chaz. Immer wieder fiel er zurück und zwang den Menschen und den *Struthiomimus*, auf ihn zu warten.

»Stimmt was nicht?« fragte Will den Übersetzer schließlich. »Du bist klein und hast im Gegensatz zu uns vier Beine statt zwei. Du solltest dich auf diesem Untergrund sicherer bewegen können als jeder andere.«

»Das ist es ja gerade.« Der *Protoceratops* drückte sich an den Felsen und hielt sich so weit wie möglich vom Rand des Pfades entfernt. »Da wir nicht klettern und hochgelegene Orte nicht besonders schätzen, haben alle Vierbeiner Angst abzustürzen.« Seine Furcht war deutlich spürbar. »Ich bin froh, wenn wir unten sind.«

Wie gut, daß Keelk vergessen hatte, ihnen *davon* zu erzählen, dachte Will, als sie an eine Stelle gelangten, wo ein gewaltiges Stück aus dem Pfad herausgerissen war. Wenn sie es ihnen beschrieben hätte, wäre Chaz vielleicht niemals mitgekommen. In den Spalten und Rissen des Abhangs wuchsen zahlreiche junge Bäume, die von den aus dem Regenwald aufsteigenden Nebeln genährt wurden.

Nach heftigen Diskussionen über ihr weiteres Vorgehen rissen Will und Keelk bedauernd einige dieser Schößlinge aus ihrem Wurzelbett und überbrückten die Lücke damit.

Will bewunderte die athletischen Fähigkeiten Keelks, die den Abgrund in einem Satz übersprang. Gemeinsam gelang es ihnen, vier Baumstämme nebeneinander zu legen. Sie hielten sie jeweils an einem Ende fest, während Chaz mit halbgeschlossenen Augen darüber balancierte. Will folgte ihm ohne Probleme.

Sicher angekommen, bemühte sich Chaz, seinen Atem unter Kontrolle zu bekommen. »Kommen – kommen noch mehr solcher Gräben?« Keelks Versicherung, daß dies der einzige in dem ansonsten vollständigen Pfad sei, beruhigte ihn sichtlich.

»Worüber habt ihr gesprochen?« fragte Will, während sie ihren Abstieg fortsetzten.

Chaz schnaubte. »Ich habe nur gesagt, wenn das der schlimmste Teil des Pfades war, dann wird der Rest ein Klacks.«

»Oh.« Will bemühte sich um eine ausdruckslose Miene. Die Augen des *Protoceratops* straften seine sorgfältig gewählten Worte Lügen.

Ich schaffe es überall hin, wohin du es schaffst, Will Denison, dachte Chaz, doch gleichzeitig wunderte er sich, daß er sich mit einem Menschen maß. Das war ganz und gar undinosaurisch. Wahrscheinlich stand er unter Streß, sagte er sich.

Der Pfad wurde steiler, aber es kamen keine atemberaubenden Abgründe mehr. Auch Keelk mußte ihre Schritte nun verlangsamen, um von dem tückischen Grund nicht überrascht zu werden und ins Verhängnis zu stolpern.

Sie hörten das Regental, noch ehe sie es sehen konnten – ein Gewirr von Insektensurren und Vogelgesang drang scharf, klar und beinahe harmonisch durch den Nebel. Dann erkannten sie Bäume und unter schützenden Kronen kleinere Büsche, Ranken, Lianen, Blumen und Bromelien. Orchideen und andere Blüten erfüllten die Luft mit einem plötzlichen Schwall von Gerüchen, als stritten sie um einen himmlischen Duftpreis.

»Wunderschön«, murmelte Will. »Genauso, wie ich es in Erinnerung habe.«

Chaz warf seinem menschlichen Gefährten einen raschen Blick zu. »Du warst schon mal hier?«

»Nicht *hier*.« Will wies auf das Regental. »Viel weiter im Süden, auf der Haupthandelsstraße. Und woanders. Aber nicht hier.« Er blickte in den Himmel. »Die Wolkendecke ist hier viel schwerer als dort, wo ich war, und der Nebel dichter.«

»In letzter Zeit liegt überall in Dinotopia viel Feuchtigkeit in der Luft.« Der *Protoceratops* machte einen Buckel und verschob die beiden Satteltaschen ein wenig. »Das liegt am Sechsjahressturm. Die Luft ist allmählich gesättigt.«

Da der höhere Sauerstoffgehalt der Luft die gestiegenen Temperaturen ausglich, waren ihre Kräfte noch längst nicht verbraucht, als sie von dem Pfad auf den feuchten Erdboden des Tals traten.

Chaz, der von dem raschen Abstieg außer Atem war, machte der Klimawechsel mehr zu schaffen als seinen Gefährten. »Nicht gerade gemütlich hier unten. Ich persönlich ziehe eine trockenere Umgebung vor.«

»Ein Ort der Entspannung ist das hier nicht, nein.« Keelks Ängstlichkeit hatte weniger mit dem Wetter zu tun. Ihre großen Augen erforschten die Tiefen des Waldes so gründlich wie ein Fernglas.

Sie bemerkte, daß ihr menschlicher Gefährte eine große rosafarbene Blume betrachtete, offenbar ohne sich der bedrohlichen Umgebung bewußt zu sein. »Du scheinst keine Angst zu haben«, fragte sie ihn über Chaz.

»Ich war schon mal im Regental und habe einige kitzlige Situationen darin erlebt.« Will wies auf den Wald um sie herum. »Sieht doch ganz ruhig aus.«

»Aber du weißt, wovor man hier Angst haben muß?«

»Natürlich. Ich wirke vielleicht ruhig, aber du kannst sicher sein, daß ich genauso gespannt lausche und aufpasse wie du.«

»Also, ich bin noch nie hier gewesen.« Chaz schnüffelte an einer kleinen Fettpflanze, nahm einen bedächtigen Bissen von einem großen spachtelförmigen Blatt und kaute nachdenklich, während er weitersprach. »Vergeßt eines nicht: Wenn wir in Gefahr geraten, bin ich derjenige, den sie zuerst kriegen. Ich kann nicht rennen wie ein Struthie oder klettern wie ein Mensch.«

»Du könntest ein Loch graben«, schlug Will vor.

»Ich werde daran denken«, erwiderte der gedrungene Übersetzer pikiert.

»Oolu, mein Fluglehrer, sagt immer, daß es unklug sei, sich ins Blaue hinein Sorgen zu machen. Keelk ist auch heil durchgekommen.«

»Aber manchmal war es ganz schön knapp«, entgegnete Keelk auf Chaz' Übersetzung hin.

»Tatsächlich?« brummte der *Protoceratops*. »Sehr ermutigend.« Er warf einen verdrießlichen Blick auf den Wald, der in allen Richtungen gleich aussah. »Wohin jetzt?«

Ohne zu zögern, zeigte Keelk nach Osten. Sie liefen in den Wald hinein, immer bemüht, die Felsen und Abhänge des Rückengebirges zu ihrer Linken zu haben.

»Auch die Menschen, die meine Familie gefangenhalten, haben sich nah an den Bergen gehalten. Wenn sie das immer noch tun, müßten wir sie finden.«

»Und was dann?« wollte Chaz wissen.

Keelk sah zu ihm hinunter. *Ceratopier* waren nicht gerade für ihre Geduld bekannt. »Laßt sie uns erst einmal finden.« Von Zeit zu Zeit blieb sie stehen und schnüffelte auf der feuchten Erde. Der Boden war voller Gerüche, aber keiner davon kam ihr vertraut vor. Der unaufhörliche Regen hatte nicht nur jeden Hinweis auf ihre Familie und die Entführer weggewaschen, sondern auch auf ihre Flucht.

»Ich bin gespannt auf diesen Canon, den die Besucher gefunden haben.« Mühelos überstieg Will eine im Weg liegende, knorrige Wurzel. »Ich wußte nicht, daß es einen Weg durch diesen Teil des Rückengebirges gibt.«

»Das weiß, glaube ich, niemand«, antwortete Keelk, nachdem der *Protoceratops* übersetzt hatte. »Ich glaube, diese Menschen haben ihn ganz zufällig gefunden. Er war fast völlig hinter Pflanzen verborgen.«

»Er muß sehr schmal sein«, meinte Chaz nachdenklich, »sonst würden die Farmer der Nördlichen Tiefebene häufiger von *Carnosauriern* belästigt, die auf diesem Weg nach Norden wandern.«

»Schmal, ja das ist er. Sehr schmal.« Keelk senkte den Kopf und schnüffelte wieder.

Will beobachtete sie. »Glaubst du, du kannst eine Witterung aufnehmen? Hier ist alles so naß.« Chaz gab die Frage weiter.

Keelk hob den Kopf. »Ich weiß es nicht, aber ich kann es versuchen. Ein Mitglied meiner Familie würde ich natürlich sofort erkennen. Und was die Menschen angeht … Es waren viele, und sie stanken schrecklich und waren in ihren alltäglichen Verrichtungen nicht sehr sauber. Ja, ich glaube, daß wir eine gewisse Chance haben.«

»Merkwürdig«, meinte der *Protoceratops.* »Meiner Erfahrung nach baden die meisten Menschen gerne. Aber diese Menschen sind offensichtlich vollkommen unzivilisiert.«

»Wenn es sich bei den Besuchern um jene Sorte Männer handelt, die ich im Auge habe«, sagte Will, »dann weißt du gar nicht, wie recht du hast.«

In diesem Moment verschwand ein Lebewesen mit kurzem Blättergeraschel in den üppigen Tiefen des Waldes. Nervös sah sich Chaz um. »Vielleicht sollten wir unseren Plan noch mal überdenken. Jetzt, wo wir den Weg hierher gefunden haben, könnten wir ihn markieren und mit mehr Unterstützung zurückkommen.«

»Mit was für Unterstützung?« Will trat einen Stein aus dem Weg. »Meinst du, wir kriegen einen gepanzerten *Ankylosaurus* oder einen *Tarbosaurus* über diesen winzigen Pfad?«

»Dann eben mehr Menschen.«

»Der Rat der Baumstadt wird sich bestimmt irgendwann entscheiden. Aber bis dahin kann es für Keelks Familie zu spät sein. Was wir hier tun, ist vielleicht nicht das Vernünftigste, aber es ist das, was getan werden muß.« Er blickte zu dem Struthie hinüber. Da Keelk die menschliche Sprache nicht verstand, zeigte sie keine Reaktion.

»Ich weiß, ich weiß«, schimpfte Chaz. Mit seinem scharfen Schnabel zerschnipste er einen verlockenden Zweig und kaute nachdenklich darauf herum. Er schmeckte durchdringend, aber angenehm nach Pfefferminz. »Nicht schlecht. Ein letztes, köstliches Mahl für den Verurteilten.«

»Sei nicht so pessimistisch.« Will wartete, bis der *Protoceratops* ihn eingeholt hatte. »Wenn es Ärger gibt, können wir immer noch verschwinden.«

»Ach ja? Wie schön für euch beide. Und was ist mit mir? Bin ich ein *Pterodaktylus,* der sich an bloßen Felsen festklammert?« Chaz stieß einen dramatischen Seufzer aus. »Wie bin ich bloß in diese Sache hineingeraten?«

Will legte die Hand auf den Krausenrand des *Protoceratops,* der ihm gerade bis zum Bauch reichte. »Wenn ich mich recht erinnere, wolltest du nicht zurückbleiben. Deine angeborene Tapferkeit und dein Mitleid haben dir nicht erlaubt, uns allein gehen zu lassen. Deine Mitwesen sind dir nicht gleichgültig, und du zögerst nicht, dein eigenes Leben für sie in Gefahr zu bringen.«

»Nun ja.« Der Übersetzer begann zu hüpfen. »Das stimmt natürlich.«

Irgendwo zerbrach ein dicker Ast. Wie angewurzelt blieben sie stehen und starrten in die Richtung, aus der das Geräusch gekommen war. Die bewegungslose Keelk sah wie einer jener jungen Bäume aus, hinter denen der schlanke und hochgewachsene Will im nächsten Moment verschwand. Nur Chaz' gelblich-rosafarbene Gestalt zeichnete sich deutlich vor dem grünen Hintergrund ab.

»Es ist nichts«, flüsterte Keelk und lief weiter.

Chaz trabte neben Will. »Erzähl mir mehr von meiner Tapferkeit«, murmelte er leise. »Sonst vergesse ich sie noch.«

14

Bis zum nächsten Morgen hatten die drei eine ansehnliche Strecke zurückgelegt. Am frühen Mittag machten sie Rast. Als Will Keelk nach dem noch vor ihnen liegenden Weg fragen wollte, bemerkte er zu seinem Entsetzen, daß der Struthie erstarrte. Eine Traube kleiner grüner Früchte hing unbeachtet in ihrer Hand. Mit geweiteten Pupillen, einem Zeichen größter Wachsamkeit, fixierte sie den Wald.

»Was ist los?« Aufmerksam blickte Will sich um, konnte aber nichts Außergewöhnliches entdecken. Sah man einmal von den üblichen Vogel- und Insektengeräuschen ab, war nichts zu hören. Schweißperlen standen auf seiner Stirn. Es war fast Mittag, die heißeste Stunde des Tages im Regental. Kein Lufthauch bewegte sich.

Will blickte wieder zu Keelk hinüber. Offensichtlich sah oder hörte sie etwas. »Die Eindringlinge?«

Ohne sich umzudrehen, strich sie mit ihrem rechten Handrücken über den Schnabel, eine unmißverständliche Aufforderung zu schweigen.

Dann hörte auch er es.

Ein tiefes, heftiges Atmen, fast eine Art Bass-Kontrapunkt zum Gezwitscher der Regenwaldvögel. Begleitet wurde es von einem gedämpften Krachen im Unterholz. Chaz wich auf allen vieren zurück, bis er mit dem Rücken gegen den nächsten großen Baum gepreßt stand. Eine Ranke fiel über seinen Rücken, und Will erwartete schon, den kleinen *Protoceratops* aus seiner Krause springen zu sehen, aber zu seiner Überraschung verharrte er mucksmäuschenstill.

Die Stimme zu einem Flüstern gesenkt, beugte sich Will zu dem Übersetzer hinunter. »Frag sie, was los ist. Frag sie, was ...« Noch ehe er den Satz beendet hatte, antwortete Keelk mit einer Folge durchdringender, genau modulierter Zirpser.

»Sie sagt, wir müssen weitergehen.« Chaz lauschte aufmerksam. »Nein, nicht gehen, sondern rennen. Sie sagt, wir müssen *rennen.*« Noch während Chaz übersetzte, schob sich der *Struthiomimus* zur Seite und stieg vorsichtig über einen umgestürzten Baumstamm.

»Rennen? Wohin?« So sehr Will sich auch bemühte, er konnte noch immer keine Gefahr erkennen.

»Tiefer in den Wald hinein!« Bedauernd verließ Chaz den Schutz des Baumes, während Will eilig die Überreste ihres Mittagessens zusammenpackte. Beide bemühten sich nach Kräften, ihrem aufgeregten Führer zu folgen.

Chaz konnte nur mit Mühe mithalten, besonders dann, als Will zu rennen begann. Außerdem konnte der *Protoceratops*, anders als seine beiden Gefährten, nicht über seine Schulter blicken, um zu sehen, ob ihnen etwas anderes folgte als nur ein panischer Verdacht.

»Frag sie, ob jemand hinter uns her ist!« rief Will, denn der Struthie drängte sie immer noch zur Eile.

»Sie ist sich nicht sicher.« Chaz schnaufte wie eine kleine Dampfmaschine. Immer wieder legte der Wald ihm Hindernisse in den Weg: Wurzeln, Baumstümpfe, umgestürzte Baumstämme, Termitenhügel. »Sie sagt, daß …«

Schlitternd kam Keelk zum Stehen und stieß einen Quietscher aus. Noch nie hatte Will ein ähnliches Geräusch von ihr gehört, selbst dann nicht, als sie halluzinierend im Krankenbett gelegen hatte. Diesmal brauchte Chaz nicht zu übersetzten.

Seine Augen wurden fast so groß wie Keelks.

Der *Albertosaurus* trat hinter einem riesigen Ameisenbaum hervor, hinter dem er sich mit einem Geschick verborgen gehalten hatte, das man von einem so furchterregenden Wesen nicht erwartet hätte. Der an die fünf Meter große Dinosaurier wog mehrere Tonnen und bestand natürlich nicht ausschließlich aus Zähnen, obwohl diese im Moment Wills ganze Aufmerksamkeit gefangenhielten. Er konzentrierte sich so ausschließlich auf das Gebiß wie auf die Schnallen seines Sicherheitsgurtes, wenn er mit Cirrus Luftakrobatik machte.

Ein tiefes Knurren ertönte aus den Tiefen des muskulösen Schlundes. Will trat einen Schritt zurück und stellte fest, daß Chaz seinen Rückzug blockierte. Der *Protoceratops* brauchte seine Absicht nicht zu erläutern. Eine Flucht würde den Angriff nur beschleunigen, und so dicht vor dem *Albertosaurus* hätten sie keine Chance, dem gigantischen und schnellen *Carnosaurus* zu entkommen.

Es hätte ohnehin keinen Zweck gehabt. Will hielt den Atem an, als hinter ihnen zwei weitere Giganten aus dem Wald traten. Ein wenig kleiner als der erste, hatten sie in etwa die Größe eines ausgewachsenen Elefantenpärchens.

Jeder Fluchtweg war versperrt. Sie konnten nirgendwohin fliehen, sich nirgendwo verstecken. Ihnen blieb nur eine winzige, wenig aussichtsreiche Möglichkeit.

Flehend flüsterte Will seinem protoceratopischen Gefährten ins Ohr: »Sprich mit ihnen!«

»Ich werde es versuchen.«

»Du hast nur einen Versuch, oder wir werden zu Hors-d'œvres.«

Der Übersetzer nickte nervös. Zitternd trat er vor, verlagerte sein Gewicht auf die Hinterbeine, hob ein Vorderbein und schwenkte es in der allgemein anerkannten Weise. Dann bemühte er sich um eine einigermaßen akzeptable Version der Sprache der *Carnosaurier.* Sein bemüht selbstbewußtes Knurren klang eher jämmerlich, aber es ließ den großen *Theropoden* in der Bewegung innehalten. Das ebenso furchterregende Pärchen hinter ihnen gab mißmutige Töne von sich.

Will war beeindruckt.

Nicht, daß sich ihre Chancen gebessert hätten, immerhin standen sie zu dritt drei *Carnosauriern* gegenüber. Vielleicht versuchte der *Albertosaurus* mit ihnen zu kommunizieren – vielleicht stritten sie sich aber auch nur über die Aufteilung der Beute.

Wessen Imbiß werde ich wohl sein? fragte sich Will. Sie hatten Pech, ausgerechnet diesem in der Mittagshitze herumstreunenden *Theropoden*trio zu begegnen. Es tröstete Will nur wenig, daß ihr Scheitern beinahe vorhersehbar gewesen war.

Der größte der *Carnosaurier* brummelte etwas in seiner Kehle. Will trat neben den Übersetzer. »Was sagt er?«

»Sei still«, zischte Chaz. »Ich will sicher sein, daß ich ihn richtig verstehe. Bei Raubdinosauriern ist der Tonfall entscheidend.« Will schwieg gehorsam.

»Er will wissen – was wir drei hier mitten in der prallen Mittagshitze machen.« Der *Protoceratops* starrte Will an. »Was gibt es da zu grinsen, Will Denison? Findest du unsere Situation so komisch?«

»Nein. Aber genau diese Frage habe ich mir gerade über sie gestellt.«

»Eure Seelenverwandtschaft wird uns kaum weiterhelfen, da dieser Herr hier von unserer Anwesenheit geradezu entzückt ist. Und das nicht, weil seine Freunde und er das dringende Bedürfnis nach gepflegter Unterhaltung verspüren.«

Ein rascher Imbiß, dachte Will. So werde ich also enden. Nach allem, was er und sein Vater überlebt hatten – den Sturm auf dem Meer, den Schiffbruch an der Küste von Dinotopia, das Entdecken dieses sonderbaren Landes – war es sein Schicksal, seine Tage als Snack zu beenden. Was für eine furchtbare Verschwendung von Wissen und Erfahrung … »Sag ihnen, was wir hier tun. Erklär Ihnen, warum wir hier sind.«

»Glaubst du wirklich, das interessiert sie?«

»Hast du eine bessere Idee?«

»Nein«, antwortete Chaz mißmutig. »Habe ich nicht.«

Er wandte sich wieder dem *Albertosaurus* zu und nahm sein elegantes Knurren wieder auf. Will zwang sich, nicht über seine Schulter zu sehen. Er bildete sich ein, warmen, übelriechenden Atem in seinem Nacken zu spüren. Ein Biß, dachte er, ein Biß, und alles war vorbei.

Chaz drehte sich wieder zu ihm. »Es ist so, wie ich befürchtet hatte. Unsere Gründe interessieren sie nicht. Sie wollen nur ihren Hunger stillen, und der scheint beträchtlich zu sein.«

»Du mußt doch irgend etwas tun können!« rief Will. »Verhandle mit ihnen, sag ihnen, wenn sie uns gehen lassen, kommen wir mit Fisch wieder. Mit einer ganzen Ladung Fisch!«

Auch die panische Keelk zwitscherte auf Chaz ein, so daß der arme *Protoceratops* zwei gleichzeitigen Serien von Vorschlägen in zwei sehr unterschiedlichen Sprachen lauschen mußte.

»Mit einem Raubdinosaurier kann man nicht verhandeln.«

»Natürlich kann man das! Man kann mit jedem denkenden Wesen verhandeln. Ich weiß das, ich habe es schon gesehen. Der Übersetzer Bix ...«

»Oh, *Bix*. Für wen hältst du mich, Will? Ich bin noch in der Ausbildung, genau wie du. Ich habe weder die Erfahrung noch die linguistischen Fähigkeiten des ehrenwerten Bix'. Ich komme gerade mal mit Struthinisch zurecht. Nicht daß das irgend etwas ändern würde. Selbst der berühmte Bix könnte drei Raubdinosauriern wohl kaum eine so leicht zu erwerbende Mahlzeit ausreden. Warum sollten sie es sich denn anders überlegen? Wir sind nicht gepanzert oder in Begleitung von *Sauropoden*, sondern ganz allein unterwegs.«

»Also hast du nichts zu verlieren. Versuch es!« erwiderte Will entschieden.

Der erste *Albertosaurus* schnaubte ungeduldig und trat einen Schritt nach vorn. Einen großen Schritt, aber die drei Wanderer konnten nicht zurückweichen. Wohin sie auch traten, überall wurden sie von hungrigen Mäulern erwartet.

Will bemerkte, wie die hellen, gierigen Augen zwischen ihm und Keelk hin- und herwanderten, als prüften sie, wer von ihnen den lohnenderen Bissen abgab. Ein Schnapper, und alles wäre vorbei. Im letzten Moment, beschloß er, würde er die Augen schließen. Er bedauerte es nur, daß er keine Gelegenheit mehr gefunden hatte, sich von Sylvia und seinem Vater zu verabschieden.

Eines mußte er Chaz lassen: Der kleine Übersetzer gab sein Bestes. Angestrengt knurrte und brummte er in der Sprache des *Albertosaurus*. Der *Theropode* antwortete umgehend.

»Ich habe ihm gesagt, daß wir auf einer Rettungsmission sind, und daß in ihrem Gebiet viele merkwürdige Menschen unterwegs sind. Diese Neuigkeiten hören sie gerne – sie verheißen ihnen leichte Beute. Unsere Mission dagegen bedeutet ihnen nichts. Noch irgendwelche letzten klugen Einfälle?«

Jetzt war Will sicher, den faulen Atem tatsächlich heiß auf seinem Rücken zu spüren. Verzweifelt überlegte er, was Chaz noch sagen könnte. Nicht ganz einfach, ohne Zeit zum Nachdenken und bei so desinteressierten Zuhörern.

Da hallte ein donnerndes Brüllen durch den Wald, das die Vögel von den Ästen scheuchte und alle Hintergrundgeräusche übertönte. Der Kopf des führenden *Albertosaurus*, nur noch weniger als eine Armlänge von Chaz' Schnauze entfernt, schnellte in die Höhe und drehte sich genauso nach Süden wie die Köpfe seiner beiden Gefährten. Erschrocken wandte sich auch Will in diese Richtung, Keelk und Chaz folgten.

Noch bevor der erste Schrei verhallt war, erklang ein zweiter, noch gräßlicherer durch den Regenwald, gefolgt von dem Krachen von Bäumen und Büschen zu ihrer Linken. Der Boden schwankte, als erzitterte er unter einem auf diesen Flecken begrenzten Erdbeben.

Die drei *Albertosaurier* ließen von ihrer Beute ab, wirbelten herum und rannten in die entgegengesetzte Richtung davon. Ihre dicken, kräftigen Beine trugen sie rasch tief in das Grün hinein, der Größere voran, die beiden Kleineren folgten.

Keelk stieß einen wütenden Schrei aus. Einsam verhallte er in der plötzlichen unnatürlichen Stille. Diesmal brauchte Chaz nicht zu übersetzten. Unmißverständlich fragte der Struthie: »Was ist denn jetzt schon wieder los?«

Was es auch sein mochte – schlimmer als die Gefahr, der sie gerade entronnen waren, konnte es eigentlich nicht sein, dachte Will, doch natürlich irrte er sich.

Zwei ausgewachsene *Tyrannosaurier* kamen mit zornig brennenden gelben Augen, die riesigen Mäuler halb geöffnet, auf sie zugelaufen. Ihre winzigen, muskulösen Arme zeigten nach innen, so daß sich die Spitzen der kräftigen Klauen beinahe berührten. Gemeinsam wogen sie mehr als vierzehn Tonnen. Verglichen mit ihnen, ähnelten die verschwundenen *Albertosaurier* Schakalen auf der Flucht vor unerwartet auftauchenden Löwen.

Nicht einmal mehr Zeit zu verhandeln, dachte Will in

Panik und versuchte, sich auf den ersten Biß vorzubereiten, doch es gelang ihm nicht, die Augen zu schließen. Nur selten bietet die Natur etwas so erschreckend Majestätisches wie den Anblick eines angreifenden *Tyrannosaurus*. Will fühlte sich wie ein Mann, der mitten auf einer hohen Eisenbahnbrücke von einer dahinrasenden Lokomotive überrascht wird.

Mit vorgestrecktem Kopf schoß der männliche *Tyrannosaurus* wie ein Pfeil auf sie zu, mit seinem kräftigen Schwanz, der wie ein Schiffsruder hinter ihm ausgestreckt war, die Balance haltend. Der weit über einen Meter lange, mit zahllosen Zähnen gespickte Schädel stieß vor und zurück. Kurz erblickte Will ein blitzendes gelbes Augen mit einer tiefschwarzen Pupille, dann verdrängte der gähnende Schlund alles anderes.

Will schloß entsetzt die Augen.

Nichts geschah.

Worauf wartete er? Er war doch nur ein winziger Bissen, kaum das Kauen wert und erst recht keine größeren Überlegungen.

Ein kurzes Knurren, tiefer und noch beeindruckender als das der *Albertosaurier*, formte sich zu Worten. Es erinnerte Will an eine Dampfmaschine. Seine Ohren brummten. Vorsichtig öffnete er die Augen.

Fast wünschte er, er hätte es nicht getan. Der Alptraum war noch da, weniger als einen Meter vor seinem Gesicht. Am Rande seines Bewußtseins bekam er mit, daß Chaz mit ungewöhnlich wackliger Stimme etwas sagte. Von Panik erfüllt, schaffte es der kleine *Protoceratops* irgendwie, seine Arbeit zu tun.

»Er – er sagt, daß du ein Mensch bist.«

Will wußte nicht, was er darauf antworten sollte. Es wäre ihm auch schwer gefallen, Worte zu finden. Wieder knurrte der *Tyrannosaurus* ihn an. Sein Atem roch unvorstellbar scheußlich nach Aas.

Ich werde nicht ohnmächtig, beschwor Will sich zitternd. Ich werde diese Welt als Mann verlassen, nicht als willenlose Mahlzeit.

Die Tatsache, daß sie noch lebten, verlieh der Stimme des *Protoceratops* neue Kraft. »Ich kann es kaum glauben. Der männliche *Tyrannosaurus* – er heißt Triefauge – will wissen, was du mit ihrem Kind gemacht hast. Mit ihrer Tochter, um genau zu sein.«

Will blinzelte. Die Neugier überwand seine Angst, und seine unteren Gliedmaßen hörten auf zu zittern. Er stand Auge in Auge mit dem wildesten, imponierendsten Fleischfresser, den die Natur je hervorgebracht hatte, und dieser verschlang ihn nicht mit einem einzigen Happen, sondern stellte ihm eine Frage.

Offensichtlich ziemte es sich, sie zu beantworten.

»Mit ihrer Tochter? Nichts habe ich mit ihrer Tochter gemacht.«

Während Chaz übersetzte, näherte sich auch der zweite *Tyrannosaurus*. Schon die Gegenwart eines von ihnen war grauenvoll genug, doch ein Pärchen in solcher Nähe ließ jedes Gefühl in einem absterben.

Einige Sekunden lang knurrte der zweite Will an.

»Das ist Shethorn, die Mutter.« Chaz übersetzte auch für Keelk. Es war sicher nicht leicht für ihn, dachte Will, in einer derart schwierigen Situation zwischen so vielen Sprachen hin- und herzuwechseln.

»Ich verstehe nicht, was das soll«, meinte er. »Bitte sie um eine Erklärung, um Einzelheiten.«

Chaz räusperte sich und begann aufs neue mit seiner Version des *Tyrannosaurier*dialekts. Seine Frage wurde umgehend und mit beinahe schmerzvoller Eindringlichkeit beantwortet.

»Sie hatten ihre Tochter Hübscher Tod nach einem Festmahl bei einem Kadaver schlafend zurückgelassen. Sie hatte sich wohl überfressen und wollte nicht mit ihnen gehen. Als sie zurückkamen, war sie verschwunden. Aus freiem Willen würde sie so etwas niemals tun. *Tyrannosaurier*kinder gehorchen ihren Eltern unbedingt.«

Wer würde das nicht tun? dachte Will, dem angesichts des *Carnosauriers* von sieben Tonnen Gewicht unmittelbar vor ihm ganz schlecht geworden war.

Chaz fuhr fort. »Zu ihrer Überraschung fanden sie Spuren eines kurzen Kampfes. Außerdem gab es Hinweise auf die Anwesenheit zahlreicher Menschen ... Starke Gerüche, Spuren in der Umgebung und Fußabdrücke. Sie vermischten sich mit denen ihrer Tochter und einiger Struthies. Alle verliefen sich im Wald. Seitdem versuchen sie verzweifelt, ihre Tochter und diese Menschen zu finden. Die Anwesenheit von Struthies hat sie noch mehr verwirrt.«

Will überlegte. »Frag sie, ob sie in den menschlichen Ausdünstungen auch den Geruch des Meeres erkannt haben.«

Chaz gab die Frage weiter. Die beiden *Tyrannosaurier* wechselten einen Blick, ehe das Männchen antwortete. »Er sagt ja, wenn auch nur sehr schwach. Sie kennen den Geruch des Meeres, weil die Reisenden durch das Regental ihnen immer Fisch mitbringen. Bisher haben sie ihn noch nie mit zu Fuß reisenden Menschen in Verbindung gebracht.« Seine letzten Worte wurden von einem ungeduldigen Knurren begleitet. »Er würde gerne wissen«, fuhr der *Protoceratops* schnell fort, »woher du von dieser Verbindung weißt.« Leiser fügte er hinzu: »Überleg dir genau, was du sagst, Will. Die beiden sind ziemlich nervös.«

»Das sehe ich.« Will war klar, daß Mißverständnisse unbedingt zu vermeiden waren, wenn man auf jeder Seite von einem über einen Meter langen Schädel beäugt wurde. Wie lange noch würde die Neugier der *Tyrannosaurier* ihre Wut und ihren Ärger zügeln?

Er stemmte die Hände in die Hüften und erwiderte tollkühn ihren Blick, wobei er gern gewußt hätte, ob seine selbstbewußte Haltung nicht vielleicht so resigniert wirkte, wie er sich fühlte. Er bemühte sich, die *Tyrannosaurier* als Individuen, als besorgte Eltern zu sehen und nicht als gigantische zweibeinige Freßmaschinen.

Zum Glück besaß er eine blühende Fantasie. »Sag ihnen, daß auch unsere Freundin hier eine Tochter ist.« Er wies auf Keelk. Der junge *Struthiomimus* warf ihm einen hoffnungsvollen Blick zu. »Die Fußabdrücke der Struthies, die sie gefunden haben, stammen von ihrer Familie, die von den Menschen, welche nicht aus Dinotopia, sondern vom Meer kommen, gefangengenommen wurde. Sie konnte fliehen und Hilfe holen.« Bescheiden hob er die Schultern. »Bis jetzt sind wir die einzige Hilfe, die sie finden konnte. Aber andere werden folgen.« Sobald Chaz das übersetzt hatte, fuhr Will fort. »Diese Menschen sind nicht zivilisiert. Sie wissen nichts über die Dinotopier und scheinen keinerlei Moral zu besitzen. Ich weiß, daß die Bewohner des Regentales anders denken und handeln als wir, die wir in entwickelteren Gegenden leben, aber zumindest verstehen wir einander. Diese Neuankömmlinge haben keine Ahnung von unseren Sitten, Vereinbarungen oder Verträgen. Sie handeln nur aus stumpfsinnigem Eigeninteresse.

Da sie willens und in der Lage waren, eine ganze Struthiefamilie zu überfallen und gefangenzunehmen, glaube ich, daß sie auch einen jungen *Tyrannosaurus* festhalten können. Das ist wohl die Erklärung dafür, was mit ihrer Tochter passiert ist. Wie alt ist sie? Und wie groß?«

Chaz übersetzte erst für Keelk, dann für ihre Zuhörer. Als der *Protoceratops* schwieg, beugte sich der weibliche *Tyrannosaurus* zu Will herunter. Der zwang sich, ruhig zu bleiben, während der riesige Schädel über ihn hinwegstrich. Eine kurze, aber kräftige Pfote mit zwei Klauen griff nach seinem Kopf und stoppte nur wenige Millimeter über seinen Haarspitzen. Dann zog Shethorn sie zurück.

»Nicht sehr groß also«, meinte Will voller Mitleid. Man konnte sich nur schwer vorstellen, daß Menschen einen *Tyrannosaurus* gefangenhielten, egal wie groß er war, aber irgendwie hatten diese Eindringlinge das Kunststück vollbracht. Hübscher Tod schien nicht größer zu sein als Keelk, allerdings sicherlich wesentlich kräftiger.

Der Gestank aus den beiden *Tyrannosaurier*mäulern war beinahe unerträglich. Will versuchte, durch den Mund zu atmen. »Sag ihnen, daß wir dasselbe wollen wie sie: diese Menschen finden und ihre Gefangenen befreien. Sie wollen ihre Tochter zurück, Keelk will ihre Familie wiederhaben. Sag ihnen ... sag ihnen, wir werden ihnen helfen, ihre Tochter zu retten.«

Er wartete, bis Chaz übersetzt hatte. Ehrfürchtig lauschte Will den wortgewandten Bemühungen des *Protoceratops*. Dieses ganze Knurren und Grunzen war für seine Kehle sicherlich eine ziemliche Belastung. Er bemühte sich, ruhig zu bleiben, als die *Tyrannosaurier* seismische Knurrlaute austauschten.

Schließlich senkte das Männchen den Kopf und stupste mit seiner Schnauze gegen Wills Brust – vorsichtig, um den Menschen nicht umzustoßen. Will taumelte einige Schritte zurück, ohne jedoch zu fallen, und fing sich rasch.

»Was ist das Problem?« fragte er Chaz in aufgeregtem Flüsterton. Keelk hielt nervös die Stellung und verfolgte schweigend jede Bewegung der *Tyrannosaurier*.

Chaz fragte ohne zu zögern nach. »Triefauge sagt, er versteht nicht, warum sie unsere Hilfe brauchen sollten. Er sieht nicht, was wir für sie tun könnten. Er sagt – er sagt, er sieht keinen Grund, nicht kurzen Prozeß mit uns zu machen und weiterzulaufen.«

»Eine gute Frage.« Mein Gott ist das heiß hier! dachte Will. Und keine Abkühlung in Sicht. »Los, übersetz das.«

Chaz sah aus, als hätte er sich schon damit abgefunden, den Abend im Magen eines entfernten Verwandten zu beenden. Da er jedoch auch nicht wußte, was sie tun sollten, folgte er der Anweisung seines Freundes. Will fuhr fort. »Sag ihnen, daß sie ohne uns nicht wüßten, was mit ihrer Tochter passiert ist. Sag ihnen, daß wir, egal wie groß und stark sie sind, einiges tun können, was sie nicht können. Menschen können mit Werkzeugen besser umgehen als jeder Dinosaurier, und falls es notwendig wird, mit diesen Eindringlingen zu verhandeln, dann brauchen sie die Hilfe eines Übersetzers. Und was Keelk betrifft – ohne sie wäre keiner von uns hier.« Ihm kam noch ein Gedanke, und er fügte hinzu: »Sag ihnen außerdem, daß wir drei kaum genug Fleisch auf den Knochen haben, um ihren Appetit zu stillen. Ich selbst bin so knochig, das ich ihnen bestimmt in der Kehle steckenbleibe.«

»Wer meint, *Tyrannosaurier* hätten einen Sinn für Humor, muß ziemlich verrückt sein.« Trotz seiner Zweifel übersetzte Chaz Wills Antwort wörtlich.

»Sag ihnen auch«, bat Will, als der *Protoceratops* geendet hatte, »daß wir ihnen, ob sie es glauben oder nicht, lebend nützlicher sein werden als verdaut.« Er war nicht traurig, daß *Tyrannosaurier* nicht lächeln können. Eine solche Präsentation ihrer Zähne wäre wohl keine große Beruhigung gewesen.

Als Reaktion auf Chaz' Worte richteten sich die beiden Raubdinosaurier ein wenig auf. Um den Augenkontakt nicht zu verlieren, legte Will den Kopf so weit in den Nacken, daß es schmerzte. Es war, als blickte er an zwei riesigen Gebäuden empor.

Shethorn knurrte ihm etwas zu. Zu gern hätte sich Will die Nase zugehalten, aber er wagte es nicht, aus Angst, die *Tyrannosaurier* könnten die Geste verstehen.

»Sie sagt, daß sie schon mit vielen Menschen verhandelt haben, aber noch nie jemanden wie dich getroffen haben. Unser Mut, das Regental ohne gepanzerte Eskorte zu betreten, hat sie beeindruckt.« Der *Protoceratops* senkte die Stimme. »Ich habe schon oft gehört, daß die großen Raubdinosaurier Mut respektieren. Das bedeutet allerdings nicht, daß sie Skrupel hätten, die Mutigen zu verspeisen.«

»Was haben sie noch gesagt?« drängte Will.

Chaz holte tief Luft. »Sie haben gesagt, daß sie für immer in unserer Schuld stünden, wenn wir ihnen wirklich helfen können, ihre Tochter zu finden, und daß du, selbst wenn du nie wieder hierherkommen solltest, drei von ihnen zu deinen Freunden zählen könntest.«

»Fantastisch.« Als das *Tyrannosaurus*männchen wieder zu knurren begann, erwiderte Will den Blick der wilden gelben Augen, ohne zu zwinkern.

»Sie sagen außerdem«, fuhr Chaz fort, »daß sie uns zur

Verantwortung ziehen werden, wenn wir gelogen und sie auf eine falsche Spur gesetzt haben und ihrer Tochter deshalb etwas zustößt.«

»Sag ihnen, daß ich ihre Bedingungen verstanden habe und sie akzeptiere.«

»Was anderes bleibt uns wohl auch nicht übrig«, murmelte der *Protoceratops.* »Wir haben nichts zu verlieren.«

»Stimmt. Der Name ihrer Tochter ist Hübscher Tod?«

Chaz übersetzte und lauschte der geknurrten Antwort aufmerksam. »Ja. Sie lieben sie sehr und vermissen sie.«

»Sag ihnen, daß Keelk ihre Familie ebenso vermißt wie sie ihre Tochter. So haben sie noch etwas gemeinsam, abgesehen davon, daß sie Zweifüßer sind. Sag ihnen, daß wir uns leise bewegen müssen. Wir wollen diese Menschen nicht erschrecken. Wenn sie so sind, wie ich glaube, dann werden sie nicht davor zurückschrecken, ihre Gefangenen zu verletzen oder zu töten, falls sie es für nötig halten.«

Die Übersetzung des *Protoceratops* löste bei der *Tyrannosaurus*mutter ein wildes Brüllen aus, das Will das Blut in den Adern gefrieren ließ, obwohl es nicht gegen ihn gerichtet war. Keelk zog ihren Kopf zwischen die Schultern, und auch Chaz war sichtlich erschüttert. Nicht auszudenken, die Zielscheibe dieser unvorstellbaren Wut zu sein.

»Sie sind auch von Keelks Mut beeindruckt«, fügte Chaz hinzu.

»Das bin ich auch.« Will blickte von einem *Tyrannosaurus* zum anderen. »Was glaubst du, Chaz? Können wir ihnen trauen?«

»Haben wir eine andere Wahl?«

»Ich meine, was ist, wenn sie mitten in der Nacht aufwachen und Appetit auf einen kleinen Imbiß verspüren? Ich habe gehört, daß Raubdinosaurier ein schlechtes Gedächtnis haben.«

Der Kopf mit der Krause wandte sich ihm zu, und die Stimme des *Protoceratops* klang leicht überheblich. »Das wird nicht passieren. Es gibt noch vieles, was du nicht weißt, Will, weil du erst so kurze Zeit hier lebst. Die *Car-*

nosaurier haben ihren eigenen, primitiven Moralkodex. Sie würden nie jemanden fressen, mit dem sie einen Vertrag geschlossen haben. Sie werden vielleicht wütend, ärgerlich oder ungeduldig, aber sie vergessen nicht. Sie haben ihr Wort gegeben. Du brauchst keine Angst zu haben, in ihrem Magen aufzuwachen.«

»Dann sind wir also in Sicherheit.« Endlich gelang Will ein Lächeln.

»Nicht ganz«, berichtigte ihn der übervorsichtige *Protoceratops*, nachdem er für Keelk übersetzt hatte. »Wir haben es hier mit zwei *Tyrannosaurus rex* zu tun. Wir sollten beten, daß ihrer Tochter kein Unheil geschehen ist.«

»Wenn, dann wäre das nicht unsere Schuld.«

»Das wäre ihnen egal«, erwiderte Chaz. »Aber immerhin hast du es geschafft, sie davon zu überzeugen, daß wir einander brauchen. Deswegen ist fürs erste wirklich alles in Ordnung.« Der *Protoceratops* wandte sich dem ungeduldig knurrenden Männchen zu.

»Triefauge meint, sie werden die Spur weiterverfolgen. Ihr Geruchssinn übertrifft sogar den eines Struthies.«

»In Ordnung.« Will trat einen Schritt vor. »Wir sollten den Bund besiegeln.«

»Besiegeln?« Chaz gelang es, ein Stirnrunzeln in seine Stimme zu legen.

»Du weißt schon. Die übliche Geste der Übereinstimmung.«

»Ach so, du meinst diese hier?« Der *Protoceratops* hob einen Vorderfuß, und Will preßte die Handfläche fest gegen den flachen Ballen.

Nach dieser Demonstration und Chaz' knurrender Erläuterung trat Will auf Shethorn zu. Zitternd streckte er seine Hand aus, die Handfläche nach oben gekehrt. Mit einem Grunzen beugte sich das Weibchen herunter und drehte sich nach rechts, um den Menschen nicht aus dem Auge zu verlieren. Sie streckte den kräftigen Arm aus, und der Ansatz der beiden Klauen berührte seine weiche menschliche Hand.

Bei der Berührung durchlief Will ein Schauer der Erregung. Soweit er wußte, war dies das erste Mal in der Geschichte Dinotopias, daß ein solcher Austausch stattgefunden hatte. Direkt über seinem Kopf spürte er den riesigen Unterkiefer.

Er trat wieder zurück.

Triefauge knurrte eindringlich auf die verängstige Keelk ein. Chaz beeilte sich, den Struthie zu beruhigen. »Atme tief. Er will nur wissen, was du über diese Menschen weißt, die so gegen unsere Sitten verstoßen haben.«

Keelk nickte widerwillig. Außer Atem berichtete sie Chaz alles über ihre Gefangenschaft, woran sie sich erinnern konnte. Die beiden *Tyrannosaurier* lauschten aufmerksam. Bis auf ihre beunruhigend starren Blicke zeigten sie keine Reaktion.

Als Keelk geendet hatte, senkten sie ihre Schnauzen, gingen auseinander und strichen mit ihren empfindlichen Nüstern über den Boden, um die Suche nach einem Hinweis auf ihre Tochter oder die unbekannten Menschen fortzusetzen, und ihre riesigen Köpfe schwangen hin und her. Fasziniert sah Will zu.

Nach etwa zehn Minuten richtete sich Shethorn auf, knurrte leise und wies mit dem rechten Arm und dem Kopf in Richtung Südosten.

»Da geht's lang«, erklärte der *Protoceratops.*

»Das hättest du nicht übersetzen müssen«, meinte Will. Chaz warf ihm einen unwilligen Blick zu.

Aufmerksam folgten die *Tyrannosaurier* der schwachen Witterung durch den Regenwald. Immer wieder blieben sie stehen, um am Boden, in den Büschen und an allem, was den Geruch tragen könnte, zu schnuppern. Ab und zu besprachen sie sich mit einem kurzen Knurren, das Chaz aber nicht übersetzte. Dann nahmen sie die Verfolgung wieder auf.

Ihre kurzen Pausen kamen Will und seinen Freunden sehr gelegen. Mit den mühelosen, mächtigen Schritten ihrer neuen Gefährten konnten sie nämlich nicht mithalten. Selbst Keelk hatte Mühe nachzukommen, und für Chaz wäre es ohne kurze Pausen völlig aussichtslos.

Zumindest mußten sie sich über den Pfad keine Sorgen mehr machen – die *Tyrannosaurier* brachen sich ihre eigenen Wege, ganz wie das alte dinotopische Sprichwort besagte: »Wohin geht ein *Tyrannosaurus*? Wohin es ihm paßt.«

Trotz ihrer Bemühungen blieben die drei bald zurück. Will tat sein Bestes, um Chaz zu helfen, und Keelk lief langsamer, um bei ihnen zu bleiben. Shethorn sah sich um und knurrte ungeduldig.

»Tut uns leid!« Will keuchte, und der arme Chaz war am Ende. »Schneller geht's nicht.« Ihm wurde bewußt, daß er soeben einem reizbaren *Tyrannosaurus* gegenüber einen scharfen Ton angeschlagen hatte. Aber er war so erschöpft, daß es ihn nicht weiter kümmerte.

Triefauge knurrte zu seinem Weibchen hinüber und sprach dann mit Chaz. Der *Protoceratops* war froh, übersetzen zu können, denn dann mußte er wenigstens nicht laufen.

»Sie sagen – laß mich erst zu Atem kommen, Will – sie sagen, sie sehen, daß wir Probleme haben, mit ihnen Schritt zu halten. Dabei hättest du doch selbst gesagt, daß die Zeit von großer Bedeutung sei.«

»Ich weiß, aber was erwarten sie von uns? Sollen wir fliegen? Auch ein Luftbote braucht seinen Flugdinosaurier.«

»Sie sind bereit, auf ihre Würde zu verzichten, um die Sache zu beschleunigen.«

Will runzelte die Stirn. »Ich glaube, das verstehe ich nicht.«

Chaz nickte zu Shethorn herüber, die sich niederkniete und den Kopf senkte. »Wir sollen auf ihnen reiten.«

»Reiten? Auf ihnen?« Will hatte immer geglaubt, seinen Flugdinosaurier Cirrus zu reiten wäre für ihn die größte Herausforderung überhaupt. Alle größeren Dinosaurierbürger des zivilisierten Dinotopia waren natürlich bereit, sich hilfreichen Menschen als Transportmittel zur Verfügung zu stellen. Viele waren extra zu diesem Zweck mit Sätteln und Geschirren ausgerüstet.

Aber einen *Tyrannosaurus rex* zu reiten …

Triefauge hatte sich neben seinem Weibchen niedergelassen und stieß nun ein ungeduldiges Knurren aus.

»Wir sollen uns beeilen«, meinte Chaz.

»Das sehe ich. Sag ihnen – sag ihnen, wir werden es versuchen.« Will trat auf Triefauge zu, und Keelk näherte sich zögernd der wartenden Shethorn. Obwohl die *Tyrannosaurier* knieten, fiel es den beiden nicht leicht, sie zu besteigen. Wie sollte Will da hochkommen? Keelk besaß scharfe Krallen an Händen und Füßen, mit denen sie klettern und sich festhalten konnte. Mit Bäumen hatte Will keine Probleme, aber hier gab es keine Äste, nichts, worauf er einen Fuß stellen könnte …

Triefauge öffnete sein Maul und nickte Will ermutigend zu. Bemüht, nicht auf die fünfzehn Zentimeter langen Zähne zu achten, setzte Will einen Fuß auf den Rand des Unterkiefers und packte mit der linken Hand den hörnernen Auswuchs über dem rechten Auge des *Tyrannosaurus*. Sich abdrückend und gleichzeitig nach oben ziehend, gelang es ihm, sein anderes Bein über den riesigen Kopf zu schwingen. Es war nicht viel anders, als ein Pferd zu besteigen, und das hatte er als Kind in Amerika oft getan. Der einzige Unterschied war, daß er auf einem Kopf und nicht auf einem Rücken saß. Und die Tatsache, daß sein jetziges Reittier ein Pferd zum Frühstück verspeist hätte.

Er sah, daß Keelk sich inzwischen auf Shethorns Hals, direkt hinter dem Kopf, niedergelassen hatte. Mit seinen Krallen und Klauen konnte der Struthie dort problemlos hängen und sich festklammern, ohne die dicke therapodische Haut zu verletzen. Will, der nicht über solche natürlichen Haken verfügte, mußte sich anders behelfen.

Er verschränkte die Beine unter sich und versuchte, in der Mitte des Schädels das Gleichgewicht zu halten. Der Kopf war groß genug, um bequem darauf Platz zu nehmen. Die hornigen Auswüchse über den Augen bildeten praktische Haltegriffe. Als Will sicher saß, klopfte er mit der Handfläche auf den Schädel.

Sofort stand Triefauge auf, und Will fühlte, wie er in die Luft gehoben wurde. Von seinem neuen Ausguck, fünf Meter über dem Boden, sah der Wald ganz anders aus. Ein Reiter eines *Brachiosaurus* hätte vielleicht einen weiteren Blick, aber wohl kaum dieses Gefühl der absoluten Unverletzlichkeit, ein berauschendes Gefühl, obwohl Will wußte, daß niemand in Dinotopia (und auch nirgendwo sonst auf der Welt) es wagen würde, sein Reittier anzugreifen.

Ganz ruhig, ermahnte er sich. Ihm war soeben ein einzigartiges Privileg zuteil geworden, aber es konnte ihm ebenso rasch wieder entzogen werden.

Zu seiner Rechten erblickte er Keelk, die es sich auf Shethorns Hals gemütlich gemacht hatte. Aber mit Chaz wurde es schwierig. Der stämmige *Protoceratops* besaß weder Wills Behendigkeit noch die angeborenen Klammerwerkzeuge des Struthies.

Ungeduldig lösten die *Tyrannosaurier* selbst das Problem. Shethorn beugte sich vor, packte den widerstrebenden Übersetzer hinter den Vorderbeinen und hob ihn mühelos in die Höhe. Die Arme eines *Tyrannosaurus* sind zwar kurz, aber sehr kräftig, und sie konnte ihn ohne Probleme halten. Obwohl sie einigermaßen bequem war, empfand Chaz seine Position – mit dem Hinterteil über dem Boden baumelnd wie ein menschliches Kleinkind – doch als höchst unvorteilhaft.

»Entspanne dich.« Will bemühte sich, ein Grinsen zu unterdrücken. »Keiner sieht dich. Und wenn doch, dann wird keiner es wagen zu lachen. Schließlich könnte Shethorn das Lachen auf sich beziehen, und das Risiko wird wohl niemand eingehen.«

»Eine äußerst würdelose Position.« Chaz war nicht zu beschwichtigen.

Als Triefauge sich in Bewegung setzte, bemühte Will sich, nicht aus dem Gleichgewicht zu geraten. Der *Tyrannosaurus* bewegte sich so gleichmäßig, daß es nur wenig Auf und Ab gab. Das leichte seitliche Schaukeln war nicht unangenehm, und schnell hatte Will begriffen, wie er sich in jeden Schritt hineinlegen mußte. Bald gingen sie nicht länger durch den Wald, sondern liefen. Aufstrebende Wurzeln, kräftige Ranken, Senken und Anhöhen, schmale Bäche und Teiche flogen vorbei.

Das soll uns ein *Brachiosaurus*reiter erst mal nachmachen! dachte Will begeistert. Die Mischung aus Geschwindigkeit und absoluter Sicherheit war berauschend.

Hin und wieder unterbrachen die beiden *Tyrannosaurier* ihre Jagd durch den Regenwald, um die Spuren zu überprüfen, doch insgesamt betrachtet wurden sie immer schneller. Da er sich nicht länger anstrengen mußte, konnte Will sich zurücklehnen, seine Beinmuskeln entspannen und die Aussicht, die an ihm vorüberschoß, genießen – eine einzigartige und wohl nie zuvor praktizierte Art, das Regental zu erforschen.

Er hatte sich den Ritt wackliger vorgestellt, doch er wäre nur ein einziges Mal beinahe von seinem Hochsitz geschleudert worden, als nämlich der *Tyrannosaurus* mit einem unerwarteten Sprung über einen tiefen Fluß hinübersetzte. So sanft die Landung am anderen Ufer des Stromes auch war, hätte sie Will doch fast hoch hinaufkatapultiert. In letzter Sekunde konnte er sich am rechten Augenauswuchs festklammern und den Sturz verhindern. Danach konzentrierte er sich wieder mehr auf den Ritt als auf die vorbeiziehende Landschaft.

Er hatte Fotografien von Arabern auf Kamelen gesehen, doch seine Position ähnelte eher der eines würdevoll auf der gehobenen Braue seines Dickhäuters thronenden hinduistischen Elefantenführers. Mit jedem gigantischen Schritt fühlte Will sich sicherer. Er kreuzte die Arme über der Brust, schob die Unterlippe vor und bedauerte zutiefst, daß kein geschickter Fotograf zur Stelle war, um diese Pose für die Ewigkeit festzuhalten. Auch an Abwechslung fehlte es ihm nicht, denn Chaz' Wehklagen über seine schmachvolle Position hielt an.

Kreischend und schreiend flohen Vögel und andere kleine Bewohner des Unterholzes vor ihnen. Obwohl sie sich völlig unter Kontrolle hatten, mußten die beiden rasenden *Tyrannosaurier* allen anderen Lebewesen, die ihnen in den Weg kamen, wie zwei wild gewordene Lokomotiven erscheinen. Auf beiden Seiten flog der Regenwald vorüber, ein Kaleidoskop prachtvoller Blumen, buntfarbener Bromelien und schwirrender Insekten. Will bemerkte sie nur am Rande seines Blickfeldes, denn er achtete jetzt vor allem auf gelegentliche niedrige Äste, die plötzlich aus dem entgegenkommenden Dickicht hervorragten. Mehr als einmal mußte er sich ducken, strichen Blätter und Zweige über sein Haar.

Unter ihm bahnte sich Triefauge wie eine riesige organische Maschine mühelos seinen Weg. Mit jedem Schritt ließ er große Strecken Waldes hinter sich.

Ein kleines Rudel *Ceratosaurier* hatte sich ein Stück vor ihnen über einen eben verendeten *Protosaurier* hergemacht, als der Suchtrupp aus dem Dickicht brach. Instinktiv rüsteten sich die *Ceratopier*, um ihre Mahlzeit zu verteidigen, doch der Anblick der heranbrausenden *Tyrannosaurier* schlug sie sofort in die Flucht. Ohne den Kadaver zu beachten, rannten Triefauge und Shethorn vorbei. Verdutzt kamen die *Ceratosaurier* hinter ihren so viel größeren Verwandten wieder aus ihren Verstecken hervor.

Sah man von den unglücklichen Insekten ab, die Will hin und wieder ins Gesicht klatschten, war der einzige weitere Nachteil dieses fantastischen Abenteuers, daß es unmöglich war, dem stinkenden Atem des *Tyrannosaurus* zu entkommen. Natürlich wollte Will sich nicht beschweren. Nur ein äußerst unkluger Mensch hätte sich bei einem *Tyrannosaurus* beschwert. Ein *lebensmüder* unkluger Mensch, dachte Will.

Von Zeit zu Zeit beugte er sich nach rechts und schaut in ein untertassengroßes gelbes Auge, das von unten herauf zurückblickte. Dann lächelte er aufmunternd, ohne zu wissen, ob das irgendeine Wirkung auf den *Tyrannosaurus* hatte.

Eine Entdeckung allerdings hatte Will gemacht. Wie die meisten Dinosaurier mochten auch die *Tyrannosaurier*

Musik, und Will hatte eine gründliche musikalische Ausbildung genossen. Es stellte sich heraus, daß Triefauge und Shethorn Liszt, Berlioz und traditionelle Märsche besonders liebten.

Völlig unerwartet hatte Will während dieses Rittes also eine neue Anwendung für seine Pfeiftalente gefunden.

15

»Diese Menschen sind verrückt!« flüsterte Tryll.

»Ich weiß.« Shremaza bemühte sich, ihre Tochter zu beruhigen. »Wir können nur hoffen, daß Keelk Hilfe bringt oder sich auch uns eine Gelegenheit zur Flucht bietet.«

Die vier Struthies waren an zwei Bäume gebunden. Wie immer hatten ihre Entführer sie gewissenhaft gefüttert und mit Wasser getränkt, Schwarzgurts ungerührter Maxime folgend, beschädigte Ware bringe einen schlechteren Preis als Ware, die sich in einem guten Zustand befinde.

Nachdem ihre sanftmütigeren Gefangenen versorgt waren, wandten sich die Piraten der delikateren Aufgabe zu, ihre schwierigste Geisel zu füttern. Mit großer Vorsicht lösten sie die dicke Trosse, die das Maul des jungen *Tyrannosaurus* umspannte. Es war der erste Fütterungsversuch seit seiner Gefangennahme, und alle bewegten sich mit äußerster Vorsicht.

Da an diesem Ort keine solchen Mengen an Aas vorhanden waren wie in der unmittelbaren Nähe ihres ersten Lagers, hatten die Männer in einem nahen Fluß ein seltsames Krokodilwesen gefangen. Den besten Teil, den Schwanz, behielten sie für sich und grillten ihn über einem großen Feuer, den Rest des Kadavers jedoch hatten sie zerteilt und bereiteten sich nun darauf vor, ihn Stück für Stück ihrem wertvollsten Gefangenen anzubieten. Selbst tot würde der noch gutes Geld bringen, hatte Smiggens erklärt. Lebend konnten sie ein Vermögen mit ihm verdienen.

Schwarzgurts Ruf nach Freiwilligen zur Fütterung des kleinen Teufels hatte tiefes Schweigen geerntet. »Wovor habt ihr Angst? Seht ihn euch doch an, den armen Hund! Er kann die Arme und die Beine kaum bewegen, sogar sein Schwanz ist gefesselt. Außerdem ist er doppelt und dreifach an einen Baum gebunden, der als Großmast für einen Klipper geeignet wäre. Was wollt ihr mehr?«

»Warum füttern Sie ihn nicht selbst, Käpt'n?« schlug eine anonyme Stimme vor.

»Wie bitte? Wie war das?« Auf der Suche nach dem Sprecher begegneten Schwarzgurts Blicke nur einer abgehärteten Form engelhafter Unschuld. »Wer wagt es, zu behaupten, ich erledigte meinen Teil der Arbeit nicht? Niemand? Los, raus damit! Gibt es keinen Mann mehr unter euch?«

»Ich werde den Drachen füttern.« Chin-lee, der Kleinste von ihnen, trat vor. Er nahm ein Stück des Krokodils in beide Hände und schleppte es zu dem Gefangenen. In respektvoller Entfernung blieb er stehen, holte aus und schleuderte ihm das schwere Stück Fleisch entgegen.

Mit einem einzigen Schnappen seines gigantischen Mauls fing der *Tyrannosaurus* den Brocken in der Luft auf. Es klang, als würde ein Sack nasser Erde aus großer Höhe aufs Pflaster klatschen. Mit ruckartigen Schlucken – ähnlich denen eines großen Vogels – verschlang er ihn. Wilde Topasaugen blitzten hungrig zu dem Rest des Kadavers hinüber.

Chin-lee streckte die Brust heraus und kehrte zu seinen Kameraden zurück. »Habt ihr gesehen? Ein kluger Mann dressiert selbst einen Drachen.«

»Kein Drache«, berichtigte Smiggens ihn leise. »Ein Dinosaurier.«

Chin-lee beachtete ihn nicht. Er erkannte einen Drachen, wenn er vor einem stand, und kein weißer Teufel konnte ihn von dieser Überzeugung abbringen. Er schleuderte dem Tier einen zweiten Brocken Reptilienfleisch zu und beobachtete zufrieden, wie es das schwere Stück mühelos fing.

»Also, es ist nichts dabei.« Mkuse trat aus dem Halbkreis der Zuschauer heraus und half dem Chinesen bei der Fütterung. Der Gefangene nahm das Fleisch von ihm ebenso bereitwillig an wie von seinem Vorgänger.

»Wir sollten ihn an jemanden verkaufen, der genug Geld hat, um die Futterrechnung eines ganzen Zoos zu bezahlen.« Ehrfürchtig bestaunte Andreas die Gefräßigkeit ihres Gefangenen.

»Ich würde ihn ja gern mal nach seinem Abendbrot springen sehen«, meinte Copperhead.

»Welch brillante Idee.« Smiggens blickte zu dem Seemann herüber. »Natürlich wirst du uns die Ehre erweisen, seine Beine zu befreien, Copperhead.«

Der Matrose lachte. »Ich bestimmt nicht, Mr. Smiggens. Ich bin diesen Klauen für meinen Geschmack schon jetzt viel zu nah, danke.«

»Ach was! Was gibt's da zu befürchten? Ihr seid ein Haufen wimmernder Säuglinge.« Guimaraes, der hochgewachsene Portugiese, trat vor. Er schob Mkuse zur Seite und wog den letzten Brocken des Krokodils in einer großen schwieligen Hand.

Mutig ging er auf ihren Gefangenen zu, blieb stehen und starrte ihm direkt in das häßliche, blutverschmierte Gesicht. Die beiden ausgewachsenen Struthies kreischten eine Warnung, die aber natürlich keiner der Menschen verstand oder gar zu schätzen wußte. Der Portugiese legte den Kopf zur Seite und musterte das frei bewegliche Maul und die Zähne geringschätzig. Der Gefangene saß auf seinem Hinterteil, so daß der Seemann ihn um einen halben Meter überragte.

Befriedigt blickte er dem Tier in die Augen, hob den rechten Arm und schwenkte das Stück Fleisch vor der Schnauze. Lammfromm pickte der *Tyrannosaurus* es vorsichtig aus den Fingern des Matrosen, warf dann den Kopf zurück und verschlang es nicht ohne eine gewisse Eleganz.

Guimaraes sah sich nach seinen Kameraden um. »Seht ihr? Da ist gar nichts dabei. Man muß ein Tier nur gut fesseln, dann ist es rasch gezähmt.« Er schnaubte verächtlich und beging dann den unverzeihlichen Fehler, dem Objekt seiner Verachtung den Rücken zuzukehren.

Er war gerade einen halben Schritt weit gekommen, als der verschlagene Schädel wie eine Schlange nach vorn schoß und spitze Zähne zupackten. Einige der Piraten hatten sich, von der Darbietung gelangweilt, wieder ihren Aufgaben zugewandt. Guimaraes' Schrei lenkte ihre Aufmerksamkeit rasch wieder auf die Fütterung.

Mkuse und Treggang eilten ihrem verwundeten Kameraden zu Hilfe. Als sie allerdings die Art seiner Verletzung sahen, wandelte sich ihre anfängliche Besorgnis und Angst schnell in Vergnügen und lautes Gelächter. Schwarzgurt konnte kaum an sich halten, und selbst der stets säuerliche Smiggens wollte sich der allgemeinen Heiterkeit nicht entziehen.

»Halt still, Mann!« Kichernd zog Mkuse sein Hemd aus und rollte es zu einem Verband zusammen. Der verletzte Guimaraes wand sich unter ihm, und es war nicht leicht, den Stoff über der stark blutenden, aber keineswegs lebensbedrohlichen Wunde zu befestigen.

Der hinterlistige Biß hatte ein etwa fünfzehn Zentimeter langes und zwölf Zentimeter breites, aber glücklicherweise nicht sehr dickes Stück Fleisch aus der linken Hinterbacke des Portugiesen gerissen. Nicht nur in seinem Hinterteil, sondern auch in seiner Hose prangte ein großes Loch. Da Smiggens von allen Besatzungsmitgliedern der *Condor*, die an Land gegangen waren, einem Arzt am nächsten kam, übernahm er die weitere Behandlung und verband die Wunde.

Währenddessen starrte der junge *Tyrannosaurus* auf sie herab und beobachtete sie. Sein Hunger war zwar gemildert, doch keineswegs gestillt. Ob Krokodil oder Mensch, für ihn machte das keinen Unterschied. Sein Appetit war ebenso demokratisch wie riesig. Obwohl die meisten Zuschauer inzwischen begriffen hatten, daß das merkwürdig verschlagene Grinsen auf seinem Gesicht eher seiner Physiognomie als seiner Stimmung zuzuschreiben war, bekamen sie den Eindruck, das Tier lache mit ihnen.

Der stämmige Thomas trat vor und warf dem Gefangenen die Überreste seines Anteils am Krokodilschwanz zu. »Hier, für dich, alter Junge. Dieser Anblick ist eine Extraportion wert. Gönn dir ruhig noch ein Stück Hinterteil.« Der Witz löste neue Lachsalven aus.

Nur einer konnte nicht mitlachen. Guimaraes warf dem Mann aus der Karibik einen bitterbösen Blick zu. »Wenn ich wieder bei Kräften bin, stecke ich ihm deinen Kopf ins Maul. Wollen doch mal sehen, wer dann lacht.«

Thomas war nicht beeindruckt. »Erst mußt du mich mal kriegen, alter Junge.« Ein breites Grinsen ließ weiße Zähne blitzen. »Aber ich glaube nicht, daß du in nächster Zeit besonders schnell rennen kannst.«

»Stimmt«, meinte Samuel. »Du solltest dich über kleine Geschenke freuen, Guimaraes. Du hast Glück gehabt, daß es gewartet hat, bis du dich umgedreht hast!« Erneutes Gelächter brach los.

Der Spott traf den unglücklichen Guimaraes tiefer als die Schmerzen in seinem Hinterteil. Selbst den Kuß einer Säbelklinge hätte er lieber ertragen als dieses im Grunde gutwillige Gelächter seiner Kameraden. Der Portugiese war Schmerzen gewohnt. Eine Kugel von einem aufmüpfigen Handelsschiff, das sie im Südchinesischen Meer gegen ein Riff getrieben hatten, hatte die Hälfte seines rechten Ohrs zerfetzt. Die obere Hälfte seiner Brust zierte eine kreuzförmige Narbe, ein Geschenk eines nun verstorbenen Matrosen von einem holländischen Gewürzschiff. Diese Wunden konnte er vorführen, damit ließ sich prahlen. Doch wie konnte er mit dieser neuen Wunde angeben? Zum Glück würden die meisten sie nie zu Gesicht bekommen. Aber er wußte, daß sie da war, genau wie seine Gefechtskameraden. Je lauter ihr Gelächter erklang, desto tiefer brannte es sich in seine Seele und desto heißer loderte seine Wut.

In dieser Nacht tat er kein Auge zu, bis er Wache halten mußte. Der Mond war fast voll, aber sein Licht wurde von dichten Wolken am Himmel abgefangen.

Guimaraes konnte gerade genug sehen, um den Weg zur anderen Seite des Lagers zu finden, wo die Gefangenen an drei mächtigen Regenwaldbäumen festgebunden waren. Die vier grazilen Dinosaurier schliefen auf ihren Hinterbacken sitzend, die Köpfe auf dem Rücken verschränkt wie Hühner im Stall. Seine Schritte weckten sie nicht, sie sahen nicht auf. Das wunderte ihn, aber was wußte er schon von den Schlafgewohnheiten dieser Wesen?

Mit starrem Blick schaute er auf das andere Tier, den Verursacher seiner Schmach. ›Drache‹, hatte der Chinese es genannt, für einen ›Dinosaurier‹ hielt es der Erste Offizier. In der Zwischenzeit waren Guimaraes noch viele weitere Namen für das Tier eingefallen, zumeist mit rüden Schimpfworten verziert.

Er sprach leise und mit trügerischer Freundlichkeit. »Hallo, du kleines Teufelswesen. Bist du wach?« Ein gelbes Auge blitzte auf, rasch gefolgt von seinem Pendant. »Ah, gut.«

Obwohl das Tier wieder stramm gefesselt war, hielt sich Guimaraes in sicherer Entfernung. Einmal gebissen, dachte er bitter ... Das kräftige Maul war mehrfach mit einer Trosse umwunden und sicher verschlossen. Das Vieh war harm- und hilflos. Er konnte mit ihm machen, was er wollte, es hatte keine Möglichkeit, sich zu wehren.

Doch er wagte es nicht, jetzt etwas zu unternehmen, da seine Kameraden sich in der Nähe befanden. Krümmte er ihrer wertvollen, hinterlistigen Beute auch nur ein Haar, so würde Schwarzgurt ihn ausfindig machen, vierteilen und an das nächste Monster verfüttern, das ihnen über den Weg lief. Guimaraes wußte, daß er trotz der Rachsucht, die tief in seinem Herzen brannte, den passenden Moment abwarten mußte.

Bis dahin würde er sich damit begnügen, sich im Geiste auszudenken, was er mit dem Vieh anstellen würde, und hin und wieder die Ursache seines Mißvergnügens aufzusuchen.

»Schläfst du gut?« Das Tier blieb stumm. Mit seinem fest verbundenen Maul konnte es keinen Laut äußern, aber es starrte ihn an. »Du haßt mich, stimmt's? Das ist gut. Das ist sehr gut. Dann sind wir uns einig. Wenn ich in der Nacht der Rache zu dir komme, gibt es keine Reue und kein Bedauern.« Guimaraes' verbundenes Hinterteil brannte, aber schlimmer noch schmerzte das Gelächter seiner Kameraden.

Das Gehen tat ihm weh, und er würde eine Weile humpeln, doch das störte ihn nicht. Jeder Schritt erinnerte ihn an den Unfall und nährte die Flamme seines Hasses. Jeder neue Witz auf seine Kosten festigte seine Entschlossenheit.

Nicht mehr lange, sagte er sich. Der rechte Ort und die rechte Zeit werden kommen. Und dann …

»Du hast dich wohl für sehr clever gehalten, was? Erst das Fleisch so vorsichtig aufzupicken und nur darauf zu warten, bis ich mich umdrehe. Hältst du dich jetzt immer noch für clever, mit gefesselten Beinen und verbundenem Maul? Na?« Er hob die Stimme und versetzte dem Dinosaurier mit dem Lauf seines Gewehrs einen Schlag aufs Maul.

Ein scharfes Zischen ertönte aus der Kehle des Gefangenen. Guimaraes wich keinen Zentimeter zurück. Er grinste. »Ja, zisch mich ruhig an. Ich wette, du hättest gerne noch einen Happen von mir, stimmt's? Würde dir *das* gefallen?« Höhnisch spielte er mit seinen Fingern vor der Schnauze des Gefangenen, der sich seiner Fesseln nur zu bewußt war und keine Energie darauf verschwendete, nach ihnen zu schnappen.

Wieder stieß der Portugiese ihn provozierend mit dem Gewehr. »Siehst du das hier, kleines Teufelswesen? Das ist *mein* Zahn, und der beißt kräftig. Beim nächstenmal werde ich nicht mit dem Rücken zu dir stehen. Beim nächstenmal bin ich es, der zubeißt.« Er stand nun direkt, fast Auge in Auge, vor dem Dinosaurier.

Der Dinosaurier zuckte vorwärts und versuchte, seinen Peiniger mit dem Kopf umzustoßen. Aber diesmal war Guimaraes aufmerksam und sprang zurück. Sein Grinsen vertiefte sich. »Du bist schnell. Verdammt schnell. Deine Mutter war eine Kobra, die sich mit einem Tiger eingelassen hat. Ich habe beide gesehen, in Indien, weißt du. Sie sind mörderisch, aber die Hindus töten sie trotzdem. Durch ein Messer oder eine Kugel sterben sie genauso schnell wie eine Ente oder ein Fasan.« Sein Grinsen verzerrte sich zu einer bösen Grimasse. »Ich frage mich, wie du wohl schmeckst. Wie würde es dir gefallen, wenn ich mal einen Happen von dir nähme?«

Ein Rascheln ließ ihn herumfahren. Der Käpt'n war es nicht, das wußte Guimaraes. Wenn er wollte, schlief Schwarzgurt wie ein Toter. Aber dieser verflucht neugierige Smiggens schnüffelte ständig irgendwo herum und steckte seine lange Nase in Dinge, in die sie nicht gehörte. Das Problem war, daß der Erste Offizier so schlau war, wie er aussah. Wenn er Guimaraes so nahe bei ihrer Beute stehen sähe, würde der Erste sicher nachdenklich werden, und das wäre gefährlich.

Einen langen Augenblick verharrte der Portugiese unbewegt. Erst als er sicher war, daß ihn niemand beobachtete, entspannte er sich und wandte sich ein letztes Mal an den Gefangenen.

»Du hast deinen Spaß gehabt. Bald bin ich an der Reihe, du wirst schon sehen. Der Augenblick wird kommen, wenn keiner uns beachtet, wenn keiner in der Nähe ist. Nur du und ich. Dann wirst du eine Kugel in eines deiner hellen Augen bekommen und vielleicht noch ein paar mehr woandershin.« Zum zweitenmal trat er näher heran.

»Sieh mich gut an, kleiner Dämon, sieh mich gut an. Denn ich werde dein Tod sein.« Er knuffte den jungen *Tyrannosaurus* mit dem Lauf seines Gewehrs in den Hals. Fauchend kroch das Tier so weit wie möglich von ihm fort. Zufrieden mit seinem Besuch zog Guimaraes sich mit einem bösen Grinsen zurück und lief zu der Stelle, wo er Wache zu halten hatte.

Hübscher Tod war begeistert. Eine ernstgemeinte Drohung! Von einem *Menschen*. Obwohl sie kein Wort verstanden hatte, waren Guimaraes' Verhalten und seine Handlungen unmißverständlich gewesen. Für einen ausgewachsenen *Tyrannosaurus* war eine Drohung von einem so mickrigen Wesen wie einem Menschen nichts weiter als eine amüsante Abwechslung. Für Hübscher Tod hatte dieser Mensch die richtige Größe – er paßte genau. Sie hatte seine Herausforderung angenommen und hätte sie, wäre ihr Maul nicht gefesselt gewesen, auch bereits angemessen beantwortet.

Die Knüffe mit dem langen Ding hatten eine deutliche Sprache gesprochen. Normalerweise wurde sie nur von Artgenossen herausgefordert oder von anderen Raubdinosaurierjungen. Diese Raufereien wurden nach uralten Regeln feierlich ausgetragen. Entsprechend dem angeborenen Temperament der Beteiligten verliefen sie manchmal recht blutig, aber nur selten tödlich. Es wäre interessant zu sehen, wie sich ein Mensch verhalten würde. Ihre Eltern hatte ihr gesagt, die Menschen seien zwar nicht stark, aber sehr listig, und kämpften oft mit Geräten, die ihre kleine Statur wettmachten.

Nun, so sei es denn. Sie war bereit für die Konfrontation, die dieser Mensch zu versprechen schien, freute sich sogar darauf. Die Erfahrung würde ihren Charakter formen und wäre allemal interessanter als das endlose Gerede, das die Menschen sonst so liebten. Wenn es ihr nur gelänge, ein Vorderbein oder ihr Maul zu befreien, dann könnte sie die hinderlichen Seile durchschneiden und den Wunsch dieses entgegenkommenden Menschen gleich erfüllen.

Sie bemerkte, das einer der jungen Struthies zu ihr herübersah, und warf ihm einen zornigen Blick zu. Rasch wandte sich das Jungtier ab und tat so, als schliefe es. Wenn sie nur ihr Maul befreien könnte, dann wäre sie ihre Fesseln innerhalb weniger Minuten los. Aber leider waren die schlauen Menschen in diesen Dingen sehr geschickt. Es gelang ihr nicht, sich loszumachen.

Nun, offensichtlich begnügte sich auch der Mensch

vorerst damit, auf den richtigen Augenblick zu warten, um seine Drohung wahr zu machen. Da wollte sie nicht nachstehen. Sie setzte sich wieder auf ihr Hinterteil, schloß die Augen und versuchte einzuschlafen. Um sie herum summte der Regenwald sein vertrautes, unmelodisches Wiegenlied …

Am nächsten Morgen bahnte sich die Truppe einen Weg durch den Wald, als Mkuse plötzlich stehenblieb und die Hand ausstreckte.

»Das ist merkwürdig. Seht ihr die Segel?«

»Segel! «Anbaya stieß einen Freudenschrei aus und rannte los. »Schiffe, Handel, Menschen!«

»Halt, nicht so schnell, Mann!« Smiggens versuchte, den Molukken aufzuhalten, aber der kleine Seemann war zu schnell für ihn.

Durch eine Lücke zwischen den Bäumen erblickten sie Segel, die sich auf der Oberfläche eines großen Sees blähten. Schlank und gewölbt flatterten sie leise im Wind wie die einfachen braunen Leinendreiecke arabischer Feluken. Ihre Silhouetten waren deutlich erkennbar und ziemlich ungewöhnlich.

Die besondere Form der Segel erklärte jedoch nicht das Brüllen, das die Männer nun hörten und dem ein kurzer Schrei folgte. Ein Hinweis darauf, daß nicht alles so war, wie es zu sein schien – ein Zustand, an den sie sich immer mehr gewöhnten, je länger sie in diesem seltsamen Land waren.

Anbaya kam durchs Unterholz zurückgestolpert. Seine Kameraden umringten den dunkelhäutigen Molukken, dessen Augen weit aufgerissen waren. Er atmete schwer.

»Keine Schiffe«, keuchte er. »Keine Schiffe, keine Menschen!«

Ein grollendes Knurren ließ sie zu der Öffnung im Wald hinüberblicken. Die massige Quelle der furchterregenden Laute schob ihren Oberkörper durch die Zweige. Ein geöffnetes Maul gab den Blick auf speicheltriefende, scharfe Zähne frei. Zwei beinahe identische Monster drängten sich hinter ihm.

Das Trio ähnelte sowohl den Dinosauriern, denen die Piraten vor einiger Zeit beim Aasfressen zugesehen hatten, als auch dem Monster, das sie von ihrem knochenumzäunten Lager verjagt hatten. Der einzige Unterschied waren die lederartigen Segel, die auf ihren Rücken standen. Von knochigen Stacheln getragen, wirkten diese erstaunlichen Apparate tatsächlich wie die Segel eines kleinen Schiffes. Bei jedem Schritt zitterten sie leicht. Solange ihre Träger sich im Grün verborgen hielten, waren nur diese ›Segel‹ zu erkennen. So erklärte sich Mkuses und Anbayas verständlicher Irrtum.

Der aggressive Auftritt der so nautisch dekorierten Wesen ließ jedoch schnell deutlich werden, daß man sich um mehr Gedanken machen mußte als nur um eine harmlose optische Täuschung. Ein zweites, etwa vier Meter großes Monster knurrte sie an. Mit gesetzten Segeln schlingerten die drei auf die Wanderer zu.

Spinosaurier, dachte Hübscher Tod. Drei von ihnen würden mit all diesen Menschen und deren Gefangenen kurzen Prozeß machen. Würden sie es wagen, auch sie anzugreifen? Sie war gefesselt, hilflos und stand nicht unter dem Schutz ausgewachsener Tiere. Lange könnte sie sich gegen einen *Spinosaurier* zwar nicht verteidigen, aber es wäre immer noch besser, dieses Leben kämpfend zu verlassen als eingewickelt wie ein Bündel.

»Hier entlang, lauft um euer Leben!« Mkuse wirbelte herum und lief schon auf das nahe Vorgebirge zu.

Schwarzgurt hatte sein Entermesser gezogen. Auch er wich vor diesen neuen Ungeheuern zurück. »Hölle und Verdammnis! Gönnt der Teufel uns denn gar keine Ruhe? Haben seine Günstlinge nichts Besseres zu tun, als uns immer wieder zu ärgern?« Obwohl er sich als letzter der Männer umdrehte, um wegzurennen, fiel er nicht zurück. Für einen so großen Mann bewegte sich Schwarzgurt mit erstaunlicher Schnelligkeit. Auch nicht eines ihrer hart erkämpften Beutetiere wollte er den geifernden, segelbepackten Räubern überlassen. Er war entschlossen, sie ebenso in Sicherheit zu bringen wie seine Männer.

Er griff nach seinen Pistolen – nicht um die aufholenden *Carnosaurier* abzuschrecken, die sich noch den leichten Abhang vom See heraufkämpften, wo sie ein Nickerchen gehalten hatten, sondern um seiner Mannschaft Entschlossenheit zu demonstrieren.

»Der erste, der sein Tier zurückläßt, wird zu Drachen- … nein, Dinosaurierfutter!« Mit Flüchen und Schlägen zwang er die Mannschaft, die Führungsseile der Gefangenen zu ergreifen. Da sie ihren Kapitän weitaus mehr fürchteten als jedes Tier dieses Waldes, folgten sie seinen Anweisungen und zogen, zerrten und schoben die Tiere vorwärts. Tatsächlich kostete es sie nicht viel Mühe, da weder die Struthies noch der junge *Tyrannosaurus* den Wunsch verspürten, länger in dieser Gegend zu verweilen.

Zunächst gelang es ihnen, den Abstand zwischen sich und den drei *Carnosauriern* zu vergrößern, aber als die *Spinosaurier* ebenen Boden erreicht hatten, begann dieser kurzzeitige Sicherheitsabstand schnell zu schrumpfen. Die Männer hörten, wie die Fleischfresser hinter ihnen durchs Unterholz brachen.

»Wir müssen einen Platz finden, wo wir uns verteidigen können, Käpt'n!« rief Johanssen, während er sich einen Weg durch die dichte Vegetation bahnte.

»Das bringt nichts, Johanssen!« Heftig atmend hielt Schwarzgurt mit den jüngeren, beweglicheren Mitgliedern seiner Mannschaft Schritt. »Eines dieser Monster könnten wir vielleicht erledigen, aber nicht drei. Nicht mit Gewehren und Pistolen. Sie sind zu schnell und werden uns sofort eingeholt haben, wenn wir stehenbleiben.«

»Wir müssen irgend etwas versuchen, Sir!« Smiggens war nicht sehr sportlich und hatte hart zu kämpfen, um Schritt zu halten. Auch einige andere fielen zurück. Von Anfang an war klar gewesen, daß sie ihren Verfolgern laufend nicht entkommen würden. Schließlich hatte die unbarmherzige Natur die *Carnosaurier* dafür ausgestattet, leichtfüßigere Beute als Menschen einzuholen.

Der wie üblich an der Spitze liegende Anbaya stieß einen erneuten Schrei aus. Diesmal klang er allerdings eher aufgeregt als ängstlich. Smiggens sah grauen Granit durch die sich lichtenden Baumwipfel schimmern und zwang seine schmerzenden Beine, noch schneller zu laufen. Was hatte der flinke Molukke diesmal entdeckt?

»Eine Schlucht, Käpt'n! Noch eine Schlucht!«

»Dann lauft um euer Leben, ihr lahmarschiger Haufen Eidechsenmist!« Schwarzgurt blickte über seine Schulter und sah eine zahngespickte Schnauze durch das Grün brechen. Sie war nahe genug heran, um schon nach ihm zu schnappen. An den scharfen Zähnen, die seine Bauchbinde nur knapp verfehlten, hingen Fetzen getrockneten Aases. Ein quer liegender Baum hielt den Verfolger auf.

Der Kapitän wirbelte herum und feuerte aus beiden Pistolen auf das Monster. Er leerte die Magazine beider Revolver und begleitete jeden Schuß mit einem passenden Fluch. Die Kugeln konnten dem führenden *Spinosaurier* zwar nichts anhaben, aber das plötzliche Blitzen und der Krach der Schüsse ließen ihn einen Moment unsicher und verwirrt innehalten. Durch den unerwarteten Halt lief der zweite Dinosaurier in ihn hinein. Mit flatternden Segeln stürzten sie knurrend und beißend zu Boden. Der dritte und letzte Raubdinosaurier ließ sich nicht in den Kampf hineinziehen, aber die Auseinandersetzung vor ihm versperrte ihm den Weg.

Diese unerwartete Atempause erwies sich als die Rettung der Piraten. Plötzlich liefen sie nicht länger durch dichten Regenwald, sondern vorbei an Livistona-Palmen und vereinzelten Büschen. Anbaya stand wild gestikulierend auf einem glatten, dinosauriergroßen Felsblock.

Die schmale Schlucht war zwar breit genug, um auch ihre Verfolger aufzunehmen, aber sie zwang sie zu einem Frontalangriff. Smiggens sah, daß sie nicht mehr umzingelt werden konnten. Wie der erste Canon, den sie durchquert hatten, zeichnete sich auch dieser durch glatte, hochaufragende Felswände zu beiden Seiten und einen ebenen Grund aus Sand und Kies aus. Ohne auf Wurzeln und versteckte Löcher achten zu müssen, lief es sich wesentlich angenehmer.

Doch einer der Struthies stolperte und fiel hin. Erbärmlich schreiend und quietschend strampelte er mit seinen gefesselten Füßen in der Luft und versuchte, wieder auf die Beine zu kommen. Die restlichen Familienmitglieder scharten sich um den Gestürzten und weigerten sich weiterzulaufen, trotz des Gezerres und der Tritte der wütenden Piraten.

»Was ist los mit euch Dummköpfen? Nun setzt sie schon in Bewegung!« brüllte Schwarzgurt und musterte die noch leere Schlucht hinter ihnen nach Hinweisen auf ihre Verfolger.

»Vielleicht hat es sich den Fuß verstaucht«, rief Smiggens. Ihnen blieb keine Zeit, das herauszufinden. Unter seiner Leitung hoben vier Männer den gestürzten Struthie auf und setzten die Flucht, das kreischende Tier stützend, fort. Seine Fesseln erwiesen sich als ausgezeichnete Stütze für ihren unwilligen Träger.

Erfreulicherweise wurde die Schlucht immer enger. Eine Sackgasse wäre allerdings weniger erfreulich, dachte Smiggens, während er vorwärts hetzte. Er blickte zu Schwarzgurt hinüber und ahnte, daß der Kapitän dasselbe dachte. Beide behielten ihre Gedanken für sich, um ihre weniger fantasiereichen und schon jetzt der Panik nahen Kameraden nicht noch mehr zu erschrecken.

Ihnen war klar, daß sie den drei Monstern trotz des besseren Bodens nicht entkommen konnten, falls die Dinosaurier die Verfolgung wieder aufnähmen. Tatsächlich kamen schon bald zwei zahngespickte Schädel um eine Kurve hinter ihnen. Ein wütendes Brüllen hallte von den glatten Felswänden, als die *Spinosaurier* ihre Geschwindigkeit verdoppelten.

»Los, beeilt euch!« rief Anbaya irgendwo über ihnen. »Die Schlucht wird enger, Käpt'n, sie wird enger!«

Mit wild schlagendem Herzen und brennender Lunge sandte Smiggens ein stilles Gebet an irgendeinen Gott der Geologie, der ihre Flucht vielleicht beobachtete. Eine enge

Schlucht war genau das, was sie jetzt brauchten. »Bitte laß es keine Sackgasse sein«, flüsterte er inständig.

Die Felswände hatten sich einander inzwischen soweit angenähert, daß die *Spinosaurier* nur noch hintereinander laufen konnten, doch sie waren ihnen schon sehr nahe.

Mit einem weiten Satz nach vorne in den rasch enger werdenden Spalt hinein erwischte der erste den entsetzten Treggang mit der Spitze seiner Schnauze am Schuh und zog den unglücklichen Mann zu Boden. Verzweifelt krallte der kleine Malaie seine Finger in den Sand und brüllte in panischer Angst nach seinen flüchtenden Kameraden. Mutig und entschlossen kehrte Mkuse um und packte seinen Kameraden an den Handgelenken. Mit eisernem Griff hielt er sie umfangen, die Hacken in den Sand gestemmt.

Doch vergeblich. Es war, als wäre Treggang an eine Dampfwinde gekettet und nicht an ein lebendiges Wesen. Brüllend und knurrend kamen die beiden anderen *Spinosaurier* hinter dem ersten zum Stehen. Sie fürchteten um ihren Anteil an der Beute, konnten sich jedoch an ihrem Verwandten, dessen massige Gestalt die felsige Passage völlig ausfüllte, nicht vorbeischlängeln. Ihre harte, knotige Haut rieb Staub und kleine Steinscherben von den nicht weichenden Felswänden, als die drei *Carnosaurier* sich gemeinsam nach vorne drückten und schoben.

Plötzlich fiel Mkuse auf den Rücken und überschlug sich fast. Der *Spinosaurier* hatte den unsicheren Griff nicht halten können, und Treggangs Stiefel war aus seinem Maul herausgerutscht. Mit entsetzten Augen sah der befreite Seemann, daß der Stiefel direkt unter dem Absatz so sauber wie mit der Säge eines Schusters zerschnitten war. Aus einer kleinen Wunde tropfte Blut in den Sand, aber es war nichts Ernstes.

Hastig robbte er auf dem Rücken aus der Reichweite des ausgetricksten, wutschnaubenden Raubdinosauriers. Obwohl die Piraten die Sprache der *Carnosaurier* nicht verstanden, war ihnen die Bedeutung ihrer Schreie klar.

»Wir fangen und fressen euch!« brüllten sie immer

wieder. »Wir fangen und fressen euch, ihr mickrigen Menschen!«

Aber sie kamen nicht mehr weiter. Wie die Schlucht, durch die die Piraten ins Regental gelangt waren, verengte sich auch diese nun so, daß gerade einmal zwei Männer nebeneinander gehen konnten. So sehr sich die *Spinosaurier* auch gegen die harten Felswände preßten – sie kamen keinen Schritt weiter.

Ohne auf Smiggens' Warnungen zu hören, kehrte Schwarzgurt um und lief den Spalt zurück, bis er nur noch wenige Meter von den tobenden, erschöpften *Carnosauriern* entfernt war. Er sammelte seine ganze Verachtung in seinem Mund und spuckte höhnisch in ihre Richtung.

»Das ist für euch, ihr dämlichen Viecher! Ich habe schon senile Löwen mit mehr Verstand stärkere Beute als uns erlegen sehen!« Natürlich verstand keiner der erregten *Spinosaurier* Schwarzgurts Worte, aber sein Gebaren und sein Ton waren deutlich genug. Mit verdoppeltem Eifer drückten sie ihre Schultern gegen den unnachgiebigen Felsen, wedelten mit ihren Klauen und wirbelten eine beeindruckende Staubwolke auf, aber trotz ihrer Wut drangen sie nicht weiter in die Schlucht vor.

Schwarzgurt spuckte ein zweites Mal in den Sand, machte auf dem Absatz kehrt und ging provozierend langsam zurück, ohne sich um die wütenden Zähne und Klauen zu kümmern, die seinen Rückzug begleiteten.

»Nun, Mr. Smiggens«, meinte er, als er wieder bei seinen Leuten war, »zurück können wir nicht, also gehen wir eben weiter. Aber erst muß ich mich ein wenig ausruhen. Meine Beine bestehen darauf.« Mit erleichterten Seufzern sanken die Männer in den Sand. Auch die Struthies waren dankbar für die Pause.

Schwarzgurt legte den Kopf in den Nacken und blinzelte zu dem schmalen Band blauen Himmels hinauf, der die Ränder des Canons voneinander trennte. Dicke Wolken durchbrachen den dunkelblauen Streifen, viele davon dunkel und regenschwer. Löste sich der schreckliche

Sturm, der sie an diese Küste geworfen hatte, endlich auf, oder sammelte er immer noch Kräfte? Schwarzgurt wußte darauf keine Antwort.

»Eine andere Schlucht, Käpt'n«, begann Suarez eine Unterhaltung.

»Das sehe ich, Idiot.«

Der Matrose versuchte es mit einem anderen Thema und nickte zu dem von den *Spinosauriern* versperrten Spalt hinüber. »Was glauben Sie, werden die machen?«

»Wahrscheinlich wird ihnen bald langweilig, und sie ziehen ab.«

»Sie wollen doch nicht auf diesem Weg zurückgehen, Käpt'n, oder?« Mkuse starrte den Kapitän an.

»Hast du mich nicht gerade sagen hören, daß wir weitergehen werden, Mann? In diesen verfluchten Dschungel kehren wir nur dann zurück, wenn es keinen anderen Weg gibt. Vorher aber werden wir uns diese so gelegen gekommene Zuflucht mal genauer anschauen und sehen, ob sie uns nicht zur Küste führt.« Er zwirbelte ein Ende seines buschigen Schnurrbarts.

»Aye«, murmelte ein anderer erschöpfter Pirat. »Alles Gold der Welt nützt nur dem etwas, der es auch ausgeben kann. Ich denke, wir haben unser Glück ausgereizt.«

»Ja, zurück zum Schiff!« stimmte Samuel begeistert zu.

»Ihr wißt, was man über das Glück sagt, oder?« Mehrere Männer wandten sich Guimaraes zu. »Es ist wie ein großer Krug mit einem Loch. Man kann daraus trinken, aber wer klug ist, trinkt rasch.«

»Was denken Sie, Mr. Smiggens?« Schwarzgurt hockte sich neben seinen Ersten Offizier, der bäuchlings und erschöpft im Sand lag. »Zieht sich auch diese Schlucht durch das ganze Gebirge?«

Smiggens stützte sich auf einen Ellbogen und betrachtete den rätselhaften, kurvigen Sand- und Steinpfad. »Es gibt nur einen Weg, das herauszufinden, Käpt'n. Nur einen.«

»Aye.« Schwarzgurt schlug ihm auf die Schulter, so daß Smiggens zusammenzuckte. »Es wird uns guttun, unsere Kameraden und den alten Kasten wiederzusehen.« Die lagernden Seeleute stießen erschöpfte Jubelrufe aus.

»Wir haben keine Eile, Sintram.«

Schwarzgurts Augen verengten sich, als er zu seinem Ersten Offizier hinunterschielte. »Was wollen Sie damit sagen, Mr. Smiggens?«

Sein Gegenüber sah ihn nicht an. »Es gibt hier noch soviel zu lernen, Käpt'n. Wer weiß, ob und wann wir auf diese Insel zurückkommen können?«

»He, Mr. Smiggens ... Was soll das heißen, ›wir haben keine Eile‹?« Copperhead baute sich vor dem dürren Ersten Offizier auf. »Ist Ihnen Ihr Leben nichts wert?«

»Natürlich ist es das.« Smiggens erhob sich und wischte sich den Sand von der Hose. »Ich lebe genauso gerne wie ihr. Aber ich möchte einfach so viel wie möglich über diesen Ort hier lernen, falls wir nicht mehr zurückkehren können.«

»Was ist am Lernen so wichtig?« knurrte O'Connor. »Wir sind Piraten. So steht es im Vertrag der *Condor*, den wir alle unterzeichnet haben.« Anklagend starrte er den Ersten Offizier an. »Sie auch, Mr. Smiggens.«

»Es sei denn«, meinte Watford und trat drohend auf Smiggens zu, »das Lernen ist Ihnen wichtiger als das Leben eines ehrlichen Seemannes.«

Smiggens erkannte, woher der Wind blies, und sein Geruch gefiel ihm gar nicht. Er beeilte sich, seine Position klarzustellen. »Nein, nein, natürlich nicht.« Er wies auf die Schlucht. »Wir sollten hier nicht länger herumliegen, sondern weitergehen, solange es noch hell ist. Je rascher wir von hier verschwinden, desto schneller haben wir unser Geld in den Händen.«

Der drohende Ausdruck auf den Gesichtern der beiden Matrosen wich einem zufriedenen Grinsen. »Das klingt schon besser, Mr. Smiggens.« O'Connor wandte sich den anderen zu. »Ein Hoch auf den Ersten Offizier, Jungs!« Die erschöpfte Mannschaft ließ einige rauhe Hochrufe ertönen.

Watford schlug Smiggens so hart auf den Rücken, daß dessen Rippen krachten, und stapfte dann durch den Sand davon, um den anderen mit den Tieren zu helfen.

Wenig später war die Karawane mit den Gefangenen im Schlepptau wieder unterwegs. Sie ließen drei vor Wut schnaubende, aber hilflose *Spinosaurier* zurück. Mit neuem Mut und von undurchdringlichen Schutzwällen umgeben, schleuderten die gutgelaunten Piraten ihren ehemaligen Verfolgern noch einige ausgewählte Schimpfworte entgegen.

Ohne seine Position in der Kette zu verlassen, konnte es sich Smiggens nicht verkneifen, immer wieder über die Schulter zurückzublicken. Welche exotischen Länder lagen wohl noch verborgen und unentdeckt jenseits des Regenwaldes? Welche Wunder, welche erstaunlichen Kreaturen warteten auf der anderen Seite des Sees oder in seinen kristallenen Tiefen? Noch fantastischere Wesen vielleicht, als sie bisher bereits getroffen hatten?

Seinen Kameraden, alles einfache Seeleute, fehlte jegliche Fantasie. Sie stellten sich keine Fragen und wunderten sich nie. Selbst Schwarzgurt mit seinem deutlich besser ausgeprägten Verstand interessierte sich für keine Entdeckung, die nicht irgendwie zu Gold gemacht werden konnte.

Ich sollte zufrieden sein, sagte Smiggens sich. Sie hatten Glück gehabt, waren Wundern jenseits aller Vorstellungskraft begegnet und hatten sie überlebt. Ihre faszinierenden Gefangenen – lebende Dinosaurier – würden sie alle zu wohlhabenden Menschen machen.

Als in der Ferne Donner grollte, blickte Smiggens auf. Wenn diese Schlucht nicht durch das ganze Gebirge lief, dann wäre sie ein ausgesprochen schlechter Aufenthaltsort, falls das Unwetter losbräche. Solange der Boden eben und flach blieb, war Smiggens zuversichtlich. Unter seinen Stiefeln spürte er weichen, warmen Sand, nach dem schwierigen Terrain des Regenwaldes eine Wohltat für seine Füße.

Denk nicht so viel, Preister Smiggens, dann wärst du

ein glücklicherer Mensch, dachte er. Aber so sehr er sich auch bemüht hatte, er hatte seinen Gedanken noch nie entfliehen können.

16

Die Piraten verbrachten eine erholsame Nacht in den Tiefen der Schlucht. In Mulden und Senken lag von kurzlebigen Springfluten angespültes, zerschmettertes Treibholz in großen Haufen herum wie die Stäbchen eines riesigen Mikadospiels. Zu ihrer großen Freude brauchten die Seeleute den Brennstoff für ihre Feuer nur aufzusammeln.

Zum erstenmal, seit sie den Regenwald betreten hatten, fühlten sie sich einigermaßen sicher. Kein Fleischfresser von gefährlichen Ausmaßen konnte sich bis zu ihrem Lager in die Schlucht quetschen, und so würden sie gut schlafen. Der sandige Boden des Canons war sauber und unbelebt, sah man von einigen Insekten ab, derentwegen sich die Mannschaft der *Condor* keine Sorgen machte, solange die Beißer kleiner waren als sie selbst.

Ihre knappe Flucht hatte sie so erschöpft, daß sie nur mit Mühe die Willenskraft aufbrachten, ihr Abendessen herzurichten und zu verzehren. Der stets vorsichtige Schwarzgurt stellte zur großen Enttäuschung der Struthies an beiden Seiten des Canons Wachen auf.

Als die Nacht hereinbrach, zeichnete das Feuer in der Mitte des Lagers mit seinem bunten Licht gespenstische Silhouetten von Menschen und Dinosauriern an die Wände der Schlucht. Das beruhigende Knacken des Feuers wurde nur vom Gemurmel der Unterhaltung und dem gelegentlichen Lachen eines Seemannes unterbrochen, dem ein Kamerad einen Witz erzählte.

»Was glauben Sie, Mr. Sniggens?« O'Connor nickte in ihre Marschrichtung, wo Mkuse schweigend Wache hielt. »Zieht sie sich ganz durch?«

»Das wollte Schwarzgurt auch schon wissen.« Der Erste Offizier betrachtete die wenigen Sterne, die zwischen den aufziehenden Wolken zu sehen waren. »Von hier aus kann man das unmöglich sagen, O'Connor. Ich glaube, der Boden dieses Spaltes liegt mindestens so tief wie in der Schlucht, durch die wir gekommen sind, aber ich bin kein Landvermesser. Es ist durchaus möglich, daß der ganze Gebirgszug – oder zumindest der Teil, in dem wir uns befinden – von solchen Canons durchzogen ist. Wir können nur hoffen, daß dies einer davon ist.«

Abwesend lauschte Hübscher Tod dem Geplauder der Menschen. Von allen Arten, die auf Dinotopia lebten, waren nur sie mehr für ihr Gerede als für ihre Taten bekannt. Selbst neben dem schweigsamsten Mensch wirkte ein geschwätziger *Gallimimus* stumm.

Ihre Worte sagten ihr nichts. Aber trotz ihrer Geschwätzigkeit waren die Menschen nicht gänzlich nutzlos. Von anderen Mitgliedern ihres Stammes hatte sie gehört, daß die Menschen bei den seltenen Gelegenheiten, wo man sie gefahrlos erwischen konnte, recht schmackhaft waren, obwohl man mit den vielen kleinen Knochen aufpassen mußte.

Sie drehte sich um und musterte die Struthies. Eines der Jungen bemerkte ihren Blick und zitterte leicht. Sie lächelte. So sollte es sein. Obwohl die Zivilisation schon vor langer Zeit nach Dinotopia gekommen war, hatte sie die alten Erinnerungen nicht vollständig auslöschen können.

In diesen modernen Zeiten wurde nur noch selten getötet. Die Raubdinosaurier des Regentales hatten es nicht mehr nötig zu jagen, solange sich die Alten und Sterbenden der zivilisierten Regionen ins Tal begaben, um dort die letzte Reise anzutreten. Dieses Arrangement war für beide Seiten vorteilhaft. Die Raubdinosaurier konnten überleben, ohne zu töten, und die Bewohner der zivilisierten Gegenden mußten nicht ständig Hunderte von schiffsgroßen Gräbern ausheben.

Aber noch immer verfügten Hübscher Tod und ihre Artgenossen über einen stark ausgeprägten Jagdinstinkt.

Zwar lebten sie ihn inzwischen eher spielerisch aus, doch war ihr Jagdgeschick längst noch nicht verkümmert.

Hübscher Tod machte es sich in ihren Fesseln bequem, sammelte ihre Kräfte und schloß die Augen bis auf einen dünnen gelben Schlitz. Besser so, dachte sie. Besser ein Leben in Freiheit und Eigenständigkeit als in den Grenzen einer Stadt oder einer Farm. Wozu brauchte ihre Art die Verlockungen der Zivilisation? Wozu Bücher und Moral? Trotz der gelegentlichen Übereinkünfte mit den durch das Regental ziehenden Karawanen blieben sie ihren wilden Vorfahren treu.

Geduldig wartete sie auf den richtigen Moment. Ihr Maul zuckte. Es sehnte sich danach, von den kneifenden Fesseln befreit zu werden. Im richtigen Augenblick – und sie zweifelte nicht daran, daß dieser Augenblick kommen würde – wollte sie zuschlagen. Sie würde ihnen zeigen, wozu selbst ein Jungtier ihrer Gattung fähig war, wenn es in Wut geriet.

Wir sind die Könige der Räuber, erinnerte sie sich. Keiner steht über uns, alle liegen uns zu Füßen. Ich habe nichts zu befürchten.

»Nun guck dir das Vieh an: Lauert wie ein schlafender Hai.« Der alte Ruskin zeigte auf ihren wertvollsten Gefangenen. »Man könnte meinen, es sei tot, so still sitzt es da.«

»Tot ist es nicht.« Chumash hatte seine letzte Zigarre angezündet und paffte zufrieden vor sich hin. »Das schläft nicht mal.«

Ruskins kniff die Augen zusammen, die für sein Alter noch sehr gut waren. »Du liegst falsch, Indianer. Es hört sich an, als würde es schlafen, und es schläft auch.«

»Meinst du?« Chumash grunzte. »Geh doch hin und gib Großem Zahn einen Kuß. Du wirst schon sehen, wie tief er schläft.« Er nahm erneut einen Zug von der schon ein wenig lädierten Zigarre.

»Wäre kein Problem. Es ist fest verzurrt. Der Portugiese hat den Fehler gemacht, ihm zu nahe zu kommen, als es sein Maul frei hatte.«

Chumash nickte kurz. »Wenn du ihm etwas zuleide

tust, beißt dich der Käpt'n in den Hintern. Gesund bringt es uns zehntausend amerikanische Dollar. Hat der Erste Offizier gesagt.«

Ruskin stieß einen leisen Pfiff aus. »Was für ein merkwürdiger Ort und was für merkwürdige Geschäfte, die wir hier machen, selbst bei so 'ner Menge Geld. Mir gefällt's hier nicht.«

»*Eh-tah*«, murmelte der Indianer in seiner eigenen Sprache. »Du gehörst aufs Meer. Ich gehöre in die großen Wälder. Aber hier arbeiten wir zusammen. Für Gold.«

»Aye«, stimmte Ruskin zu. Jetzt fühlte er sich schon besser. Der Gedanke an Gold ließ die Wände der Schlucht ein bißchen weniger wie die Hälften eines gigantischen Schraubstocks aussehen. Anders als seine Kameraden würde er sich erst entspannen, wenn er sein geliebtes Meer wieder vor Augen hätte. »Für Gold.«

Es war Watford, der auf ihrem Marsch nach Norden am nächsten Morgen als erster die Eigenart eines Seitencanons bemerkte. Seit ihrem Aufbruch waren sie an vielen solcher Abzweigungen vorbeigekommen, die fächerförmig von der Hauptschlucht wie Kapillaren von einer Vene abgingen. Mehrfach hatte Schwarzgurt einige Männer ausgeschickt, um sie zu erkunden. Sie waren aber stets nach einer knappen Stunde mit der Nachricht zurückgekommen, daß sich die Abzweigungen rasch zu Sackgassen oder unpassierbaren Klüften verengten. Diese Berichte bestärkten Smiggens in seiner Vermutung, daß sie sich in einem Hauptcanon befanden, der wahrscheinlich durch das ganze Gebirge hindurchlief.

Doch nun hatte die besondere Färbung des Bodens in einem Seitencanon, eine eigenartige Verdunklung, Watfords Aufmerksamkeit erregt. Nach kurzem Zögern entschloß er sich, es Schwarzgurt zu melden. »Sir, da stimmt was nicht mit dieser Abzweigung hier rechts.«

»Was ist damit, Mann?« Schwarzgurt war ganz auf den vor ihm liegenden Weg konzentriert und sah sich nicht um. Mit dem Regental auf der einen und der nördlichen Tiefebene auf der anderen Seite war es in der engen Schlucht trotz des ewigen Schattens immer noch heiß und stickig. Eine gelegentliche Brise war ihnen hochwillkommen, doch im Augenblick wehte nicht einmal ein laues Lüftchen, und Schwarzgurt lief der Schweiß in Strömen am Körper herab.

»Schauen Sie sich mal den Sand hier an, Käpt'n.« Watford stammte aus Cornwall, was sein Interesse an Steinen zumindest teilweise erklärte.

Schwarzgurt blinzelte nach rechts. »Ein bißchen dunkler, Watford. Was bringt uns das?«

»Ich weiß nicht, Sir. Irgend etwas an der Farbe erinnert mich an etwas, das ich schon mal gesehen habe. Ich weiß nur nicht, was.«

»Dann erinnere dich rasch, Watford, oder halte den Mund. Für sinnloses Gequatsche ist es zu heiß.«

Unbeeindruckt löste sich der Matrose von der Gruppe und lief zum Eingang des Seitencanons. An der Stelle, wo der Sand rußig aussah, blieb er stehen und scharrte mit dem Absatz seines Stiefels im Boden. Sand und Kies flogen auf. Je tiefer er kam, desto dunkler wurde der Boden, bis er fast schwarz war.

Thomas winkte ihm zu. »Nun komm schon, Mann! Du verplemperst unsere Zeit!«

»Aye«, rief ein anderer. »Wir warten nicht auf dich, Cornwallmann!«

Nur Smiggens zeigte sich interessiert. Er lief zurück und sah dem Seemann beim Scharren zu. Aufmerksam musterte er den Boden und suchte nach Hinweisen auf etwas Außergewöhnliches.

»Was ist da, Watford? Wonach suchst du?«

»Ich bin mir nicht sicher, Mr. Smiggens. Nur eine Andeutung. Ein Hauch, eine Ahnung.«

»Wovon, Watford?«

»Hauptsächlich Zinn, Sir. Und noch etwas anderes.«

»Becher und Krüge haben wir auf der *Condor* genug.« Der Sarkasmus des Ersten Offiziers war durch Freundlichkeit gemildert. »Vielleicht solltest du dir deine Neugier für das nächste Mal aufheben.«

»Wahrscheinlich haben Sie recht, Sir.« Watford trat mit dem rechten Bein den festgepappten Sand von seinem Stiefel. »Aber wenn wir das zu Hause sähen, würde ich schwören, daß ich es kenne.«

Damit wäre die Sache beendet und vergessen gewesen, wäre Smiggens nicht ausgerutscht, als er sich umdrehte, und hart aufgeprallt. Die Männer, die sein Mißgeschick bemerkt hatten, brachen in lautes Gelächter aus.

»Passen Sie auf, wo Sie hintreten, Mr. Smiggens!« rief einer von ihnen. »Noch sind wir nicht wieder an Bord.«

»Genau«, sagte ein anderer, »der Boden hier schlingert nicht.«

Den größten Teil des Aufpralls hatte Smiggens Hinterteil abgefedert, den Rest seine Beine und die Scheide seines Messers. Diese metallene Scheide hatte das glitzernde Gestein freigelegt. Als Watford ihm aufhalf, stach ein Funkeln in ihre Augen.

Wahrscheinlich Muskovit, sagte Smiggens sich, in einem solchen Gestein. Oder vielleicht Quarz? Er kniff die Augen zusammen und starrte auf die Stelle, wo seine Messerscheide aufgeprallt war. Nein, dieses Glimmern war irgendwie anders. Heller und intensiver.

»Käpt'n«, rief er und hockte sich hin, um besser sehen zu können, »Sie sollten mal herkommen und sich das hier anschauen.«

»Was?« knurrte Schwarzgurt. »Noch mehr Dreck, Mr. Smiggens? Fällt Ihnen nichts Besseres ein, als meine Zeit mit Ihrem neugierigen Herumgeschnüffel und Ihrer Klassifiziererei zu verplempern?«

Der Erste Offizier ließ sich auf die Knie nieder und kratzte mit seinem Messer an der Stelle, wo seine Scheide das begrabene Licht hervorgeholt hatte. Je mehr Schwärze er beseitigte, desto größer wurde der Flecken gespiegelten Sonnenlichts. Bald war er sich sicher: Das war weder Muskovit noch Quarz. Unter seinem Messer fühlte es sich beinahe weich an.

Eine Legierung. Sein Pulsschlag erhöhte sich.

Dann hockte Watford neben ihm und begann hastig,

ebenfalls mit dem Messer im Boden zu graben. Er strahlte. »Kein Zinn, Sir, bei Gott, kein Zinn.«

Smiggens hielt ein kleines Stück des schwarzen Gesteins gegen das Licht. »Oxidation, Watford. Eine unglaublich dicke und alte Schicht, mehr aber auch nicht.«

Das Führungsseil um den Hals des größten *Struthiomimus* fest in der Hand, blieb Mkuse neugierig stehen und rief zu seinen plötzlich frenetisch grabenden Kameraden hinüber: »He, ihr zwei! Habt ihr was gefunden?«

»Würmer«, meinte Samuel. »Sie wollen fischen gehen.«

»So ist es, Samuel, so ist es«, gab Watford zurück. »Und du solltest recht freundlich zu mir sein, oder ich werde meinen Fang nicht mit dir teilen.«

Erst vereinzelt, dann in kleineren Gruppen verließen die Männer nun den Pfad und liefen zu dem hastig grabenden Ersten Offizier und ihrem Gefährten. Schwarzgurt fluchte über diese erneute Verzögerung, bis auch er sah, was die beiden Männer freigelegt hatten.

»Beim Barte des Seegottes, wenn das kein Silber ist, dann pißt der Oberste Richter auf seiner hohen Bank nicht in seine langen Unterhosen!« Seine Wut war augenblicklich verraucht, und er begann, neben seinen verzückten Männern zu graben und zu kratzen. Bald hallten die Wände des Canons von Rufen des Erstaunens und der Begeisterung wider.

Die gefangenen Struthies und der junge *Tyrannosaurus* beobachteten die hektische Aktivität der Menschen und wunderten sich über deren Aufregung. Die Stränge glänzenden Metalls, die von den Männern Stück für Stück freigelegt wurden, waren sicherlich ein ungewöhnliches Material, um eine Straße damit zu pflastern, aber doch kein Grund, derart außer sich zu geraten. Hisaulk fühlte sich in seiner Ansicht bestätigt, daß das mentale Gleichgewicht ihrer Entführer schwer gestört war.

»Nun seht sie euch an«, rief Tryll. »Sind die alle verrückt geworden, Mutter?«

»Vielleicht waren sie von Anfang an verrückt, Tochter.« Gerne hätte Shremaza ihr Junges an sich gedrückt, aber ihre engen Fesseln hinderten sie daran. Hübscher Tod, von den Seilen und der unkonzentrierten Aufmerksamkeit einiger Wachposten an der Flucht gehindert, ignorierte die kindischen Vorgänge dagegen.

Säbel und Messer unterstützten die bloßen Hände, als die Männer aufgeregt die lange gewachsene Oxidationsschicht abkratzten. Hemden wurden vom Leib gerissen und als Poliertücher in Dienst genommen. Nach kurzer Zeit hatten sie ein ansehnliches Stück freigelegt. Das Ergebnis ihrer Bemühungen spiegelte das Sonnenlicht so grell, daß den helläugigen unter ihnen Tränen über die unrasierten Wangen liefen und sie den Blick abwenden mußten.

»Seht.« Smiggens folgte mit der Säbelspitze den Rillen des Belags. »Hier wurden die Pflastersteine gegossen. Unvorstellbar! Nicht gemörtelt, sondern *gegossen.*«

»Was glauben Sie, wie dick die sind, Mr. Smiggens?« In Schwarzgurts Augen lag ein gieriges Blitzen.

»Das wissen wir erst, wenn wir einige von ihnen ausgegraben haben, Käpt'n.« Statt sich auf ihre beeindruckende, wenn auch wohl nicht sehr tief in den Boden reichende Entdeckung zu konzentrieren, blickte der Erste Offizier den Seitencanon hinauf. »Im Moment interessiert mich mehr, wie lang diese Straße ist.«

Ihre verblüfften Gefangenen im Schlepptau, folgten die Piraten der Silberstraße langsam, wobei sie die dünne Sand- und Oxidationsschicht mit Säbeln und Äxten abtrugen. Der kleine Canon schlängelte sich stetig nach Osten, und auch der silberne Belag zu ihren Füßen lief immer weiter.

Sie hatten schon eine ziemliche Strecke zurückgelegt, als die glattwandige Spalte entgegen ihren bisherigen Erfahrungen nicht enger, sondern weiter wurde. Auch der silberne Belag wurde breiter und reichte nun von Rand zu Rand. Sie bewegten sich vorsichtiger, da die Schlucht inzwischen auch wieder breit genug für jene Sorte riesiger *Carnosaurier* war, deren unerwünschter Aufmerksamkeit sie gerade entkommen waren. Aber der allgegenwärtige silberne Glimmer unter ihren Füßen war ein wirksames Mittel gegen die Angst. Livistona-Palmen reckten sich zum Himmel, doch es gab keinerlei Anzeichen von Regen- oder anderem Wald.

»Wahrscheinlich Nickel«, murmelte Smiggens.

»Was meinen Sie, Mr. Smiggens?« Schwarzgurt sprach ungewohnt ruhig. Selbst bei ihm hatte ihre Entdeckung Ehrfurcht ausgelöst.

»In der Legierung. Reines Silber wäre zu weich für eine Straße, selbst wenn sie nur von leichten Fahrzeugen benutzt würde. Nickel würde es für den vorgesehenen Zweck widerstandsfähig genug machen.« Während sie weiterliefen, weitete sich der schmale Canon zu einem Pfad, dann zu einer Durchgangsstraße und zuletzt zu einem Boulevard, der breit genug war, um jeden von ihnen über seine verrücktesten Träume hinaus reich zu machen.

»So viel Silber ...« murmelte Schwarzgurt. »Selbst die Eroberer haben aus der Neuen Welt keine solchen Mengen mitgebracht!«

Ein Schrei ließ sie aufsehen. Als Entdecker der erstaunlichen Straße hatte Watford es sich verdient, an der Spitze laufen zu dürfen. Im Regenwald wäre diese Position selbstmörderisch gewesen, hier aber bedeutete sie eine besondere Ehre.

»Na, was hat unser scharfäugiger Mann aus Cornwall diesmal gefunden?« Schwarzgurts Lachen ließ seinen Goldzahn blitzen. »Voran Jungs! Watford ruft uns, und wenn Watford ruft, dann ist jedermann gut beraten, ihm zu folgen!«

Sie beschleunigten ihre Schritte soweit, daß ihre Gefangenen trotz ihrer Fesseln noch gut mithalten konnten. Die breiter gewordene Schlucht machte eine scharfe Kurve, und sie standen vor einer Mauer. Solide und ohne Verzierungen lief sie von einer Seitenwand des Canons bis zur anderen. Sie war etwa einen halben Meter dick, sechs Meter hoch und bestand aus etwa dreißig Zentimeter langen und zehn Zentimeter dicken Ziegeln. Genau in der Mitte der Barriere sahen sie eine große Öffnung, in der riesige

Messingangeln an ein altes, vor langer Zeit verrottetes Holztor erinnerten.

Unter Staub und Dreck schimmerte über jedem Ziegel ein Messingüberzug: Schutz gegen die zerstörerische Kraft der Elemente.

»Warum ausgerechnet Messing?« murmelte Schwarzgurt, als sie sich diesem Relikt einer unbekannten Zivilisation näherten. »Vielleicht hatten sie genug davon.«

»Messing.« Smiggens verzog sein Gesicht zu einer selbst für ihn außergewöhnlichen Grimasse. »Wenn das Messing wäre, dann müßte es genauso angelaufen sein wie das Silber. Es sei denn, jemand hätte sein Leben damit verbracht, es zu polieren.«

Die Wahrheit war so überwältigend, daß es einige Augenblicke dauerte, bis sie selbst den abgebrühten und erfahrenen Seeräubern dämmerte. Erst als Schwarzgut versuchte, einen losen Ziegel aus dem Rand der alten Mauer herauszubrechen, traf es sie wie ein Hammerschlag auf den Hinterkopf.

Zum erstenmal in ihrer langen Bekanntschaft erlebte Smiggens seinen Kapitän für einen Augenblick sprachlos. Den Ziegel zärtlich in beiden Händen haltend, ließ sich der Hüne auf den harten Boden fallen. Er legte den Kopf in den Nacken und starrte schweigend an der Mauer empor. Einen halben Meter dick, sechs Meter hoch, wie breit sie war, mußten sie noch ausmessen oder schätzen … Mit Ausnahme des längst verschwundenen Tores eine solide Barriere quer durch die Schlucht.

»Was ist los, Käpt'n?« fragte Thomas.

»Aye, Käpt'n, was ist mit Ihnen?« Samuel trat näher; Neugier und ehrliche Besorgnis standen auf seinem Gesicht.

»Was mit mir ist? Nichts, gar nichts, Samuel.« Schwarzgurt ließ den Blick über die Gesichter seiner Männer schweifen. »Absolut gar nichts. Sei so nett und halte das für mich, Samuel.«

Mit diesen Worten warf er dem Seemann den Ziegel zu, der ihn mühelos auffing – und laut aufschrie, als er ihm aus den Fingern glitt und schwer auf seinem rechten Fuß landete. Trotz der Schutzhaut seiner Stiefel fiel Samuel zu Boden und wimmerte vor Schmerz, der ihm allerdings rasch verging.

Der Ziegel war aus massivem Gold.

Die Mauer bestand aus identischen Ziegeln.

Also war auch die Mauer …

So ungeübt die Männer in der aristotelischen Logik auch waren, hämmerten und schlugen sie doch nach wenigen Augenblicken mit allem, was ihnen an Werkzeug in die Finger gekommen war, auf die Mauer ein. Messer, Säbel, Äxte, Gewehrkolben, sogar Kämme aus Fischbein halfen ihnen bei ihrer euphorischen Arbeit. Ein zweiter Ziegel wurde herausgeschlagen und erwies sich als ebenso schwer wie der erste. Smiggens, der in aller Ruhe die Oberfläche des Ziegels des Kapitäns angebohrt hatte, bestätigte, daß dieser tatsächlich aus purem Gold bestehe und nicht aus mit Gold beschichtetem Blei.

»Ich bin zwar kein Goldschmied, aber ich würde ihn auf achtzehn Karat schätzen«, erklärte er schließlich. »Natürlich ist der Reinheitsgrad bei jedem Ziegel unterschiedlich.«

»Aber sicher, Mr. Smiggens, aber sicher«, antwortete Schwarzgurt. »Das ist weiter kein Problem.« Er wandte sich seinen Leuten zu. »Alles unter vierzehn Karat nehmen wir einfach als Ballast für die *Condor*!« Die Männer brüllten vor Lachen.

»*Ha-weh.*« Chumash sah sich unter seinen Kameraden um. »Hat einer den Mann aus Cornwall gesehen?«

»Stimmt.« Bedauernd legte Smiggens das kleine Vermögen aus der Hand. »Wohin ist Watford verschwunden? Man sollte doch meinen, er würde hier mit uns feiern. Schließlich ist er der rechtmäßige Entdecker unseres Schatzes.« Ihm kam ein Gedanke, und er sah sich die Mauer genauer an. »Was ist das hier überhaupt für ein Ort? Wer hat diese Mauer gebaut und aus welchem Grund?«

Sogar Schwarzgurt hatte einst eine gewisse Bildung genossen. »Atlantis vielleicht. Lemuria. Das alte Mu. Cimmeria. All die halb vergessenen, halb erinnerten Zivilisationen dieser Welt. Cathay, nach dem Kolumbus gesucht hat, ohne es zu finden. Hier sind sie, in einer großartigen goldenen Schöpfung vereint.« Besitzergreifend legte er eine Hand auf die unglaubliche Befestigung. »Und jetzt gehört sie uns. Wo werden Sie mit Ihrem Anteil leben, Mr. Smiggens? Ich denke, ich kaufe mir das Schloß von Warwick. Oder halb Devonshire.«

»Keine Ahnung.« Der Erste Offizier brachte nicht mehr als ein betäubtes Gemurmel hervor. »So weit habe ich noch nicht gedacht.«

»Sie wissen, was das bedeutet, Käpt'n.«

Schwarzgurt drehte sich um. »Was meinst du, Guimaraes?«

Der Portugiese trat nahe an ihn heran und nickte zu den phlegmatischen Gefangenen hinüber. »Das bedeutet, daß wir diese Tiere nicht länger brauchen. Warum sollten wir uns die Mühe machen, lebende Tiere für Gold einzutauschen, wenn wir schon mehr Gold und Silber haben, als das Schiff tragen kann?«

»Was der Portugiese sagt, ist nicht dumm«, stimmte Samuel zu.

Smiggens erwachte aus seiner Trance. »Wir müssen sie mit zurücknehmen, Käpt'n. Sie sind viel mehr wert als Gold. Ihr wissenschaftlicher Wert ist unschätzbar.«

»Wissenschaft!« Verachtung tropfte von Guimaraes' Lippen. Er strich mit der Hand über die goldene Mauer. »Macht Ihre Wissenschaft uns reicher als das hier?«

Nein, dachte der Erste Offizier verärgert, aber wenn du ihr nur eine winzige Chance ließest, würde sie dich vielleicht klüger machen, du grinsender Pavian. Laut sagte er: »Wir haben nichts, womit wir das Gold transportieren können. Die Tiere tragen sich selbst. Warum sollen wir sie nicht mit zum Schiff nehmen und dann mit Säcken und Schlitten wiederkommen?«

»Nichts, um das Gold zu transportieren?« Ruskins grau werdende Schnurrbarthaare zitterten. »Das klemme ich mir zwischen die Zähne!« Mehrere Männer lachten beifällig.

»Außerdem«, fuhr Smiggens verzweifelt fort, »werde ich sie von meinem Anteil bezahlen.«

Diesmal wurden die Worte des Ersten Offizier nicht mit Gelächter, sondern mit anerkennendem Gemurmel aufgenommen. Die Aufteilung der Beute war für jede Piratenmannschaft von grundlegender Bedeutung, und die Männer nahmen das Angebot ernst.

»Das klingt fair«, gab Schwarzgurt dem Vorschlag seinen Segen. »Auch wenn ich glaube, Sie haben zu lange in der Hitze geschmort, Mr. Smiggens. Aber wie dem auch sei, Sie sollen Ihre Tiere haben. Mögen sie Ihnen ebensoviel Befriedigung bringen wie Ihr Gold uns.« Wieder ertönte fröhliches Gelächter.

Hisaulk beobachtete die Kapriolen der Mannschaft mit der üblichen Mischung aus Neugier und Hoffnung. Die Entdeckung der Mauer schien sie überglücklich zu machen, auch wenn er sich nicht vorstellen konnte, warum. Dies war mit Sicherheit der seltsamste Haufen Menschen, der je den Fuß auf dinotopischen Boden gesetzt hatte. Als die Wachen wegschauten, zerrte er an seinen Fesseln, wie üblich ohne Erfolg. Ein menschlicher Daumen wäre jetzt sehr hilfreich gewesen.

»Zumindest wird meine Ladung weniger wiegen«, meinte Smiggens.

Aber Guimaraes gab nicht so schnell klein bei. »Das Angebot des Ersten Offiziers ist sehr großzügig, aber wiegt das Gold aus seinem Anteil die Mühe und den Ärger auf, die wir haben werden, wenn wir diese widerlichen Viecher über den südlichen Ozean schippern?« In seinen Augen erschien ein böses Glimmern. »Und außerdem … Lechzt auch nur einer von euch nicht nach frischem Fleisch? Ich habe schon Schildkröten, Leguane und Schlangen gegessen, und wenn diese Biester hier auch nur annähernd so gut schmecken, dann wären sie ein Festschmaus.«

Mkuse musterte die Struthies mit abschätzendem

Blick. »Eher wie Strauße, denke ich, aber die schmecken auch nicht schlecht.«

»Unser Gold haben wir sicher«, meinte ein anderer. »Ein Fest wäre also angebracht.«

Aber ehe der Rest der Mannschaft diesen Vorschlag begrüßen und ein besorgter Smiggens erneuten Protest einlegen konnte, ertönte vor ihnen ein Schrei. Der verschwundene Watford meldete sich zurück.

»Nanu, was hat der streunende Cornwallmann jetzt wieder gefunden?« Schwarzgurt erhob sich von seinem Platz, von dem aus er durch die einst von dem verschwundenen Tor verschlossene Lücke geblickt hatte. »Vielleicht noch eine Mauer?«

»Das ist unmöglich, Käpt'n«, erklärte O'Connor. »Mehr Gold als hier kann es auf der Welt nicht geben.«

»Wir werden sehen. Ich muß sagen, Watfords Entdeckungen beginnen mir ans Herz zu wachsen.«

»Entschuldigen Sie, Käpt'n«, unterbrach ihn Guimaraes, »aber was wird aus unserem Fest?«

Schwarzgurt blickte zwischen Smiggens und dem Portugiesen hin und her. In Gedanken und mit dem Herzen war er schon bei dem unermüdlichen Watford. »Das regeln wir später. Fürs erste wird keines der Tiere getötet.«

»Aber Käpt'n …«

»Das ist mein letztes Wort, Guimaraes.« Schwarzgurts Stimme senkte sich bedrohlich. »Hast du irgendwelche Probleme damit?«

Brummelnd wandte sich der enttäuschte Guimaraes ab. »Nein, Käpt'n, überhaupt keine.«

Eng zusammengedrängt, die Gefangenen in der Mitte, passierten sie nun die Öffnung, doch nicht ohne die gerade Linienführung und die präzise Konstruktion der urzeitlichen Mauer gebührend zu bewundern. Dem Echo von Watfords Rufen folgend, liefen sie den Canon hinauf, der sich inzwischen so sehr geweitet hatte, daß man ihn eher als verstecktes Tal bezeichnen konnte.

Watfords lauter werdende Rufe zeigten ihnen, daß sie den Mann aus Cornwall fast erreicht hatten. Die mittlerweile recht breite Schlucht machte einen weiteren scharfen Knick. Sie gingen um die Kurve – und blieben angesichts des Anblicks, der sich ihnen bot, wie angewurzelt stehen.

Was für ein Glück, dachte Smiggens, der wie alle anderen sprachlos dastand, daß der Himmel wolkenbedeckt war. Anderenfalls wären sie wahrscheinlich erblindet.

Vor ihnen tat sich eine überwältigende Szenerie auf, deren Kompaktheit ihrer Schönheit keinen Abbruch tat. Umgeben von schützenden Mauern aus glattem grauen und roten Gestein ragte ein Komplex von Tempeln und Nebengebäuden in die glasklare Luft. Präzise geschnittene Boulevards verliefen zwischen steilen Pyramiden, von Säulen flankierten öffentlichen und bescheideneren einstöckigen Gebäuden, die wohl einst den Herrschern der Gemeinschaft als Wohnhäuser gedient hatten. Smiggens erkannte eine Vielfalt architektonischer Einflüsse, von ägyptischen über griechische und chinesische bis zu denen der Inkas. Ein Eintopf der Stile. Das Ergebnis war verwirrend, aber es gefiel ihm.

Den Rest der Mannschaft interessierte weniger die Bauweise als die Auswahl der Materialien.

Viele der Gebäude waren mit den gleichen massiven Goldziegeln errichtet worden wie die hinter ihnen liegende Mauer, bei anderen wechselten Gold- und Silberziegel. Das waren wohl die einfacheren Häuser, dachte Smiggens erschüttert. Obwohl alle Gebäude in irgendeiner Weise unter den Stürmen der Zeit gelitten hatten, waren zahlreiche Verzierungen und Schmuckwerke noch erhalten. Auf ihre Art waren sie vielleicht sogar noch faszinierender als die erstaunlichen Bauwerke selbst.

Schweigend zogen die überwältigten Eindringlinge über den silbernen Boulevard, der zwischen den wichtigsten Gebäuden hindurchlief. Er endete in einem Strudel von Gravierungen und Goldintarsien vor dem größten und kompliziertesten Gebäudekomplex des vergessenen Tals.

Mit minutiös ausgearbeiteten Basreliefs verzierte Säulen und fein gearbeitete Skulpturen schmückten die Fassade des Tempels. Im Mittelpunkt dieser Kunstwerke standen neben großen und kleinen Wesen, die den Männern unbekannt waren, hauptsächlich Menschen. Smiggens wies darauf hin, daß einige der nichtmenschlichen Skulpturen Wesen ähnelten, denen sie in diesem Land begegnet waren – einschließlich ihrer Gefangenen.

Jede Säule war aus einem einzigen Stück Malachit geschlagen. Die sie umgebenden Basreliefs waren mit Amethysten und Zitronen, Chrysoprasen und Türkisen besetzt. Ein Sturz aus dunkelblauem, fast schwarzem Lapislazuli hielt das Dach der Vorhalle. Die zusammengewürfelte Mannschaft der *Condor* bestand aus einfachen Männern, deren Berufswahl nur wenig zur Verfeinerung ihrer Geschmäcker beigetragen hatte. So standen sie hier vor einem Reichtum jenseits ihrer Vorstellungskraft.

»Wenn ich daran denke«, murmelte O'Connor, »daß alles, was ich im Leben wollte, ein kleines Häuschen in Dublin war.«

»Warum so bescheiden?« Der neben ihm stehende Suarez starrte auf die mit Einlegearbeiten verzierten Säulen der Vorhalle. »Kauf dir Dublin.« In die goldenen Wände hinter der Säulenhalle waren große Quadrate aus Jaspis und Achat, Karneol und Opal eingelassen. Sie waren mit ebenso feinen und komplizierten Reliefarbeiten verziert wie die Säulen.

Grinsend trat Watford hinter einer von ihnen hervor. »Na, Jungs, was haltet ihr davon? Ich denke, neben diesem Landhäuschen ist der Buckinghampalast nicht mehr als eine Scheune.«

Schwarzgurt blickte an dem tatkräftigen Matrosen vorbei. Durch transparente Jadeplatten in der Decke fiel Licht in die weite Vorhalle, als Fenster dienten runde Bullaugen aus makellosem Bergkristall.

»Dir gebührt ein Extraanteil von all dem hier, Watford. Was mich betrifft, so haben sich meine Pläne geändert. Ich denke, statt einer Provinz werde ich mir lieber ein ganzes Land kaufen. Falls Sie von einem hören, das zum

Verkauf steht, Mr. Smiggens, sagen Sie mir bitte Bescheid. Vielleicht können Sie das Land daneben erwerben, dann sind wir Nachbarn.«

Sie erklommen die letzte der goldenen Stufen, die mit poliertem Onyx durchsetzt waren, und fanden sich vor zwei drei Meter hohen Türen wieder. Sie waren aus reinstem Rosenquarz geschnitten und mit Rubinen, Saphiren, Padparasha und Perlen besetzt. Betäubt von den Reichtümern, lehnten sie sich gegen die schweren Türen, die nachgaben und sie in den Tempel einließen.

Obwohl aus demselben kostbaren Material, war das Innere überraschend schlicht gehalten. In den Räumen standen keine Möbel, und außer ein paar verstreuten Skulpturen fanden sie auch die Haupthalle leer. Der Boden bestand aus einem detaillierten Tiermosaik, das allen außer Smiggens unverständlich und alptraumhaft erschien. Die einzelnen Mosaiksteinchen erregten weit größere Aufmerksamkeit, denn es waren Halbedelsteine in den jeweils passenden Farben.

In die Betrachtung des Fußbodens vertieft, beachtete Smiggens das leise Geräusch von Stiefeln auf den glatten Steinen nicht. »Das hier könnte eine Darstellung der Geschichte nicht nur dieses Landes, sondern des Lebens auf der ganzen Erde sein.«

»Passen Sie auf, was Sie sagen, Mr. Smiggens.« Auch Johanssen hatte die wunderschönen Einlegearbeiten auf dem Boden betrachtet. »Hier ist nirgendwo die Sintflut dargestellt, die Szene kann also nur der Fantasie des Künstlers entsprungen sein.«

Smiggens verkniff sich eine Antwort. Sicherlich war er der einzige unter ihnen, der in irgendeiner Weise mit den jüngsten Arbeiten von so unerschrockenen Engländern wie Darwin und Wallace vertraut war.

»Siehst du, wie sie über die Augen ihren Verstand verlieren?« flüsterte Shremaza ihrem Männchen zu. »Sie sind völlig besessen, obwohl ich mir nicht vorstellen kann, wovon.«

»Vielleicht vergessen sie uns.« Hisaulk würdigte die

prachtvolle Umgebung keines Blickes. »Mir gefällt es nicht hier drin. Es ist kalt.«

Die Piraten schienen ähnlich zu denken. Die Sonne ging bald unter, und niemand war wild darauf, die Nacht in diesem ehrwürdigen, mysteriösen Tempel zu verbringen. Sie gingen den Weg zurück, den sie gekommen waren, traten aus dem rosenfarbenen Tor und begannen, mit Messern und Säbeln kostbare Juwelen aus den Basreliefs und Skulpturen zu brechen.

Als die Dunkelheit hereinbrach, hatte Smiggens in der goldenen Vorhalle ein fröhliches Feuerchen zum Brennen gebracht. Copperhead hatte inzwischen einen ganzen Hut voller Smaragde gesammelt. Von seinen Reichtümern trunken, tanzte er für seine Kameraden zu einer karibischen Melodie, die Thomas seiner Flöte entlockte, und warf ihnen nach Art eines Almosen verteilenden arabischen Potentaten grüne Funkenblitze zu. Unter anhaltendem Gelächter schnappten die Männer lässig nach den milden Gaben. Angesichts der Reichtümer um sie herum waren sie nicht mehr als hübscher Flitterkram ohne besonderen Wert.

Während sie ihr trockenes Abendbrot verzehrten, das ihnen an diesem Tag gar nicht mehr so fade vorkam, schmiedeten sie großartige Pläne. Jeder versuchte, seinen Nachbarn darin zu übertreffen, was er mit seinem neu erworbenen, unermeßlichen Reichtum anfangen wollte. Thomas und Andreas brachen Ziegel aus der Tempelmauer und bauten daraus eine massive Feuerstelle. Nahrung für das Feuer war leicht zu finden. Vertrocknete Pflanzen, die vom Schluchtenrand heruntergefallen oder herangeweht worden waren, lagen überall zum Einsammeln bereit.

Da Schwarzgurt keinen Grund sah, weshalb sie ihren kleinen Krug mit Grog, der als Medizin gedacht war, noch länger aufbewahren sollten, erlaubte er Smiggens großzügig, ihn aufzubrechen und jedem etwas davon abzumessen. Die Menge reichte zwar nicht aus, um die Männer sinnlos betrunken zu machen, aber sie hob ihre schon hervorragende Stimmung noch um einiges. Ruskin holte seine Maultrommel hervor und begleitete Thomas' Flötenspiel mit ihrem metallischen Klingen. Bald hallte die Vorhalle des Tempels von den fröhlichen Klängen der See- und Landmannslieder wieder. Schwarzgurt schritt selbst dann nicht ein, als einige der Männer mit ihren Gewehren Freudenschüsse abgaben.

»Sie tanzen gräßlich.« Shremaza betrachtete das holprige Getaumel der Menschen. »Damit würden sie nicht einmal zu dem einfachsten Fest zugelassen.«

»Ich höre ihre Feuerwerkskörper, aber ich sehe nur Lichtblitze.« Tryll stand in der Nähe ihrer Mutter. »Wo sind die hübschen Farben?«

Hisaulk beobachtete, wie ein Mann sein Gewehr in die Luft hielt und mehrere Schüsse abgab. »Die machen einen ganz schönen Krach, aber Feuerwerk, wie wir es kennen, ist das nicht. Es kommt zwar auch aus langen Röhren, hat aber keine Farben. So wie wohl auch das Leben dieser Menschen sehr farblos ist.«

Wie gewöhnlich schenkte Hübscher Tod der Unterhaltung der Familie keine Beachtung. Selbst wenn sie die Sprache der Struthies verstanden hätte, hätte sie keine Lust gehabt, sich daran zu beteiligen. Das Knallen und Krachen der menschlichen Spielzeuge interessierte sie nicht.

Hätte Guimaraes gewußt, daß jede seiner Bewegungen von einem Paar glühender gelber Augen verfolgt wurde, so hätte er sicherlich mit geringerer Begeisterung an der Jubelfeier teilgenommen.

17

Seit einer Stunde grummelte Triefauge wie ein aufziehendes Unwetter. Offensichtlich war der *Tyrannosaurus* verwirrt und wütend.

Fast den ganzen Morgen schon waren sie ziellos durch

den Regenwald geirrt. Die Witterung der Eindringlinge war am Ende so schwach geworden, daß selbst die großen *Carnosaurier* sie nicht mehr wahrnahmen. Es hatte mehrfach stark geregnet, und immer wieder durchschnitten kleine Flüsse ihren Weg. Will war überrascht gewesen, daß die tatkräftigen *Tyrannosaurier* der Spur überhaupt so lange hatten folgen können.

Von seinem luftigen Sitz auf dem großen Kopf aus blickte er nach unten. »Was hat er gesagt?«

Chaz strampelte in seiner sicheren, wenn auch nicht sonderlich bequemen Position in Shethorns Hand und versuchte, den Kopf zu drehen. »Will Denison, glaubst du, ich hätte nichts Besseres zu tun, als hier zu baumeln und zu übersetzen, wenn es dir beliebt?«

»Hast du denn?« Gespannt wartete Will auf die Antwort.

Der *Protoceratops* hatte nicht. »Na gut. Triefauge sagt, sie hätten die Spur verloren. Die Zeit und der Regen haben die Witterung so schwach werden lassen, daß sie sie nicht länger erkennen können. Sie wissen nicht, wie es weitergehen soll.«

Will grübelte über die Sackgasse nach, in der sie sich befanden. »Ich denke, am besten laufen wir weiter nach Osten, mit den Bergen immer zu unserer Linken. Das würde ich jedenfalls tun, wenn ich hier fremd wäre und einen Weg aus dem Tal heraus suchen würde.«

»Du ja, aber du kennst auch die Gefahren des Regentales. Diese Eindringlinge dagegen haben keine Ahnung davon. Wer sagt uns, daß sie nicht weiter nach Süden vordringen?« In den Händen des *Tyrannosaurier*weibchens wirkte der *Protoceratops* wie eine große Kaulquappe.

»Ihre Spur hat in den vergangenen zwei Tagen am Vorgebirge entlanggeführt, und auch seitdem unsere Freunde sie aufgenommen haben, ist sie nie weit von den Bergen abgewichen. Da ist es doch wohl vernünftiger anzunehmen, daß sie das auch weiterhin nicht tut, als daß sie plötzlich die Richtung ändert.«

Keelk zwitscherte von ihrem bequemen Sitz auf Shethorns Nacken zu ihnen herüber. Zwar wandte sie sich an Chaz, der als einziger ihre Sprache verstand, aber ihr Blick war auf Will gerichtet. Was für wunderschöne Augen sie hat, dachte der. Wie alle Struthies.

»Sie will wissen, was los ist. Warum wir hier herumstehen.« Chaz sah seinen menschlichen Gefährten hilfesuchend an. »Ich weiß nicht, was ich ihr sagen soll.«

»Die Wahrheit«, antwortete Will.

Als Chaz seine Erläuterungen beendet hatte, schaltete sich Shethorn mit einigen klangvollen Knurrern in die Unterhaltung ein.

Wieder übersetzte der *Protoceratops.* »Sie meint, es wäre besser für uns, wenn wir ihre Tochter heil und gesund wiederfänden.« Chaz schauderte leicht. »Da stimme ich ihr zu. Ich habe kein Verlangen danach, den Tobsuchtsanfall eines *Tyrannosaurus rex* mitzuerleben.«

»Ich ebensowenig.« Will rutschte mit seinem Hinterteil über die rauhe Schädelhaut seines Reittiers und blickte auf den Boden. »Irgendwie müssen wir die Spur wiederfinden. Ich suche schon die ganze Zeit nach Fußabdrücken und umgeknickten Ästen.«

»Fußabdrücke wären nicht schlecht«, stimmte Chaz zu. »Äste könnten auch von anderen Wesen als den Menschen geknickt worden sein.«

»Stimmt«, meinte Will betrübt. »Vergiß nicht, das alles ist neu für mich. Gewöhnlich halte ich aus viel größerer Höhe nach Spuren Ausschau.« Er beugte sich zur anderen Seite hinüber. »Man sollte doch meinen, daß eine so große Gruppe *irgendwelche* Spuren hinterlassen hat.«

Chaz übersetzte für Keelk und gab dann ihre Antwort weiter. »Sie meint, der Boden sei zu naß und weich. Ich weiß nicht, wie wir ...«

Ein lauter, knallender Ton unterbrach ihn. Das Geräusch drang zwischen den Bäumen hindurch und hallte von den Steilhängen des nahen Vorgebirges wider. Ein weiterer folgte, dann noch einer und noch einer.

»Komischer Donner«, meinte Chaz. Shethorn knurrte mißmutig.

»Das ist kein Donner, sag ihr das.« Will war gleichzeitig begeistert und besorgt. Begeistert, weil er jetzt wußte, wohin sie gehen mußten, und besorgt darüber, was sie bei ihrer Ankunft vorfinden würden.

Nicht viele Menschen hätten es geschafft, sicher auf dem Kopf eines *Tyrannosaurus* zu stehen und mit der Hand über den Augen die Umgebung abzusuchen, aber Will gelang es. Er hatte keine Höhenangst, dafür einen ausgezeichneten Gleichgewichtssinn. Während er den Regenwald musterte und versuchte, zwischen den Bäumen hindurchzusehen, ertönten die lauten Donnerschläge aufs neue. Unter ihm zuckte der ein Meter lange Kopf leicht zusammen, und Will mußte die Arme ausbreiten, um das Gleichgewicht zu halten.

»Triefauge will wissen, was das ist«, erklärte Chaz, »und ehrlich gesagt, mich interessiert es auch.«

»Gewehrfeuer! Das waren Schüsse.«

»Was ist Gewehrfeuer, und was sind Schüsse?« Geschichte und Gebrauch dieser Waffen waren in Dinotopia nur Historikern bekannt.

Will überlegte sich seine Antwort gut. Die beiden *Tyrannosaurier* waren schon nervös genug. »Das ist eine Art Feuerwerk.«

»Feuerwerk.« Vergeblich bemühte sich der Übersetzer, aus seiner würdelosen Position heraus Will in die Augen zu sehen. »Warum sollten die Leute, die wir suchen – oder irgend jemand sonst – hier mitten im Regental ein Feuerwerk abbrennen?«

»Frag mich bitte nicht nach ihren Absichten«, antwortete Will rasch. »Vielleicht haben sie was zu feiern.« Bitte laß sie etwas feiern und nicht einen ihrer Gefangenen erschießen, betete er inbrünstig. Er versuchte, nicht daran zu denken, was geschehen würde, wenn sie die Eindringlinge gefunden hatten und feststellen mußten, daß Hübscher Tod verletzt war – oder Schlimmeres. Ihm war klar, daß in diesem Fall mitfühlende Worte die tobenden *Tyrannosaurier* wohl kaum beruhigen würden. Er dachte an ihre Vereinbarung und an den riesigen Schädel, auf dem er stand …

Natürlich könnten sie dieser Gefahr entkommen, indem sie bei der nächsten sich bietenden Gelegenheit flohen. Sie könnten sich einen Weg in die Berge suchen oder sich in einer Felsspalte verstecken, bis die Räuber die Suche aufgaben und weiterliefen. Das wäre immerhin eine Möglichkeit ... Aber er hatte sein Wort gegeben, und in Dinotopia machte es keinen Unterschied, ob man einem Dinosaurier oder einem Menschen etwas versprach. In einer auf dem Tauschhandel basierenden Gesellschaft, war das Wort eines Lebewesens sein Pfand.

Natürlich waren die *Tyrannosaurier* nicht zivilisiert, und rein formell galten diese Gesetze nicht für sie.

Aber für ihn.

Er nahm seinen Schneidersitz auf Triefauges Kopf wieder ein und wies mit der linken Hand nach Nordosten. In diese Richtung gab es keinen Weg, aber das war kein Problem. Die *Tyrannosaurier* würden sich ihren Weg brechen.

»Sag ihnen, sie sollen auf die Geräusche zulaufen. Sie markieren den Aufenthaltsort der Eindringlinge.«

»Dann müssen wir sehr nah dran sein.« Eilig übersetzte Chaz für die *Tyrannosaurier*.

Währenddessen beugte sich Will vor und klopfte seinem Reittier auf die Oberlippe. Ein gelbes Auge rollte nach oben und sah ihn an. Er konnte sein Spiegelbild darin erkennen.

»Dort entlang.« Will streckte erneut den Arm aus. »Die, die wir suchen, sind da drüben.«

Das große Männchen wartete nicht, bis Chaz übersetzt hatte. Erwartungsvoll knurrend setzte es sich in Bewegung. Beide Kolosse fielen in einen schnellen Trab. Mühelos brachen sie sich durch den Wald Bahn und schlugen dabei zahlreiche andere Talbewohner in die Flucht. Will klammerte sich an die knorrigen Auswüchse über den Augen und konzentrierte sich auf die sich hebende und senkende Landschaft vor ihm. Die *Tyrannosaurier* wurden immer schneller, liefen schließlich mit maximaler Geschwindigkeit.

Für Will ein einmaliges Erlebnis. Aber, dachte er, falls

er das Gleichgewicht verlor und stürzte, wäre es um ihn geschehen.

Zu seiner Rechten hörte er Keelks anfeuernde Zirpser. Sie schien keine Probleme damit zu haben, sich an Shethorns Hals festzuhalten. Von Chaz' Seite ertönte die gewohnte ununterbrochene Klagelitanei, die das *Tyrannosaurus*weibchen geflissentlich überhörte.

Direkt vor ihnen brach plötzlich ein Schwarm Paradiesvögel aus einem kleinen Baum mit dichtem Laub, der sich unter Triefauges Bauch neigte und hinter ihm wieder in die Höhe schnellte. Zu ihrer Linken lockte das Rückengebirge, und Will hoffte, daß sie bald wieder zu Hause in seinen kühlen Höhen sein würden.

Aber zuerst mußten sie die Rettungsaktion erfolgreich beenden.

Kies und Fels lösten matschigen Boden ab, der Regenwald wurde durchlässiger. Als sie den glatten Felswänden aus grauem Granit schon sehr nahe gekommen waren, verlangsamten die *Tyrannosaurier* das Tempo. Beide senkten die Köpfe und schnüffelten heftig, und wieder schwangen ihre großen Köpfe hin und her.

Shethorn lief zu Will, hob ihre Schnauze zu ihm hoch und knurrte mehrere kurze Sätze. Ihr Atem ließ ihn zurücktaumeln, aber es gelang ihm, aufmerksam zu lächeln. Gespannt lugte Keelk hinter dem Hals des *Tyrannosaurus* hervor.

»Was ... was sagt sie?«

Chaz blickte von unten zu ihm auf. »Sie haben die Spur wiedergefunden.«

Wenige Augenblicke später standen sie vor dem Eingang der Schlucht. Hunderte von durcheinanderlaufenden Fußspuren auf den Steinen und im Sand bestätigten ihnen, daß sie auf dem richtigen Weg waren. Viele davon stammten von im Regental ansässigen Dinosauriern, aber eine große Anzahl zeigte auch die unverwechselbaren Umrisse abgetragener Menschenstiefel. Triefauge und Shethorn konnten ihre Ungeduld kaum noch zügeln und liefen in den verborgenen Canon.

Dort fanden sie jedoch weder die menschlichen Eindringlinge noch Keelks Familie oder ihre Tochter. Statt dessen fuhren drei erschrockene *Spinosaurier* herum. Ihr drohendes Brüllen verwandelte sich rasch in panische Verzweiflung, als sie erkannten, *was* da hinter ihnen die Schlucht heraufkam. Ohne Möglichkeit zur Flucht preßten sie sich gegeneinander und an die Felsen. Jeder versuchte, sich hinter seinen Gefährten in die schmaler werdende Öffnung zu zwängen.

Triefauge öffnete das Maul und knurrte drohend, und sein Weibchen fiel ein. Die Panik der *Spinosaurier* nahm zu, so daß Will beinahe Mitleid mit ihnen bekam.

Dann fiel einer der kleineren segelbepackten Raubdinosaurier auf den Bauch und legte den Kopf auf den Boden. Die anderen beiden ahmten die Demutsgebärde nach, und schon lagen alle drei bäuchlings im Sand. Ihre farbenfrohen Schwänze wischten hin und her.

So vermieden die riesigen Bewohner des Regentales blutige Konflikte.

Halb krabbelnd, halb kriechend rutschten die *Spinosaurier* zur Seite, wobei sie sich so eng wie möglich an die südliche Canonwand preßten. Besänftigt traten Triefauge und Shethorn an die gegenüberliegende Wand zurück und ließen ihre kleineren, unterwürfigen Artgenossen passieren.

Plötzlich rief Will Chaz zu: »Sag ihnen, sie sollen einen Moment warten, und finde heraus, ob sie etwas wissen«.

Der *Protoceratops* sah zu ihm auf. »Was, ich?« quietschte er.

Will konnte ein Grinsen nicht unterdrücken. »Wovor hast du Angst? Glaubst du, sie werden sauer?«

»Darüber denke ich lieber nicht nach.« Chaz wandte sich an die *Spinosaurier* und sprach sie in ihrem Dialekt an. Für die *Tyrannosaurier* mußte er seine Worte nicht übersetzen, denn die Sprachen der *Carnosaurier* waren einander so ähnlich, daß sie mühelos verstanden.

»Sie sagen, daß sie eine große Menschengruppe in diese Schlucht hinein verfolgt haben, bis sie so eng wurde, daß sie nicht mehr weiterkamen. Bei diesen Menschen waren vier Struthies und ein junger *Tyrannosaurus*, alle mit Tauen gefesselt. Das hat sie zwar gewundert, konnte sie aber von ihrer Verfolgung nicht abhalten. Kein *Carnosaurus* verzichtet auf so leichte Beute.«

Will war zufrieden. »Sag ihnen, sie können gehen.« Wie um diese Worte zu unterstreichen oder um selbst das letzte Wort zu haben, trat Triefauge nun schwerfällig auf die anderen *Carnosaurier* zu, öffnete sein Maul und stieß das lauteste Zischen aus, das Will je gehört hatte. Es schien aus dem Maul einer dreißig Meter langen, wütenden Schlange zu kommen.

In ihrer Panik liefen zwei der *Spinosaurier* gegen die hinter ihnen liegende Wand. Wild um sich tretend, rappelten sie sich wieder auf und verließen den Canon in entsetzter Flucht. Shethorn schickte ihnen noch ein verächtliches Schnauben hinterher, ehe sie begann, mit ihrem Männchen den vor ihnen liegenden Pfad zu untersuchen.

Die hinter den Felsen verborgene Sonne stand schon tief im Westen. Hier unten im Canon würde es schneller Nacht werden als draußen. Trotz des schwindenden Lichts konnte Will zahlreiche Stiefelabdrücke sowie die Fußspuren der Gefangenen und der aufgeregten *Spinosaurier* im Sand erkennen.

»Sag ihnen, sie sollen vorsichtig weitergehen«, wies Will den *Protoceratops* an. »Wir wissen zwar, *daß* sie Gewehre haben, aber nicht, wie viele und von welchem Kaliber.«

Chaz gab diese Information an ihre Reittiere weiter. Triefauge knurrte eine kurze Antwort.

»Das interessiert sie nicht.«

Will dachte nach. »Wohl nicht weiter verwunderlich, da sie keine Ahnung haben, was Gewehre sind.« Während er mit Chaz die Lage besprach, drangen sie immer weiter in die Schlucht vor. Sie war schon so eng geworden, daß die beiden *Tyrannosaurier* hintereinander laufen mußten.

»Und selbst wenn, würde das wohl keinen Unterschied machen«, meinte der stämmige Übersetzer. »Solange sie wissen, daß ihr Junges irgendwo da vorne gefangengehalten wird, kann keine menschliche Erfindung sie daran hindern, es zu suchen.«

Bald jedoch stellte sich ihnen ein Hindernis in den Weg, das selbst ein ausgewachsener *Tyrannosaurus* nicht überwinden konnte – die enger werdende Passage, die schon die Beuteträume der *Spinosaurier* zunichte gemacht hatte. Während sie den schmalen Durchschlupf betrachteten, ertönte in der Ferne eine Gewehrsalve, die die gereizten Tiere noch mehr in Rage brachte.

»Ruhig, ganz ruhig.« Ohne zu wissen, ob er es spüren konnte, beugte sich Will vor und strich über Triefauges Schnauze. Er würde nie wissen, weshalb, aber der riesige *Tyrannosaurus* beruhigte sich tatsächlich. In der Ferne verhallte das Echo der Schüsse.

Chaz übersetzte, was Keelk gesagt hatte: »Sie meint, wir seien schon sehr nah dran.«

»Das glaube ich auch, obwohl das Echo in einer Schlucht täuschen kann. Das ist eines der ersten Dinge, die man als Luftbote lernt.«

»Ist da rechts am Himmel nicht ein Lichtschein?« Hätte seine ungemütliche Lage ihn nicht daran gehindert, dann hätte Chaz mit seiner Hand darauf gezeigt.

Aber da es nun schnell dunkler wurde, konnte auch Will das Licht sehen. »Da hat jemand ein Feuer gemacht. Ein großes Feuer.« Hoffentlich keine Kochstelle, dachte er grimmig. »Irgendwo da vorne müssen sie sein.«

Mit wütendem Knurren biß Shethorn in die Felsen, die ihr den Weg versperrten. Ihre säbelartigen Zähne hinterließen zentimetergroße Furchen in dem bloßen Gestein, aber nicht einmal sie konnte sich den Weg zu ihrer Tochter freibeißen.

»Sie kommen nicht weiter«, erklärte Chaz.

»Das sehe ich«, meinte Will nachdenklich. »Die Frage ist: Was machen wir jetzt?«

Keelk, die zu demselben Schluß gekommen war wie

ihre Gefährten, wartete nicht ab, bis sie den nächsten Schritt ausdiskutiert hatten. Sie war schon dabei, von Shethorns Hals herunterzuklettern. Mochte der enge Canon die *Tyrannosaurier* aufhalten, *sie* konnte er nicht stoppen, und wenn sie allein weitergehen mußte.

Sie sprang über den weichen Sand, blieb nach zehn Metern stehen und rief ihre Freunde, mit dem Arm winkend.

»Wir können doch nicht allein weitergehen!« Chaz zappelte in Shethorns Armen. »Je näher wir ihnen kommen, desto verrückter erscheinen mir diese Eindringlinge.«

»Uns bleibt keine andere Wahl, wir haben unser Wort gegeben.« Will beugte sich zu Triefauge und zeigte mit dem Finger nach vorn. »Keine Sorge, irgendwie holen wir deine Tochter da raus.«

Der riesige *Carnosaurus* grunzte eine Antwort. Zwar verstand er die Worte des Menschen nicht, doch dessen Gesten und Tonfall waren eindeutig. Langsam ließ er sich auf den Bauch nieder und senkte Hals und Kopf, um seinem Reiter den Abstieg zu erleichtern.

Will sprang ab und fand sich neben Chaz wieder, den Shethorn vorsichtig auf den Boden gesetzt hatte. Selbst jetzt, da der *Tyrannosaurus* flach im Sand lag, reichte dessen Schädel Will bis zur Brust. Sobald sein Reiter abgestiegen war, richtete sich das große Männchen wieder auf. Will drehte sich um und sah zu den beiden hinauf.

»Sag ihnen, daß ich verspreche, alles zu tun, um ihre Tochter heil und unverletzt zu ihnen zurückzubringen, und deshalb müssen wir jetzt allein weiter. Wir alle wissen, daß sie nicht weiterkommen. Wenn schon die *Spinosaurier* nicht durch diesen Engpaß kamen, haben sie erst recht keine Chance.«

»Ich denke, das ist ihnen klar«, erwiderte der *Protoceratops*.

»Sag's ihnen trotzdem.«

Chaz fuhr auf. »Erzähl mir nicht, was ich zu tun habe! Niemand hat dich zum Führer dieser Expedition gewählt.« Vor ihnen winkte Keelk ungeduldig. »Ich gehe dann mal und sage es ihnen.«

Will unterdrückte ein Lächeln. »Gute Idee.« Er hörte zu, wie der *Protoceratops* übersetzte.

Sobald der stämmige Vierfüßer geendet hatte, erhielt Will einen sanften, aber bestimmten Stupser von einem massigen Schädel. »Ist ja gut, ich gehe schon! Nicht so ungeduldig.«

»Was erwartest du?« meinte Chaz. »Das sind *Tyrannosaurier*. An deiner Stelle würde ich ihnen nicht widersprechen.«

Will musterte Triefauge, der ihn mit einem einzigen Happen verschlingen könnte und in seinem Maul dann immer noch Platz für Chaz hätte. »Ach, die sind schon in Ordnung. Sie haben nur ihre eigenen Umgangsformen. Und sie machen sich Sorgen um ihre Tochter.«

»Das ist auch gut so.« Der kleine *Protoceratops* wich vor Shethorn zurück. »Solange sie sich Sorgen machen, denken sie wenigstens nicht ans Fressen.«

Keelk stieß einen lauten Schrei aus und lief ein paar Meter weiter in den Canon hinein. Es war klar, was sie sagen wollte. Wenn sie nicht bald kämen, würde sie ohne sie weiterlaufen.

Will streckte den *Tyrannosauriern* in der traditionellen Gruß- und Abschiedsgeste seine rechte Handfläche entgegen. »Macht euch keine Sorgen. Wir werden so schnell wie möglich mit eurer Tochter zurückkommen.« In der tiefer werdenden Dunkelheit schienen die Augen der *Tyrannosaurier* wie Laternen zu glühen.

Will wandte sich um und lief los, um Keelk einzuholen. Hinter ihm erfüllte ein dröhnendes Klagen die Luft, ein unheimlicher, geradezu gespenstischer Ton. Als er jünger gewesen war, hatte Will einmal ähnliche Klänge von einen Opernchor gehört, der den Tod der Heldin beklagt hatte. Aber keine menschliche Stimme konnte so tiefe Lagen erreichen.

Die beiden *Tyrannosaurier* begleiteten sie mit ihrem melancholischen Klagegesang, bis sie außer Sichtweite waren.

»Was war das?« fragte Will, während sie einer Windung der engen Schlucht folgten. Sie hatten jetzt schon seit einiger Zeit keine Schüsse mehr gehört, aber er war zuversichtlich, ihre Quelle bald zu entdecken. Doch allmählich begann er, sich Sorgen darüber zu machen, was seine Freunde und er dann tun sollten.

Chaz hielt mühelos mit ihm Schritt. Seine harten, nach außen stehenden Ballen waren für das Laufen auf Sand viel besser geeignet als für die Senken und Sümpfe des Regenwaldes.

»Sie klagen darüber, daß sie uns nicht begleiten können. Außerdem haben sie uns zu Ehrenmitgliedern ihres Stammes ernannt. Wir haben jetzt alle einen tyrannosaurischen Namen.« Chaz nickte zu Keelk hinüber, die weiter vorne lief.

»Sie heißt ›Die durch den Stein geht‹, wegen ihrer Entschlossenheit.« Er übersetzte für den Struthie, der mit einem überraschten, aber zufriedenen Zirpen antwortete. Will schloß zu ihr auf und gab ihr einen freundschaftlichen Klaps auf die linke Flanke.

Chaz hatte zu schnaufen begonnen, aber er wurde nicht langsamer. Sein Ton wurde feierlich. »Ich bin ›Der mit Worten tötet‹.«

Will lachte. »Wie passend.« Er sah auf den Boden. Selbst im schwächer werdenden Licht wiesen ihnen die Fußspuren den Weg. »Und was ist mit mir?«

»Du?« In der Stimme des *Protoceratops* schwang leichte Belustigung. »Du bist ›Hut‹.«

»›Hut‹? Das ist alles? Einfach ›Hut‹?«

»Was hast du erwartet? Schließlich bist du die ganz Zeit auf dem Kopf des Männchens geritten wie ein Hut.«

»Einfach ›Hut‹?« Will verzog das Gesicht. »Keelk ist ›Die durch den Stein geht‹, du bist ›Der mit Worten tötet‹, und ich bin einfach nur ›Hut‹?« Er kniff die Augen zusammen und musterte seinen Gefährten. »He, sagst du mir die Wahrheit?«

Der Übersetzer stieß zwitschernde Töne aus: das Gelächter eines *Protoceratops.* »Laß mich überlegen ...

Na, vielleicht war das nicht ganz die richtige Übersetzung.«

»Dachte ich's mir doch!« Plötzlich mußte Will über den untersetzten Dinosaurier lachen. »Du kleiner ... Also gut, wie lautet nun mein echter tyrannosaurischer Name?«

Der Tonfall seines Gefährten sagte Will, daß er diesmal aufrichtig war. »›Der trotz der Angst denkt‹.«

»›Der trotz der Angst denkt‹«, wiederholte Will leise. »Vielleicht sind die *Carnosaurier* gar nicht so dumm, wie wir meinen.«

»Sie sind nicht dumm.« Mühelos überwand Chaz eine niedrige Düne. »Sie leben ganz einfach lieber in einer strengen Form der Anarchie als in der dinotopischen Zivilisation. Das macht sie ungesellig, aber nicht dumm.« Er schwieg eine Weile, während sie ein weiteres Stück der Schlucht hinter sich brachten. »Du mußt wissen, Will, daß uns eine große und seltene Ehre zuteil geworden ist. Ich kenne niemanden, nicht einmal einen angesehenen Karawanenführer, dem je ein tyrannosaurischer Name verliehen wurde. Aus Geschichten weiß ich, daß es so etwas gibt, aber ich habe nie jemanden kennengelernt, der wirklich so geehrt worden wäre.«

»Chaz, kannst du mir beibringen, wie man meinen Stammesnamen in ihrer Sprache ausspricht?«

»Das ist nicht so einfach. Du mußt so tief reden, wie du kannst, und das tut hinten in der Kehle weh.«

»Zeig es mir trotzdem.«

Chaz kam seiner Bitte gerne nach, und Will übte das konsonatische Knurren, bis der Übersetzer ihm versicherte, daß die Aussprache stimme – beinahe zumindest.

»Man könnte sagen«, meinte der *Protoceratops* kichernd, »der Will' ist da, aber die Kehle fehlt.«

Will schluckte. »Du hattest recht. Es tut weh. Ich werde ihn wohl nie richtig aussprechen können, aber ich werde ja auch nie ein *Tyrannosaurus* sein.«

»Nur in deinen Träumen«, versicherte ihm Chaz.

Will blickte zum Himmel hinauf. Angesichts der dikken Wolkendecke hatten sie Glück, daß noch soviel Mondlicht durchkam. »Du weißt, wir können nicht warten. Wir müssen uns etwas überlegen, bevor das Unwetter hereinbricht. Es wäre ausgesprochen dumm, sich hier davon überraschen zu lassen.«

»Das stimmt. Durch diese Schlucht könnte schnell ein reißender Strom schießen, in dem wir versinken. Du genauso wie ich.« Er übersetzte für Keelk, die lautstark antwortete.

»Was hat sie gesagt?« fragte Will.

»Das Wetter kümmert sie nicht«, informierte ihn Chaz. »Sie ist nur daran interessiert, ihre Familie zu retten.«

»Das werden wir tun.« Will war überrascht über seine eigene Zuversicht. Angesichts dessen, was sie über die Eindringlinge wußten, war sie durch nichts gerechtfertigt. Trotzdem empfand er so.

»Wir sollten jedenfalls.« Chaz' Füße wirbelten Sand auf. »Ich für meine Person werde nämlich nicht zurücklaufen und den *Tyrannosauriern* mitteilen, daß es leider nicht geklappt hat.«

»Sei nicht so pessimistisch«, meinte Will. »Wir vollbringen eine gute Tat. Ethisch gesehen.«

»Das mag wohl sein, aber trotzdem läge ich jetzt lieber auf einem sauberen Strohbett in einem warmen Stall zu Hause in der Baumstadt.«

»Meinst du, ich nicht? Glaubst du nicht, daß ich jetzt lieber woanders wäre?«

Der *Protoceratops* warf seinem schmächtigen menschlichen Freund einen anerkennenden Blick zu. »Du bist ein merkwürdiger Typ, Will Denison, selbst für einen Schiffbrüchigen. Ich bin mir gar nicht mal so sicher, ob du lieber woanders wärst als hier.«

»Das ist ein etwas vorschnelles Urteil. Glaub nicht, daß nicht auch ich lieber ...« Will brach ab. Es war gut möglich, daß der *Protoceratops* recht hatte.

Sie waren dem Canon bereits eine ansehnliche Strecke gefolgt, als Keelk, die den Eingang jedes Seitenarmes überprüfte, einen lauten Schrei ausstieß. Mensch, *Protoce-*

ratops und Struthie versammelten sich, um ihre Entdeckung zu betrachten.

Chaz nickte anerkennend, und sein horniger Schnabel klackte unruhig. Die zahlreichen Fußabdrücke ließen nur einen Schluß zu. »Sie meint, daß sie hier abgebogen sind. Ich stimme ihr zu.«

Mit gerunzelter Stirn richtete Will sich auf und blickte den sandigen Seitenarm hinauf. »Aber warum?« Er blickte nach links. »Dies ist eindeutig der Hauptcanon und der wahrscheinlichste Weg durch das Gebirge. Warum sollten sie hier abbiegen?«

»Das werden wir bald wissen.« Fließend zirpte Chaz dem *Struthiomimus* etwas zu. Keelk nickte heftig, ehe sie sich umwandte und wieder voranlief.

»Was hast du ihr gesagt?«

»Daß ihr Geruchssinn besser ist als deiner oder meiner und wir ihr deshalb folgen werden, weil es zu dunkel wird, um zu sehen.«

Will stimmte zu. Da schon seit langem keine Schüsse mehr gefallen waren, konnten sie sich nicht länger nach ihrem Gehör richten.

Bald hatten sie die alte Mauer mit dem fehlenden Tor erreicht. Jetzt hob sich der Feuerschein vom Lager der Eindringlinge wieder deutlich vom nächtlichen Himmel ab. Sie näherten sich ihm mit großer Vorsicht.

»Es ist nicht mehr weit«, flüsterte Will seinen Gefährten zu. Keelk antwortete mit einem kaum hörbaren Pfeifen.

Dann erreichten sie den Tempelkomplex und bestaunten dessen Schönheit, die auch in der Dunkelheit noch deutlich zu erkennen war. Keelk bemerkte den Wachposten als erste und rollte hastig ihren Hals zusammen. Mit einem Arm hielt sie Will zurück.

Zu ihrem Glück wurde die Aufmerksamkeit des Mannes von seiner Erschöpfung übertroffen. Mit über der Brust gefalteten Händen, das Gewehr neben sich, lag er gegen einen sorgfältig gestapelten Haufen Goldbarren gelehnt und schnarchte lautstark.

Sie machten einen weiten Bogen um ihn. Will bewunderte Keelks Fähigkeit, sich völlig geräuschlos auf ihren breiten, dreizehigen Füßen vorwärts zu bewegen.

Der Widerschein des Lagerfeuers war jetzt sehr hell. Im Schutze einer niedrigen Mauer voller komplizierter Schriftzeichen robbten sie schweigend näher. Als sie vorsichtig ihre Köpfe hoben und über die Barriere lugten, erblickten sie endlich die Männer, die sie so lange verfolgt hatten.

Viele hatten sich lässig auf dem silbernen Boulevard ausgestreckt, die Köpfe auf Säcken oder Goldbarren ruhend. Andere lagen auf den Stufen zur Vorhalle des Haupttempels, wo sie offenbar zusammengesackt waren. Einige von ihnen hielten kleine Häufchen oder Säckchen voller Juwelen, die sie aus den Wänden und Pfeilern geschlagen hatten, an ihre Brust gedrückt. Ihre Umarmung hatte die Glut eines leidenschaftlichen Liebhabers.

»Das begreife ich nicht ...« Chaz stützte die Vorderfüße gegen die niedrige Mauer. »Seht euch an, wie tief sie schlafen. Was ist mit ihnen los?« In diesem Moment legte Keelk den Kopf in den Nacken und witterte angespannt in der Luft. Doch nicht nur die Nase eines Struthies konnte den Geruch identifizieren.

»Sie sind betrunken«, meinte Will. »Wohl nicht sehr stark – so deutlich ist der Geruch nicht –, aber um sie in den Schlaf zu lullen, dazu hat es wohl gereicht. Glück für uns.«

»Betrunken?« Chaz erinnerte sich. Auf einem Fest hatte er einmal einen *Stegosaurus* gesehen, der zuviel von den belebenden Säften zu sich genommen hatte. Ohne es zu beabsichtigen, hatte er im Handumdrehen einen ganzen Spielplatz zerstört, ehe es zwei mutigen *Apatosauriern* gelungen war, ihn zwischen sich zu nehmen und zu einem Ruheplatz zu bringen. Als er wieder nüchtern war, hatte er sich furchtbar geschämt. Die Aufsichtsbeamten waren jedoch nicht allzu böse gewesen, da der Vorfall für die anwesenden menschlichen und dinosaurischen Jugendlichen ein abschreckendes Beispiel gewesen war.

Wie gut, dachte der *Protoceratops*, daß die große Mehrheit der *Sauropoden* Abstinenzler war. Die Vorstellung, ein betrunkener *Brachiosaurus* würde die Kontrolle über sich verlieren und unkontrolliert durch die Gegend schwanken, war gespenstisch. Diese Eindringlinge dachten jedoch offensichtlich anders darüber. Sie schienen den berauschenden Tränken durchaus zugeneigt.

Keelk konnte nur mit Mühe ruhig bleiben. Aufgeregt zeigte sie nach links. An Pfeiler aus Malachit gebunden, hockten eine ihr unbekannte und vier vertraute Gestalten. Obwohl aus ihrer Richtung kein Alkoholdunst herüberwehte, schliefen auch sie fest.

Will musterte die Kleidung der Eindringlinge, ihre unterschiedlichen Gesichter, den Zustand und die Anzahl ihrer Waffen und kam zu dem Schluß, daß seine anfängliche Vermutung richtig gewesen war. Ganz sicher war er sich allerdings noch nicht. »Das sind bestimmt Piraten.«

»Piraten?« Chaz warf ihm einen verständnislosen Blick zu.

»Räuber der Meere. Männer und manchmal auch Frauen, die die Meere befahren, um zu plündern. Sie überfallen Schiffe oder Städte und stehlen alles, was nicht niet- und nagelfest ist.«

Der *Protoceratops* nickte ernst und fragte dann unschuldig: »Warum?«

»Weil es einfacher ist, etwas zu stehlen, als dafür zu arbeiten.«

»Aber das ist Unrecht.«

»Richtig. Diese Menschen leben im Unrecht. Sie sind gemeine Verbrecher.« Wieder ließ Will den Blick über die verstreuten Schläfer wandern. »Sie sehen nicht sehr abgerissen aus, Waffen und Kleidung sind in Ordnung. Ich glaube nicht, daß sie Schiffbruch erlitten haben. Sie machen fast den Eindruck, als wäre es ihnen gelungen, auf Dinotopia zu landen. Kann ein Schiff die Riffe überwinden, die es umgeben?«

»Mir hat man gesagt, daß das unmöglich sei. Aber am Ende eines Sechsjahreszyklus sind schon immer merkwürdige Dinge geschehen. Davon abgesehen ist das Meer nicht gerade mein Spezialgebiet.« Der *Protoceratops* schauderte sichtlich. Weder war er ein guter Schwimmer, noch mochte er das Wasser sonderlich, obwohl Will viele Dinosaurier kannte, die ausgesprochen gerne schwammen.

Keelk rief leise und eindringlich zu ihnen herüber.

»Ja ich weiß«, flüsterte Will zurück. Diesmal brauchte er keine Übersetzung. »Ich sehe sie. Wir werden sie irgendwie hier herausholen.«

Die Schnarchgeräusche und Blähungswinde der schlafenden Piraten füllten die Luft vor dem Tempel. Es waren mehr, als Will gedacht hatte. Und alle wirkten gesund und in guter Verfassung. Bei einem Kampf hätten seine Freunde und er keine Chance. Da Struthies sehr schnell waren, könnte Keelk wohl auch dem flinksten Gauner davonlaufen, doch einer Kugel würde sie nicht entgehen.

»Wir müssen versuchen, näher heranzukommen«, hörte er sich murmeln.

»Findest du?« Chaz ließ sich wieder auf alle viere fallen. »Mir gefallen diese Menschen nicht. Ganz und gar nicht.«

»Mach dir keine Sorgen. Solange wir sie nicht aufwecken, wird alles gutgehen.« Er wies nach links. »Wir schleichen uns in einem Bogen hinter die Gefangenen, immer in ausreichendem Abstand von dem Wachposten. So sollten wir nahe genug herankommen, um sie loszubinden.«

»Optimist«, murmelte Chaz, während er hinter den beiden Zweifüßern hertrottete.

Alles klappte genau so, wie Will gehofft hatte. Die einzige Wache schnarchte lautstark, ohne aufzuwachen. Bald waren sie nahe genug herangekommen, um die einzelnen Knoten und Schnüre zu erkennen, mit denen die Gefangenen gefesselt waren.

»So viele Seile!« Chaz rieb die Kiefer gegeneinander. »Ich glaube, die unteren könnte ich durchbeißen.«

»Das würde zu lange dauern.« Will reckte sich, um besser sehen zu können. »Die sehen aus wie Schiffstaue.

Wahrscheinlich fest und hart.« Er warf einen Blick zu Keelk herüber, deren kleinerer Schnabel und nach innen gebogene Klauen für diesen Zweck ebenso ungeeignet waren. »Das werde ich wohl erledigen müssen. Ist sowieso eine Spezialität von uns Menschen: feinfühlige Manipulation.«

»Mit Dingen oder Worten?« Chaz' Erwiderung klang freundlich, er wollte Will nicht ärgern.

»Ihr beiden wartet hier, außer Sichtweite.« Will duckte sich und lief los.

»Was hast du vor?« rief Chaz ihm ängstlich hinterher.

Will schenkte ihm ein aufmunterndes Lächeln. Seine Zähne schimmerten weiß in der dunklen Nacht. »Sie losbinden natürlich. So wie die Helden in den Büchern es machen.«

Nachdem ihr menschlicher Gefährte verschwunden war, flüsterte Chaz Keelk in der Sprache der Struthies zu: »Leider ist das hier kein Buch.«

Sich immer in Deckung haltend, erreichte Will unbemerkt die drei Pfeiler. Mit ihrem feinen Gehör hatten die Struthies ihn längst kommen hören. Ohne sich zu rühren, beobachteten sie hellwach, wie sich der jungen Mensch näherte. Seine Kleidung beruhigte sie – er trug den ihnen vertrauten dinotopischen Stil.

In dem allgemein bekannten Zeichen für Schweigen legte Will seinen Finger an die Lippen, duckte sich hinter Hisaulk und begann, an dessen Fesseln zu hantieren. Die beiden Jungtiere mußten von ihren Eltern nicht erst angewiesen werden, wie sie sich zu verhalten hatten. Trotz ihrer wachsenden Spannung täuschten sie weiterhin tiefen Schlaf vor und rührten sich nicht.

Hübscher Tod, ein wenig abseits von ihnen festgebunden, hörte ihre Stimmen und Bewegungen. Vorsichtig öffnete sie ein Auge, die einzige Bewegung des hockenden Muskelbergs. Mucksmäuschenstill beobachtete sie, wie der Neuankömmling die Fesseln des *Struthiomimus*mannchens löste.

»Ganz ruhig jetzt.« Wills verzog das Gesicht vor Anstrengung. Die dicken Taue waren so schwer zu lösen, wie er befürchtet hatte. »Ich schaffe es.« Zum Glück hatte er auf der langen Reise von Amerika, die seinen Vater und ihn schließlich auf diese Insel geführt hatte, ausreichend Zeit gehabt, solche Knoten zu studieren. Und als Luftbotenschüler hatte er sein Wissen diesbezüglich ständig erweitert.

Er brauchte mehr Zeit als erhofft, aber weniger als befürchtet, um das Männchen zu befreien. Hisaulk streckte sich mit leisen, vorsichtigen Bewegungen. Aufgeregt winkte Keelk aus ihrem Versteck herüber. Erleichtert, sie heil und gesund zu sehen, nickte Hisaulk ihr zu. Obwohl er nun zu ihr hätte laufen können, wollte er warten, bis auch der Rest seiner Familie befreit war. Während er seine verkrampften Muskeln lockerte, begann Will, die Fesseln des Weibchens zu lösen.

Sobald auch sie frei war, wandte er sich den beiden Jungen zu. Seine Finger waren aufgerissen und brannten, aber er gönnte sich keine Pause. Als endlich alle vier befreit waren, sah er ihnen zufrieden nach, wie sie sich leise zu ihrem lange vermißten Familienmitglied davonmachten. Elegante Hälse umschlangen einander in inniger, schweigender Umarmung.

Seine eigene Teilnahme an der Wiedersehensfeier mußte noch warten – vorher mußte noch jemand von seinen Fesseln befreit werden. Will erhob sich hinter dem Malachitpfeiler und schlich zu dem jungen *Tyrannosaurus*weibchen hinüber. Sie war inzwischen hellwach und verfolgte sein Näherkommen mit starren gelben Augen.

Als Will die Hälfte des Weges zurückgelegt hatte, spürte er plötzlich, wie jemand sein Fußgelenk packte. Entsetzt blickte er nach unten und bemerkte zwischen den umgestürzten Säulen, über die er vorsichtig gestiegen war, einen dunklen, drahtigen Mann mit buschigem Schnurrbart. Hellbraune Augen starrten ihn fragend an, und Finger wie Stahl hielten seinen rechten Knöchel in unnachgiebigem Griff.

»Nanu, Bürschchen. Wo kommst du denn her?«

18

Verzweifelt wand Will sich hin und her und versuchte, sein Bein zu befreien, doch der Mann hielt ihn mit der Hartnäckigkeit einer ausgehungerten Katze fest. Dann drehte er sich, packte mit seiner freien Hand Wills anderes Bein und rief aus voller Kehle:

»Alarm! Zu den Waffen – wir sind verraten!«

Der Schrei des plötzlich erwachten Piraten löste bei dem jungen *Tyrannosaurus*weibchen eine explosionsartige Aktivität aus. Hatte sie noch bis zu diesem Moment scheinbar tief geschlafen, so kämpfte sie nun hektisch mit ihren Fesseln, wand und krümmte sich und steigerte sich in dem Versuch, sich zu befreien, in einen wilden Wutausbruch herein. Aber ihre Entführer hatten gute Arbeit geleistet. Unfähig, auch nur ihre vergleichsweise winzigen Arme aus den Fesseln zu lösen, konnte sie sich nur wenige Zentimeter vorwärts bewegen.

Will drehte sich und versuchte, dem Mann ins Gesicht zu treten, aber der drahtige Seemann hatte zu viele Schlachten und Kämpfe überstanden, um sich von einem so jungen Hüpfer austricksen zu lassen. Immer noch rufend, schützte er seinen Kopf mit den Armen, so daß Wills hektische Tritte an seinen Schultern abprallten.

Unterdessen hallte das Lager von aufgeregten Schreien und Fragen wider. Als Will erkannte, daß seine Lage aussichtslos war, rief er den anderen zu: »Lauft, Chaz! Lauft zum Tor zurück!«

Das letzte, was er von seinen Freunden und der befreiten Familie sah, waren das Mitleid und die Hilflosigkeit in den Bewegungen der *Struthiomimus*mutter, die ihre wiedervereinte Brut zum Hauptcanon und in die Freiheit trieb. Er hoffte, daß Chaz mit ihnen Schritt halten konnte. Über kurze Strecken erreichte selbst ein *Protoceratops* eine ziemliche hohe Geschwindigkeit.

Immer noch versuchte er, sich zu befreien, aber der Griff des kleinen Mannes war so unnachgiebig wie eine Mausefalle. Sich windend und krümmend, dachte Will an seine früheren Boxstunden und versetzte seinem Peiniger einen Hieb gegen die Schläfe. Der Pirat grunzte und fluchte, ließ aber nicht locker.

In einem fairen Zweikampf wäre es Will vielleicht gelungen, seinen Gegner niederzuringen und sich zu befreien, aber als der Griff des Mannes sich ein wenig zu lokkern begann, packten ihn von allen Seiten kräftige Arme.

Im Licht der Fackeln erschienen ihm die Gesichter über ihm brutaler und skrupelloser als alle, die ihm je in einer Zeitung, einem Buch oder seinen schlimmsten Träumen begegnet waren. Verfilzte Bärte umrahmten Narben und leere Augenhöhlen. Vielen der Männer fehlten Teile der Ohren, und bei einem war der vordere Teil der Nase im Kampf verlorengegangen. Noch die Zerbrechlichsten unter ihnen wirkten abgehärteter als eine Planke Treibholz.

Es tut mir leid, Vater, dachte er. Ich habe nur getan, was ich für richtig hielt. Daheim in Boston hätte man seine Entscheidung vielleicht merkwürdig gefunden, aber er war schon lange kein Bürger dieser Stadt mehr, und seine Vorstellungen von Zivilisation glichen denen der Bostoner nicht mehr. Will war ebenso ein Teil von Dinotopia geworden wie die Dinosaurier, die hinter ihm im Schutz der Dunkelheit in die Freiheit liefen.

Die Piraten merkten schnell, daß die meisten ihrer Gefangenen befreit worden und spurlos verschwunden waren. Den Verantwortlichen brauchten sie nicht lange zu suchen. Mit drohendem Gemurmel umringten sie Will. Schmutzige, knotige Hände griffen nach ihm.

Andreas trat dazwischen. »Überlaßt ihn dem Kapitän. Und was die Hühnerdrachen angeht – ich bin froh, daß sie weg sind!« Er wandte sich um und machte eine ausladende Geste. »Wir haben alle Reichtümer der Welt und den Hauptgewinn dazu.« Er nickte zu dem gefesselten *Tyrannosaurus* hinüber. »Soll Mr. Smiggens sich mit dem zufriedengeben. Mit den anderen haben wir nur Ärger gehabt.« Die Männer diskutierten leise untereinander, und bald zeigte sich, daß Andreas' Meinung von vielen geteilt wurde.

Von den zahlreichen aus dem Schlaf gerissenen Seeleuten zeigte sich nur Anbaya enttäuscht. »Wäre eine leckere Mahlzeit gewesen«, murmelte er und starrte in die Dunkelheit, die ihre Gefangenen verschluckt hatte.

»Schon wieder Ärger?« knurrte eine andere Stimme. »Offenbar hatten wir davon heute noch nicht genug.« Will sah ein Wesen von ungeheurer Größe und beträchtlichem Umfang auf sich zukommen. In seinem Schatten lief eine ebenso große, aber viel dünnere Gestalt.

Seinen Gürtel über dem beeindruckenden Bauch schließend, trat Schwarzgurt ins Licht. Wie Makrelen, die vor einem Tigerhai zurückweichen, machten die anderen ihm Platz. Sein Schnurrbart wirkte so blutrünstig wie der ganze Rest von ihm. Als Schwarzgurt den Gefangenen musterte, erinnerten seine Augen Will an die der ausgewachsenen *Tyrannosaurier*. Dieser Mann und die Bestien waren zwar von unterschiedlicher Größe, hatten aber bezüglich ihres Temperamentes wohl einige Gemeinsamkeiten.

»Beim Verlobten meiner Liebsten.« Der große Mann kam näher, und sein Gesicht verzog sich zu einem bösen Grinsen. »Was haben wir denn da? Ein Jüngelchen, und nicht einmal ein besonders beeindruckendes.«

Das Wort ›Jüngelchen‹ ließ Will zusammenzucken, aber er entschied, daß eine Beschwerde seiner Lage nur abträglich sein konnte. Je länger er am Leben blieb, desto besser. Die Situation war gar nicht so schlimm, da die Räuber keinerlei Anstalten machten, seine Freunde zu verfolgen. Was immer auch mit ihm geschehen mochte – es sah so aus, als wären Keelk, ihre Familie und Chaz in Sicherheit.

»Warum sollen wir unsere Zeit mit ihm verschwenden?« brummte eine verschlafene Stimme. »Er ist nichts als ein weiterer unnützer Esser.«

»Aye, schneiden Sie ihm die Kehle durch, dann sind wir ihn los, Käpt'n«, rief jemand aus dem Hintergrund.

Schwarzgurt warf den in seiner unmittelbaren Nähe Stehenden einen drohenden Blick zu, so daß sie sich wünschten, sie stünden weiter hinten. »Habt ihr nichts von Mr. Smiggens gelernt? Denkt ihr nur an Gold und die nächste Mahlzeit?«

»Was ist daran so schlimm, Käpt'n?« fragte Samuel unschuldig.

»Nichts. Ich wollte damit nur sagen, daß eine kluge Frage zur richtigen Zeit einen guten Mann der Befriedigung dieser beiden Wünsche oft näher bringt.« Er wandte sich wieder zu Will und lächelte, eine erzwungene Kooperation von Schnurrbart, Zähnen, Wangen und angesammeltem Schmutz, die seinen vorherigen Gesichtsausdruck an Gräßlichkeit noch übertraf.

»Also, mein Junge, es sieht so aus, als hättest du unsere niedlichen kleinen Dinosaurier befreit, die wir unter großen Gefahren und Mühen und in redlicher Arbeit gefangen haben. Welcher unerklärliche und wahnsinnige Drang hat dich dazu getrieben?«

Will war nicht wenig überrascht, als der ungehobelte Seeräuber die Geflohenen richtig als ›Dinosaurier‹ bezeichnete. Er beeilte sich, eine Erklärung abzugeben. »In diesem vergessenen Land sind die Dinosaurier nicht einfach nur *Tiere*. Sie sind intelligent und zivilisiert, und einige von ihnen benehmen sich klüger als Sie oder ich.«

Schwarzgurts rechte Augenbraue schnellte in die Höhe. »Was sagst du da, Junge?« Er wandte sich an seine Männer. »Habt ihr das gehört, Leute? Der Junge behauptet, unsere Hühner seien genauso intelligent wie wir!« Die Seeleute brachen in lautes Gelächter aus.

Falsch, dachte Will. Nicht so intelligent wie ihr, sondern wesentlich intelligenter, schätze ich. Laut sagte er: »Das stimmt! Schon seit Jahrtausenden leben sie hier mit den Menschen zusammen. Sie haben große Städte gebaut und Dämme und vielerlei der Außenwelt verborgen gebliebenes Wissen angesammelt. Hier in Dinotopia sind sie nicht ausgestorben wie sonst überall.«

»Dinotopia also?« Ohne Mitleid grinste Schwarzgurt auf ihn herab. »Aye, und wenn wir dich gehen lassen, erscheint hier gleich der Weihnachtsmann und überschüttet uns mit Geschenken.« Er beugte sich vor und senkte seine Stimme bedrohlich. Sein Atem stank beinahe so gräßlich wie der der *Tyrannosaurier.* »Entweder bekomme ich jetzt ein paar vernünftige Antworten von dir, mein Junge, oder du wirst dir noch wünschen, ich hätte Samuel oder einem anderen erlaubt, dir die Kehle durchzuschneiden. Ich bin Sintram Schwarzgurt, Kapitän der guten alten *Condor,* die in diesem Moment in einer Lagune nördlich von hier vor Anker liegt. Also: Wie heißt du?«

Will richtete sich zu seiner vollen Größe auf. Sein Vater hatte ihn gelehrt, stets Würde zu bewahren, mochte seine Lage auch noch so verzweifelt sein, und egal, wie andere um ihn herum reagierten. »Will Denison, Sohn des Arthur. Fünf Mütter Amerika, erstes Mal Dinotopier.«

»Mut hast du, das muß man dir lassen.« Schwarzgurt rieb seine Stoppeln. »Also, diese Dinosaurier-Drachen-Hühner-Viecher sind intelligent, sagst du? In der Zeit, in der wir sie bei uns hatten, haben wir nicht viel davon gemerkt.«

»Das kann ich verstehen«, bemühte sich Will um eine Erklärung. »Als mein Vater und ich ihnen zum erstenmal begegnet sind, dachten wir genauso wie Sie. Wir hielten sie für nichts weiter als fremdartige Tiere. Erst nach einiger Zeit und mit der Hilfe anderer Menschen haben wir begriffen, wie klug sie sind. Aber machen Sie sich keine Gedanken.« Er gab sich alle Mühe, selbstbewußt zu wirken, obwohl er sich keineswegs so fühlte. »Auch Sie werden das bald feststellen. Denn Ihre Gefangenen werden mit Freunden zurückkommen, um mich zu befreien.«

Diese Drohung glitt an Schwarzgurt ab wie Schweineschmalz an heißem Gußeisen. »Dann gibt es hier also noch andere Menschen? Sehr interessant. Seit wann sitzt du hier fest, mein Junge?«

»Mein Vater und ich sind vor sechs Jahren gekommen. Aber wir sitzen hier nicht ›fest‹ – wir sind vollwertige Bürger.«

»Das mag wohl sein«, meinte Ruskin, »aber für mich

klingst du immer noch wie ein Yankee.« Einige der Männer lachten.

Will fragte sich, wie diese Eindringlinge wohl reagiert hätten, wenn sie an einer anderen Stelle von Dinotopia gelandet wären. In der Nähe von Chandara vielleicht oder gar bei Sauropolis. Statt dessen waren sie offenbar irgendwo in der Nördlichen Tiefebene an Land gegangen, nachdem dieses Gebiet wegen des Sechsjahressturms evakuiert worden war. Kein Wunder, daß sie auf keinerlei Anzeichen dinotopischer Zivilisation gestoßen waren. Offensichtlich hatten sie auch die verstreut liegenden Farmen nicht bemerkt.

Konnte er ihre Unwissenheit irgendwie zu seinem Vorteil nutzen?

Will war nicht der einzige, der sich über sein Los Gedanken machte.

»Tötet ihn, dann sind wir ihn los!« murmelte jemand unüberhörbar.

»Das wäre Verschwendung«, meinte ein anderer. »Er hat einen kräftigen Rücken und große Hände.«

»Und einen klugen Kopf«, fügte Thomas mit widerwilliger Bewunderung hinzu. »Soll er doch das Gold für uns schleppen.«

»Aye«, stimmte Copperhead zu. »Legt ihm einen Sack auf.«

Will zwang sich, den Blick des Mannes zu erwidern. »Für Sie würde ich nicht einmal einen Pißpott schleppen, Mister!«

Copperhead und die Umstehenden lachten.

»Du behauptest also, es gäbe hier noch andere Menschen«, meinte Schwarzgurt.

»Hunderte. Nein, Tausende – und die Dinosaurier.« Wills Gedanken rasten. »Jeder Mann und jede Frau besitzt ein Gewehr, und – und sie haben Kanonen. *Große* Kanonen, riesige Kanonen.«

»So, haben sie das?« Schwarzgurts Lächeln wurde schwächer, verschwand aber nicht ganz. »Nun, dann sollten wir jetzt wohl furchtbare Angst haben, nicht wahr,

Jungs? Denn wir sind alle ganz hilflos, wenn jemand eine Kanone auf uns richtet.« Das Lachen, das seine Bemerkung belohnte, klang deutlich leiser und gefährlicher als das vorherige.

»Wir sollten ihn am Leben lassen, Käpt'n.« Der knochige Mann, der Will schon aufgefallen war, schob sich ins Licht. Er war hohlwangig, und in seiner Stimme schwang mehr Intelligenz, als Will sie an diesem Ort bisher vernommen hatte. In seinen Augen entdeckte er so etwas wie Mitleid.

»Nicht als Packesel, obwohl das keine schlechte Idee ist. Aber wenn er wirklich hier lebt und nicht zu einer anderen schiffbrüchigen Mannschaft gehört, kann uns sein Wissen über dieses Land noch sehr nützlich sein.«

Schwarzgurt überlegte. »Glauben Sie, an seinem Gerede über Gewehre und Kanonen ist was dran?«

»Das werden wir bald wissen.« Diese ruhige, kühle Bemerkung war erschreckender als alles, was Will bisher gehört hatte. »Hier könnte es Vierzig-Zentimeter-Dahlgrens geben, aber nichts, was größer ist als ein Katapult. Der Punkt ist, daß dieser Junge voller Informationen steckt. Das ist wie Goldwaschen. Erst holst du alles raus, und dann trennst du die Nuggets von der Schlacke.«

Da man nun von Gold sprach, fanden sich Schwarzgurts Gedanken auf vertrauten Bahnen wieder. »Sag mal, Junge, kommst du aus einer wohlhabenden Familie? Lebt ihr in Häusern wie diesen hier?« Er wies auf den Tempelkomplex, in dessen Schatten sie standen.

»Bis jetzt habe ich nicht einmal gewußt, daß es diesen Ort gibt«, antwortete Will ehrlich. »Ich habe noch nie davon gehört. Und ich glaube auch nicht, daß irgend jemand anderes von seiner Existenz weiß. Nach dem, was ich bisher gelernt habe, sind große Teile Dinotopias noch unerforscht, vor allem in der Nähe des Regentales. Dies ist eine große Insel. Vielleicht sind Sie die ersten Menschen, die die Schlucht betreten haben, seit diese Gebäude gebaut wurden.«

»Habt ihr das gehört, Jungs?« Schwarzgurts Stimme

triefte vor Ironie. »Wir sind die rechtmäßigen Entdecker dieses Ortes.« Die Versammelten stießen spöttische Jubelrufe aus.

»Warum sollten Sie ein Lösegeld für mich verlangen?« fragte Will. »Gibt es hier nicht Gold genug für Sie?«

»Wir brauchen Hilfe für den Transport, mein Junge. Pferde, Maultiere, Wagen und Männer, um sie zu fahren.«

»Wagen werden Sie hier finden«, meinte Will, »aber keine Pferde oder Maultiere. Rinder, Schweine und Geflügel auch nicht. In diesem Land haben die Dinosaurier die Herrschaft nie verloren. Mit Ausnahme einiger kleinerer Tiere, die auf Baumstämmen angespült wurden, haben sich neuzeitliche Säugetiere hier nie ansiedeln können. Vögel gibt es allerdings, sie wurden von den Stürmen hierhergeblasen, genauso Insekten. Außerdem gibt es urzeitliche Säugetiere.«

»Was du uns so alles weismachen willst! Nun, wir werden bald wissen, was wir dir glauben können.« Der Piratenkapitän blickte an seinem Gefangenen vorbei in die Nacht. »Was die Hühner-Dinosaurier angeht – nun, was geschehen ist, ist geschehen. Unser Lebensstandard ist inzwischen ein wenig gestiegen, und wir haben ja noch den kleinen Teufel.« Bescheiden wies er auf den jungen *Tyrannosaurier*, der sie die ganze Zeit aufmerksam beobachtet hatte. »Außerdem können wir, wenn wir wollen, jederzeit wieder welche fangen.«

Will gab nicht auf. »Ich habe Ihnen doch gesagt, Sie *können* die Dinosaurier nicht wie normale Tiere behandeln. Sie sind so intelligent wie Sie und ich.«

»Du bist ganz schön hartnäckig, Junge.«

»Es ist die Wahrheit, Sir.«

»Nun, dann hast du sicher nichts gegen einen kleinen Test einzuwenden.« Schwarzgurts unfreundliches Grinsen kehrte zurück.

Mißtrauisch meinte Will: »Ich glaube, ich kann Ihnen nicht ganz folgen.«

Auf ein Zeichen von Schwarzgurt packten zwei Piraten

ihn und banden ihm die Hände auf den Rücken. »Diese Viecher sind also intelligent. Das bedeutet, sie besitzen einen gewissen Verstand, oder?«

»Natürlich.« Will wußte nicht, was er von der plötzlichen Wandlung des Kapitäns vom Starrsinn zur Logik halten sollte.

»Prima. Warum fragen wir dann nicht den Hübschen, den du uns hiergelassen hast, was er von deiner Behauptung hält?« Schwarzgurt drehte sich um und zeigte auf den jungen *Tyrannosaurus.* Als ihnen dämmerte, was der Kapitän vorhatte, stießen sich die Seeleute grinsend gegenseitig an.

Unsanft wurde Will zu dem gefesselten Raubdinosaurier geschubst. »Das ist ein Weibchen«, erklärte er, da ihm nichts Besseres einfiel.

»Wirklich?« Smiggens betrachtete den Gefangenen genauer. »Woher weißt du das, Junge.«

Bevor Will antworten konnte, wurde er von zwei Piraten unter den Armen gepackt und weitergeschleift. Gleichzeitig lösten andere vorsichtig die Seile, die das Maul des *Tyrannosaurus* sicherten. Ihre Kameraden hielten die restlichen Fesseln und schränkten so die Bewegungsfreiheit ihres Gefangenen weiterhin ein.

Spöttisch feuerte die versammelte Mannschaft Will an: »Los, Junge! Nun plaudert mal schön!«

»Aye«, witzelte einer, »Frag ihn – nein sie, wie es ihr heute abend geht.«

»Vielleicht reserviert sie dir den nächsten Tanz!« höhnte sein Gefährte.

»Ich weiß was.« O'Connor versetzte Will einen Stoß mit dem Unterarm, der den Jungen nach vorn stolpern ließ. »Warum fragst du sie nicht, ob sie vielleicht – Hunger hat?« Das Gelächter der ausgelassenen Mannschaft wurde immer lauter.

Will sah, daß Hübscher Tod im Sitzen kleiner war als er. Während er abwechselnd vorwärts getreten und gezogen wurde, verfolgte sie seine unfreiwillige Annäherung mit wachem Blick. Jegliches Mitleid oder Verständnis, wie man es in den Augen eines einfühlsamen *Struthiomimus* hätte lesen können, suchte man in den ihren vergebens.

»Vorwärts, junger Mann.« Schwarzgurt baute sich vor ihm auf. Offensichtlich amüsierte er sich prächtig. »Worauf wartest du? Zeig uns, wie intelligent sie ist. Sprich mit ihr.« Aus seinem breiten, gemeinen Mund ragten abgebrochene Zähne. »Frag sie, ob sie bereit ist, das Abendessen einzunehmen.«

Nervös versuchte Will, sich gleichzeitig auf Schwarzgurt und den jungen *Tyrannosaurus* zu konzentrieren. »Ich – ich kann nicht mit ihr reden.«

»Nanu?« Schwarzgurt warf seinen Männern einen betont überraschten Blick zu. »Du kannst nicht mit ihr reden? Aber bei meiner Seele, warum nicht? Sie ist doch so intelligent wie wir.«

»Alle großen *Carnosaurier* Dinotopias leben an einem Ort hier in der Nähe, dem Regental. Sie *sind* intelligent, aber ihre Sprachen sind ziemlich primitiv und schwer zu verstehen. Sie beteiligen sich nicht an der dinotopischen Zivilisation. Das ist eine Entscheidung des ganzen Stammes.«

»Darauf verwette ich einen Goldbarren!« rief jemand höhnisch. Seine Kameraden wieherten vor Lachen.

»Sie müssen mir glauben«, fuhr Will verzweifelt fort. »Sie *sind* intelligent! Sie haben sich nur dafür entschieden, so zu leben wie ihre Vorfahren: primitiv und abseits der Zivilisation.«

»Das hört sich so an, als würden sie gut in unsere Mannschaft passen«, witzelte Smiggens.

»Los, vorwärts mit dir.« Schwarzgurt gab Will erneut einen Stoß. Das junge *Tyrannosaurus*weibchen erwartete ihn mit weit geöffnetem Maul und präsentierte einen vollen Satz kleiner Zähne, die ebenso scharf waren wie die ihrer Eltern. »Weißt du nicht, daß es unhöflich ist, eine Dame nicht zum Tanz zu bitten?«

»Mein Vater könnte es Ihnen besser erläutern«, beharrte Will. »Er ist ein bekannter Wissenschaftler. In Amerika war er Dozent.«

»Ein Wissenschaftler, sagst du?« Der Erste Offizier wurde nachdenklich. Er wollte diesen jungen Mann unbedingt weiter ausfragen. Wenn er die Wahrheit sprach und sein Vater wirklich ein Mann der Wissenschaft war, dann gab es in diesem fremden Land wohl tatsächlich noch eine Menge Wunder zu erforschen.

Aber Smiggens war klar, daß er sich der Mannschaft nicht widersetzen durfte. Die Piraten waren in Hochstimmung und standen ausnahmslos hinter Schwarzgurt. Wenn er versuchte, ihnen den Spaß zu verderben, wären sie in ihrer augenblicklichen Stimmung in der Lage, ihn genauso wie ihren neuen Gefangenen dem gefesselten *Carnosaurus* vorzuwerfen. Diese Aussicht ließ ihn schweigen. So groß seine Neugierde auch war, zu solch uncharakteristischen Akten persönlicher Tollkühnheit verführte sie ihn denn doch nicht.

»Was ist los, was passiert jetzt?« Verflucht seien diese kurzen Beine, dachte Chaz erregt.

Die *Struthiomimus* wußten, daß sie jeden Verfolger abschütteln konnten – auf kurzen Strecken würde kein Mensch mit ihnen mithalten, nicht einmal mit den Jungen. Daher hatten die Ausreißer ihre Flucht unterbrochen. Von dem Wunsch getrieben, das Schicksal ihres menschlichen Freundes zu verfolgen, hielten sie sich hinter einer verfallenen Mauer aus Goldbarren verborgen. Mit ihrer ausgezeichneten nächtlichen Sehkraft konnten sie die Vorgänge mühelos verfolgen. Gleichzeitig wußten sie, daß kein menschliches Auge scharf genug sah, um sie zu entdecken. Selbst aus der Ferne erleuchteten die Fakkeln ihrer ehemaligen Entführer die dramatische Szene mehr als ausreichend.

»Schwer zu sagen. Sie stehen alle zusammen.« Hisaulk bemühte sich, einzelne Personen auszumachen. »Sie haben deinem Freund Will die Hände auf dem Rücken zusammengebunden und scheinen ihn zu dem jungen *Tyrannosaurus* hinüberzustoßen.«

»Hübscher Tod«, murmelte Chaz. »Wer weiß, wie sie

unter dem Druck der Gefangenschaft reagiert. Ein Raubdinosaurier muß noch mehr darunter leiden als ihr.«

»*Wie* hast du sie genannt?« Überrascht sah Shremaza den *Protoceratops* an, und ihre drei Kinder wechselten schnelle Blicke.

»Hübscher Tod. So heißt sie.«

Immer noch beobachtete Hisaulk das Geschehen. »Wie auch immer sie heißen mag, ich glaube, sie versuchen, ihn an sie zu verfüttern.«

»Nein!« Chaz stampfte mit dem linken Vorderfuß auf den Boden. »Das ist barbarisch!«

»Aber es überrascht mich nicht.« Shremaza bemühte sich, ihn zu beruhigen. »Nichts, was diese Menschen tun, kann mich mehr überraschen.«

»Eine Chance hat er.« Erregt lief Chaz im Kreis herum. »Eine kleine nur, wenn er schnell denkt. Sehr schnell.« Er wandte sich wieder dem Struthiemännchen zu, das den günstigsten Aussichtspunkt innehatte. »Was geschieht jetzt?«

»Bis jetzt nichts. Oh! Gerade haben sie die Fesseln vom Kopf des jungen *Tyrannosaurus* entfernt und ihr Maul befreit. Die Menschen halten sich von ihr fern.«

»Das sollten sie auch. Was tut sie?«

»Noch nichts. Sie mustert Will von oben bis unten.«

Chaz warf den Kopf zurück, bis seine Krause gegen seine Schultern stieß. »Wäre ich nur bei ihm geblieben! Ich sollte bei ihm sein. Ich könnte mit den Menschen reden.«

»Glaub nicht, daß sie dir zuhören würden«, meinte Shremaza sanft. »Ich bin lange genug bei diesen Menschen gewesen. Sie sind fest davon überzeugt, wir seien geistlos und dumm. Wenn du mit ihnen reden würdest, dann würden sie das für einen Trick halten oder glauben, Will würde irgendwie für dich sprechen. Sie würden dich an den jungen *Tyrannosaurus* verfüttern, noch bevor du eine Chance hättest, sie zu überzeugen. Oder sie würden dich selber aufessen, was sie, ihren Blicken nach zu urteilen, mit uns manchmal vorhatten.«

»Kannibalen!« Chaz warf den Kopf hin und her. »Was für entsetzliche Kreaturen!«

»Ach nein.« Wie alle Struthies war Keelk viel zu mitfühlend, um nachtragend zu sein. »Sie sind einfach unzivilisiert.«

Der *Protoceratops* war völlig verzweifelt. Noch nie im Leben hatte er sich so hilflos gefühlt. Will Denison und er waren zwar nicht immer einer Meinung gewesen, aber die gemeinsam überwundenen Gefahren und Mühen hatten sie einander nahegebracht. Will stand ihm näher als irgendein anderer Mensch, einschließlich seiner Lehrer, und Chaz empfand beträchtlichen Respekt und echte Zuneigung für den jungen Luftboten. Aber er konnte nichts anderes tun, als zu beten, daß Will allein zurechtkam.

Die Piraten amüsierten sich noch immer königlich und überhäuften Will mit höhnischen Vorschlägen. Jemand meinte, er solle sich umdrehen und dem *Tyrannosaurus* sein Hinterteil präsentieren. Zwar scherzte Guimaraes mit seinen Kameraden mit, aber sein Lachen klang gezwungen.

Während Will vorwärts geschoben wurde, ließen die gelben Augen nicht von ihm ab. Zwischen den Zähnen tropfte Speichel hervor. Wann ist sie wohl zuletzt gefüttert worden? fragte er sich. Nach ihrem Blick zu urteilen, war es lange her. Das wie eine Falle wirkende Maul war nur noch wenige Meter von ihm entfernt.

Was sollte er tun? Diese halbbetrunkenen Piraten hörten nicht auf seine Argumente – genausowenig wie der *Tyrannosaurus*, selbst wenn er seine Sprache verstünde. Chaz hätte es versuchen können, aber der war in sicherer Entfernung, und das war auch gut so.

Unfähig, die Augen abzuwenden, erwiderte Will den blutrünstigen Blick. Fast hypnotisch schien er ihn zu durchbohren. So fühlt man sich also, schoß es ihm durch den Kopf, wenn man nicht als unabhängiges, denkendes Wesen angeschaut wird, sondern als einfaches Stück Fleisch.

Es war unmöglich, ihre Gedanken zu lesen. Wahrscheinlich machte ihre Situation sie wütend und verwirrt – ängstlich wohl nicht. Will bezweifelte, daß in der Sprache der *Tyrannosaurier* ein Wort für Angst existierte. Wahrscheinlich freute sie sich auf die Gelegenheit, ihre Wut an einem Menschen – welchem auch immer – auszulassen.

Jetzt war er fast in Reichweite ihres Mauls. Wären ihre Beine nicht gefesselt gewesen, hätte sie sich sicher längst auf ihn gestürzt. Selbst mit ungefesselten Händen hätte er diese massigen Kiefer nicht abwehren können. Ihr Atem roch nach Aas, ganz wie der ihrer Eltern.

Ihre Eltern ... Plötzlich erstarrte Will. Er sprach tyrannosaurisch! Vier Wörter, um genau zu sein.

Vier Namen.

Verzweifelt bemühte er sich, die Aussprache zu treffen. Seine Kehle war so zugeschnürt, daß sein erster Versuch klang wie das Husten eines Kätzchens. Die Piraten fanden sein panisches Keuchen äußerst belustigend und drängten ihn weiterzumachen. Ohne auf ihre Spötteleien zu achten, versuchte er es ein zweites Mal, mit mehr Erfolg. In seinen Ohren klang sein ganz passables leises Grummeln lächerlich, eine schwache Kopie von Triefauges drohendem Knurren.

Aber die Wirkung war nicht zu übersehen.

Völlig überrascht schloß Hübscher Tod ihr riesiges Maul und blinzelte ihn unsicher an. Ich muß noch tiefer sprechen, dachte Will. Der Schweiß lief ihm über das Gesicht. Sein Lungenvolumen reichte bei weitem nicht aus, um den richtigen Ton zu treffen, aber er gab sein Bestes.

Sein nächstes Knurren stürzte das *Tyrannosaurus*weibchen in noch tiefere Verwirrung. Sie legte den Kopf auf die Seite und wartete mit neugierigem Gesichtsausdruck auf seine nächsten Worte.

»*Ah-veh!*« rief Chumash. »Der Junge spricht mit ihm!«

»Blödsinn!« widersprach Copperhead. »Er macht nur sein Geschrei nach, das ist alles. Wie wenn man nach einem Hund pfeift.«

»Stimmt, Copperhead, du hast recht. Das ist verdammt noch mal kein Sprechen.« Weit davon entfernt, dem Gefangenen irgendwelche Zugeständnisse zu machen, war Schwarzgurt doch beeindruckt von den Fähigkeiten und dem Mut des jungen Mannes.

Will stand jetzt in Reichweite des großen Mauls, aber das *Tyrannosaurus*weibchen schien kein Interesse mehr daran zu haben, seinen Kopf als Appetitanreger zu verspeisen. Statt dessen fragte sie sich, woher dieser merkwürdige junge Mensch, der sich in das Lager der Menschen geschlichen hatte, um die Struthiefamilie zu befreien, die Namen ihrer Eltern kannte. Ihre aufgestaute Wut, die sie an diesem unglücklichen Opfer hatte auslassen wollen, war der Neugier gewichen. Natürlich war seine Aussprache schrecklich, aber trotzdem war es bemerkenswert. Sie musterte ihn eingehend und wartete gespannt darauf, was er als nächstes tun würde.

Will senkte das Kinn auf die Brust und intonierte einen Namen, der nur sein eigener sein konnte und der Tradition ihrer Art entsprach. Dann legte er so viel Nachdruck in seine Stimme, wie er aufbringen konnte, sah ihr in die Augen und rief ihren eigenen Name. Das letzte Mal hatte sie ihn von ihrer Mutter gehört.

Hübscher Tod fiel auf die Hinterbacken und stieß klagende Knurrlaute aus, wobei sie dem Menschen zunächst die Namen ihrer Eltern und dann seinen eigenen zurief. Er nickte energisch und lächelte – beides menschliche Gesten, die sie kannte.

»Wenn die nicht miteinander reden, dann bin ich eine betrunkene Seekuh«, staunte Ruskin.

»Paß auf, was du sagst, Ruskin.« Während er dem geknurrten Wortwechsel lauschte, zog Schwarzgurt die Augenbrauen zusammen. »Das ist doch ein einziges Knurren und Brummen, hörst du das nicht? Ein Junge und sein Hund. Keine echte Sprache. Stimmt's, Mr. Smiggens?«

»Ganz Ihrer Meinung, Käpt'n.«

Schwarzgurt schnaubte zufrieden.

»Aber offensichtlich besteht eine Art Kontakt«, fuhr Smiggens fort. »Ich würde es nicht Sprache nennen. Ganz bestimmt keine intelligente Unterhaltung. Aber da ist etwas. Etwas, das außerhalb unseres Erfahrungshorizontes liegt.«

Schwarzgurt wischte die Bemerkung weg. »Ich hatte mal ein Pferd, das kannte mehr Wörter als dieser kleine Teufel da. Trotzdem habe ich nie behauptet, mit dem Klepper zu reden.«

»Sehen Sie.« Thomas zeigte auf den Raubdinosaurier. »Was macht sie jetzt?«

Der junge *Tyrannosaurus* warf den Kopf in den Nacken und stimmte ein wehmütiges Geheul an, das ein Rudel kräftiger Kojoten oder Wölfe beschämt hätte. Will hatte Mitleid mit ihr. Obwohl ihr Gesang nicht sehr harmonisch klang, waren die großen Raubdinosaurier von Natur aus nicht unmusikalischer als irgendein anderer Stamm, mit Ausnahme vielleicht der Schnabeltiere, deren Perfektion in der Musik überall bekannt war.

Ihr Klagen war eine beeindruckende Mischung aus Wut und Einsamkeit. Da Will nicht wußte, wie er reagieren sollte, schob er seinen Kopf nah an den des heulenden *Tyrannosaurus* heran, schloß die Augen und tat sein Bestes, um eine Begleitung hervorzubringen. Er hatte viele Schnabeltierkonzerte besucht, aber verglichen mit dem gutturalen Gebell des Jungtieres neben ihm klang die Musik geübter *Corythosaurier* und *Lambeosaurier* wie Mozart. Doch auf eine eigene, primitive Weise war es ergreifend und bewegend.

Will gab sein Bestes, schließlich würde er wohl nie wieder die Gelegenheit bekommen, an einem derartigen Duett teilzunehmen.

Schwarzgurt zeigte sich ungerührt von der schlichten Gefühlsdarbietung. »He, Junge, Schluß mit dem Geheule! Johanssen, bring ihn zum Schweigen.«

»Aye, Sir.« Der Seemann zog heftig an dem Seil, das sie dem jungen Mann um die Hüften gebunden hatten. »Hast du den Käpt'n nicht gehört?«

Will verlor das Gleichgewicht und fiel hin. Was dann geschah, kam auch für ihn völlig unerwartet.

Der junge *Tyrannosaurus* unterbrach seinen Trauergesang und sprang mit erstaunlicher Geschwindigkeit auf den großen Piraten zu. Zwei der Männer, die ihn festhalten sollten, wurden von den Füßen gerissen, und nur mit viel Gezerre und Geschrei gelang es ihren Kameraden, den Angriff von Hübscher Tod aufzuhalten. Nur wenige Zentimeter vor dem Gesicht des großen Seemannes schlugen ihre Kiefer aufeinander.

Einige Augenblicke lang herrschte völliges Durcheinander, während sich alle abmühten, das Maul des *Tyrannosaurus* wieder mit den Trossen zu sichern. Erst als er wieder gefesselt war, entspannten sie sich. Johanssen aber war fest davon überzeugt, daß sein Herz für einige Sekunden zu schlagen aufgehört hatte.

Wieder festgezurrt und ohne die Möglichkeit, Widerstand zu leisten, mußte sich Hübscher Tod damit begnügen, ihren Peinigern wütende Blicke zuzuwerfen.

Will rappelte sich auf und stolperte zu ihr. Seine Angst war verschwunden. »Es ist gut«, versicherte er ihr sanft. »Ich bin nicht verletzt.« Mehrfach wiederholte er seinen und ihren Namen, wobei er sich bemühte, die Betonung zu variieren, damit keiner wichtiger klang als der andere.

Wieder sah sie ihm in die Augen. Ganz allmählich atmete sie ruhiger.

Plötzlich spürte Will, wie sich ein schweres Gewicht auf seine Schultern legte: Schwarzgurts Hand. Mochte der Kapitän auch noch so fett aussehen, auf einer Ringermatte würde Will ihm nur ungern gegenüberstehen.

»Interessante Vorführung, Junge. Sehr aufschlußreich. Nicht daß ich deinen Behauptungen über die Intelligenz dieses Viehs jetzt Glauben schenke, keine Sekunde. Hat es nicht gerade eben versucht, den Kopf des armen Johanssen zu verspeisen? Stimmt's, Johanssen?« Der Seemann, der noch immer unter Schock stand, konnte nur nicken. »Ich frage dich, mein Junge, ist das ein Zeichen von Intelligenz?«

»Was für eine Reaktion haben Sie denn erwartet? Immerhin haben Sie sie gefangengenommen.« Will hätte sich den juckenden Schmutz gern aus dem Gesicht gewischt.

Schwarzgurt überhörte seine Frage. »Eines gestehe ich dir zu: Du kennst die richtigen Kommandos für dieses Biest.«

»Ich kann sie nicht kommandieren. Niemand kommandiert einen *Tyrannosaurus rex.*«

»So heißt er also?« Smiggens schaute an Will vorbei auf ihren ersten Gefangenen.

»Du hältst mich für einen Dummkopf, junger Mann, was? Meinetwegen bell mit ihm herum, solange du willst – aber kein Gesinge mehr. Das vertragen meine empfindlichen Ohren nicht.« Schwarzgurt wandte sich an seinen Ersten Offizier. »Sie hatten verdammt recht, Mr. Smiggens. Dieser Junge ist lebend viel wertvoller für uns als tot, obwohl ich zugeben muß, daß ich uns den Spaß gegönnt hätte.«

»Nennen Sie mich nicht immer ›Junge‹«, warf Will mutig ein. Hübscher Tods Bereitschaft, ihm zur Seite zu stehen, hatte ihn kühn gemacht.

»Wie du willst«, grinste Schwarzgurt. »Wie sollen wir dich dann nennen?«

»Ich habe Ihnen doch gesagt, daß ich Will Denison heiße.«

»Na schön. Du bist ein mutiges und gewitztes Bürschchen, Will, also hör mir gut zu: Ich möchte, daß du uns auf unser Schiff begleitest. Sollten wir unterwegs noch auf andere dieser Dinosaurierviecher stoßen, kann dein Gebell uns noch sehr nützlich werden.« Schwarzgurt beugte sich dicht zu Will hinunter, und seine schwarzen abgebrochenen Zähne öffneten sich zu einem humorlosen Grinsen. »Aber merk dir eines gut: Egal wer hier das Bellen übernimmt – ich bleibe der Herr, du bist der Hund.«

»Ich begreife immer noch nicht, wie Sie es geschafft haben, in Dinotopia zu landen. Man hat mir gesagt, daß jedes Schiff, das in Sichtweite von Dinotopia gelangt, unweigerlich von starken Strömungen erfaßt wird und an der Küste zerschellt.«

»Tja, das ist ein hübsches Wort: *unweigerlich.* Mein Leben lang habe ich solche Worte widerlegt, junger Will. Ich kann nur sagen, das müssen armselige Kapitäne gewesen sein, die an dieser Küste gesegelt sind, armselig im Geiste und was ihre Tüchtigkeit betrifft.«

»Eine große Welle hat uns geholfen«, erläuterte Smiggens. »Sie hat uns direkt über das Riff gehoben. Wir haben Glück gehabt.«

Schwarzgurt warf seinem Ersten Offizier einen bösen Blick zu, sagte aber nichts.

»*Über* das Riff«, sinnierte Will. »Das könnte gehen, ja, ganz offensichtlich geht es. Aber wie wollen Sie wieder hinauskommen? Durch die Riffe gibt es keine Passagen.«

»Wir werden schon einen Weg finden«, versicherte ihm Schwarzgurt. »Wenn nötig, sprengen wir uns einen. Pulver haben wir genug an Bord.«

Könnten sie es schaffen? fragte sich Will. Dieser Schwarzgurt schien dickköpfig und tollkühn genug, um ein derart verrücktes Unternehmen zu wagen.

Entferntes Donnergrollen lenkte Wills Aufmerksamkeit auf den Himmel. Irgendwo da draußen lauerte immer noch der Sturm und sammelte seine Kräfte. Würde das Schiff der Piraten ihn im Schutze des Riffs überstehen? Wie stark konnte ein Sechsjahressturm werden? Zog er an Dinotopia vorbei, oder bestätigten sich die Vorhersagen der Wettermänner?

»Es ist ein großer Sturm im Anmarsch«, begann er.

Jetzt war es an Smiggens, höhnisch zu grunzen. »Erzähl uns nichts von Stürmen, Junge. Der, der uns hierhergebracht hat, war verheerend.«

»Nicht im Vergleich zu dem, der vielleicht noch kommt. Er kann jeden Tag übers Land hereinbrechen, und die am meisten gefährdete Gegend ist die Nördliche Tiefebene. Sie können nicht dorthin zurück. Alle anderen sind schon fort.«

»Warum das denn?« fragte Ruskin erstaunt. »Das Land sah so fruchtbar aus.«

»Genau weiß ich es auch nicht«, fuhr Will fort. »Ich weiß nur, daß immer dann, wenn ein Sechsjahressturm vorhergesagt wird, alle Bewohner der Nördlichen Tiefebene aufgefordert werden, sie zu verlassen, bis der Sturm vorbei ist.«

Smiggens dachte nach. »Die Gegend, durch die wir am Anfang gekommen sind, war ziemlich flach. So was habe ich schon an der südöstlichen Küste von Indien gesehen. In der Monsunzeit kann ein Wirbelsturm lokale Überschwemmungen verursachen.« Er lächelte Schwarzgurt zu. »Nichts, was die *Condor* nicht überstehen würde.«

»Ganz meine Meinung, Mr. Smiggens.« Der Kapitän starrte in die Dunkelheit. »Wir nehmen so viel Gold und Juwelen mit zum Schiff, wie wir tragen können, sperren unseren verspielten kleinen Teufel und den Jungen in den Laderaum und kehren mit einer Ausrüstung zurück, mit der wir hier den halben Tempel abtragen können.« Laut rief er: »Nicht war, Jungs?« Müde, aber wohlwollende Rufe antworteten ihm.

»Das geht nicht!« entgegnete Will. »Der Sturm …«

Schwarzgurt packte ihn am Hemdkragen. »Mein lieber Junge, diesen Satz gibt es beim alten Sintram nicht.« Er ließ den Gefangenen los und sah zu seinen Männer hinüber. »Also, laßt uns noch etwas schlafen. Und wer mit der Wache dran ist, der sollte ein scharfes Auge auf die beiden haben. Sie haben einander schon viel zu gern.« Er verschwand in der Nacht in Richtung seines goldenen Lagers.

So leicht kommen sie davon? dachte Will verzweifelt. Das durfte einfach nicht geschehen. Wenn es ihnen gelang, mit diesen unermeßlichen Schätzen von der Insel zu verschwinden, würden andere Menschen von Dinotopia und dessen Lage erfahren. Ein Schiff nach dem anderen würde sich auf die Suche machen, und einige würden es finden. Die elegische, friedliche Zivilisation, die Menschen und Dinosaurier in Jahrtausenden des Zusammenlebens so mühevoll geschaffen hatten, würde unter unerträglichen Druck geraten, Menschen, Meinungen und Machenschaften der Außenwelt würden sie überschwemmen. Wäre Dinotopia stark genug, einer solchen Invasion zu widerstehen? Besäße ein unabhängiges Land – welches auch immer – dann noch eine Chance?

Sah man von den ausschließlich für die Verteidigung dienenden Waffen ab, mit denen die Karawanen sich auf ihrem Weg durchs Regental zudringliche Raubdinosaurier vom Hals hielten, gab es nur wenige Waffen in Dinotopia. Wie sollte sich Sauropolis gegen moderne Kriegsschiffe verteidigen? Und würden seine Bewohner das überhaupt versuchen? Wenn sie einen Landeplatz fände, könnte eine fremde Macht Truppen an Land schicken …

Will wollte nicht mehr daran denken. Er hatte eine gründliche Ausbildung genossen und kannte die Geschichte der Menschheit nur zu gut. Niemals würde die einzigartige Gesellschaft Dinotopias dem Druck regelmäßiger Kontakte zur Außenwelt widerstehen. Die Abreise der Piraten mußte um jeden Preis verhindert werden, sowohl zu ihrem eigenen Besten als auch zu dem Dinotopias.

Nun kam es allein auf ihn an.

Jedenfalls fast allein auf ihn.

19

Die Struthiefamilie hatte die Ereignisse im Piratenlager von ihrem Versteck aus verfolgt.

»Was ist das für ein Gesang?« Die Tragik und Trauer darin ließen Chaz schaudern.

»Eine Art tyrannosaurisches Klagelied.« Hisaulk lugte über die Mauer. »Jetzt hat sie aufgehört. Es laufen auch nicht mehr so viele Menschen herum, und ihr Gelächter ist verstummt. Es scheint ruhiger zu werden.«

»Was macht das *Tyrannosaurus*weibchen?« fragte der *Protoceratops*.

»Sie scheint sich mit deinem Freund verständigt zu haben. Ich glaube nicht, daß sie ihn fressen wird. Zumindest nicht sofort.«

Der Übersetzer zog weiter seine engen Kreise. »Wir müssen ihn irgendwie rausholen.«

»Da stimme ich dir zu.«

»Es muß einen Weg geben …« Chaz unterbrach seinen Kreislauf. »Wirklich?«

»Natürlich. Er hat uns unsere Freiheit wiedergegeben. Da können wir nicht zurückstehen.« Hisaulk starrte weiter in die Dunkelheit. »Wir müssen auf den richtigen Moment warten. Bis dahin werden wir hier wie Statuen verharren. Die Menschen glauben, wir seien geflohen, und wir sollten sie in diesem Glauben lassen.«

Chaz war nicht zufrieden. »Es macht mir nichts aus, für eine Weile Statue zu spielen, aber die Frage ist: Was werden sie in der Zwischenzeit mit Will anstellen?«

Die Piraten hielten sich die Ohren zu. »Bring sie zum Schweigen!« Treggang fuhr zusammen, als Hübscher Tod einen besonders schiefen Ton anstimmte.

»*Ich* werde mich darum kümmern.« Guimaraes hob sein Gewehr.

»Nein!« Hastig stellte sich Will zwischen den Portugiesen und den klagenden *Tyrannosaurus.* »So geht das nicht.«

»Aye, runter damit!« Schwarzgurt kam dazu und schlug den Gewehrlauf zur Seite. »Du hast wohl vergessen, was uns der kleine Teufel einbringt.«

»Nur eine Menge Ärger, Käpt'n.« Mürrisch nickte Guimaraes zum Haupttempel hinüber. »Brauchen wir den wirklich, wo wir doch schon mehr Reichtümer haben, als wir tragen können?«

»Wohl richtig«, stimmte Schwarzgurt zu. »Aber zu all dem Gold hätte ich ganz gerne noch ein bißchen Ruhm, und Mr. Smiggens hat mir versichert, daß ich den mit so einem Vieh erwerben kann. Also, vorerst wird nicht getötet.« Er wandte sich an Will und spielte mit seinem Entermesser. »Und du, Junge, laß dir gesagt sein, wenn du diesen kleinen Plagegeist nicht zum Schweigen bringst, dann werden *wir* Mittel und Wege finden, das zu tun, ohne ihn zu töten.«

Will nickte hastig. »In Ordnung, ich versuche es. Aber dafür müssen Sie meine Hände losbinden.«

Schwarzgurt überlegte. »Wie du willst. Aber erst mußt du mir dein Ehrenwort als Vertreter welcher Zivilisation auch immer geben, daß du nicht versuchen wirst zu fliehen.«

»Ich ...« Will zögerte nur einen kurzen Augenblick. »Ich gebe Ihnen mein Wort, Kapitän Schwarzgurt, daß ich nicht versuchen werde, aus eigener Kraft zu fliehen.«

Der Hüne lachte durch seine abgebrochenen Zähne. »Du wartest immer noch auf Rettung, was? Willst wohl zum nächsten Telegrafenamt laufen?«

»Telegrafen gibt es in Dinotopia nicht. Jedenfalls nicht solche, wie Sie sie kennen.«

»Also gut. Ich nehme dich beim Wort, Junge. Thomas, löse seine Fesseln.«

Als der große Jamaikaner die Knoten aufgebunden hatte, rieb Will seine Handgelenke, um den Blutkreislauf wieder in Gang zu setzen. Dann drehte er sich zu dem jungen *Tyrannosaurus*weibchen um. Mit sanfter Stimme wiederholte er die Namen ihrer Eltern, wobei er mit beiden Händen beschwichtigende Bewegungen machte. Hübscher Tod sah ihm zu und beruhigte sich allmählich. Vorsichtig trat Will dann näher, bis er direkt vor ihr stand. Behutsam streckte er den Arm aus und begann, sie unter dem Kinn zu kraulen. Aus den Reihen der Umstehenden erklang bewunderndes Gemurmel. Guimaraes' Finger krallten sich um sein Gewehr.

»Was geschieht jetzt?« fragte Chaz.

Hisaulk lugte über die Mauer. »Die Menschen haben seine Hände losgebunden, aber er versucht nicht wegzulaufen. Er geht auf den *Tyrannosaurus* zu. Jetzt – das glaube ich einfach nicht ... Jetzt streichelt er sie!«

»*Was* tut er?« Chaz wünschte sich, auf dem Hals eines

Mammechiasaurus zu stehen, egal wie lächerlich das aussehen würde.

»Ist ja gut.« Will strich Hübscher Tod über das Kinn und sprach beruhigend auf sie ein. Obwohl sie kein Wort von dem begriff, was er sagte, spürte er, daß sie seine Gefühle verstand. »Irgendwie kommen wir hier heraus, du und ich. Ich weiß, du hältst diese Leute für verrückt. Falls es dir hilft – das ist auch meine Meinung.«

Der junge *Carnosaurus* reagierte nicht. Will spürte ihren ruhigen, stetigen Atem wie einen Blasebalg.

»Seht nur, wie er den kleinen Drachen beruhigt.« Chinlee zeichnete eine geheimnisvolle Figur in die Luft. »Wir müssen gut auf ihn aufpassen. Er ist ein Zauberer.«

»Nein, kein Zauberer.« Smiggens war nicht ganz so erstaunt wie seine abergläubischeren Kameraden. »Vergeßt nicht, er hat uns erzählt, daß seine Vater Wissenschaftler ist.«

»Wissenschaftler oder Zauberer, er hat das Vieh zum Schweigen gebracht. Das ist das einzige, was zählt.« Der stets nüchterne Schwarzgurt grunzte zufrieden.

Als Will die Hand sinken ließ, stellte er zu seiner Überraschung fest, daß der junge *Tyrannosaurus* ihn mit dem weichen Ende seiner Schnauze gegen die Schulter stupste. Er kraulte weiter, und ein wohliger Seufzer belohnte ihn. Obwohl sein Arm allmählich schwer wurde, fuhr er fort, so gut er konnte. Was ein *Tyrannosaurus* will, das bekommt er auch, dachte er. Selbst ein junger *Tyrannosaurus*.

»Das einzige, was hier zählt«, erläuterte er Schwarzgurt unterdessen, »sind Wissenschaft, Moral, Ethik und Erziehung.«

»Bah! Dafür kann ich mir nichts kaufen.«

»Sie verstehen mich nicht. Sie sehen den großen Rahmen nicht, die tiefere Bedeutung. Dinotopia ist nicht nur ein Ort, an dem die Menschen Seite an Seite mit Dinosauriern zusammenleben, die älter und weiser sind als sie. Nein, es ist außerdem ein Land, in dem Menschen jeglicher Herkunft und Nationalität gelernt haben, friedlich miteinander zu leben. Die ganze Geschichte und die gesamte Menschheit sind hier vertreten. Es könnte ein Modell sein für den Rest der Welt.

Wir handeln viel, aber es gibt kein Geld. Jeder ist bemüht, dem anderen zu helfen. Ausbildung ist für jeden, der sie wünscht, frei erhältlich. Eine akademische Ausbildung für diejenigen, die Bücher lieben; eine praktische für solche, die lieber ein Handwerk erlernen möchten. Auch die einfachsten Berufe werden respektiert.«

»Worauf willst du hinaus, Junge?« wollte Mkuse wissen.

»Warum bleiben Sie nicht hier?« Will bemühte sich, so überzeugend wie möglich zu klingen. »Vergessen sie Ihren Plan, nach Amerika, Europa oder wohin auch immer zurückzusegeln. Bleiben Sie hier. Atmen Sie tief und seien Sie uns ein Freund. Das ist viel mehr wert als ein Haufen hübscher Steine und Metalle. Sie werden sehen.« Hoffnungsvoll blickte er den Kapitän an.

»Nun, mein Junge, jedem das Seine.« Schwarzgurt strich sich über seinen Schnurrbart. »Ich behalte meine hübschen Steinchen und mein Gold. Aber ich will nicht ungerecht sein. Ich werde meine Kameraden fragen.« Er wandte sich an die umstehenden Seeleute. »Ihr habt den Jungen gehört. Er bittet uns, all dies hier aufzugeben« – mit einer weiten Armbewegung umfaßte er den Tempelkomplex – »um friedlich mit einem Haufen Rieseneidechsen zusammenzusitzen und zu plaudern. Und natürlich einen Beruf zu erlernen. Ihr habt die freie Wahl, Jungs. Was wollt ihr? Eine Karriere als Schreiner oder ein Leben in Saus und Braus? Du lieber Himmel, wirklich eine schwere Entscheidung.«

Die Antwort der Piraten überraschte nicht.

»Nein«, versuchte Will es erneut, »so dürfen Sie das nicht sehen! Sie verstehen mich nicht.«

»Ich verstehe dich sehr gut.« Anbaya schnaubte verächtlich. »Es ist ein Zeichen eurer Dummheit, daß ihr euch für all das nicht interessiert.« Er wies auf die goldenen Gebäude.

Dieser Meinung schlossen sich auch alle anderen an, denn sie würden Plünderung und Raub dem Lernen und einer geregelten Arbeit immer vorziehen. Einige der Männer machten in deutlichen Worten klar, was sie von Wills Vorschlag hielten.

»Hörst du sie, mein lieber Will?« Schwarzgurt wartete, bis sich die Pfiffe und Buhrufe gelegt hatten. »Da die Menschen in diesem Land an den Schätzen kein Interesse zu haben scheinen, wird es meinen Leuten und mir ein Vergnügen sein, sie von ihnen zu befreien.«

»Aber ich habe Ihnen doch gesagt«, erwiderte Will, »daß ich nicht glaube, daß irgend jemand dieses Heiligtum – oder was auch immer es sein mag – kennt. Es ist Teil der Geschichte von Dinotopia. Sie können es nicht einfach abtragen. Es muß erforscht und dokumentiert werden.«

»Du bist herzlich eingeladen, einen ausführlichen Bericht zu schreiben. Notiere dir ruhig jeden Barren und jeden Edelstein, die wir zu ihrer Erhaltung auf die *Condor* verfrachten. Aber verfrachten werden wir sie, daran wirst auch du nichts ändern.« Ein weicher Glanz legte sich über Schwarzgurts Gesicht. »Das wird ein Tag, Jungs, wenn wir mit einem Schiff voll von massivem Gold die Themse hinaufschippern oder in den Hafen von Boston einsegeln.« Wieder erklang zustimmendes Gemurmel.

»Das schaffen Sie nie«, meinte Will. »Selbst wenn Sie den Sturm überleben, werden Sie niemals über das Riff kommen.«

»Mein lieber Junge, ich habe in den letzten sechs Monaten mehr schwierige Situationen auf See gemeistert als du in deinem ganzen Leben. Glaub also nicht, daß du mich mit deinen Schauergeschichten von gigantischen Stürmen und unüberwindlichen Riffen schrecken kannst. Du wirst es mit eigenen Augen sehen, da du uns begleiten wirst.«

»Wie bitte?« Will starrte ihn an.

Schwarzgurt grinste. »Hast du gedacht, wir lassen dich laufen, wenn wir unseren Schatz an Bord haben? Wer soll dann unser kleines Kuscheltier besänftigen? Du solltest mir auf Knien danken, junger Mann. Wir bringen dich von diesem gottvergessenen Ort sicher zurück in die Zivilisation.«

»Aber ich will hierbleiben!« Vor Wills geistigem Auge erschienen die Gesichtes von Sylvia und seinem Vater.

Schwarzgurt beugte sich zu ihm. »Vorsichtig, Bürschchen. Mach nicht denn Fehler zu glauben, wir wären Anhänger der Demokratie. Du wirst in dieser Sache nicht gefragt. Je eher du das akzeptierst, desto leichter wird es dir fallen.«

»Auch Ihnen werden wir das Handwerk legen.« Will konnte seine Wut nicht mehr im Zaum halten. »Das Handwerk legen und – und Sie umerziehen.«

In gespielter Panik hob Schwarzgurt die Hände. Die Drohung ließ ihn schmunzeln. »Umerziehen. Haben Sie das gehört, Mr. Smiggens? Gnade uns Gott!«

Will nickte zu Hübscher Tod hinüber. »Außerdem suchen ihre Eltern nach ihr.«

Smiggens wurde aufmerksam. »Du meinst, das ist kein ausgewachsenes Tier?«

»Genau.« Jetzt, da das Interesse des Ersten Offiziers einmal geweckt war, bemühte sich Will, es nicht wieder zu verlieren. »Sie dachten doch nicht, es handelte sich um ein erwachsenes Tier?«

»Wie alt ist sie?« Unwillkürlich blickte Smiggens zum Hauptcanon herüber.

»Noch *sehr* jung. In menschlichen Begriffen kann ich es Ihnen nicht sagen, aber sie ist wirklich noch ein Kind.«

»Ein Junges. Sehr interessant. Wenn das ein Junges ist, wie groß ist dann ein ausgewachsenes Tier?« Unter den Umstehenden erhob sich ein nervöses Gemurmel. Auch andere warfen rasche Blicke in Richtung der Schlucht. Doch keiner von ihnen besaß so gute Augen, daß er Chaz oder die verborgenen Struthies entdeckt hätte.

»Das können Sie sich nicht vorstellen«, erläuterte Will. »Die sind einfach unglaublich. Verglichen mit Hübscher Tod hier sind die ausgewachsenen Tiere wie Löwen oder Tiger neben einer Hauskatze.«

Schwarzgurt trat zwischen Will und Smiggens. »Was soll das Gequatsche? Sind wir nicht schon mit größeren Versionen unseres Süßen hier fertiggeworden? Der Junge will euch doch nur Angst einjagen. Haben wir nicht eines der Monster von unserem Dschungellager vertrieben?«

»Ihre Gewehre können einem großen Raubdinosaurier nichts anhaben«, meinte Will entschieden. »Oder ihn von etwas abhalten. Wahrscheinlich hatte er einfach kein Interesse an Ihnen.«

Blitzschnell trat Schwarzgurt dicht vor Will. Seine Stimme klang tief und bedrohlich. Vergeblich zerrte Hübscher Tod an ihren Fesseln.

»Was soll das heißen, Jüngelchen? Du willst doch wohl den alten Sintram nicht als Lügner bezeichnen, oder?«

Will schluckte. Seine Gedanken rasten. »Nein, nein, ich habe nur eine Vermutung ausgesprochen. Aber ich war andererseits auch nicht dabei.«

»So ist es.« Schwarzgurt atmete tief durch und trat zurück. »Du warst nicht dabei. Glaub ja nicht, daß du uns angst machen kannst, Junge. Ich fürchte mich vor nichts, was auf dieser Erde kreucht, fleucht oder schwimmt.«

»Das ist bewundernswert, Sir.« meinte Will. Leise fügte er hinzu: »Aber wenn Sie sich jemals vor etwas fürchten würden, dann wären das die Eltern von Hübscher Tod.«

Einige Männer stießen ein nervöses Lachen aus. Will erkannte, daß sie weitaus mehr Angst vor Sintram Schwarzgurt hatten als vor den Prophezeiungen ihres Gefangenen.

»Eine geruhsame Nacht allerseits«, sagte Schwarzgurt. »Hier sind wir sicher. Ihr habt gesehen, wie es diesen segelbepackten Teufeln ergangen ist, die uns verfolgt haben. Nichts und niemand, der größer ist als wir, kommt durch den schmalen Canon, und da, wo wir mit der *Condor* gelandet sind, gab es keine bissigen Viecher.«

»Heißt das heute nacht keine Wachen, Käpt'n?« wollte Thomas wissen.

»Nein, Thomas. Daß wir uns an einem Ort befinden, wo diese Dinosaurier nicht hinkommen, bedeutet noch lange nicht, daß er auch für Menschen unzugänglich ist. Für den unwahrscheinlichen Fall, daß an dem Gerede des Jungen etwas dran ist und sie wirklich nach ihm suchen, stellen wir einen Posten auf. So ein Haufen Wissenschaftler und Philosophen schreckt mich nicht weiter, aber trotzdem möchte ich nicht, daß sie über mich herfallen, während ich schlafe.« Er grinste. »Da, wie der Junge sagt, niemand diesen Ort kennt, werden sie ihn wahrscheinlich sowieso nicht finden. Also, schlaft gut, Jungs. Morgen schnappen wir uns, was wir tragen können, und dann geht's auf dem schnellsten Weg zum Schiff zurück.«

»Ein dreifaches Hoch auf Käpt'n Schwarzgurt!« rief jemand. Das folgende dreimalige Jubelgeschrei fiel schwächer aus als gewöhnlich. Die Männer waren müde.

Ohne weitere Gegenwehr ließ sich Will von zwei Piraten an den Pfeiler binden, an dem zuvor Hisaulk und Shremaza festgezurrt gewesen waren. Zwar hatte er sein Ehrenwort gegeben, aber Schwarzgurt war nicht so gutgläubig, daß er seinen neuen Gefangenen frei herumlaufen ließ.

Als sie fertig waren, prüfte Will seine Fesseln und stellte fest, daß sie so eng anlagen, wie er befürchtet hatte. Indem er auf seinem Hinterteil hin und her rutschte, versuchte er, eine einigermaßen bequeme Schlafposition zu finden. Der neben ihm sitzende *Tyrannosaurus* beobachtete ihn schweigend. Seinem Gesichtsausdruck war nichts zu entnehmen, aber Will spürte, daß ein gewisses Vertrauen, wenn nicht gar Sympathie von ihm ausging. Aber letzteres wäre wohl zuviel verlangt. Die meisten *Tyrannosaurier* waren nicht einmal besonders erpicht auf die Gesellschaft ihrer Artgenossen.

Zwei Piraten machten es ich rechts und links von den Gefangenen bequem. Offensichtlich wollte Schwarzgurt vor allem Will jederzeit im Auge behalten. Niemand sollte Gelegenheit erhalten, den lautlosen nächtlichen Besuch zu wiederholen, bei dem er die Struthies befreit hatte. Schwarzgurt war nicht der Mann, der sich zweimal reinlegen ließ.

Will schloß die Augen. Er sollte versuchen, ein wenig zu schlafen. Vielleicht würden ihn der Morgen und das Tageslicht auf neue Ideen bringen.

»Und was machen sie *jetzt*?« Unfähig, sich noch länger zurückzuhalten, schielte Chaz um die Mauer herum, hinter der sie sich versteckt hielten. Da seine Sehfähigkeit bei Nacht lange nicht so ausgeprägt war wie die der *Struthiomimus*, konnte er nicht viel erkennen, doch schon der Versuch verschaffte ihm eine gewisse Erleichterung. Keelk, Arimat und Tryll drängten sich hinter ihm.

»Es sieht so aus, als gingen sie jetzt schlafen.« Shremazas Stimme tönte leise vom Rand der Mauer herunter.

»Stimmt«, bestätigte Hisaulk. »Seht nur, wie sie sich ums Feuer legen.« Leichtfüßig hüpften er und Shremaza auf den Boden, und alle versammelten sich in einem Kreis.

»Wie können wir Will helfen?« Da Keelk wußte, daß der Dolmetscher *Protoceratops* sie verstand, redete sie ungehemmt in ihrer eigenen Sprache.

»Wir müssen versuchen, ihn zu befreien«, murmelte Chaz, »genauso wie den jungen *Tyrannosaurus*.«

Verwundert sah Hisaulk ihn an. »Dem wilden *Carnosaurus* sind wir nicht verpflichtet.«

»Ihr nicht, aber Will und ich. Wir – wir haben den Eltern unser Wort gegeben.«

»Diese ganze Geschichte zwingt uns zu merkwürdigen Bündnissen«, meinte Hisaulk.

»Einfach losstürzen können wir nicht«, fuhr Chaz fort. »Will hat mir von diesen ›Gewehren‹ erzählt. Einem großen Raubdinosaurier können sie nichts anhaben, aber für jemanden von unserer Statur sind sie gefährlich.«

»Was sollen wir also machen?« fragte Shremaza.

Hisaulk blickte auf seine wiedervereinte Familie. Es sah so aus, als müßten sie sich schon wieder trennen. »Ich bin der Schnellste von uns und habe die beste Kondition. Keelk und der *Protoceratops* können mir beschreiben, wie sie hergekommen sind. Wenn ich nicht nach einem Weg aus dem Regental suchen muß, werde ich nur halb so lange brauchen, um zur Baumstadt zu kommen und Hilfe zu holen.«

»Das wäre sehr gefährlich.« Shremaza war von der Idee verständlicherweise nicht angetan.

»Keelk hat es auch geschafft.« Hisaulk sah seine Tochter an, die vor Stolz rot anlief. »Während ich unterwegs bin, könnt ihr den Menschen folgen. Vielleicht bietet sich ja eine Gelegenheit, Will Denison – und meinetwegen auch den jungen *Tyrannosaurus* – zu befreien. Chaz kann versuchen, die Gespräche der Menschen zu belauschen und sie für euch zu übersetzen. In diesem Fall ist das erlaubt.« Nacheinander umschlang er die Hälse seiner Kinder. »Wir werden aus der Erfahrung lernen, auch wenn es gefährlich wird. Versucht, ein Spiel daraus zu machen.«

»Ein ziemlich ernstes Spiel.« Shremaza musterte die hohen Felsmauern, die den goldenen Gebäudekomplex umrahmten. »Was meinst du, mein Ehemann, führt diese Schlucht bis zur Nördlichen Tiefebene oder die, in die sie mündet?«

»Keine Ahnung, aber wir kennen einen anderen Canon, der dorthin verläuft. Und wo einer ist, da kann es auch weitere geben. Wenn ich die Baumstadt rechtzeitig erreiche, müßte es uns mit einer Rettungsmannschaft gelingen, die Menschen hier davon abzuhalten, ihr Schiff zu erreichen.« Zärtlich schlang er seinen langen Hals zweimal um den seines Weibchens, erst von links, dann von rechts. Ihre Schnäbel rieben sanft aneinander.

»Zwischen Meer und Land werde ich dich suchen, an dem Ort, wo die Liebe wartet. Kinder, hört auf eure Mutter. Übersetzer, mach deine Sache gut. Lebt wohl.« Er drehte sich um, lief los und war nach wenigen Schritten in den Tiefen des Canons verschwunden.

Leise rief Shremaza ihm nach: »Lauf wie der Wind, mein Ehemann. Atme tief, und möge nur dein Schatten den Boden beruhren.«

Chaz war klar, daß das *Struthiomimus*männchen sein Leben für Will aufs Spiel setzte. Aber Will hatte dasselbe für die Familie getan. »Wir sollten nicht die ganze Nacht über hierbleiben, so gerne ich das auch täte. Eine der Wachen könnte herüberkommen. Gehen wir lieber zurück, und übernachten wir im Hauptcanon. So weit werden sie nicht vorstoßen. Nicht nachts, jedenfalls.«

»Das stimmt.« Shremaza versammelte ihre Kinder um sich. »Wir können alle ein wenig Schlaf gebrauchen.«

»Warum gibt es nur so merkwürdige Menschen?« Während ihre Mutter sie von der Mauer wegführte, versuchte Keelk, einen letzten Blick auf das Lager der Menschen zu erhaschen.

»Keine Ahnung.« Chaz war mit Gedanken schon beim nächsten Morgen. »Will sagt, daß sich die Menschen in der Außenwelt wegen Steinen und Metallen bekämpfen. Es ist absolut merkwürdig und unverständlich.«

»Haben sie nicht genug zu essen oder keinen Schlafplatz?« fragte Arimat.

»Nicht alle, aber Will meint, das hat damit nichts zu tun. Ich behaupte nicht, daß ich sie verstehe. Ich bin nur der Übersetzer.«

20

Am nächsten Morgen hatte sich die Unterseite der Wolkendecke bedrohlich verdunkelt, als wäre sie vom Regen gefärbt, doch Will bezweifelte, daß es Zweck hatte, seine Entführer darauf aufmerksam zu machen. Schwarzgurt hatte ihm ausreichend deutlich gemacht, daß weder er noch seine Mannschaft sich von unfreundlichem Wetter einschüchtern ließen, und nach seinen Erlebnissen der letzten Nacht zweifelte er nicht an den Worten des Kapitäns.

Da Will noch nie einen echten Sechsjahressturm erlebt hatte, wußte er nicht, ob ihm ein in der Nördlichen Lagune vor Anker liegendes Schiff standhalten konnte. Falls ja, zweifelte er nicht daran, daß Schwarzgurt sein Versprechen wahr machen würde, einen Weg aufs offene Meer hinaus zu suchen. Wenn ihm das gelänge, würde Will lieber über Bord springen, als Dinotopia für immer zu verlassen. Er sah sich verzweifelt zum Ufer zurückschwimmen und schauderte. Aber konnte ein junger *Tyrannosaurus* schwimmen? Vielleicht würden sie bald Gelegenheit haben, es auszuprobieren.

Einer der Piraten brachte ihm Frühstück, ein übelriechendes Gemisch aus Wasser, Mais, Corned beef und gepökeltem Schweinefleisch, mit Schiffszwieback als Beilage. Welten lagen zwischen diesem Fraß und den frischen Früchten, dem Gemüse und dem Fisch in der Baumstadt. Aber Will war klar, daß er bei Kräften bleiben mußte, und so zwang er sich, den Brei zu kauen und hinunterzuwürgen. Hübscher Tod beobachtete ihn schweigend. *Tyrannosaurier* konnten eine ganze Weile ohne Nahrung auskommen.

Sie waren nicht allein. In der Nähe saßen die beiden Wachen und verschlangen ihre Portionen, als wären es erlesene Delikatessen. Ein kurzer Blick zeigte Will, daß sonst keiner der Seeleute in Hörweite war, auch Schwarzgurt nicht.

»Ich weiß nicht, was für ein Leben Sie bisher geführt haben«, begann er freundlich, »aber Dinotopia bietet Ihnen die Chance, ganz neu anzufangen.«

Copperhead stieß seinen Kameraden in die Seite. »Hörst du den Jungen? Als nächstes erzählt er uns, dies sei das Paradies auf Erden.«

»Aye, das Paradies«, schnaubte Thomas. »Nur voller Drachen. Oder wie hat Mr. Smiggens sie genannt? Dinosaurier. Ja, ein Paradies voller Dinosaurier, die dich auffressen wollen.«

»Die gibt's nur unten im Regental«, erklärte ihm Will. »Alle großen Raubdinosaurier leben dort. Der Rest von Dinotopia ist ziemlich sicher. Sie können sich nicht vorstellen, wie schön es hier ist. Das beständige Rauschen in der Wasserfallstadt, die klassische Schönheit von Sauropolis, die ländliche Idylle der Baumstadt und Füllhornstadt, die verschwiegenen Buchten und Strände, das fruchtbare Farmland und die üppigen Obstgärten ...«

»He, das ist wirklich wie das Paradies«, kicherte Copperhead. »Klingt allerdings nach 'ner Menge Arbeit.« Thomas stimmte in das Gelächter seines Kumpanen ein.

Will zögerte. Sein Holzlöffel hing in der Luft. »Ist das Piratenleben nicht auch harte Arbeit und gefährlich obendrein? Bei der Farmarbeit, beim Fischen im Fluß oder bei der Arbeit in einem Laden versucht zumindest keiner, euch zu töten.«

Copperheads Lächeln verkrampfte sich. »Haben mich ins Gefängnis geworfen, weil ich ein Brot gestohlen hatte. Wollte meiner Schwester helfen, ihre Familie zu ernähren. Danach ist irgendwie alles schiefgelaufen, bis ich auf der *Condor* gelandet bin.«

»Ich habe mein Leben lang in den Zuckerrohrfeldern gearbeitet, und ohne Käpt'n Schwarzgurt wäre ich immer noch dort.« Kampflustig schob Thomas die Unterlippe vor.

»Auch er kann hierbleiben«, versicherte Will ihm. »Was man in der Außenwelt getan hat, spielt hier keine Rolle. Jeder, den es nach Dinotopia verschlägt, beginnt ein neues Leben. Niemand fragt, wer oder was man in seinem vorherigen Leben gewesen bist. Eine Gelegenheit, ganz von vorne anzufangen.«

»Und wenn schon.« Copperhead schwenkte seinen Löffel. »Wenn die Behörden uns hier finden, werden wir trotzdem hängen.«

»Ich weiß nicht, wie es Ihnen gelungen ist, mit Ihrem Schiff hier zu landen. Wahrscheinlich sind Sie die ersten in der Geschichte Dinotopias, die das geschafft haben. Es war jedenfalls ein ungeheurer Zufall, der sich so bald nicht wiederholen wird, selbst wenn es einem Kriegsschiff irgendwie gelingen sollte, uns zu finden. Ich weiß außerdem, daß es, egal was Kapitän Schwarzgurt sagt, wesentlich schwieriger werden wird, Ihr Schiff heil wieder aus der Lagune herauszubekommen. Die Winde und Strömungen um Dinotopia herum werden es in Stücke reißen.«

»Stimmt wohl«, murmelte Thomas nachdenklich. »Als wir reinkamen, haben wir genug Wracks gesehen.«

»Jeder Schiffbrüchige wird automatisch Bürger von Dinotopia. Natürlich haben wir hier auch Schwierigkeiten, aber nicht so wie in Amerika oder in Europa. Selbst die großen *Carnosaurier* stellen kein wirkliches Problem dar, weil sie sich nur im Regental aufhalten. Alle anderen Dinosaurier arbeiten mit den Menschen zusammen.«

»Wie die, die du befreit hast«, erinnerte ihn Thomas düster.

Will ließ sich nicht einschüchtern. »Ja, genau, wie die. Sie werden sehen, sie sind gar nicht so anders als wir. Ob klein oder groß, es sind Lebewesen wie Sie und ich. Wir alle leben als Bürger von Dinotopia zusammen. Auch Sie könnten dazugehören.«

»Ich weiß nicht, ob ich unbedingt mit Leuten aus aller Herren Länder zusammenleben möchte«, meinte Copperhead. »Chin-lee, ja, der ist in Ordnung, aber eine ganze Stadt voller Schlitzaugen? Ich weiß nicht.«

Will lächelte beruhigend. »Glauben Sie mir, wenn Sie zum erstenmal von einem *Gallimimus* Post entgegennehmen, hinter einem *Triceratops* ein Feld pflügen oder mit einigen *Ankylosauriern* Ball spielen, dann werden Sie sich noch wundern, daß Sie sich jemals Gedanken über Hautfarbe oder eigenartig geformte Augen gemacht haben.« Gedankenvoll schüttelte Will den Kopf. »Was passiert, wenn Sie zu alt sind, um wegzulaufen? Vorausgesetzt, Sie leben lange genug, um alt zu werden.«

»Tja dann«, antwortete Copperhead, »dann wissen wir jedenfalls, daß wir gelebt haben.«

»Das können Sie auch hier haben. In Dinotopia gibt es mehr spannende Dinge zu tun, als ich aufzählen kann. Denken Sie darüber nach! Ihre Vergangenheit wäre wie ausgelöscht.« Er konzentrierte sich auf Copperhead und versuchte weiter, dessen Interesse zu wecken. »Sie sagen, man habe Sie eingesperrt, weil sie Brot gestohlen haben. Hier weiß niemand von dieser Sache, und es interessiert auch keinen. Auch nicht, was Sie danach gemacht haben.« Er wandte sich an Thomas. »Dasselbe gilt für Sie. Hier könnten Sie beide eine neue Familie gründen.«

Zum erstenmal zeigte Thomas echtes Interesse. »Hier gibt es auch Frauen?«

»Frauen aus aller Welt und aus allen Zivilisationen.« Will mußte an Sylvia denken. »Hier kann jeder einen Partner finden.« Er hoffte, daß er die richtigen Worte fand. Über dieses Thema wußte er selbst noch zu wenig. »Sie könnten eine Familie gründen und verantwortliches Mitglied einer einzigartigen Gesellschaft werden. Steht Ihnen diese Möglichkeit irgendwo sonst auf der Welt offen?« Beschwörend senkte er die Stimme. »Bringt Ihnen ihr jetziges Leben denn so viel Befriedigung, daß Sie ein anderes nicht einmal in Erwägung ziehen?«

Copperhead sah verwirrt aus. »Also – ich muß gestehen, daß es Zeiten gibt, wo ich nicht schlafen kann. Dann liege ich in meiner Hängematte und betrachte die Decke, und das Schiff wird hin und her geschleudert, und alles ist feucht und naß. In solchen Momenten denke ich daran, wie schön es wäre, irgendwo in einem warmen, trockenen Bett zu liegen, ohne mir Gedanken darüber machen zu müssen, ob gleich die Granate eines Kriegsschiffs durch die Wand geschossen kommt und mir die Beine abreißt.«

»So geht's mir auch«, fiel Thomas ein. »Ich komme von den Inseln, wo heute noch jeder von Mr. Henry Morgan und seinesgleichen spricht. Aber seine Zeit ist vorbei. Die Piraterie ist ein schwieriges Geschäft geworden, schließlich leben wir im neunzehnten Jahrhundert.«

Abrupt wischte Copperhead das idyllische Bild beiseite, in dem er einen kurzen Moment geschwelgt hatte. »Was quatschen wir hier herum? Wir können unsere Situation nicht ändern. Was sollen wir denn machen? Etwa zu Käpt'n Schwarzgurt gehen und ihm mitteilen, daß wir desertieren wollen? Am Strand stehen und ihm mit Seidentaschentüchlein Lebewohl winken?«

Thomas nickte. »Er würde uns als Meuterer und Vertragsbrüchige am nächsten Baum aufknüpfen. Für einen

Mann, dessen Nacken schon unter der Guillotine gelegen hat, gibt es keinen Neuanfang.« Resigniert blickte der Jamaikaner Will an. »Vergiß es, Junge. Das Leben einer Landratte ist nichts für uns. Wir haben unsere Seele an Schwarzgurt verkauft, so stehen die Dinge nun mal.«

»Aber die hiesigen Behörden würden Sie schützen«, beharrte Will.

Copperheads Gesicht spiegelte seine Zerrissenheit wider. »Hör auf damit, Junge. Es reicht!« Er legte die Hand auf sein Gewehr.

Will ließ sich von dieser Geste nicht beeindrucken. Er wußte, daß niemand es wagen würde, ihm ohne Aufforderung des Kapitäns auch nur ein Haar zu krümmen. Aber er schwieg. Der Keim war gelegt und hatte Wurzeln geschlagen. Beide Männer dachten über ein Leben außerhalb der Piraterie nach. Er hoffte, daß sie mit einigen ihrer Kameraden darüber reden würden. Falls er wenigstens einen Teil der Mannschaft dazu bewegen könnte, das Verlassen des Schiffes in Erwägung zu ziehen, brächten sie gemeinsam vielleicht genug Mut auf, sich gegen Schwarzgurt zu stellen.

Nachdem sie ihre morgendliche Mahlzeit beendet hatten, packten die Männer ihre Sachen zusammen und brachen auf. Ihre Taschen und Rucksäcke quollen von aus Wänden und Skulpturen herausgebrochenen Juwelen und schweren Goldbarren schier über. Sie wandten sich nicht in Richtung Hauptcanon, sondern gingen auf den Haupttempel zu.

»Der Käpt'n ist nicht der Mann, der einen Ort verläßt, bevor er alles gesehen hat«, beantwortete Smiggens Wills Frage.

Wieder gaben die herrlichen Rosenquarztüren dem Druck der Piraten nach, und sie schritten durch den prachtvoll verzierten Korridor. Will bestaunte die Skulpturen und Stuckarbeiten an den Wänden, die Basreliefs und Mosaike. Was würde Nallab dafür geben, diesen Ort zu sehen! dachte er bewundernd.

Vor ihnen teilte sich der Korridor. Unter Smiggens'

Führung entschieden sich die Piraten für den linken Durchgang, der sie ins Zentrum des Gebäudekomplexes führte. Durch transparente Portale aus Quarz fiel Licht herein und brach sich in tausenderlei Farben in den Halbedelsteinen, mit denen die Wände geschmückt waren. Nirgendwo in Dinotopia war Will schon einmal einer solchen Kunstfertigkeit begegnet. Wer hatte diese Tempel erbaut und warum? Er war so fasziniert von seiner Umgebung, daß er eines fast vergaß – er war als Gefangener hier. Nur Hübscher Tods gelegentliches Knurren hinter ihm erinnerte ihn daran.

Ungewöhnlich schweigsam liefen die Piraten weiter. Die sie umgebende Pracht hatte auch sie in Bann geschlagen. Als sie schließlich vor zwei dicken, mit verschnörkelten Verzierungen bedeckten Amethysttüren standen, war ihr begrenzter Vorrat an Superlativen längst aufgebraucht.

Versuchsweise stieß Johanssen gegen eine von ihnen und sah überrascht zu, wie sie leise aufschwang. Die schweren Türen waren auf steinernen Angeln perfekt ausbalanciert.

Sie traten ein und fanden sich in einem kreisrunden Raum mit einer über dreißig Meter hohen Decke wieder. Eigentlich war es eher eine Art Atrium. Üppige, aus dem Regental stammende Pflanzen streckten ihre Blätter dem weit entfernten Dachfenster entgegen. Es hatte einen Durchmesser von ungefähr anderthalb Metern und war aus einem einzigen gelben Diamanten geschnitten.

Die runden Goldwände waren mit Mosaiken bedeckt. Auf den meisten war das Leben im Meer des Kambriums dargestellt. Ohne zu wissen, worum es sich handelte, bewunderte Will eine in Achaten ausgeführte Hallucinogenia. Wenn man die merkwürdige Form des Wesens betrachtete, konnte man meinen, auch die Natur sei sich über ihre Form nicht sicher gewesen.

Im Raum verteilt sahen sie verschiedene handgeschnitzte Holzmöbel. Die Schlichtheit des Materials stand in krassem, aber nicht ungefälligem Gegensatz zu dem

Gold und den Juwelen. An der gegenüberliegenden Wand bemerkte Will ein kurzes, rundes, aus Rohr geflochtenes Nestbett, das mit Palmwedeln bedeckt war.

Darin lag jemand.

»Ist er tot?« flüsterte Samuel, während die Männer in den Raum strömten.

»Eine Mumie«, meinte O'Connor. »Ganz sicher. Solche habe ich im Britischen Museum gesehen.«

Die bewegungslose Gestalt war gewandet wie ein Asket, der ein Leben in Einsamkeit und Versenkung gewählt hat. Die Beine unter sich gekreuzt, den Schweif nach hinten ausgestreckt und den Kopf auf der Brust liegend, schien der einzige Bewohner des Raumes nicht zu atmen. Will bemerkte die kompliziert ineinander verschränkten, riesigen Krallen an den Vorderbeinen. Die ganze Gestalt strahlte Zufriedenheit und tiefen inneren Frieden aus. Obwohl es sich um ein großes Exemplar seiner Art handelte, wäre er aufrecht stehend kaum größer als Chin-lee.

Selbst Schwarzgurt war beeindruckt von der Ruhe des Anblicks. »Also Junge, was für ein Drachen ist das nun wieder?«

»Ein *Deinonychus*. Sie sind sehr geschickt und arbeiten oft als Schreiber. Ich kann mir nicht vorstellen, was so einer hier gemacht hat.«

»Schaut euch die Krallen an seinen Händen und Füßen an«, meinte Watford. »Seht ihr den mittleren Zeh? Wie eine Sense.«

»Und Zähne hat der«, murmelte Andreas. »Das ist kein Pflanzenfresser.«

»Die *Deinonychus* lieben Meeresfrüchte«, informierte sie Will.

»So gut erhalten.« Smiggens trat näher an die Gestalt heran. »Ist er vielleicht erst vor kurzem gestorben, Denison?«

Dankbar, daß ihn jemand bei seinem Namen nannte, verriet Will Smiggens seine Ansicht: »Er trägt die Gewänder eines Asketen. Er kam hierher, um Frieden zu suchen.«

»Na, den hat er gefunden, schätze ich.« O'Connor musterte die üppig verzierten Wände.

Plötzlich ertönte ein Schrei: »Achtung!«

Die kleingewachsene Gestalt bewegte sich.

Hastig wurden Pistolen und Gewehre hervorgezogen und entsichert. Es klang wie eine Invasion von Grillen. Der Kopf des *Deinonychus* hob sich langsam; seine Augen öffneten sich und betrachteten sie überraschend wach. Die gekreuzten Beine und verschränkten Arme rührten sich nicht.

»Nun«, sagte er in fließendem, wenn auch stark akzentuiertem Englisch, »es ist lange her, daß ich Besuch hatte.«

»*Beggorah*«, rief O'Connor, »der kleine Drachen spricht!«

»Das erkläre ich euch doch die ganze Zeit«, sagte Will zu jedem, der es hören wollte, »natürlich sprechen sie.« Er sagte allerdings nicht, daß dies mit Ausnahme der *Protoceratops* der erste Dinosaurier war, den er eine menschliche Sprache sprechen hörte. Und nicht die aus dem Lateinischen abgeleitete Menschensprache Dinotopias, sondern Englisch. Das mußte wirklich ein sehr gelehrter Dinosaurier sein.

»Hört ihr das Rollen in seiner Stimme?« fragte Watford. »Klingt wie ein verdammter Glasgower.«

Schwarzgurt war mit seinen Gedanken woanders. »Mensch, der könnte uns nützlich werden.« Er trat an das Nestbett heran und beugte sich über den sitzenden *Deinonychus*. »Sie leben hier?«

»Dazu habe ich mich entschieden, ja.« Kaum merklich veränderte der Asket seine Position. »Mein Name ist Tarqua.«

Smiggens ließ den Blick durch den unglaublich hohen Raum über ihm schweifen. »Muß ganz schön einsam sein hier.«

Der *Deinonychus* wandte dem Ersten Offizier sein zahngespicktes Maul zu. »Wo Versenkung ist, gibt es keine Einsamkeit.«

»Oho!« lachte Schwarzgurt. »Was haben wir denn da? Einen Philosophen?«

Will trat vor. »Sagen Sie mir, Meditierender, was machen Sie hier?« Er war sicher, daß er es bereits wußte, aber er wollte, daß der *Deinonychus* seine Fesseln bemerkte.

Tarqua sah sie sofort. »Du bist gefesselt.« Sein wacher Blick wanderte weiter und entdeckte auch Hübscher Tod. »Und dort ist ein junger *Rex*, der auch gebunden ist. Was für eine merkwürdige Reisegruppe ist das?«

Lässig spielte Schwarzgurt mit dem Griff seines Entermessers. »Na los, Junge. Sag's ihm ruhig.«

Will erläuterte ihre Situation. Der *Deinonychus* hörte schweigend zu und stieß dann einen tiefen Seufzer aus. »Es ist traurig, daß von der Außenwelt solche Sitten hereingebracht werden.«

»Ihre Meinung interessiert uns nicht.« Drohend beugte sich Schwarzgurt vor. »Der Junge hat Sie gefragt, was Sie hier tun.«

Zwei schmale Augenschlitze musterten Schwarzgurt eindringlich. »Ich denke über die großen Geheimnisse nach. Alleinsein und Stille sind da sehr förderlich.«

»Alleinsein und Stille, was?« Schwarzgurt trat zurück und wies auf die edelsteinbesetzten Wände um sie herum. »Mir scheint, Sie meditieren eher über die Reichtümer hier.«

»Reichtümer?« Tarqua blinzelte. »Außer den Farben und der Stille gibt es hier keine Reichtümer. Aber ich weiß, wovon Sie sprechen. Ich habe viele Geschichtsbücher gelesen, und so weiß ich, daß die Menschen der Außenwelt einen unerklärlichen Hunger nach den Tränen der Erde verspüren. Sie werden von ihnen geblendet und können ihre wahre Schönheit nur selten erkennen und verstehen.«

»Jetzt haben wir endlich einen der intelligenten Dinosaurier gefunden, von denen der Junge erzählt hat«, dachte Smiggens laut, »und der spricht in Rätseln.«

»Macht nichts.« Schwarzgurt hatte sich wieder beruhigt. »Von mir aus kann er auf seinem Hinterteil sitzen und die Stille betrachten, solange er will. Wir werden sie ihm lassen.« Ein böses Grinsen zog über sein Gesicht, als er auf ein Mosaik zeigte, das einen Schwarm von *Orthoceras* in einem Meer von Saphiren darstellte. Der größte von ihnen hatte ein riesiges rotes Auge.

»Mit Ausnahme dieses großen Rubins dort. Bevor wir gehen, will ich den für meine Geldbörse haben.« Er zog ein bedrohlich aussehendes Messer aus seinem Gürtel und trat auf die Mauer zu.

In Sekundenschnelle hatte sich der *Deinonychus* aus seiner Hockstellung gelöst und stand vor dem Käpt'n. »Fassen Sie das nicht an.«

Schwarzgurt hielt inne. »Oh, und warum nicht? Ich dachte, Reichtümer bedeuten Ihnen nichts.«

»Das ist richtig. Aber so wahr ich Tarqua heiße, ich werde nicht zulassen, daß die Harmonie des Inneren Tempels verletzt wird. In diesem Raum dürfen Sie nichts zerstören.«

»So ist das also?« Schwarzgurts Finger umklammerten den Messerschaft.

Smiggens musterte die eindrucksvollen Krallen und Klauen des *Deinonychus.* »Käpt'n, wir haben schon reichlich Beute gemacht. Vielleicht wäre es besser, wenn wir ...«

»Halten Sie den Mund, Smiggens. Der Philosoph und ich, wir haben etwas Wichtiges zu besprechen.«

Der Erste Offizier schluckte seine Antwort herunter.

Obwohl von Natur aus ebenso Fleischfresser wie alle Bewohner des Regentales, hatten die *Dromaeosaurier,* zu denen Tarqua gehörte, schon vor langer Zeit die Unwissenheit aufgegeben, um allseits respektierte Mitglieder der dinotopischen Zivilisation zu werden. Will kannte mehrere von ihnen persönlich, darunter Enit, den Chefbibliothekar der Wasserfallstadt. Bis zu diesem Augenblick hatte er ihre Zähne und Krallen nie als Angriffswaffen betrachtet. Im allgemeinen waren alle *Dromaeosaurier* und *Deinonychus* Bücherwürmer.

»Hier bietet sich uns eine gute Gelegenheit«, sagte Schwarzgurt, »unseren Privatzoo ein wenig aufzustocken.« Er wandte sich an seine Mannschaft. »Was meint ihr, Jungs? Wenn unser kleiner Teufel uns schon zehntausend Pfund einbringt, wieviel wäre dann erst ein sprechendes Exemplar wert?«

Dem Ersten Offizier war eine Einsicht gekommen, und plötzlich stand er neben dem Käpt'n und flüsterte ihm eindringlich ins Ohr: »Sintram, sehen Sie denn nicht, was das bedeutet? Der Junge hat die ganze Zeit die Wahrheit gesagt! Diese Wesen *sind* intelligent. Sie haben hier *tatsächlich* eine ganz besondere Zivilisation geschaffen!«

»Nun beruhigen Sie sich wieder, Mr. Smiggens.« So leicht ließ sich Schwarzgurt nicht überzeugen. »Ein sprechender Dinosaurier macht noch keine Zivilisation.« Sein Grinsen kehrte zurück. »Und außerdem, seit wann haben Sie etwas gegen intelligente Gefangene an Bord? Haben Sie unseren Sklavenhandel in Neuguinea und auf den Fidschis vergessen?«

Der Kapitän ließ Smiggens stehen und rief mit lauter Stimme: »Männer, dieser Papagei hier ist mindestens zwanzigtausend Pfund wert! Mehr als sein Gewicht in Gold. Und er transportiert sich selbst. Wir haben noch Taue genug, um ihn unserer Sammlung einzuverleiben.«

»Ich weiß nicht, Käpt'n.« Nervös beäugte Samuel den schweigenden *Deinonychus*. »Er hat ganz schöne Klauen.«

»Wovor habt ihr Angst?« Schwarzgurt musterte seine Leute. »Das Vieh ist nicht größer als der Kleinste von euch, ein Adler ohne Flügel. Verteilt euch gleichmäßig, er wird uns keine Probleme machen.«

Etwa ein Dutzend Piraten machte sich daran, die verbliebenen Netze und Taue aufzurollen, und umstellte dann das Nestbett und dessen meditierenden Bewohner. Tarqua machte keine Anstalten zu fliehen, sondern beobachtete die näher kommenden Menschen schweigend. Will hielt den Atem an. Selbst Hübscher Tod sah aufmerksam zu.

Suarez warf als erster eine Netzschlinge über den Kopf

des *Deinonychus.* Im allerletzten Moment schnellte Tarqua hoch und schlug einen perfekten Salto. Die riesige, sichelförmige Kralle seines zweiten Zehs fuhr aus, und nach einem leisen, schneidenden Geräusch, landete der *Deinonychus* wieder dort, wo er gestanden hatte. Nur an seinem leicht verrutschten Gewand war zu erkennen, daß er sich überhaupt bewegt hatte.

An drei Stellen sauber durchtrennt, fiel das zentimeterdicke Hanfnetz wirkungslos auf den glatten goldenen Boden.

Andere Piraten machten weitere Anläufe, jedesmal mit demselben Ergebnis: Tarqua blieb frei, und auf dem Boden stapelten sich die sauber zerschnittenen Taue und Netze. Ratlos sahen die Männer schließlich ihren Kapitän an.

In Schwarzgurts Stimme schwang mehr Bewunderung als Ärger. »Beeindruckend, wirklich. Für einen, der behauptet, er säße nur herum und meditierte, bist du verdammt schnell, kleiner Dinosaurier. Ich denke, wenn's eng wird, dann meditierst du mit deinen Fäusten und Füßen genauso gut.«

Tarqua erwiderte den Blick des Kapitäns ohne zu blinzeln. »Eine uralte Kunst, die interessanterweise von Menschen stammt, welche aus China und Korea nach Dinotopia gekommen sind. Ich habe sie ein wenig meinen Fähigkeiten angepaßt. Für mich bedeutet *Kata* sowohl körperliche als auch geistige Entspannung.«

»Entspannung, aye. Mit diesen Krallen könntest du einen Mann wahrscheinlich vom Bauch bis zum Rückgrat sauber entspannen. Aber als Philosoph käme dir dieser Gedanke natürlich nicht.«

Tarqua warf dem Kapitän einen ruhigen Blick zu, und für einen Augenblick schien Schwarzgurt zusammenzuzucken. So zivilisiert, ja hochzivilisiert der *Deinonychus* auch sein mochte, irgendwo tief in seinem Inneren schlummerte die Erinnerung an die alten Zeiten, als er und seine Artgenossen in blutrünstigen Rudeln Jagd auf viel größere Dinosaurier gemacht hatten. Ein Schimmer dieser Erinnerung war in Tarquas Augen aufgeblitzt und hatte tiefen Eindruck auf Schwarzgurt gemacht.

Mkuse spielte mit dem abgeschnittenen Ende eines Taus. »Das hätte ebensogut mein Handgelenk sein können, Käpt'n.«

»Das sehe ich.« Schwarzgurt war wütend. Ganz abgesehen von den Zähnen und Krallen, hatte ihn dieses überdimensionierte Huhn mit seinen Blicken abgefertigt wie ein Bischof. »Mal sehen, ob er auch schnell genug ist, um eine Kugel abzufangen.« Er trat zurück und zog eine der beiden Pistolen, die an seinem Gürtel hingen. Die restlichen Männer folgten seinem Beispiel. Gewehre wurden entsichert. Tarqua betrachtete sie schweigend und bewegungslos.

Will verkrampfte sich. Er wußte nicht, wie er reagieren, was er tun sollte, ob er überhaupt etwas tun sollte. Die Spannung im Raum war kaum noch auszuhalten. Als er den ruhig dasitzenden, selbstbewußten *Deinonychus* ansah, fragte er sich, ob der Dinosaurier *tatsächlich* Kugeln ablenken konnte.

Er kam nicht dazu, das festzustellen.

Wieder war es Smiggens, der mit seiner Vernunft in die kurze Atempause stieß, die so leicht hätte tragisch enden können. »Kommen Sie, Käpt'n«, flüsterte er Schwarzgurt zu. »Wir haben so viele Schätze, wie wir tragen können, und können jederzeit zurückkommen und mehr holen. Mit mehr Männern vom Schiff und wenn nötig mit mehr Waffen. Warum also jetzt eine unnötige Konfrontation mit diesem Wesen riskieren? Solange wir sein Heiligtum in Frieden lassen, scheint es ihn nicht weiter zu stören, wenn wir alles, was hier sonst noch rumliegt, mitnehmen. Ist es da wirklich notwendig, ihn jetzt zu überwältigen und so das Leben auch nur eines Mannes aufs Spiel zu setzen?«

Schwarzgurt fühlte sich herausgefordert, und sein Instinkt befahl ihm, auf jede Herausforderung sofort zu reagieren. Aber ein Grund, warum er Smiggens zu seinem Ersten Offizier gemacht hatte, war, daß es dessen kühlem

Verstand manchmal – nicht immer, aber manchmal – gelang, das aufbrausende Temperament des Kapitäns zu besänftigen. Schwarzgurt war in der Lage, auf den Rat anderer zu hören; einer der Gründe dafür, daß er noch immer die weiten Meere befuhr, während so viele seiner Kollegen in fernen Gefängnissen – oder fernen Gräbern – schmachteten.

Ohne den *Deinonychus* aus den Augen zu lassen, steckte er seine Pistole langsam zurück ins Halfter. »Sie haben recht, Mr. Smiggens. Sie haben recht. Nehmt eure Gewehre runter, Jungs.« Er zwang sich zu einem Lächeln. »Schließlich ist das hier ein Ort der Versenkung und der Stille, stimmt's? Kein Grund, Unruhe zu verbreiten.« Will konnte die erleichterten Seufzer hören, als die Männer sich entspannten. Keiner von ihnen hatte sich auf den Kampf mit dem Bewohner der Kammer gefreut.

Bemüht, den Streit auf die leichte Schulter zu nehmen, machte Schwarzgurt eine übertriebene Verbeugung vor dem Bett. »Tut mir leid, wenn wir Sie gestört haben. Wir machen uns jetzt wieder auf den Weg und werden Sie nicht weiter belästigen.«

»Aber Käpt'n ...« fiel Suarez ihm ins Wort. Er war in Gedanken noch bei dem von Schwarzgurt erwähnten möglichen Wert des *Deinonychus.*

Der Hüne warf ihm einen bösen Blick zu. »Ich sagte, wir gehen, Suarez. Wenn dir der Sack auf deinem Rücken noch nicht schwer genug ist, findet sich sicherlich noch ein bißchen Gold für dich, das du tragen kannst.« Entsetzt schwieg der Matrose.

Das genaue Alter des *Deinonychus* war nur schwer zu schätzen, aber Will hielt ihn für einen älteren Repräsentanten seiner Art. Trotz seines fortgeschrittenen Alters hüpfte er jedoch leichtfüßig von seinem Nestbett auf den Boden. Die Piraten versteiften sich augenblicklich.

»Eines noch.«

Schwarzgurts Augen verengten sich gefährlich. Er war es gewohnt, die Bedingungen zu diktieren, nicht sie zu akzeptieren. »Und was soll das sein, Mr. Philosoph?«

Smiggens legte ihm seine Hand auf den Arm, doch Schwarzgurt schüttelte sie gereizt ab.

»Sie müssen versprechen, daß Sie, wenn Sie diesen Ort einmal verlassen haben, nie mehr zurückkehren. Ich habe Ihnen jetzt schon einen ganzen langen Tag zuhören müssen, und das war ein Tag zuviel. Tiefe Versenkung erfordert absolute Ruhe.«

Diesmal war das breite Grinsen auf dem Gesicht des Kapitäns echt. »Nun, darin sehe ich absolut kein Problem, Mr. Tarqua, Sir. Absolut keins. Sie müssen verstehen, wir sind hier fremd und haben ein wenig Schwierigkeiten, den Weg zu finden. Um sicher zu gehen, daß wir Ihnen nicht mehr auf den Füßen, verzeihen Sie, den Krallen herumtrampeln, könnten Sie uns da vielleicht den schnellsten Weg von hier zur Nördlichen Tiefebene sagen?«

Er zwinkerte Smiggens zu, der nicht umhin konnte, das Geschick zu bewundern, mit dem Schwarzgurt die merkwürdige Begegnung zu ihrem Vorteil gewendet hatte.

Natürlich war sein Versprechen die Palmwedel nicht wert, mit denen der dinosaurische Asket sein Bett gepolstert hatte.

»Die Nördliche Tiefebene?« fragte Tarqua verwirrt, hob dann aber eine von Krallen strotzende Hand und zeigte nach Nordwesten. »Verlassen Sie den Tempel dort hinten. Sie werden in der Felswand drei Korridore finden. Nehmen Sie den linken. An manchen Stellen wird er so eng, daß ein *Deinonychus* oder ein Mensch sich hindurchquetschen müssen.« Abschätzend musterte er den Hünen vor sich. »*Sie* werden die Luft anhalten müssen ... Der Korridor führt durch das ganze Rückengebirge, und wenn Sie ihm folgen, kommen Sie schließlich in der Nördlichen Tiefebene heraus, wie Sie es wünschen. Aber jetzt machen Sie, daß Sie loskommen, damit ich wieder Frieden und Ruhe finde.« Mit einem Satz kehrte er auf sein Bett zurück und nahm seine bequeme Meditationshaltung wieder ein: die Hände vor der Brust verschränkt, den Kopf gesenkt und die Augen geschlossen.

»Sofort, Eure Dinosaurierhoheit, schnellstens werden wir verschwinden.« Schwarzgurt winkte seinen Leuten zu. »Los, Männer. Ihr habt den Würdevollen gehört. Laßt uns abhauen.«

Während sie den Tempel durch den Hinterausgang verließen, machten die Seeleute einen argwöhnischen Bogen um den trügerisch ruhigen *Deinonychus.* Von Piraten umzingelt, überlegte Will, ob er um Hilfe schreien sollte, um den weisen *Deinonychus* erneut auf seine Gefangenschaft aufmerksam zu machen. Angesichts der offensichtlich unsozialen Natur des Dinosauriers war es allerdings unwahrscheinlich, daß Tarqua gegen Wills Situation protestieren würde. Trotzdem war es einen Versuch wert.

Aber er bekam keine Gelegenheit dazu.

Johanssen ahnte, was er vorhatte, und legte ihm grinsend seine schwere, schwielige Hand auf den Mund. »Das laß mal lieber sein, mein Junge. Wir wollen doch die Meditation des alten Drachen nicht länger stören, nicht wahr?« Vergeblich wand sich Will unter dem harten Griff des Piraten. Mit Unterstützung seiner Kameraden schob Johanssen ihn aus dem Raum. Mit ihrem fest verbundenen Maul hatte Hübscher Tod noch weniger Gelegenheit, ihre unfreiwillige Gefangenschaft zu kommentieren.

Ungefähr eine Stunde, nachdem sie den Raum verlassen hatten, hob Tarqua kurz den Kopf, blickte durch das leere Zimmer und murmelte in seiner Sprache etwas von ›schlechtem Karma‹, ehe er wieder in tiefer Meditation versank.

21

Als sie bis zum nächsten Morgen von den Piraten und ihren Gefangenen nichts gehört oder gesehen hatten, beschlossen Wills Freunde, das Risiko einzugehen und vorsichtig zum Tempelkomplex zurückzukehren. Ständig auf der Hut vor Wills Entführern, gestanden sie sich doch die Zeit zu, die ungewöhnlichen und fantastischen Gebäude zu bewundern.

Ohne große Mühe nahmen sie die deutliche Witterung der Piraten auf und folgten ihr bis zum Haupttempel auf der Rückseite des Komplexes. Allein hätten Shremaza und ihre Jungen die schweren äußeren Türen nicht öffnen können, doch Chaz drückte das Portal auf, indem er seine hornbedeckte Schnauze wie eine winzige Walze einsetzte.

»Was ist das?« Als sie zögernd eintraten, hob Tarqua unwirsch den Kopf von seinem Nestbett. »Schon wieder eine Störung?« Er seufzte tief. »Wenn das so weitergeht, werde ich das Nirwana nie erreichen.«

Mit offenem Maul starrte Chaz den *Deinonychus* an. »Wer sind Sie? Was machen Sie hier? Sind Sie hier ganz allein?«

»Ich bin Tarqua, und ich genieße das Alleinsein. Viel wichtiger aber: Was machen Sie hier? Bis vor kurzem gab es in diesem Tal keine Besucher, und auf einmal muß ich mich innerhalb von zwei Tagen mit ebenso vielen Gruppen herumschlagen.«

»Hast du gehört, Mutter? Dann sind sie also hier gewesen!« rief Arimat aufgeregt.

»So ein Pech.« Chaz hatte den Gang, der zu ihrer Rechten abzweigte, entdeckt. »Ich hatte gehofft, es gäbe keinen anderen Weg aus dem Tal. So gewinnen sie Zeit, und für Hisaulk und die Rettungsmannschaft wird es noch schwieriger, sie abzufangen.«

»Bitte gehen Sie.« Der *Deinonychus* klang erschöpft. »Ich muß meine Meditation wieder aufnehmen.«

Chaz nahm all seinen Mut zusammen und baute sich vor dem Asketen auf. »Hören Sie mir gut zu, wer immer Sie auch sind. Wir versuchen, einen Freund zu retten, und wir brauchen Ihre Hilfe. Befand sich bei denen, die vor uns hier waren, ein junger Mensch? In Fesseln?«

»Ein junger Mensch und ein junger *Tyrannosaurus*«, warf Shremaza unterstützend ein.

»Ich glaube schon.«

Chaz legte den Kopf auf die Seite und musterte den

Deinonychus. »Und haben Sie sich nicht gefragt, was mit ihnen los ist?«

»Um die Wahrheit zu sagen: Ich habe sie nicht weiter beachtet. Ich mußte mich auf die anderen konzentrieren, damit sie mir nichts antaten.«

»Der Junge und der *Tyrannosaurus* sind Gefangene dieser menschlichen Eindringlinge.«

»Wirklich? Warum hat der Junge nichts gesagt?«

Chaz und Shremaza wechselten einen raschen Blick. »Das weiß ich nicht«, meinte Chaz. »Wahrscheinlich haben die Piraten es ihm auf irgendeine Weise unmöglich gemacht.«

»Ich verstehe.« Der *Deinonychus* fixierte etwas Unsichtbares vor sich in der Luft. »Was haben Sie mit den beiden zu tun?«

Jetzt trat Keelk vor und verbeugte sich, um dem Alter und der Weisheit des *Deinonychus* Respekt zu erweisen. »Diese merkwürdigen Menschen hatten meine ganze Familie gefangengenommen. Will Denison, der junge Mensch, ist mit mir gekommen, um sie zu befreien. Die Menschen halten uns nicht für zivilisiert und sind uns und Will nicht wohlgesonnen. Was sie mit dem jungen *Tyrannosaurus* vorhaben, weiß ich nicht.«

»Die Eltern des jungen *Tyrannosaurus* haben uns geholfen«, ergänzte Chaz, »und als Gegenleistung haben wir ihnen versprochen, ihre Tochter zu befreien. Wir haben unser Wort gegeben.«

Der ehrwürdige *Deinonychus* nickte zögernd. »Ich sehe schon, die Situation ist komplizierter, als ich dachte. Ich wünschte nur, Ihr junger Freund hätte etwas gesagt. Jetzt sind sie über alle Berge. Es wird schwierig sein, die unglückliche Lage Ihres Freundes zu ändern.« Er seufzte. »Aber was macht das schon? Sie sind ohnehin der Verdammnis ausgeliefert.«

Shremaza blinzelte. »Wovon reden Sie, weiser Alter? Was meinen Sie damit?«

Tarqua wies mit seiner Schnauze zum Himmel. »Der ›Sturm-der-ein-Kreis-ist‹, welcher sich nun so lange angekündigt hat, wird nicht an Dinotopia vorbeiziehen, sondern direkt über uns niedergehen. Ich habe in den Wolken und den Sternen gelesen. Wenn Sie ihre Geschichtshausaufgaben gemacht haben, dann wissen Sie, wo er am schlimmsten hereinbrechen wird.«

»In der Nördlichen Tiefebene«, platzte Chaz heraus. »Natürlich wissen wir das. Jeder weiß das.«

Traurig senkte der *Deinonychus* den Kopf. »Dann wissen Sie auch, daß Ihr Freund da draußen in der Ebene keine Überlebenschance hat, genausowenig wie seine Entführer und sogar der *Tyrannosaurus*, falls dieser Sturm sehr heftig werden wird – und meiner Meinung nach wird das der Fall sein.« Mit gespenstischer zeitlicher Präzision grollte irgendwo hoch oben in den fernen Klüften des Rückengebirges Donner.

Er blieb nicht unbemerkt. »Es geht schon los!«

»Aber wir müssen Will retten!« Chaz hatte jegliche Etikette oder Form abgelegt. »Wir müssen einfach! Nicht nur, weil er die Leben der Struthies gerettet hat, sondern weil es das einzig Richtige ist. Uns bleibt nichts anderes übrig.«

»Ihnen vielleicht«, meinte der *Deinonychus* ungerührt. »Ich hingegen habe mich der Welt und ihren Angelegenheiten entzogen. Wenn Sie hierbleiben, sind Sie vor dem Sturm sicher. Wir sind weit vom Flachland der Nördlichen Tiefebene entfernt, und diese Tempel stehen hier schon seit vielen Jahrhunderten.«

Chaz erstarrte. »Tut mir leid, Sir, aber das geht nicht. Ich kann nicht hierbleiben und mich in Sicherheit begeben, während Wills Leben in Gefahr ist.«

Die Struthiefamilie scharte sich um den hartnäckigen *Protoceratops*. »Uns geht es genauso«, erklärte Shremaza. »Der junge Mensch hat sein Leben riskiert, um uns zu retten. Wir müssen alles tun, um ihm zu helfen.«

»Wie Sie wollen.« Tarqua zuckte mit den Achseln. »Ich kann Sie nicht aufhalten. Und selbst wenn ich es könnte, würde ich es nicht tun. Der Kosmos hält für jeden von uns einen eigenen Weg bereit.«

»Richtig«, stimmte Chaz zu. »Aber im Gegensatz zu Ihnen stecken wir fest.«

Der Blick des Asketen erinnerte Chaz einen Moment lang an dessen äußerst aggressive und beutegierige Vorfahren. »Bisher ist es mir ganz gut gelungen, mich jeden Tag ein bißchen weiter von Lebewesen wie *Ihnen* abzugrenzen.«

Tryll trat vor. »Bitte, Sir. Wenn Sie uns helfen können, dann tun Sie es.«

Der *Deinonychus* sah auf den kleinsten *Struthiomimus* herunter, und sein Ton wurde ein wenig freundlicher. »Ich kann gar nichts tun, kleiner Läufer. Sie haben schon zuviel Vorsprung, und es ist eine große Gruppe, offensichtlich mit exotischen und gefährlichen Waffen aus der Außenwelt. Wenn sie in der Lage sind, einen jungen *Tyrannosaurus* zu fangen, wie willst du dann etwas gegen sie ausrichten?«

»Wir wissen nicht, ob wir das können«, erwiderte Chaz unerschütterlich, »aber unsere Ehre verpflichtet uns, es zu versuchen.«

»Nachdem mich meine Wanderungen an diesen Ort geführt hatten, habe ich gelobt, hierzubleiben und nichts anderes mehr zu tun, als mich um spirituelle und geistige Vollkommenheit zu bemühen. Auf alles andere habe ich verzichtet. Und jetzt sieht es so aus, als würde man mich gegen meinen Willen zurück in eine Wirklichkeit zerren, mit der ich schon abgeschlossen hatte.« Der *Deinonychus* tat einen tiefen und erschöpften Seufzer. »Aber auch eine gute Tat ist ein Meilenstein zur Ewigkeit, und eure Sache und eure Absichten sind edel. Ich werde versuchen, euch zu helfen.« Bei diesen Worten pfiffen die drei jungen Struthies vor Freude, und Shremaza verbeugte sich als Zeichen ihrer Dankbarkeit tief.

»Es gibt eine Möglichkeit, sie einzuholen«, meinte Tarqua, »aber sie würde bedeuten, daß ich das einzige Gesetz breche, das ich mir selbst auferlegt habe.«

»Es gibt höhere Gesetze als die, die wir uns selber auferlegt haben«, sagte Chaz.

Überrascht sah ihn der *Deinonychus* an. »Richtig. Für einen so jungen Mann, besitzen Sie eine Menge Einsicht.«

»Ich möchte nur meinem Freund helfen«, erwiderte der *Protoceratops.*

Als Tarqua von seinem Bett herunterhüpfte, suchten die jungen Struthies hinter ihrer Mutter Schutz vor den Zähnen und Krallen, denen sie in Sauropolis oder der Baumstadt keinerlei Beachtung geschenkt hätten. Trotz seiner freundlichen Worte trauten sie dem eremitischen *Deinonychus* noch nicht über den Weg, denn er war mit Abstand der exzentrischste Dinosaurier, dem sie jemals begegnet waren.

Der Asket bemerkte ihre Reaktion und beeilte sich, sie zu beruhigen. »Ihr braucht keine Angst vor mir zu haben, meine Kleinen.« Mit schleifenden Gewändern hüpfte er auf den hinteren Korridor zu. »Kommt mit.«

Keelk folgte ihm zögernd. »Wohin gehen wir?«

»Wohin wir gehen?« Der *Deinonychus* sprach mit ernster Stimme. »Wir gehen zu dem Ort, den zu erreichen ich mir als Lebensaufgabe gesetzt habe. Wir gehen in den Himmel.« Er verschwand hinter einer Biegung, und sie mußten ihre Schritte beschleunigen, um ihn nicht aus den Augen zu verlieren.

Vierfüßer mögen Treppen im allgemeinen nicht besonders, und Chaz war da keine Ausnahme. Die steinerne Wendeltreppe, die sie nun schon seit Stunden hinaufzusteigen schienen, wand sich immer weiter ins Gebirge hoch.

»Wie weit ist es noch bis zum Himmel?« fragte Tryll naiv.

Tarqua drehte sich zu ihr um. »Ich weiß nicht, meine Kleine. Das ist eines der Dinge, die ich herauszufinden versuche. Aber mach dir keine Sorgen, ganz so hoch hinaus wollen wir nicht. Wir gehen nur in *Richtung* Himmel.«

»Wir klettern doch nur auf die Spitze des höchsten Tempels, du Dummerchen«, zwitscherte ihr Bruder. Tryll streckte ihm die Zunge heraus, die überraschend lang und beweglich war.

»Nicht ganz.« So gut er konnte hechelte Chaz hinter den beweglicheren Zweifüßern die Stufen hinauf. Immer wieder mußten sie anhalten und auf ihn warten. »Erstens steigen wir nicht in einer Spirale, sondern in einer langen, ständig ansteigenden geraden Linie. Und zweitens sind wir nach meinen Schätzungen schon weit höher als die höchste Tempelspitze.«

»Wohin gehen wir *dann*?« flüsterte Shremaza unruhig.

»Ich weiß es nicht.« Chaz ließ den metronomisch schwingenden Schwanz des *Deinonychus* nicht aus den Augen, ein pendelnder Schatten im Licht der Fackel des Asketen. Verwachsene Wirbel verhinderten, daß er über den Boden schleifte. »Das ist der merkwürdigste Dinosaurier, den ich je getroffen habe. Normalerweise sind *Dromaeosaurier* kurz angebunden und reizbar. Dieser hingegen ist ruhig und heiter. Gewöhnlich regen sie sich über alles auf und diskutieren gerne. Aber dieser hier spricht von einem Leben in Ruhe und Frieden. Normalerweise meiden sie das Regental. Aber er lebt mutterseelenallein an dessen Rand. Ich durchschaue ihn einfach nicht. Aber ich weiß, daß er und seine Artgenossen nur einen einzigen, wenn auch recht großen Schritt von den Raubdinosauriern des Regentales entfernt sind.«

»Du glaubst doch nicht etwa ...« fragte Shremaza mit weit aufgerissenen Augen.

»Nein, nein«, unterbrach Chaz sie rasch. »Er ist viel zu gebildet, um in die alten Sitten zurückzufallen. Er verwirrt mich einfach, das ist alles. Aber selbst wenn er von einem anderen Stern käme – solange er uns hilft, Will zu retten, wäre mir das egal.«

»Ich habe das Gefühl, wir steigen zu einem anderen Stern *hinauf*«, brummte Arimat.

Der herrliche, ausgehöhlte Korridor, in dem sie sich befanden, ging allmählich in einen natürlichen, mit Stalaktiten, Stalagmiten, Helektiten und anderen Tropfsteinen geschmückten Gang über. In regelmäßigen Abständen blieb der *Deinonychus* stehen, um eine der zahlreichen Fackeln anzuzünden, die in Haltern an der Wand befestigt waren.

»Ich kann nicht mehr«, verkündete Tryll.

»*Du* kannst nicht mehr?« Chaz spürte den ständigen Aufstieg in seinen kurzen, stämmigen Beinen.

»Kopf hoch.« Tarqua hörte genauso gut, wie er sah. »Wir sind bald da.«

»Im Himmel?« fragte Shremaza unsicher.

Der *Deinonychus* zwitscherte leise – seine Art zu lachen. »Nicht ganz so hoch. Wir sind bald an dem Ort angekommen, den ich den ›Balkon‹ nenne.«

Die Struthies sahen einander an. Da er mit niemandem einen Blick tauschen konnte, behielt Chaz seine Reaktion für sich.

Die Treppe mündete in einen riesigen, gewölbten, mit fein ziselierten Tropfsteinen geschmückten Raum. Von ihrer Ankunft überrascht, umflatterte sie eine quirlige Wolke von Fledermäusen: schwarzes, quietschendes Konfetti.

Chaz' Schnabel kostete die Luft. »Hier stinkt's.«

»Ammoniak.« Der *Deinonychus* führte sie tiefer in die geräumige Höhle hinein. »Von dem Guano. Wenn ihr nicht weiter darauf achtet, werdet ihr den Gestank wie die meisten unangenehmen Dinge rasch vergessen.«

»Ich wünschte, wir könnten diese Menschen auch vergessen.« Keelks Krallen klackten rhythmisch auf dem Steinboden. »Ich wünschte, sie ließen Will Deninson frei und verschwänden mit ihrem Schiff.«

Alle weiteren Fragen zu dem ›Balkon‹ erübrigten sich rasch. Nach einem kurzen Aufstieg und einer Linkskurve wurde die Herkunft des Namens offensichtlich.

Von unten war er nicht zu erkennen gewesen. Jeder, der vom Tempelkomplex zu ihm hinaufsah, erblickte nur einen vorspringenden Felsen, der das in der Felswand gahnende Loch vollständig verbarg.

Als sie nun nähertraten, sahen sie auch die Werkstatt: Auf Steinbänken lagen Berge von sorgfältig geordnetem

Werkzeug. Vieles davon hatte Chaz noch nie gesehen. An den Wänden erkannten sie weitere Basreliefs von der Art, wie sie die Gebäude des versteckten Tals schmückten. Auf ihnen waren Menschen bei der Arbeit mit fremdartigen Maschinen und Instrumenten zu sehen.

»Keine Dinosaurier«, meinte Chaz, als er die Reliefs betrachtete.

»Nein.« Der *Deinonychus* löschte seine Fackel in einem Steinbrunnen. Dieser Teil der Höhle wurde von dem Licht, das durch die hohe Öffnung in der Felswand hereinfiel, ausreichend beleuchtet. »Alles, was ihr hier seht, stammt von einer uralten menschlichen Kultur. Sie besaßen Zugang zu einem umfangreichen Wissen, das größtenteils verlorengegangen ist.«

»Was ist mit ihnen geschehen?« wollte Chaz wissen.

»Die Bilderschrift, die sie hinterlassen haben, erklärt das nicht eindeutig«, erklärte Tarqua, »aber aus ihren Zeichnungen schließe ich, daß sie hierherkamen, um eine Kultur wiederzubeleben, die sich auf der Ansammlung künstlicher Reichtümer gründete. Sie entdeckten zahlreiche Edelsteine und Metalle und waren so damit beschäftigt, sie zu suchen, abzubauen und ihren falschen Reichtümern riesige Denkmäler zu errichten, daß sie vergaßen, wie man Korn anbaut oder Fische fängt. Deshalb begannen sie zu hungern. Als sie feststellten, daß sie das Gold und die Juwelen, die sie unter so unendlichen Mühen angehäuft hatten, nicht essen konnten, verließen sie diesen Ort. Die meisten von ihnen kehrten in die dinotopische Zivilisation zurück. Diejenigen, die blieben, starben langsam aus. Mit ihrem Tod verschwand auch die Erinnerung an diesen Ort.«

Keelk betrachtete ihre Umgebung. »Ich wette, Will Denison fände das interessant. Sein Vater ist Wissenschaftler. Will möchte ein berittener Luftbote werden, aber wenn er auch mit dem Herzen fliegt, so hat er meiner Meinung nach die Augen eines Gelehrten.«

»Wirklich? Das klingt ja so, als hätten sein Vater und ich uns ein Menge zu erzählen.«

»Ich dachte, Sie sprächen mit niemandem«, meinte Chaz.

Der *Deinonychus* warf ihm einen unwirschen Blick zu. »Wo neues Wissen zu erwerben ist, werde ich mein Schweigen jederzeit brechen.« Er wandte sich von dem *Protoceratops* ab und trat auf den steinernen Vorsprung hinaus. »Ich komme oft hierher, nicht nur um diese uralten Kunstwerke zu studieren, sondern auch um den Blick zu genießen.« Er winkte mit der krallenbesetzten Hand. »Los kommt. Keine Angst. Es ist völlig ungefährlich.«

Zögerlich traten sie ins Licht hinaus.

»*Ho-shah*!« rief Shremaza aus. Wie unglaublich schön!«

Zu ihren Füßen lag der gesamte Tempelkomplex: Goldene Gebäude und silberne Straßen blitzten im Sonnenlicht. Herrlich geschliffene Edelsteine und in Wände und Dachfirste eingelegte Halbedelsteine blinkten wie Sterne an einem auf den Kopf gestellten Firmament. Vor ihnen und zu ihrer Rechten erstreckten sich die Gipfel des Rückengebirges in majestätischen, schneebedeckten Reihen nach Norden und nach Osten.

»Mutter, sieh doch!« Tryll winkte aufgeregt. »Ist das nicht der Schwanzspitzenberg?«

»Ich weiß es nicht, mein Kind. Vielleicht weiß Keelk es.« Als ihre älteste Tochter nicht reagierte, wandte sie sich besorgt um. »Keelk?«

Sie fanden sie weiter drinnen in der Höhle, wo sich tief im Schatten ein großes unförmiges, ihnen allen unbekanntes Gerät befand.

»Was ist denn das? Sieht aus wie eine Luftgaleere«, rätselte Chaz.

Mit Anerkennung in der Stimme meinte Tarqua: »Sehr gut beobachtet. Dies ist in der Tat ein Luftschiff, eines, das ich selbst gebaut habe. Ähnlich und doch auch ganz anders als die Luftgaleeren, die über den weiten Gebirgen von Dinotopia verkehren. Es ist nach einem uralten menschlichen Entwurf gebaut und macht sich die neuesten Erkenntnisse der Fortbewegung zunutze.«

Zweifelnd beäugte Chaz den fremdartigen Mechanismus. Die Funktion der aus Ried und Seilen bestehenden Gondel war ebenso leicht zu erkennen, wie die der Taue, die große Teile des Geräts bedeckten. Im Bug stellte eine hölzerne Skulptur einen edlen *Deinonychus* dar – offenbar nicht ihren Gastgeber, aber vielleicht einen verehrten Ahnen. Über dem Gerät schwebten keine heliumgefüllten Ballons, sondern sechs Metallkugeln. Gewebte Netze und eine aufwendige Takelage hielten sie an ihrem Platz und verbanden sie mit der Gondel darunter. Sie wirkten, als könnten sie jeden Moment herunterfallen und das Fahrzeug zertrümmern. Statt dessen zerrten sie jedoch mit deutlicher Kraft an ihrer Verankerung. Offensichtlich waren sie in der Lage, das Gerät in beträchtliche Höhen zu tragen.

Hinten ragte ein einzelner großer Holzpropeller hervor. Er war durch ein kompliziertes System von Deichseln und Übersetzungen mit einem Tretwerk in der Gondel verbunden. An beiden Seiten waren Steuerblätter oder -ruder befestigt.

Chaz stützte sich mit seinen Vorderfüßen auf den Rand des Gefährts, um besser hineinschauen zu können. »Sieht aus wie ein Schriftrollenlesegerät«, meinte er mit Blick auf das Tretwerk.

»Verstärkt und mit neuen Gängen ausgestattet«, gab Tarqua zu. »So zieht es keine gedruckten Rollen durch, sondern setzt die Gangschaltung um. Schaut!«

Mit einer Leichtfüßigkeit, die Chaz nicht einmal in seinen kühnsten Träumen erreichen würde, sprang der alte Asket über den Rand in die Gondel hinein, wo er forttuhr, dem aufmerksamen *Protoceratops* die Mechanik zu erklären. »Das Tretwerk bedient diese Auslegung. Die wiederum dreht jene Schraube dort, und die treibt den Propeller an, der das Fluggerät durch die Luft schiebt.«

»Luftgaleeren haben zwei solche Dinger«, meinte Shremaza.

»Das stimmt.« Tarqua sah sie an. »Aber da ich allein bin, habe ich dieses Fluggerät so gebaut, daß ich es auch allein bedienen kann.«

»Aber Sie haben keine Ballons, mit denen Sie hochsteigen.« Chaz wies auf die Metallkugeln. »Nur diese komischen silbernen Kugeln.«

Geduldig fragte Tarqua: »Woher wollen Sie wissen, daß das keine Ballons sind?«

»Weil Ballons aus Seide sind und nicht aus Metall. Metall ist zu hart, man kann es nicht weben.«

»Das stimmt. Aber wie Sie sehen, sind die hier nicht gewoben. Sie wachsen in der Natur, in den Tiefen dieser Höhle, und können bei guter Pflege die Größe eines Kohlkopfes erreichen.«

Chaz schnaubte ungläubig. »Wie kann Metall wachsen?«

Der *Deinonychus* warf den Kopf in den Nacken und betrachtete seine runden Schöpfungen mit einem gewissen Stolz. »Das sind Hydromagnesitballons. Sie bilden sich über Jahre, wie auch die anderen, bekannteren Tropfsteine, die ihr hier seht. Mit Hilfe einiger Tricks unserer Urahnen kann man ihren Umfang stark vergrößern. Wenn sie sich so weit aufgeblasen haben, wie ich es brauche, nehme ich sie vorsichtig ab und bringe sie hierher. Ich ersetze ihr Gasgemisch durch Wasserstoff, der überall aus natürlichen Öffnungen des Berges strömt. Helium ist zwar sicherer, aber es muß künstlich gewonnen werden, und das ist mir hier nicht möglich. Wenn die Ballons gefüllt sind, überziehe ich ihre dünne Oberfläche mit einem speziellen transparenten Lack, der sie fester macht.«

»Beim Großen Ei, was haben Sie mit diesem Gerät vor?« Verständnislos betrachtete Shremaza die bizarre Konstruktion. »Was für einen Nutzen kann es hier draußen für Sie haben?«

Tarqua blinzelte. »Nun, wenn ich dem Tod entgegengehe, dann hoffe ich, damit sprichwörtlich zum Himmel aufzusteigen. Es hat eine beträchtliche Steigkraft.«

»Ballons aus Metall.« Keelk musterte die gasgefüllten Kugeln. »Die Natur bringt doch immer wieder fantastische Dinge hervor.«

»Es scheint allen Naturgesetzen zu widersprechen.«

Arimat schielte in die Gondel hinein. »Und doch, hier steht es.«

»Es ist Platz genug für alle«, meinte Tarqua. »Hohe Winde könnten die Navigation erschweren. Aber was mir wirklich Sorgen macht, ist, daß wir, wenn wir euren Freund *damit* retten, nicht genug Wasserstoff für die Rückkehr zum Balkon haben werden. Die Ballons sind noch nicht perfekt, müßt ihr wissen, und manchmal leck. Wenn wir die Nördliche Tiefebene erreichen, aber nicht zurückkehren können – wie soll ich dann je den Himmel erreichen?«

Mutig trat Keelk vor und legte dem *Deinonychus* die Hand auf den Arm. Einst, in einer weit zurückliegenden Vergangenheit, hätten Tarquas Urahnen sie ohne zu zögern getötet und verspeist. Aber in den vergangenen sechzig Millionen Jahren hatte sich vieles geändert, und so hörte der *Deinonychus* dem jungen Struthie aufmerksam zu.

»Sie sind ein guter Mensch, Tarqua. Tugendhaft und edel. Wenn Ihre Zeit kommt und Sie ins nächste Leben hinübergehen, wo immer das auch liegen mag, dann glaube ich nicht, daß Sie irgendein Beförderungsmittel benötigen werden, um dorthin zu kommen.«

Ihre Mutter beobachtete sie wohlwollend.

»Ich muß zugeben, daß mir dieser Gedanke gelegentlich auch schon gekommen ist.« Zärtlich betrachtete der Asket den Apparat, der ihn soviel Zeit und Mühe gekostet hatte. »Vielleicht können wir ihn so sinnvoller nutzen.« Er drehte sich um und musterte den Himmel jenseits des Balkons. »Das Wetter sieht nicht vielversprechend aus.«

»Ebensowenig wie Wills Zukunft«, meinte Keelk düster, »und seine Aussichten verschlechtern sich von Minute zu Minute.«

Tarqua nickte ernst. »Der Wind wird uns Probleme machen, besonders da wir direkt hineinfliegen.«

»Entschuldigung«, bellte Chaz. »Wir? Bin ich ein *Pteranodon*, der die Lüfte liebt? Das meinen Sie doch nicht im Ernst?«

»Wir fliegen, wir fliegen!« Ohne auf weitere Anweisungen zu warten, hüpften Tryll und Arimat über die geflochtene Reling in die Gondel.

»Die Begeisterung der Jugend.« Leise vor sich hinbrummelnd, sprang Tarqua in den hinteren Teil des Gefährts und öffnete eine Seitentür. »Seid ihr bereit?«

»Einen Augenblick!« beharrte Chaz. »Bereit *wozu*?« Er warf Shremaza einen ungläubigen Blick zu. »Du hast doch nicht etwa vor, mit diesem Ding da in die Luft zu steigen?«

Ohne das aufgeregte Geplapper des *Protoceratops* zu beachten, musterte Shremaza das Luftschiff. »Schon oft habe ich den *Quetzalcoatlus* und ihren Reitern zugeschaut und mich gefragt, wie es wohl sein mag, von so großer Höhe auf den Boden sehen zu können. Ich hatte gehofft, Will Denison könnte mir das Gefühl beschreiben. Aber warum soll ich es nicht selbst entdecken?« Sie trat durch die geöffnete Tür. Mehr aus Höflichkeit denn aus Notwendigkeit streckte Tarqua ihr elegant eine Krallenhand entgegen.

»Hört mir doch zu!« Chaz näherte sich dem Fahrzeug, bestieg es aber nicht. »Und wenn es uns tatsächlich gelingt, Will und seine Entführer einzuholen, was passiert dann? Hat schon einmal jemand darüber nachgedacht? Was sollen wir dann machen?«

»Wir könnten sie mit Steinen bewerfen.« Arimat hatte immer schon eine aggressive Ader gehabt.

»Oder mit Holzstücken«, fügt seine Schwester hinzu, die nicht nachstehen wollte.

Mißbilligend sah Tarqua sie an. »Ich verabscheue Gewalt. Vielleicht können wir sie irgendwie erschrecken. In der Außenwelt sind Flugmaschinen sicher noch kein alltäglicher Anblick. In jedem Fall werde ich diesem Problem meine ganze, beträchtliche Intelligenz widmen.«

»Das beruhigt mich außerordentlich«, schimpfte Chaz sarkastisch.

»Wir lassen uns aus der Luft auf sie herunterfallen, schnappen uns Will und verschwinden mit ihm in die

Wolken, wohin niemand uns folgen kann.« Eifrig musterte Keelk die Takelage. »Dieses Schiff ersetzt ihm seinen *Quetzalcoatlus.*«

»Dann ist also alles klar.« Shremazas glänzende, helle Augen ruhten auf Chaz. »Vielleicht brauchen wir deine Hilfe, Übersetzer. Kommst du mit?«

»O je«, murmelte Chaz. »Tragen mich diese meine Füße tatsächlich voran? Besteigen diese meine Füße dieses groteske Gerät? Ich werde von meinem eigenen Körper verraten!«

Keelk beugte sich vor und legte ihre Hand auf die Krause des *Protoceratops.* »Ich danke dir, Übersetzer. Ich bin froh, daß du bei uns bist.«

»Ich nicht«, brummte er. »Meine Vernunft steht draußen auf festem Boden und schaut zu, wie ihr durch die Lüfte schlingert und taumelt wie ein Käfer in einem Gewitter. Aber mein Körper scheint anders darüber zu denken, und so bleibt meiner Vernunft keine andere Wahl, als ihm zu folgen.« Ohne seine Klagen zu beachten, schloß Tarqua die Tür hinter ihm und verriegelte sie.

»Ich bin nicht für die Höhe geschaffen, wißt ihr.« Chaz sah sich in dem geräumigen, geflochtenen Inneren des Flugkörpers um. Wenigstens war die Reling höher als sein Kopf – wenn er auf den Boden schauen wollte, mußte er sich auf die Hinterbeine stellen. Er hatte jedoch nicht die Absicht, das zu tun.

Die mittlere Kralle seiner Hand wie ein Messer benutzend, zerschnitt Tarqua die Seile, die das aufstrebende Gefährt am Boden festhielten. »Beruhigen Sie sich, Übersetzer. Das Luftschiff ist völlig sicher.«

»Das hoffe ich.« Als die Gondel sich in Bewegung setzte, zuckte Chaz zusammen. »Wahrscheinlich haben Sie es schon oft getestet.«

Die letzte Verankerung war zerschnitten, und die mit Wasserstoff gefüllten Hydromagnesitballons zogen das schwerbeladene Gefährt auf den Balkon und in die freie Luft hinaus.

»Ehrlich gesagt«, erwiderte Tarqua mit heiterem Gleichmut, »ist dies sein Jungfernflug.«

»*Was?*«

»Ja.« Der *Deinonychus* sprang auf das Tretwerk und begann leicht und mühelos mit fließenden, rhythmischen Bewegungen zu treten. Das Getriebe setzte sich in Bewegung, die Gänge verzahnten sich, der Propeller begann zu summen, und das Gefährt hob von der steinernen Oberfläche ab und beschleunigte.

»Woher wissen Sie dann, daß es fliegt?« stotterte der zunehmend aufgeregtere Chaz.

»Weil wir in diesem Augenblick fliegen«, erwiderte der *Deinonychus* ungerührt.

Chaz krümmte sich, schloß die Augen und vergrub sein Gesicht an der nächsten Wand. Er spürte und hörte, wie der Wind an der Außenwand entlangpfiff. »Ich bin nicht hier«, sagte er immer wieder leise vor sich hin. »Ich tue das hier nicht. Ich liege zu Hause in meinem Bett und bereite mich auf den Unterricht vor. Ich bin nicht hier ...«

Ohne sich um seinen Singsang zu kümmern, segelte das Luftschiff durch die Öffnung im Felsen und über den Rand des Balkons hinaus. Es schlingerte heftig, und der *Protoceratops* stöhnte auf.

»Interessant.« Ohne ins Schwitzen zu geraten, trat Tarqua wild in die Pedale. Unter ihm drehten sich die Räder. »Hier gibt es tatsächlich Luftlöcher. Ich habe davon gehört.« Das Gefährt, das leichter war als die Luft, nahm immer mehr Geschwindigkeit auf.

Wie dunkle Venen durchzogen schmale Schluchten die Hochebene. Die meisten waren weniger als einen Meter breit. Chaz suchte sich eine Ecke der Gondel und preßte sein Gesicht hinein, so tief es ging. Schweigend, einsam und mit schlotternden Gliedern stand er da, was aber zumindest teilweise daran lag, daß die Luft immer kälter wurde, je höher sie stiegen. Er bemühte sich, das begeisterte Zirpen der Struthies zu überhören, die die neue Erfahrung genossen.

Der Wind erfaßte das Luftschiff und schüttelte es kräftig durch. Aus dunklen Wolken fiel leichter Regen, Donner grollte um sie herum. Blitze sahen sie nur in der Ferne, weit hinten im Norden.

Wenn er an meiner Stelle wäre, sagte sich Chaz wütend, würde sich Will Denison nicht so in eine Ecke verdrücken. Natürlich nicht. Will war ein Luftbote und in den Wolken genauso zu Hause wie auf dem Erdboden. Fliegen machte ihm keine Angst.

Aber was war denn diese Angst? Nichts als eine geistige Einstellung. Bekam er nicht einmal eine einfache geistige Einstellung in den Griff? Sein Zittern wurde schwächer und verschwand dann ganz.

Tarqua hatte gute Arbeit geleistet. Das Luftschiff schaukelte und hüpfte, aber keine der Schnüre löste sich. Chaz' Zustand pendelte sich allmählich zwischen wilder Panik und stoischer Resignation ein. Eine beträchtliche Verbesserung.

Die lackbeschichteten Hydromagnesitballons zogen sie immer weiter in die Höhe. Dünn wie Papier, glänzten sie im gelegentlich durchscheinenden Sonnenlicht wie Stahl.

Wäre dies ein Ausflug, hätten sicher alle ihren Spaß daran, dachte Chaz. Statt zitternd vor Angst hier zu kauern, sollte er versuchen, die Sache zu genießen. Sich auf das Abenteuer einzulassen. Die Struthies standen an der Reling und machten einander, in freudiger Erregung quietschend, auf die verschiedensten Dinge unter ihnen aufmerksam. Als Tarqua müde wurde, wechselten sie sich auf dem Tretrad ab, damit sie nicht an Geschwindigkeit verloren. Der *Deinonychus* stellte die Gangschaltung auf die Kraft jedes Treters individuell ein.

Von Zeit zu Zeit richtete er die Ruder neu aus, worauf das wunderliche Gefährt gemächlich seine Richtung änderte. Einmal flogen sie dicht an der Spitze eines dreihundert Meter hohen ockerfarbenen Felsens vorbei, dessen majestätische Schönheit selbst Chaz den Atem raubte. Seine Stimmung hob sich – wenn auch nicht auf eine Höhe mit dem Luftschiff, so doch immerhin auf jene der aufgekratzten Struthies. Selbst als die Gondel sich nach

Steuerbord neigte und backbord an der glatten Felsnadel entlangschrammte, blieb er ganz ruhig.

Wer weiß, sagte er sich betont heiter und versuchte, gute Miene zu seiner Situation zu machen, vielleicht haben wir ja Glück und finden ein weiches Plätzchen für unseren Absturz.

22

Als die Piraten aus dem Canon in die Nördliche Tiefebene hinaustraten, schlug ihnen peitschender Regen entgegen. Sie brachen in erleichterte Jubelrufe aus und schwenkten ihre Gewehre. Nicht alle jedoch teilten die Freude. Nach dem langen, anstrengenden Marsch waren viele Männer zu müde, um sich an dem Jubel zu beteiligen.

Nach einem kurzen Abstieg standen sie in der flachen Ebene und konnten nicht länger über die Bäume und Palmen hinwegsehen. Irgendwo vor ihnen lag die *Condor* sicher vor Anker, auf der die lang vermißten Schiffskameraden und frische Lebensmittel in den Vorratsräumen warteten.

Zwischen Bäumen und Himmel hing schwarz wie die Nacht eine dichte Wolkendecke, von dunklen Vorahnungen schwer und von Blitzen zerrissen. Niemand kommentierte diesen unheilverkündenden Anblick. Alle waren froh, dem Dschungel und der Schlucht entkommen zu sein.

Schwarzgurt versicherte ihnen, daß es bis zum Strand der Lagune nur noch ein kurzer und leichter Marsch sei, und alle glaubten ihm nur zu gern. Schließlich scheuerten ihnen viele hundert Pfund Gold und Juwelen die Rücken wund. Sie alle schleppten Vermögen mit sich, die ihre kühnsten Träume überstiegen, und sie konnten jederzeit zurückkehren und mehr holen.

»Nur nicht schlappmachen, Jungs!« Schwarzgurt lief

von einem zum anderen, redete hier gut zu, munterte dort auf und versetzte denen einen Tritt, die seiner Meinung nach nicht genug auf ihre verschwitzten, vornübergebeugten Rücken geladen hatten. »Einen Tag noch, und wir sind zurück beim Schiff.«

Doch das Schicksal kümmerte sich nicht um Sintram Schwarzgurts Vorhersagen. So wie sich die Sache entwickelte – und sie entwickelte sich sehr rasch –, schafften sie es nicht einmal mehr bis zum Mangrovenwald.

Will besaß sicher nicht die schärfsten Augen der Truppe, aber nur er hatte die ganze Zeit nach dem Ausschau gehalten, was er nun endlich entdeckte. »Da, sehen Sie, da!« Weil er mit seinen auf den Rücken gefesselten Händen nicht zeigen konnte, nickte er in Richtung Westen.

»Was hat der Junge?« fragte Mkuse Johanssen.

»Keine Ahnung.« Der große Amerikaner kniff die Augen zusammen. »Da drüben im Westen ist eine riesige Staubwolke. Kein Wunder, bei diesem Wind, der aus allen Richtungen bläst.« Er blickte nach oben. »Dieser Himmel gefällt mir nicht, Zulumann. Der gefällt mir ganz und gar nicht.«

Suarez hatte seine letzten Worte gehört. »Das Schiff ist in der Lagune gut aufgehoben. Dort übersteht es jeden Sturm.« Er wies auf Schwarzgurts breiten Rücken, der wie ein Walfisch zwischen den vor ihnen Gehenden auf und ab tauchte. »Ich habe den Käpt'n schon schlimmere Stürme als den hier überstehen sehen. Schrecklicher als das Unwetter, das uns von den Indischen Inseln hierhergetrieben hat, kann es nicht werden.«

»Ich weiß nicht.« Johanssen schüttelte sich einige Regentropfen aus den Haaren. »Seht doch, wie dunkel es am Horizont wird. Schwärzer als die Nacht, nur ohne Sterne. Das ist irgendwie unnatürlich.«

»Dann paßt es zu dem, was wir in den letzten Tagen erlebt haben«, meinte Mkuse. Seine Gefährten nickten zustimmend.

Nur Will erkannte, was die Staubwolke in sich barg. Nicht der Wind hatte sie aufgewirbelt, sondern zahllose

Füße. Riesige Füße. Denn riesig mußten sie sein, um inmitten der allgegenwärtigen Feuchtigkeit und des strömenden Regens so viel Erde und Wasser aufzuwirbeln. Obwohl sie noch recht weit entfernt war, konnte man leicht erkennen, daß sie sich auf die Piraten zubewegte. Erst als sie über eine niedrige, mit Küstenpflanzen überwucherte Düne gestiegen waren, erkannten auch die Piraten, was die Wolke enthielt. Will fragte sich, ob außer ihm noch jemand die Silhouetten einzelner Gestalten bemerkte. Die Rettungsmannschaft kam direkt auf sie zu.

»Gütiger Himmel«, murmelte Thomas und zeigte nach Westen. Die Wolke hatte sich aufgelöst und präsentierte ihren Inhalt nun für alle sichtbar. Mit offenen Mündern scharten sich seine Kameraden um ihn. In einer langen Reihe drängten sie sich auf der Anhöhe. Nervöses Gestammel machte sich breit.

Ihnen bot sich der schönste Anblick, den Will seit langem gesehen hatte. Ein Dutzend riesige *Sauropoden*, mit Reitern und Ausrüstung bepackt, brach sich einen Weg durch das sumpfige Grün. Offenbar hatten sie die Eindringlinge längst entdeckt. Selbst aus der noch beträchtlichen Entfernung meinte Will das Blitzen der Linse eines Teleskops zu erkennen. Von seinem Sitz direkt hinter dem Kopf des *Brachiosaurus* mußte der Reiter einen unübertrefflichen Blick über die Landschaft um sich herum haben.

Sie waren fantastisch anzusehen: Von ihren langen Hälsen hingen Wimpel herab, Troddeln baumelten an Packsäcken und Geschirren. Die goldenen Filigranarbeiten, die ihre Ausrüstung schmückten, blitzten im Sonnenlicht. Selbst die gelegentlichen Regengüsse konnten ihre Pracht nicht mindern.

Will stellte sich auf die Zehenspitzen und begann zu rufen. Sofort stand ein Pirat vor ihm, und er spürte einen Dolch an seiner Kehle.

»Das laß mal schön bleiben, Jüngelchen.« Guimaraes' haßerfülltes Gesicht war nur wenige Zentimeter von ihm entfernt.

»Das hilft jetzt auch nichts mehr«, meinte Smiggens bedrückt. »Sie haben uns gesehen und kommen auf uns zu.«

»Berge mit Beinen.« Wie seine Kameraden war auch Samuel von dem Anblick schockiert. »Denen entkommen wir nie.«

In den Worten des alten Ruskin lag eine gewisse Bewunderung. »Ich kenne einen Radscha in Lahore, der zwanzig von seinen besten Elefanten für einen von diesen da hergeben würde, nur um ihn auf dem jährlichen Umzug zu Ehren von Ganesha reiten zu können. Was für eine Sänfte könnte der tragen!«

Fluchend und um sich tretend, lief Schwarzgurt von einem zum anderen. »Was steht ihr da herum wie glotzende Kleinkinder? Das sind keine Araberhengste.« Er hob seinen kräftigen Arm. »Zum Strand geht's da lang. Die Viecher können mit Sicherheit nicht schwimmen.«

Tatsächlich fühlten sich *Brachiosaurier, Apatosaurier* und *Diplodociden* in tiefem Wasser pudelwohl, wie Will wußte, aber er spürte, daß es nicht der richtige Moment war, Schwarzgurt zu widersprechen. Der Kapitän wäre in der Lage, ihn vor Ärger zu erschießen. Als die Gruppe den kleinen Hügel auf der anderen Seite hinunterlief, bemühte sich Will daher, trotz seiner gefesselten Beine mitzuhalten.

Sie waren nur einige hundert Meter weit gekommen, als Treggang, unter seiner schweren Last keuchend, stehenblieb und nach hinten wies. »Das hat keinen Zweck, Käpt'n. Sehen Sie, daß sie immer schneller werden?«

Wahrscheinlich hatte ein Mitglied der Rettungsmannschaft Will durch das Teleskop entdeckt. Aus irgendeinem Grund waren die *Sauropoden* jedenfalls in Galopp gefallen. So etwas hatte Will erst einmal gesehen, als er einigen Kindern zugesehen hatte, die mit zwei *Diplodociden* am Strand gespielt hatten. So beeindruckend die fantastischen *Sauropoden* bereits aussahen, wenn sie sich mit normaler Geschwindigkeit bewegten, waren sie im Galopp erst recht ein atemberaubender Anblick. Selbst aus dieser Entfernung bebte der Boden.

Das dumpfe Grollen ließ den Piraten das Herz in die Hose rutschen, und das nicht ohne Grund.

Trotz seiner widrigen Lage mußte Will an den Geschichtsunterricht denken. Was hätte eine solche Kavallerie am Rubikon gegen Cäsar oder gegen die Briten bei Waterloo ausrichten können! Natürlich war das reine Gedankenspielerei. Selbst wenn er die Gelegenheit bekommen sollte, würde sich kein *Sauropode* zu solchen Unternehmen hergeben. Zwar waren sie sich ihrer ungeheuren Kräfte bewußt, doch sie zählten von Natur aus zu den friedlichsten Dinosauriern.

Das wiederum wußten die Seeleute nicht, und mehr als einem von ihnen schlotterten die Knie.

»Meine Güte, sind die schnell«, stammelte Chumash. »Die schneiden uns den Weg zum Strand ab.«

»Schnell nicht«, berichtigte ihn O'Connor. »Aber sieh dir ihre riesigen Schritte an!«

»Also gut!« Schwarzgurt stellte sich hinter einem Palmengebüsch in Position. »Formiert euch. Keiner schießt, bevor ich das Zeichen gebe. Die werden wir genauso zurückschlagen wie das erste Monster, das es gewagt hat, uns anzugreifen.« Sein Grinsen wurde blutrünstig. »Zielt auf ihre Reiter!«

Stolpernd lief Will auf den Kapitän zu. »Nein, das können Sie nicht machen!«

Sein Einwand erwies sich als unnötig. Obwohl sie alle tapfere und erfahrene Kämpfer waren, fehlte den Piraten der Mut zu einem Kampf gegen ein Wesen, das die Größe einer Bahnhofshalle besaß – geschweige denn gegen zwölf.

»Was ist mit euch los?« schrie Schwarzgurt. »Dann schießt eben, wann ihr wollt, wenn ihr keine Lust habt, euch aufzureihen.«

Einer der Piraten schleuderte sein Gewehr in die Büsche und wandte sich zur Flucht.

Auch Chumash war nicht bereit, sich an der sinnlosen Schießerei zu beteiligen. »Da könnte man genausogut versuchen, einen Grizzly zu erlegen, indem man ihn anspuckt«, meinte er ruhig.

Einige Männer brachen in panisches Geschrei aus.

»Sie versuchen, uns vom Strand abzuschneiden! Wir werden sie austricksen. Los, Leute.« Schwarzgurt schwenkte sein Entermesser über dem Kopf und winkte ihnen, ihm zu folgen. »Mir nach, Männer. Werft eure Beute ab!«

Samuel sah ihn mit großen Augen an. »*Abwerfen*, Käpt'n?«

»Aye! Es gibt noch genug davon. Wir laufen zurück in den Canon, dahin können uns die großen Biester nicht folgen. Dann warten wir entweder, bis sie verschwunden sind, oder wir finden einen anderen Weg und umgehen sie. Und wenn ihre Reiter es wagen, uns zu Fuß zu verfolgen, schneiden wir ihnen die Kehle durch.«

Bedauernd ließen die Seeleute die Säcke voll Gold und Silber von ihren Schultern gleiten. Einige stopften verstohlen eine Handvoll Juwelen in ihre Taschen, so daß ihnen an den Hüften und vor der Brust Beulen wuchsen, als litten sie unter einer hartnäckigen Krankheit. Was im Grunde ja auch nicht ganz falsch war.

»Sie kommen!« heulte Samuel. »Sie werden uns alle zerquetschen!«

»Nein«, rief Will, der von der panischen Flucht mitgerissen wurde. »Keine Angst! Alles wird gut. Wenn Sie einfach stehenbleiben, wird Ihnen niemand etwas tun, das verspreche ich!« Niemand schenkte seinen Worten Beachtung.

»Lauft!« schrie Andreas, als ein erneuter Regenguß auf sie niederprasselte.

»Wartet!«

Will fuhr zusammen. Er hatte sich getäuscht: *Ein* Mitglied der Mannschaft hatte ihm zugehört.

Alle Zweifel, alle Verwirrung und alle Besorgnis, die im Kopf des Ersten Offiziers durcheinandergewirbelt waren, hatten sich schließlich zu einem Entschluß zusammengefügt. Langsam zog er seine Pistole aus dem Gurt und ließ sie lässig aus der Hand gleiten. Sie landete in einer seichten, regengepeitschten Pfütze. Er warf Andreas einen langen Blick zu und wandte sich dann seinen anderen Kameraden zu. »Warum sollten wir weglaufen? Wir würden den Rest unseres Lebens nichts anderes mehr tun. Glaubt wirklich einer von euch, daß wir ohne die Erlaubnis der einheimischen Menschen und Dinosaurier jemals wieder von dieser Insel wegkommen? *Sie* sind die Herren dieses Landes, nicht wir. Warum ergreifen wir nicht die einzige Chance, die uns geboten wird? Hört doch auf den Jungen!«

Die Männer zögerten. Erschöpft und voller Angst, waren sie jeder Argumentation zugänglich.

Einem Berg mit Beinen ebenfalls nicht unähnlich, lief Schwarzgurt von einem zum anderen. »Was ist los mit euch? Bewegt eure feigen Hintern! Zurück in den Canon!«

»Nein.« Von sich selbst überrascht, blickte Smiggens seinem Gefährten, den er durch lange, schwere Jahre treu begleitet hatte, furchtlos in die Augen. »Ich habe es satt wegzulaufen, Sintram. Ich habe es satt, mitten in der Nacht geweckt zu werden und bereitstehen zu müssen für den Fall, daß das nächste Schiff, dem wir begegnen, ein patrouillierendes Kriegsschiff ist. Ich habe es satt, mich für einige Nächte der Trunkenheit an Land zu schleichen, nur um dann wieder an Bord zu verschwinden und den Hafen zu verlassen. Ich bin kein junger Mann mehr. Die Piraterie ist ein aussterbendes Geschäft, und selbst die kühnsten Helden dürfen bestenfalls auf ein kurzes, aber wildes Leben hoffen.«

»Seien Sie vorsichtig, Preister«, knurrte Schwarzgurt warnend.

Aber Smiggens ließ sich nicht abhalten. Er wandte sich an die aufmerksam lauschenden Seeleute und versuchte, sie zu überzeugen. Das Brausen der herannahenden *Sauropoden* wurde immer lauter. »Denkt daran, was der Junge gesagt hat. Überlegt, was es bedeutet, falls er recht hat. Keiner von uns hat eine Vergangenheit hier in ...« Er blickte zu ihrem Gefangenen herüber. »Wie hast du dieses Land genannt, Will Denison?«

»Dinotopia«, antwortete Will.

»Ja, in Dinotopia. Hier sind wir alle freie Menschen und können von vorne anfangen. Ein neues Leben für jeden von uns. Wer von euch würde nicht einiges dafür geben, seine Vergangenheit ablegen zu können? Du zum Beispiel, Mkuse. Was warst du, bevor du Seeräuber wurdest?«

»Wenn ich nicht im Krieg war, habe ich im Fluß gefischt«, antwortete der Zulu nachdenklich. »Aber hier haben wir bisher nur kleine Bächlein gesehen.«

»Es gibt Flüsse!« kam Will dem Ersten Offizier zu Hilfe. »Große Flüsse voller Fische. Warten Sie, bis Sie die Fische des Polongo gesehen haben!«

»Seht ihr?« Smiggens lief von Mann zu Mann, blickte jedem tief in die Augen und packte die Zweifelnden oder vor Angst Betäubten an ihren Kragen und rüttelte sie sanft. »Warum sollen wir durch Weglaufen unsere Schuld noch vergrößern? Bis jetzt haben wir noch niemanden verletzt. Wir sollten uns den Einwohnern vor die Füße werfen. Vielleicht haben sie Mitleid und heißen uns bei sich willkommen.« Er drehte sich um und blickte Will in die Augen. »Du hast gesagt, daß sie das tun werden, oder, Junge? Wir *können* Bürger dieses Landes werden?«

Will nickte heftig, ohne jedoch den vor Wut schäumenden Schwarzgurt aus den Augen zu lassen. »Jeder, der hier angespült wird, läßt sein vorheriges Leben hinter sich. Dinosaurier und Menschen werden euch willkommen heißen.«

Ruskin trat vor. »Ich habe dreimal Kap Horn umsegelt, jedesmal auf der Flucht vor jemand anderem. Jetzt sage ich: Ich laufe nicht mehr davon.« Er lächelte Will zu und offenbarte damit einen erheblichen Mangel an Zähnen. »Ich glaube dem Jungen.«

»Bevor ich zur See gegangen bin, habe ich Pferde trainiert.« Andreas blickte starr nach Westen, wo die Rettungsmannschaft von einem vom Regen angeschwollenen, schlammigen Fluß aufgehalten worden war. »Ich mag es, den Wind in meinen Haaren zu spüren.« Er musterte den riesigen *Sauropoden* an der Spitze, die stämmigen Beine, den langen, muskulösen Hals und den Reiter, der in seinem Sattel hinter dem großen, intelligenten Kopf in fünfzehn Meter Höhe hin und her schwang. »Was muß das für ein Gefühl sein, auf so einem Tier zu galoppieren!«

»Sie werden es kennenlernen«, versicherte ihm Will. »Jeder *Sauropode* hat einen bevorzugten menschlichen Pfleger. Sie tauschen Ritte gegen persönliche Pflege.«

»Was soll das Gerede?« Sein Entermesser schwingend, brach Schwarzgurt in den Kreis ein. Die Männer wichen zurück. Regen lief über das Gesicht des Kapitäns und tropfte von seinem buschigen Schnurrbart. Wütend pflanzte er sich vor dem Ersten Offizier auf.

»Wir haben vieles gemeinsam durchgestanden, Mr. Smiggens. Den ganzen langen Weg von der Hölle in Hobart bis hierher. Und jetzt, nach alledem, stiften Sie zur Meuterei an?«

Der Erste Offizier wich keinen Zentimeter. »Das ist keine Meuterei, Sintram«, erwiderte er angespannt. »Es stimmt, wir haben viel erlebt, Sie und ich. In kurzer Zeit mehr als die meisten Menschen in einem ganzen Leben. Aber …« Er zögerte. »Ich habe es satt davonzulaufen.« Er sah an dem Kapitän vorbei und wies auf Will. »Der Junge da bietet uns eine bessere Zukunft, als ich jemals für mich erhofft hätte. Das ist eine Chance, Sintram, eine Chance für jeden von uns.«

»Und wenn er lügt, Mr. Smiggens? Was dann?«

Der Erste Offizier zuckte die Achseln. »Der Fuß eines Dinosauriers ist wohl auch nicht schlimmer als die Nase des Henkers.«

Schwarzgurts Gesicht verzog sich zu einer häßlichen Grimasse. »Sie lügnerischer Verräter! Sie hinterhältiger, meuternder Quallenlaich!«

»Ich bleibe bei Mr. Smiggens.« Mit entschlossenem Blick stellte sich Suarez auf die Seite des Ersten Offiziers.

»Ich auch.« Mkuse gesellte sich zu ihnen.

Bald folgte auch der Rest der Mannschaft ihrem Beispiel, mit zwei Ausnahmen: Watford und Copperhead, zwei der Hartgesottensten, blieben ihrem Kapitän treu.

Drohend starrte Schwarzgurt die Männer an, die sich zu Smiggens gesellt hatten. »Ihr schleimiger, schändlicher, nutzloser Haufen sonnengetrockneter Seegurken! Ihr seid keine Männer, sondern nach Milch schreiende Säuglinge!« Ein Blick über die Schulter zeigte ihm, daß die *Sauropoden* und ihre Reiter dabei waren, aus dem schlammigen Flußbett herauszuklettern. Er griff in seine Tasche und schleuderte verächtlich ein königliches Lösegeld in Edelsteinen in die finsteren, aufsässigen Gesichter seiner ehemaligen Mannschaft. Suarez machte Anstalten, sich nach den Juwelen zu bücken, aber Smiggens packte ihn an der Schulter und bei seiner Würde. Erstere schmerzte, die letztere wurde bewahrt.

»Also los«, meinte Schwarzgurt zu den gebliebenen Gefährten. »Wir werden in den Canon fliehen und uns dort verstecken. Das Paradies, was? Nun, wir werden ja sehen! Jedes Land hat seine schwarzen Schafe. Aus denen mache ich eine neue Mannschaft, eine echte Mannschaft diesmal, und dann werden wir dieses stinkende Land von einer Küste bis zur anderen plündern und ausrauben!« Verächtlich spuckte er in Richtung der sich nähernden Rettungsmannschaft. »So wahr ich Sintram Schwarzgurt heiße, ich fürchte mich vor nichts und niemandem auf dieser Welt. Weder Mensch noch Tier, egal wie kühn der Mensch und wie groß das Tier.« Er schenkte ihnen ein letztes, gehässiges Knurren. »Jeden einzelnen von euch werde ich wiedersehen, und dann wird es euch leid tun, euch mit diesem Feigling und dem Jungen zusammengetan zu haben.« Er schob sein Entermesser zurück in die Scheide und zog beide Pistolen. »Für den Moment bleibt mir nur noch eines.«

Mit diesen Worten drehte er sich zu Will um. Die Männer, die in seiner Nähe standen, brachten sich eilig in Sicherheit. Ganz allein, die Hände auf den Rücken gebunden, die Beine in Fesseln, stand Will ihm gegenüber. Hübscher Tod zerrte heftig an ihren Fesseln, aber auch sie konnte nicht helfen.

Einen endlosen Augenblick lang stand Schwarzgurt schweigend da und blickte seinem jungen Gefangenen in die weit aufgerissenen Augen. Sorgfältig prüfte er erst den einen und dann den anderen Revolver.

»Du hast mich um meine Mannschaft gebracht, Junge. Das kann ich dir nicht durchgehen lassen.«

»Nicht ich, das war ich nicht!« Panisch blickte Will nach rechts und links. Offensichtlich war keiner der Männer, die sich in der Frage des Hierbleibens so bereitwillig auf seine Seite gestellt hatten, jetzt gewillt einzugreifen. »Die Umstände haben Sie ihre Mannschaft gekostet, Kapitän Schwarzgurt«, sagte er verzweifelt. »Die Ereignisse, nicht ich. Hören Sie, auch auf Sie wartet hier ein neues Leben, Sie müssen es nur wollen. Für einen erfahrenen Seemann gibt es immer Arbeit.«

»Und was soll ich deiner Meinung nach tun?« fragte Schwarzgurt mit einem kurzen, humorlosen Lachen. »Eine Fähre auf einem Fluß hin- und herfahren? Einen Lastkahn voll Getreide steuern? Touristen herumschippern? Nein, mein Junge, das ist nichts für Sintram Schwarzgurt.« Er hob einen Revolver. Smiggens preßte die Lippen zusammen, und die umstehenden Seeleute hielten die Luft an. Einige von ihnen wirkten, als wollten sie sich jeden Moment auf den Kapitän stürzen, aber der Gedanke an den zweiten treffsicheren Revolver hielt sie zurück.

Will schloß die Augen. Leb wohl Vater, dachte er. Lebt wohl, Nallab, Cirrus und Bix und alle meine Freunde. Nie hätte ich gedacht, daß ich so enden würde. Aber was ich getan habe, habe ich getan, um anderen zu helfen. Wenn Dinotopia dazu beigetragen hat, mich zu einem besseren Menschen zu machen, dann sterbe ich für Dinotopia.

Sylvia, dachte er. Er sah sie mit im Wind flatternden Haaren neben ihm aufsteigen, während ihr *Quetzalcoatlus* Nimbus zu ihm abdrehte. Er sah sich und sie gemeinsam fliegen, wie sie es auch im Leben hatten tun wollen.

Nein, rief er sich zur Ordnung. So wollte er nicht sterben. Nicht vor den Augen dieser hartgesottenen Seeleute.

Er richtete sich auf, öffnete die Augen und erwiderte Schwarzgurts Blick. Der Kapitän nickte anerkennend.

Sein Finger spannte sich um den Auslöser.

Da fiel ein grauer, in flatterndes Tuch gehüllter Strahl vom Himmel, landete direkt auf Schwarzgurts Schulter und warf ihn genau in dem Moment zu Boden, als er den Auslöser drückte. Will krümmte sich, als die Kugel direkt neben seinem linken Fuß in den Boden schlug.

»Was zum Teufel ...« Die Pistolen fest umklammert, rollte sich Schwarzgurt auf den Rücken, um zu sehen, was da auf ihn herabgestürzt war.

Der unerwartete Ankömmling neigte seinen Kopf zu einer höflichen Verbeugung. »Tut mir leid. Ich hoffe, ich habe Sie nicht verletzt.« Mit diesen Worten sprang Tarqua auf ihn zu und trat mit einer schnellen Bewegung eine Pistole aus der Hand des Kapitäns. Hätte der Asket statt seiner Hacke die große, gekrümmte Sichel der Kralle unter seinem zweiten Zeh gewählt, dann wäre nicht die Waffe, sondern Schwarzgurts Hand durch die Luft gesegelt.

Aber der Kapitän gab nicht auf. Als er versuchte, mit der zweiten Pistole auf ihn zu zielen, machte Tarqua eine Kehrtwendung und schickte auch diese ins Gebüsch. Schwer atmend und mit gerötetem Gesicht erhob sich Schwarzgurt. Während er seinen helläugigen Gegner nicht aus den Augen ließ, zog er sein Entermesser.

Das näherkommende Brausen der Rettungsmannschaft lenkte ihn ab.

»Geschwätzige, vom Himmel fallende Dämonen. Berge mit Beinen.« Er verzog das Gesicht. »Es wird mir ein Vergnügen sein, dieses Land in Flammen aufgehen zu lassen!« Er winkte den ihm verbliebenen Anhängern zu, wirbelte herum und verschwand auf dem Weg, den sie gekommen waren.

Der *Deinonychus* verneigte sich tief vor Will. Verwundert starrten die anderen Piraten den fein gewandeten Tarqua an. Chumash bemerkte die Bewegung über ihren Köpfen als erster und stieß einen entsetzten Schrei aus.

»Alles in Ordnung!« versicherte Will ihnen hastig. »Das ist nur eine Art Luftgaleere. Ein Schiff wie das Ihre.« Aber keine Luftgaleere, wie er sie kannte. Die Ballons, die sie in der Luft hielten, sahen aus, als wären sie aus Metall, was natürlich unmöglich war. Oder doch nicht?

Als das Schiff in rascher Fahrt herunterkam, erkannte er am Bug eine bekannte, feingliedrige Gestalt, die sich herauslehnte und ihm wild zuwinkte.

»Keelk!«

Die Piraten blickten zwischen diesem neuen Wunder und ihrem jungen Gefangenen, der begonnen hatte, wie ein Besessener herumzuhüpfen, hin und her. Der Neuankömmling übernahm es, ihn zu beruhigen.

»Will Denison, nehme ich an? Ich habe dich im Tempel gesehen, aber wir haben nicht miteinander gesprochen. Im Nachhinein ist das zu bedauern, denn hätten wir damals miteinander geredet, dann hätte diese überstürzte Reise wohl vermieden werden können.«

Will nickte. »Ich habe versucht zu rufen, aber man hat mich nicht gelassen.«

»Das haben deine Freunde schon vermutet. Deine äußerst *beredsamen* Freunde, möchte ich hinzufügen. Aber nun entschuldige mich bitte, ich muß meinem beschädigten Fahrzeug zu Hilfe kommen. Ich hatte von oben erkannt, daß wir nicht rechtzeitig landen würden, und bin in einem mir günstig erscheinenden Augenblick abgesprungen. Ich freue mich, daß du nicht verletzt bist.«

Er schoß an einigen erstarrten Piraten vorbei und machte einen unglaublichen Satz in die Luft. Da Will wußte, daß die *Deinonychus* zu den besten Springern ganz Dinotopias zählten, war er der einzige, den dieses Kunststück nicht sprachlos machte.

Tarqua umklammerte eine Seite seines Luftschiffs mit beiden Händen und zog sich in die Gondel hinein. »Wir würden es zu schätzen wissen«, rief er herunter, »wenn uns jemand helfen könnte!«

Im ersten Moment rührte sich niemand. Dann drehte sich Mkuse zu seinen Kameraden um. »Gut, Leute. Sind wir jetzt brave Bürger dieses Landes oder nicht? Also los!«

Sie legten ihre Waffen ab – was einige der Männer zum erstenmal in ihrem Leben taten – und eilten dem schlingernden und torkelnden Luftschiff zu Hilfe. Unter seinem trutzigen Kiel versammelten sie sich, sprangen hoch und versuchten, es zu packen, aber die unbeständigen Winde warfen es hin und her und trieben es außer Reichweite. Auf Anweisung von Tarqua ließen die Struthies Anlegeleinen herunter, die von den Piraten aufgefangen wurden. Die Männer stemmten ihre Absätze in den vom Regen aufgeweichten Boden und bemühten sich, das Fahrzeug herunterzuziehen. Unter dem schadenfrohen Gelächter ihrer Gefährten wurden einige von ihnen umgerissen und landeten mit dem Gesicht im Matsch.

Die Landung der Gondel war eine Gemeinschaftsarbeit. Sobald der Kiel die Erde berührte, sprang Tarqua heraus und begann, in seinem gut verständlichen, wenn auch stark akzentuierten Oxfordenglisch Anweisungen zu erteilen. Seeleute, für die ein Dinosaurier bis vor kurzem nicht mehr als ein merkwürdiges, exotisches Tier gewesen war, nahmen seine Befehle entgegen.

»Befestigt die Fockleine an der Palme dort – nein, nicht so … Ja, das ist besser. Jetzt das Heck langsam nach unten, vorsichtig …« Tarquas Anweisungen waren so präzise wie die eines erfahrenen Schiffsoffiziers. »Sie haben einen schönen Knoten gemacht«, lobte er den Mann neben ihm.

Samuel grinste den *Deinonychus* an. »Das kann auch der Dümmste von uns.«

Shremaza hatte den Riegel vor der Tür des Luftschiffs zurückgeschoben und drängte ihre Jungen heraus. Als letztes taumelte ein jammernder Chaz auf unsicheren Beinen nach draußen. Kaum fühlte er den weichen Boden unter seinen Füßen, ließ er sich prompt auf den Bauch fallen.

»Chaz!« begrüßte Will seinen Freund.

Erschöpft hob der *Protoceratops* den Kopf. »Stehe ich

wirklich wieder auf festem Boden? Es fühlt sich nicht so an. Es fühlt sich so an, als schwankte ich immer noch. Oooohhh, dieses Schlingern und Rutschen, von einer Seite auf die andere!« Er schloß die Augen, und Will betrachtete ihn mitleidig. Segeln war nicht jedermanns Sache, egal ob in der Luft oder auf dem Meer.

Sie waren keinen Augenblick zu früh gelandet. Einer der Hydromagnesitballons war schon in sich zusammengesunken, und zwei der drei übrigen befanden sich in einem schlechten Zustand.

Mit einem resignierten Seufzer sprang Tarqua in die Gondel und ließ die Luft aus den beiden beschädigten Ballons, indem er sie mit einer Krallenspitze aufriß. Leise zischend entwich der Wasserstoff aus den beiden schrumpfenden Metallkugeln. Natürlich konnte man sie reparieren und wieder auffüllen, aber das Luftschiff würde eine ganz Weile nicht fliegen können.

»Wir sind dem Himmel nicht sehr nahe gekommen, oder?« murmelte er.

»Dem Himmel?« Gemeinsam mit dem *Deinonychus* betrachtete Will das gelandete Vehikel. »Davon verstehe ich nichts, ehrwürdiger Alter, aber als Sie auf Schwarzgurt herabstürzten, wirkten Sie auf mich wie ein Engel.«

Ein vertrautes Zirpen und Rufen ließ ihn innehalten. Hinter ihm stand Keelk mit erhobener Krallenhand. Lächelnd legte er seine Handfläche gegen die ihre. Dann schlang sie in echter Struthiemanier ihren Hals um seinen so viel kürzeren, erst links und dann rechts herum. Diese Geste wiederholte sich mit ihrem Bruder, ihrer Schwester und ihrer Mutter, bis Will von diesem Überschwang an Zärtlichkeit der Kopf brummte.

»Sie sagen, daß du sie gerettet hast und sie glücklich sind, dasselbe für dich getan haben zu können«, übersetzte Tarqua. »Erlaube mir, dich von deinen Fesseln zu befreien.«

»Vielen Dank.« Will wandte dem *Deinonychus* seine Kehrseite zu.

»Steh bitte ganz still.« Der *Deinonychus* trat einen

Schritt zurück, streckte die zweite Kralle seines rechten Fußes aus und maß sorgfältig die Entfernung. Einige schnelle, pfeifende Tritte, und Wills Fesseln lagen in Schlingen zu seinen Füßen. Außer dem Windhauch von Tarquas vorbeizischendem Fuß hatte er nichts gespürt.

»Das ist schon viel besser.« Will rieb sich die Handgelenke und Beine, wo die Taue auf seiner Haut gescheuert hatten. Ein kurzer Blick nach links zeigte ihm, daß die Rettungsmannschaft nahe war. »Jetzt müssen wir dasselbe noch für meinen Freund dort tun.«

Die ganze Zeit über hatte Hübscher Tod das Geschehen schweigend beobachtet. Sie hatte sich ihre Kraft für einen letzten, explosiven Fluchtversuch aufbewahrt für den Fall, daß der große Mensch mit seiner Waffe auf sie zielte. Dann war der junge Mensch, der sich mit ihr angefreundet hatte, auf wundersame Art gerettet und der Herrscher dieses abscheulichen Haufens vertrieben worden. Jetzt saß sie ruhig da und wartete, was als nächstes geschehen würde.

Johanssen hielt Will und den *Deinonychus* zurück. »Warte einen Moment, Junge. Sicher, wir haben uns in eure Hände begeben, aber du willst doch wohl nicht dieses Teufelsbiest befreien?« Sein langes Haar war vom Wind zerzaust, und Regen lief in Strömen über sein Gesicht. »Es wird uns alle töten.«

»Das glaube ich nicht«, erwiderte Will zuversichtlich. »Haben Sie vergessen, daß ich sie schon einmal beruhigt habe?«

»Aye«, gab ein anderer, ebenso nervöser Seemann zu. »Aber damals war sie gefesselt und festgebunden.«

»Sie verhält sich nur so aggressiv, weil sie noch jung ist. Was würden Sie in ihrer Lage tun, gekidnappt und von Fremden mitgeschleppt? Ich habe ihren Eltern mein Wort gegeben, daß ich sie befreie.« Will musterte die besorgten Gesichter. »Wenn Sie Bürger von Dinotopia werden wollen, müssen sie lernen, das zu verstehen.«

»Das ist uns klar, Junge, aber trotzdem …« Johanssens flehender Blick blieb an der durchweichten, schlaksigen

Gestalt des Ersten Offiziers hängen. »Mr. Smiggens, was sagen Sie dazu?«

»Wir müssen tun, was der Junge sagt. Obwohl ich zugeben muß«, fügte Smiggens hinzu und trat mehrere Schritte zurück, »daß auch ich seine Absichten alles andere als gutheiße.«

Zusammen mit Tarqua, dem immer noch zittrigen Chaz und der ganzen Struthiefamilie lief Will zu dem *Tyrannosaurus*weibchen. Er legte ihr die Hand auf die Schnauze und wiederholte noch einmal ihrer beiden Namen. Er war nicht überrascht, als der *Deinonychus* souverän und ausführlich mit ihr sprach. Als der Asket geendet hatte, knurrte sie einverständlich.

»Tretet bitte zur Seite.« Der *Deinonychus* musterte die Fesseln des *Tyrannosaurus.* »Das wird ein bißchen länger dauern. Ist eine Menge Tau.« Er machte sich an die Arbeit: Krallen blitzten, und Taue wirbelten durch die Luft. Während er der eleganten, athletischen Darbietung folgte, fühlte sich Will an springende Volkstänzer erinnert.

Sauber durchtrennt fielen die schweren Taue eines nach dem anderen zu Boden. Als das letzte durchschnitten war, trat Tarqua zurück und betrachtete das Werk seiner Füße. Die Haut des *Tyrannosaurus* wies nicht den kleinsten Kratzer auf.

Hübscher Tod streckte sich und gähnte – ein äußerst beeindruckendes Schauspiel. Obwohl sie noch so jung war, waren ihre gezackten Zähne schon größer als die des ausgewachsenen *Deinonychus.* Sie schüttelte erst ein Bein und dann das andere. Dann legte sie den Kopf auf die Seite, ließ ein gefährlich tiefes Knurren ertönen und stürmte direkt auf Guimaraes zu.

Als die Kameraden des Portugiesen erkannten, was sie vorhatte, zogen sie sich rasch von ihm zurück.

Guimaraes, vor noch nicht allzu langer Zeit ein Muster an blutrünstiger Kühnheit, taumelte zurück und stolperte über einen Stein. Auf seinem Hinterteil rückwärts robbend und wild um sich tretend, beschwor er die Umstehenden. »Nein, stop! Haltet sie zurück! Die bringt mich um, die reißt mir die Kehle auf! Laßt sie nicht in meine Nähe!« Sein angstverzerrtes Gesicht war ein jämmerlicher Anblick.

Ohne zu überlegen, sprang Will zwischen den wimmernden Seemann und den heranpirschenden *Tyrannosaurus*. »Tarqua, Chaz! Jemand muß für mich übersetzen, schnell.« Mit entschlossenem Gesichtsausdruck hob er beide Hände. Heftig atmend blieb Hübscher Tod stehen, die Zähne nur wenige Zentimeter von Wills Fingern entfernt.

»Hübscher Tod, hör mir zu. Ich weiß, die Gesetze des zivilisierten Dinotopia bedeuten dir nichts.« Im Hintergrund hörte er sowohl den *Deinonychus* als auch den *Protoceratops* übersetzen, ein wundersames Knurren und Brummen. »Aber so wie ich mein Wort gegeben habe, dich zu befreien, habe ich es auch diesen Menschen gegeben, daß sie in meiner Gegenwart sicher sind. Möge der Rat von Dinotopia über sie befinden, nicht du. Du bist frei, und ich werde mich darum kümmern, daß du jede Hilfe bekommst, die du brauchst, um heil ins Regental zurückzukehren. Aber ich möchte, daß du mir versprichst, diese Männer in Frieden zu lassen. *Jeden* von ihnen. Der eine, der für all das verantwortlich ist, was man dir, was man uns allen angetan hat, ist verschwunden. Bestrafe diese Männer hier nicht für die Dinge, die sie in seinem Auftrag getan haben.« Will war klar, daß das nicht ganz der Wahrheit entsprach. Nicht alle Piraten waren zu ihren Handlungen gezwungen worden. Aber es kam der Wahrheit zumindest nahe, und im Moment schienen alle bereit, ja begierig, von vorne anzufangen.

Für ihn ergab es einen Sinn – aber wie sah es der *Tyrannosaurus*?

Hübscher Tod blinzelte. Mit ihrem rechten Vorderfuß rieb sie sich eine von den Fesseln aufgescheuerte Stelle. Dann ließ sie ihren Blick von dem versteinerten Guimaraes zu Will wandern. Ihre mächtiges Maul öffnete sich, und zwei Reihen rasiermesserscharfer Zähne blitzten auf.

Nicht einmal als die lange, pinkfarbene Zunge hervorschoß und Will über die Wange fuhr, zuckte der zusammen. Wie bei den meisten *Carnosauriern* war auch die Zunge von Hübscher Tod so rauh wie Sandpapier. Trotzdem gelang ihm ein Lächeln, während tyrannosaurischer Speichel über seine Wangen lief.

»Gut, damit wäre das geklärt.« Er hörte, wie mehrere Piraten erleichtert aufatmeten. »Sie können aufstehen, es ist alles in Ordnung, Sir?« Beruhigend wandte er sich Guimaraes zu, aber der Portugiese würde von seiner Rettung noch einige Zeit nichts mitbekommen.

Er war in eine tiefe Ohnmacht gesunken.

23

»Du mußt wissen«, meinte Smiggens leutselig, während sie darauf warteten, daß die Rettungsmannschaft eintraf, und Samuel und Andreas den bewußtlosen Guimaraes aufgeweckt hatten, »ich bin einmal Lehrer gewesen. Ich habe das Unterrichten immer vermißt, aber solche Fähigkeiten werden hier wohl nicht gebraucht, oder? Schließlich ist dies eine ganz neue Welt, von der ich nichts weiß.«

Will strich sich den Regen aus dem Gesicht und versuchte, den ehemaligen Ersten Offizier aufzumuntern. »Lehrer werden immer gebraucht. Sie könnten zeitgenössische Geschichte der Außenwelt unterrichten oder Seefahrt. Oder zeitlose Fächer wie Mathematik. Ich werde Sie meinem Vater vorstellen. Er hatte ähnliche Befürchtungen, als er erfuhr, daß wir die Insel nicht mehr verlassen können. Jetzt brächten ihn keine zehn Pferde mehr von hier fort.«

Smiggens musterte den selbstbewußten jungen Mann. »Meinst du wirklich? Das wäre fantastisch.«

Will nickte energisch. »Warten Sie ab, bis die Bibliothekare herausfinden, daß sie Lehrer waren. Sie werden keine freie Minute mehr haben. Und wenn Sie erst einmal die alte Schrift gelernt haben, dann können Sie neben jungen Menschen vielleicht auch junge Dinosaurier unterrichten.«

»Dinosaurier ...« Smiggens' Blick wurde träumerisch. Dann blinzelte er und sah nervös zu Hübscher Tod hinüber. »Nun ja, einige Dinosaurier jedenfalls.« Will grinste. »Diese Gesellschaft scheint sehr tolerant zu sein.«

»Sie werden schon sehen«, meinte Will. »Hier ist Platz für alle.«

Mkuse trat vor und fragte mit ungewohnt zögernder Stimme: »Sag mal Junge, gibt es hier – macht man Afrikaner hier zu Sklaven?«

Will runzelte die Stirn. »Sklaven? In Dinotopia gibt es keine Sklaverei. Ich weiß nicht, wie das bei den Menschen der Urzeit hier war, aber die Dinosaurier kennen so was nicht. Derartige Vorstellungen sind ihnen fremd.«

Der Krieger murmelte etwas in seiner Sprache und fügte dann auf englisch hinzu: »Wie vielen Menschen würde ich es wünschen, diesen Ort kennenzulernen!«

»Ich auch«, erwiderte Will bedrückt. »Aber niemand kann Dinotopia jemals verlassen.«

Der alte Ruskin blinzelte in den bedrohlich schwarzen Himmel. »Und wenn es doch einer schafft, dann Käpt'n Schwarzgurt.«

»Machen Sie sich seinetwegen keine Sorgen. Wir werden Wachen auf Ihrem Schiff aufstellen, und die werden ihn schon erwischen.«

»Du hast eben davon gesprochen, die Behörden zu informieren«, meinte Smiggens besorgt. »Wir haben dich und deine Freunde nicht gerade freundlich behandelt.«

Will überlegte einen Moment. »Keinem von uns ist ein Leid geschehen. Außerdem läßt sich aus der ganzen Sache eine tolle Geschichte machen. Sie haben nicht als Bürger von Dinotopia gehandelt, weil Sie das bisher auch noch nicht sind, also fallen Sie noch nicht unter seine Gesetze. Ich weiß nicht genau, was mit Ihnen geschehen wird, aber ich bin sicher, alles findet ein gutes Ende.« Er lächelte entschuldigend. »Ich kann nicht viel dazu sagen. Ich bin nur ein berittener Luftbotenschüler.«

»Berittener Luftbote?« rief Andreas. »Was ist das denn?«

»Sie werden schon sehen.« Wie wunderbar wäre es, Cirrus endlich wiederzusehen, dachte Will. Der *Quetzalcoatlus* fühlte sich sicher einsam. »Hier kommen unsere Retter.«

Die Seeleute drängten sich eng zusammen und bestaunten ehrfürchtig die Gruppe von *Sauropoden*, die kurz vor ihnen stehenblieb. Der Wind riß an ihren Hüten und Tüchern. Inzwischen regnete es heftig und ununterbrochen, und sie waren alle bis auf die Haut durchnäßt.

Der führende *Brachiosaurus* löste sich aus der Gruppe und kam bis auf wenige Meter an die Piraten heran. Als sie ihre Köpfe in den Nacken legten, um seinen fantastischen Hals in seiner ganzen Länge ermessen zu können, verloren viele von ihnen ihre Kopfbedeckung, und Treggang fiel sogar auf den Rücken. Während sie noch hinaufstarrten, senkte sich der Hals des *Brachiosaurus* wie die Schaufel eines Krans langsam zu ihnen herab. Rote und goldenen Troddeln schmückten das Zaumzeug, denn der Sattel hinter dem Kopf stammte von einem Meisterledermacher.

Identische Troddeln baumelten von Schultern und Stiefeln seiner menschlichen Reiterin. Mit einer Leichtig keit, die von langer Übung zeugte, rutschte sie aus dem Sattel. Der große Kopf zog sich zurück und stieg wieder in den Himmel hinauf. Unterdessen hüpfte eine andere, vertraute, schlanke Gestalt von dem beeindruckenden Rücken des *Sauropoden*.

Hisaulks Wiedersehen mit seiner Familie war ebenso rührend wie zurückhaltend.

»Was für ein Wesen ist das?« Ehrfurchtsvoll versuchte Ruskin, die Maße des gigantischen Vierfüßers zu schätzen.

»Aye«, meinte O'Connor. »So groß wie ein Haus. Nein, zwei Häuser!«

»Das ist ein *Brachiosaurus*«, informierte sie Will. »Sie sind ganz friedlich.«

»Seht ihr, wie hoch oben der Sattel sitzt?« meinte Samuel. »Man muß das Gefühl haben, man reitet auf einem Fockmast.«

Während sich Chaz mit dem großen *Sauropoden* unterhielt, bemühte sich Will nach Kräften, seiner Reiterin, einer stämmigen Frau aus der Baumstadt, die sich als Karinna vorstellte, die Lage zu erläutern. Für die reumütigen Seeleute war sie mit ihren Stiefeln, Hosen und der weiten Bluse ein mindestens ebenso erstaunlicher Anblick wie die großen Dinosaurier.

Aufmerksam lauschte sie Wills zusammenfassendem, weitgehend vollständigem Bericht und nickte schließlich verständnisvoll. Als sie antwortete, übersetzte der sich rasch erholende Chaz ihren dinotopischen Dialekt für die Piraten. Am Horizont krachten pausenlos Donnerschläge. Es klang, als wäre dort eine allmählich näherkommende Seeschlacht im Gange.

»Dann war das also der Anführer dieser Ansammlung von ungeratenen Missetätern, den wir ins Vorgebirge verschwinden sahen.« Karinna blickte zum Rückengebirge, dessen Gipfel allmählich in den sich immer dichter ballenden Wolken verschwanden. »Ich habe ihn durch mein Glas gesehen.« Sie klopfte auf das Teleskop, das in einer Schlinge an ihrem Gürtel hing. »Ein großer Mann.«

»Nur äußerlich«, versicherte Tarqua.

Überrascht sah die Reiterin des *Brachiosaurus* ihn an. »Für einen *Dromaeosaurus* sprechen Sie hervorragend.«

»Ich habe mein Leben dem Studium der Sprachen gewidmet.« Tarqua schenkte ihr eine seiner vornehmen, eleganten Verbeugungen.

»Wenn wir nicht versuchen, ihm den Weg abzuschneiden, wird er uns entwischen.« Auch Will blickte jetzt zu den Bergen. »Er ist gefährlich.«

»Nicht jetzt. Laßt ihn laufen.« Karinna pfiff nach ihrem Reittier, und wieder senkte sich der Kopf des *Brachiosaurus* auf den Boden. Sie schwang ein Bein über den breiten

Sattel, schlüpfte mit beiden Füßen in die baumelnden Steigbügel, und bald schwebte sie wieder fünfzehn Meter über dem Erdboden. Auf ihre Aufforderung hin stellte sich der gigantische Vierfüßer, seinen Schwanz wie das dritte Bein eines Stativs benutzend, auf die Hinterbeine, und hievte sie so weitere sechs Meter in die Höhe. Die Piraten wichen zurück, aber während der kurzen Zeit, die seine Reiterin benötigte, um den Horizont zu mustern, hielt der *Brachiosaurus* das Gleichgewicht. Als er sich wieder auf alle viere fallen ließ, bebte der Erdboden.

Die *Diplodociden* und *Brachiosaurier* versammelten sich, und die Reiter und ihre Tiere begannen, lebhaft miteinander zu diskutieren. Schließlich ließ sich Karinna von ihrem Reittier erneut nach unten bugsieren, ohne jedoch abzusteigen. Alle drängten sich um sie, sogar die Piraten, denen der von Natur aus freundliche, bukolische Gesichtsausdruck des *Brachiosaurus* Vertrauen einflößte.

»Wir müssen sofort von hier verschwinden.« Karinna klang ernst. Ihre Blicke glitten zwischen der Gruppe und dem Meer in der Ferne hin und her. Der Wind knickte ihre große spitze Kappe. Nur das Band unter ihrem Kinn verhinderte, daß sie ihr vom Kopf gerissen wurde. Unterdessen heulte ihnen der Sturm um die Ohren. Als Will ein abgerissener Zweig gegen die Wange flog, hatte er das Gefühl, es wären Glassplitter. Teile von Bäumen und Büschen flogen an ihnen vorbei, die über den Erdboden rollten oder in der Luft tanzten. Niemand mußte Will erklären, was geschah. Seit Tagen hatte er ihn erwartet und gefürchtet.

Der Sechsjahressturm kam übers Land.

»Die *Condor*!« Chumash mußte schreien, damit man ihn gegen den Wind hörte.

»Es sind noch Männer an Bord«, informierte der besorgte Smiggens die Reiterin des *Brachiosaurus*. »Sie waren nicht mit uns an Land und haben keine Ahnung, was hier geschieht.« Er setzte sich in Richtung Küste in Bewegung. »Wir müssen es ihnen sagen.«

Ein Hals, so lang wie der Großmast eines Kriegsschiffes, legte sich ihm in den Weg. »Dafür bleibt keine Zeit mehr«, meinte Karinna. »Ihre Kameraden müssen sehen, wie sie zurechtkommen.«

Smiggens wandte sich an Will. »Das verstehe ich nicht. Es ist nur ein Sturm. Warum diese ganze Aufregung?«

»Es ist nicht nur ein Sturm.« Will kämpfte sich gegen den Wind zu ihm. »Das ist der Höhepunkt eines Sechsjahreszyklus. Das ganze Gebiet hier« – er machte eine ausladende Geste – »ist in Gefahr.«

»In Gefahr?« Der Erste Offizier zog eine Grimasse. »Was für eine Gefahr, Junge? Überflutung?

»So genau weiß ich das nicht. Ich kenne nicht alle Details, aber ich weiß, daß die Bewohner Dinotopias, die hier draußen leben, alle sechs Jahre evakuiert werden, und wir täten gut daran, auch zu verschwinden, und zwar rasch!«

»Will Denison hat recht.« Mit ihren Schenkeln umklammerte Karinna den Hals des *Brachiosaurus.* »Wir haben nur noch wenig Zeit.«

Smiggens war hin- und hergerissen. Einerseits war bisher alles, was der junge Will Denison vorhergesagt hatte, auch eingetroffen. Andererseits war die *Condor* für seine Kameraden und ihn nicht nur ein Zuhause, sondern auch Zuflucht, Mutter und die einzige Sicherheit, die die meisten von ihnen in den letzten Jahren gekannt hatten. Jeder Gefahr hatte sie getrotzt. Sie jetzt im Stich zu lassen würde bedeuten, sich den Fremden und vor allem den unheimlichen Tieren völlig auszuliefern. Diese Entscheidung erforderte einen wirklichen Gesinnungswechsel, den völligen Bruch mit der Vergangenheit.

Er bemerkte, daß seine Kameraden ihn beobachteten und darauf warteten, daß er eine Entscheidung traf und ihnen sagte, was sie tun sollten. So schenkte er ihnen ein – wie er hoffte – aufmunterndes Lächeln. Zwar war er es gewohnt, Befehle zu geben, nicht aber, die Führung zu übernehmen.

»Von jetzt an tun wir, was diese Leute uns sagen. Dann

wird alles gut werden.« Er blickte Will an. »Das stimmt doch, oder?«

Will nickte. Chaz kam zu ihm herübergewackelt. «Nur wenn wir hier ganz schnell verschwinden«, schimpfte der *Protoceratops.*

Karinna schwebte schon wieder zehn Meter über dem Erdboden und starrte wie die anderen *Sauropoden* und ihre Reiter aufs Meer hinaus. »Wir haben keine Zeit mehr, Ihre Probleme zu diskutieren. Und den Gedanken, jemals zu Ihrem Schiff zurückzukehren, sollten Sie aufgeben.«

Verwundert schielte Smiggens zu ihr herauf. »Warum?«

»Weil es in wenigen Augenblicken nicht mehr existieren wird.« Ihre Stimme wurde feierlich. »Das Meer kommt herein, um sich mit dem Land zu vereinen.«

Will lief ein Schauer über den Rücken, während Chaz für Smiggens und seine Gefährten übersetzte.

»Los, nach oben!« Auf einen kurzen Befehl seiner Reiterin hin setzte sich der *Brachiosaurus* in Bewegung.

Sobald Will für die Piraten übersetzt hatte, wollten sie in wilder Panik auf das allzuweit entfernte Vorgebirge zustürzen. Rasch stellte er sich ihnen in den Weg. »Nein, halt! Nicht dorthin. *Hier hinauf!*«

Die Seeleute blieben stehen und sahen sich um. Vor ihnen schwebte flach über dem Boden ein Dutzend riesiger Hälse wie ein Haufen umgestürzter griechischer Säulen. Karinna und die anderen Reiter winkten ihnen zu.

Es bedurfte keiner weiteren Übersetzung. Unter aufmunternden Rufen krabbelten die Piraten über die gebeugten Hälse hinauf auf die beinahe boulevardbreiten Rücken. Will, Chaz und Tarqua übersetzten die Anweisungen der Reiter lautstark gegen Wind und Regen.

»Haltet euch an den Packtaschen fest!« Will formte mit den Händen ein Megafon. »Schnappt euch irgendein Seil oder einen Gurt und haltet euch fest!«

Jeder andere hätte sicherlich Schwierigkeiten gehabt, sich auf den langen Hälsen zu halten, doch nicht die erfahrenen Seeleute. Gewohnt, bei rauhem Wind und schlingerndem Schiff Nocke und Rundhölzer entlangzulaufen, folgten sie den Anweisungen ohne Probleme. Einige wickelten sich die von den Sätteln der Reiter herunterhängenden Lederriemen um die Handgelenke, andere kletterten die muskulösen Hälse hinauf und umklammerten sie mit ihren Beinen. So gewannen sie an Höhe, wenn auch nicht an Bequemlichkeit.

Unterdessen gruppierten sich Karinna und die übrigen Reiter mit ihren Tieren zu einer spitzen Phalanx aus Tausenden von Tonnen Fleisch und Muskeln. *Diplodociden* drückten sich eng an *Apatosaurier*, die fünf *Brachiosaurier* bildeten die Spitze der Formation. Sie kreuzten die Beine mit den Beinen der neben ihnen Stehenden, und so entstand ein fester, der Küste zugewandter Wall aus Knochen und Muskeln. Karinnas fünfundzwanzig Meter langer und achtzig Tonnen schwerer *Brachiosaurus*, Maratyya, führte die Gruppe an.

Will saß hinter Karinna auf deren Ledersattel. Der Boden lag tief unter ihnen, und er hatte seine Arme fest um ihre Taille gelegt. Er blinzelte in den strömenden Regen. Im Heulen des Sturmes war ihre Stimme kaum zu hören. Er beugte sich nach rechts und versuchte, ihrem ausgestreckten Arm mit den Augen zu folgen.

Jenseits der letzten Mangrovenreihe, an dem schmalen Strand aus unberührtem, reinem Korallensand, lag die *Condor* vor Anker. Ihr Bug zeigte in den brüllenden Sturm. Hinter dem Schiff schlugen riesige Brecher gegen das Riff, die höher waren als alle, die Will je gesehen hatte.

An einer Stelle draußen, die weit vor dem Riff lag und nur den Delphinen bekannt war, fiel der Meeresboden zu einer breiten, trichterförmigen Senke ab. Alle sechs Jahre, bei Vollmond, wenn die Gezeiten ihren Höchststand erreichten, und der südindische Monsun einige Wirbelstürme auf die Reise nach Süden schickte, wurde Dinotopias nördliche Küste von heftigen Stürmen heimgesucht. Ohne Inseln, Bergrücken im Meer oder anderen Landmassen, die ihren Lauf aufhielten, rollten die Wellen im Zentrum dieser Stürme ungestört nach Süden. Ihre ungeheure Wucht vervielfachte sich, bis sie schließlich den langsam abfallenden Meeresboden erreichten.

Dort stürzten die Wellen, von den stürmischen Winden getrieben, übereinander, und aus dem Zusammenfluß taifunstarker Wogen entstand von Zeit zu Zeit eine atemberaubende ozeanische Flutwelle. Eine solche mächtige, den Horizont verbergende Wellenfront ließ jetzt Reitern, Tieren und Passagieren den Atem stocken.

Ungefähr sechs Meter hoch und stetig an Höhe und Geschwindigkeit gewinnend, raste sie auf das Festland zu. Sie lief über das Riff hinweg, als existierte es nicht, und Millionen Tonnen Wasser ergossen sich in die Lagune. Obwohl Will die Männer an Bord der *Condor* nicht hören konnte, fiel es ihm nicht schwer, sich ihre Panik und Verwirrung vorzustellen. Hinter ihm schrien die Kameraden der Unglücklichen auf, wohl wissend, daß ihre Warnungen ungehört verhallten.

Alle starrten wie gebannt auf das Meer, als das robuste Schiff wie ein Spielzeug von der Welle umarmt und aus seiner Verankerung gerissen wurde. Chin-lee, der ein ähnliches Phänomen schon einmal auf dem Jangtsekiang gesehen hatte, plapperte aufgeregt vor sich hin. Johanssen kannte die schrecklichen Wellen, die in regelmäßigen Abständen die Fundybucht überschwemmten, aber weder er noch irgend jemand sonst hatte je ein solches Spektakel erlebt, wie es sich jetzt vor ihren erstarrten Blicken abspielte.

Und es kam direkt auf sie zu.

Mit schäumendem Kamm schwappte die Welle über den Strand und die Mangroven hinweg. Palmen knickten um, das Land versank. Die *Sauropoden* stemmten sich in den Boden, ihre Reiter schrien sich letzte Anweisungen zu. Will umschlang mit den Armen Karinna und mit den Beinen den Sattel, die Piraten und die Struthies vergruben ihre Finger und Klauen in Leder- und Hanfbändern. Da er den kräftigsten Griff von allen hatte, hielt Tarqua Chaz, der wieder einmal als einziger außer seinem kräftigen, aber ungeeigneten Schnabel nichts hatte, mit dem er sich festhalten konnte. Hübscher Tod umklammerte mit ihrem Maul ein dickes Tau.

Das letzte, woran sich Will erinnerte, bevor das Wasser über ihm zusammenschlug, war der überraschende Anblick der *Condor*, die ohne Masten und Segel, aber immer noch intakt, mit der brechenden Welle über Palmen und Zypressen aufs Land tanzte.

Dann war die Sintflut über ihnen.

Wenn ich hier lebend herauskomme, schwor sich Chaz, als das Wasser hereinbrach, werde ich mich keinen Zentimeter mehr vom Erdboden entfernen.

»Wir werden alle sterben, alle werden wir sterben!« heulte Treggang.

»Sei still!« Smiggens hatte keine Ahnung, ob Treggang ihn hören konnte. Um ihn herum war nichts als tobender Wind und Salzwasser, und er konzentrierte all seine Kraft darauf, nicht weggeschwemmt zu werden. »Haltet durch!«

Will spürte, wie der kräftige Hals unter ihm zitterte. Er war froh, daß Cirrus nicht bei ihm war, denn der hätte derartigen Winden niemals standhalten können. Kein Flieger, dinosaurisch oder von Menschenhand geschaffen, wäre dazu in der Lage. Mit einem ohrenbetäubenden Sauggeräusch lief die Welle zurück, und eine zweite folgte, dann eine dritte. Der Koloß unter Will schauderte, blieb aber standfest. Durch das Brausen des Windes hörte er, wie Reiter und *Sauropoden* sich gegenseitig Mut machten. Die Phalanx hielt. So viele Tonnen entschlossener Dinosaurier ließen sich nicht so leicht vom Fleck bewegen, nicht einmal von einer sechs Meter hohen Flutwelle.

Als die dritte Welle ins Meer zurückgelaufen war, hatte sich das Zentrum des Sturms verlagert. Die letzten großen Wellen brachen sich nun, ohne weiteren Schaden anzurichten, an den Felsen des Kaps im Wind, der weiterhin kräftig wehte, bald aber nachließ. In seinem Gefolge brachen heftige Regenschauer los, die die Ebene überfluteten, zugleich aber das Meersalz lösten und zum größten

Teil ins Meer zurückspülten, bevor es den Boden verderben konnte.

Hatten Schwarzgurt und die Männer, die mit ihm geflohen waren, die Anhöhe erreicht, bevor die Welle über das Land hereingebrochen war? Das würden sie jetzt nicht herausfinden können. Will sorgte sich zu sehr um seine Freunde, um weiter darüber nachzudenken.

Zwölf sauropodische Körper hatten sich den Wellen entgegengestellt, zwölf lange Hälse den Schaumkronen unerschütterlich standgehalten. An den säulenartigen Beinen hing Schlamm, in langsam versickernden Pfützen zappelten Fische und andere fremdartige Meeresbewohner. Reiter und Tiere warfen einander kurze Blicke zu und prüften, ob alle den nassen Überfall heil überstanden hatten. Wasser lief in Strömen von bleichen Gesichtern, Packtaschen, Sattelgeschirren, überfluteten Matrosen, spuckenden *Struthiomimus*, einem stoischen *Deinonychus*, einem aufgeregten *Tyrannosaurus* und einem sehr unglücklichen jungen *Protoceratops*.

»Kommen noch mehr?« Als Maratyya Will auf den Boden herunterließ, spuckte er Wasser.

»Ich glaube nicht.« Karinna schützte ihre Augen gegen die Sonne und blickte zum Horizont. »Ich glaube, der Sturm zieht nach Westen ab. In den alten Büchern steht, daß solche Flutwellen nur entstehen, wenn der Sturm genau aus der richtigen Richtung kommt. Das war ein fantastischer Anblick, oder?«

»Das kann man wohl sagen.« Will hätte ihn allerdings lieber von einem trockenen Zelt hoch oben in den Bergen aus genossen. Er rutschte aus dem Sattel und lief einige Schritte. Der Regen stürzte in kleinen Wasserfällen vom Hals des *Brachiosaurus*.

Als Will in einer Pfütze etwas zappeln sah, kniete er sich hin und entdeckte zwei große *Trilobiten*, die aus der Lagune an Land geschleudert worden und beim Zurückfließen der Welle hängengeblieben waren. Behutsam nahm er erst den einen und dann den anderen auf und setzte sie in ein rasch versickerndes, aber noch fließendes

Rinnsal. Auf ihren zahlreichen Beinen wanderten sie unverzüglich in Richtung Meer.

Überall lagen gestrandete *Orthoceras* und *Ammoniten* mit glasigen Augen und schlaffen Tentakeln. Sie würden eine köstliche Mahlzeit ergeben, wußte Will, obwohl ihm persönlich ihr Fleisch zu zäh war. Hübscher Tod suchte schon zwischen den Überresten herum und pickte sich die exquisitesten Leckerbissen heraus. Zum erstenmal seit ihrer Gefangennahme hatte sie genug zu essen. Ganz in der Nähe stritten sich Anbaya und Chin-lee darüber, wie man einen ein Meter fünfzig langen *Orthocera* am besten zubereitete. Für sie war er ein komplettes, zum Verzehr bereites Tintenfischmenu.

Als Will neben sich ein Stöhnen vernahm, wandte er sich um und entdeckte Chaz, der sich ihm taumelnd näherte. Unter den Füßen des *Protoceratops* spritzte das Wasser.

»Wie fühlst du dich?« fragte er besorgt.

»Müde. Ich bin es leid, vor *Carnosauriern* aus dem Regental zu fliehen, in den Händen von *Tyrannosauriern* zu hängen, nur von Ried und Ranken getragen durch die Luft zu segeln und auf dem Rücken eines *Apatosaurus* zu ertrinken. Ja, ich bin *müde.*« Der Kopf des kleinen Übersetzers zuckte, als er nieste. »Wenn wir erst wieder in der Baumstadt sind, werde ich ein Gelöbnis ablegen, mich dem Meer niemals wieder auf weniger als einhundert Körperlängen zu nähern.«

»Das würde ich nicht tun. Eine gelegentliche Balgerei am Strand tut jedem gut.« Will betrachtete die rasch dahinziehenden Wolken. »Man braucht nur einen schönen, warmen, sonnigen Tag.«

»Man braucht nur hochgelegene, trockene Ebenen und Straßen«, brummte der *Protoceratops.*

Chaz war ein echter Stadtdinosaurier, dachte Will. Nicht jeder war empfänglich für die Freuden des Landlebens.

»Als wir ankamen, sah es so aus, als müßten wir euch nur vor dem Sturm retten und nicht vor diesen Männern.« Karinna blickte zu Hisaulk hinüber. »Da hat der Struthie etwas anderes erzählt.«

»Die Lage hat sich geändert«, erklärte Will. »Mit Ausnahme der drei, die geflohen sind, haben sich alle entschlossen, ihr asoziales Verhalten aufzugeben und rechtschaffene Bürger von Dinotopia zu werden. Ich verbürge mich für sie, und das können auch Tarqua und die Struthies, die bei uns waren. Was die Männer auf dem Schiff angeht, so glaube ich, daß sie sich ähnlich entscheiden werden, wenn sie erst einmal mit ihren Kameraden gesprochen haben.« Suchend blickte Will nach Westen, konnte die abgetriebene *Condor* aber nirgends entdecken. Was die Mannschaft auch vorhatte, sie wäre sicherlich zu erschlagen und geschwächt, um ernsthaften Widerstand zu leisten. Er zweifelte nicht daran, daß Smiggens und die anderen sie rasch zur Vernunft bringen würden.

Die Reiterin des *Brachiosaurus* nickte ernst. »Die endgültige Entscheidung in dieser Angelegenheit wird der große Rat von Sauropolis fällen.« Unbehaglich scharrten die Seeleute hinter Will im Sand. Sie wirkten wie eine Gruppe von Schuljungen, die etwas angestellt hatten. Karinna lächelte ihnen durch den nachlassenden Regen zu. »Fürs erste nehmen wir dich beim Wort.« Mit lauter Stimme sagte sie: »Wenn ihr eure Verbrechen wirklich hinter euch gelassen habt, werdet wir euch behandeln wie jeden anderen Schiffbruchigen auch. Für den Moment seid ihr unsere Gäste.«

Sie hob den Arm und streckte ihn nach vorn. Hinter ihr senkten sich zwölf kräftige Hälse zu großen, vielfachen Bögen. Ein beeindruckender Anblick. Die Reiter stiegen aus ihren Sätteln und warteten, bis ihre Tiere sich schwerfällig auf die Bäuche niedergelassen hatten. Über ins Zaumzeug eingearbeitete Strickleitern kletterten sie dann auf die sauropodischen Rücken und lösten die Schnüre der Packtaschen. Wie Kräne drehten die *Sauropoden* die Köpfe über ihre Schultern und halfen beim Abladen.

Überwältigt von den Geschenken – Nahrungsmittel

und fremdartige, aber gut gearbeitete Kleidungsstücke – sanken viele der Piraten vor Freude und Erleichterung zu Boden. Sogar Blumensträuße wurden unter den letzten Regentropfen ausgepackt. Beim Anblick der Reiterinnen, jungen Frauen in robustem Leder und Leinen, erschien auf den kampfgezeichneten Gesichtern ein verlegenes, jungenhaftes Grinsen. Ein Willkommenslächeln auf den Lippen, legten die Frauen den Seeleuten Girlanden aus exotischen Blüten um den Hals.

»Ich weiß nicht, was ich sagen soll.« Von diesen Beweisen der Gastfreundschaft überwältigt, zupfte Smiggens an den Blumen um seinen Hals. »Was bedeutet das?«

»Ich habe gelernt, daß Polynesier zu den ersten Menschen gehörten, die auf Dinotopia gelandet sind«, erklärte Will. »Es ist ein alter Begrüßungsritus.«

»Aber Blumen«, murmelte der Erste Offizier. »Nahrungsmittel, das verstehe ich ja noch, oder Wasser, aber warum schleppt eine Rettungsmannschaft Blumen mit sich herum?«

Will strahlte. »In Dinotopia führt jeder auf einer Reise Blumen mit sich. Sie gelten hier für ein langes und glückliches Leben als ebenso wichtig wie Essen und Trinken. Für Dinosaurier sind sie die Würze im Leben – was sowohl die Augen als auch den Magen betrifft.«

Smiggens Lächeln vertiefte sich, und er nickte ohne besonderen Grund. »Ich glaube ... ich glaube, meinen Kameraden und mir wird es hier gefallen. Keiner von uns ist je zuvor in seinem Leben so gut behandelt worden.«

»Das habe ich mir gedacht.« Will sah zum Himmel hinauf. Die Sonne lugte durch die sich rasch auflösenden Wolken. »Manchmal ist es nicht leicht, mit unerwarteter Freundlichkeit umzugehen. Zumindest habe ich das gehört.«

Smiggens räusperte sich und wischte sich das Regenwasser aus den Augen – oder waren es Tränen? »Was machst du jetzt, Will Denison?«

»Ich? Zurückkehren und für meinen Meisterpiloten büffeln.«

Das Lächeln des Ersten Offiziers verwandelte sich in ein wissendes Grinsen. »Ist das alles?«

Ohne zu wissen, weshalb, blickte Will verlegen zu Boden. »Es gibt da eine junge Dame. Eine ganz besondere junge Dame.«

»Dachte ich's mir doch. Ich habe viele Damen gekannt, aber keine gut genug, um sie für etwas Besonderes zu halten. Es wäre schön, wenn auch ich eines Tages für jemanden etwas Besonderes sein könnte. Vielleicht ... Wenn sich die Dinge so entwickeln, wie du sagst, habe ich ja vielleicht Glück und finde so jemanden – irgendwann.«

Er wandte sich ab und ließ den Blick über die überflutete Ebene und die Abhänge des Rückengebirges schweifen. Jenseits dieser Gipfel und Schluchten lagen unvorstellbare Welten, die der Junge nur angedeutet hatte. Selbst ein Mann wie Smiggens, der seine Träume lange für zerstoben und sein Leben für verschwendet gehalten hatte, bekam nun vielleicht die Chance, sie zu erkunden.

Eine letzte Wolke schob sich vor die Sonne, und er wandte den Blick ab. »Deine Freunde dürfen Sintram Schwarzgurt nicht unterschätzen«, meinte er zu Will. »Er ist der härteste, gemeinste, cleverste und niederträchtigste Mensch, den ich in meinem Leben getroffen habe, und glaube mir, ich habe Leute gekannt, deren bloßer Anblick dir deine jungen Haare zu Berge stehen lasse würde. In seiner Rachsucht wird er vor nichts zurückschrecken.«

Will sah den Ersten Offizier an. »Die Behörden werden sich schon um ihn kümmern«, versicherte er dem Älteren. Er erinnerte sich an seine Begegnungen mit dem jähzornigen Lee Crabb. »Das soll nicht länger Ihre oder meine Sorge sein. Versuchen Sie, ihn zu vergessen.«

Eine Kralle strich ihm über die Schulter, und er drehte sich um und blickte in das freundliche Gesicht von Tarqua, dem Asketen.

»Ich muß jetzt los, Will Denison.«

Überrascht sah Will den *Deinonychus* an. »Was? Zurück in den Canon und zum Tempelkomplex?«

»Zurück zu meinem Leben für die Meditation. Zurück zu meiner Suche nach den Antworten auf die großen Rätsel.«

»Aber was ist, wenn Schwarzgurt dort auf Sie wartet? Die sind zu dritt, Sie allein.«

Der *Deinonychus* seufzte. »Ich weiß, aber sollte es wieder zu einer Rauferei kommen, dann werde ich mich bemühen, sie nicht so einseitig zu gestalten und ihnen eine faire Chance zu geben. Vielleicht kämpfe ich nur auf einem Bein gegen sie.«

Wills Bedenken lösten sich in einem befreiten Lachen. »Vielleicht haben Sie recht. Das wäre sicherlich gerechter.« Er sah sich um, und sein Lächeln verschwand. Die Stelle, an der das Gefährt des *Deinonychus* vertäut gewesen war, war so leergefegt wie die ganze Umgebung. »Tut mir leid wegen Ihres Luftschiffes. Ich kann mir vorstellen, wieviel Zeit und Mühe die Arbeit daran Sie gekostet hat.«

»Ein nützlicher Zeitvertreib und Beschäftigung für meine Hände. Wenn ich Lust habe, werde ich ein neues bauen.« Wieder legte er seine mit Krallen besetzte Hand auf Wills Schulter. »Ich würde mich freuen, eines Tages mal wieder mit dir zu reden, Will Denison. Nach allem, was ich von dir gesehen habe und was dein Freund Chaz mir erzählt hat, bist du ein außergewöhnlicher junger Mensch, besonders für jemanden, der erst vor so kurzer Zeit nach Dinotopia gekommen ist.«

»Auch ich würde mich freuen.« Wills Magen zog sich zusammen. »Warum kommen Sie nicht mit uns? In der Wasserfallstadt wären Sie herzlich willkommen. Nallab würde sich liebend gerne mit Ihnen unterhalten, und der Chefbibliothekar ist ein Artgenosse von Ihnen.«

»Nein.« Tarqua blieb hart. »Ich habe ein Leben des Alleinseins und der Versenkung gewählt, und daran werde ich mich auch halten. Aber vielleicht ...« Einen kurzen Augenblick lang schien er zu zögern. »Vielleicht werde ich euch eines Tages besuchen. Es ist schon lange her, seit ich an einem Ort wie der Wasserfallstadt gewesen bin.

Und lange habe ich nicht mehr die Gelegenheit gehabt, die großen Schriftrollen zu studieren.«

»Ich werde Sie beim Wort nehmen.« Will legte seine Hand auf die abfallende Schulter. Unter dem bestickten Gewand spürte er den kräftigen Muskel. »Wenn Sie kommen, können Sie mir vielleicht beibringen, wie man so kämpft.«

»Eine bescheidene Kunst, nützlich nur, um sich fit zu halten.« Die gebogenen Krallen glitten zu Wills Hand herab, Handfläche preßte sich gegen Handfläche. »Leb wohl, Will Denison. Ich bin froh, daß ich dir und deinen Freunden helfen konnte. Mögen wir beide an Karma gewinnen.«

Will blieb nichts anderes übrig, als zuzusehen, wie sich der einzigartige *Deinonychus* von Chaz, Hübscher Tod und allen anderen verabschiedete. Dann machte sich Tarqua auf den Weg. Mit weiten Schritten sprang er auf die in der Ferne liegenden Berge zu. Auf einer überschwemmten Anhöhe hielt er ein letztes Mal an und winkte ihnen.

Auch Will mußte an sein Zuhause denken. Sicherlich war sein Vater inzwischen benachrichtigt worden und wartete besorgt auf ein Lebenszeichen seines Sohnes. Dasselbe galt wohl für Sylvia und in geringerem Maße auch für Cirrus, der zumindest wußte, was Will vorgehabt hatte. Sie alle würden sehr erleichtert sein, wenn sie erfuhren, daß er alles heil und gesund überstanden hatte.

»Seht nur«, rief jemand. »Der Philosoph kommt zurück!«

Will fuhr herum und sah, daß Tarqua tatsächlich wieder auf sie zugesprungen kam. Bei jedem Schritt spritzte das Wasser unter seinen krallenbesetzten Füßen.

Dann stand der *Deinonychus* wieder vor ihm. »Weißt du, als ich so vor mich hinlief – wie üblich allein –, dämmerte mir plötzlich, daß ich mein permanentes Alleinsein vielleicht *doch* kurz unterbrechen könnte. Ich hatte vergessen, wie verlockend eine gute Unterhaltung und die Gesellschaft guter Freunde sein können. Meinst du wirklich, die Bibliothekare der Wasserfallstadt würden sich freuen, mit mir zu sprechen?«

Wills Freude kannte keine Grenzen. »Aber ganz bestimmt! Vielleicht könnte mein Vater Ihnen sogar helfen, das Konzept ihres Luftschiffs zu verbessern.«

»Wirklich? Das wäre fantastisch!«

Smiggens hatte in der Nähe gestanden und zugehört. »Ob Sie es glauben oder nicht, ich habe mich mal für diese Dinge interessiert. Ich erinnere mich noch, daß ich die Zeichnungen Leonardo da Vincis gesehen und in Frankreich über die Arbeit zweier Brüder gelesen habe. In Amerika gab es während des Bürgerkriegs einige interessante Experimente mit Ballons ...«

Ohne sich um ihre Umgebung und den anhaltenden Nieselregen zu kümmern, entfernten sich der eifrige Erste Offizier und der *Deinonychus*, in ein gelehrtes Gespräch vertieft. Dankbar sah Will ihnen nach, bis ihn ein Stoß aus seinen Gedanken aufweckte.

Immer noch ließ ihn die unmittelbare Nähe von Hübscher Tods Gesicht schaudern. Ein zartes Knurren veranlaßte ihn, nach Chaz zu winken, damit dieser übersetzte.

»Sie will allmählich nach Hause«, erläuterte der *Protoceratops*.

»Das verstehe ich.« Will zwang sich, den Blick der erbarmungslosen, wilden Augen zu erwidern. »Sag ihr, daß ich mich persönlich darum kümmern werde, daß sie zu ihren Eltern zurückkommt, wie ich es versprochen habe.«

Wie es der Natur der tyrannosaurischen Konversation entsprach, war die Unterhaltung kurz und ohne Umschweife. Als Hübscher Tod sich abgewandt hatte, schielte Chaz zu seinem Freund herauf.

»Du bist dir hoffentlich im klaren darüber, Will, daß dies eine einzigartige, wohl noch nie dagewesene Freundschaft ist. Denn so erstaunlich das auch sein mag, sie betrachtet dich als ihren Freund. So etwas habe ich noch nie gehört. Jeder andere Mensch ist für sie höchstens eine potentielle Mahlzeit. Solltest du eines Tages aus unerfindlichen Gründen den Wunsch verspüren, einige Zeit im Regental zu verbringen, dann weißt du jetzt, daß du dort eine Freundin hast.« Der *Protoceratops* stieß Will mit seiner hornigen Schnauze gegen sein Bein. »Ich würde sogar soweit gehen, zu behaupten, daß sie dich richtig liebgewonnen hat.«

»Nun mach aber einen Punkt«, entgegnete Will. »Sie ist nicht mein Typ. Ein bißchen weniger, sagen wir *blutrünstig* sind mir die Frauen lieber.« Ein Schlag auf die Schulter ließ ihn taumeln. »He!« Er fuhr herum und sah, daß Hübscher Tod ihn mit der Seite ihres Mauls angestupst hatte. Die hellgelben Augen starrten ihn an. »Ganz ruhig.«

»Was habe ich dir gesagt?« gluckste Chaz leise. »Ganz eindeutig eine zärtliche Geste. Das liebevolle Tätscheln eines *Tyrannosaurus*. Sei froh, daß sie noch nicht größer ist. Sie hätte dir den Arm brechen können.«

»Du übertreibst. Aber sag ihr trotzdem, sie soll es ruhig angehen lassen. Schließlich bin ich nur ein Mensch.« Diese Feststellung ließ Chaz in wildes Geheul ausbrechen.

Ohne den zudringlichen *Tyrannosaurus* und den fröhlichen *Protoceratops* weiter zu beachten, ließ Will den Blick über die überschwemmte Nördliche Tiefebene schweifen. Schon bald würden die Farmer und ihre Arbeiter zurückkehren, um ihre schlichten, aber gemütlichen Häuser wieder aufzubauen. Sie würden die Reis- und Tarofelder neu angelegen, die *Ceratopier* und *Ankylosaurier* ihre Pfluggeschirre wieder überstreifen, und das Leben würde zur Normalität zurückkehren.

Wie seines. Es überraschte Will, wie sehr er sich auf einen ganz normalen, alltäglichen Tagesablauf freute. Von Aufregung und Abenteuern hatte er genug.

Fürs erste jedenfalls.

Copperhead fluchte, als er über die Wurzel stolperte. Sein Gesicht triefte vor Schweiß und Dreck. Schwarzgurt knurrte ihn an.

»Sei still! Schon ohne überall herumzuposaunen, daß

wir hier sind, ist es schwierig genug, diesen Viechern aus dem Weg zu gehen.« Er blieb einen Augenblick stehen, um zu verschnaufen. Jetzt, nach dem Sturm, waren die Hitze und die Feuchtigkeit im Regental so drückend wie nie.

Watford zog den Hünen am Ärmel. »Sind Sie sicher, daß wir auf dem richtigen Weg sind, Käpt'n?«

Schwarzgurt warf ihm einen bösen Blick zu. »Zweifelst du an meinem Ortssinn, Mann? Ich habe mit nichts als einem Kompaß und den Sternen den Weg über alle sieben Meere gefunden!« Er schnaubte verächtlich. »Habe ich nicht den ersten Canon wiedergefunden, und sind wir jetzt nicht auf dem Weg zum zweiten?«

»Entschuldigung, Käpt'n Schwarzgurt, Sir«, beschwerte sich Copperhead, »aber ich verstehe immer noch nicht, warum wir nicht direkt zum Tempelkomplex zurückgelaufen sind.«

»Muß ich dir das noch mal erklären? Ich wollte das Risiko, daß sie uns folgen nicht eingehen, und so können wir außerdem diesem um sich tretenden Teufel auflauern, wenn er es am wenigsten erwartet. Wenn überhaupt jemand nach uns sucht, dann werden sie den Weg beobachten, über den wir in die Ebene zurückgekehrt sind.« Er stieß ein zufriedenes Grunzen aus. »Keiner wird damit rechnen, daß wir den ganzen Weg noch einmal machen. Wir werden diese verfluchte, großklauige Eidechse im Schlaf überraschen und ihr die Kehle durchschneiden. Dann schnappen wir uns so viel von dem Schatz, wie wir tragen können. Wenn die *Condor* zerstört oder konfisziert wurde, dann holen wir uns ein Schiff von den Einheimischen. Das dürfte kein Problem sein. Schließlich hat der Junge uns erzählt, daß die friedliebenden Tölpel auf dieser Insel keine Waffen tragen.«

»Aye, das klingt gut«, gab Copperhead zu. »Wird uns guttun, wieder einmal ein paar Bäuche aufzuschlitzen.«

»So ist es richtig. Es gibt kein vernünftiges Küstenschiff, das, mit den richtigen Segeln ausgestattet, eine ruhige See nicht befahren könnte. Alles was wir brauchen, ist ein bißchen Glück mit dem Wetter. Wir beladen es mit dem Schatz und verschwinden dann nach Durban. Damit und mit dem Versprechen auf mehr kriegen wir problemlos eine ganze Flotte zusammen.« Ein gieriges Licht leuchtete in seinen Augen. »Dann kommen wir wieder und fackeln diese Gemeinschaft von Dinosaurierviechern und Menschen ab. Ich werde meine Rache bekommen, ihr werdet schon sehen!« Er schüttelte seine Faust gegen die stoischen Regenwaldbäume.

»Und wenn sie sich doch entschließen zu kämpfen, Käpt'n?« wollte Watford wissen.

»Womit denn? Du hast den Jungen doch gehört. Und was diese Dinosaurier angeht – so monströs die auch sein mögen, ich wette einen Smaragd von der Größe meiner Nase, daß eine moderne Kanone sie ganz schnell erledigt. Ja, eine mit Gewehren ausgestattete Artillerie, so muß es gehen! Wir werden diesem Dinotopia, oder wie sie es nennen, ein Ende bereiten. Wir werden ...«

Als sich das Dickicht vor ihm plötzlich teilte, wurde seine Tirade abrupt unterbrochen. Der Gigant hatte sich ihnen unbemerkt genähert. Jetzt stand er bewegungslos vor ihnen, nur sein heftiger, aber regelmäßiger Atem war zu hören.

»Zurück!« schrie Schwarzgurt seinen Gefährten zu, und zog beide Pistolen. »An die Waffen! Mit ihrem Krachen und Blitzen haben wir schon einen von diesen Dämonen in die Flucht geschlagen. Wer sagt, daß wir mit diesem nicht genauso viel Glück haben?«

Watford schrie auf und fiel zu Boden. »Käpt'n, da ist noch einer – *hinter* uns!«

Schwarzgurt fuhr herum. Im gleichen Moment trat ein zweites, ebenso großes Monster hinter den Bäumen hervor. Trotz seines Entsetzen konnte der Kapitän nicht umhin, die Geräuschlosigkeit ihrer Bewegungen, die Eleganz ihrer Körper und die Schönheit ihrer natürlichen Farbgebung zu bewundern. Er hielt beide Pistolen fest umklammert.

»Ruhig, ganz ruhig. Nicht den Kopf verlieren. Vielleicht kümmern sie sich gar nicht um uns, sondern stürzen sich aufeinander. Zur Seite! Es klappt, es klappt. Seht ihr, sie haben andere Sorgen.«

Copperhead schöpfte neue Hoffnung. »Sehen Sie ihre Bäuche, Käpt'n? Wie aufgebläht die sind. Die beiden haben gerade gefressen. Wenn sie so sind wie Löwen und Tiger, dann sollten sie für mehrere Tage das Interesse am Töten verloren haben.«

Tatsächlich waren die beiden riesigen *Carnosaurier* rundherum satt. Obwohl sie die drei Männer eindringlich musterten, machten sie keine Anstalten, sie anzugreifen. Ihre ganze Haltung strahlte Langeweile und Gleichmut aus.

»Sie lassen uns gehen«, flüsterte Watford angespannt. »Sie sind nicht an uns interessiert.«

»Heiliger Himmel«, zischte Copperhead. »Ob ihr es glaubt oder nicht, da ist noch ein dritter Teufel!« Dann entspannte er sich. »Ist schon in Ordnung. Es ist nur ein Kleiner.«

Schwarzgurt runzelte die Stirn. »Ein Kleiner? Was soll das heißen, ein Kleiner?« Er drehte sich um.

Copperhead hatte recht. Was da direkt vor ihnen stand und ihnen den Rückweg abschnitt, war eine reduzierte Version der beiden aufgeblähten Giganten hinter ihnen.

»Los, haltet euch links von ihm.« Sein verkrampfter Griff um die Pistolen ließ seine Finger taub werden. »Sieht so aus, als hätte der auch gefressen. Warum sollten sie sich auch mit uns abgeben, wo hier soviel Aas herumliegt?«

Einige Augenblicke lang schien er recht zu behalten, und es sah so aus, als würden sie noch einmal davonkommen. Doch dann flüsterte Watford mit zitternder Stimme:

»Das Kleine, Käpt'n … Kommt es Ihnen nicht bekannt vor?«

»Bekannt? Was faselst du da, Mann?«

In diesem Moment öffnete der junge Dinosaurier sein Maul und stieß eine Folge scharfer Knurrer aus. Als Reaktion wurden die bis dahin gleichgültigen Monster plötzlich hellwach, und ihre Lethargie verflog. Sie stürmten los, daß der Boden bebte. Metergroße Mäuler öffneten sich und gaben den Blick frei auf pinkfarbene Zungen und von säbelartigen Zähnen umrahmte, pechschwarze Schlünde.

Erst jetzt erkannte auch Schwarzgurt das dritte und kleinste Mitglied des plötzlich so aufmerksamen Trios. Es war das junge Dinosaurierweibchen, das sie gefangengenommen hatten. Und wenn sie das Junge war, dann waren die beiden auf sie zurasenden, zahngespickten Leviathane …

Zum zweitenmal seit ihrer Landung in Dinotopia war Sintram Schwarzgurt sprachlos.

Es war das letzte Mal.